Elke Schneefuß

Ein letzter schöner Sommer

Elke Schneefuß

Ein letzter schöner Sommer

Roman

KNAUR

Die Folie des Schutzumschlags sowie die Einschweißfolie
sind PE-Folien und biologisch abbaubar.
Dieses Buch wurde auf chlor- und säurefreiem Papier gedruckt.

Bitte besuchen Sie uns im Internet:
www.knaur.de

Umschlaggestaltung: ZERO Werbeagentur, München
Umschlagabbildung: FinePic
Gestaltung und Herstellung: Josef Gall, Geretsried
Satz: Ventura Publisher im Verlag
Druck und Bindung: Ebner & Spiegel, Ulm
Printed in Germany
ISBN 3-426-66110-1

2 4 5 3 1

Kapitel 1

Schritte hallten durch die nächtliche Stille, metallbeschlagene Absätze schlugen auf den Asphalt. Er spürte seine Verfolger dicht hinter sich und wusste, dass sie näher kamen. In geduckter Körperhaltung rannte er durch die Straßen, ihm war, als berührten seine Füße den Boden nicht mehr. Atemlos hastete er durch die stockfinstere Nacht. Schweiß stand auf seiner Stirn, sein Herz klopfte schnell, er rannte weiter, doch das Stakkato der Absätze hinter ihm wurde trotzdem immer lauter. Alle Hauseingänge und Türen, in die er hätte schlüpfen können, schienen verschlossen. Warum war er ausgerechnet heute Nacht allein aufgebrochen?

Erschöpft blieb Andreas Bütow kurz stehen. Er schnappte nach Luft, eher zufällig glitt sein Blick hinüber zu der Pforte im Tor des Nachbarhauses. Sie war nur angelehnt, das erste unverschlossene Hoftor, das sich in Reichweite befand. Mit einem Satz war er in der Toreinfahrt, mit drei weiteren Schritten stand er auf dem nächtlich dunklen Innenhof. Hoffentlich gab es hier ein Hinterhaus oder wenigstens einen Kohlenkeller, in dem er sich verstecken konnte – sonst war er verloren. Er drehte sich einmal um die eigene Achse, doch vergeblich, der Hof war tatsächlich an allen vier Seiten von Mauern umgeben. Immer näher kamen die Schritte seiner Verfolger, Kommandos hallten durch die Dunkelheit, in wenigen Augenblicken würden sie hier sein. Andreas hatte keine Wahl, also nahm er Anlauf und hielt auf die Aschtonnen zu, die an der von Ruß geschwärzten Mauer standen. Er sprang und kam auch wirklich mit den Füßen auf dem Deckel einer der Tonnen zu stehen. Sie schwankte unter seinem Gewicht, aber noch hielt sie ihn aus, während er sich streckte, um den oberen Rand der Mauer zu erreichen. Er suchte nach Halt, als er auch schon diese fremde, kalte Hand spürte, die nach ihm griff. Die Kerle zerrten an ihm, sie umschlangen seinen Bauch. Er trat um sich, doch es waren zu viele, gegen ihre Übermacht konnte er nichts ausrichten. Sie holten ihn von der Mülltonne und warfen ihn auf den Erdboden. Er sah ihre von Hass verzerrten Gesichter über sich und wollte schreien, aber man hielt ihm den Mund zu. Sie warfen ihm Sand ins Gesicht, der in seinen Augen brannte.

»Das ist für dich, du rotes Schwein«, zischte eine Stimme neben ihm, bevor er den Schlag in der Magengrube spürte, der ihn nach Luft japsen ließ. Immer neue Schläge prasselten auf ihn ein, während er verzweifelt versuchte, sich die Arme schützend vor das Gesicht zu halten. Blut tropfte aus seiner Nase und lief ihm über die Lippen, es schmeckte warm und ein wenig süß. Noch bevor er schlucken oder sich über das Gesicht fahren konnte, wurde er plötzlich in die Höhe gerissen, blitzschnell drehte man ihm einen Arm auf den Rücken. Sie standen im Halbkreis um ihn herum und musterten ihn grinsend. Er senkte den Kopf und schloss die Augen, seine Knie zitterten. Wie feige das war, gleich mit mehreren auf ihn einzudreschen. War sein Kampf für die Freiheit das wert?

»Sozialistensau!«

Einer der Nazis schlug ihm hart ins Gesicht, und gerade in dem Moment, als er sich wieder aufrichten wollte, rammte ihm jemand ein Knie in den Unterleib. Der Schmerz kam wie eine große, dunkle Welle, die alles überrollte. Er torkelte, er fiel vornüber und krümmte sich. Würde er diese Tortur überleben? Was hatten sie vor? Schlugen sie ihn nur krankenhausreif, oder wollten sie ihn gleich auf den Friedhof bringen? Über sich hörte er das dreckige Lachen der Nazis, sie gingen nicht fort, sie kosteten ihren Triumph aus. Mit Füßen, die in schweren Stiefeln steckten, traten sie nach ihm, bis ihm die Luft wegblieb – er stöhnte, ihm war übel, er ahnte, dass er einer Ohnmacht nahe war. Der Puls rauschte ihm in den Ohren, der Schmerz war überall, er versuchte nicht einmal mehr, sich dagegen zu schützen. Ein letzter Tritt in die Seite, bevor er fühlte, wie die Bewusstlosigkeit über ihn hinwegbrandete und ihn forttrug aus einem Kampf, den er verloren hatte.

»Gert, gib mal den Sechserschlüssel rüber.«
Nicolai Boysen beugte sich über den Motor seines Wagens und schaute hinunter auf das Gewirr aus Drähten und ölverschmierten Schläuchen. Noch hatte er keinen blassen Schimmer, warum das Automobil neuerdings streikte, aber er war entschlossen, es herauszufinden, um sich die teure Reparatur in der Autowerkstatt zu sparen. Verdammt, wo blieb der Sechserschlüssel? Nicolai richtete sich auf, schützend schirmte er die Augen mit der flachen Hand gegen die tief stehende Sonne ab. Wo war der Lehrling abgeblieben, der sollte ihm doch bei der Arbeit zur Hand gehen? Eben war er noch vor der Remise gewesen, aber jetzt fehlte jede Spur von ihm. Suchend glitten Nicolais Blicke über den Sandplatz vor dem Haus. Natürlich, das hätte er sich denken können, Gert Roloff lungerte unten am Haupteingang des Hotels herum. Ein dümmliches Grinsen im Gesicht, hatte er Posten neben dem Reporter aus Westerland bezogen, der aus der Stadt gekommen war, um Fotos für die nächste Ausgabe seiner Zeitung zu machen. Derzeit hatten sie prominenten Besuch im Hotel, ein Filmsternchen aus Berlin war hier abgestiegen und verdrehte den männlichen Gästen die Köpfe mit ihrem viel zu dick aufgetragenen Charme. Da durfte der Herr Lehrling natürlich nicht fehlen – für Gert Roloff war ihre Anwesenheit auf dem Hotelvorplatz Grund genug, alles stehen und liegen zu lassen. Seufzend schüttelte Nicolai den Kopf, während er sich vorsichtig mit der ölverschmierten Hand eine Strähne aus der verschwitzten Stirn schob. Der Junge war eine Plage. Er war faul, widerspenstig und aufsässig.
Nicolai griff nach einem alten Stofflappen, der in der Tasche seiner staubigen Hose steckte, und ließ ihn zwischen den

Fingern hindurchgleiten, während er sich auf den Weg zum Haupthaus machte. Ihm reichte es, das Maß war voll. Einen Lehrling wie den hier brauchte er nicht, er hätte sich nie darauf einlassen sollen, den Jungen überhaupt einzustellen. Sein Vater war eine der Nazigrößen im Ort, deshalb hatte Nicolai nicht gewagt, dem Mann eine Bitte abzuschlagen, aber das machte die Situation nicht besser. Er musste sich etwas überlegen, es war an der Zeit, dem Jungen den Marsch zu blasen.
Mit großen Schritten marschierte er den Weg zum Hotel hinunter. Er war noch nicht weit gekommen, als Gert ihn bemerkte, ihre Blicke trafen sich. Nicolai konnte nicht anders, er runzelte die Stirn, was zur Folge hatte, dass das Gesicht des Jungen sich rötete. Anscheinend ahnte er das Donnerwetter, das gleich über ihm niedergehen würde – gut, sollte er sich nur fürchten, das war in Ordnung. Er hatte es sich redlich verdient.
Neben dem Zeitungsfritzen, der langsam hinter seinem dreibeinigen Stativ mit dem Fotoapparat hervorgekrochen kam, blieb Nicolai stehen. Demonstrativ verschränkte er die Arme vor dem Oberkörper, während der Reporter ihn fragend von der Seite musterte. Das Filmsternchen bekam von alldem anscheinend nichts mit, sie räkelte sich noch immer auf der kleinen Mauer am Portal vor einem unsichtbaren Publikum.
Nicolai machte einen Schritt auf seinen Lehrling zu. »Was treibst du hier, Gert? Wieso verkrümelst du dich einfach, anstatt mir oben beim Automobil zu helfen, wie ich es dir gesagt habe?«
»Ich wollte nur mal sehen, was hier unten los ist, Herr Boysen.«
Die Stimme des Jungen zitterte, es war kaum zu verstehen, was er sagte. Nicolai tat, als verstünde er es nicht. Betont langsam runzelte er die Stirn und legte eine Hand ans Ohr, als wäre kein Wort bei ihm angekommen. Beim Anblick dieser Pantomime errötete Gert noch tiefer, während das Filmstern-

chen im Hintergrund zu kichern begann. Mit einer albernen Pose schlug sie sich die Hand vor den Mund – sie schauspielerte schlecht, aber für den Jungen war es zu viel, er fühlte sich blamiert. Betreten ließ er den Kopf sinken und sah zu Boden. Gut so, er brauchte eine Lektion. Seitdem er hier war, schaffte er es regelmäßig, sich den Ärger seines Chefs zuzuziehen, denn was auch immer man ihm auftrug, er erledigte es nur zur Hälfte. An Ausreden fehlte es Gert nicht, er wusste immer, wer schuld war, wenn etwas nicht lief, wie es sollte. Bisher hatte Nicolai es vermieden, ihn in Anwesenheit Dritter herunterzuputzen, aber inzwischen wusste er, dass er mit Geduld und Verständnis nicht weiterkam. Er nahm den Jungen, der einen Schritt zurückwich, ins Visier.

»Also, Gert, um die Sache klarzustellen: Wenn ich dir sage, du sollst mir helfen, dann verschwindest du nicht einfach ohne ein Wort und lässt mich allein da oben stehen, verstanden? Ich lege Wert darauf, dass du deine Arbeiten erledigst. Du wirst hier nicht fürs Herumstehen bezahlt, kapiert?«

»Ist ja schon gut.« Abwehrend hob der Junge die Hände. Er hatte kapituliert, man sah es ihm an. »Ich habe verstanden, Sie brauchen nicht zu schreien.«

»Ich schreie deshalb, weil meine freundlichen Ermahnungen bei dir bisher nichts gefruchtet haben.«

»Schon gut, beruhigen Sie sich, Herr Boysen. Wozu der Aufstand? Den Wagen können Sie sowieso vergessen, der ist reif für die Werkstatt. Ein Zylinderkopf muss ausgewechselt werden. Das schaffen Sie nicht allein, da braucht man spezielles Werkzeug.«

Nicolai stemmte die Hände in die Hüften, während er noch überlegte, was er darauf antworten sollte. Am Zylinderkopf lag es also, aha. Und woher wollte der Schlauberger das wissen?

Nicolai kniff die Augen zusammen und musterte seinen Lehrling, der jetzt wieder Oberwasser zu haben schien. Er grinste frech, offensichtlich froh darüber, dem Filmsternchen imponiert zu haben, das ihn von seinem Platz vor dem Hotelportal mit großen Augen anstaunte. Anscheinend war dieser junge Mann nicht nur faul, sondern auch noch vorlaut. Nur weil sein Vater bei den Nazis eine Rolle spielte, glaubte er wohl, er könne sich alles erlauben. Er war hier im Hotel der Lehrling, mehr nicht. Wenn Nicolai zuließ, dass der jüngste seiner Angestellten ihm auf der Nase herumtanzte, brauchte er seinen Leuten bald gar keine Anweisungen mehr zu geben.

»Der Zylinderkopf muss also ausgewechselt werden, ich bin beeindruckt. Eine Lehre zum Automechaniker hast du wohl auch schon hinter dir, was? Wenn ich dich so reden höre, frage ich mich, wer von uns beiden hier das Sagen hat, mein Lieber.«

»Der Wagen muss in die Werkstatt, so viel verstehe ich von der Sache. Das sieht doch ein Blinder mit Krückstock, im Ernst.«

Dem Ton in seiner Stimme nach zu urteilen, schien Gert beschlossen zu haben, die Taktik zu wechseln, denn er wirkte jetzt gar nicht mehr schüchtern. Breitbeinig stand er da, den Kopf erhoben, ein großspuriges Lächeln mitten im pickeligen Gesicht. Das Filmsternchen, das in einem knappen Strandkleid noch immer auf der Mauer saß, kicherte wieder, ohne dass Nicolai gewusst hätte, warum wohl ihrer Meinung nach diese Situation so komisch war. Die Lage spitzte sich zu, doch Einlenken kam für ihn nicht in Frage, dann würde er sich zukünftig bei Gert überhaupt nicht mehr durchsetzen können. Er würde ein Machtwort sprechen müssen, auch deshalb, weil ausgerechnet in diesem Moment Ingeborg aus dem Haus trat. Von der Freitreppe aus warf sie ihm einen fragenden Blick zu, sie schien zu spüren, dass etwas nicht in Ordnung war. Nicolai seufzte leise. Das alles wegen einer albernen Autoreparatur, die er wahrscheinlich doch nicht allein zu Stande bringen würde.

»Mir reicht es mit dir, Gert. Du kannst dir deine Papiere im Büro abholen. Dies ist zufällig das beste Hotel im Ort, und es gehört mir. Ein Großmaul wie du, das keine Manieren hat, kann ich nicht gebrauchen, kapiert?«
Der Junge stand wie vom Schlag getroffen und starrte ihn an, aber er blieb stumm. Mit verkniffenem Gesicht wartete er noch einen Augenblick im hellen Licht des späten Nachmittags auf irgendetwas, was nicht geschah. Für ein paar Sekunden schien die Zeit auf dem Vorplatz still zu stehen, erst als ein paar Lachmöwen, getragen von einer plötzlichen Windböe, über sie hinwegglitten, drehte er sich abrupt um und setzte sich in Bewegung. Mit erhobenem Kopf stapfte er auf das Haupthaus zu und verschwand im Inneren des Hotels, wahrscheinlich, um seine Sachen zu packen. Zumindest war das eigentlich alles, was ihm noch zu tun übrig blieb. Nicolai wusste, dass er bei dem Streit mit dem Jungen zu heftig reagiert hatte, aber Gert hatte ihn in Anwesenheit anderer herausgefordert, und das nicht zum ersten Mal.
Nicolai wandte sich ab. Der Nachmittag war ihm durch den Vorfall verleidet, trotz des Bilderbuchfrühlings um ihn herum. Er sah auf und entdeckte den Reporter von der *Sylter Zeitung* neben sich, an dem der ganze Vorfall vorbeigegangen zu sein schien. Scheinbar desinteressiert hantierte er an seinem Fotoapparat, während Ingeborg langsam die Treppe vor dem Eingang herunterkam. Ihrem Gesichtsausdruck nach zu urteilen würde sie ihn wegen des Streits mit dem Lehrling zur Rede stellen wollen. Natürlich würde er versuchen, ihr zu erklären, was vorgefallen war, auch wenn er schon ahnte, dass sie auf der Seite des Jungen sein würde. Gerade wollte er seiner Frau entgegengehen, um in Ruhe mit ihr reden zu können, als der Reporter ihm plötzlich von hinten auf die Schulter klopfte.
»Sagen Sie, Herr Boysen, da wir zwei gerade so nett hier beieinander stehen – darf ich Sie bei der Gelegenheit etwas fragen?«

Nicolai nickte langsam, gespannt darauf, was für eine Frage der Reporter ihm wohl im Anschluss an die Szene von eben stellen wollte.
»Sagen Sie, was ist eigentlich dran an der Geschichte mit der Spielbank? Kampen soll ein Kasino bekommen, habe ich gehört. Ein paar Bankiers vom Festland haben im Dorf Land aufgekauft. Sie gehören zu den Investoren für das Kasino, sagt man – wie weit sind Sie denn mit Ihren Plänen?«
Nicolai erschrak, er drehte sich zu seiner Frau um, in der Hoffnung, dass sie noch weit genug entfernt war, um von diesem Gespräch nichts mitzubekommen. Musste dieser Idiot von der Zeitung mit seiner Geschichte ausgerechnet jetzt herausplatzen? Nicolai gefiel es überhaupt nicht, dass seine Frau auf diese Weise von der Sache erfuhr. Er hatte vorgehabt, ihr unter vier Augen davon zu erzählen – bei passenderer Gelegenheit, in einer entspannteren Atmosphäre.
»Ist also was dran an der Sache, dachte ich's mir doch.«
Der Reporter zog ein Notizbuch aus seinem Jackett und begann, sich etwas aufzuschreiben.
»Angeblich finanziert das Bankhaus Rosenkranz in Hamburg das Kasino. Wer sind die anderen – außer Ihnen, meine ich?«
Ohne zu antworten, schob Nicolai die Hände in die Taschen seiner Hose. Ingeborg stand neben ihm und wartete. Er spürte ihren kritischen Blick, er ahnte, was ihm blühte, wenn sie allein waren. Gleichgültig, was er zu sagen hatte, sie würde auf jeden Fall gekränkt sein, schon allein, weil er die Geschichte mit der Spielbank nicht mit ihr besprochen hatte.
Der Reporter belauerte ihn, eifrig drehte er seinen gespitzten Bleistift in der Hand. Nicolai war fest entschlossen, nichts von dem preiszugeben, was er wusste.
»Hören Sie, das Ganze ist bloß ein Gerücht. Fragen Sie Herrn Rosenkranz selbst, wenn Sie glauben, dass es etwas über eine Spielbank in Kampen zu berichten gibt. Von mir werden Sie

dazu nichts hören. Sind Sie übrigens fertig mit der jungen Dame da oben? Sie beginnt zu frieren, glaube ich.«
Mit einer kurzen Kopfbewegung deutete er auf das Mädchen in seinem flatternden Strandkleidchen, das noch immer auf der Balustrade hockte und von dort zu ihnen hinuntersah.
»Ja, in Ordnung. Ich bin fertig.«
Der Reporter ließ sein Notizbuch in der Tasche seines Jacketts verschwinden. Er wirkte nicht einmal enttäuscht darüber, nichts aus Nicolai herausgeholt zu haben. Die Geschichte mit der Spielbank schien von einer Minute zur nächsten für ihn erledigt. Der Mann klappte sein Stativ zusammen und lief mit dem Fotoapparat unter dem Arm die Treppe zu der Schönen hinauf. Nicolai wäre ihm gern gefolgt, aber Ingeborg hielt ihn zurück. Er spürte ihre Hand auf seinem Unterarm und durfte sich nicht rühren, obwohl er sich liebend gern aus dem Staub gemacht hätte. Was wollte sie von ihm hören? Streiten konnten sie immer noch, drinnen zum Beispiel, wo es keiner mitbekam.
»Ist der Wagen wieder in Ordnung?«
Er folgte ihrem Blick hinauf zur Remise, in dessen weit geöffneten Toren der weiße Horch stand, den er vor ein paar Monaten günstig auf dem Festland erstanden hatte. Die Kiste machte nur Zicken, die Ersatzteile, die der Wagen geradezu zu verschlingen schien, hatten ihn schon einen Haufen Geld gekostet. Das Automobil war ein Fehlkauf, so wie sein Nachmittag bisher ein Reinfall gewesen war. Ein sinnloser Streit mit dem Lehrling, der mit dessen Rauswurf geendet hatte, ein überflüssiges Scharmützel mit dem Mann von der Zeitung, das vielleicht noch ein eheliches Nachspiel haben würde – was kam als Nächstes? Behutsam legte er einen Arm um die Schultern seiner Frau, er versuchte zu lächeln, als er sie ansah.
»Tut mir Leid, aber die Kiste streikt noch. Sie will einfach nicht, die alte Karre.«

Ingeborg seufzte leise. »Dann werde ich das Fahrrad nehmen. Thiess hat angerufen, meiner Mutter geht es nicht gut. Ich fahre kurz rüber und schaue nach, was dort los ist.«
Ihre Lippen streiften flüchtig seine Wange, bevor sie sich abwandte und den Weg zur Remise hinaufging. War das wirklich schon alles gewesen? Oder kam das eheliche Donnerwetter wegen der Sache mit der Spielbank einfach nur etwas später?

Johannes Lehmann stand im Hausflur, den Mantel noch in der Hand. Gerade eben aus der Praxis heimgekehrt, war er in der Diele stehen geblieben, um zu lauschen. Aus dem Wohnzimmer nebenan waren Stimmen zu hören, seine Frau hatte Besuch. Hockten da etwa schon wieder die Tanten vom Kirchenvorstand auf seinem Sofa? Die Damen lagen Lilly neuerdings ständig wegen des Sommerfestes der Gemeinde in den Ohren, nahezu jeden Tag waren sie jetzt da. Schon allein die Vorstellung ärgerte ihn, schließlich hatte er gerade heute Nachmittag seine Frau eine Weile für sich haben wollen. Er war erschöpft und sehnte sich nach der beruhigenden Gegenwart Lillys, die seine Welt für gewöhnlich mit ein paar tröstenden Worten schnell wieder in Ordnung zu bringen vermochte. Heute hatte er es besonders nötig, schließlich hatte er die ganze letzte Nacht am Bett einer werdenden Mutter verbracht, deren Kind unbedingt in Steißlage das Licht der Welt hatte erblicken wollen. Die Geburt war Schwerarbeit für alle Beteiligten gewesen, selbst für den übernervösen werdenden Vater, den er nur mit Mühe und Not im Hintergrund hatte halten können. Bei einer guten Tasse Tee hatte er Lilly ausführlich von diesem Abenteuer erzählen wollen, und nun waren ihm die Damen vom Kirchenbasar in die Quere gekommen.
Seufzend legte Johannes seinen Mantel an der Garderobe ab, bevor er das Wohnzimmer betrat, in dem noch der betörende Duft nach frisch gebackenem Apfelstrudel hing. Er wollte eben

seinen Anspruch auf ein Stück Kuchen anmelden, doch dann vergaß er, was er hatte sagen wollen. Zu seiner Überraschung sah er auf dem Sofa nicht die Damen von der Kirchengemeinde, sondern eine ihm unbekannte Schöne. Lillys Besucherin hatte sein Eintreten offenbar bemerkt. Sie drehte sich zu ihm um und musterte ihn mit neugierigen, forschenden Blicken. Instinktiv rückte er seine Krawatte gerade. Die junge Frau lächelte ihn an – ob sie sich darüber amüsierte, dass er versuchte, sich ihr zu Ehren etwas herzurichten? Sie selbst war wie aus dem Ei gepellt, ihr Kostüm mitsamt der farblich perfekt darauf abgestimmten Bluse gab ihr etwas ausgesprochen Damenhaftes. Als er an den Wohnzimmertisch trat, stand sie auf und schaute ihn an. Fragend richtete er den Blick auf seine Frau.

»Johannes – gut, dass du da bist. Wir haben schon auf dich gewartet. Darf ich bekannt machen? Dies ist mein Mann – und das ist Fräulein Doktor Beck.«

Fräulein Doktor Beck? Erstaunt hob er die Augenbrauen, während er der Unbekannten die Hand reichte, die sie vorsichtig ergriff und schüttelte. Im ersten Moment wirkte sie noch etwas angespannt, als sei sie sich der Prüfung durchaus bewusst, der er sie in Gedanken unterzog – doch dann glitt ein schwaches Lächeln über ihr Gesicht.

»Es freut mich, Ihre Bekanntschaft zu machen, Herr Doktor Lehmann. Ich bringe Ihnen Grüße aus Berlin.«

Er nickte beiläufig, als wäre er es gewohnt, Grüße aus der Hauptstadt zu bekommen, dabei hatte er keinen blassen Schimmer, von wem er gegrüßt wurde. Er warf Lilly einen kurzen Seitenblick zu, aber ihre Aufmerksamkeit galt allein dem Gast, dieser ungeheuer makellosen und anmutigen dunkelhaarigen Schönheit, die aus einem Bild italienischer Meister der Renaissance entstiegen zu sein schien. Ratlos und von seiner Müdigkeit überwältigt, verzichtete er schließlich auf alle guten Umgangsformen und ließ sich einfach in den nächstbesten Sessel sinken.

»Was verschafft uns denn die Ehre Ihres Besuches, Fräulein Doktor Beck?«
Lilly war aufgestanden und zur Anrichte hinübergegangen. »Möchtest du auch eine Tasse Tee, Johannes?« Sie begann, ihm einzuschenken, vollauf beschäftigt mit der Teekanne und dem dampfenden Tee. Johannes lehnte sich in seinem Sessel zurück.
»Machen Sie Ferien auf der Insel, Fräulein Doktor Beck?«
»Nein. Ich komme aus beruflichen Gründen.«
»Tatsächlich?«
»Herr Professor Steinhäuser von der Charité schickt mich zu Ihnen. Sie erinnern sich an ihn, nicht wahr?«
»Nein, tut mir Leid.« Er nahm seine Teetasse, trank aber nicht daraus, sondern wartete, was jetzt passieren würde. Tatsächlich kannte er in Berlin niemanden. Vielleicht war das Ganze ein Missverständnis oder eine Verwechslung, obwohl ihm auch das unwahrscheinlich erschien. Bedauernd zuckte er mit den Achseln.
»Ich kenne niemanden, der an der Charité arbeitet.«
»Oh doch, sicher kennen Sie ihn. Sie waren gemeinsam mit Viktor Steinhäuser an der Ostfront. Im Herbst 1918 hatten Sie beide Dienst im Feldlazarett in Tarnow. Zu der Zeit arbeitete Viktor allerdings noch als Assistenzarzt in einer Ambulanz in Potsdam.«
Viktor Steinhäuser. Johannes wartete, dass seine Besucherin ihre Erklärungen vervollständigen würde, aber auch so setzte beim Klang dieses Namens seine Erinnerung ein. Sie waren an der Front zu sechst gewesen, drei Ärzte und drei Pfleger in einem kleinen, behelfsmäßigen Zeltlager gleich hinter den eigenen Linien. Eine nicht gerade angenehme Zeit, aber er hatte es ausgehalten. Später hatte er seine Erlebnisse aus dieser Zeit fast vollständig verdrängt, so dass ihm nur wenig geblieben war von seinen Kriegsabenteuern.
»Viktor Steinhäuser.«

Er wiederholte den Namen, den das Fräulein Doktor ihm genannt hatte, als wolle er seinen Klang erproben, aber er wusste auch so, dass ihn nicht mehr viel mit seinem Kameraden von damals verband. Der eher kleine Mann mit den wunderbaren langgliedrigen, schmalen Chirurgenhänden hatte in seiner knapp bemessenen Freizeit Klarinette gespielt und gesungen. Im Lazarett war er deswegen von allen »der Opernsänger« genannt worden. Oft, wenn er morgens im Freien vor seinem Zelt gestanden und gesungen hatte – Arien, Schlager, Schubertlieder, alles, was ihm gerade einfiel –, hatte Johannes ihm gebannt zugehört. Es war, als könne Viktor mit seinem Gesang Tod und Vernichtung in Schach halten, die sonst im Lager das Regiment führten. Jahrzehnte war das her. Eine kleine Ewigkeit hatte Johannes nicht an Viktor Steinhäuser gedacht, dabei war er ein guter Arzt und Kollege gewesen, einer, auf den man sich verlassen konnte.
Johannes sah auf und bemerkte, dass Dorothee Beck ihn die ganze Zeit nicht aus den Augen gelassen zu haben schien. Er nickte ihr zu. »Sicher kenne ich Viktor Steinhäuser. Bis zum Professor an der Charité hat er es also gebracht? Respekt, die Charité hat einen ausgezeichneten Ruf.«
Die junge Kollegin lächelte und setzte sich. Sie wirkte jetzt entspannt, beinahe so, als habe das Kompliment, das er dem Krankenhaus gemacht hatte, ihr persönlich gegolten. Interessiert betrachtete sie ihre sorgfältig manikürten Fingernägel, scheinbar war sie nicht gewillt, freiwillig mehr preiszugeben über die Umstände, die sie hierher geführt hatten. Es war wieder an ihm, Fragen zu stellen, also beugte er sich vor und suchte ihren Blick.
»Sind Sie also eine Kollegin von Viktor?«
»Ich habe bis vor kurzem für ihn gearbeitet, ja.«
Dorothee Beck schlug ihre unglaublich langen Beine übereinander und sah ihn herausfordernd an, vielleicht weil sie erwartete, dass er beeindruckt sein müsse, doch er war es nicht.

Er hegte keine Vorbehalte gegen Ärztinnen im Allgemeinen oder ihre Person im Besonderen, konnte sich aber auch nicht dazu entschließen, sie allein dafür zu bewundern, dass sie mit Viktor Steinhäuser zusammengearbeitet hatte – schließlich hatte er das auch einmal, vor langer Zeit. Lilly kam zu ihm und ließ sich auf der Lehne seines Sessels nieder.

»Fräulein Doktor Beck hat eine Bitte an dich, Johannes.«

Noch ehe er etwas erwidern konnte, rutschte die junge Frau ein Stück in ihrem Sessel nach vorn und sah ihn an. »Ich brauche eine Stelle, Herr Doktor Lehmann. Viktor meint, Sie könnten mir da vielleicht helfen. In den Sommermonaten herrscht bei Ihnen in der Praxis doch bestimmt Hochbetrieb, oder?«

Schweigend setzte er seine Teetasse auf dem Tisch ab. War diese junge Frau wirklich Hunderte von Kilometern gereist, um sich ausgerechnet bei ihm in Westerland zu bewerben? Sie kam aus einer Großstadt, hatte dort gelebt und gearbeitet, hatte Umgang mit den Kapazitäten eines der größten deutschen Krankenhäuser gehabt und dabei mit Sicherheit nicht schlecht verdient – und jetzt war sie entschlossen, in Westerland die Wehwehchen der Badegäste zu kurieren? Irgendetwas stimmte da nicht. Ihn wunderte nur, dass Lilly, die sonst so ein feines Gespür für Ungereimtheiten hatte, es nicht zu bemerken schien.

Mit zusammengekniffenen Augen musterte er Fräulein Beck, aber ihr Gesicht blieb glatt und unbewegt. Was sollte er auf ihre Frage antworten? Er würde es mit der Wahrheit versuchen müssen. Langsam beugte er sich vor.

»Wieso kommt der Herr Professor gerade auf mich, wenn ich fragen darf? Ich führe bloß eine kleine, bescheidene Landarztpraxis. Das Geld, das ich verdiene, reicht bestimmt nicht, um eine zweite Kraft zu bezahlen. In den Wintermonaten kommen nicht einmal halb so viele Patienten wie im Sommer.«

»Ich verstehe. Aber darin sehe ich eigentlich kein Problem, Herr Kollege.«
Gestützt gegen die Rückenlehne seiner Sitzgelegenheit musterte er seinen Gast. Das Fräulein Doktor schien noch immer ernsthaft interessiert zu sein. Musste er die Frau denn erst aus dem Haus tragen, um ihr klarzumachen, dass er sich einen Kompagnon nicht leisten konnte? Eine Großstadtpflanze wie sie war hier nicht nur fehl am Platz, sondern auch überflüssig. Er war bisher allein zurechtgekommen und würde das auch in Zukunft tun, da mochte ein Professor Steinhäuser erzählen, was er wollte. Dorothee Beck schien seine Ablehnung nicht zu spüren, sie lächelte ihn an.
»Mit einem Gehalt von, sagen wir, sechshundert Mark im Monat wäre ich zufrieden. An Wochenenden und Feiertagen wechseln wir uns ab, und wenn ich länger als drei Monate bei Ihnen bleibe, steht mir eine Woche bezahlter Urlaub zu. Das sind doch vernünftige Bedingungen, finden Sie nicht?«
Sie klappte ihre Handtasche auf.
»Ich habe Zeugnisse und ein persönliches Empfehlungsschreiben von Professor Steinhäuser mitgebracht. Möchten Sie es sehen?«
Sie reichte ihm ein Päckchen mit Papieren über die Tischplatte, das er aber nicht anrührte. Langsam schüttelte er den Kopf. Vermutlich war sie eine tüchtige Ärztin, aber er wollte einfach nicht mit ihr zusammenarbeiten. Er brauchte niemanden, es gefiel ihm, so wie es war, dabei sollte es bleiben. Abwehrend verschränkte er die Arme vor dem Oberkörper.
»Ihre Papiere sind sicher in Ordnung. Wenn Professor Steinhäuser Sie empfiehlt, habe ich keinen Grund, an Ihrer Qualifikation zu zweifeln. Ich frage mich bloß, warum Sie sich ausgerechnet bei mir bewerben. In der Provinz ist nicht viel los.«
Er wartete einen Augenblick, dann beugte er sich vor, entschlossen nachzusetzen, um die Situation ein für allemal zu klären.

»Ich war ehrlich zu Ihnen, also seien Sie es auch: Haben Sie etwas auf dem Kerbholz – einen Kunstfehler in der Klinik vielleicht? Sind Sie die ehemalige Geliebte Ihres Professors, die er loswerden will? Oder warum sonst kommen Sie auf der Suche nach Arbeit ausgerechnet zu mir?«

Dorothee Beck ließ ihre Zeugnisse verschwinden und klappte die Handtasche zu. Ihre Miene wirkte ernst, aber sie schien nicht im Mindesten gekränkt.

»Nun gut, Herr Kollege, reden wir offen miteinander. Sie haben vermutlich gehört, was in Berlin derzeit vor sich geht? In politischer Hinsicht, meine ich?«

»Wenn Sie die Geschichte mit den Nationalsozialisten meinen – »Johannes machte eine vage Handbewegung und verstummte gleich darauf, denn er hatte keine große Lust, über dieses Thema zu reden. Selbstverständlich wusste er, was man sich über die Nazis hinter vorgehaltener Hand erzählte, nur war er nicht sicher, inwieweit die Gerüchte stimmten. Auf der Insel schien das Leben weiterzugehen wie bisher. Was mochte eine junge Ärztin wie Fräulein Doktor Beck von den Nazis zu befürchten haben? War sie etwa Jüdin? Johannes wartete, bis Lilly neben ihm noch ein Stück an ihn heranrückte und behutsam eine Hand auf die seine legte.

»Fräulein Doktor Beck weiß nicht, wie du zu unserer neuen Regierung stehst, Johannes.«

Er seufzte. »Mir geht es mit ihr genauso, Lilly. Hatten Sie in Berlin Schwierigkeiten mit der Regierung, Fräulein Doktor Beck?«

»Nein, nicht direkt. Aber ich bin eine Frau. Da liegt der Hase im Pfeffer, Herr Kollege.«

»Wieso das?«

»Die medizinische Fakultät wird meinen Vertrag als Assistentin nicht verlängern. Sie haben auch meine Habilitation nicht angenommen. Meine Stelle soll mit einem männlichen Bewerber besetzt werden.«

Fräulein Doktor Beck lächelte, aber die Enttäuschung darüber, nicht mehr als Ärztin an einer der angesehensten Kliniken des Landes arbeiten zu dürfen, war ihr deutlich anzusehen. Johannes konnte ihren Kummer nachvollziehen. Vermutlich war es sehr ehrgeizig, das junge Fräulein Doktor. Doch was um Himmels willen suchte sie dann ausgerechnet hier, in der Provinz, in der kleinen Praxis eines Hausarztes, wo sich bestimmt nichts Aufregendes abspielte? Dorothee Beck betrachtete eine Weile ihre Handtasche und stellte das gute Stück schließlich beiseite, bevor sie ihn wieder ansah.

»Vor mir sind schon einige andere Kolleginnen gezwungen worden, die Klinik zu verlassen. Sie mussten männlichen Kollegen Platz machen – und das ist erst der Anfang, schätze ich. Die großen Kliniken und Universitätskrankenhäuser werden gesäubert, verstehen Sie? Zurück an den Herd ist die Devise. Der Mann ist der Versorger der Familie, ihm gebührt jeder hochwertige Arbeitsplatz. Die Frau bleibt zu Hause und kocht, wenn sie nicht den Gören die Nase putzt.«

»So ist das, ich verstehe. Ich würde Ihnen gerne weiterhelfen, aber meinen Sie wirklich, dass Sie sich hier auf der Insel wohl fühlen werden? Die Arbeit in meiner Praxis ist ziemlich eintönig. Wenn hier jemand Zwillinge bekommt, läuft schon das ganze Dorf zusammen. Ich denke, auf Dauer hat Ihnen Westerland nicht viel zu bieten.«

»Es soll nicht auf Dauer sein, Johannes. Fräulein Doktor Beck braucht nur für kurze Zeit eine Beschäftigung, so lange, bis sie etwas Geeigneteres findet.«

Johannes sah seiner Frau ins Gesicht. In ihrer Stimme hatte dieser schmeichelnde Unterton gelegen, den sie immer anschlug, wenn es galt, bei ihm etwas durchzusetzen. Natürlich stand sie auf Dorothee Becks Seite, wie sollte es auch anders sein. Fräulein Doktor Beck rutschte ein wenig verlegen auf ihrem Sessel herum, die Rolle einer Bittstellerin in eigener Sache lag ihr offenbar nicht besonders.

»Ihre Frau hat Recht, Sie müssen sich um mich keine Sorgen machen, Herr Doktor. Ich habe Verwandte in Großbritannien. Sobald die Formalitäten für eine Ausreise geregelt sind, gehe ich nach England, ich bleibe nicht hier.«

Es wurde still im Raum. Johannes spürte, wie sein Widerstand in sich zusammenfiel. Ein Argument nach dem anderen nahmen die beiden Frauen ihm aus den Händen. Es gab keinen vernünftigen Grund mehr, sich weiter zu weigern, also neigte er zum Zeichen seiner Zustimmung den Kopf.

»Also gut. Wenn ich Viktor damit einen Dienst erweise, bin ich einverstanden. Sie können bei mir anfangen.«

»Danke.«

Dorothee Beck reichte ihm über den Tisch hinweg die Hand, und Lilly strahlte.

»Ich habe Fräulein Doktor Beck angeboten, fürs Erste auch bei uns zu wohnen, bis sie etwas Passendes gefunden hat. Das ist dir doch recht, nicht wahr?«

Johannes runzelte die Stirn, aber seine Frau hatte anscheinend schon einen Narren an der Ärztin gefressen, auch wenn er nicht recht verstand, was ihr an der distanzierten jungen Person so gut gefiel. Was blieb ihm übrig, als ebenfalls mit allem einverstanden zu sein? Er lächelte matt.

»Also, herzlich willkommen in Westerland, Fräulein Doktor. Die Lahmen und Kranken der Insel erwarten Sie.«

Dorothee Beck war aufgestanden. Ihre Erleichterung war ihr anzusehen.

»Ich danke Ihnen, Herr Kollege. Professor Steinhäuser hatte Recht: Sie sind ein fabelhafter Mensch.«

Johannes hob abwehrend beide Hände, denn diese Schmeichelei ging eindeutig zu weit, aber insgeheim freute er sich trotzdem über das unerwartete Kompliment. Er konnte nur hoffen, dass die junge Kollegin in ein paar Monaten noch immer die gleiche hohe Meinung von ihm haben würde, wie es in diesem Moment scheinbar der Fall war.

Kapitel 2

Er sah erbärmlich aus, Andreas wusste es. Sein rechtes Auge war zugeschwollen, die gesamte rechte Gesichtshälfte war verfärbt. Vorsichtig stützte er den Kopf in die Hände. Sein Körper schmerzte bei jeder Bewegung, und trotzdem hatte er Glück, dass er heute überhaupt schon wieder in der Lage war, in der Bibliothek der Kanzlei Eckermann zu sitzen und zu lesen. Die Nazis hätten ihn vorgestern Nacht auch totschlagen können, schließlich war niemand da gewesen, um sie daran zu hindern. Nur weil er eine ihrer Kundgebungen am Hafen durch ein paar alberne Zwischenrufe gestört hatte, waren sie im Schutz der Nacht über ihn hergefallen und hatten ihn grün und blau geprügelt. Und wozu das alles? Wofür hatte er den Mut aufgebracht und den Nazis die Stirn geboten? Mehr als einmal hatte ihm seine Mutter diese Frage gestellt, als er in jener Nacht nach Hause gekommen war. Unglücklicherweise besaß er darauf keine überzeugende Antwort. Obwohl er ständig versuchte, sich wenigstens vor sich selbst zu rechtfertigen, klangen alle seine Erklärungen dünn und hohl. Die Ehre der Partei, die Solidarität der Genossen und der Kampf für mehr Gleichheit, das waren nur Parolen. Die berühmte Solidarität der arbeitenden Bevölkerung existierte nicht mehr, die Nazis hatten die sozialdemokratische Partei in kürzester Zeit gesprengt. Täglich verließen mehr Leute die Partei oder das, was noch von ihr übrig war. Seiner Mutter imponierte er mit dem Geschwätz von Solidarität und Gleichheit sowieso nicht, und auch für ihn selbst verloren diese Phrasen immer mehr an Bedeutung.

Müde schob Andreas die Prozessakte beiseite, in der er bis eben gelesen hatte. Er konnte sich heute nicht auf die Streitigkeiten anderer Leute konzentrieren. Es gab Dinge in seinem Leben, die wichtiger waren als die unbezahlte Schuld ei-

nes unzuverlässigen Käufers. Er musste unbedingt nachdenken, es war an der Zeit, sich darüber klar zu werden, wie es weitergehen sollte. Früher hatte seine politische Arbeit ihm viel bedeutet, doch unter den derzeitigen Umständen war er sich nicht mehr sicher, ob das immer noch der Fall war. Sie hatten die Partei zerrieben, die führenden Köpfe waren ausgewandert oder abgetaucht. Sollte er in Zukunft wie alle anderen einfach schweigen und wegschauen? Sich verstecken in einer bürgerlichen Existenz, bis der Sturm eines schönen Tages vorüber war? Andreas saß noch immer am Tisch und grübelte, als sich plötzlich und ohne Vorwarnung die Tür zur Bibliothek auftat. Eine der Vorzimmerdamen steckte den Kopf in den von dem dämmerigen Licht des späten Nachmittags erfüllten Raum. Hastig nahm sie die ungeliebte Brille von der Nase und blinzelte dann zu ihm hinüber, während sie mit einer Hand das taillierte Jäckchen ihres Kostüms energisch zurechtzupfte.
»Herr Bütow?«
Sie lächelte nicht wie üblich, es konnten keine guten Nachrichten sein, die sie ihm brachte. Er richtete sich ein wenig in dem Stuhl auf, auf dem er saß, die Hand auf die Tischkante gestützt, um seinem schmerzenden Oberkörper mehr Halt zu geben.
»Ja, was gibt es denn?«
»Herr Eckermann möchte Sie sprechen. Sie möchten zu ihm kommen – jetzt gleich.«
Andreas nickte zum Zeichen, dass er verstanden hatte, während die Sekretärin sich zurückzog. Sie hatte kaum die Tür geschlossen, als er auch schon wieder in sich zusammensank. Müde und zerschlagen, wie er sich fühlte, verspürte er nicht die geringste Neigung, sich ausgerechnet jetzt die Eckermannsche Gardinenpredigt anzuhören, die auf dem Programm stand. Dass sein Onkel Thomas sich über die nächtliche Schlägerei aufregen würde, wusste er, dafür lohnte

sich die Mühe eines Gesprächs unter vier Augen nicht. Thomas Eckermann, den er ohne echte verwandtschaftliche Beziehung aus Tradition »Onkel« nennen durfte, hatte ihm sein Studium finanziert. Und als Freund der Familie hatte er immer ein gewichtiges Wörtchen mitzureden, wenn es um große Entscheidungen ging. Seine Mutter ließ sich vollständig von ihm lenken. Die beiden Alten waren ein Herz und eine Seele. Sich gegen einen von ihnen aufzulehnen, bedeutete, auch prompt den anderen gegen sich zu haben – doch was half es ihm, das zu wissen? Solange er in dieser Kanzlei noch Geld verdienen wollte, würde er dem Gespräch nicht aus dem Weg gehen können.

Langsam rappelte Andreas sich aus seinem Stuhl hoch, er verließ die Bibliothek und wanderte den Flur hinunter, dessen dicker Teppich mit dem kaffeebraunen Muster seine Schritte dämpfte. Draußen auf dem Gang kam ihm niemand entgegen, niemand hielt ihn auf. Andreas lauschte noch einen Moment an der Tür zum Allerheiligsten, doch in Eckermanns Arbeitszimmer blieb es still wie in einem Grab. Was machte er, feilte er noch an der Standpauke, die er ihm halten wollte? In diesem Moment klingelte irgendwo ein Telefon, das Geräusch ließ Andreas zusammenzucken. Er fühlte sich beim Lauschen ertappt, obwohl er gar nichts belauscht hatte. Hastig klopfte er an die Tür, bevor er das Arbeitszimmer betrat. Der Senior der Kanzlei erwartete ihn hinter seinem klobigen Schreibtisch, einem Monstrum aus schwerem, dunklem Holz auf Füßen, die Löwenpranken nachgebildet waren. Rechts und links türmten sich auf der Tischplatte die Akten, aber Andreas beachtete die Berge aus Papier nicht. Sein Blick traf sich sofort mit dem seines Onkels, auf dessen Gesicht sich immerhin eine Spur von Überraschung spiegelte – vielleicht war er erstaunt über das Ausmaß der Verletzungen, die sein Schützling bei der Prügelei mit den Nazis davongetragen hatte.

»Schließe bitte die Tür, mein Junge.«

Andreas gehorchte und wartete regungslos vor dem überladenen Schreibtisch auf das Donnerwetter, das kommen musste und nicht kam. Thomas Eckermann deutete bloß auf einen der beiden Sessel an dem runden Tisch, an dem die wichtigen seiner Mandanten sonst den Tee serviert bekamen.
»Möchtest du dich nicht setzen? Du siehst aus, als ob du es nötig hättest.«
Andreas zögerte, aber dann ließ er sich doch vorsichtig auf einem der kleinen Samtsessel nieder. Die Eckermann'sche Ahnengalerie in Öl an der Wand neben sich, kauerte er auf seinem Platz und wartete. Jeden Moment würde der Angriff beginnen. Es war einfach undenkbar, dass der Onkel ihn ungeschoren davonkommen lassen würde. Ein Mann wie er konnte die sozialdemokratische Partei nicht mögen, schließlich war er ein Konservativer durch und durch – auch wenn er selbst sich für ausgesprochen liberal und weltoffen hielt.
Endlich richtete der Anwalt sich auf, so wie er es immer tat, wenn er einem Besucher seine ganze Aufmerksamkeit zuwandte. Er lächelte milde. »Nun, bist du zufrieden mit dir, mein Junge? Was ist das für ein Gefühl, ein Held zu sein?«
»Ich fühle mich nicht als Held. Du irrst dich, wenn du das glaubst.«
Andreas wollte den Kopf schütteln, um seiner Aussage Nachdruck zu verleihen, aber er ließ es sein. Schon bei dem erstem Versuch durchzuckte ein stechender Schmerz seinen ganzen Oberkörper. Thomas Eckermann schlug die Beine übereinander und musterte ihn eingehend, als könne er in Andreas' malträtiertem Gesicht die Antworten auf die Fragen finden, die ihn beschäftigten.
»Wenn es nicht um Ruhm und Ehre ging, wozu dann die ganze Geschichte? Nächtliche Verfolgungsjagden durch das Hafenviertel, Prügeleien auf Hinterhöfen, bis die Schupos kommen, was soll das? Sogar die Lokalzeitung bringt

heute eine kurze Notiz darüber. Ich finde, das ist deiner nicht würdig.«
»Die Schupos sind nicht gekommen, Onkel Thomas, das ist es ja gerade. Im Übrigen habe ich mich nicht freiwillig mit den Nazis geprügelt. Sie haben mich erst durch die halbe Stadt gejagt und mich dann nach allen Regeln der Kunst verdroschen. Das ist ein Unterschied, findest du nicht?«
Der Unterschied schien Thomas Eckermann nicht einzuleuchten, jedenfalls neigte er nur bekümmert den Kopf, anstatt zu antworten. Er sah traurig aus. Wahrscheinlich hatte er vorgehabt, den guten Onkel zu spielen, und bemerkte jetzt, dass es nicht so leicht werden würde, diese Rolle durchzuhalten. Tatsächlich besaß er vermutlich kaum Verständnis für das, was in Andreas vorging, seine Nachsicht war nur gespielt. Thomas Eckermann rückte die Manschetten unter den Ärmeln seines Jacketts gerade, anscheinend nahm er Anlauf zu einer wohl einstudierten Rede.
»Lass es sein, wie es will, mein Junge. Um die Einzelheiten dieser Schlägerei geht es mir nicht. Dass sie dich böse zugerichtet haben, sehe ich, das tut mir Leid. Dennoch frage ich mich, warum du dich überhaupt mit diesem Pöbel abgibst. Die Sozialdemokratie hat in den letzten hundert Jahren viel für die arbeitende Klasse getan, aber du gehörst nicht zu diesen Leuten. Du bist keiner von denen, die jeden Tag in der Fabrik schuften. Ich habe dir ein Studium ermöglicht, du bist ein angehender Rechtsanwalt. Du willst doch mein Nachfolger werden, oder?«
Er beugte sich ein Stück vor und sah ihm in die Augen. Wie ein großer alter Uhu mit Brille hockte er hinter seinem Schreibtisch. Was für eine Frage. Natürlich wollte Andreas eines Tages in dieser Kanzlei als Anwalt arbeiten, wozu noch einmal wiederholen, was sie beide wussten? Seit vielen Jahren kam er hierher, schon von Beginn seines Studiums an hatte er sich mit den Fällen beschäftigt, die gut situierte Mandanten

aus der ganzen Stadt in diese Kanzlei trugen. Der Hinweis auf die berufliche Zukunft, die Andreas zugedacht war, sollte nur dazu dienen, ihm klarzumachen, wohin er wirklich gehörte.
Thomas Eckermann war aufgestanden und hinter seinem Schreibtisch hervorgekommen. Das Morgenlicht schimmerte wirkungsvoll auf seinem sanft ergrauten Haar, während er die Falten im Stoff seiner Weste glättete.
»Begib dich nicht unter deinen und den Stand deiner Klienten, das schadet deinem Ruf, Andreas. Ganz abgesehen davon, was du deiner Mutter damit antust.«
Andreas unterdrückte die Bemerkung, die ihm dazu auf den Lippen lag, und versuchte stattdessen, einfach nur bedeutungsvoll zu lächeln. Es war typisch für Thomas, dass er so bald wie möglich auf die Ängste und Sorgen seiner Mutter zu sprechen kam, um ihn einzuschüchtern. Aber Andreas war entschlossen, nicht so schnell klein beizugeben, schließlich kannte er diese Litanei. Er rutschte ein Stück in seinem Sessel nach vorn. »Lass meine Mutter aus dem Spiel, wenn ich bitten darf, ja? Ich weiß, dass ich als ihr Sohn Rücksichten zu nehmen habe, das ist mir nicht neu. Im Übrigen ist das alles nicht so einfach, wie du denkst, Onkel Thomas. Die Nazis machen die Republik kaputt – eine Republik, von der du auch einmal überzeugt warst –, und du verlangst von mir, dass ich zusehe und mich anständig benehme. Jeden Tag werden Menschen ohne Prozess in Gefängnisse gesteckt. Kaum jemand wagt noch, auf offener Straße seine Meinung zu sagen. Und du ziehst dich in deine Kanzlei zurück und tust so, als ob alles in Ordnung wäre. Ich finde das nicht anständig, tut mir Leid.«
Das war heftig, er wusste es. Eigentlich wäre jetzt eine Zurechtweisung fällig gewesen, aber nichts geschah. Andreas ließ sich gegen die Rückenlehne seines Sessel sinken. In seinem Kopf hämmerte es, die Helligkeit im Raum schmerzte in seinen Augen. Wozu regte er sich auf? Er hielt Eckermann ei-

nen Vortrag über den Untergang der Republik und zerstörte damit seine Karriere. Onkel Thomas würde doch nicht begreifen, worum es ging.

Der Anwalt stand am Fenster und schaute hinaus, nur seine geröteten Wangen ließen erkennen, dass er wütend war, und das nicht zu Unrecht aus seiner Sicht. Jahrelang hatte er einen mittellosen Jungen aus kleinbürgerlichem Milieu unterstützt, damit der sich dann seiner politischen Ideale wegen ruinierte. Andreas ahnte, dass er drauf und dran war, sich die Sympathien seines Gönners zu verscherzen. Er würde sich entschuldigen müssen, schon um zu retten, was noch zu retten war.

Thomas drehte sich um und sah ihm ins Gesicht. Andreas versuchte, den Schmerz in seinem Kopf zu ignorieren, und nickte langsam. Jedes seiner Körperteile schien tausend und mehr Jahre alt zu sein, geborsten und mürbe wie vertrocknetes Holz.

»Entschuldige. Ich weiß, ich habe mich im Ton vergriffen. Es war nicht so gemeint.«

Stille trat ein. Seine Entschuldigung hatte scheinbar nichts bewirkt, denn die Gesichtszüge seines Gegenübers erhellten sich nicht. Was sollte er noch tun? Den Fußboden küssen, auf dem Herr Rechtsanwalt Eckermann zu wandeln beliebte? Andreas ließ den Kopf sinken und rührte sich nicht mehr.

Eckermann seufzte. »Du bist jung und voller Ideale, das verstehe ich durchaus. Aber glaube mir, es ist gefährlich, was du tust. Der Sturm, der über uns hinwegfegt, ist stärker als wir. Täglich werden Menschen ohne Prozess in Gefängnisse gesteckt – das waren doch eben deine Worte, oder? Vielleicht gehörst du bald zu denjenigen, denen es so ergeht.« Er hatte sich abgewandt, aus einer Karaffe goss er Wasser in ein leeres Glas.

»Adolf Hitler ist an der Macht, und seine Nazis regieren dieses Land, ob es uns passt oder nicht. Der Einzelne kann nichts gegen die Gewalt ausrichten, die vom Staat ausgeht, mein Junge. Deine Partei hätte sich Hitler früher mit Kraft entgegenstemmen müssen, aber sie hat es nicht getan. Jetzt ist es zu spät. Es ist besser, die Realität zu akzeptieren, als den Helden zu spielen, glaube mir.«

Er kam zu Andreas an den Tisch und reichte ihm das Glas, in dem eine milchige, sprudelnde Flüssigkeit schwamm.

»Aspirin. Trink es aus.«

Schweigend setzte Andreas das Glas an die Lippen und trank den Inhalt. Sein Onkel beugte sich über einen der beiden Sessel nach vorn und sah ihn an.

»Ich mache mir ernsthaft Sorgen um dich, Andreas. Wenn die Zeiten ruhiger wären, würde ich abwarten, bis du dich ausgetobt hast. Doch so, wie es im Moment aussieht, muss ich etwas tun, um dich vor dir selbst zu schützen. Wenn du so weitermachst, landest du im Arbeitslager, dabei hast du das Zeug zu einem guten Anwalt. Ich möchte, dass du in meine Fußstapfen trittst – sofern du dich nicht vorher zu Tode prügeln lässt, heißt das. Schau in den Spiegel. Das, was die Nazis dir vorgestern Nacht angetan haben, kann sich jederzeit wiederholen.«

Andreas stellte das leere Glas zurück auf den Tisch. Machte es überhaupt noch Sinn, hier herumzusitzen und zu streiten? Vielleicht war zwischen ihnen keine Verständigung möglich, vielleicht waren sie einander viel zu fremd. Ihre Erfahrungen und Ansichten unterschieden sich gewaltig. Bisher hatte er Thomas Eckermann zwar für seinen Erfolg als Anwalt bewundert. Doch jetzt kam er ihm vor wie ein alternder Moralapostel, der auf seinen Weisheiten beharrte, komme, was da wolle. Andreas seufzte leise, als er sich in seinem Sessel aufrichtete.

»Ich weiß, dass du viele meiner Meinungen nicht teilst, aber ich bin kein Feigling, Onkel Thomas. Die Männer in der Partei zählen auf mich. Ich werde sie nicht enttäuschen.

Ich werde mich nicht einfach zurückziehen und den Mund halten.«

Erneut wurde es still. Schweigend beobachtete Andreas, wie Eckermann sich mit einer Hand nachdenklich durch das sorgfältig gescheitelte Haar fuhr.

»Deine Mutter war heute Morgen bei mir. Sie hat mich angefleht, ihr zu helfen. Sie wird nicht mehr fertig mit dir, sagt sie. Sie ängstigt sich um dich. Du bist ihr einziger Sohn.«

Auch das noch. Seine Mutter war also hier gewesen, und er wusste nichts davon. Warum zum Teufel hatte sie nicht zuerst noch einmal in Ruhe mit ihm gesprochen? Bei jeder kleinen Schwierigkeit kam sie hierher gelaufen und warf sich Eckermann an die Brust.

»Versprich mir, dass du dich in der nächsten Zeit unauffällig verhältst, ja?« Eckermann runzelte die Stirn. »Keine Kundgebungen und keine Schlägereien. Die Nazis werden nicht ewig das Land regieren, vielleicht ist im Herbst alles vorbei. Diese Leute haben keine Erfahrungen im Umgang mit der Macht, ihre Regierung steht auf tönernen Füßen. Verhalte dich eine Weile still, dann sehen wir weiter – versprichst du mir das?«

»Das geht nicht. Ich glaube nicht –«

Thomas Eckermann hob gebieterisch eine Hand und brachte ihn zum Schweigen.

»Von dir höre ich nichts als Widerworte. Niemals zeigst du auch nur eine bescheidene Einsicht in deine Fehler. Mir reicht es, Andreas. Es ist genug.«

Jetzt war Eckermann endgültig verärgert, Andreas sah es ihm an. Eine steile Falte hatte sich auf seiner Stirn gebildet, an seiner Schläfe pochte eine kleine Ader. Er war es zu sehr gewohnt, immer im Recht zu sein. Kontroverse Diskussionen waren seine Sache nicht, außerdem fühlte er sich hier als der Herr im Haus. Wie hielt er es damit wohl vor Gericht? Sagte er den Herren Richtern auch in diesem Ton, was sie zu tun oder zu lassen hatten?

Der Anwalt verschränkte die Arme vor dem Oberkörper und sah in dieser Haltung zu ihm hinunter. Der verkniffene Zug wich nicht mehr aus seinen Mundwinkeln, er war die Auseinandersetzung mit seinem Schützling sichtlich leid. Andreas hatte geglaubt, er würde seinem Ärger noch einmal mit Worten freien Lauf lassen, aber er wandte sich ab.
»Ich glaube nicht, dass die Fortsetzung dieses Gesprächs sinnvoll ist, Andreas. Wenn du überhaupt keine Einsicht zeigst, dann muss ich andere Saiten aufziehen. Ich möchte, dass du eine Weile außer Reichweite deiner Genossen bist, damit du Gelegenheit hast, über deine Zukunft nachzudenken. Ich habe schon alles arrangiert. Du verlässt uns in diesem Sommer. Ich ermögliche dir einen längeren Aufenthalt auf Sylt.«
»Auf Sylt? Was soll ich denn da? Da kenne ich niemanden.«
Andreas war nahe daran zu lachen, denn er fand diese Idee abstrus – ausgerechnet jetzt, kurz vor dem zweiten juristischen Staatsexamen, sollte er fort? Seine Prüfungen verlangten seinen ganzen Einsatz, er musste sich darauf vorbereiten. Außerdem war er kein kleines Kind mehr, dem man sagen konnte, was es zu tun und zu lassen hatte.
Der Anwalt verschränkte die Arme vor dem Oberkörper. »Freu dich, dass du fahren darfst. Die Insel ist wunderschön. Wie du weißt, führt mein Sohn ein Hotel in Kampen. Wenn die Feriensaison beginnt, kann er Unterstützung brauchen. Du wirst ihm als Mädchen für alles ein wenig unter die Arme greifen. Nebenbei hast du immer noch genug Zeit, um dich auf das Examen vorzubereiten.«
»Aber –«
»Abgemacht, du fährst. Sobald sich die politische Lage entspannt, kannst du gern nach Flensburg zurückkehren. Das ist alles, was ich dir zu sagen habe. Ich wünsche dir eine gute Reise.«
Andreas wartete noch einen Moment, dann richtete er sich mühsam auf. Er wurde in die Verbannung geschickt und

konnte nichts dagegen tun? Glaubte sein Onkel wirklich, damit wäre das Problem gelöst? Natürlich konnte er sich weigern, dem Befehl Folge zu leisten, aber damit setzte er seine Zukunft in dieser Kanzlei endgültig aufs Spiel. Seine Mutter und Onkel Thomas waren sich anscheinend einig, die Entscheidung war gefallen. Der Anwalt hatte sein Studium bezahlt und nahm sich dafür jetzt das Recht heraus, über ihn zu verfügen. Wenn er nicht gehorchte, würde er auf Unterstützung von dieser Seite in Zukunft verzichten müssen.
Andreas warf noch einen letzten Blick zum Schreibtisch hinüber, aber für Onkel Thomas schien das Gespräch beendet zu sein. Er schaute nicht mehr auf, eine seiner Akten schien seine Aufmerksamkeit gefangen zu nehmen. Grußlos verließ Andreas den Raum. Gut, er würde sich auf dieser trutschigen Ferieninsel sehen lassen, aber sobald sich die Wogen hier geglättet hatten, würde er zurückkommen. Mochten sie vorerst glauben, dass er sich fügte. Er würde sie eines Besseren belehren, und das sehr bald, dazu war er fest entschlossen.

»Dieser ganze Aufwand für eine alte Frau wie mich. Ist das wirklich nötig, Herr Doktor?«
Luise Meinert hob ihren Kopf aus dem Kissen und beobachtete, wie der Arzt an ihrem Bett eine Spritze aufzog. Während die trübe Flüssigkeit in die Kanüle rann, hielt Johannes Lehmann den Blick schweigend auf seine Hände gerichtet. Mit der Spritze in der Hand ließ er sich auf die Bettkante sinken.
»Das ist kein Aufwand, Frau Meinert. Sie brauchen dieses Medikament, Sie werden damit eine Weile schlafen. Morgen sieht die Welt schon wieder besser aus, Sie werden sehen.«
Ingeborg stand ein paar Schritte vom Bett ihrer Mutter entfernt und beobachtete, wie Johannes sich über seine Patientin beugte. Um Luise stand es nicht gut, man sah es ihr an. Sie würde mit Johannes ausführlich unter vier Augen darüber reden müssen. Merkwürdigerweise hatte er bisher kaum etwas

über Luises Gesundheitszustand gesagt – schon das allein fand Ingeborg beunruhigend. Normalerweise hatte er für jeden seiner Patienten und deren Angehörige ein paar aufmunternde Worte parat, nur in schwierigen Fällen behielt er seine Diagnose für sich, das wusste sie aus Erfahrung. Immerhin hatte sie früher einmal für ihn gearbeitet, auch wenn das viele Jahre her war – im Umgang mit den Kranken hatte Johannes sich bestimmt nicht verändert. Klappernd fiel die leere Kanüle in die Nierenschale auf dem Nachttisch. Johannes drückte Luises Hand. Sie sah auf und lächelte matt. Ihre Gesichtsfarbe unterschied sich kaum von der des Kissens, auf dem sie lag.
»Fertig, Herr Doktor?«
»Ja, das war's für heute. Sie ruhen sich jetzt aus, versprochen? Ich schaue morgen wieder nach Ihnen.«
Johannes räumte seine Instrumente zurück in die bauchige Ledertasche, bevor er sein Jackett überstreifte. Eigentlich hatte Ingeborg erwartet, dass Luise ihm Fragen nach der Ursache ihres Leidens stellen würde, aber sie tat es nicht. Sie gab sich mit dem zufrieden, was Johannes ihr freiwillig gesagt hatte. Wollte sie vielleicht gar nichts über ihre Krankheit wissen? Gehorsam schloss sie die Augen, sie schien tatsächlich schlafen zu wollen. Gemeinsam mit dem Arzt verließ Ingeborg das Zimmer. Draußen auf dem Gang wartete sie in der Hoffnung darauf, dass Johannes sie von sich aus auf Luises Zustand ansprechen würde, aber er wirkte alles andere als gesprächig. Gedankenverloren sortierte er den Inhalt seiner noch immer aufgeklappten Tasche und hob den Blick erst, als sie leise lachte.
»Und? Fehlt etwas? Soll ich dir helfen, deine Pillen zu zählen, oder schaffst du es allein?«
»Vielen Dank, aber ich glaube, es ist alles da.«
Er schaute sie an, aber sein Gesicht wirkte verschlossen. Ingeborg spürte, wie Unruhe sich in ihr breit machte. Die stille Ernsthaftigkeit, mit der Johannes seine Arbeit tat, verhieß

nichts Gutes. Irgendetwas musste er doch als Diagnose anzubieten haben? Luises Beschwerden waren diffus, sie kamen und gingen, verschwanden aber niemals ganz. Schon seit ein paar Tagen war sie bettlägerig und erholte sich nicht. Sie sprach kaum über ihr Befinden, und auf das, was Thiess in diesem Zusammenhang sagte, war kein Verlass. Er redete sich die Tatsachen schön, weil er den Gedanken daran, dass seine Frau ernsthaft krank sein könnte, nicht ertrug. Ihr blieb nichts anderes übrig, sie würde Johannes zum Reden bringen müssen.
»Komm, Johannes, was ist los? Nichts ist schlimmer, als hier zu stehen und darauf zu warten, was du sagen wirst.«
Johannes Lehmann bückte sich, unendlich langsam setzte er seine Ledertasche auf dem Fußboden ab.
»Ich bin mir nicht sicher, was es ist, Ingeborg. Ich habe deiner Mutter Blut abgenommen und werde es ins Labor schicken. In jedem Fall musst du sie dazu bringen, dass sie mehr isst.«
»Das versuche ich ja, aber sie sagt, sie hat keinen Appetit. Und nun sag mir, was ihr fehlt. Du hast doch eine Vermutung, oder?«
»Ich möchte dem Laborbefund nicht vorgreifen. Wir müssen abwarten. Nächste Woche weiß ich mehr.«
Er machte Anstalten zu gehen, aber damit war Ingeborg nicht einverstanden. Sie war enttäuscht, mit einer so nichtssagenden Auskunft seinerseits hatte sie nicht gerechnet. Und sie fand auch, dass sie mehr Aufmerksamkeit verdient hatte, schließlich kannten sie einander seit Jahren. Ihre Zuneigung hatte ihnen einmal viel bedeutet. Er konnte nicht vergessen haben, wie vertraut sie einander damals während ihrer kurzen, stürmischen Liebesbeziehung gewesen waren. Johannes wusste, dass er offen mit ihr reden konnte. Sie fand es bestürzend, wie kühl er sie behandelte, beinahe als sei sie eine Fremde.
Sie folgte ihm den Gang und die Treppe hinunter, doch als er sich der Haustür näherte, ohne sich noch einmal umzudre-

hen, griff sie nach dem Ärmel seines Jacketts, was ihn tatsächlich dazu brachte, sich ihr zuzuwenden. Der Blick, der sie gleich darauf traf, wirkte entnervt. Was war nur los mit ihm, was hatte sie ihm getan? Egal, zurückziehen würde sie sich nicht, dafür war die Angelegenheit, um die es ging, viel zu wichtig.

»Was ist denn, Johannes, was verschweigst du mir? So abweisend kenne ich dich gar nicht. Bist du mir böse? Habe ich etwas falsch gemacht?«

»Nein. Es geht nicht um dich, Ingeborg.«

»Ich weiß, es geht um meine Mutter. Aber wozu diese Geheimniskrämerei? Früher warst du nicht so einsilbig. Sei ehrlich, sag mir, wie es um Luise steht. Ich bin kein kleines Mädchen mehr, ich kann die Wahrheit vertragen. Also, wie lautet deine Diagnose?«

Johannes starrte sie an, ohne ihr zu antworten. Endlich schüttelte er langsam den Kopf, es schien, als würde sein Widerstand unter ihrer Hartnäckigkeit zusammenbrechen. Langsam zuckte er mit den Schultern.

»Ich möchte dich nicht mit meinen Vermutungen belasten, solange ich noch keine gesicherten Erkenntnisse habe. Ich möchte den Laborbefund abwarten.«

»Warum bist du so halsstarrig? Du hast einen Verdacht und rückst nicht heraus damit. Es kann doch nicht so schwer sein, mir gegenüber deine Meinung als Arzt zu äußern.«

»Also gut, wenn du es unbedingt hören willst: Ich glaube, dass deine Mutter an einem Unterleibskarzinom leidet.«

»Ein Karzinom?«

Das Wort hallte in ihr nach, als besäße es ein hundertfaches Echo. Sie schnappte nach Luft, denn für einen Moment hatte sie das Gefühl, als habe ihr jemand einen gewaltigen Schlag in die Magengrube versetzt. Ingeborg wurde schwindelig bei dem Gedanken daran, was passieren konnte, wenn dieser Verdacht sich bestätigte. Mit so einem vernichtenden Befund

hatte sie wirklich nicht gerechnet, sonst hätte sie ihn nicht so brutal herausgefordert – oder doch? Sie hatte unbedingt Klarheit haben wollen, sie hatte Johannes bedrängt, und nun musste sie mit den Konsequenzen fertig werden. Verwirrt von der Flut der Sorgen, die auf sie einstürzten, lehnte Ingeborg sich für einen Moment gegen das Treppengeländer hinter ihr.
»Du meinst, meine Mutter hat Unterleibskrebs?«
»Ich befürchte, dass es so ist, ja.«
»Aber man kann es operieren, oder?«
»Das hängt von der Größe der Geschwulst, dem Ausbreitungsgrad der Krankheit und dem Allgemeinzustand der Patientin ab.«
»Soll das heißen, es könnte schon zu spät sein für eine Operation?«
»Himmel noch eins, ich weiß es nicht, Ingeborg. Mit dieser Krankheit ist nicht zu spaßen, das ist dir doch klar, oder? Schließlich warst du einmal meine Sprechstundenhilfe.«
»Ja, vor langer Zeit, bevor ich durch deine Frau ersetzt wurde.«
»Was soll das denn nun heißen?«
Johannes runzelte die Stirn, er wirkte jetzt regelrecht wütend. Offenbar hatte sie ihn gekränkt – das hatte sie nicht gewollt. Sie wusste selbst nicht, worauf ihr Gespräch momentan hinauslief. Johannes stand vor ihr und seufzte. »Ich habe keine Ahnung, was diese alten Geschichten noch für eine Rolle spielen, aber du verdrehst die Tatsachen, Ingeborg. Du wurdest durch meine Frau ersetzt, weil dein Mann von der Front zurückgekehrt ist. Ohne ein Wort der Erklärung bist du nicht mehr zur Arbeit erschienen. Ich musste mir also jemand anderes suchen, oder?«
»Bist du deshalb so kühl? Willst du dich an mir rächen, weil ich Nicolai dir vorgezogen habe? In deinen Augen war mein Verhalten damals ein Fehler, nicht wahr?«
»Unsinn, darum geht es nicht. Ich weiß nicht, warum du ausgerechnet jetzt darauf herumreitest.«

Ein skeptischer Blick aus seinen kühlen blauen Augen traf sie, aber Ingeborg konnte sich nicht helfen, sie glaubte ihm nicht. Wenn Johannes sich nicht an ihr rächen wollte, warum war er dann so ruppig, so lieblos?
»Ich reite nicht darauf herum – du hast von unserer gemeinsamen Zeit angefangen. Ich möchte dir nur sagen, dass ich keine andere Wahl hatte damals. Nicolai und ich waren verheiratet, ich war an ihn gebunden. Außerdem hast du durch mein Verschwinden deine Frau überhaupt erst kennen gelernt. Ich dachte, du wärst längst über diese Sache hinweg. Bist du nicht glücklich mit deiner Lilly?«
Johannes lächelte.
»Doch, natürlich. Lilly und ich führen eine glückliche Ehe. So wie du und Nicolai auch, oder? Ich bin weit davon entfernt, mit dir über alte Zeiten zu debattieren. Du hast mich nach dem Gesundheitszustand deiner Mutter gefragt, und ich habe geantwortet. Ich habe mir erlaubt, dabei auf deine Erfahrungen in der Krankenpflege hinzuweisen. Wahrscheinlich sind wir beide ein bisschen gereizt, oder?«
»Gut, lassen wir das. Entschuldige, aber ich bin wirklich ziemlich erschüttert. Ich weiß nicht, wie es weitergehen soll.«
»Das verstehe ich, aber wir sollten versuchen, ruhig zu bleiben. Es hilft uns nicht, wenn wir einen Verdacht für bare Münze nehmen und uns damit verrückt machen. Vielleicht irre ich mich ja. Lass uns die Laborergebnisse abwarten.«
Bevor sie darauf antworten konnte, hörte sie ein Geräusch aus Richtung der Haustür und drehte sich um. Vermutlich war ihr Stiefvater aus dem Dorf zurück. Hastig warf sie Johannes einen warnenden Blick zu und legte dabei den Zeigefinger auf die Lippen. Von dem, was sie eben besprochen hatten, sollte Thiess vorerst nichts erfahren. Er war leicht nervös zu machen und würde womöglich Luise von dem Verdacht erzählen, der auf ihr lastete. Es genügte, wenn sie über den Zustand ihrer Mutter Bescheid wusste. Johannes nickte, er schien ver-

standen zu haben. Vermutlich war es ihm sowieso ganz recht, die nutzlose Debatte mit ihr beenden zu können, jedenfalls wandte er sich ab und ging auf die Haustür zu. Die Hand auf der Klinke, drehte er sich noch einmal zu Ingeborg um.
»Ich komme morgen wieder, einverstanden?«
»In Ordnung. Bis morgen.«
Johannes ging. Sie wartete noch einen Augenblick, bevor sie so leise wie möglich die Treppe hinaufstieg. Hoffentlich war Luise inzwischen eingeschlafen. Oben auf dem Gang angekommen, hörte sie, wie Johannes Lehmann und Thiess Meinert einander begrüßten. Was sollte sie ihrem Stiefvater sagen, wenn er sich bei ihr nach der Diagnose erkundigte? Das Beste würde sein, ihn so lange wie möglich im Unklaren zu lassen, denn wenn sie ihm von der Vermutung erzählte, die Johannes hatte, würde ihn das nur kreuzunglücklich machen. Sie musste Thiess hinhalten. Und wenn er sich nicht mehr hinhalten ließ und nachhakte, sollte sie dann lügen? Irgendwann würde er die Wahrheit ja doch erfahren, vorausgesetzt, die von Johannes vermutete Wahrheit existierte wirklich.
Ingeborg wusste nicht, wie lange sie am Treppengeländer gestanden und nachgedacht hatte, als sie plötzlich ihren Namen hörte – jemand rief nach ihr. Es war Luises Stimme, die aus dem Schlafzimmer kam. Warum schlief sie denn nicht? Ingeborg ging weiter zur Tür und schob sie behutsam einen Spalt breit auf. Luise war tatsächlich wach, aufrecht saß sie in ihrem Bett und sah sie an.
»Was ist los, Mutter? Doktor Lehmann hat gesagt, dass du dich ausruhen sollst.«
»Ausruhen kann ich mich noch lange genug. Komm bitte her, ich muss mit dir sprechen. Es ist wichtig.«
Ingeborg ließ sich auf Luises Bettkante nieder. Ein seltsam beklemmendes Gefühl machte es ihr schwer, sich unbefangen zu geben. Ahnte Luise schon etwas von dem Verdacht, den Johannes hatte? Oder war es nur ihr eigener Kummer, der es ihr

unmöglich machte, heiter und optimistisch zu sein? Ingeborg versuchte zu lächeln, spürte jedoch selbst, dass es ihr nicht besonders gut gelang.

»Was ist, Mutter? Brauchst du noch etwas?«

»Was hat er gesagt?«

»Du meinst Johannes Lehmann?«

»Ja, natürlich meine ich den. Mit mir wollte er nicht sprechen, das habe ich gespürt. Er war ganz der gute Onkel Doktor, hat aber kein vernünftiges Wort mit mir geredet. Ihr habt doch eben noch zusammengestanden, oder? Vor dir hat er doch keine Geheimnisse, schließlich hattet ihr ein Verhältnis miteinander.«

»Nun fang bitte nicht damit an, Mutter, das liegt eine kleine Ewigkeit zurück. Mir hat er auch nicht mehr verraten als dir: dass er die Ergebnisse der Blutprobe abwarten müsse. Und jetzt schläfst du, ja?«

»Nein, warte, ich möchte dir noch etwas geben. Öffne doch mal bitte die obere Schublade meines Nachtschränkchens.«

Luise reckte sich ein wenig, bevor sie sich in die Kissen zurücksinken ließ. Der Ton in ihrer Stimme ließ keinen Widerstand zu, also rutschte Ingeborg ein Stück näher an den Nachttisch heran.

»In der Schublade liegt ein Holzkistchen mit einer weißen Schleife – hast du es?«

Schweigend zog Ingeborg die kleine Zigarrenkiste ans Tageslicht. Sie war leicht. Im Inneren der hellbraunen Schachtel, die noch schwach den Geruch nach Tabak verströmte, raschelte es ein wenig.

»Und? Was hast du damit vor?«

»Da sind alte Briefe und eine Fotografie von deinen Eltern drin. Ich möchte, dass du sie bekommst, ich habe sie für dich aufgehoben. Die Briefe stammen aus der Zeit, bevor wir dich adoptiert haben. Ich finde, du solltest etwas über deine leiblichen Eltern erfahren. Vielleicht bin ich eines Tages nicht

mehr dazu in der Lage, es dir zu erzählen. Bitte lies die Briefe – versprichst du mir das?«
Luise verstummte und schloss für einen Moment erschöpft die Augen. Schon diese wenigen Sätze schienen sie ungeheuer angestrengt zu haben. Was hatte Johannes eben gesagt? Ob der Krebs operabel war, war eine Frage seines Ausbreitungsgrades und des Allgemeinzustandes der Patientin. Luises Allgemeinzustand war hundsmiserabel, trotz aller Pflege, die sie seit geraumer Zeit bekam. Schon die kleinsten Bewegungen verursachten ihr scheinbar Schmerz, die geringste Anstrengung erschöpfte sie.
Ingeborg schluckte, sie spürte, wie Tränen in ihr aufstiegen. Hatte Luise sich etwa schon aufgegeben? Oder warum sonst kramte sie ihre alten Schätze heraus und verteilte sie an ihre Lieben? Traurig betrachtete Ingeborg die Zigarrenkiste in ihren Händen, deren Oberfläche sich rau anfühlte. Im Grunde brauchte sie diese Briefe nicht, gleichgültig, was darin stand. Ihre leiblichen Eltern hatten kaum Einfluss gehabt auf ihr Leben, sie bedeuteten ihr wenig. Mit der Frage, wer sie gewesen waren und wie sie gelebt hatten, beschäftigte sie sich kaum. Ihrem Gefühl nach war Luise ihre Mutter und niemand sonst. Sicher, sie hatten auch ihre Schwierigkeiten gehabt, aber das gehörte der Vergangenheit an. Heute gab es nichts mehr, was zwischen ihnen stand. Sie fühlte aufrichtige Zuneigung für ihre Adoptivmutter und war überzeugt, dass Luise ihr die gleichen Gefühle entgegenbrachte.
Es war still geworden im Zimmer. Schweigend musterte Ingeborg das bleiche Gesicht auf dem Kissen. In den letzten Wochen war Luises Haar vollständig ergraut. Sie wirkte mittlerweile so ungeheuer schmal und zart wie niemals zuvor, etwas Gebrechliches lag in ihren Gesichtszügen. Vorsichtig griff Ingeborg nach der Hand ihrer Mutter und strich ihr sanft über den Handrücken.
»Vielen Dank für die Briefe, ich werde sie in Ehren halten.

Aber was auch immer drinstehen mag, meine Mutter bist du. Du und Vater, ihr habt mich großgezogen. Ich bin eure Tochter, meinst du nicht auch?«
Luise schlug die Augen auf, zum ersten Mal seit langem lächelte sie, ihre Augen glänzten.
»Schön, dass du das sagst, mein Herz. Nimm das Kästchen trotzdem mit und schau hinein, wenn dir danach zumute ist. Ich wünsche es mir.«
»Gut, wenn du möchtest.«
Luise seufzte, sie schloss die Augen. »Ich bin zweiundsechzig Jahre alt geworden, aber mir kommt es vor, als wäre mein Leben kürzer gewesen. Dabei habe ich ein halbes Jahrhundert erlebt, das ist doch viel, oder? Ich will mich nicht beschweren, ich hatte Glück. Besonders die Zeit mit Thiess war ein spätes Geschenk.«
Ingeborg schwieg, was sollte sie auch darauf sagen? Luises Worte klangen so sehr nach Abschied, dass es ihr den Hals vor Kummer zuschnürte. Im Grunde konnte Johannes sich seine Heimlichkeiten sparen. Luise wusste, wie es um sie stand.
Ingeborg kämpfte mit den Tränen, aber sie durfte jetzt nicht weinen. Behutsam strich sie ihrer Mutter über die Wange.
»Hör auf, bitte. Noch hat Doktor Lehmann keinen Befund. Es kann doch sein, dass es ein Medikament gibt, das dir hilft. Es ist wichtig, dass du dich nicht aufgibst, glaube mir.«
»Sicher. Ich meine ja nur, für den Fall, dass es anders kommen sollte – bring mir noch einmal die Jungen vorbei, hörst du?«
»Das werde ich, ich bringe sie morgen mit. Aber jetzt schläfst du ein wenig, ja?«
»Ja. Und vergiss das Kästchen nicht.«
»Nein, ich vergesse es nicht.«
Ingeborg stand auf. Leise, auf Zehenspitzen und mit der kleinen Zigarrenkiste unter dem Arm, tastete sie sich zur Tür hinüber. Erleichtert stellte sie fest, dass Luises Augen jetzt geschlossen waren. Ihr Körper versank fast in den üppi-

gen Daunenkissen, die Thiess um sie herumgeschichtet hatte, als könne er sie damit vor allen Gefahren schützen. Ingeborg fuhr sich mit dem Handrücken über die Wangen und wischte sich die Tränen aus dem Gesicht, die sich nicht länger zurückhalten ließen. Warum konnte sie nicht mehr tun, als hier zu stehen und zu weinen?

Kapitel 3

Es war ein wunderbares Bild, es wirkte wie ein Gemälde, und so vergaß er alle Vorsätze, die ihn auf dem Weg hierher begleitet hatten. Er hatte sich fest vorgenommen, sich gar nicht erst auf diese Insel einzulassen, aber jetzt streckte Andreas Bütow dennoch neugierig den Kopf aus dem offenen Fenster des Zuges, der auf das Land am Horizont zudampfte. Interessiert begutachtete er den sandfarbenen Streifen Küste, dessen Konturen sich langsam aus dem Dunst herausschälten. Noch trennte ihn ein gutes Stück Wattenmeer von seinem Ziel, aber die Insel rückte mit jedem Atemzug näher. Neben den Gleisen des Hindenburgdamms lag wie ein flacher Spiegel das graue Watt, darüber hingen schreiend weiße Möwen im Wind. Der Zug verlangsamte seine Fahrt, aber die Böen schlugen ihm trotzdem heftig ins Gesicht. Es störte ihn nicht, denn die Luft war warm und schmeckte nach Salz und feuchter Erde. Alles war genau so, wie er es sich insgeheim vorgestellt hatte. Obwohl er noch nie auf einer Nordseeinsel gewesen war, hatte er dennoch ein Bild von dem im Kopf, was ihn erwartete: kleine Dörfer, deren Bauernhäuser sich unter dem Reetdach versteckten, dazu Leuchttürme an einer Steilküste und natürlich das machtvolle Tosen des Meeres.

»Sie werden sich eine Erkältung holen.«

Eine weibliche Stimme hinter ihm brüllte ihm die Worte ins Ohr, während der Fahrtwind an der heruntergelassenen Fensterscheibe rüttelte, als wolle er sie aus seiner Verankerung reißen. Schuldbewusst schob er das offene Fenster zu und drehte sich um. Da war sie wieder, die dunkelhaarige Schöne, die er auf der Überfahrt bisher kaum einen Moment aus den Augen gelassen hatte. Er hatte geglaubt, sie sei in Klanxbüll ausgestiegen, denn kurz bevor der Zug die Station erreicht hatte, war sie aufgestanden und hatte das Abteil verlassen. Doch offenbar hatte er sich geirrt, sie war zurückgekommen. In aller Ruhe und ohne ihn weiter zu beachten, ließ sie sich auf ihrem Platz am Fenster nieder, wo sie eines ihrer Bücher zur Hand nahm und zu lesen begann. Er setzte sich und starrte sie an, innerlich darüber fluchend, dass er den Blick nicht von ihr wenden konnte. Sie hatte Gedichte von Rainer Maria Rilke vor der Nase, vorhin hatte sie Hermann Hesse gelesen – lauter schwer verdauliches Zeug, strotzend vor Tiefsinn. Mit dieser Sorte von Literatur für höhere Töchter war er schon in der Schule nicht zurechtgekommen, von daher schien es ihm nicht ratsam, ein Gespräch über ihre Lektüre zu beginnen. Leider fiel ihm auch nichts anderes ein, was er hätte sagen können, also betrachtete er schweigend seine Fingernägel. Wie konnte er ihre Bekanntschaft machen, ohne aufdringlich zu wirken? In seinem Kopf herrschte dieselbe Ebbe wie im Wattenmeer draußen, nur dass die Flut länger auf sich warten ließ, als es ihm lieb war.

Noch einmal hob er den Blick und sah zum Fenster hinaus. Der Zug hatte die Insel erreicht. Auf den Weiden standen schwarzbunte Kühe, gleich darauf kamen die ersten reetgedeckten Häuser in Sichtweite – die weißen und roten Häuschen mit Spitzgiebel waren von Hecken und Steinwällen umgeben, als markierten sie so ihr Revier. Die Landschaft rauschte an ihm vorbei, jetzt konnte es nicht mehr lange dauern, bis Westerland auftauchte. Wenn er auf dieser Reise noch den Namen der Frau ihm gegenüber erfahren wollte, musste er sich sputen. Aber was um Himmels willen sollte er zu ihr sagen?

Stört es Sie, wenn ich rauche?

Er war Nichtraucher.

Sind Sie zum ersten Mal auf der Insel?

Was spielte das für eine Rolle?

Bleiben Sie länger hier?

Für die Dauer der Sommerferien vermutlich, wie alle anderen auch.
Hat man Sie auch des Festlandes verwiesen und in die Verbannung geschickt?
Nein, wieso denn?
Lauter dämliche Mitteilungen, die ein Idiot vielleicht ungestraft zum Besten geben durfte, aber in seinem Fall lagen die Dinge anders. Schließlich wollte er Eindruck schinden, er wollte als einer dastehen, bei dem es sich lohnte, mehr über ihn zu erfahren. Die junge Frau am Fenster hatte Stil, das verriet schon ihr maßgeschneidertes Kostüm in einem sanften Blau, dessen Farbton ihn passenderweise an das kühle Meer erinnerte. Während er noch darüber nachdachte, ob es angebracht war, ihr ein Kompliment der Kleidung wegen zu machen, wurde ihm auch schon klar, wie abgedroschen das klingen würde. Es war ohnehin zu spät, denn jetzt machte sie Anstalten, ihren scheinbar unerhört schweren Koffer aus dem Netz der Gepäckablage zu befreien. Andreas sprang auf, um ihr zu helfen. Er wuchtete den Koffer von seinem Platz hinunter auf den Fußboden – wirklich schwer, das Ding, ob sie ihren ganzen Hausstand auf die Insel mitbrachte? Er wollte sie gerade danach fragen, aber sie stand schon an der Tür des Abteils und schien ungeduldig darauf zu warten, dass er sich ihr anschloss. Von einer Sekunde zur nächsten siegte ein weiteres Mal seine nervtötende Schüchternheit über den Wunsch, ihre Bekanntschaft zu machen, und so blieb er stumm. Auch sie sagte nichts, sondern winkte ihm bloß, ihr zu folgen. Gehorsam schob er sich, den Koffer unter dem Arm, auf den Gang hinaus und ärgerte sich insgeheim weiter darüber, dass er den Mund nicht aufbekam. Er konnte sie doch wenigstens fragen, ob sie abgeholt wurde oder ob er ihr das Gepäck noch bis zum Bahnhofsvorplatz bringen sollte.
Ausgerechnet in diesem Moment legte der Zug sich in eine Kurve und warf ihn ein Stück nach vorn. Für ein paar herrli-

che Sekunden wurde er gegen den Körper der schönen Fremden gedrückt und stammelte schnell noch eine Entschuldigung, bevor sich im nächsten Moment der Wagen ruckartig zur anderen Seite neigte. Ohne inzwischen einen Halt gefunden zu haben, stolperte er nach hinten und stieß auch hier auf Widerstand – unabsichtlich trat er einer rundlichen Person mit Kopftuch auf den Fuß. Auch diesmal war eine Entschuldigung fällig, während draußen schon der Bahnhof in Sicht kam. Bahnsteige, Gleise, ein paar Gebäude und das Ortsschild von Westerland, kein Zweifel, sie waren am Ziel. Er setzte seine Last ab und hastete ins Abteil zurück, denn dort wartete noch sein eigenes Gepäck darauf, geholt zu werden. Auf dem Gang herrschte Gedränge, der Zug kam zum Stehen, Türen wurden aufgerissen. Von draußen strömte der typische Bahnhofslärm ins Innere des Wagens, während er sich hektisch bemühte, zurück auf den Gang zu kommen. Er wollte den Anschluss an seine geheimnisvolle Mitreisende nicht verpassen, denn wenn er sie jetzt aus den Augen verlor, war es gut möglich, dass er sie niemals wiedersah. Sein Handköfferchen vor sich und den alten ausgeleierten Rucksack über der Schulter, den er noch aus seiner Schulzeit besaß, drängte er aus dem Abteil, doch sosehr er auch schob, er kam kaum vorwärts. Die dunkelhaarige Fremde war nicht mehr zu sehen, sie musste schon ausgestiegen sein. Seine Unruhe stieg von Sekunde zu Sekunde. Jeder Augenblick, der verstrich, machte es unwahrscheinlicher, dass er noch zu ihr würde aufschließen können.

Endlich erreichte er den Ausgang des Wagens und kletterte ins Freie, doch kaum dass er den Bahnsteig betreten hatte, sah er sich einer ganzen Schulklasse gegenüber. Eine ganze Schar von Jungen in Matrosenanzügen umringte ihn. Er wollte hinaus, sie wollten in den Zug hinein, und so behinderten sie sich gegenseitig. Als er sich schließlich, verzweifelt über diesen Hindernislauf, reckte, entdeckte er die Frau, nach der er suchte, in weiter Ferne, kurz vor dem Bahnhofsgebäude. Sie war nicht abgeholt worden, sondern drängte sich allein durch den Strom der Reisenden. Andreas nahm noch einmal Anlauf. Wenn er sich beeilte, würde er es vielleicht doch noch schaffen, sie einzuholen – zumindest einen Versuch war es wert. Er nahm seinen Koffer unter den Arm, schulterte den Rucksack und lief los, wobei er die Schulkinder, die ihm noch immer entgegenkamen, so elegant wie möglich umrundete. Eben quetschte er sich an dem letzten Pulk vorbei, als ihm irgendetwas zwischen die Beine geriet. Seine Füße verfingen sich und kamen wieder frei, aber es war zu spät: Ein Bastkorb rollte über den Perron, er musste ihn in dem Durcheinander auf dem Bahnsteig übersehen haben und dagegengetreten sein. Mit vor Schreck geweiteten Augen sah er zu, wie eine Lawine aus Hühnereiern sich über den Boden ergoss, wobei die meisten von ihnen sofort zu Bruch gingen. Fassungslos über das Durcheinander, das er angerichtet hatte, blieb er stehen und hörte, wie hinter ihm eine helle Stimme zu zetern begann. Ein klebriger See aus zerbrochenen Schalen und flüssigem Eiweiß verteilte sich in Sekundenschnelle über dem Bahnsteig und zwischen den Füßen der Reisenden, die mit kleinen Schreckenslauten versuchten, dem Brei auszuweichen. Während er noch auf die Bescherung starrte, die auf sein Konto ging, fühlte er sich plötzlich am Ärmel gepackt und herumgedreht.

»Können Sie nicht aufpassen, junger Mann? Den Schaden werden Sie mir ersetzen, verstanden?«

Eine Matrone im geblümten Kleid beschimpfte ihn und fuchtelte mit den Händen – ihre Augen funkelten, sie schüttelte die Fäuste, die Rachegöttin in Person. Begreiflich aus ihrer Sicht, dass sie wütend war, offenbar war sie diejenige, deren Hühner ihre Nester heute vergeblich gefüllt hatten. Er murmelte etwas Unverständliches, während sein Schwarm aus dem Zug im Inneren des Bahnhofsgebäudes verschwand. Aus und vorbei, sie war fort. Andreas sackte in sich zusammen, denn ihm war klar, dass er soeben seine letzte Gelegenheit für ein Wiedersehen mit ihr verpasst hatte.

»Drei Mark und sechzig Pfennig bekomme ich von Ihnen. Das waren sechzig große Hühnereier, zu je sechs Pfennig das Stück. Sie sind alle kaputt!«

Die Frau mit dem geblümten Kleid zeterte weiter, jetzt machte sie sich sogar an einen der umstehenden Passanten heran und schilderte ihm die Lage. Vermutlich in der Absicht, einen Verbündeten zu gewinnen, redete sie wie ein Wasserfall, was aber nicht nötig gewesen wäre, denn er hatte resigniert. Langsam und ohne ein Wort zu sagen, zückte Andreas sein Portemonnaie und drückte der schimpfenden Frau mit dem leeren Bastkorb einen Geldschein in die Hand. Er fühlte sich blamiert und war verärgert zugleich, am liebsten wäre er in den nächsten Zug gestiegen und wieder zurückgefahren. Der Aufenthalt auf der Insel schien ihm schon jetzt verdorben – oder sollte das etwa ein gelungener Empfang gewesen sein?

»Frau Boysen!«

Die Stimme der Köchin hallte durch das Haus. Ingeborg hörte es, aber sie achtete nicht darauf. Sie beobachtete Nicolai, der ihr gegenüberstand, den Rücken lässig an den Schreibtisch gelehnt. Er wirkte ganz ruhig, als gäbe es nichts, was ihn aus der Ruhe bringen konnte.

»Hast du sie schon gelesen?«

Er deutete auf die Briefe. Ein Ablenkungsmanöver, sie wusste es. Die Liebesbriefe ihrer Eltern, die Luise ihr vor kurzem erst gegeben hatte, lagen auf dem Schreibtisch, umwickelt von einem weißen Seidenband. Natürlich waren sie interessant, aber darüber wollte sie mit Nicolai jetzt nicht reden, also zuckte sie nur gleichgültig mit den Schultern.

»Ja, ich habe sie mir kurz angesehen.«

»Und? Neue Erkenntnisse?«

Nicolai kam zu ihr und legte den Arm um sie, nett gemeint, aber auch das passte nicht in ihr Konzept. Wie sollte sie ernsthaft mit ihm über die Sorgen reden, die sie quälten, wenn er dauernd ablenkte? Sie wandte sich ihm zu und wusste im gleichen Augenblick, dass es schwierig werden würde, mit ihm zu streiten. Er hatte dieses jungenhafte und spitzbübische Lächeln aufgesetzt, das sie so gut an ihm kannte – so guckte er immer, wenn er sie nicht ernst nahm. Ingeborg trat einen Schritt zurück, um sich ihm zu entziehen, worauf sein Lächeln langsam erlosch.
»Es geht jetzt nicht um die Briefe, Nico. Ich habe dich gefragt, ob es stimmt, was im Dorf über dich geredet wird.«
»Was wird denn geredet? Habe ich etwas mit einem der Zimmermädchen? Zahle ich den Lohn für unsere Angestellten nicht pünktlich? Oder geht es um unser Automobil, das ich mir aus Größenwahn zugelegt habe? Das hatten wir doch alles schon mal, wenn ich mich nicht irre.«
»Das hatten wir in der Tat schon. Nein, im Dorf erzählt man sich, dass du vorhast, dich am Bau einer Spielbank zu beteiligen. Stimmt das?«
»Frau Boysen!«
Die Stimme der Köchin kam jetzt aus der Halle – gleich würde sie hier sein und für Unruhe sorgen. Es war absolut typisch für sie, immer zur Unzeit aufzutauchen und einen Heidenwirbel zu veranstalten. Die Frau verwaltete ihr Reich gewissenhaft, war aber leider übernervös in jeder Hinsicht. Jede kleine Krise in der Küche geriet bei ihr zur Katastrophe. Gleichgültig, ob ein angebrannter Braten oder eine nicht gelieferte Portion Konfitüre die Ursache für ihre Not war, Frau Walter kam nicht darüber hinweg, sie musste in jedem Fall ihrer Chefin davon Meldung machen. Drei Küchenmädchen und zwei Jungköche hatte die Frau schon verschlissen, und wären die Kostproben ihrer Kochkunst nicht jedes Mal so ausgesprochen überzeugend ausgefallen, dann hätte Ingeborg sich ver-

mutlich längst von ihr getrennt. Jetzt also stand Frau Walter vor der Tür und wartete darauf, hereingerufen zu werden – Ingeborg wusste das, aber sie gab dem Impuls, die Tür zu öffnen, nicht nach. Sie musste noch einen Versuch unternehmen, vernünftig mit Nicolai zu reden, es war einfach zu wichtig, was sie mit ihm zu besprechen hatte.

Noch einmal wandte sie sich ihrem Ehemann zu, sah in sein lächelndes Gesicht und vergaß bei diesem Anblick beinahe wieder, dass sie Grund hatte, ihm böse zu sein. Der alte Zauber ihrer Liebe wirkte noch immer, warum auch nicht, Nico hatte sich schließlich kaum verändert. In vielerlei Hinsicht war er noch immer der große Junge, in den sie sich damals verliebt hatte. Noch immer brachte er sie mit seinen Scherzen zum Lachen, noch immer vermisste sie ihn schmerzlich, wenn sie für kurze Zeit voneinander getrennt waren.

Er schaute ihr in die Augen und schien kein schlechtes Gewissen zu haben. Sie musste sich anstrengen, um zu ihrem Thema zurückzufinden.

»Ich warte auf eine Antwort, Nico. Stimmt es, was die Leute im Dorf reden? Die Spielbank – wirst du dich daran beteiligen?«

»Und wenn es so wäre, was macht das schon? Noch ist gar nichts entschieden. Ein paar Geschäftsleute vom Festland waren bei mir. Sie suchen nach einer Geldanlage hier auf der Insel. Ich habe mich mit ihnen unterhalten, das ist alles. Es ist nicht verboten, über eine gute Idee nachzudenken, oder?«

»Nein. Aber so wie ich dich kenne, bleibt es nicht bei diesem einen Gespräch. Du liebst das Risiko, das war schon immer so. Bitte, Nico, keine finanziellen Abenteuer, das können wir uns nicht leisten. Wir haben unsere Schulden für das Hotel noch längst nicht abgezahlt. Die letzten Jahre waren kein Honigschlecken. Rückläufige Besucherzahlen, erst die Inflation und dann die Rezession. Ich möchte nicht, dass wir in etwas Neues investieren, bevor wir mit dem Hotel aus dem Gröbsten raus

sind. Das war doch bisher unsere Linie, oder? Können wir uns nicht darauf einigen, dass es dabei bleibt?«
»Aber sicher doch. Mit dir kann ich mich über alles einigen, Prinzessin. Sag mir, dass ich das Einhorn im Wald suchen oder den Drachen in der Höhle töten soll, und ich tue es. Dein Wunsch ist mir Befehl.« Nico verneigte sich lächelnd, bevor er zu ihr kam und versuchte, sie an sich zu ziehen, aber Ingeborg verschränkte abwehrend die Arme vor dem Oberkörper.
»Du veralberst mich, Nico. Mir ist es ernst, ich mache mir wirklich Sorgen um unsere Finanzen.«
In diesem Augenblick klopfte es.
»Frau Boysen? Bitte, ich muss Sie sprechen, es ist dringend!« Die Köchin scharrte leise an der Tür. Was sie auch immer auf dem Herzen haben mochte, lange würde sie sich nicht mehr hinhalten lassen. Ingeborg warf Nico noch einen flehenden Blick zu, aber ihm war offenbar jeder Vorwand recht, um sich dem Gespräch mit ihr zu entziehen. Mit zwei Sätzen war er bei der Tür und wollte sie schon öffnen, aber Ingeborg war schneller. Hastig nahm sie in dem Moment seine Hand, als er sie auf die Klinke legen wollte.
»Bitte, Nico, gib mir eine Antwort. Versprich mir, dass du für diese Spielbank kein Geld ausgibst.«
»Wer nicht wagt, der nicht gewinnt, mein Herz. Wenn ich bei der Sache nicht mitmache, tut es ein anderer. Das Bankhaus Rosenkranz wird unter den Finanziers sein. Schon mal gehört, den Namen?«
»Du bist mit diesen Leuten also doch im Geschäft?«
»Wir verhandeln miteinander, mehr nicht. Rosenkranz ist ein erfolgreicher und seriöser Geschäftsmann, das kannst du mir glauben.«
»Nur weil er Geld hat, muss er nicht seriös sein.«
»Frau Boysen!«
Die Köchin machte sich wieder bemerkbar, energischer als zu-

vor. Es klang, als schlüge sie mit geballten Fäusten auf das Holz der Tür ein.

»Draußen scheint etwas passiert zu sein. Willst du nicht aufmachen?«

Sie wusste, dass sie die erste Runde in dieser Auseinandersetzung verloren hatte. Solange die Frau dort draußen diesen Lärm veranstaltete, würde sie kein vernünftiges Gespräch mit Nicolai führen können – sie wusste das, war aber trotzdem verärgert. Warum konnte sie sich in geschäftlichen Angelegenheiten bei Nicolai niemals durchsetzen, obwohl ihnen das Hotel doch gemeinsam gehörte? Er fragte sie nie um Rat, er tat immer, was ihm gerade richtig erschien. Wenn überhaupt, dann debattierte er erst hinterher mit ihr darüber. Sollte das etwa immer so bleiben? Mit einem Seufzer öffnete Ingeborg die Tür und stand in der nächsten Sekunde auch schon der Köchin gegenüber, die sie mit hochrotem Kopf anstarrte. Die schmale Person zitterte am ganzen Leib, einfach alles an ihr schien vor Aufregung zu vibrieren.

»Frau Boysen, Ihr Sohn, der Hannes.«

Nervös befingerte Frau Walter den gestärkten Stoff ihrer Schürze. Sie schien wirklich völlig aufgelöst, ihr Blick irrte ziellos durch den Raum, kleine Schweißperlen glänzten auf ihrer Oberlippe.

»Ihr Sohn ist auf den Fahnenmast geklettert, und jetzt traut er sich nicht runter. Ihr Mann muss den Jungen holen, der ist doch viel zu hoch, der Mast. Wenn der Hannes runterfällt, bricht er sich alle Gräten!«

»Was sagen Sie? Hannes ist auf den Fahnenmast geklettert?«

Ingeborg fuhr herum, sie starrte Nicolai an. »Nico –«

Sie kam nicht mehr dazu, ihren Satz zu vollenden, denn Nicolai schob sich schon an ihr vorbei und stürmte aus dem Raum. Erst als sie sah, mit welcher Geschwindigkeit er durch die Halle lief, packte sie die Angst. Einen fürchterlichen Augenblick lang schien ihr Herzschlag bei dem Gedanken auszusetzen, was passieren würde, wenn Hannes tatsächlich von diesem unseligen Mast hinunterfiel – zehn Meter trennten den obersten Teil der Fahnenstange vom Erdboden. Warum war er da hinaufgeklettert, was hatte er dort zu suchen? Überlebte ein Kind einen Sturz aus dieser Höhe? Würde der Junge sich nicht unweigerlich das Genick brechen, wenn er abrutschte? Ingeborg spürte, wie die Panik von ihr Besitz ergriff. Kurz nach Nicolai erreichte sie das Portal, war mit einem Satz im Freien und starrte hinauf zu dem Fahnenmast, der dem Haus gegenüberstand. Dort oben hing scheinbar freischwebend im Himmel ihr ältester Sohn an der weißen, hölzernen Stange, deren Kopf er krampfhaft umklammert hielt. Hannes hatte die Augen geschlossen und rührte sich nicht, obwohl ihm der Wind bei jeder neuen Böe die Flagge mit dem Inselwappen ins Gesicht schleuderte, die sie wie jeden Tag auch heute gehisst hatten. Nicolai war schon auf dem Weg, mit kräftigen und ausholenden Bewegungen zog er sich die Fahnenstange hinauf. Obwohl er sich mit großen Zügen voranarbeitete, schien es eine kleine Ewigkeit zu dauern, bis er an Höhe gewann. In Ingeborg wuchs die Unruhe, schließlich wusste sie nicht, wie lange die Kräfte ihres Jungen noch ausreichen würden, um sich dort oben gegen den Wind zu stemmen, der den Mast immer wieder ins Schwanken brachte. Sie konnte nichts tun, außer zu warten und zu hoffen, während ihr Blick immer wieder zu Hannes wanderte, der dort oben im Blau des Himmels hing wie ein seltsamer, viel zu groß geratener Vogel. Nervös trat sie von einem Bein auf das andere, als plötzlich jemand hinter ihr aus dem Hoteleingang trat. Mit einem kurzen Seitenblick registrierte sie, dass es ausgerechnet Veronika Siebert war, die sich neben ihr aufbaute. Das Filmsternchen aus Berlin kam im figurbetonten Strandkleid daher – chic wie immer – und hielt mit einer Hand ihren kleinen Hut fest, dessen Krempe sie kess aufgeschlagen hatte. Schon allein die Pose, in der sie dort stand, und erst recht der Seufzer, mit dem sie zu

Hannes hinaufsah, störte Ingeborg. Ihr Gehabe wirkte übertrieben, obwohl sie tatsächlich Grund hatten, sich zu sorgen, denn plötzlich zog eine neue Windböe von der See über das Land. Der Fahnenmast begann zu schaukeln und erschien ihr plötzlich entsetzlich dünn – einem Strohhalm ähnlich begann er heftiger als zuvor zu wackeln. Hannes umklammerte den Mast, verlor aber trotzdem den Halt und rutschte, bevor er sich im nächsten Augenblick wieder fing. Ingeborg schloss die Augen und schickte ein Stoßgebet zum Himmel, als plötzlich die Siebert nach ihrer Hand griff und sie drückte.

»Oh, Frau Boysen, was macht denn das Kind dort oben an der Fahnenstange? Diese Kletterei ist doch ungeheuer gefährlich, nicht wahr?«

Ingeborg fühlte sich nicht in der Lage, auf diese Frage vernünftig zu antworten, sie zog es vor zu schweigen. In ihren Augen brannten ungeweinte Tränen, die Angst schnürte ihr die Kehle zu. Ihr war bestimmt nicht nach einer Unterhaltung mit diesem dummen Ding zu Mute, das diese Szene für einen der albernen Filme zu halten schien, in denen sie mitspielte.

Nico hatte Hannes erreicht und legte ihm vorsichtig einen Arm um die Schultern. Er flüsterte ihm etwas zu, doch Ingeborg konnte seine Worte von ihrem Platz auf der Freitreppe aus nicht verstehen. Sie zitterte und wartete, doch vorerst tat sich nichts, Vater und Sohn hofften scheinbar noch auf den richtigen Moment für den Beginn ihres Abstiegs. Sie wünschte sich sehnlich, dass die beiden endlich von dort oben herunterkamen, schließlich würden Hannes seine Kräfte irgendwann verlassen. Selbst von hier unten war zu sehen, wie sein schmächtiger Körper vor Anstrengung bebte.

Ängstlich registrierte Ingeborg, dass der Wind weiter aufzufrischen schien, doch jetzt glitt Nicolai endlich mit seinem Sohn im Arm Zentimeter für Zentimeter in die Tiefe. Die beiden näherten sich unendlich langsam dem Erdboden, und obwohl sie noch ein ganzes Stück von ihrem Ziel entfernt waren, hielt Ingeborg es nicht mehr aus. Sie rannte auf die beiden zu, während Nicolai, gefolgt von Hannes, die Erde erreichte. Der Junge fiel und rollte durch den Sand, bevor er vollkommen erschöpft neben dem Fahnenmast liegen blieb. Ingeborg zog ihren Sohn an sich und schaukelte den schmalen Körper in ihren Armen. Erst jetzt bemerkte sie, dass ihr die Tränen über beide Wangen liefen. Der Junge bewegte sich nicht, aber sie konnte das gleichmäßige Heben und Senken seines Brustkorbs fühlen, er atmete, er musste unverletzt sein. Ihr Sohn war am Leben und in Sicherheit, und auch Nico war nichts passiert. Er kniete neben ihr, während sie Hannes ein Stück von sich fortschob und vorsichtig betrachtete. Der Junge schaute sie nicht an, unübersehbar quälte ihn sein schlechtes Gewissen. Sie schüttelte ihn sanft.

»Hannes, alles in Ordnung mit dir? Wie kannst du uns so einen Schrecken einjagen? Du hättest dir das Genick brechen können!«

Ingeborg wartete, aber ihr Sohn antwortete nicht. Nicolai legte ihr behutsam einen Arm um die Schultern und half ihr, aufzustehen.

»Lass ihm einen Moment Zeit, zu sich zu kommen, ja?«

Er schaute sie an, in seinen Worten lag ein beschwörender Unterton. Natürlich hatte er Recht, nur keine Szene vor allen Leuten, immer schön die Haltung bewahren. Am Portal hatte sich ein kleine Gruppe von Hotelgästen versammelt, die die Vorgänge hier draußen interessiert verfolgten – kopfschüttelnd die einen, bleich vor Schreck die anderen. In Anwesenheit so vieler Menschen durfte sie sich nicht gehen lassen. Keine ihrer Familienkrisen und Familienfreuden war wirklich ihre eigene Angelegenheit, jedenfalls nicht während der Saison. Ingeborg senkte den Blick und klopfte den Staub von ihrem Rock. Sie versuchte, die Fassung wiederzufinden, aber die Frage, warum Hannes sich in Gefahr gebracht hatte, ließ sie

nicht los. Während Nicolai seinen Sohn wieder auf die Beine stellte, hatte sich die Siebert herangepirscht. Plötzlich war sie an der Seite des Jungen und machte sich an seiner Kleidung zu schaffen, die zerknittert und angeschmutzt aussah. Lächelnd zupfte sie an seinem karierten Hemd, als sei daran noch etwas zu retten, und fuhr ihm dann durch das zerzauste, blonde Haar.
»Warum bist du da bloß raufgeklettert, Junge? Was wolltest du dort oben?«
Hannes wandte sich seiner Mutter zu, seine Lippen bebten, als er zu sprechen begann.
»Es war eine Mutprobe.«
Seine Stimme war so leise, dass Ingeborg Mühe hatte, seine Worte zu verstehen, aber der Ausdruck auf seinem Gesicht besaß unübersehbar etwas Gequältes. Immerhin schien er zu bereuen, was er angestellt hatte, denn er schluckte krampfhaft und kämpfte mit den Tränen.
»Jürgen hat gesagt, wenn ich in die HJ will, muss ich eine Mutprobe bestehen. Sie nehmen keine Feiglinge. Ich wollte beweisen, dass ich kein Feigling bin.«
Ingeborg legte einen Arm um ihren Sohn. Jetzt tat er ihr Leid. So schutzlos, wie er den Blicken der Erwachsenen ausgesetzt war, sollte er auch noch Rede und Antwort stehen für eine Geschichte, die er zumindest nicht allein verbockt hatte. Die verdammte HJ war natürlich schuld, warum war sie nicht selbst darauf gekommen? Seit einiger Zeit waren ihr Ältester und Jürgen Roloff, der jüngere Sohn der Nazigröße, ein Herz und eine Seele. Sie sah Hannes nicht gern in der Gesellschaft der beiden jungen Roloffs, aber Hannes hockte trotz aller Ermahnungen viel zu oft mit ihnen zusammen.
»Und wo ist Jürgen jetzt?«
Ihre Stimme zitterte, obwohl sie sich bemühte, ihr einen festen Klang zu geben. Hannes senkte den Kopf.
»Der ist weggelaufen.«

»Du riskierst dein Leben für die HJ, Hannes? Nur weil jemand dir sagt, du sollst es tun, kletterst du da hoch und bringst dich beinahe um?«
Hannes schwieg, aber eine Antwort erübrigte sich ja auch. Ingeborg sah zu Nicolai hinüber, aber bevor er etwas sagen konnte, war die Siebert plötzlich wieder neben ihnen. Betont liebevoll strich sie Hannes über das von Staub verdreckte Gesicht.
»Ich finde, der Junge muss sich erst einmal erholen. Du hast bestimmt Durst, nicht wahr, mein Kleiner?«
Die Siebert flötete und lächelte, aufopferungsvoll spielte sie den Mutterersatz – allerdings nicht, ohne dabei immer wieder ihr knappes Strandkleid in Form zu bringen, das bei jeder ihrer Bewegungen ein Stück nach oben rutschte und den Blick freigab auf den Badeanzug darunter. Es war schon rührend, das alles mit anzusehen. Sicher war es auch lohnend für eine Schauspielerin ihrer Kategorie, immerhin hatten sich inzwischen etliche Hotelgäste unter dem Fahnenmast versammelt. Sie sparten nicht mit guten Ratschlägen und mit Tadel für Hannes, der wie ein begossener Pudel schweigend zwischen ihnen stand. Auch Paul Baldwin, der Filmproduzent aus Berlin, der die Rechnungen der Siebert bezahlte, war da. Er hing wie eine Klette an Nicolai, ließ seine strahlend weißen Zähne sehen und klopfte ihm immer wieder anerkennend auf die Schulter. Nicolai nickte nur dazu, aber das hielt den Filmproduzenten nicht davon ab, weiter auf ihn einzureden. Ingeborg nahm kaum etwas von dem wahr, was er sagte, es interessierte sie auch nicht. Behutsam legte sie ihrem Sohn einen Arm um die Schulter und zog ihn an sich.
»Komm, Hannes, wir gehen ins Haus. Du musst dich ein bisschen waschen, ja?«
Gehorsam ließ der Junge sich bei der Hand nehmen, langsam schoben sie sich gemeinsam zwischen den Reihen der Umstehenden hindurch. Während sie die Treppe zum Ein-

gang des Hotels hinaufstiegen, hörte Ingeborg den Filmbonzen im Hintergrund weiter schwadronieren. Selbst aus dieser Entfernung wirkte sein dröhnendes Gelächter übertrieben. Ingeborg wandte sich noch einmal um, sie wollte Nico ein Zeichen geben – sie wäre gern für einen Moment mit ihrer Familie allein gewesen, aber natürlich würde es sich gerade jetzt wieder einmal nicht einrichten lassen. Nicolai war scheinbar ganz in seinem Element, er hatte sich gefasst und gab den Alleinunterhalter im Kreis seiner Gäste. Als ihre Blicke sich trafen, blinzelte er ihr kurz zu, doch sie hatte Mühe, sein Lächeln zu erwidern.

Um sie herum strahlte die Sonne. In der Ferne war das Meer zu hören, dessen Wogen im immergleichen Rhythmus auf den Sand klatschten. Und doch schien es ihr, als läge ein Schatten über dieser Idylle, den nur sie wahrnahm. Das Hotel in den Dünen war ihre Heimat, aber manchmal kam es ihr wie eine Bürde vor. Während der Saison besaß sie selten die Möglichkeit, sich zurückzuziehen von dem Trubel, der sie umgab. Das war nicht neu, warum also fiel es ihr gerade jetzt auf? War es der Schock über das waghalsige Abenteuer ihres Sohnes, der sie verstörte? War es die Sache mit dem Spielkasino, die ihr zu schaffen machte? Bildete sie es sich ein, oder lag tatsächlich eine Bedrohung über allem, die nur sie zu spüren schien?

»Damit war ich in der Sehschule, Herr Doktor.«

Mathilde Deike schaute Johannes Lehmann treuherzig und aus großen Augen an. Sie legte den Kopf ein wenig schief, die Hände brav im Schoß gefaltet, und wartete offenbar auf ein Lob von ihm. Obwohl er begriff, was in ihr vorging, blieb Johannes Lehmann stumm. Seine Patientin schien davon auszugehen, dass ihm die erwähnte Sehschule ein Begriff war, aber tatsächlich hatte er keine Ahnung, worum es dabei ging. Nach einer kleinen Pause rutschte Mathilde Deike ein Stückchen auf ihrem Stuhl nach vorn.

»Die Sehschule in Flensburg, kennen Sie die nicht, Herr Doktor? Mein Sohn hat gesagt, ich soll da hinfahren, weil es doch immer schlechter wird mit meinen Augen. Ich wollte ja zuerst nicht, die lange Reise mit dem Zug und das viele Geld, das sie verlangen, aber mein Sohn hat drauf bestanden. Er hatte in der Zeitung etwas drüber gelesen.«

»Und was hat man mit Ihnen in dieser Sehschule gemacht, Frau Deike?«

Johannes Lehmann nahm seine kleine Taschenlampe vom Behandlungstisch und knipste sie an. Schweißperlen glitzerten auf dem rundem Gesicht seiner Patientin. Er hätte ihr eine weitere Untersuchung gern erspart. Auch ihm war entsetzlich heiß, es war drückend schwül heute, viel zu warm für den Wonnemonat Mai. Er hatte die Tür zum Sprechzimmer schon vor einer ganzen Weile geöffnet, damit frische Luft hereinkam, aber draußen bewegte sich nichts. Es war windstill. Mathilde Deike rutschte auf ihrem Stuhl herum und begann mit den Händen in der Luft zu gestikulieren. Ihr schien noch immer unbegreiflich, dass er von ihrer Sehschule nicht auf Anhieb begeistert war.

»Da haben sie meine Augen mit Licht bestrahlt, Herr Doktor. Ich musste vor so einem Apparat sitzen und in das Licht gucken, und danach haben sie mir ein Heft mitgegeben mit so Übungen drin, die ich zu Hause machen soll.«

»Übungen? Was für Übungen denn, Frau Deike?«

Johannes zwang sich, ernst zu bleiben, obwohl er nahe daran war zu lachen. Um seine Patientin nicht zu kränken, wandte er den Blick ab und schob umständlich die Ärmel seines Kittels ein Stück höher. Schon allein die Vorstellung, dass sich der graue Star, an dem Mathilde Deike litt, durch gymnastische Übungen beeinflussen ließ, war abstrus, so abstrus, dass sie ihm komisch schien.

»Also, das geht so, Herr Doktor: Man macht beide Augen weit auf, etwa so –«

Mathilde Deike riss die Augenlider in die Höhe und glupschte ihn groß an. Sie wirkte konzentriert, sie schien sich alle Mühe zu geben, um ihm Nachhilfe in Sachen Augenheilkunde angedeihen zu lassen.
»Und danach beide Augen zusammenkneifen, in etwa so –«
Sie blinzelte.
»Und die Augen nach oben, so –«
Sie beäugte angestrengt die Zimmerdecke seines Sprechzimmers.
»Und nach unten, so –«
Ruckartig sackte ihr Kopf auf ihren Brustkasten. In dieser Haltung blieb sie still sitzen, leicht vornübergebeugt, mit hängenden Armen. Johannes folgte ihrem Blick und starrte ratlos hinunter auf das helle Linoleum zu seinen Füßen. Er sah nicht den geringsten Sinn in diesen Verrenkungen und konnte nur annehmen, dass man der alten Dame in Flensburg mit dem, was sie dort erlebt hatte, einen Streich gespielt hatte.
Seine Patientin hob den Kopf. Wieder schaute sie ihn aus ihren trüben Augen an, wieder hoffte sie offenbar auf Lob und Bestätigung.
»Was sagen Sie dazu, Herr Doktor? Ich weiß nicht, vielleicht mache ich was falsch. Ich übe jeden Tag dreimal, aber es hilft nicht.« Gedankenverloren zupfte Mathilde Deike am groß geblümten Stoff ihres Kleides. Plötzlich wirkten ihre Gesichtszüge traurig, trotz ihrer Jahre erinnerte sie ihn an ein einsames Kind.
»Die ganze Behandlung hat nicht angeschlagen, es hat einfach nicht geholfen. Meine Augen sind nicht besser geworden, Herr Doktor. Eher noch schlechter, würde ich sagen.«
»Inwiefern sind sie schlechter geworden, Frau Deike? Haben Sie Schmerzen?«
Johannes ließ die Taschenlampe in seiner Hand sinken. Mittlerweile gefiel ihm überhaupt nicht mehr, was seine Patientin ihm erzählte. Das Ganze besaß den faden Beigeschmack

der Kurpfuscherei. Vielleicht war er einer neuen Masche auf der Spur, die sich kriminelle Elemente ausgedacht hatten, um den Leuten das Geld aus der Tasche zu ziehen. Wenn sie in dieser so genannten Sehschule tatsächlich Bestrahlungen vornahmen, war Mathilde Deike vermutlich nicht nur einem teuren, sondern auch einem gefährlichen Schwindel aufgesessen.

»Ich sehe jetzt immer so helle Flecken überall, Herr Doktor. Es ist, als hätte ich zu lange in die Sonne geguckt. Nur dass die Flecken nicht weggehen, wenn ich die Augen zumache. Und schärfer sehen als vor der Behandlung kann ich auch nicht. Hundert Mark hat mich der Spaß gekostet, die Fahrkarte nach Flensburg nicht gerechnet. Ich schäme mich fast ein bisschen, ich weiß, dass ich Sie vorher hätte fragen sollen. Mein Sohn hat mich gedrängt, sonst hätte ich es nicht gemacht.«

»Ich verstehe. Schauen Sie doch bitte mal für einen Moment nach oben an die Decke, ja? Ganz ruhig bleiben, die Augen nicht zusammenkneifen. Wir machen jetzt keine Ihrer Übungen.«

Johannes beugte sich vor, er leuchtete den Augenhintergrund seiner Patientin aus und untersuchte den Katarakt, die Trübung ihrer Linse, so gut er das mit seinen primitiven Hilfsmitteln vermochte. Er war kein Augenarzt und besaß auch nicht die notwendigen Instrumente, um eine eingehende Untersuchung vorzunehmen, doch der Schilderung der alten Dame nach zu urteilen, musste er davon ausgehen, dass man ihr eine dauerhafte Schädigung zugefügt hatte. In ihrem Fall war dies umso schlimmer, weil ihre Sehfähigkeit sowieso langsam, aber sicher immer weiter abnahm. In der Familie Deike, die einen großen Hof am Ortsrand von Wenningstedt bewirtschaftete, wurde jede Hand gebraucht, aber Mathilde Deike war nur noch zu wenigen Arbeiten in der Lage. Durch die Behandlung in Flensburg, an die sie so viel Hoffnung geknüpft hatte, war

ihre Situation nicht besser geworden – im Gegenteil. Johannes knipste seine Taschenlampe aus und legte sie beiseite. Mathilde Deike blinzelte ihn an. »Na? Haben Sie was gefunden, Herr Doktor?«
»Ich bin mir nicht sicher, Frau Deike, aber ich fürchte, Sie sind in dieser Sehschule einem Schwindel aufgesessen.«
»Einem Schwindel?«
Die alte Dame runzelte die Stirn, ein ungläubiger Blick streifte ihn. Vermutlich fiel es ihr schwer, zu glauben, dass man sie betrogen habe könnte. Sie hatte allen Mut zusammengenommen und eine weite Reise gemacht, und nun wurde sie dafür bestraft – nicht nur, indem ihr Zustand sich verschlechterte, sondern auch noch dadurch, dass ihr Hausarzt ihr sagte, sie habe einen Fehler gemacht? Die kleinen Hängebäckchen seiner Patientin röteten sich.
»Aber das waren alles Doktoren in Flensburg, genau wie Sie. Die Schwester trug ein Häubchen, wie es sich gehört. Sie war so nett, fast so nett wie die im Krankenhaus von Niebüll, wo ich vor fünf Jahren wegen meinem Blinddarm war. Womit sollen die mich denn beschwindelt haben?«
»Nicht jeder, der einen weißen Kittel trägt, versteht auch etwas von Medizin, Frau Deike. Ich weiß nicht, was genau man in dieser Sehschule mit Ihnen angestellt hat. Aber ich weiß, dass die altersbedingte Eintrübung der Linse, unter der Sie leiden, nicht mit Hilfe von Bestrahlungen verbessert werden kann.«
Behutsam legte Johannes Lehmann eine Hand auf die der alten Frau vor ihm. Er sah die Tränen in ihren Augenwinkeln schimmern und hätte sie nur zu gern getröstet, aber er hatte keine andere Wahl, er musste ihr die Wahrheit sagen. Weitere Wunderkuren wie die, die sie gerade hinter sich gebracht hatte, schadeten nicht nur ihrem Portemonnaie, sondern auch ihrer Gesundheit.
»Der Zustand Ihrer Augen könnte nur durch eine Operation

verbessert werden, Frau Deike. Da Sie aber einen kleinen Herzfehler haben, ist die Operation zu riskant. Die Ärzte sind in Ihrem Fall machtlos. So ist der Stand der Dinge, tut mir Leid.«

Mathilde Deike nickte langsam, sie schien sein Urteil zu akzeptieren. Ihr schmaler, leicht gebeugter Oberkörper zitterte, während sie sich mit einer Hand über die tränenfeuchten Wangen wischte. Johannes konnte ihren Kummer verstehen. Die Frau ging der völligen Erblindung entgegen und ahnte nach diesem Gespräch mehr denn je, was auf sie zukam. Die Geschichte mit der Sehschule war ein letztes Aufbäumen gegen das unabänderliche Schicksal gewesen, jetzt begann sie zu begreifen, dass ihr Versuch gescheitert war. Es gab keinen Trost, den er ihr spenden, keine Hoffnung, die er ihr machen konnte.

»Sie meinen also, dass alles vergebens war? Die Bestrahlung und die Übungen, alles umsonst?«

»Es sieht so aus, ja.«

»Und dafür haben wir das schöne Geld ausgegeben. Wenn mein Sohn das erfährt, wird er wütend sein. Wir brauchen auf dem Hof jede Mark, Herr Doktor.«

»Das glaube ich Ihnen.«

Johannes war aufgestanden und griff nach den Taschentüchern, die auf dem Behandlungstisch neben ihm lagen. Eines davon reichte er an Mathilde Deike weiter, die eine Weile brauchte, bis sie sie es bemerkte und danach griff. Umständlich wischte sie sich die Tränen aus dem Gesicht und rückte dann den Dutt in ihrem Nacken gerade.

»Und muss ich immer diese hellen Flecken sehen, Herr Doktor? Bis ich eines Tages gar nichts mehr sehe? Ist es das, was Sie mir sagen wollen?«

»Das weiß ich nicht, Frau Deike, ich bin kein Facharzt. Ich werde Sie an einen Kollegen in Niebüll überweisen. Er ist ausgezeichnet auf seinem Fachgebiet, der beste Spezialist, den

ich kenne. Er wird Ihnen sagen, ob er Ihnen helfen kann.« Johannes beugte sich vor und tätschelte noch einmal beruhigend die Hand seiner Patientin. »Die Reise nach Niebüll dürfen Sie ruhig unternehmen, die lohnt sich bestimmt.«
»Ja, wenn das so ist – dann also dankeschön, Herr Doktor.« Mathilde Deike nahm ihm den Überweisungsschein ab, den er ihr über den Schreibtisch reichte. Er stand auf und begleitete die alte Dame bis zur Tür seines Sprechzimmers, wo er ihr zum Abschied die Hand drückte. Er wusste, was sie erwartete, und es schmerzte ihn, nichts dagegen tun zu können. Fälle wie dieser machten ihm das Leben schwer, und auch der Gedanke, dass er dieses Schicksal mit vielen seiner Berufskollegen teilte, half ihm nicht weiter. Schweigend schaute er Mathilde Deike hinterher, die an der Seite seiner Sprechstundenhilfe den Gang hinuntertappte. Als die beiden aus seinem Sichtfeld verschwunden waren, schloss er mit einem leisen Seufzer die Tür. Es war eine Schande, womit manche Scharlatane auf die Menschheit losgingen. Vielleicht hätte er Mathilde Deike dazu überreden sollen, gegen diese Betrüger in Flensburg wenigstens Strafanzeige zu erstatten?
Während er noch darüber nachdachte, ob es Sinn machte, ein so schweres Geschütz aufzufahren, hörte er aus dem Nebenzimmer Schritte, die sich näherten. Als er sich umdrehte, stand Dorothee Beck im Türrahmen – und im Gegensatz zu ihm sah sie überhaupt nicht aus, als habe sie einen anstrengenden Arbeitstag hinter sich. Langsam kam sie an den Schreibtisch.
»Unglaublich, nicht wahr? Die Geschichte mit der alten Dame, meine ich. Entschuldigen Sie, dass ich mich einmische, aber ich habe zufällig mitgehört.«
Er nickte schwach, noch vollauf mit dem Anblick beschäftigt, den Dorothee Beck ihm bot. Der blütenweiße Kittel seiner neuen Kollegin war makellos, sie trug die dunklen Haare ausgesprochen korrekt gescheitelt und zu einem lockeren Kno-

ten am Hinterkopf aufgesteckt. Sie duftete nach irgendwelchen teuren Essenzen, die er nicht zu benennen wusste, die aber jede Spur von Jod und Kernseife an ihrer Kleidung erfolgreich verdrängten. Nun gut, was nützte es ihm, neidisch darauf zu sein, dass diese strahlende Schönheit zehn Jahre jünger und um etliches ansehnlicher war als er? Um sich auf den Fall zu konzentrieren, den sie angesprochen hatte, schaute er hinunter auf die Tischplatte, auf der noch die Krankenpapiere von Mathilde Deike lagen.

»Sie meinen die Geschichte mit der Sehschule?«

»Natürlich geht mich die Sache nichts an, denken Sie bitte nicht, ich hätte mit Absicht gelauscht.« Dorothee Beck lächelte vage, bevor sie sich mit den Händen auf dem Schreibtisch aufstützte. »Ich war nebenan am Medikamentenschrank und habe unsere Vorräte an Schmerzmitteln kontrolliert. Dabei habe ich zufällig mitgehört, was Sie mit Ihrer Patientin besprochen haben.«

»Schon in Ordnung. Ich hatte die Tür offen gelassen, der Hitze wegen.« Johannes lehnte sich in seinem Stuhl zurück.

»Man sollte Anzeige gegen diese Leute in Flensburg erstatten. Ich möchte nur wissen, womit sie Frau Deike bestrahlt haben.«

Dorothee Beck zuckte mit den Achseln. »Da gibt es viele Möglichkeiten, fürchte ich.«

»Eine solche Behandlung ist meines Erachtens Körperverletzung. Ich werde mit ihrem Sohn sprechen, vielleicht kann sich die Familie zu einer Strafanzeige aufraffen.«

»Tun Sie es doch selbst.«

»Was?«

»Anzeige erstatten. Warten Sie die Diagnose des Kollegen aus Niebüll ab, und wenn sich Anhaltspunkte für eine dauerhafte Schädigung bei der Patientin ergeben, dann erstatten Sie Strafanzeige.«

»Sind Sie sicher, dass das geht?« Johannes runzelte die Stirn.

Er hatte keine Erfahrung mit der Justiz und wollte eigentlich auch keine sammeln. Andererseits ließ sich die Gefahr, dass noch mehr Menschen auf den Schwindel mit der Sehschule hereinfielen, nicht von der Hand weisen. Dorothee Beck nickte ihm zu, sie schien von ihrer Sache restlos überzeugt.
»Ich bin mir sicher, dass es geht. In Berlin kam es öfter vor, dass die Leute Quacksalbern in die Hände fielen. Frauen in Not vertrauten sich einer Engelmacherin an, unheilbar Kranke kauften wertlose Stärkungsmittel in rauen Mengen. Die Klinik hat sich deswegen oft an die Polizei gewandt. Einer muss es ja tun, damit die Sache ein Ende hat, oder?«
»Ja, natürlich. Ich kann zwar nicht behaupten, dass mich die Aussicht lockt, aber jedenfalls vielen Dank für den Hinweis.«
Johannes begann, auf seinem Schreibtisch Ordnung zu schaffen, für ihn war die Angelegenheit erledigt. Er wollte noch ein paar Eintragungen in die Krankenpapiere von Mathilde Deike machen, aber Dorothee Beck stand noch immer vor seinem Schreibtisch und rührte sich nicht. Er sah auf. Sie schenkte ihm ein Lächeln, das ihn mindestens ebenso überraschte wie verstörte.
»Ich hoffe, Sie finden es nicht aufdringlich, aber ich habe da noch eine Idee. Vielleicht könnte ja auch unsere Lokalzeitung etwas über diese Sehschule bringen. Man muss in dem Artikel den Namen von Frau Deike ja nicht erwähnen. Es genügt doch, wenn vor der Behandlung in Flensburg gewarnt wird. Noch ein paar Hinweise über die fachgerechte Korrektur von Sehfehlern, dann wissen die Leute Bescheid. Das wäre bestimmt nützlich, oder?«
»Ja, ein guter Einfall. Ich werde mit dem Mann vom *Sylter Anzeiger* sprechen. Mal sehen, was er sagt. Nochmals – danke für Ihre Unterstützung.«
»Gern geschehen, keine Ursache.«
Dorothee Beck strahlte, sie drehte auf dem Absatz um und verließ den Raum. Johannes blieb allein zurück. Den Füllfe-

derhalter in der Hand versuchte er vergeblich, sich auf seine Arbeit zu konzentrieren. Er kam sich plötzlich seltsam linkisch vor. Auf alles, was seine Kollegin ihm vorgeschlagen hatte, hätte er auch selbst kommen können. Offenbar war sie tatsächlich tüchtig, die neue Ärztin. Anfangs hatte er sie bloß für kühl und unnahbar gehalten, doch allmählich wurde ihm klar, dass er sich in diesem Punkt geirrt hatte. Fräulein Doktor Beck war ehrgeizig, sie wusste, was sie wollte. Im Grunde war Zielstrebigkeit ja auch eine gute Eigenschaft, aber machte die Frau denn überhaupt keine Fehler? Kam bei ihr immer alles wie aus der Pistole geschossen? Mit einem Seufzer stützte er den Kopf auf die Hand. Was war los mit ihm? War er nur in seiner männlichen Eitelkeit getroffen, weil sie ihm diese Ideen im Fall Deike serviert hatte, oder hatte er tatsächlich Grund zur Besorgnis? Wie würde er wohl in ein paar Monaten dastehen, wenn Fräulein Doktor Beck alle ihre Fälle so rigoros löste wie diesen hier?

Kapitel 4

»Und? Sag schon, was hältst du von meinem Vorschlag?« Karl Roloff beugte sich lächelnd ein Stück über den Tisch und warf Nicolai einen erwartungsvollen Blick zu. Keine Frage, auf welche Reaktion er wartete. Der Herr Ortsgruppenleiter des noch zu gründenden NSDAP-Ortvereins hatte sich persönlich ins Hotel bemüht und versuchte schon seit einer geschlagenen Stunde, Nicolai die Mitgliedschaft in seiner Partei schmackhaft zu machen. Bisher mit wenig Erfolg. Der Mann mochte schmeicheln, so viel er wollte, Nicolai war nicht begeistert von der Aussicht, zukünftig in der braunen Suppe mitrühren zu müssen. Allein die Vorstellung, künftig bei bestimmten Anlässen im Dorf als Nazi aufzutreten, missfiel ihm. Die Mitgliedschaft in Vereinen war ihm noch nie verlockend erschienen. Größere Menschenansammlungen mied er, und für Politik interessierte er sich nicht. Da half es wenig, dass Roloff ihn unermüdlich anlächelte, als habe er einen Krampf im Gesicht. Jetzt presste er auch noch die Handflächen aneinander, als wolle er beten.

Nicolai ließ sich gegen die Rückenlehne seines Stuhles sinken. Er hatte gehofft, schon sein Verhalten würde ablehnend genug wirken, aber Karl Roloff war nicht der Mann, der die Körpersprache anderer Menschen begriff. Mit demselben stupiden Lächeln auf den Lippen, mit dem er schon hier hereinmarschiert war, hockte er da, schlug schließlich die Beine übereinander und wartete. Nachdem sie sich noch einmal schweigend gemustert hatten wie zwei Boxer im Ring, beugte er sich vor.

»Warum zögerst du, alter Junge? Du willst es auf der Insel doch zu etwas bringen, oder? Tritt bei uns ein, und ich liefere dir gratis den Vorsitz im Fremdenverkehrsverein. Gustav

Hinnerksens Zeit ist abgelaufen. Wir brauchen einen neuen Mann – wenn du mich fragst, bist du geeignet.«
Roloff verschränkte die Arme vor dem Oberkörper und warf dabei ganz nebenbei einen Blick auf die Flasche mit Birnenschnaps, die auf dem Schreibtisch stand. Zögernd schenkte Nicolai ihm noch einmal ein, obwohl er fand, dass Roloff genug Alkohol im Blut hatte. Sein Gegenüber war offenbar anderer Meinung. Er stürzte das Zeug in einem Zug hinunter und verzog keine Miene dabei, obwohl der Selbstgebrannte wie Feuer in der Kehle loderte. Schon im nächsten Moment stand das leere Glas wieder neben der Flasche, aber Nicolai ignorierte diese unmissverständliche Geste. Auch wenn Roloff hart im Nehmen war, hatte er für heute genug. Was war dieser Kerl doch für eine seltsame Mischung! Er trug maßgefertigte Anzüge aus gutem, englischem Tuch, rauchte die teuersten Zigarillos und manikürte sich sogar die Fingernägel, soff aber wie ein Loch und fluchte wie ein Landsknecht. Seine Umgangsformen ließen auch zu wünschen übrig, jeder wusste, dass Roloff immer wieder in Wirtshausschlägereien verwickelt war. Seit seine Leute an der Macht waren, war er noch rücksichtsloser und großspuriger geworden.
Während er Nicolai Roloff aus den Augenwinkeln beobachtete, wischte der sich ungeniert mit dem Handrücken über das Kinn.
»Du musst dich allmählich entscheiden, mein Lieber. Ich brauche eine Antwort. Nächste Woche steht die Wahl des neuen Vorsitzenden auf der Tagesordnung des Fremdenverkehrsvereins. Bis dahin muss ein neuer Vorschlag auf den Tisch, wenn wir nicht riskieren wollen, dass der dämliche Gustav wiedergewählt wird.«
»Immer mit der Ruhe, Karl, so etwas will gut überlegt sein. Ich begreife nicht, warum deine Partei so interessiert daran ist, dass zukünftig ich den Vorsitz im Verkehrsverein über-

nehme. Kann euch doch egal sein, wer den Laden schmeißt, da passiert sowieso nicht viel. Nichts zumindest, was deine Partei betreffen würde.«
Nicolai unterbrach sich, denn ihm war klar, dass er vorsichtig mit dem sein musste, was er sagte. Noch besaß Roloff keine offizielle Funktion, aber niemand zweifelte daran, dass er Ortsgruppenführer werden würde. In dieser Rolle würde er weiter an Einfluss gewinnen, obwohl es nach Nicolais Ansicht nicht viel Sinn machte, wenn sich die Partei im Fremdenverkehr engagierte. Im Urlaub interessierten sich die Leute genauso wenig für den politischen Gegner wie für die Gemüseernte des nächsten Jahres. Alles, was ihren Alltag ausmachte, war weit weg und kümmerte sie nicht. Dementsprechend hatten die Hoteliers und Gastwirte in Kampen mit ihrer Vereinsmeierei auch in erster Linie den eigenen Vorteil im Blick. War Roloff wirklich so dumm, das nicht zu begreifen?
Nicolai schüttelte den Kopf. »Mir scheint der Aufwand, der da um diesen Vereinsvorsitz getrieben wird, ziemlich überflüssig. Was bringt es euch denn, wenn ich das Amt übernehme? Mir macht es jedenfalls nur Arbeit, weiter nichts.«
»Das siehst du falsch, mein Guter. Gustav muss weg, der Kerl bewegt nichts. Wenn Kampen als Urlaubsort nicht hoffnungslos hinter Westerland und Wenningstedt zurückfallen will, brauchen wir einen Mann mit neuen Ideen, einen, der sich durchsetzen kann. Du willst ja wohl nicht behaupten, der alte, schwerhörige Gustav Hinnerksen wäre dafür der Richtige, oder?«
»In den letzten drei Jahren ist der Verein mit ihm gut zurechtgekommen. Ihr wollt ihn loswerden, weil er kaisertreu ist. Eisernes Kreuz erster Klasse aus der Marne-Schlacht, alter Stahlhelmkämpfer, flaggt noch immer an Kaisers Geburtstag, als hätte Wilhelm niemals abgedankt. Gustavs Gesinnung stört euch, das ist der springende Punkt.«
Nicolai lächelte und wartete, er wusste genau, dass er sich

weit vorgewagt hatte. Selbst wenn Roloff angetrunken war, musste man Mut aufbringen, um mit ihm über Politik zu diskutieren. Der Mann lebte mit wenigen, dafür aber seiner Ansicht nach unumstößlichen Weisheiten, die er sich aus der Nazi-Ideologie herauspickte wie Rosinen aus einem Napfkuchen. Da man niemals genau vorhersehen konnte, welchen Standpunkt er in einer Sache ergreifen würde, war es gefährlich, mit ihm zu debattieren.
Auch jetzt antwortete Roloff nicht sofort. Nicolai überlegte schon, wie er seine Behauptungen von eben abschwächen konnte, aber sein Gast schien weder beleidigt noch verärgert zu sein. Lächelnd winkte er ab. »Das ist Unsinn, alter Junge. Gustavs verstaubtes Getue um den alten Wilhelm ist mir schnuppe. Hinnerksen hat längst vergessen, welches Datum wir schreiben. Ein Land, ein Volk, ein Führer, das ist die Parole. Adolf Hitler ist Reichskanzler. Da kann der alte Gustav meinetwegen einen Ölgötzen anbeten, das kümmert mich einen Dreck.«
Nicolai nickte vorsichtig und blieb ansonsten stumm. Sie näherten sich brenzligen Themen, zu widersprechen wagte er deshalb nicht mehr. Nach einem Vortrag über Führer, Volk und Vaterland sehnte er sich bestimmt nicht. Wenn Roloff jetzt anfing, Parolen zu schmettern, würde er ihn elegant hinausbefördern müssen. Um sich die abgedroschenen Losungen der Nazis anzuhören, war ihm seine Zeit zu schade. Roloff schien die Frage nicht weiter verfolgen zu wollen, denn er griff nach der Aktentasche unter seinem Stuhl.
»Du kennst jetzt meinen Vorschlag. Werde Parteimitglied, es wird dein Schaden nicht sein. Unseren Leuten öffnen sich Türen, die anderen verschlossen sind.«
»Warum lässt du dich nicht selbst zum Vorsitzenden des Verkehrsvereins wählen, wenn der Posten so wichtig ist?«
»Ich kann nicht überall sein, oder? Du hast Erfahrung im Fremdenverkehr, und außerdem mischst du bei der Spiel-

bankgeschichte mit. Wenn das klappt, wird das ein großes Ding. In meinen Augen bist du der ideale Kandidat.«

»So, findest du.«

»Jawohl, absolut. Überlege es dir, aber überlege nicht zu lange.«

Nicolai nickte. Wenn er Gelegenheit dazu bekam, würde er es sich wirklich überlegen – allerdings in aller Ruhe und nicht, indem er sofort in Roloffs Anwesenheit eine Entscheidung traf. Er würde mit Ingeborg darüber reden und sich anhören, was sie dazu zu sagen hatte. Noch spürte er wenig Neigung, auf Roloffs Vorschlag einzugehen, aber vielleicht dachte seine Frau anders darüber.

Roloff hatte seine flache Ledermappe aufgeklappt und zog einen Bogen Papier daraus hervor.

»Wegen deinem Sohn lass ich dir mal das Eintrittsformular für die Hitlerjugend da. Im Herbst geht es los, etliche der Jungs aus dem Dorf sind dabei. Wahrscheinlich wird mein Ältester Kameradschaftsführer bei den Großen. Wird eine feine Sache für die Jungen.«

Er glättete das zerknitterte Blatt und legte es vor Nicolai auf den Schreibtisch. Grinsend hob er den Zeigefinger und drohte damit.

»Ich habe noch etwas gut bei dir, vergiss das nicht, Nicolai. Dass du meinen Sohn rausgeschmissen hast, war eine Affenschande. Anstatt den Gert an die Kandare zu nehmen, setzt du ihn auf die Straße – und das, obwohl du weißt, wie schwer die jungen Leute es heutzutage haben, wenn sie hier auf der Insel eine Ausbildung kriegen wollen. Meine Frau macht mir noch immer die Hölle heiß, weil unser Großer keine neue Lehrstelle findet.«

»Karl –«

Roloff winkte ab. »Schwamm drüber. Wenn du deinen Hannes in die HJ gibst, betrachte ich die Sache von damals als erledigt. Übrigens – Gerüchte wollen wissen, dass sie sich in

Westerland jetzt auch ein Kasino zulegen wollen. Als Konkurrenz zu uns, verstehst du? Wenn die vorpreschen, hat Kampen das Nachsehen. Die Westerländer haben mehr Geld als wir.«
Nicolai runzelte überrascht die Stirn, denn ihm waren solche Gerüchte bisher nicht zu Ohren gekommen. Hatte der Herr Ortsgruppenführer in spe diese Geschichte vielleicht nur erfunden, um ihm einen Schrecken einzujagen? Nicolai hielt das nicht für ausgeschlossen, er traute Roloff nicht über den Weg. Er glaubte an seine Spielbank, hatte aber keine Lust, das mit Roloff zu diskutieren. Der hatte sich auch schon abgewandt und strebte auf die Tür zu, blieb dann aber noch einmal stehen.
»Vielleicht ist es noch nicht zu spät, vielleicht ist die Entscheidung in der Spielbankgeschichte noch nicht gefallen. Dir zuliebe würde ich mich noch mal umhören – eine Hand wäscht die andere, nicht wahr? Jedenfalls weißt du jetzt Bescheid, alter Freund.«
Nicolai stand auf, um den Nazi durch die Halle zur Eingangstür zu eskortieren. Er war froh, als er Roloff nach einer kurzen Verabschiedung draußen in sein Automobil steigen sah, denn er schätzte den Mann nicht. Den lieben langen Tag lief er herum und schmiedete Intrigen, ansonsten lebte er von dem Geld, das seine Frau mit einer kleinen Ferienpension am Ortsrand erwirtschaftete. Er war mit Sicherheit alles andere als ein leuchtendes Vorbild in Sachen Fleiß und Ehrlichkeit. Dass ausgerechnet diese Kanaille es bei den Nazis so weit gebracht hatte, sagte alles über die Partei, für die Roloff so unermüdlich die Werbetrommel rührte.
Nicolai schloss die Haustür und wollte in sein Arbeitszimmer zurückkehren, doch entgegen seiner Absicht blieb er in der Halle stehen und lauschte. Erstaunt drehte er sich um. Aus dem Speisesaal drangen Stimmen in ungewohnter Lautstärke – das klang nicht nach einer friedlichen Unterhaltung. Es war ungewöhnlich, dass seine Gäste miteinander stritten –

noch dazu heute, wo sich bei strahlendem Sonnenschein eigentlich alle am Strand tummelten. Und doch kamen aus dem Speisesaal aufgeregte Männerstimmen, die in einem Ton miteinander debattierten, der nichts Gutes versprach.
Er ging zur Tür des Speisaals und schob sie behutsam einen Spaltbreit auf, um vorsichtig einen Blick hineinzuwerfen. Drinnen am Kamin stand Andreas Bütow, dem er aufgetragen hatte, den Kamin zu putzen. Mit Handbesen und Schaufel kehrte er Asche auf, unterbrach seine Arbeit aber immer wieder, um sich einer zweiten Person zuzuwenden, die Nicolai von seinem Platz an der Tür aus nicht sehen konnte. Dem Tonfall nach zu urteilen, in dem die beiden miteinander stritten, fehlte nicht mehr viel, bis sie sich prügelten. Allein die Tatsache, dass Andreas es wagte, in seinem Haus einen solchen Ton anzuschlagen, verärgerte Nicolai. Er schob die Tür auf, und sah sich im nächsten Moment seinem speziellen Freund Alfons Dräger gegenüber, einem eingefleischten Nazi aus Bremen, der schon seit ein paar Tagen in geselliger Runde gern das große Wort führte. Der Lehrer hatte sich neben dem Kamin in Positur geworfen, sein Gesicht war gerötet, eine kleine dunkle Ader pulsierte an seiner Schläfe. Dräger war ein unsympathischer Knopf, ohne Frage, aber er war Gast dieses Hauses. Andreas, den Nicolai auf dringende Empfehlung seines Vaters eingestellt hatte, musste bei aller Unerfahrenheit doch wissen, dass er sich nicht ungestraft mit einem Hotelgast streiten konnte. Was mochte ihn dazu getrieben haben, sich ausgerechnet mit Dräger anzulegen?
Nicolai schloss absichtlich geräuschvoll die Tür. Andreas bemerkte ihn erst jetzt, er erschrak und zuckte zusammen, während Dräger seinen Gegner noch immer mit geblähten Nüstern fixierte. Der Herr Oberlehrer deutete mit dem ausgestreckten Zeigefinger auf den Hoteldiener.
»Sie wollen also behaupten, dass die nordische Rasse sich von anderen Rassen nicht unterscheidet? Mit solchen zersetzen-

den Aussagen zweifeln Sie an den Worten unseres Führers, ist Ihnen das klar?«

Er hätte einschreiten müssen, aber Nicolai blieb vorerst stumm. Interessiert beobachte er Andreas, der seine Putzarbeit inzwischen komplett eingestellt hatte. Mit trotzig vorgerecktem Kinn stand er da, er schien nicht gewillt, klein beizugeben. Doch als Nicolai sich ihm näherte, bückte er sich und nahm seine Arbeit wieder auf. Er bearbeitete den Fußboden mit einem Besen und war jetzt so energisch bei der Sache, dass der Staub in Wolken um ihn herumwirbelte. Nicolai ging auf den Studienrat zu, der mit hochrotem Kopf neben dem Volksempfänger stand. Drägers Rasierwasser erfüllte den Raum mit einem aufdringlichen Duft nach schweren Gewürzen wie Bergamotte und Zimt. Der Lehrer reckte sich und warf sich in die Brust, als wolle er das Parteiabzeichen am Revers seines Jacketts besonders zur Geltung bringen; es funkelte, als sei es eben frisch gewienert. Nicolai setzte das unverbindlichste Lächeln auf, das ihm zur Verfügung stand.

»Nun, Herr Studienrat? Es ist alles zu Ihrer Zufriedenheit, wie ich hoffe?«

»Gut, dass Sie kommen, Herr Boysen, ich muss mich beschweren. Ahnungslos erscheine ich hier unten im Speisezimmer, um mir im Rundfunk die Übertragung einer Rede unseres verehrten Herrn Reichspropagandaministers anzuhören. Da taucht plötzlich Ihr Angestellter auf und gibt Frechheiten von sich, die sich gewaschen haben. So viel Impertinenz ist mir selten begegnet, das muss ich leider sagen.« Der Lehrer schenkte Andreas Bütow einen langen, bitterbösen Blick. »Der Mann hat keinen Respekt vor dem Führer. Beschäftigen Sie eigentlich noch mehr politisch unzuverlässige Elemente in Ihrem Haus, Herr Boysen? Ich fürchte, als Patriot und Parteimitglied kann ich Ihr Hotel nicht empfehlen.«

Nicolai lächelte weiter, wenn auch inzwischen reichlich angestrengt. Das Geschwafel dieses bornierten Lackaffen ging ihm auf die Nerven, dennoch nickte er zustimmend. »Herr Studienrat, ich denke, das Ganze wird ein Missverständnis gewesen sein. Wenn Andreas Sie versehentlich beleidigt hat, so wird er sich natürlich entschuldigen.«

Nicolai drehte sich zu dem Hotelburschen um, der langsam den Kopf hob und ihn ausdruckslos ansah. Worauf wartete der? Brauchte er noch eine schriftliche Einladung, um den Mund aufzumachen? In diesem Haus war der Gast König, mochte er auch noch so anstrengend und arrogant sein. Diese eiserne Regel galt für alle. Nazi oder nicht, solange ein Hotelgast seine Rechnungen bezahlte, wurde er höflich behandelt. Nicolai bläute das jedem seiner Leute ein – war die Lektion bei Bütow etwa nicht angekommen? Er wartete noch einen Moment, dann hob er missbilligend die Augenbrauen.

»Hast du mich nicht verstanden, Andreas? Du hast dich gegenüber einem Gast im Ton vergriffen und wirst dich deshalb sofort entschuldigen. Ich habe dich nicht eingestellt, damit du in meinem Haus politische Ansichten äußerst. Du machst hier deine Arbeit und sonst nichts. Ich verlange ein tadelloses Betragen von meinen Angestellten. Also, was ist? Wir warten.«

Während er die Arme auf dem Rücken verschränkte, warf er dem jungen Mann einen langen Blick zu, der ihm eine Warnung sein sollte. Normalerweise machte es ihm keine Freude, seine Angestellten im Beisein Dritter abzukanzeln, aber in diesem Fall schien ihm nichts anderes übrig zu bleiben, als genau das zu tun. Natürlich wusste er, dass Andreas Sozialdemokrat war, kein Wunder, dass es zu Reibereien mit einem derart strammen Nazi kam, wie Dräger einer war. Und dennoch, dem Jungen fehlte es an Taktgefühl und Geschicklichkeit. Warum setzte sein Vater sich ausgerechnet für einen Dickschädel wie Andreas so sehr ein? Gab es einen tieferen Grund, warum er ausgerechnet diesen Heißsporn zu seinem Nachfolger in der Kanzlei machen wollte?

Andreas zeigte nach wie vor kein Einsehen, er schwieg noch immer. Mit zusammengebissenen Lippen sah er zu Boden, er wirkte wie erstarrt. Allmählich drohte die Situation auch für Nicolai peinlich zu werden.
»Nun? Ich höre nichts, Andreas.«
Nicolai musterte den jungen Mann noch einmal, der jetzt immerhin den Kopf hob und ihn anstarrte. Nach einer kleinen Ewigkeit kam endlich Bewegung in ihn, er zuckte kaum merklich mit den Schultern.
»Tut mir Leid, wenn es ein Missverständnis gab, aber ich habe mich meiner Ansicht nach nicht falsch verhalten. Der Herr hatte mich nach meiner Meinung gefragt. Ich habe auf seine Fragen geantwortet, das war alles.«
»Das war alles? Sie haben den Führer und Reichskanzler mit Ihrem Geschwafel beleidigt! Sie haben ihm unterstellt, selbst rassisch nicht einwandfrei zu sein, das ist üble Nachrede und eine schwere Beleidigung. Ich werde Sie anzeigen!«
Drägers Gesicht war rot angelaufen, er fuchtelte mit beiden Händen in der Luft herum, scheinbar jeden Moment dazu bereit, Andreas an die Gurgel zu springen. Nicolai machte einen Schritt nach vorn und stellte sich Dräger in den Weg, nur für den Fall, dass tatsächlich das Temperament mit dem Nazi durchging. Beschwichtigend hob er beide Hände. »Bewahren wir doch die Ruhe, meine Herren. Du entschuldigst dich jetzt bei unserem Gast, Andreas, oder du verlässt auf der Stelle und endgültig mein Haus, verstanden?«
Es wurde still im Zimmer. Andreas war bei den letzten Worten blass geworden, mit einer Kündigung hatte er nicht gerechnet, man sah es ihm an. Nicolai war nicht wohl bei dem, was er tat, aber er sah keine andere Möglichkeit, um den Frieden wiederherzustellen. Oder nahm er vielleicht zu sehr Partei für den Nazi aus Bremen mit seiner überheblichen Art? Womöglich war es nur schlichter Neid, der ihn zu seinem Verhalten Andreas gegenüber veranlasste? Das war ein wenig schmei-

chelhafter Gedanke, aber er war nicht abwegig. Natürlich fragte er sich, warum sein Vater Thomas Eckermann ausgerechnet an einem Menschen wie Andreas Bütow einen Narren gefressen hatte. In seinen Augen war der junge Mann nicht sonderlich erfahren und gewandt, aber auch das mochte ein Ergebnis seiner Eifersucht sein. Vielleicht war Andreas sogar ein guter Jurist, vielleicht hatte er sich schon allein dadurch die Fürsorge seines Vaters verdient? Er selbst hatte niemals so viel Zuneigung von Thomas Eckermann erfahren. Andreas dagegen, der sie bekam, schien sie nicht zu schätzen zu wissen – war das gerecht?
Alfons Dräger räusperte sich, während er die Arme vor dem Oberkörper verschränkte. Vermutlich war er es leid, auf die Entscheidung des Machtkampfes zu warten, der sich hier im Speisezimmer abspielte. Schließlich war er hergekommen, um einer Rede seines verehrten Herrn Reichspropagandaministers zu lauschen, und nicht, um sich Beleidigungen des Führers anzuhören. Nicolai musterte Andreas, woraufhin der den Blick senkte. Er ließ die Schultern hängen und starrte auf seine Schuhspitzen. Der Junge hatte kapituliert.
»Wie Sie meinen, Herr Boysen. Dann entschuldige ich mich hiermit. Es tut mir Leid, es kommt nicht wieder vor.«
Wahrscheinlich hatte Andreas absichtlich so leise wie irgend möglich gesprochen, jedenfalls waren seine Worte kaum zu verstehen. Kaum dass er seinen Satz beendet hatte, wandte er sich ab und sammelte die Kehrschaufel, den Eimer und den Putzlappen ein. Obwohl seine Arbeit hier noch nicht erledigt war, ging er zur Tür und verließ den Raum, ohne sich noch einmal umgedreht zu haben. In seiner ganzen Körperhaltung kam der Trotz zum Ausdruck, den er empfand. Immerhin war sein Dickkopf beeindruckend, das musste Nicolai ihm bei allem Neid schon lassen. Er hätte den Jungen zurückrufen können, um ihm noch eine Lektion zu verpassen, aber er verzichtete auf eine erneute Demonstration seiner Macht als Hotel-

chef. Er würde das Zimmermädchen bitten, den Rest Asche aus dem Kamin zu kehren und die Tischwäsche zu wechseln, die von Andreas' Kehrversuchen mit einer Schicht aus Staub überzogen waren. Der Grünschnabel musste noch eine Menge lernen, wenn er tatsächlich die ganze Saison in diesem Haus verbringen wollte.

»Unglaublich, was man sich heutzutage alles vom Personal gefallen lassen muss, nicht wahr?« Studienrat Dräger hatte sich zu dem Volksempfänger hinuntergebeugt, der auf der Anrichte neben dem Kamin stand, und begann jetzt ungeduldig, an den großen, runden Knöpfen zu drehen. Ein unmelodisches Rauschen und Quietschen drang aus dem Apparat, während Dräger daran herumfummelte.

»Sie haben Recht, Herr Studienrat. Es ist in unserem Gewerbe nun mal nicht einfach, gute Leute zu finden.«

Nicolai wartete, aber für den Nazi schien die Sache erledigt. Er presste sein Ohr an den Lautsprecher des Radiogeräts und lauschte mit entrückter Miene. Nicolai verließ den Raum, denn wo Goebbels' Stimme aus dem Äther dröhnte, wurde er nicht mehr gebraucht. Der Studienrat war beschäftigt. Nicolai kehrte in sein Büro zurück, konnte aber die Erinnerung an die Szene von eben nicht verdrängen. Im Nachhinein schien es ihm tatsächlich, als wäre er mit Andreas zu hart ins Gericht gegangen. Dräger war schließlich nichts weiter als ein aufgeblasener Mitläufer der Nazis, ein arroganter Gernegroß, der im Urlaub den Herrn rauskehrte. Warum war er Andreas gegenüber nicht milder gestimmt? War er wirklich eifersüchtig auf ihn, weil der junge Mann das Herz seines unerreichbaren Vaters besaß?

Die Sonne brannte, winzige Fliegen umschwirrten ihn. Andreas schlug nach ihnen, erwischte sie aber nicht. Es roch nach den Pferdeäpfeln, die ein Fuhrwerk vor ihm auf der Dorfstraße verloren hatte. Und es roch nach Schweiß –

nach *seinem* Schweiß. Kein Wunder, schließlich hatten sie ihn in der sengenden Mittagsglut losgeschickt, um mit dem viel zu kleinen Wagen zum Bahnhof zu fahren. Leise fluchend hockte er auf der niedrigen Sitzgelegenheit, den Rücken gekrümmt, und schimpfte, während das störrische Biest von Esel gleichgültig die Straße hinuntertrottete. Er holte aus und gab dem Grauen die Peitsche, aber das Viech in der Deichsel kümmerte sich nicht darum. Sicherlich gab es irgendwelche Tricks, mit denen ein erfahrener Kutscher das Tier vor der kleinen Kalesche dazu zwingen konnte, schneller zu traben, aber er war eben kein erfahrener Kutscher. Dass sie ausgerechnet ihn mit diesem halsstarrigen Esel losgeschickt hatten, um neue Gäste abzuholen, war eine Gemeinheit. Er stellte sich vor, was für ein albernes Bild er abgab, in diesem Karren, der nur angespannt wurde, um den Kindern unter den Gästen eine Freude zu machen. Das Ganze mochte niedlich wirken, wenn einer der Boysen-Söhne das Gefährt lenkte, aber sobald ein ausgewachsener Mann auf dem Bock saß, war der Anblick bestimmt keine Werbung für das Hotel. Nur weil er sich gestern diesen überflüssigen Streit mit dem Nazi aus Bremen geliefert hatte, durfte er sich jetzt lächerlich machen und vor den Augen der Leute im Schneckentempo zum Bahnhof zuckeln. Dabei hatte er heute Morgen in Nicolai Boysens Büro schon eine Abreibung für sein vermeintlich schlechtes Benehmen von gestern bekommen, aber das allein schien dem Chef noch nicht genügt zu haben. Was für ein armseliges Sklavendasein war es eigentlich, das er in diesem noblen Hotel führte? Ob sein gönnerhafter Onkel Thomas ahnte, was sein verehrter Herr Sohn hier mit ihm trieb?
Ein Radfahrer, der plötzlich wild klingelnd an dem Eselskarren vorbeischoss, riss Andreas aus seinen Gedanken. Irritiert sah er sich um. Er musste sich besser konzentrieren, der Straßenverkehr war dichter geworden – sie hatten die Hauptstraße erreicht. Automobile überholten ihn hupend, Fahrrad-

fahrer zwängten sich an ihm vorbei, einzig und allein die Fußgänger blieben im Tempo noch hinter dem Esel zurück. Es war kein schönes Gefühl, ein Verkehrshindernis zu sein, zumal ihm inzwischen auch die Zeit im Nacken saß. Er hatte nicht damit gerechnet, dass er so lange vom Hotel bis zur Bahnstation brauchen würde. Laut Fahrplan musste der Zug aus Westerland schon vor zehn Minuten angekommen sein. Falls sich die Inselbahn nicht ausgerechnet heute verspätete, würden die neuen Hotelgäste schon am Bahnsteig stehen und nach ihm Ausschau halten. Wenn er sich jetzt nicht beeilte, würde es die nächste Abreibung durch seinen Chef setzen, der ihn allem Anschein nach sowieso nicht besonders leiden konnte.

Andreas wollte noch einmal nach der Peitsche greifen, doch gerade in diesem Moment kam ein Automobil um die Kurve geprescht. Der Wagen fuhr schnell und hielt schnurgerade auf das kleine Gefährt zu, in dem Andreas saß. Den Esel packte sofort die Panik. Das Vieh fasste den Entschluss, sich lieber überfahren zu lassen, als noch ein Stück weiter zu traben, und bockte. Das Tier bäumte sich auf und schlug mit den Hinterbeinen aus, es schrie, aber rührte sich nicht mehr von der Stelle. Andreas griff in die Zügel und brüllte aus Leibeskräften, woraufhin der Esel zwar seine langen, spitzen Ohren aufstellte, aber nicht gehorchte. Laut schreiend warf er den Kopf in den Nacken, während die Hupe des Automobils blechern schepperte. Der Zusammenstoß war nur noch eine Frage von Sekunden. Andreas zitterte vor Angst und sprang auf. Sand flog ihm ins Gesicht und brannte ihm in den Augen, als das Automobil haarscharf an seinem Karren vorbeischoss. Die Bremsen des Wagens quietschten, für den Bruchteil eines Augenblicks befürchtete Andreas, sein kleines Gefährt könnte umgeworfen werden, aber als er sich umsah, stellte er fest, dass ihm nichts passiert war. Der helle Wagen war ein paar Meter hinter ihm zum Stehen gekommen und stand quer zur

Fahrtrichtung am Straßenrand, seine Karosserie blinkte in der Sonne. Die Fahrertür öffnete sich, und eine junge Frau kletterte ins Freie, während er mit zitternden Beinen von seinem Kutschbock stieg. Ganz sicher würde sie ihn zusammenstauchen, weil er mit dem Esel nicht zurechtkam. Er überlegte noch, wie er die Fahrerin des Wagens beschwichtigen sollte, als sie auch schon vor ihm stand. Er suchte nach Worten, aber als sein Blick auf den ihren traf, packte ihn die Verlegenheit, und er blieb stumm. Der Wind zauste ihr Haar, ihr Gesicht war gerötet vor Aufregung oder Ärger, aber trotz allem war es die unbekannte Schöne aus dem Zug, die den Wagen gefahren hatte. Eine gnädige Vorsehung hatte sie wieder zueinander geführt, wenn ihr Zusammentreffen sie beide auch einige Aufregung gekostet hatte.

»Mein Gott, können Sie denn nicht aufpassen? Der Esel befand sich auf meiner Fahrbahnseite, und das in einer Kurve. Fast hätte ich Sie mitsamt diesem albernen Karren zu Kleinholz verarbeitet.« Die junge Frau schoss einen empörten Blick in seine Richtung ab. Er errötete, denn sicher hatte sie Recht mit dem, was sie sagte. Anstatt jetzt aber seinen Charme spielen zu lassen, nickte er bloß, in der Hoffnung, sie damit zu besänftigen. Doch leider hatte sie nicht vor, sich besänftigen zu lassen, denn sie holte nur kurz Luft und setzte schon zu einer nächsten Attacke an, bei der sie diesmal kampfbereit ihr Haar in den Nacken warf.

»Was stehen Sie denn jetzt rum und starren mich an? Sie haben meinen Wagen doch kommen sehen, oder? Wieso sind Sie mir nicht ausgewichen?«

Hilflos breitete er die Arme aus. Im Grunde wollte er keinen Streit mit ihr, obwohl es ihn schon provozierte, wenn sie wütete und tobte. Sie trug ein schmal geschnittenes Kleid in sanften Grüntönen, das die Farbe ihrer Augen wundervoll zur Geltung brachte. Genau wie im Zug ging auch diesmal ein Duft nach exotischen Blüten von ihr aus, der Erinnerungen an ihre Fahrt auf die Insel in ihm weckte – mit so einer Frau sollte er sich zanken? Andreas verneigte sich, er hatte beschlossen, dem ganzen Theater die Spitze zu nehmen und ihrer Unterhaltung eine spielerische Note zu geben.

»Tut mir Leid, dass Sie mich fast über den Haufen gefahren hätten. Ich entschuldige mich in aller Form, auch im Namen des Esels. Er hat eben kein Benehmen, und ich habe es in der kurzen Zeit unserer Bekanntschaft noch nicht fertig gebracht, ihm welches beizubringen.«

Seine Worte mussten wohl Eindruck gemacht haben, denn sie schwieg und schob nur noch ärgerlich die Unterlippe vor. Fürs Erste hatte er ihr den Wind aus den Segeln genommen, auch wenn er wusste, dass es damit allein nicht getan war. Um sie freundlicher zu stimmen, brauchte es noch einige Komplimente, deshalb deutete er mit einer Hand auf den Wagen am Straßenrand.

»Ein schönes Automobil, das Sie da haben. Ein alter Opel, nicht schlecht. Passt zu Ihnen, das gute Stück.«

»Weil er alt ist, meinen Sie? Hören Sie, ich hätte diesen schönen Opel Ihretwegen fast in den Graben gesetzt. Wenn Sie Ihren fahrbaren Untersatz nicht unter Kontrolle haben, bleiben Sie doch gefälligst damit zu Hause, verstanden?«

Endlich lächelte sie, auch wenn der Ton, in dem sie mit ihm sprach, ihm nicht gefiel. Immerhin kam sie jetzt näher, um den mit Blumengirlanden geschmückten Eselskarren zu betrachten.

»Ein tolles Gefährt, das Sie da haben, das muss man schon sagen. Sieht aus, als wollten Sie zum Karneval. Hat Ihnen niemand gezeigt, wie man damit umgeht?«

»Bedauere, dafür fühlte sich niemand zuständig. Ich bin bloß so eine Art Laufbursche im Hause meines Herrn, da darf ich nicht wählerisch sein, was mein Fortbewegungsmittel angeht. Im Hotel haben sie mich losgeschickt, um neue Feriengäste vom Bahnhof abzuholen, aber der Esel hatte andere Pläne.«

Andreas lächelte, denn auch seine Laune stieg allmählich. Sie kamen ins Gespräch, das war günstig. Er fand sich durchaus witzig und unterhaltsam, denn er brachte es fertig, sich in dem lockeren Plauderton mit ihr zu unterhalten, der ihm vorschwebte. Leider schien sie nicht mehr so viel Wert auf eine Unterhaltung mit ihm zu legen, denn anstatt ihm zu antworten, warf sie einen Blick auf ihre Armbanduhr. Eine kleine steile Falte bildete sich zwischen ihren Augenbrauen. Seine Zeit schien abgelaufen.

»Vielleicht wollte der Esel lieber zum Abdecker als zum Bahnhof. Hören Sie, wenn mit Ihnen und dem Tier alles in Ordnung ist, dann muss ich jetzt weiter. Ich bin in Eile, eine Patientin wartet auf mich, es ist dringend.«

»Sie sind Ärztin?«

»Gratuliere, für einen Laufburschen sind Sie richtig pfiffig. Ja, ich bin Ärztin. Ich würde mich gerne länger mit Ihnen unterhalten, aber man erwartet mich. Ich muss mich beeilen, wirklich.«

Sie machte auf dem Absatz kehrt und ging, während er zurückblieb, enttäuscht und ernüchtert über den scheinbar geringen Effekt, den seine launige Rede bei ihr gehabt hatte. Irgendwie verstand diese Frau es wie keine Zweite, ihm das Gefühl kompletter Bedeutungslosigkeit zu geben. Traurig schaute er ihr hinterher, doch dann blieb sie noch einmal stehen und drehte sich nach ihm um. Merkwürdigerweise sprach sie kein Wort, sie sah ihn nur an, also beschloss er, noch einen letzten, mehr oder minder verzweifelten Anlauf zu nehmen. Ein wenig hilflos zuckte er mit den Schultern.

»Schade, dass Sie schon gehen müssen. Ich hätte Sie gerne noch mit dem Esel bekannt gemacht. Er heißt Herr Bockig und gilt als Charmeur unter seinesgleichen. Vielleicht hätte ich ihn dazu bewegen können, sich bei Ihnen für den Ärger zu entschuldigen, den er verursacht hat.«

»Nett von Ihnen, vielleicht ein anderes Mal. Jetzt sehen Sie lieber zu, dass Sie Ihren Karren wieder flottmachen.«

Sie war endgültig auf dem Rückweg zu ihrem Automobil, dessen Tür auf der Fahrerseite noch immer offen stand. Wieder drohte sie seinen Blicken zu entschwinden, aber diesmal würde er sie nicht einfach gehen lassen. Andreas legte beide Hände trichterförmig um den Mund.

»Frau Doktor? Wenn der Esel und ich wieder einen Unfall haben, wen soll ich rufen lassen? Wie ist Ihr Name?«

Im ersten Moment glaubte er, sie würde ihm absichtlich nicht antworten, sondern sich ihm entziehen, wie sie es anscheinend gern tat, wenn man versuchte, sich ihr zu nähern. Sie hatte die Fahrertür schon erreicht, aber dann verharrte sie plötzlich in ihrer Bewegung und drehte sich noch einmal betont langsam zu ihm um.

»Ich heiße Dorothee Beck.«

»Mein Name ist Andreas Bütow. Hat mich gefreut, Sie wiederzusehen. Bis demnächst auf der Landstraße.«

Er hörte sie lachen – es war ein wundervoller, melodischer Klang, den der Wind zu ihm trug. Dann schlug die Wagentür zu, er blieb allein. Der Motor des Opels heulte auf, während er neben seinem Esel stand und sich wie betäubt fühlte von dem Erfolg, den er erzielt hatte. Sie hatte ihm ihren Namen verraten, nun war sie nicht mehr seine unbekannte Schöne. Er konnte nach ihr suchen und würde sie anhand ihres Namens wiederfinden, schließlich war die Insel nicht groß. Ihr Wagen rollte los, aber diesmal sah er es ohne Schrecken, denn jetzt konnte er unter einem Vorwand versuchen, sie so bald wie möglich wiederzusehen. Die Windpocken, eine Magenverstimmung oder ein Satz heißer Ohren, ihm war alles recht, um Frau Doktor zu konsultieren. Mochte sie den Schwindel ruhig auf Anhieb durchschauen, so wussten sie jedenfalls, woran sie waren. Vielleicht sollte er am besten gleich mit der Tür ins Haus fallen und ein gebrochenes Herz als Grund seiner Beschwerden angeben?

»Brauchst du die Dinger wirklich? Sie sind so hässlich und bestimmt auch noch teuer. Tun es nicht vielleicht auch deine alten Stiefel?«
Die Hand schon auf dem Türgriff des Ladens, blieb Ingeborg stehen, aber Hannes nickte voller Überzeugung. Keine Frage, er wollte diese hässlichen Dinger haben, er war versessen darauf, sie endlich zu besitzen.
»Und ob ich die neuen Stiefel brauche, Mama. Alle in der Hitlerjugend haben sie. Wenn ich richtig mitmachen will bei denen, darf ich nicht anders aussehen als die anderen.«
Hannes strahlte sie an. Er schien ihren Widerwillen zu spüren und gab sich Mühe, ihre Zweifel zu zerstreuen. Der Junge bedachte sie mit seinem schönsten Lächeln, bevor er nach ihrem Arm griff und sich bei ihr einhängte.
»Bitte, bitte, bitte. Papa hat es erlaubt.«
Ingeborg seufzte laut, obwohl sie im Grunde längst resigniert hatte und es nur noch hinter sich bringen wollte. Es führte anscheinend kein Weg an diesen klobigen Dingern vorbei, die notwendig waren, um Hannes zu einem vollwertigen Mitglied der Hitlerjugend von Kampen zu machen. Mit einem Ruck öffnete sie die Tür zum Schuhgeschäft Brendel und schob ihren Sohn in den Laden hinein, in dem sich für den Augenblick keine anderen Kunden aufhielten. Zwischen den hohen Regalen umfing sie der vertraute Geruch nach gegerbtem Leder und Schuhcreme. Staubkörner tanzten lautlos im Sonnenlicht, das durch das Schaufenster fiel. Sie mochte diesen Ort, an dem die mit Samt bezogenen Klappsessel, das abgetretene Linoleum und der Tresen mit der altmodischen Registrierkasse ein vertrautes Bild abgaben. Während sie sich umschaute, um festzustellen, dass hier alles beim Alten war,

stürmte Hannes schon zu dem Regal, in dem die Kinderschuhe nach Größen aufgereiht auf Käufer warteten. Ingeborg beobachtete, wie er ein Paar nach dem anderen untersuchte, ohne offenbar zu finden, worauf er aus war. Sie war nahe daran, sich ein paar zierliche Damensandaletten in einem matten Blauton näher anzuschauen, als Frau Brendel neben ihr auftauchte.

»Frau Boysen – guten Tag, wie schön, Sie wieder einmal bei uns zu sehen.« Die Ehefrau des Ladeninhabers reichte ihr die Hand. Gewohnt herzlich erkundigte sie sich nach dem Befinden der Familie und gab ein paar Weisheiten über das ungewöhnlich schöne Wetter zum Besten. Ilse Brendel gehörte zu dieser beneidenswert alterslosen Sorte von Frauen mit immer rosiger Haut. In ihren dunklen Haaren schimmerte nicht eine graue Strähne, obwohl sie die Vierzig längst hinter sich hatte. Selbst der schmucklose Kittel, den sie im Laden trug, konnte ihrer Ausstrahlung wenig anhaben. Nach dem harmlosen Vorgeplänkel über das Wetter und das Wohlergehen der Familie setzte sie eine geschäftsmäßige Miene auf.

»Was darf ich Ihnen heute zeigen, Frau Boysen? Ein paar hübsche neue Sommerschuhe? Wir haben gerade einige sehr schöne italienische Modelle am Lager.«

»Das klingt verlockend, Frau Brendel, aber heute geht es ausnahmsweise nicht um mich, sondern um den jungen Mann neben mir.«

Hannes kam zu ihr, erfreulicherweise begrüßte er Frau Brendel gehorsam mit dem kleinen Diener. Über diese Begrüßung hatte es in letzter Zeit häufig Debatten gegeben, weil der Junge für den Bückling seiner Meinung nach inzwischen zu alt geworden war.

Behutsam legte Ingeborg ihrem Sohn eine Hand auf die Schulter.

»Hannes soll ein Paar von diesen Halbstiefeln bekommen, die sie bei der HJ tragen. Haben Sie so etwas? Ich weiß, die Dinger

sehen scheußlich aus und sind für den Sommer zu warm, aber die Jungens tragen sie im Moment alle.«
Frau Brendel antwortete nicht, ihr Gesicht wirkte regungslos. Hatte sie nicht verstanden, wonach ihre Kunden suchten? Blass und mit zusammengekniffenen Lippen schien sie auf etwas zu warten, aber nichts geschah. Es dauerte einen Moment, bis Frau Brendel sich gefangen hatte, dann lächelte sie vorsichtig. Nervös glitten ihre Hände über den Kragen ihres Kittels. »Tut mir Leid, aber ich fürchte, da kann ich Ihnen nicht helfen. Warten Sie, ich hole meinen Mann. Einen Moment.«
Ruckartig wandte sie sich ab, ihre grazile Gestalt verschwand in dem Lagerraum, der hinter einem grünen Vorhang verborgen in einem angrenzenden Teil des Hauses lag. Gleich darauf waren Stimmen zu hören, wenn auch nicht zu verstehen war, was im Nachbarraum gesprochen wurde. Ingeborg lauschte, ohne aus dem Geflüster schlau zu werden. Sie war irritiert. Der Wunsch nach einem Paar Jungenstiefeln konnte Frau Brendel doch nicht umwerfen, oder? Um Schuhe aller Art und Couleur zu verkaufen, war ihr Laden schließlich da, mochten die im Einzelfall verlangten Galoschen auch noch so hässlich sein. Bevor Ingeborg sich weiter Gedanken darüber machen konnte, was hier vor sich gehen mochte, wurde der grüne Samtvorhang angehoben, und Ernst Brendel betrat den Raum. Ganz Charmeur alter Schule griff er nach ihrer Hand und verbeugte sich, als er sie begrüßte. Wenn der Wunsch nach Stiefeln für die Hitlerjugend ihn verstörte, so ließ er sich das jedenfalls nicht auf Anhieb anmerken. Er lächelte sie an, als habe er gerade auf ihren Besuch gewartet.
»Frau Boysen, es freut mich, Sie bei uns zu sehen. Wie geht es Ihnen und der Familie?«
»Danke der Nachfrage, uns geht es gut. Und Ihnen?«
Die Antwort auf diese Frage schien ihn selbst nicht zu interessieren, jedenfalls winkte Brendel ab. Früher hätte er keine

Gelegenheit für eine harmlose Plauderei versäumt, aber heute schien er dazu nicht aufgelegt. Sein Gesicht hatte sich verdüstert.

»Danke, es muss gehen, nicht wahr? Meine Frau hat mir erzählt, weshalb Sie gekommen sind. Halbstiefel für die HJ sollen es sein, nicht wahr?«

Langsam beugte er sich ein Stück zu ihr vor, seine Stimme wurde zu einem Flüstern, als er weitersprach. »Kann ich mich vielleicht einen Moment mit Ihnen allein unterhalten? Ohne den Jungen, meine ich? In meinem Büro? Es wird nicht lange dauern.«

»Wenn Sie meinen, dass das nötig ist – natürlich.«

Zögernd sah Ingeborg sich nach Hannes um. Schon die ganze Zeit guckte er mit großen Augen, ohne ein Wort zu sagen. Sie konnte seine Gefühle nachvollziehen, auch sie begriff nicht, worauf Brendels Verhalten hinauslief. Ein einfacher Schuhkauf schien sich zu einer Staatsaffäre auszuwachsen. Nur ihre alte Verbundenheit mit diesem Laden, in dem sie Stammkundin war, brachte sie dazu, nach ihrer Handtasche zu greifen und einen Groschen aus dem Portemonnaie zu holen.

»Hannes, lauf rüber in den Laden von Uhlhorst und trink ein Glas Brause. Ich komme und hole dich ab, wenn ich hier fertig bin.«

»Ja, aber die Schuhe … Du wolltest mir doch Stiefel kaufen.«

Offensichtlich enttäuscht drehte Hannes das Geldstück in seiner Hand. Sie tätschelte ihm den Kopf, bevor sie ihn auf die Ladentür zuschob.

»Das erledigen wir gleich. Komm, tu, was ich dir sage. Ich hole dich ab, versprochen.«

Der Junge verließ den Laden, klappernd fiel die Tür mit der Milchglasscheibe ins Schloss. Ernst Brendel seufzte leise.

»Entschuldigen Sie die Unannehmlichkeiten, die ich Ihnen bereite, aber ich konnte Ihnen in Anwesenheit des Jungen nicht erklären, worum es geht. Setzen Sie sich doch.«

Brendel ließ sich auf einen der Klappsitze mit Samtbezug gleiten, die nebeneinander aufgereiht vor einem großen Spiegel standen, der bis zum Boden reichte. Ingeborg sah sich um und stellte fest, dass sie noch immer die einzige Kundin im Laden war, ungewöhnlich für einen Freitagnachmittag. Brendel schien ihrem Blick gefolgt zu sein, denn er nickte traurig.
»Wir werden unser Geschäft aufgeben, Frau Boysen. Es bleibt uns nichts anderes übrig. Es ist hart, aber wir haben keine andere Wahl. Wir wollen nach Hamburg zu meinem Schwager. Es ist an der Zeit, dass wir in den Schoß der Familie zurückkehren, verstehen Sie?«
»Warum denn, Herr Brendel? Das Geschäft ging doch gut. Für den Ruhestand sind Sie beide zu jung, finde ich.«
»Mag sein, aber die politischen Verhältnisse zwingen uns zu diesem Schritt. Ich kann es Ihnen nicht näher erklären, aber ich bin sicher, Sie begreifen, was ich meine, Frau Boysen.«
Brendel machte eine vage Handbewegung, die alles Mögliche bedeuten konnte. Ingeborg wartete noch einen Augenblick, denn sie begriff eben nicht, was die zitierten politischen Verhältnisse mit dem Brendel'schen Schuhgeschäft zu tun haben sollten. Sie lebten in der Provinz, die Brendels waren alteingesessene Inselbewohner. Um die Kapriolen, die die Nazis im Reichstag vollführten, brauchte sich im äußersten Winkel des Reiches sicher niemand ernsthaft zu kümmern – das war ihre Ansicht, und sie kannte niemanden, der das anders sah. Ingeborg lächelte, doch Herrn Brendel wirkte besorgt. Vielleicht wurde der gute Mann tatsächlich alt und überängstlich? Sie zuckte mit den Schultern. »Tut mir Leid, vielleicht bin ich begriffsstutzig, aber was in Gottes Namen haben die so genannten politischen Verhältnisse mit Ihrem netten, kleinen Schuhgeschäft zu tun, Herr Brendel?«
»Eine Menge, gnädige Frau, eine ganze Menge. Ich kann Ihnen nichts Näheres verraten, aber wir konnten zum Beispiel keine neue Ware für die Saison ordern. Wir verkaufen nur

noch, was am Lager ist. Schauen Sie sich um, die Kunden bleiben weg. Das Geschäft ist leer, und das an einem Freitagnachmittag im Frühling, an dem die Damenwelt versessen darauf sein sollte, sich neu einzukleiden.«

Brendel seufzte, dann stand er plötzlich auf.

»Stiefel, wie sie bei der Hitlerjugend getragen werden, führen wir leider nicht, Frau Boysen. Vielleicht versuchen Sie es im Schuhhaus Maybach?«

War das ein Rausschmiss? Ohne verstanden zu haben, was Ernst Brendel ihr mit seinen Worten zu verstehen geben wollte, stand Ingeborg auf. Natürlich hatte sie bemerkt, dass der Ton in seiner Stimme gewechselt hatte. Er wirkte jetzt ungeduldig, beinahe ungnädig. Sie wandte sich ab und wollte das Geschäft verlassen, als ihr das Ladenschild der Brendels auffiel, das jahrelang draußen vor dem Eingang gehangen hatte. Irgendwer hatte mit weißer Farbe das Wort »Jude« quer über den Namenszug gemalt. Ingeborg spürte, wie ihr das Blut zu Kopf stieg. Die Brendels waren Juden – das hatte sie nicht gewusst und auch nicht vermutet. Ausgerechnet hier, in einem Laden mit jüdischen Besitzern, hatte sie nach Schuhen passend zu der Uniform der Hitlerjugend gefragt – das war geschmacklos. Vermutlich hatte die Tatsache, dass sie hier seit vielen Jahren Kundin war, sie vor einem Rauswurf bewahrt. Was auch immer sie jetzt sagen würde, konnte ihr naives Verhalten kaum wieder wettmachen. Spontan griff sie nach Brendels Hand und drückte sie, ließ sie aber wieder los, als ein Blick aus seinen müde wirkenden Augen sie streifte.

»Es tut mir Leid, dass Sie weggehen, Herr Brendel. Ich habe immer gerne bei Ihnen eingekauft. Meinen Sie, dass Sie die Insel wirklich verlassen müssen? Vielleicht wird sich die Lage beruhigen. Es ist eine Frage der Zeit, bis die Dinge sich normalisieren, denken Sie nicht?«

»Da bin ich anderer Meinung, Frau Boysen. Es ist besser, wenn wir uns zurückziehen. Die Gesundheit meiner Frau ist nicht die beste, wissen Sie? Sie regt sich leicht auf, das ist nicht gut für ihr Herz. Im Kreis unserer Familie werden wir uns sicherer fühlen.«

Brendel sackte in sich zusammen, er ließ den Kopf sinken. Verständlich, dass er nicht mit ihr reden mochte, er konnte nicht wissen, wie sie zu den neuen Verhältnissen in diesem Land stand. Während Ingeborg noch überlegte, was sie ihm zum Abschied sagen konnte, kam von draußen ein Geräusch, das sie zusammenzucken ließ. Auf der Straße waren Schritte zu hören, mit einem Knall prallte ein harter Gegenstand gegen das Schaufenster. Eine gelbe Masse lief die Fensterscheibe hinunter, Eierschalen klebten am Glas. In der Ferne wurde etwas Unverständliches gegrölt, es ertönte Gelächter. Erst als es wieder still wurde, schüttelte Brendel den Kopf.

»Sehen Sie, das ist es, was ich meine. Solche Dinge passieren auf unserer Insel am helllichten Tag. Wir haben in letzter Zeit öfter Ärger von dieser Sorte. Das hält kein Mensch aus, schon gar nicht, wenn er ein schwaches Herz hat.«

Was war darauf noch zu sagen? Ingeborg spürte die Verlegenheit, die plötzlich in der Stille des Ladens entstand. Es gab nichts, was sie tun konnte, um Ernst Brendel zu trösten. Es lag nicht in ihrer Macht, die Umstände zu ändern, unter denen sie lebten. Sie griff noch einmal nach seiner Hand.

»Ich werde Sie vermissen, Herr Brendel. Ich wünsche Ihnen und Ihrer Frau alles Gute.«

»Vielen Dank. Alles Gute auch für Sie.«

Er hielt ihr die Tür auf. Ihr blieb nichts anderes mehr übrig, als den Laden zu verlassen, den es bald nicht mehr geben würde.

Als sie draußen um sich sah, war die Straße menschenleer. Die weißen Villen von Westerland lagen scheinbar ungestört im Mittagsschlaf, die meisten Geschäfte waren geschlossen. Sie blieb stehen. Für einen Moment musste sie sich am nächsten Gartenzaun festhalten, ihr zitterten die Knie. Ein ungutes Gefühl breitete sich in ihr aus, denn die Idylle, die sie umgab, wirkte auf einmal unheilvoll. Aber warum eigentlich, was war denn geschehen? Sie kannte diese Stadt und lebte seit vielen Jahren auf der Insel, es gab nichts, wovor sie sich fürchten musste. Und was hatte das Schicksal eines kleinen Gewerbetreibenden jüdischer Abstammung mit ihrem Leben zu tun?

Kapitel 5

Er rief und horchte einen Moment, aber es kam keine Antwort. Vorsichtig tastete Andreas sich in das Innere der Diele vor, die als langer Gang vor ihm lag. Auf sein Klingeln hatte niemand geöffnet, dabei war die Haustür nur angelehnt gewesen. Stimmen kamen aus einem der benachbarten Räume, es musste jemand zu Hause sein. Lauschend stand er in der Diele im Halbdunkel und atmete den Geruch nach frisch gebrühtem Kaffee ein, der in der Luft lag. Er fühlte sich nicht wohl bei dem, was er tat, er hatte hier nichts zu suchen, aber seine Neugierde war stärker gewesen als die Scheu davor, ein fremdes Haus zu betreten. Andreas war noch nie in einem dieser alten, reetgedeckten Friesenhäuser gewesen und fand es spannend, endlich eines von innen zu sehen. Auf der linken Seite der fensterlosen Diele lag der Wohnbereich, von dort kamen die Stimmen, die er hören konnte. Während er weiterging, warf er einen Blick in die Küche, die einen anheimelnden Eindruck machte. Er versuchte sich vorzustellen, wie die Hotelköchin vom »Kliffende« mit dem Ungetüm von Herd umgehen würde, der in der Ecke stand. Was würde sie fluchen, wenn sie Holz und Kohlen aus dem Keller holen musste, um den Emailleherd mit dem langen Ofenrohr zu befeuern. Ganz sicher dauerte es auch eine kleine Ewigkeit, das Gestänge des Messingauslegers an der Petroleumlampe zu putzen oder die vielen kleinen Butzenglasscheiben zu reinigen, aus denen das Fenster bestand.

Während er noch im Kücheneingang stand und schaute, klappte plötzlich irgendwo eine Tür. Vor Schreck zog er sich hastig von der Schwelle zurück, es sollte nicht so aussehen, als wäre er vorbeigenommen, um zu spionieren. Im Grunde war er nur hier, um das Telefon benutzen, das es im Haus geben sollte. Er hatte lange nichts von seiner Mutter gehört, er musste dringend in Flensburg anrufen, um zu erfahren, wie es ihr ging. Seit fast zwei Wochen kein Lebenszeichen, das war ungewöhnlich. Andreas machte sich Sorgen, aber er hatte seine hübsche Chefin im »Kliffende« nicht schon wieder darum bitten mögen, private Ferngespräche führen zu dürfen. Wenn Nicolai Boysen dahinter kam, würde es bloß wieder Ärger geben, deshalb hatte er sich erkundigt, wer sonst im Ort noch ein Telefon besaß. Man hatte ihn hierher geschickt, denn angeblich war die Hausfrau eine nette Person, die anderen gerne einen Gefallen tat. Vielleicht stimmte das sogar, nur hatte er bisher keine Spur von einem Telefonanschluss gefunden. In diesem Haus gab es überhaupt keine Hinweise auf technische Segnungen der Neuzeit – er würde jemanden fragen müssen.

Andreas wollte eben an die Wohnzimmertür klopfen, als ihn von drinnen ein Geräusch erreichte, das ihn innehalten ließ. Eine Frau schluchzte leise vor sich hin. Er war nahe daran, sich umzudrehen und zu gehen, aber dann wurde es nebenan plötzlich still. Einem Impuls folgend, beugte er sich vor und lauschte. Vielleicht hatte er sich verhört? Ein Stuhl wurde beiseite geschoben, ein Gegenstand fiel leise polternd zu Boden. Was war da los? Nicht dass es ihn wirklich etwas anging, aber er presste trotzdem ein Ohr an die Tür und wartete. Einen Moment lang geschah gar nichts, dann hörte er eine Frauenstimme.

»Um deinen Mann musst du dich schon selbst kümmern, Magda. Wenn du ihn nicht zur Vernunft bringen kannst, wer soll es dann tun? Ich glaube kaum, dass Karl noch lange Geduld mit ihm hat. Was denkt er denn, wie lange das noch gut gehen soll, was er da treibt?«

Geschirr klapperte, dann wurde es für einen kurzen Augenblick wieder still.

»Tom ist ein solcher Dickschädel. Ich kann ihn doch nicht zu Hause festbinden, oder? Er schleicht sich oft bei Nacht außer

Haus, und am nächsten Morgen ist er fort. Was soll ich dagegen machen?«
Worüber sprachen die beiden wohl? Es klang nicht ganz harmlos, was sie sagten. Neugierig geworden legte Andreas wieder sein Ohr an die Tür.
»Ich habe alles versucht, glaub mir. Ich habe ihn angefleht, nicht nach Dänemark zu fahren, aber er hört nicht auf mich. Manchmal denke ich, seine Genossen sind ihm wichtiger als unsere Ehe.«
Genossen? Andreas spürte, wie das Wort ihm einen kleinen Schlag versetzte. Sollte es ausgerechnet hier Menschen geben, die seine politischen Ansichten teilten? Diese Vorstellung passte nicht zu seinem Eindruck von der Insel, aber vielleicht war sein bisheriger Eindruck einfach falsch. Vielleicht war die Insel mehr als eine Puppenstube, in der Jahr für Jahr für die Feriengäste vom Festland eine heile Welt aus Sonne, Sand und Strand inszeniert wurde, bevor alles in den Winterschlaf fiel. Vielleicht war die Zeit auf Sylt genauso wenig stehen geblieben wie anderswo.
Er hätte gern mehr darüber erfahren, aber sein Instinkt riet ihm zum Rückzug. Das Gespräch der beiden Frauen war eindeutig nicht für fremde Ohren bestimmt. Wenn man ihn dabei ertappte, wie er an der Tür lauschte, würde es Schwierigkeiten geben. Noch bevor er sich abwenden konnte, erklang hinter der Tür erneut eine Stimme.
»Tut mir Leid, Magda, aber ich kann dir nicht mehr helfen. Ich habe dich oft genug gewarnt, schließlich waren wir einmal Freundinnen.«
»Waren? Wir waren Freundinnen, Eva?«
Erstaunt hob Andreas die Augenbrauen. Das hatte gesessen, jetzt würde es Streit geben. Er hatte von Anfang an das Gefühl gehabt, dass diese Person namens Magda auf verlorenem Posten kämpfte, aber sie selbst schien das erst jetzt zu bemerken.

»Nun ja, du musst verstehen – Karl sieht es nicht gern, wenn du weiter herkommst, Magda. Er sagt, dein Tom ist ein Verräter an der deutschen Sache. Er verbreitet im Ausland Lügen über unsere Regierung. Karl sagt, wenn du bei deinem Mann bleibst, wirft das kein gutes Licht auf dich.«
»Und du? Glaubst du das auch, Eva? Glaubst du, dass ich ein schlechter Mensch bin, weil ich meinem Ehemann die Treue halte?«
Es kam keine Antwort.
»Ist es nicht genau das, was ich ihm bei unserer Hochzeit versprochen habe? Was ist mit dir – würdest du Tom an meiner Stelle verlassen?«
»Es spielt keine Rolle, was ich tun würde, Herzchen. Ich verstehe dich ja, aber Karl hat mir verboten, mich weiter mit dir in unserem Haus zu treffen. Früher oder später werden sie deinen Tom erwischen, wenn er über die Grenze geht. Tu du, was du für richtig hältst, aber ich muss Karl gehorchen. Er ist nämlich mein Ehemann.«
»So, tatsächlich. Ich wundere mich nur, dass du es mit deinem ehelichen Gehorsam so genau nimmst, seitdem dein Karl bei den Nazis eine große Nummer ist. Früher warst du nicht so unterwürfig, wenn ich mich richtig erinnere.«
Andreas spürte, wie ihm der Schweiß ausbrach. Von welchem Karl war da die Rede? Hatte eigentlich ein Name an der Haustür gestanden? Bei seiner Ankunft hatte er nicht darauf geachtet, und nun stand er hier und fühlte sich wie im Vorhof der Hölle. Jeden Augenblick konnte die große Nummer der Nazis nach Hause kommen – vermutlich handelte es sich bei dem Hausherrn um Karl Roloff, es kam niemand sonst in Frage. Den Mann in den maßgeschneiderten, taillierten Anzügen, der diesen teuren Sportwagen fuhr. Alles an ihm war einfach etwas zu großkotzig für ein Dorf wie dieses. Wenn er auch nicht viel wusste über die Nazis auf der Insel, so hatte er jedenfalls gehört, dass Roloff ein besonders linientreuer Par-

teigänger der Braunen war. Übelkeit erfasste ihn bei dem Gedanken, dass er um ein Haar ausgerechnet im Haus dieses Mannes um eine Gefälligkeit gebeten hatte.
Ruckartig drehte er sich um und war schon auf dem Weg zurück zum Eingang, als sich plötzlich hinter ihm die Wohnzimmertür öffnete. Er fuhr herum und entdeckte auf der Türschwelle eine schöne Blondine; nur ihre geröteten Augen verrieten, dass sie geweint hatte. Im ersten Moment befürchtete Andreas, sie würde bei seinem Anblick vor Schreck schreien, aber sie blieb stumm. Mit offenem Mund starrte sie ihn an, ihre schmalen Hände zitterten, aber sie muckste sich nicht. Es musste Magda sein, die ihm gegenüberstand. Würde sie ihn verraten? Eilig legte er den Zeigefinger auf den Mund, während sie ihn noch immer erstaunt anstarrte. Drinnen im Wohnzimmer klapperte Geschirr, anscheinend räumte die Hausfrau mit den Spuren ihres Besuchs gründlich auf. Er sah keine Möglichkeit für lange Erklärungen, also drehte er sich um und war mit drei Sätzen bei der Haustür. Sein Herz klopfte, als er ins Freie stürmte, aber immerhin, er war draußen, ihm war nichts passiert. Selbst wenn die Blondine ausplauderte, was sie gesehen hatte, würde das keine Folgen haben, denn die Frau des Nazis kannte ihn nicht, sie hatte ihn ja nicht gesehen. Er warf noch einen letzten Blick zurück, aber ihm war niemand gefolgt. Das weiß getünchte Haus der Roloffs lag still im Licht der Mittagssonne. Es war, als hätte er das alles nur geträumt.
Langsam ging er weiter; erst an der nächsten Straßenecke lehnte er sich gegen einen Baum. Es störte ihn, dass die schöne Magda ihn für einen armen Irren halten würde, für einen, der fremde Leute in ihren Häusern belauschte. Vielleicht sollte er zu ihr gehen und sein Verhalten erklären? Aber was hatte sie davon, wenn er ihr erzählte, warum er bei dem Nazi Roloff spioniert hatte?
Andreas fuhr sich mit der Hand über die verschwitzte Stirn,

als würde ihm das dabei helfen, endlich wieder klar zu denken.
Vermutlich war er ein kompletter Idiot, ein unbelehrbarer Weltverbesserer. Warum ging er nicht einfach zurück ins Hotel und vergaß ganz einfach die Geschichte von eben? Weil er Mitleid mit Magda hatte, einzig und allein darum stand er hier und dachte über die Szene von eben nach, als sei sie tatsächlich weltbewegend gewesen. Schon in der Schule hatte er immer den Schwächsten beigestanden und war dafür von den anderen vertrimmt worden. Jetzt konnte er nicht mehr aufhören damit, auch jetzt drängte es ihn danach, einzugreifen und der Frau beizustehen, der man der politischen Ansichten ihres Mannes wegen die Freundschaft gekündigt hatte.
Erschöpft lehnte er den Kopf gegen den rissigen Stamm des Baumes hinter ihm und schloss die Augen. Tief sog er die warme und würzige Luft des Frühlingstages ein, die der Wind vom Wattenmeer kommend landeinwärts trieb. Warum konnte er nicht auch etwas von dem Frieden und der Ruhe mit in sich aufnehmen, die die Landschaft um ihn verströmte? Es war an der Zeit, endlich die Finger von seinem aussichtslosen Kampf gegen das Unrecht auf der Welt zu lassen.

Ingeborg zog die Schlafzimmertür hinter sich ins Schloss und spähte über das Treppengeländer in die Diele. Sie hatte die Haustür klappen gehört, bestimmt war Johannes gekommen. Er musste es sein, schließlich hatte er ihr versprochen, heute den Laborbefund vorbeizubringen. Den ganzen Nachmittag hatte sie deswegen im Haus verbracht und gewartet. Zunehmend nervös und ängstlich hatte sie Thiess im Weg herumgestanden und ihn schließlich mit ihrer Rastlosigkeit angesteckt, die sie selbst beinahe zur Verzweiflung trieb. Sie gab sich alle Mühe, sich abzulenken, aber dennoch quälte sie die ganze Zeit über die Befürchtung, dass Johannes schlechte

Neuigkeiten mitbringen würde – wenn er denn endlich kam. Was sollte geschehen, wenn sich herausstellte, dass Luises Krankheit unheilbar war? Ein inoperabler Tumor, diese Diagnose war gleichbedeutend mit einem Todesurteil. Insgeheim hoffte sie verzweifelt, dass sich ein Weg finden würde, um ihrer Mutter zu helfen, aber sie glaubte nicht mehr wirklich daran, auch wenn Luise gerade heute einen etwas erholteren Eindruck machte als an vielen Tagen zuvor.
Sie stand am Treppenabsatz und wartete. Das diffuse Licht des späten Nachmittags fiel durch das Fenster in der Diele und malte helle Rechtecke auf den Teppich. Stimmengemurmel drang leise aus der Küche, die Küchentür war nur angelehnt. Mit wem sprach Thiess da drinnen? Es war eine Frauenstimme, mit der er sich unterhielt, also konnte es nicht Johannes Lehmann sein, der gekommen war. Von Neugierde getrieben, lief Ingeborg die Treppe hinunter und riss dabei versehentlich den großen Weidenkorb am Fuß der Treppe um, mit dem Thiess Holz aus der Scheune holte. Der Korb rutschte quer durch den Raum und prallte gegen die Garderobe. Gleich darauf wurde die Küchentür geöffnet, und das erstaunte Gesicht von Thiess tauchte im Türrahmen auf. Begleitet von einer unbekannten Frau mit einer großen, bauchigen Ledertasche unter dem Arm erschien er in der Diele.
»Oh, Entschuldigung. Ich wollte nicht …« Ingeborg verstummte. Sie wusste selbst nicht, was sie hatte sagen wollen, und bückte sich stattdessen, um den leeren Korb aufzuheben. Es musste die junge Frau Doktor sein, die vor ihr stand, sie unterstützte neuerdings Johannes in seiner Praxis. Mit ihrem Auftauchen war sie sofort Gegenstand diverser Klatschgeschichten auf der Insel geworden – man fand sie zu jung und zu gut aussehend, um eine akzeptable Ärztin in der Provinz abzugeben. Auch auf Ingeborg wirkte sie nicht ganz so, wie man sich eine Ärztin auf dem Lande vorstellte. Sie besaß eine tadellose Figur und wundervolle kastanienbraune Haare, die,

von zwei Schildpattkämmen gehalten, in großen Wellen um ihr ebenmäßiges Gesicht fielen. In dem cremefarbenen Georgettekleid hätte sie gut in ein Modejournal gepasst, aber wie gut stand ihr wohl der weiße Kittel? In jedem Fall war sie eine Schönheit, ganz sicher stand Johannes ihren Reizen aufgeschlossen gegenüber. Entweder neigte Lilly nicht zur Eifersucht, oder man musste mit der Ehefrau von Johannes Mitleid haben. Doch warum schickte Johannes ihr ausgerechnet heute diese Fremde ins Haus? Warum kam er nicht lieber selbst und kümmerte sich um seine Patientin, wie er es versprochen hatte? Luise war schwer krank, und Luise war ihre Mutter. Bisher war sie der festen Überzeugung gewesen, dass Johannes gerade ihre Angehörigen mit besonderer Umsicht betreute. Hatte sie sich etwa geirrt?
Thiess lächelte sie an. Wohl in der Absicht, die Vorstellung der ihr Unbekannten zu übernehmen, deutete er auf die dunkelhaarige Person an seiner Seite.
»Darf ich die beiden Damen miteinander bekannt machen? Fräulein Doktor Beck, dies ist Ingeborg Boysen, meine Stieftochter. Du hast sicher schon gehört, dass Doktor Lehmann Verstärkung bekommen hat, nicht wahr?«
Thiess nickte aufmunternd, wohl in der Hoffnung, sie damit gnädig zu stimmen. Was erwartete er? Dass die neue und die alte Geliebte des Herrn Doktor sich bei ihrem ersten Zusammentreffen vor Freude nicht gerade um den Hals fielen, schien zumindest ihr völlig logisch. Es kostete sie Mühe, die spitzen Bemerkungen zu unterdrücken, die ihr auf der Zunge lagen. Wenn die erste Begegnung mit dem neuen Fräulein Doktor nicht gleich zu einem Reinfall werden sollte, würde sie sich etwas anstrengen müssen, um die Form zu wahren. Zögernd ergriff sie die Hand, die Dorothee Beck ihr entgegenstreckte, und schüttelte sie kurz. Sie überlegte, was sie zur Begrüßung sagen sollte, als Thiess sich plötzlich abwandte.

»Ich werd mal nach oben gehen und nachsehen, ob meine Frau gerade wach ist, Fräulein Doktor. Ich bin gleich zurück.«
Verdutzt sah Ingeborg, wie Thiess sie allein ließ mit dieser lebenden Provokation in Seidenstrümpfen, die vermutlich nicht einmal ahnte, warum Ingeborg sich ihr gegenüber so ablehnend verhielt. Halbwegs ratlos, wie sie die nächsten Minuten allein mit der Fremden überstehen sollte, wies Ingeborg auf die offene Küchentür.
»Wollen wir hineingehen? Dort können wir uns einen Moment setzen.«
»Das ist nett, danke für das Angebot, aber ich kann stehen. Sie sind sicher erstaunt, mich hier zu sehen, nicht wahr? Sie haben Doktor Lehmann erwartet.«
Dorothee Beck suchte ihren Blick, also nickte Ingeborg zögernd. Immerhin, die Neue war hellsichtig genug, um zu spüren, dass sie nicht begeistert aufgenommen wurde. Gespannt wartete Ingeborg auf das, was jetzt kommen würde.
»Doktor Lehmann ist leider verhindert, aber er lässt Sie herzlich grüßen. Er wollte sich gerade auf den Weg zu Ihnen machen, als man ihn zu einem Unfall rief. Ein Sturz vom Heuboden mit mehreren Verletzten, es hörte sich ernst an. Deshalb hat er mich gebeten, ihm diesen Hausbesuch abzunehmen.«
Sie ließ die bauchige Ledertasche neben sich zu Boden gleiten, bevor sie Ingeborg wieder ansah. Die Frau war komplett ahnungslos, sie wusste überhaupt nicht, wer Ingeborg war – es musste so sein, denn ihre Worte wirkten aufrichtig. Nachdem sie das Ausbleiben von Johannes entschuldigt hatte, schien die Situation für sie geklärt. Sie lächelte mindestens ebenso freundlich wie harmlos. Wenn Johannes sich tatsächlich in diese Frau verliebt hatte, so konnte Ingeborg das bis zu einem gewissen Grad sogar verstehen, auch wenn Dorothee Beck mit Sicherheit vollkommen anders war als seine Lilly, von der er bisher immer geschwärmt hatte. Lohnte es sich, darüber lange nachzudenken? Mochte Johannes selber sehen, wie er

mit seinen Angelegenheiten fertig wurde, schließlich hatte sie eigene Sorgen genug. Ingeborg drehte sich um und hielt Ausschau nach ihrem Stiefvater, aber Thiess kam nicht zurück. Da ihr die Warterei auf die Nerven ging, wandte sie sich der Küche zu.

»Möchten Sie vielleicht einen Tee? Ich könnte uns rasch Wasser aufsetzen.«

»Nein, vielen Dank, nur keine Umstände. Ich denke, ich werde mir gleich die Patientin ansehen.«

»Hat Doktor Lehmann Ihnen gesagt, was meiner Mutter fehlt?«

Sie hatte bewusst leise gesprochen, schließlich musste sie vermeiden, dass Thiess etwas von dem Gespräch aufschnappte, das sie in seiner Abwesenheit führte. Das Lächeln auf dem Gesicht der jungen Ärztin war erloschen, schon das war ein Indiz dafür, dass sie Bescheid wusste.

»Ja, er hat mit mir darüber gesprochen, Frau Boysen. Wir haben uns ausführlich über den Fall unterhalten.«

»Es könnte ein Unterleibskarzinom sein, jedenfalls bestand dieser Verdacht. Johannes – ich meine, Doktor Lehmann – wollte mir heute den Laborbefund bringen.«

»Auch das weiß ich. Der Befund ist da, ich habe ihn gelesen.«

»Und? Wie sind die Aussichten? Wird meine Mutter wieder gesund werden?«

Die Antwort ließ auf sich warten. Eine quälende Stille breitete sich aus, in der die schlimmsten Befürchtungen in Ingeborg auflebten. Sie starrte ihr Gegenüber an, weil sie es grausam fand, so lange im Ungewissen gelassen zu werden, aber das makellose Gesicht der Ärztin verriet nicht, was sie dachte. Vielleicht suchte sie noch nach den passenden Worten, um ihr das Unabänderliche beizubringen, vielleicht überlegte sie auch nur, wie sie der Situation schnell ein Ende machen konnte. Konnte sie denn so unerfahren sein im Überbringen trauriger Nachrichten? Lernte man nicht an der Universität, mit welchen Floskeln man betroffene Angehörige ins Bild setzen konnte? Warum legte die schöne Fräulein Doktor dann nicht einfach los und brachte es hinter sich? Endlich rührte sie sich und sah auf.

»Der Laborbefund bestätigt den Verdacht, den Doktor Lehmann Ihnen gegenüber schon geäußert hat. Ich persönlich bin der Ansicht, dass Ihre Frau Mutter sich zu einer schnellen Operation entschließen sollte, am besten in der Universitätsklinik in Kiel. Dort sind sie führend auf diesem Gebiet, sie haben sehr gute Leute in der Frauenklinik. Ich würde an Ihrer Stelle versuchen, sofort ein Bett zu bekommen.«

»Sofort?«

»Am besten noch heute, ja.«

»Sie sagen, Sie persönlich raten zu einer Operation – was ist mit Doktor Lehmann? Ist er auch dieser Meinung?«

»Nicht uneingeschränkt, fürchte ich. Es gibt Tatsachen, die gegen eine Operation sprechen. Da ist zum einen das hohe Lebensalter und zum anderen der insgesamt schlechte Gesundheitszustand. Außerdem können wir von hier aus natürlich nicht feststellen, wie weit die Krankheit schon fortgeschritten ist.«

Ingeborg spürte, wie die Welt um sie herum sich zu drehen begann. Alles, was diese junge Ärztin sagte, klang ihrem Gefühl nach ausgesprochen deprimierend. Ihre Nachrichten waren mindestens so niederschmetternd, wie sie befürchtet hatte. Ihr war schwindelig, sie fühlte sich, als würde man ihr den Boden unter den Füßen fortziehen. Um nicht der Länge nach hinzufallen, suchte sie am Treppengeländer Halt und ließ sich langsam auf die unterste Stufe sinken. Fräulein Doktor Beck schien nichts von dem Schock, den sie ausgelöst hatte, bemerkt zu haben, jedenfalls sprach sie einfach weiter.

»Die Universitätsklinik in Kiel ist die beste ihrer Art, glauben Sie mir. Ich kann Ihnen nicht mit absoluter Sicherheit versprechen, dass man Ihrer Mutter helfen wird, aber wenn es eine Rettung gibt, dann kommt sie von dort. Eine Operation ist die einzige Möglichkeit, die bleibt.«

»Aber auch wenn man meine Mutter operiert, heißt das nicht, dass sie mit Sicherheit wieder gesund wird, oder?«

»Das kann ich von hier aus nicht beurteilen. Es müssen Untersuchungen gemacht werden, für die wir auf der Insel nicht ausgerüstet sind. Sie sollten möglichst bald nach Kiel fahren und mit den Ärzten dort sprechen. Reden Sie Ihrer Mutter gut zu. Vielleicht können Sie mit ihr aufs Festland reisen, das wäre bestimmt eine Hilfe für sie.«

»Ja, bestimmt.«

Ingeborg schaute hinunter auf ihre Hände, auf den in Gold gefassten Opal, den Nicolai ihr zu ihrem zehnten Hochzeitstag geschenkt hatte. Sie liebte dieses Schmuckstück mehr als alle anderen und legte es niemals ab, doch jetzt drohte das Bild von dem Stein in seiner funkelnden Fassung vor ihren Augen zu verschwimmen. Sie wollte in Anwesenheit von Dorothee Beck nicht weinen und schluckte krampfhaft, als sie ihren Stiefvater oben an der Treppe entdeckte. Bleich und zitternd stand Thiess am Treppengeländer, das er mit beiden Händen umklammert hielt. Er musste ihr Gespräch mitgehört haben, denn er bebte am ganzen Leib. Im nächsten Moment begann er schluchzen. Ingeborg sprang auf und lief zu ihm hinauf, ohne zu wissen, womit sie ihn trösten sollte. Nun wusste er Bescheid – und wie es aussah, hatte ihn die Erkenntnis vollkommen unvorbereitet getroffen, sonst wäre er nicht so aufgelöst. Hatte er wirklich geglaubt, dass Luises Krankheit harmlos war? Behutsam legte Ingeborg ihrem Stiefvater einen Arm um die Schulter, während er sich energisch mit dem Handrücken durch das Gesicht fuhr. Wie sollte sie ihm helfen, wenn sie sich selbst so hundeelend fühlte?

Dorothee Beck kam langsam die Stufen herauf. Auch sie schien hilflos gegenüber dem Schmerz, der ihr in Thiess begegnete. Regungslos stand sie einen Moment vor ihnen, ihre

Tasche mit den Instrumenten unter dem Arm. Noch immer wirkte sie makellos in ihrem modischen Kleid mit dem Schalkragen, der einen interessanten Kontrast zu ihrem dunklen Haar abgab. Vielleicht war es ein Vorteil, so zu sein wie sie – eine vollendet wirkende Erscheinung, immer Herrin der Lage. Sicher hatte sie ihre eigenen Methoden entwickelt, um den Kummer ihrer Patienten nicht an sich herankommen zu lassen – was würde es auch nützen, wenn sie sich von ihren Gefühlen mitreißen ließ?

Doch plötzlich hob Dorothee Beck eine Hand und fuhr damit ganz sachte über Ingeborgs Gesicht.

»Nicht aufgeben. Wir werden alles tun, was getan werden kann. Das verspreche ich.«

Sie wandte sich ab und stieg weiter zum Obergeschoss hinauf. Oben öffnete sich eine Tür, dann wurde es in der Diele wieder still. Ingeborg sah zu Boden. Ihren zitternden Stiefvater neben sich, betrachtete sie geistesabwesend die hölzernen Stufen zu ihren Füßen. Sie war also doch nicht aus Stein, die neue Ärztin. Vielleicht gab sie sich mit Absicht so unnahbar, damit sie einen klaren Kopf behielt in Situationen wie dieser? Wie auch immer, vielleicht war es nutzlos, sich über die seelische Verfassung der Ärztin Gedanken zu machen. Im Angesicht einer tödlichen Bedrohung verlor so vieles, was einen Menschen sonst beschäftigte, an Bedeutung.

Ingeborg stand auf der Treppe und wartete auf eine Eingebung. Es musste einen Funken Hoffnung geben, an den sie sich klammern konnte – aber tatsächlich fiel ihr nichts ein, sie war nur hilflos und verwirrt. Luise durfte nicht sterben, das war alles, was sie denken konnte. Sie würden um ihr Leben kämpfen müssen, alle miteinander und jeder auf seine Weise.

Johannes Lehmann ließ den Blick über die Zeilen gleiten, die ihm Dorothee Beck hingelegt hatte, kurz bevor er von seinem Hausbesuch zurückgekommen war. Er war müde, der Sturz einer Magd auf dem Hof in Wenningstedt hatte ihn Nerven gekostet, zumal die Bäuerin geradezu hysterisch auf den Unfall reagiert hatte. Obwohl er jetzt am liebsten nach Hause gegangen wäre, um sich von diesem langen Tag zu erholen, nahm er noch einmal am Schreibtisch Platz und las die Mitteilung, die seine junge Kollegin ihm hinterlassen hatte. Ihre Meinung zu Luise Meinert interessierte ihn, der Fall ging ihm aus verschiedenen Gründen nahe. Während er mit der einen Hand sein Jackett abstreifte und über die Rückenlehne seines Stuhls hängte, hielt er mit der anderen das Blatt Papier, das Fräulein Doktor Beck auf seinem Schreibtisch zurückgelassen hatte.

»Bestätige Verdacht auf Gebärmutterkarzinom bei Patientin L. Meinert in fortgeschrittenem Stadium. Schlechter Allgemeinzustand der Patientin, insbesondere fehlender Nachtschlaf und mangelnde Nahrungsaufnahme. Schlage sofortige Überweisung in Universitätsfrauenklinik Kiel vor. Wenn gewünscht, Rücksprache diesbezüglich morgen früh, Gruß D. Beck.«

Johannes starrte die dunklen Buchstaben auf dem weißen Untergrund an, als müsse er sich der darin enthaltenen Aussage vorsichtshalber noch einmal vergewissern. Dabei war es auf den ersten Blick nichts Neues, was die junge Kollegin ihm da mitzuteilen hatte. Bemerkenswert schien ihm einzig und allein der Behandlungsvorschlag, den sie machte. Er selbst hatte Luise Meinert vergeblich davon zu überzeugen versucht, dass sie sich bei einem Gynäkologen in Niebüll vorstellen sollte – schon gegen diesen Vorschlag hatte sie sich heftig gewehrt. Dorothee Becks Meinung nach sollte man in diesem Fall anscheinend zum Skalpell greifen, obwohl er insgeheim daran zweifelte, dass mit diesem riskanten Eingriff noch etwas zu retten war. Die Reise auf das Festland würde eine einzige Strapaze für die geschwächte Luise Meinert sein.

Lohnte es sich wirklich, die schwer kranke Frau mit immer neuen Untersuchungen zu quälen? Genügte es nicht, sich

ihrer beider übereinstimmende Diagnose von einem weiteren Facharzt bestätigen zu lassen? Sein Instinkt sagte ihm, dass alle ärztliche Mühe in diesem Fall vergebens war – wozu also der Aufstand? War es nicht barmherziger, der Patientin so viele Qualen wie möglich zu ersparen? Mit starken Schmerzmitteln konnte er sie noch eine Weile über Wasser halten, ihr vielleicht sogar noch eine Phase kurzer Erholung verschaffen. Eine Operation schien ihm verglichen damit wie ein unkalkulierbares Wagnis. Er hatte schon viele Fälle erlebt, in denen ältere Patienten auf einen Eingriff in einem fortgeschrittenen Stadium der Krankheit nicht mehr angesprochen hatten. Einige waren schon aus der Narkose nicht mehr erwacht. Das Herz älterer Menschen machte die Tortur einer stundenlangen Operation nicht mehr mit, und wenn das Karzinom gestreut hatte, was zu befürchten war, dann war sowieso alles umsonst. Natürlich schuldete jeder Arzt seinem Patienten den vollen Einsatz. Natürlich war er nicht nur durch den Eid dazu verpflichtet, die ganze Palette ärztlicher Kunst zu erproben, bevor er resignierte. Also doch Dorothee Becks Vorschlag folgen? Vermutlich war es bequemer, die Verantwortung für Ingeborgs Mutter an die Kollegen in Kiel abzugeben. Die Herren Professoren wurden schließlich für ihre Bemühungen in schwierigen Fällen entsprechend bezahlt.
Mit einem Seufzer ließ Johannes ließ das Blatt in seiner Hand sinken und schloss für einen Moment die Augen. Noch immer sah er Ingeborgs Blick bei seinem letzten Besuch auf sich gerichtet. Sie war mindestens so verzweifelt wie ängstlich gewesen. Er hätte ihr so gern Hoffnung gemacht, aber ein Karzinom im fortgeschrittenen Stadium, das bedeutete aller Erfahrung nach Metastasenbildung – Wucherungen im ganzen Körper, die sie in Kiel entdecken würden. Die Patientin war schon ziemlich hinfällig, und ihm missfiel der Gedanke, ihre Kräfte noch weiter zu beanspruchen. Aber wie sollte er Inge-

borg das beibringen? Sicher hatte Dorothee Beck die Kollegen in Kiel schon als die Retter in der Not angepriesen.
Was für eine verfahrene Lage.
Obwohl er eine klare Auffassung zu dem Fall zu haben glaubte, war er unsicher. Gleich bei seinem ersten Besuch am Krankenbett hätte er mit Ingeborg offen sprechen müssen. Vielleicht wäre es besser gewesen, sofort auf eine Einweisung zu bestehen, dann wäre die Last der Verantwortung jetzt von ihm genommen. So hatte er Zeit verschwendet. Warum hatte er seinerzeit nicht richtig reagiert – nur aus Rücksicht auf Ingeborg? Hatte er sie schonen wollen, lag ihm noch immer so viel an ihr und ihren Gefühlen? Oder war er einfach zu unentschlossen gewesen?
Sein Kopf wurde ihm schwer, sein Oberkörper sackte nach vorn, er stützte sein Gesicht in beide Hände. In letzter Zeit fiel es ihm bei großen Entscheidungen des Öfteren schwer, zielstrebig zu sein. Er dachte lange nach, so lange, bis ihm jede seiner möglichen Alternativen falsch oder doch zumindest unsicher erschienen. Seine Patienten spürten diese Unsicherheit, jedenfalls waren etliche von ihnen schon zu Dorothee Beck gewechselt. Es kränkte ihn, dass dem so war. Was war nur los mit ihm? Wurde er ganz einfach alt, oder war er schon immer ein schlechter Diagnostiker gewesen und hatte es früher nicht gemerkt? Vielleicht konnte sich seine ärztliche Kunst mit der einer Dorothee Beck einfach nicht messen?
Johannes starrte hinunter auf die leere Platte seines Schreibtisches. Er wusste keine Antwort auf diese Fragen. Er würde mit Fräulein Doktor Beck sprechen müssen, um den Fall Meinert noch einmal in aller Ruhe mit ihr durchzugehen, aber er bezweifelte schon jetzt, dass ihn das viel weiterbringen würde.
Langsam richtete er sich auf. Es half nichts, die Zeichen mehrten sich. Vermutlich hatte er die besten Jahre hinter sich, während eine geniale Kollegin vor seinen Augen gerade erst ihren Aufstieg begann. Dorothee Beck war eine Prüfung

für sein beschauliches Leben, das immerhin empfand er deutlich. Er musste sich zusammennehmen, damit Neid und Eifersucht nicht sein kollegiales Verhältnis zu ihr zerstörten. Er wusste, dass es kein Zeichen von Charakterstärke war, auf das junge Fräulein Doktor neidisch zu sein, und trotzdem wünschte er sich, dass sie wieder aus seinem Leben verschwinden möge. Und wenn sie genau das nicht tat? Wie sollte es mit ihm weitergehen, wenn sein Stern als Arzt vor aller Augen deutlich sichtbar sank?

Kapitel 6

Es war nicht übertrieben, was die Leute im Dorf über ihn sagten: Der Mann besaß tatsächlich die Statur eines Herkules. Einen Stiernacken hatte er, und Hände, die man mit dem Begriff »Pranken« wohl am besten beschrieb. Genau so und nicht anders hatte Andreas sich einen Dorfschmied immer vorgestellt – und der Rotblonde am Tresen von Brodersens Gemischtwarenladen war der Dorfschmied, daran gab es keinen Zweifel. Draußen im Schatten einer Buchenhecke stand sein offenes Pferdegespann, auf dessen hinterer Ladefläche der Namenszug seiner Werkstatt prangte. Der Hüne hatte eine schöne Blondine dabei, die Andreas bereits kannte: Es war dieselbe Frau, der er zufällig in der Diele des Roloff'schen Hauses begegnet war. In einem geblümten Sommerkleid stand sie jetzt neben dem Inhaber von Brodersens Gemischtwarenladen und verhandelte mit ihm über den Preis für ein Pfund Kaffee, während Tom Brode gelangweilt das Regal mit den Konserven betrachtete.

Andreas hielt sich im Hintergrund. Er blieb in der Nähe der Ladentür und versuchte, den Blick von der Blonden abzuwenden, aber er starrte sie trotzdem viel zu lange an. In Anwesenheit ihres Ehemannes war das nicht vernünftig, auch wenn er andere Gründe für seine Neugierde hatte, als der Dorfschmied vielleicht vermutete. Es wäre besser gewesen, wegzugehen und ein anderes Mal wiederzukommen, aber er hatte seiner Chefin versprochen, bei Brodersen ein paar Besorgungen für das Ehepaar Meinert zu machen.

Andreas senkte den Blick und musterte seine Schuhspitzen. Die Frau des Hufschmieds feilschte noch immer mit dem alten Brodersen, das Palaver an der Ladentheke nahm kein Ende. Ungeduldig schob er das Einkaufsnetz, das Thiess Meinert ihm mitgegeben hatte, von einer Hand in die andere.

Frau Meinert war krank und konnte das Bett nicht verlassen, die alten Leutchen brauchten seine Hilfe. Natürlich wollte er ihnen die Lebensmittel bringen, die sie benötigten, aber das musste ja nicht ausgerechnet jetzt sein. Jeden Moment konnte sich die schöne Frau des Dorfschmieds umdrehen und in ihm den Mann wiedererkennen, der in Roloffs Haus an der Wohnzimmertür gelauscht hatte. Die Erinnerung an ihre erste unvorhergesehene Begegnung war ihm noch immer ausgesprochen peinlich, obwohl der Vorfall jetzt schon wieder eine Weile zurücklag. Natürlich war er danach nicht zu der Blonden gegangen, um ihr seine Anwesenheit im Hause Roloff zu erklären. Er hatte darauf vertraut, dass sie einander nicht so bald wiedersehen würden – aber er hatte sich getäuscht, denn jetzt war Magda Brode hier und kaufte ein. Was sollte er sagen, wenn sie ihn im Beisein ihres Mannes ansprach? Bestimmt würde er keine vernünftige Antwort zu Stande bringen, schließlich war sein Verhalten nicht so leicht zu erklären.
Als er aufsah, schien die junge Frau ihre Einkäufe endlich beendet zu haben. Der Ladeninhaber packte ihre Lebensmittel ein und begann, seine altmodische Registrierkasse zu bearbeiten. Magda Brode hatte schon ihr Portemonnaie gezückt, als sich plötzlich laut klingelnd die Ladentür öffnete. Andreas drehte sich um und erschrak: Ausgerechnet Karl Roloff überschritt in diesem Moment lächelnd die Türschwelle. Musste der Nazi gerade jetzt hier hereinschneien? Anscheinend musste er das, jedenfalls machte er keine Anstalten, wieder zu gehen. Grinsend ging er zum Ladentisch und warf dabei einen Blick auf die Waren, die in Magda Brodes Einkaufskorb lagen. Andreas musste an das Gespräch denken, das er in Roloffs Haus mit angehört hatte. Was hatte der Nazi vor? Mit Sicherheit war ihm der Karren des Hufschmieds vor dem Geschäft aufgefallen, das Gespann mit den beiden alten Schindmähren war kaum zu übersehen. Roloff war bester Laune, wie

es schien. Fröhlich schwenkte er die braune Lederkappe, die er immer trug, wenn er in seinem Sportwagen durch das Dorf gondelte. Der Duft nach Seife und Tabak, der Roloff umgab, wehte durch den Laden und mischte sich mit dem Geruch nach Gewürzen und Tee, der zwischen Brodersens Regalen hing.

Keiner der Anwesenden sagte ein Wort, selbst Brodersen nicht, der, verschreckt und mit hochgezogenen Schultern, einer Schildkröte gleich hinter seiner Registrierkasse kauerte und wartete.

»Guten Tag zusammen, Herrschaften.« Karl Roloff grüßte in die Runde und zeigte dabei sein unverschämt weißes Gebiss – sogar Tom Brode nickte er zu, allerdings ohne dass der Schmied reagierte. Wieder lag diese unnatürliche Stille über allem, bevor Magda Brode sich plötzlich zum Ladeninhaber umdrehte.

»Also gut, was schulde ich Ihnen, Herr Brodersen? Wie viel macht das alles zusammen?«

Ihre Stimme kippelte vor Aufregung, auf ihrer Stirn glänzten kleine Schweißperlen. Obwohl Brodersen noch keine Summe genannt hatte, kramte Magda Brode schon in ihrem Portemonnaie. Als er einen Betrag verlangte, den sie anscheinend nicht bezahlen konnte, warf sie ihrem Mann einen Hilfe suchenden Blick zu.

»Na, reicht das Geld mal wieder nicht bei euch beiden? Tja, es ist nicht leicht, mit einem Hungerleider wie dem da verheiratet zu sein, nicht wahr, Magda?«

Roloff verschränkte grinsend die Arme vor dem Oberkörper, während er den Hufschmied ansah, der nur ein paar Schritte von ihm entfernt neben einem der Regale stand. Demonstrativ zog Roloff seine Geldbörse aus der Hosentasche und winkte damit Magda zu, die bei dem Anblick seiner Brieftasche so tief errötete, als habe Roloff ihr einen unsittlichen Antrag gemacht.

»Was ist, soll ich ein wenig aushelfen, schöne Frau?«
Noch ehe sie auf die Frage antworten konnte, war ihr Mann neben ihr am Tresen. Ohne weiter auf Roloff zu achten, drängte er ihn beiseite.
»Was ist los, wie viel fehlt dir, Magda?«
Tom Brode funkelte die schöne Blondine an, er wirkte wütend. Unbegreiflicherweise schien er seiner Frau die Schuld an den Zahlungsschwierigkeiten zu geben, jedenfalls nahm er ihr das Portemonnaie aus der Hand und schaute mit grimmiger Miene hinein, bevor er den Verschluss zuschnappen ließ.
»Lass etwas von dem Krempel hier, hörst du? Wir brauchen das nicht alles. Gib etwas davon zurück.«
Sein Blick wanderte zu dem Paket mit Kaffee in der mattbraunen Papiertüte, um dessen Preis seine Frau eben so hingebungsvoll gefeilscht hatte. Magda Brode nickte tapfer.
»Ist gut. Warte bitte draußen auf mich, Tom. Ich bin gleich fertig.«
Dem Hufschmied widerstrebte es sichtlich, ihrer Aufforderung zu folgen, aber schließlich drehte er sich um. Die Klingel schepperte, als er die Ladentür aufriss und mit Wucht wieder hinter sich ins Schloss zog. Kaum dass er draußen war, begann Roloff zu lachen, es schien, als würde er den Abgang des Schmieds als persönlichen Triumph ansehen. Roloff wandte sich Magda Brode zu, er legte ihr sogar einen Arm um die Schulter, doch Andreas hatte genug. Die Situation missfiel ihm so gründlich, dass er bereit war, unerledigter Dinge zu gehen. Ohne ein Wort drehte er sich um und marschierte hinaus, fest entschlossen, das Geschäft erst wieder zu betreten, wenn der Nazi es verlassen hatte. Das lästige Einkaufsnetz zu einem Klumpen zusammengeknüllt, trat er ins Freie, wo draußen am Straßenrand Roloffs strahlend weißer Wagen mit aufgeklapptem Verdeck wartete. Das Automobil glitzerte im Sonnenlicht des milden Frühlingstages. Es wirkte so nagelneu, als käme es gerade eben frisch aus der Fabrik.

Andreas blieb stehen. Roloff war ein Ekel, aber er besaß ohne Zweifel den schnittigsten Wagen auf der Insel. Die Zierleisten am Kühler blitzten herausfordernd im Sonnenlicht, der tiefrote Ton der Ledersitze bildete dazu einen warmen Kontrast. Er konnte der Versuchung nicht widerstehen und näherte sich dem Auto, um wenigstens einmal die Karosserie zu berühren. Plötzlich blieb sein Blick an einer Gestalt hängen, die hinter dem Wagen am Straßenrand kauerte – es war der Hufschmied. Er hielt ein aufgeklapptes Taschenmesser in der Hand, offenbar hatte er vor, den Autoreifen aufzuschlitzen. Als er Andreas bemerkte, hob er den Kopf. Sie maßen sich mit Blicken, doch keiner von ihnen sagte ein Wort. Langsam ging Andreas neben Tom Brode in die Hocke.
»Lass das sein, hörst du?« Mit einer knappen Bewegung deutete Andreas auf den Autoreifen. »Der Nazi weiß doch sofort, dass du es gewesen bist, und dann hast du eine Strafanzeige am Hals. Dafür lohnt es sich nicht, wenn du mich fragst.«
Ohne zu antworten, klappte Brode das Taschenmesser zusammen, das gleich darauf in seiner geräumigen Hosentasche verschwand. Während er langsam auf die Beine kam, zuckte ein überhebliches Lächeln über seine Lippen, die Lachfältchen um seine Augen tanzten. Dankbar für die Warnung war er anscheinend nicht, er schien nicht einmal zu befürchten, dass Andreas ihn verraten würde. Grinsend richtete er sich zu seiner vollen Körpergröße von fast zwei Metern auf, bevor er beide Hände in die Taschen seiner weiten Hose schob.
»Hast du hier was zu melden, mein Junge? Wer bist du überhaupt? Hat Roloff dich geschickt, spionierst du mir nach?«
Andreas errötete. Mit Roloff in einen Topf geworfen zu werden war das Letzte, was er wollte. Noch bevor er auf die Frage etwas erwidern konnte, setzte der Hufschmied ein noch viel breiteres Grinsen auf und tippte ihm mit dem ausgestreckten Zeigefinger auf die Brust.
»Na klar, jetzt fällt es mir wieder ein: Ich kenne dich. Hab

dich neulich mit dem Eselskarren durchs Dorf juckeln sehen. Du bist der Neue im ›Kliffende‹, stimmt's? Steht dir verdammt gut, der Esel. Du bist doch der, der dem Wagen vom Fräulein Doktor fast eine Beule verpasst hätte, oder?«
Andreas hasste es, wenn man in einem so herablassenden Ton mit ihm sprach, aber sich mit diesem Hünen von einem Mann anzulegen, schien ihm zwecklos. In der Absicht, den Gleichgültigen zu spielen, lächelte er bloß, während er das Fuhrwerk des Hufschmieds musterte, das ein paar Schritte entfernt in der Toreinfahrt stand.
»Vorsicht, Tom Brode, auf meinen Esel lass ich nichts kommen. Dein Pferdewagen ist auch nicht gerade nobel, oder?«
Das Grinsen im Gesicht des Hufschmieds verschwand. Die Hände noch immer tief in den Hosentaschen vergraben, wippte er langsam auf den Fußspitzen, bevor er sich zu Andreas vorbeugte, so weit, dass ihre Nasenspitzen sich beinahe berührten.
»Woher weißt du meinen Namen, Milchgesicht? Bist doch einer von Roloffs Spionen, was? Das Aas hat dich auf mich angesetzt.«
»Ganz bestimmt nicht.« Andreas schüttelte den Kopf. »Mit dem Mann habe ich nichts zu tun. Hat nicht die richtige politische Färbung, der Herr.«
»Und du meinst, dass du das beurteilen kannst, ja? Was versteht denn ein Hosenscheißer wie du von Politik?«
Wenn der wüsste. Man hatte ihn aus seiner Heimatstadt vertrieben, nur weil er der falschen, inzwischen verbotenen Partei angehörte – aber sollte er Brode das anvertrauen? Andreas fühlte noch immer den finsteren Blick des Hufschmieds auf sich gerichtet und blieb stumm. Er sah zu Boden, während er nach einer Antwort suchte, die Brode zufrieden stellte und ihn nicht verriet. Auch wenn Andreas nach seinem Besuch in Roloffs Haus vermuten konnte, dass der Schmied ein Genosse war, vielleicht der einzige Mensch weit und breit, der

seine politischen Ansichten teilte – die Politik war in diesem Land zu einem verdammt heißen Eisen geworden; es freiwillig in Gegenwart Fremder anzufassen, bedeutete Gefahr.
Schwitzend stand Andreas im Licht der prallen Mittagssonne, während sich plötzlich die Ladentür von Brodersens Geschäft öffnete. Die schöne Magda trat ins Freie, dicht gefolgt von Karl Roloff, der ihr den Einkaufskorb die Treppe hinuntertrug. Der Nazi lächelte und plauderte auf Magda ein, die ihm mit unbewegtem Gesicht schweigend folgte. Der Schmied wandte sich ab und marschierte zu seiner Frau hinüber. Wortlos griff er nach dem Korb in Roloffs Hand und eskortierte seine Frau zu seinem Pferdewagen, ohne Roloff auch nur noch eines Blickes zu würdigen. Der jedoch schien sich an dieser Behandlung nicht zu stören. Mit gleichgültiger Miene kletterte er in sein Automobil und ließ den Motor an, bevor er Gas gab und mit quietschenden Reifen davonraste. Eine Staubwolke hüllte sie alle ein, während die Pferde vor Brodes Wagen irritiert mit den Vorderhufen stampften. Der Schmied half seiner Frau auf den Kutschbock und schwang sich auf den Sitz neben ihr. Das Gespann zuckelte los, langsam rollte es die Straße hinunter. Andreas wartete, bis das Pferdefuhrwerk schwankend hinter der nächsten Wegbiegung verschwunden war, aber Brode drehte sich nicht mehr zu ihm um. Für den war er anscheinend Luft. Was mochte Tom Brode jetzt von ihm denken? Hielt er ihn wirklich für einen Spion des zweifelhaften Karl Roloff? Einen guten Einstand hatte er bei dem Hufschmied jedenfalls nicht gehabt. Wenn Brodes Frau ihm jetzt auch noch von der Begegnung in Roloffs Haus erzählte, würde er ihn endgültig für einen Nazi halten.
Andreas seufzte leise. Es fiel ihm offenbar schwer, in seiner neuen Umgebung Fuß zu fassen. Sein Chef konnte ihn nicht leiden, die schöne Frau Doktor ließ ihn bei ihrem Wiedersehen auf der Straße einfach stehen und ein Genosse bekam gleich bei ihrer ersten Begegnung einen falschen Eindruck

von ihm. Während Andreas für einen Moment die Augen schloss, wünschte er sich sehnlichst, auf der Insel noch einmal von vorn anfangen zu können.

Der Mond schickte sein mattes, silbernes Licht hinunter auf die Hotelterrasse, während die Dünenlandschaft unter dem dunklen Sommerhimmel unsichtbar blieb. Die Lampions schaukelten in einer leichten Brise, Grillen zirpten im Gras. Es hätte ein zauberhaft romantischer Abend sein können, wenn Ingeborg gerade heute ein wenig empfänglicher für Romantik gewesen wäre. Sie war es nicht. Sie störte sich an dem jungen Mann in dem weißen Anzug, der auf der zusammengezimmerten Bühne vergeblich versuchte, mit seinen Musikern die Stimmung der Gäste zu heben. Nach jedem seiner albernen Scherze wartete er auf Applaus, indem er sich vor den Leuten verbeugte und in die Runde strahlte, doch für seine müden Witze rührte sich freiwillig keine Hand. Nicht nur Ingeborg schien der Musikus vom Festland nicht zu gefallen, den sie auf eine Empfehlung hin engagiert hatte – auch die Gäste mochten ihn offenbar nicht. Das frühsommerliche Fest mit eisgekühltem Sekt, mit einem warmen Büfett und mit Tanzmusik, die nicht vom Plattenspieler kam, hatte zu einem Glanzstück der Saison werden sollen. Leider war es bis jetzt alles andere als das. Die Leute standen in kleinen Grüppchen gelangweilt herum und hielten sich an ihren Gläsern fest, niemand war gewillt, zu tanzen. Die Kellner, die in den Ecken herumstanden und zur Bühne starrten, erinnerten sie in ihren weißen Jacken und den schwarzen Hosen an Pinguine. Fehlte nur noch, dass sie gemeinsam zum Meer hinauswanderten, um Fische zu fangen – hier oben im Hotel gab es für sie kaum etwas zu tun.

Die Musik hatte wieder eingesetzt, ein langsamer Walzer schlich lustlos über die leere Tanzfläche. Ingeborg warf Nicolai einen flehenden Blick zu, den er allerdings missverstand, denn er nahm ihren Arm und führte sie auf die Terrasse. Einsam begannen sie ihre Runden zu drehen. Ingeborg lächelte, obwohl sie es lieber gesehen hätte, wenn Nicolai einen der weiblichen Hotelgäste aufgefordert hätte. Solange er nur mit ihr tanzte, animierte das den Rest der Gäste nicht.

Das mühsam arrangierte Fest schien Ingeborg verpfuscht, umso mehr, wenn sie an die Nachricht dachte, die sie heute Vormittag aus der Post gefischt hatte. Ihre Bank forderte sie darin auf, das Geschäftskonto des Hotels auszugleichen, das tief in den roten Zahlen stand. Natürlich hatte ihr der Ton des Schreibens nicht gefallen, aber davon abgesehen konnte sie sich auch die Tatsache, dass das Firmenkonto überzogen war, nicht erklären. Sie hatte lange darüber gegrübelt, was mit dem Geld geschehen war, das sie noch vor kurzem besessen hatten – und endlich war ein böser Verdacht in ihr aufgekeimt. Sie musste mit Nicolai darüber sprechen, die Geschichte belastete sie. An ein Missverständnis oder einen Bankirrtum zu glauben, fiel ihr jedenfalls schwer.

Während Ingeborg mit Nicolai schweigend eine Walzerrunde nach der anderen drehte, lösten sich endlich aus den Reihen der Umstehenden zwei Paare, die Tanzfläche füllte sich ein wenig. Als gleich darauf ein drittes Paar dazukam, hakte Ingeborg sich bei Nicolai ein und dirigierte ihn zu der kleinen, hölzernen Treppe, die zum Strand hinunterführte. Nicolai wirkte überrascht, aber noch lächelte er, während er die Hände tief in die Taschen seines Anzugs schob.

»Tanze ich so schlecht, schöne Frau? Tun dir schon die Füße weh?«

»Nein, das nicht, aber ich muss mit dir sprechen. Du warst den ganzen Nachmittag über unterwegs –«

»Du wolltest es so, mein Herz. Ich habe die neuen Pflanzkübel aus Westerland abgeholt, die du für die Auffahrt haben möchtest.«

»Das sollte kein Vorwurf sein, Nico, aber ich möchte von dir wissen, was mit dem Firmenkonto los ist. Unsere Bank teilt mir mit, dass das Konto überzogen ist – wie kommt das? Ende letzter Woche waren noch fast sechstausend Mark da. Wo ist das Geld geblieben?«

Seine Stirn bewölkte sich, das verhieß nichts Gutes, aber Nico winkte erst einmal ab. »Das ist nur ein kleiner, vorübergehender Engpass, Ingeborg. Ich bringe das in Ordnung. In zwei oder spätestens drei Tagen ist das Geld wieder da, ich verspreche es.«

»So. Und darf ich vielleicht auch erfahren, was du mit unserem Geld gemacht hast? Nimm mir meine Sorgen und sage mir einfach, was passiert ist, ja?«

Instinktiv beugte Ingeborg sich ein Stück vor, denn sie hatte den Wunsch, Nicolais Gesichtsausdruck zu sehen, wenn er ihr antwortete, doch überraschenderweise blieb er ungerührt. Er schwieg eisern, dabei musste er am Ton ihrer Stimme erkannt haben, dass sie besorgt und auch ein wenig verärgert war. Dennoch schien er nicht antworten zu wollen. Er trug diese trotzige Miene zur Schau, die sie aus vielen gemeinsamen Jahren nur zu gut kannte. Seine Weigerung schien sie ins Unrecht zu setzen, es kam ihr vor, als verlange sie nach einer Erklärung, die ihr nicht zustand. Ein Glas Sekt hätte ihr jetzt gut getan, aber sie wollte einen klaren Kopf behalten und scheuchte den Kellner fort, der sich ihr mit einem Tablett genähert hatte.

Nicolai hatte sich abgewandt, er sah zur Tanzfläche hinüber. Er tat so, als sei das Gespräch für ihn erledigt, aber sie war entschlossen, sich damit nicht zufrieden zu geben. Sie trat so nahe an ihn heran, dass er nicht mehr anders konnte, als sie anzusehen.

»Hör mal, mir gefällt es nicht, dich auszufragen, aber ich habe ein Recht darauf zu wissen, wo wir finanziell stehen. Das Geld auf dem Geschäftskonto hätte gereicht, um unsere Verbindlichkeiten bis zum Monatsende zu decken, aber du hast es ausgegeben. Wofür, wenn ich fragen darf? Wir müssen die Gehälter unserer Leute zahlen, das weißt du. Sag mir, was du mit den sechstausend Mark gemacht hast, die gestern noch auf der Bank lagen.«

»Ich brauchte das Geld vorübergehend. Ich werde es zurückzahlen.«

»Und wofür in Gottes Namen brauchtest du diese Summe?«

»Müssen wir das hier draußen besprechen?«

Er wies auf die Tanzfläche, dabei war sie sicher, dass sich keiner ihrer Gäste um ihr Geplänkel kümmerte. Die Musik war laut genug, um ihren Streit zu übertönen, wenigstens dafür waren die drei jungen Leute auf der Bühne gut, die ihre Instrumente nach allen Regeln der Kunst strapazierten. Verärgert verschränkte sie die Arme vor dem Oberkörper. Sie hatte keine Ahnung, wie sie ihren Mann zum Reden bringen sollte, aber sie wusste, dass sie nicht klein beigeben würde. Zu allem Überfluss regte sich hinter ihren Schläfen ein Anflug von Kopfschmerz, den sie gern in der dunklen Stille ihres Schlafzimmers auskuriert hätte, doch sie gab diesem Wunsch nicht nach. Stattdessen wagte sie einen neuen Anlauf und griff nach dem Ärmel von Nicolais Jackett.

»Hör mal, wir beide führen dieses Hotel gemeinsam. Keine größeren Entnahmen ohne Zustimmung des anderen, das hatten wir vereinbart, oder?«

Auch diesmal kam keine Antwort. Auf der Bühne wurde eine Rumba intoniert. Einer der Musiker war sich nicht zu schade, mit einem Sombrero auf dem Kopf im Takt der Melodie mit Kastagnetten zu klappern und dabei mit den Hüften zu schaukeln.

Nicolai lachte. »Die Jungs sind Spitze. Wer hat sie uns doch gleich empfohlen?«

»Nico, lenk nicht ab. Ich habe dich etwas gefragt und warte auf eine Antwort. Die Kapelle kann von mir aus Baströck-

chen anziehen und mit den Ohren wackeln, im Moment ist mir das völlig egal. Wo ist unser Geld geblieben?«
Jetzt verfinsterte sich seine Miene, eine steile Falte stand auf seiner Stirn. Seine Geduld näherte sich ihrem Ende, das verstand sie sogar. Auch sie stritt sich nicht gern, schon gar nicht in unmittelbarer Nähe der Gäste. Dennoch hatte sie das Gefühl, eine Grenze ziehen zu müssen, um Nico begreiflich zu machen, dass sein Verhalten nicht in Ordnung war. Die Buchhaltung für das Hotel war ihre Aufgabe, so hatten sie es gemeinsam vor Jahren beschlossen. Es war ihr unmöglich, vernünftig zu wirtschaften, wenn er hinter ihrem Rücken das Konto plünderte.
Nicolai schien noch zu zögern. Er war es gewohnt, für seine Überzeugungen zu kämpfen, aber wie konnte er dieses Mal glauben, ihr gegenüber im Recht zu sein?
»Ich brauchte das Geld, Ingeborg. Die Sache ist wichtig. Ich weiß, diese Investition reißt vorübergehend ein Loch in unsere Kasse, aber sie wird sich rentieren. Eines Tages wirst du froh sein, dass ich so gehandelt habe.«
»Es geht um die Spielbank, ist es das? Du hast unser Geld für das Konsortium zum Fenster hinausgeworfen.«
»Ich habe unser Geld nicht zum Fenster hinausgeworfen. Ich musste meine Einlage in die Gesellschaft erbringen, und genau das habe ich getan.«
Sie wartete noch einen Moment, doch mehr als diese dürre Erklärung kam scheinbar nicht. Ihre Sorge machte dem Ärger darüber Platz, wieder einmal bei einer großen Entscheidung übergangen worden zu sein. Hinter ihrer Stirn pochte der Schmerz, der es ihr schwer machte, sich zu konzentrieren. Ohne sie auch nur zu fragen, hatte Nico sich bei diesem Bankier aus Hamburg eingekauft – ein Federstrich von ihm, und die Sache war besiegelt. Was, wenn die Spielbank jetzt nicht gebaut wurde oder in den Konkurs schlidderte? Das Konsortium würde sie ohne viel Federlesens mit in den Abgrund zie-

hen. Das Hotel war in Gefahr, ihre Existenz stand auf dem Spiel. Einen Moment fühlte Ingeborg sich wie betäubt. Ihr Blick glitt über die tanzenden Paare, die lächelnden Gesichter und die funkelnden Abendgarderoben, die im Licht der Laternen schimmerten. Das Bild schwirrte vor ihren Augen. Trotz all der Menschen in ihrer Nähe fühlte sie sich einsam, dabei schien der Abend doch noch ganz nett werden zu wollen. Die Kapelle spielte jetzt ohne Unterbrechung, die Kellner liefen mit den Getränken zwischen den Tischen herum. Der landeinwärts streichende Wind hatte aufgefrischt, aber das störte nicht. Die Leute tanzten, ihnen war nicht kalt – nur sie fror so sehr, als herrsche Frost, wenn auch nur in ihrem Herzen. Mit einem Ruck wandte sie sich zu Nicolai um, der noch immer neben ihr stand und sie beobachtete.

»Das war nicht in Ordnung, Nico.«

»Ich kenne deine Meinung zu der Geschichte, Ingeborg, aber ich bin sicher, dass unser Geld gut angelegt ist. Unser Hotel ist nicht der Nabel der Welt. Ich möchte noch einmal etwas Neues anfangen, verstehst du das nicht?«

»Du sprichst immer nur von dir, fällt dir das gar nicht auf? Was ist mit mir? Und was ist mit den Jungen?«

Nervös fuhr sie sich über die Stirn und flüchtete sich für einen Moment in die Vorstellung, diese Szene sei nichts weiter als ein böser Traum. Ihr unerbittlicher Verstand sagte ihr, dass dem nicht so war, und obwohl sie sich in der Rolle der Anklägerin nicht gefiel, konnte sie auch nicht einfach über das hinweggehen, was ihr Ehemann getan hatte. Gefahren aller Art hatten ihn schon immer gereizt, er liebte den Nervenkitzel. Natürlich wusste sie das, schließlich war sie lange genug mit ihm verheiratet – und dennoch hatte sie tief in ihrem Inneren gehofft, die Zeit würde den Spieler in ihm auf ein erträgliches Maß zurechtstutzen. Sie hatte sich geirrt. Nicolai traf nach wie vor seine einsamen Entscheidungen. Verärgert schüttelte sie den Kopf.

»Ich kann das alles nicht glauben, Nico. Was soll aus mir und den Jungen werden, wenn deine Spielbank pleite macht?«
»Warum vertraust du mir zur Abwechslung nicht einfach? Wenn die Sache wirklich schief geht, werde ich dafür einstehen.«
»Und wie willst du das machen? Wenn sie uns das Haus hier wegnehmen, weil du deine Schulden nicht mehr bezahlen kannst, dann stehen wir auf der Straße. Und dann? Hast du vor, den Badewärter im Kurhaus zu mimen, oder willst du als Eisverkäufer auf der Strandpromenade rumlaufen? Willst du wieder schwarz nach Austern fischen, bis sie dich einsperren? Du hast keinen Beruf –«
»Ich habe einen. Ich leite dieses Hotel. Im Übrigen frage ich mich, wie lange du mir meine mangelnde Ausbildung noch vorhalten willst. Du bist auch nicht viel länger zur Schule gegangen als ich.«
»Darum geht es nicht.«
»Sondern? Worum geht es? Für dich bin ich noch immer der kleine Junge in Holzpantinen, der in kurzen Hosen auf der Strandpromenade steht. Du traust mir nicht und kontrollierst mich, du überwachst jeden meiner Schritte.« Nicolais Gesicht hatte sich gerötet, jetzt war er unübersehbar wütend. »Am liebsten würdest du alle geschäftlichen Entscheidungen allein treffen, aber das lasse ich nicht zu. Ich bin alt genug, um meine berufliche Zukunft selbst zu regeln.«
»Ich wünschte, es wäre so, mein Lieber. Ich arbeite hart, um die Familie über Wasser zu halten. Das Geld, das du für diese dämliche Spielbank geopfert hast, gehörte mir ebenso wie dir. Es ist bestimmt nicht zu viel verlangt, wenn du finanzielle Entscheidungen vorher mit mir besprichst.«
»Wozu hätte ich mich mit dir besprechen sollen? Die Idee mit der Spielbank ging dir von Anfang an gegen den Strich. Hast du vielleicht schon mal darüber nachgedacht, dass du dich einfach irren könntest? Ich glaube an das Kasino, und ich bin

nicht der Einzige. Weißt du, wer sich in Kampen ein Ferienhaus bauen wird?«
Ingeborg schüttelte den Kopf. Am liebsten hätte sie die Diskussion auf der Stelle beendet, denn die Heftigkeit ihrer Auseinandersetzung weckte allmählich Aufmerksamkeit. Die ersten Köpfe der Umstehenden wandten sich ihnen zu, die Gäste begannen zu tuscheln. Sie trat neben Nicolai und senkte die Stimme.
»Schluss jetzt, lass uns aufhören zu streiten. Die Leute gucken schon. Ich weiß nicht, wer in Kampen bauen will, und ich will es auch nicht wissen.«
»Ich sage es dir aber trotzdem: Hermann Göring will sich bei uns ein Ferienhaus bauen. Er sucht schon nach einem passenden Grundstück.«
»Und wenn schon, was geht uns das an? Meinst du, der Dicke wird jeden Abend in eurer Spielbank sitzen und bei euch sein Geld verjubeln?«
Nicolai wich ihrem Blick aus, er wirkte mittlerweile tief gekränkt. Mit zusammengekniffenen Augen stand er neben ihr, die Hände tief in den Hosentaschen vergraben. Aber immerhin senkte auch er die Stimme, als er weitersprach.
»Wo Göring ist, sind auch andere Prominente. Wenn immer mehr vermögende Leute bei uns Urlaub machen, dann ist das gut für uns. Wir brauchen Attraktionen im Dorf, die neue Gäste anziehen.«
»Das sind alles Wunschträume, Nico. Kampen liegt nicht an der Riviera. Wir haben Schulden auf dem Hotel, und du marschierst los und gibst unser Geld für eine Spielbank aus, die vielleicht niemals gebaut wird. Wenn du so weitermachst, nehme ich eines Tages die beiden Jungen und verschwinde aus deinem Leben.«
In dem Moment, in dem sie die Drohung ausgesprochen hatte, bedauerte sie auch schon, es getan zu haben. Nicolai war ein begeisterter Vater, er liebte seine Söhne über alles. Sie war

eindeutig über das Ziel hinausgeschossen, was umso ärgerlicher war, als sie damit nichts gewinnen konnte. Sie liebte diesen Mann und ihre Kinder. Er hatte einen Fehler gemacht, aber das Geld, das er in die Spielbank investiert hatte, war vorläufig futsch – da halfen auch keine Drohungen mehr.
»Das meinst du nicht wirklich, oder?«
Nicolai sah sie mit großen Augen an, das blanke Entsetzen spiegelte sich auf seinem Gesicht. Sie wollte etwas erwidern, das den vorangegangenen Satz abmilderte, denn natürlich würde sie ihn nicht verlassen, nicht des verschwundenen Geldes wegen. Sie suchte nach Worten, um zu erklären, was sie fühlte, kam aber nicht mehr dazu, etwas zu sagen. Nicolai hatte sich umgedreht. Als sie seinem Blick folgte, entdeckte sie am Treppenaufgang ihren Sohn. Barfuß und in seinem gestreiften Pyjama starrte Hannes sie mit vor Schreck geweiteten Augen an. Warum lief der Junge hier mitten in der Nacht herum? Konnte er nicht einschlafen? Oder wollte er den Tanzenden zusehen und hatte dabei ihr Gespräch belauscht? Wie viel hatte er mitbekommen von dem unseligen Streit seiner Eltern?
Zu viel, wie es schien. Auf seinen Wangen leuchteten rote Flecken, er zitterte, zweifellos war ihm kalt. Ingeborg überlegte, was sie tun konnte, um den Jungen möglichst unauffällig ins Haus zurückzudirigieren. Der Umgang mit ihm war schwierig geworden in letzter Zeit, neuerdings genügten ein paar unüberlegte Worte, um ihn zu verstören. Vermutlich war es die Pubertät, die ihn so verletzlich machte.
Vorsichtig streckte sie eine Hand nach ihrem Sohn aus.
»Komm bitte mal her, Hannes. Wir möchten mit dir reden.«
Sie hatte leise gesprochen, aber Hannes hatte sie verstanden, er schüttelte den Kopf.
»Wollt ihr euch scheiden lassen?«
»Aber nein. Bitte komm her und lass uns in Ruhe miteinander reden.«

Ingeborg machte einen Schritt auf ihren Sohn zu, aber der drehte sich um und stürmte die kleine Holztreppe hinunter, die zum Strand führte. Mit zwei Sätzen war er in der Dunkelheit verschwunden. Für ein paar Sekunden hörte sie noch das tappende Geräusch seiner nackten Füße auf den Stufen, dann wurde es still. Die Finsternis hatte ihn verschluckt, der Junge war fort.
»Hannes! So warte doch!«
Ingeborg wollte ihm hinterherlaufen, aber Nicolai packte ihren Arm und hielt sie zurück. Sie fühlte Tränen in sich aufsteigen. Wo wollte der Junge hin, so allein und mitten in der Nacht? Dieser lange vorbereitete Abend drohte ein Fiasko zu werden, von dem sie wünschte, es hätte nicht stattgefunden. Am liebsten wäre sie zur Bühne gegangen und hätte das Ende des misslungenen Fests verkündet, aber sie wusste, dass sie das nicht tun durfte. Es hatte schon zu viel Aufsehen gegeben, die Leute schauten immer wieder zu ihnen herüber. Eilig wischte sie sich die Tränen aus dem Gesicht und drehte sich zu Nicolai um. Beruhigend legte er einen Arm um ihre Schultern.
»Der Junge kommt wieder, Liebes, keine Angst.«
»Aber – wo will er denn hin, mitten in der Nacht?«
»Egal, er kommt wieder. Wir müssen Geduld haben.«
»Wir können ihn doch nicht ganz allein am Strand herumlaufen lassen.«
»Hör mal, wir sprengen das Fest, wenn wir jetzt losziehen und den Strand absuchen. Sobald Hannes Hunger hat, ist er wieder da, glaub mir.«
Ingeborg schwieg, sie war erschöpft.
»Wenn Hannes um Mitternacht nicht wieder im Haus ist, werde ich rausgehen und ihn suchen, in Ordnung?«
Nicolai nahm sie bei der Hand. Widerstandslos ließ sie sich von ihm auf die Terrasse zurückführen. Er reichte ihr ein Glas mit Sekt. Sie nahm es und versuchte zu lächeln, während mindestens ein Dutzend fremde Augenpaare auf sie gerichtet

waren. Sie hörte Nicolai reden und antwortete mechanisch, ohne auf das zu achten, was sie sagte. Manchmal hasste sie es, so im Mittelpunkt zu stehen. Ständig hatte sie den Schein zu wahren, immer musste sie sich um die Bedürfnisse anderer zuerst kümmern. Aber hatte sie es nicht so gewollt? Hatte sie nicht damals nach dem Krieg mit allen Mitteln um dieses Haus in den Dünen gekämpft? Doch, das hatte sie getan. War er zu hoch, der Preis, den sie für den Erfolg bezahlte? Vielleicht. Hier auf der Terrasse unter dem Sternenzelt jedenfalls war sie zutiefst unglücklich über das Leben, das sie führte.

Ein Uhr vorbei.
Ingeborg hockte auf der alten Chaiselongue in ihrem Büro und starrte in die Flammen, die im Kamin loderten. Sie hatte nicht mitgezählt, wie oft sie mittlerweile schon vergeblich aufgesprungen und in die Halle gelaufen war, um nachzusehen, ob nicht vielleicht jemand das Haus betreten hatte. Jedes kleine Geräusch ließ sie zusammenfahren, bevor sie ein weiteres Mal enttäuscht feststellte, dass es doch nur wieder der Wind gewesen war, der irgendwo an den Fenstern gerüttelt hatte. Hannes war noch nicht zu Hause. Schon auf der Terrasse hatte sie geahnt, dass er freiwillig nicht wieder auftauchen würde. Von Anfang an hatte sie nicht an Nicolais Vorhersage geglaubt, dass der Junge in ein paar Stunden müde und zerzaust vor ihnen stehen würde, als sei nichts geschehen. Sie kannte ihren Ältesten zu gut, er war ein Dickkopf, genau wie sein Vater. Stattdessen hatte Hannes sich bestimmt irgendwo verkrochen und wartete darauf, entdeckt zu werden. Sollten sie mal schön nach ihm suchen; einfach aufgeben und reumütig heimkehren würde der Junge nicht.
Die kleine Pendeluhr über dem Kamin schlug.
Seit mehr als einer Stunde war Nicolai schon bei dem Unwetter draußen, das so plötzlich über dem Meer aufgezogen war und ihrem Fest auf der Terrasse ein Ende bereitet hatte. Die

Suche nach dem Jungen war bisher erfolglos, wie es schien. Der Regen prasselte gegen die Fensterscheibe, Donner grollte in der Ferne. Ein paar Minuten war es still im Raum, dann ließ ein leises Krachen Ingeborg zusammenzucken – diesmal war es ein Holzscheit, das im Feuer auseinander gebrochen war. Ein weiteres Mal sah sie auf die Uhr. Fünf nach eins. Die Zeit schlich, als wäre sie mit Blei behaftet. Noch länger konnte sie nicht herumsitzen, sie musste etwas tun. Mit einem Satz sprang sie vom Sofa und trat an das Fenster. Draußen über dem Wattenmeer ließen Blitze die Dunkelheit in tausend Stücke zerspringen, gefolgt von einem lauten Krachen. Mein Gott, wie sehr es sie quälte, hier zu stehen und in das Gewitter hinauszustarren, das mit aller Gewalt über der Insel tobte. Sie hatten ein Telefon im Haus, aber wen sollte sie anrufen, mitten in der Nacht? Wenn Hannes zu seinen Großeltern geflüchtet wäre, hätte Thiess sich gemeldet. Er war sehr gewissenhaft, was die Kinder anging. Ihre Schwiegereltern in Flensburg mochte sie um diese Zeit nicht stören, es würde sie nur um ihre Nachtruhe bringen, wenn sie von Hannes' Flucht erfuhren.

Ingeborg presste die heiße Stirn gegen das kalte Glas der Fensterscheibe. Eine neue Windböe rauschte über das Reetdach, heulend pfiff der Sturm ums Hotel. Das Unwetter musste Hannes doch Angst einjagen, warum kam er dann nicht zurück nach Hause?

Eine Tür klappte, gleich darauf waren Schritte zu hören. Es war jemand ins Haus gekommen, diesmal ganz bestimmt. Ingeborg lief zur Tür und blieb dort stehen. Ein leises Klappern kam aus der Richtung, in der der Küchentrakt lag. Wahrscheinlich irrte sie sich, denn wer sollte schon mitten in der Nacht in der Hotelküche herumstöbern? Hannes ganz bestimmt nicht, und das Personal hatte sich längst zurückgezogen – strich etwa ein Dieb durch das Haus?

Noch einmal ein Geräusch, leiser diesmal, noch weiter weg.

Wieder glaubte sie, Schritte zu hören – ein Einbrecher, der hinter ihrem Tafelsilber her war, und das ausgerechnet heute Nacht? Kaum vorstellbar, dass sich bei diesem Wetter jemand die Mühe machte, in die Dünen hinauszukommen, die Hintertür des Hotels aufzubrechen und die Schränke leer zu räumen. Noch niemals war bei ihnen eingebrochen worden – aber ausgerechnet jetzt, wo Nicolai ausnahmsweise einmal nicht da war, bediente sich ein Strolch an ihren Vorräten?
Ingeborg griff nach dem schweren Kerzenhalter aus reinem Messing auf dem Kaminsims. Der musste reichen, um dem Eindringling eins überzuziehen. Wenn nicht, würde sie schreien. Es waren jede Menge Leute im Hotel, das Haus war ausgebucht, irgendwen würde sie mit ihrem Lärm schon wecken.
Vorsichtig schlich Ingeborg aus dem Zimmer durch die Halle. Ohne Licht zu machen und auf Zehenspitzen tastete sie sich den Gang hinunter, der zur Küche führte. Tatsächlich schimmerte unter der Küchentür ein heller Spalt Licht. Wer war denn so dumm und schaltete das Deckenlicht ein, bevor er die Speisekammer plünderte?
Drinnen tapsten Schritte über den gekachelten Fußboden, bevor im nächsten Moment der helle Streifen im Türspalt verschwand. Was hatte das zu bedeuten? War der Herr Einbrecher mit seinem Werk schon zufrieden? Vorsichtig legte sie eine Hand auf die Klinke und öffnete die Tür. Das Herz schlug ihr bis zum Hals, als sie, den Kerzenhalter fest umklammert, den ersten Schritt in die Dunkelheit machte. Auf den ersten Blick entdeckte sie nichts Verdächtiges, alles schien finster und verlassen. Langsam gewann die Kücheneinrichtung die bekannten Konturen – die Spüle mit den großen Fensterflächen dahinter, daneben die hohen Schränke an den Wänden. Noch immer schien alles ruhig. Zitternd tastete sie mit einer Hand nach dem Lichtschalter und bemerkte im gleichen Moment eine Gestalt, die sich aus dem Schatten eines

der Schränke gelöst hatte. Der Unbekannte kam auf sie zu. Ein Blitz zuckte draußen über den Himmel und tauchte den Raum für Sekunden in gleißendes Licht. Ingeborg erschrak so sehr, dass sie schrie – gleich darauf flammte das Deckenlicht auf. Vor ihr stand, in eine gelbe Regenjacke gehüllt, Andreas Bütow. Ein alter Rucksack aus zerschlissenem Loden hing schlaff über seiner Schulter, aus erstaunten Augen sah er sie an, ganz so, als wäre er hier der Hausherr und sie der Eindringling.

»Frau Boysen? Was machen Sie denn hier?«

Er musterte sie mit einem langen Blick, der erst über ihr zerknittertes Abendkleid aus blassgelber Seide wanderte und an ihren nackten Füßen hängen blieb. Vielleicht sah sie ein bisschen aus wie Aschenbrödel nach dem Ball, aber immerhin war sie hier zu Hause, im Gegensatz zu ihm. Wie verdächtig seine Anwesenheit in der Küche um diese Zeit wirken musste, schien ihm gar nicht klar zu sein. Er lächelte. »Verraten Sie mir, warum sind Sie so spät noch auf den Beinen sind?«

»Das Gleiche könnte ich dich fragen. Warum strolchst du hier herum? Noch dazu im Regenzeug ... Gab es nicht genug zum Abendessen?«

Jetzt endlich schien er zu begreifen, dass sein nächtlicher Ausflug in die Hotelküche ihn in eine schwierige Lage gebracht hatte. Verlegen grinsend fuhr er sich mit einer Hand durch das strubbelige Haar, antwortete aber nicht. Ingeborg stellte den schweren Kerzenständer ab, den sie mitgebracht hatte.

»Hannes ist weggelaufen. Mein Mann ist schon seit zwei Stunden in den Dünen, um ihn zu suchen. Ich saß am Feuer und habe mir Sorgen um die beiden gemacht, da hörte ich Geräusche und dachte, es bricht jemand bei uns ein.«

Andreas runzelte die Stirn. »Hannes ist weggelaufen, sagen Sie? Warum denn das?«

»Er hat einen Streit zwischen mir und meinem Mann mitgehört. Der Junge ist ein bisschen schwierig im Moment.«
»Haben Sie bei seinen Großeltern nachgefragt? Vielleicht ist er bei den Meinerts.«
»Wenn er dort wäre, hätte mein Schwiegervater sich gemeldet, er besitzt ein Telefon. Er ist sehr akkurat in solchen Dingen.«
»Ich verstehe.«
»Und du? Wolltest du heute Nacht ein kleines Picknick in den Dünen veranstalten? Oder was sonst zieht dich bei diesem Wetter hinaus?«
Andreas lächelte, vielleicht wollte er damit ihr Herz erweichen. Der Junge wusste sehr genau, dass sie ihn mochte. Im Gegensatz zu Nicolai, der ihn oft hart rannahm, behandelte sie ihn freundlich. Warum auch nicht, Andreas war ein gut aussehender, intelligenter Bursche. Sie hielt viel von ihm, er besaß Charme und wusste sich zu benehmen – ein Vorzug, den vor allem die weiblichen Gäste schätzten. Erstaunlich nur, wie der Knabe, der immerhin Rechtswissenschaft studierte, so unbekümmert daran ging, seinen Arbeitgeber zu beklauen. Sie musterte ihn intensiv, bis Andreas seinen Rucksack absetzte und aufschnürte.
»Ich habe nichts gestohlen, Frau Boysen. Es ist noch alles da, sehen Sie nach, wenn Sie mir nicht glauben. Ich konnte einfach nicht schlafen und dachte, es wäre interessant, das Gewitter über dem Watt zu beobachten.«
»Das soll ich glauben? Hör mal, du hast den Abend damit verbracht, den Leuten auf der Terrasse kalte Getränke zu servieren. Du musst hundemüde sein. Heraus mit der Sprache: Was treibst du hier?«
»Also gut: Ich habe zwei Äpfel, eine Flasche Saft und zwei Schinkenbrote eingepackt, weil ich wegen des Trubels auf der Terrasse kein Abendessen hatte. Ich werde es bezahlen, in Ordnung?«

Ingeborg seufzte. »Unsinn, das ist nicht der Rede wert. Wohin wolltest du mit dem Zeug? War ein kleiner Ausflug zum schönen Fräulein Doktor in Westerland geplant?«
Abrupt ließ Andreas die Arme sinken, sein Rucksack glitt zu Boden. Eine Röte überzog sein Gesicht, das Lächeln verschwand von einer Sekunde zur nächsten. Scheinbar hatte sie einen Volltreffer gelandet, dabei gab es keinen konkreten Grund für ihre Unterstellung. Sie hatte von dem Zusammenstoß gehört, den Andreas auf dem Weg zum Bahnhof gehabt hatte, das war alles. Nicolai hatte ihr erzählt, wie sehr der Junge von Dorothee Beck geschwärmt hatte, und sie hatte, einer spontanen Eingebung folgend, eine Romanze daraus gemacht. Scheinbar lag sie nicht ganz verkehrt, denn Andreas wirkte verlegen. Langsam bückte er sich und hob seinen Rucksack von Küchenfußboden auf.
»Entschuldigen Sie, ich hätte Sie fragen sollen, ob ich die Lebensmittel nehmen darf. Mit Fräulein Doktor Beck hat das nichts zu tun. Ich wäre Ihnen dankbar, wenn Sie den Vorfall Ihrem Mann gegenüber nicht erwähnen würden. Es soll nicht wieder vorkommen, das verspreche ich. Wenn Sie erlauben, würde ich jetzt gern in mein Zimmer gehen.«
Ingeborg war nahe daran, ihn ziehen zu lassen, aber ihr Instinkt riet ihr, ihn noch weiter zu verhören. Was hatte er bei Nacht draußen im Sturm gewollt? Andreas kannte kaum eine Menschenseele auf der Insel – wenn man von Tom Brode absah, dem Hufschmied, mit dem sie ihn neulich im Dorf gesehen hatte. Womöglich handelte die Geschichte, der sie auf der Spur zu sein glaubte, gar nicht von Liebe, sondern von Politik. Tom Brode war ein eingefleischter Sozialdemokrat, und Andreas war es laut Aussage ihres Schwiegervaters auch. Lag dort der Schlüssel zu dem Geheimnis, das er zu hüten versuchte? Ihr Schwiegervater hatte ihr das Versprechen abgenommen, sich um Andreas zu kümmern. Sie hatte seinerzeit leichtfertig zugestimmt, ohne zu ahnen, worauf sie

sich damit einließ. Andreas war zwar kein Kind mehr, dem man vorschreiben konnte, mit welchen Menschen es sich umgab, doch falls er sich mit Tom Brode verbündet hatte, war er in Gefahr. Roloff hasste den Hufschmied, er würde keine Ruhe geben, bis er ihn unschädlich gemacht hatte. Sie fühlte sich verpflichtet, Andreas zu warnen, und beugte sich zu ihm vor.

»Ich habe dich im Dorf mit Tom Brode gesehen, Andreas. Hast du dich mit ihm angefreundet?«

Der junge Mann schwieg, er sah zu Boden.

»Tom ist ein netter Kerl, aber er hat Ärger mit den Nazis, das weißt du, nicht wahr? Wenn es dir besser gehen soll als Tom, dann solltest du die Finger von gemeinsamen Abenteuern lassen.«

Andreas zuckte mit den Achseln, er wirkte nicht im Mindesten alarmiert. »Offen gestanden weiß ich nicht, wovon Sie sprechen, Frau Boysen.«

»Nein? Dann muss ich mich klarer ausdrücken. Tom Brode reist heimlich nach Dänemark, um drüben Flugblätter für seine Partei zu besorgen. Einige im Dorf wissen davon, auch wenn niemand offen darüber spricht. Auch Karl Roloff weiß es, und deshalb bespitzelt er Tom Brode. Wenn du dich an diesen Ausflügen beteiligst und Roloff euch beide auf frischer Tat erwischt, dann kann die Endstation nur noch das Arbeitslager sein.«

Der Junge wirkte wie versteinert, er rührte sich nicht. Ingeborg trat näher an ihn heran und suchte seinen Blick. Sie wusste, dass sie vorsichtig mit dem sein musste, was sie sagte. Auf Vorwürfe reagierten Männer vom Kaliber eines Andreas Bütow für gewöhnlich nur mit Trotz. Besser war es, an sein Gefühl zu appellieren.

»Mein Schwiegervater mag dich, Andreas und ich mag dich auch. Ich kann dich nicht festbinden, ich kann dich nur warnen. Denk an deine Familie. Was würde deine Mutter tun,

wenn du nicht wieder nach Hause kommst? Sei vorsichtig. Das ist es, was ich gesagt haben wollte, verstehst du?«
Einige Sekunden war es still, dann nickte Andreas kaum merklich. Ob er damit ausdrücken wollte, dass er ihre Warnung beherzigen würde, war ihr unklar, aber sie kam nicht mehr dazu, ihn das zu fragen, denn plötzlich legte er ihr eine Hand auf den Unterarm und sah sie mit großen Augen an.
»Da fällt mir etwas ein. Vielleicht weiß ich, wo Hannes ist.«
»Wirklich? Wo denn?«
»Ich zeige es Ihnen. Ich hole nur schnell eine Petroleumlampe, dann gehen wir in den Pferdestall.«
»In den Pferdestall?«
Andreas antwortete nicht, sondern lief zu einem Schrank neben der Tür und holte eine der alten Petroleumlampen heraus, die immer für den Notfall dort standen. Dann stürmte er zur Küche hinaus, und ihr blieb nichts anderes übrig, als ihm zu folgen. Mit großen Schritten durchquerte er die Halle und verließ das Haus durch das Vorderportal. Barfuß, wie sie war, folgte sie ihm ins Freie, wo der Wind ihr Regenschwaden ins Gesicht trieb. Die Petroleumlampe in Andreas' Händen schwankte in Richtung Remise, während der Sturm an ihrem dünnen Seidenkleid zerrte und der Regen es in Sekundenschnelle durchnässte. Mit gesenktem Kopf kämpfte sie sich die kleine Anhöhe hinauf, auf der die alte Scheune lag, die jetzt als Garage genutzt wurde. Andreas ging daran vorbei und wartete am Tor des Pferdestalls auf sie. Gemeinsam flüchteten sie sich ins Trockene.
Dunkelheit und der warme Geruch der Pferdeleiber umfing sie beide. Andreas nahm eine der Stalllaternen von der Wand und reichte sie ihr. Um sie herum war es still, nur die Pferde, die mit gesenkten Köpfen in den Boxen standen, schnaubten leise. Nirgendwo ein menschlicher Schatten, kein ungewohntes Geräusch außer dem Wind, der um die

Ecken der Scheune pfiff. Sie begann zu frieren und wandte sich Andreas zu.

»Was wollen wir hier? Mein Mann hat hier bestimmt schon alles durchkämmt.«

»Er könnte aber etwas übersehen haben. Kleine Jungen lieben Höhlen, oder?«

»Schon, aber –«

»Dann kommen Sie mit. Ich zeige Ihnen etwas.«

Andreas ging zu einer Leiter an der Rückwand des Stalles und rückte sie gerade. Sie wusste, dass man von hier aus zu einem engen Bodenraum hinaufklettern konnte. Hafer für die Pferde lagerte dort, und sicher hausten auch ein paar Mäuse in der Luke unter dem Dach. Es war dunkel und schmutzig dort oben, ganz sicher kein Aufenthaltsort, den man freiwillig wählte. Andreas schien anderer Meinung zu sein, denn er kletterte die Leiter hinauf und blieb erst auf der obersten Sprosse stehen.

»Kommen Sie näher mit dem Licht, ich kann nicht genug sehen.«

Gehorsam stieg sie hinter ihm auf die Leiter, während er oben eine Klappe aufschob, deren Riegel scheinbar nicht vorgelegt gewesen war. Auf allen vieren kroch er weiter, doch obwohl sie sich reckte, sah sie nicht viel, sein Körper nahm ihr die Sicht. Konnte es wirklich sein, dass Hannes sich dort oben in dem kleinen Loch verkrochen hatte?

»Was ist, Andreas? Hast du etwas gefunden?«

Er antwortete nicht, kam aber auch nicht zurück, sondern wühlte irgendwo in der Finsternis. Das Warten zerrte an ihren Nerven, doch sie konnte nichts weiter tun, als in ihrem klatschnassen Kleid auf der Leiter zu stehen und zu frieren. Plötzlich hörte sie einen Laut, der sie an das Maunzen einer jungen Katze erinnerte. Endlich drehte Andreas sich zu ihr um.

»Ich habe ihn. Er ist hier.« Er hielt einen schmalen, bewegungslosen Körper in den Armen.

»Was ist los? Geht es ihm gut?«
»Alles in Ordnung. Das Kerlchen schläft tief und fest.«
Ingeborg seufzte. Eine Welle der Erleichterung breitete sich in ihr aus und machte der Erschöpfung Platz. Ihre Knie wurden weich und drohten nachzugeben, sie musste sich an der Leiter festhalten, bevor sie langsam Stufe um Stufe nach unten klettern konnte. Gleich nach ihr erreichte Andreas den Boden und setzte den Jungen auf einem der Futtertröge ab.
»Wach auf, Hannes. Der Ausflug ist zu Ende.«
Er rüttelte ihn leicht, bis der Junge die Augen aufschlug. Ein schläfriger, staunender Blick traf erst Andreas und dann Ingeborg. Andreas lachte.
»Gut, dass wir dich gefunden haben, mein Lieber. Dir hätte das Gewitter das Dach über dem Kopf anzünden können, und du hättest es nicht mitgekriegt. Legst dich einfach hier hin und schläfst wie ein Murmeltier. Du hättest ersticken können dort oben, weißt du das? Die Kammer ist viel zu klein und hat kein Fenster. Du kannst froh sein, dass der Sturm heute Nacht durch die Ritzen der Wände pfiff.«
Hannes richtete sich schweigend auf, er schien noch nicht zu begreifen, was um ihn herum vorging. Ingeborg nahm ihren Sohn in die Arme, bevor sie den Kopf hob und Andreas ansah.
»Danke. Tausend Dank, Andreas.«
Er nickte bloß, nahm eine Pferdedecke von der Stallwand und wickelte sie um den Körper des Jungen, der nur mit einem Schlafanzug bekleidet war. Ingeborg strich Hannes durch das zerwühlte Haar. Ausnahmsweise wehrte er sich nicht und hielt auch still, als sie ihn auf die Stirn küsste. Während Ingeborg ihren Sohn an sich drückte, suchte sie noch immer nach Worten, um sich bei Andreas zu bedanken. Mochte er ein unbelehrbarer Heißsporn sein, wie ihr Schwiegervater meinte, sein Herz saß jedenfalls auf dem richtigen Fleck. Sie würde

Nicolai bitten, den jungen Mann in Zukunft rücksichtsvoller zu behandeln. Heute Nacht hatte er ihren Sohn gerettet, und das war mehr, als man von einem Fremden erwarten konnte. Sie sah auf und griff nach seiner Hand, um sie zu drücken. Der Blick aus seinen Augen verriet, dass er begriffen hatte, was sie ihm sagen wollte.

Kapitel 7

»Herr Boysen? Mein Name ist Paul Gärtner, ich komme vom Grenzkommissariat in Niebüll.«
Für den Bruchteil einer Sekunde schwebte ein Dienstausweis durch Nicolais Blickfeld, doch die dunkelgraue Pappe verschwand so schnell wieder in der Manteltasche des Mannes, der auf der Türschwelle wartete, dass Nicolai die Buchstaben auf dem Papier kaum hatte entziffern können. Das Gesicht des Fremden hatte mit dem eines Windhundes viel gemein, es war genauso lang, schmal und hager. Ohne eine Antwort abzuwarten, machte Paul Gärtner einen Schritt nach vorn.
»Darf ich hereinkommen?«
Sein Besucher drängte sich in die Halle, während Nicolai ihn noch musterte, schon um ihn spüren zu lassen, dass er unerwünscht war. Ein Polizist, noch dazu einer vom Grenzkommissariat, was wollte der hier? Wer heutzutage im Auftrag einer Behörde kam, war meist ein Nazi, und zwar einer von der besonders beflissenen Sorte, mit der Nicolai schon aus Prinzip nichts zu tun haben wollte. Den Mann aus Niebüll schien das nicht zu stören, er hatte seinen Hut abgenommen und schaute sich um, während das Regenwasser in schmalen Rinnsalen von seinem Mantel tropfte. Zu seinen Füßen bildete sich eine Pfütze, das war nicht weiter erstaunlich, draußen goss es in Strömen. Der Beamte musste bis aufs Hemd durchnässt sein. Die Höflichkeit hätte es geboten, ihn zumindest seinen Mantel ablegen zu lassen, aber Nicolai war nicht daran interessiert, höflich zu sein. Also blieb er stehen, wo er war, und verschränkte abwehrend die Arme vor dem Oberkörper.
»Darf ich fragen, was Sie zu uns führt?«
Der Mann in dem grauen Mantel ließ seine Blicke schweigend durch die Halle gleiten, bevor er an das Geländer der

Freitreppe trat und nach oben schaute. Aus dem Obergeschoss kamen die Stimmen der Zimmermädchen, der Staubsauger übertönte ihre Gespräche, aber ihr Gelächter war zu hören. Gleich darauf wurde eine Tür zugeschlagen.

»Ich würde die Angelegenheit, um die es geht, gern unter vier Augen mit Ihnen besprechen, Herr Boysen. Können wir vielleicht irgendwo ungestört reden?«

Nicolais erste Eingebung war, die Frage einfach zu verneinen. Seit seiner Verhaftung nach Kriegsende, als man ihn verdächtigt hatte, einen Kameraden getötet zu haben, hatte er für vertrauliche Gespräche mit der Polizei nichts mehr übrig. Wenn es nach ihm ging, konnten sie in der Halle miteinander reden; er hatte nichts zu verbergen. Mochte dieser Fatzke aus Niebüll seine Fragen stellen und dann wieder gehen. Nicolai wartete schweigend, doch Paul Gärtner schien seine unausgesprochene Weigerung gar nicht wahrzunehmen.

»Ich schlage vor, wie gehen in Ihr Büro – hier entlang, nicht wahr?«

Freundlich lächelnd drehte er sich um, bevor er mit traumwandlerischer Sicherheit auf die richtige Tür zusteuerte, die sich am anderen Ende der Halle befand. Nicolai blieb nichts anderes übrig, als dem Mann zu folgen, schon allein deshalb, weil der Nazi es sich bereits unaufgefordert in seinem Büro bequem machte. Er ließ sich in der Sitzecke am Fenster nieder, knöpfte seinen Mantel auf und zog ein Notizbuch aus der Tasche, das er auf den Tisch legte. Lässig schlug er seine langen Beine übereinander, während Nicolai ihm gegenüber Platz nahm.

»Sie beschäftigen einen jungen Mann namens Andreas Bütow in Ihrem Hotel – ist das richtig?«

Der Polizeibeamte lehnte sich auf dem Sofa zurück, er schien sich trotz seines nassen Mantels ganz wohl zu fühlen. Jedem anderen Besucher hätte Nicolai einen starken Tee zum Aufwärmen angeboten, doch bei diesem Kerl würde er es nicht tun. Als Gärtner seine wasserblauen Augen auf ihn richtete, nickte er langsam.

»Richtig, Herr Bütow arbeitet als Aushilfe bei uns.«

»Und was macht er hier? Er ist doch nicht vom Fach, oder? Wofür ist er zuständig?«

»Er erledigt die groben Arbeiten. Er hilft im Reitstall und in der Küche aus, manchmal auch im Garten – es kommt eben darauf an, wo er gerade gebraucht wird. Liegt etwas gegen ihn vor?«

»Wäre ich sonst hier?«

Der Polizeibeamte hob die Augenbrauen und lächelte dabei. Dieser geradezu unanständige Ausdruck von Schadenfreude auf dem Gesicht des Windhundes gab Nicolai den Rest. Wenn es noch etwas gebraucht hätte, um ihm den Mann unsympathisch zu machen, dann wäre es dieses überhebliche Lächeln gewesen, das Nicolai den Eindruck vermittelte, ein Dummkopf zu sein – einer, der nicht wusste, wer unter seinem eigenen Dach ein und aus ging. Dieser arrogante Knopf würde von jetzt ab nichts mehr aus ihm herausbekommen, rein gar nichts. Was auch immer Andreas ausgefressen haben mochte, ab jetzt stand er unter seinem persönlichen Schutz. Der Nazi wusste es vielleicht noch nicht, aber in diesem Haus hatten Leute wie er keinen Einfluss. Hier war es an Nicolai zu entscheiden, wer erwünscht war oder auch nur geduldet wurde.

»Seit wann arbeitet Herr Bütow bei Ihnen?«

Der Beamte hatte seinen Füllfederhalter gezückt, ein unerwartet schönes Exemplar mit einer glänzenden Kappe aus Schildpatt. Während der Mann aus Niebüll diese Kappe durch seine schlanken Finger gleiten ließ, zögerte Nicolai ein weiteres Mal mit der Antwort. Er wusste, dass es bei einer solchen Befragung auf jedes Wort ankam. Der Tonfall, die Mimik, die Gesten – alles konnte eine Rolle spielen. Das galt gerade in diesem Fall, schließlich war der Mann vom

Grenzkommissariat gekommen, um Bütows politische Aktivitäten zu überprüfen. Andreas war ein überzeugter Sozialdemokrat – unbelehrbar, dickköpfig und gelegentlich mutig bis zum Leichtsinn, so hatte Thomas ihn geschildert. Das, was Ingeborg ihm heute Morgen über den nächtlichen Ausflug erzählt hatte, bei dem sie Andreas ertappt hatte, sprach dafür, dass Thomas mit dieser Einschätzung richtig lag.

»Seit wann ist Herr Bütow bei Ihnen beschäftigt, Herr Boysen?«

Ungeduld lag im Ton seiner Stimme, als Gärtner seine Frage wiederholte. Er spielte noch immer mit der Kappe seines Füllfederhalters und wirkte jetzt gereizt. Nicolai wandte den Blick von diesen Händen ab, die ständig in Bewegung zu sein schienen. Der nervöse Tick des Windhundes, der immerzu etwas in den Fingern haben musste, ging ihm auf die Nerven.

»Vor ungefähr einem Monat hat er bei uns angefangen.«

»Der junge Mann ist Student, nicht wahr?«

Der Polizeibeamte hatte sein Schreibwerkzeug endlich sinken lassen und schaute ihn an. Erhoffte er sich von der Antwort auf diese Frage wirklich besondere Aufschlüsse? Nicolai schien dieser Punkt komplett unwichtig, oder steckte mehr dahinter, als er ahnte? Wieder nickte er. »Soweit ich weiß, ist er Student, ja. Wir haben in der Saison oft ungelernte Kräfte.«

Der Mann vom Grenzkommissariat schwieg, bis er sich über den Tisch beugte und Notizen zu machen begann. Nicolai reckte sich, konnte aber nicht lesen, was Gärtner schrieb. Es wäre interessant gewesen, zu erfahren, was er sich notierte, schließlich waren alle Aussagen Nicolais bisher absolut belanglos gewesen – oder hatte er sich doch verplappert? Hatte er etwas Belastendes über Andreas gesagt?

»Wissen Sie, mit wem der junge Mann hier im Dorf Umgang hat? Mit wem ist er befreundet, mit wem geht er aus, was tut er in seiner freien Zeit?«

»Keine Ahnung. Herr Bütow macht seine Arbeit im Hotel, der Rest geht mich nichts an.«
Der Kriminalbeamte schrieb weiter, in Minutenschnelle füllte er eine ganze Seite in seinem albernen Oktavheft. Er schien eine Art Kurzschrift zu benutzen, denn auf dem Papier erschienen nur Striche und Kringel. Es sah aus wie das kindliche Gekrakel eines Dreijährigen. Was schrieb er da bloß? In diesem Augenblick klappte Paul Gärtner sein Notizbuch plötzlich zu und sah auf.
»Ist Herr Bütow im Haus?«
»Nein, ist er nicht. Er macht im Dorf Besorgungen.«
»Sind Sie sicher?«
»Ja, ich bin vollkommen sicher. Ich habe ihn vor einer Viertelstunde weggehen sehen.«
Der Windhund zog die Nase kraus, als nähme er eine ihm bisher unbekannte Witterung auf. Eine steile Falte zog sich zur Nasenwurzel hinauf und ließ ihn endlich unzufrieden mit dem Resultat seiner Bemühungen erscheinen. Dieses Gefühl hätte Nicolai an seiner Stelle schon längst gehabt. Vielleicht fiel ihm jetzt auf, wie wenig er bisher über seinen Delinquenten erfahren hatte. Nicolai war es nur recht, wenn der Polizeibeamte kapitulierte. Er sah keinen Grund, den Nazi noch länger in seinem Haus zu dulden, und stand auf, wobei er zur Tür hinübersah, die nur angelehnt war.
»Das war es dann wohl, nicht wahr? Tut mir Leid, dass Sie Herrn Bütow verpasst haben. Wenn Sie keine weiteren Fragen mehr an mich haben, würde ich mich gern wieder um mein Hotel kümmern. Sie wissen ja, in so einem Betrieb gibt es immer eine Menge zu tun.«
Der Beamte erhob sich, das Notizbuch in der Hand. Mit einem Rauswurf schien er nicht gerechnet zu haben, jedenfalls überzog plötzlich eine tiefe Röte sein schmales Gesicht. Er musste begriffen haben, dass er soeben formvollendet vor die Tür gesetzt worden war.

»Ich möchte mir noch das Zimmer von Herrn Bütow ansehen, bevor ich gehe.«
Mit einem Ruck schob er sein Notizbuch zurück in die Tasche und stand im nächsten Moment auch schon abmarschbereit in der Tür. Nicolai folgte ihm, aber er war verärgert. Er hatte gehofft, den Nazi endgültig loszuwerden, doch er wusste, dass er die Besichtigung des Zimmers von Andreas nicht ablehnen konnte – anderenfalls würde der Mann aus Niebüll wiederkommen, diesmal vielleicht mit einem Durchsuchungsbefehl und einer Meute Uniformierter, die dann das ganze Haus durchkämmten. Nicolai schien nichts anderes übrig zu bleiben, er musste nachgeben. Achselzuckend deutete er den Gang hinunter und auf die Treppe, denn die im Hotel wohnenden Angestellten schliefen unter dem Dach. Seite an Seite mit dem Polizeibeamten marschierte er zu Andreas' Kammer hinauf, deren Tür unverschlossen war. Nicolai konnte nur hoffen, dass der Junge hier nichts aufbewahrte, was ihn in Schwierigkeiten bringen würde.
Bei seinem Eintreten schien ihm der Raum auf den ersten Blick ziemlich aufgeräumt, er war auf geradezu unspektakuläre Weise ordentlich. Von dem Gaubenfenster schaute man direkt auf das Meer hinaus, das seit dem Unwetter heute Nacht unter einem tief mit Wolken verhangenen Himmel lag. Grau wirkte der Tag, die Insel hatte sich passenderweise in einen Schleier aus feuchtem Nebel gehüllt. Verglichen damit wirkte die kleine Kammer unter dem Dach geradezu anheimelnd, obwohl hier nicht viel Platz war. Es reichte lediglich für einen Tisch und zwei Stühle, die zwischen Bett und Kleiderschrank standen, an der Wand daneben ein aus rohen Brettern zusammengezimmertes Bücherregal. Nicolai hätte nicht gewusst, wo Andreas auf diesem engen Raum überhaupt irgendetwas verstecken sollte, doch in diesem Punkt war ihm der Polizist eindeutig überlegen. Kaum dass der Mann die Kammer betreten hatte, fing er auch schon an, die Möbel abzutasten. Er

drehte die Stühle um und langte unter die Tischplatte, er sah unter den Schrank und durchwühlte sogar den Papierkorb, in dem aber nichts außer einer zerknitterten Tageszeitung lag. In dem Moment, als der Polizist den Kleiderschrank öffnete, hörte Nicolai hinter sich die Dielen knarren. Irgendjemand war die Treppe heraufgekommen, er war sich dessen sicher, auch wenn es inzwischen auf dem Flur wieder still geworden zu sein schien. Ein kurzer Blick aus den Augenwinkeln reichte, um seinen Verdacht zu bestätigen. Hinter ihm auf der Türschwelle stand Andreas, fassungslos und mit großen Augen starrte er den Kriminalbeamten an, der seinen Schrank durchwühlte. Paul Gärtner war in seine Arbeit vertieft. Schnell und nahezu geräuschlos durchkämmte er die Fächer des Kleiderschranks. Jedes einzelne Kleidungsstück untersuchte er mit einer Hingabe, als hinge seine zukünftige Karriere davon ab, ob er in den Habseligkeiten gerade dieses Verdächtigen Beweismaterial für verbotene politische Umtriebe gleich welcher Art fand. Nicolai nutzte die Gunst des Augenblicks und gab Andreas hinter dem Rücken einen Wink, aber der rührte sich nicht vom Fleck. Wie angenagelt stand er dort. Warum um Himmels willen machte er sich nicht aus dem Staub? Sein Blick war auf das Bettgestell gerichtet, unter dem, halb vom Bettpfosten verdeckt, ein Rucksack lag. Das schlaffe Stück Stoff wirkte aus dieser Entfernung harmlos, und dennoch schien etwas damit nicht in Ordnung zu sein. Was konnte Andreas darin aufbewahren? Vielleicht irgendwelches gottverdammtes Zeug, das er für seine Partei vor der Polizei versteckte? Ausgerechnet in diesem Moment kam ein unmelodiöses Geräusch aus dem Kleiderschrank. Paul Gärtner zerrte an den Kleiderbügeln auf der Stange, die dabei ein hässliches Kratzen hören ließen.
»Hat Herr Bütow sonst noch irgendwo im Haus Gepäck untergestellt, im Keller oder auf dem Dachboden?«
Nicolai zuckte zusammen. Wenn Andreas jetzt nicht endlich

verschwand, war ihm nicht mehr zu helfen. Er trat einen Schritt vor und fing den Blick des Polizeibeamten auf, in dessen verkniffener Miene jetzt eine Skepsis lag, die durchaus berechtigt war. Trotzdem schüttelte Nicolai energisch den Kopf, bereit zu jeder Lüge, die Andreas weiterhalf.

»Nein, bedaure, aber Herr Bütow hat kein weiteres Gepäck im Haus. Das, was Sie hier sehen, ist alles, was er mitgebracht hat.«

Es wurde still. Nebeneinander standen sie vor dem offenen Kleiderschrank, Nicolai in ängstlicher Erwartung dessen, was jetzt kommen mochte. Draußen auf dem Gang knarrten wieder die Dielen. Es musste Andreas sein, der sich aus dem Staub machte. Der Nazi dagegen gab noch nicht auf, er wandte sich dem Bücherregal an der Wand zu. Wie lange wollte dieser Schnüffler hier noch wühlen? Es war höchste Zeit – wenn Nicolai jetzt nichts unternahm, konnte es zu spät sein.

Kurz entschlossen machte er einen weiteren Schritt vorwärts und gab dem Rucksack unter dem Bett einen Fußtritt. Erleichtert stellte er fest, dass das Corpus Delicti fürs Erste hinter dem Pfosten verschwunden war, doch leider schien Gärtner etwas gehört zu haben. Die Stirn misstrauisch gekraust, verließ er seinen Platz am Bücherregal und näherte sich dem Bett. Zunächst hatte er nur das Bettzeug im Visier, jedenfalls bückte er sich und tastete behutsam das Kopfkissen ab. Gerade als er Anstalten machte, in die Knie zu gehen und unter dem Bett nachzuschauen, waren draußen auf dem Gang plötzlich Schritte zu hören. Kam Andreas etwa zurück? Nicolai fuhr herum und sah Ingeborg auf der Türschwelle stehen, lächelnd betrat sie den Raum. Woher wusste sie, dass es hier oben Schwierigkeiten gab? Sie schien im Bilde zu sein, jedenfalls griff sie nach der Hand des Polizeibeamten und schüttelte sie, während sie strahlte, als würde sie nach langer Zeit endlich einen alten Bekannten wiedersehen.

»Guten Tag, ich bin Ingeborg Boysen. Und Sie sind – ?«
»Das ist Herr Gärtner, er kommt vom Grenzkommissariat in Niebüll.«
Nicolai bemühte sich ebenfalls um ein Lächeln, mochte ihm auch noch so wenig danach zumute sein. Der Polizeibeamte dagegen wirkte überrascht bis verwirrt. Ingeborgs Erscheinen hatte ihn wohl aus dem Konzept gebracht, und das war erfreulich. Behutsam legte Nicolai legte einen Arm um die Schulter seiner Frau. Ganz Hotelchef und Mann von Welt, nickte er dem Nazi freundlich zu, als hätte dieser soeben den Entschluss gefasst, mindestens für eine Woche als Gast bei ihnen abzusteigen. Das Ganze nahm die Formen einer Komödie an, aber alles, was den Mann in Grau von seinem eigentlichen Ziel ablenkte, war willkommen. Nicolai sah seine Frau an.
»Darf ich übrigens vorstellen? Herr Gärtner, das ist meine Gattin.«
»Freut mich, gnädige Frau.«
Gärtner deutete eine Verbeugung an und verstummte sichtlich irritiert. Ingeborg dagegen schauspielerte perfekt. Sie plapperte drauflos, fragte den Polizisten nach dem Woher und Wieso, und Bett und Rucksack waren vergessen. Sie nickte zu allem, was Paul Gärtner ihr erklärte, und zeigte dabei Verständnis für sein Anliegen – mehr jedenfalls, als der Mann bei seiner bisherigen Mission von Nicolai hatte erwarten dürfen. Als Gärtners Redefluss für einen Moment versiegte, sah Ingeborg Nicolai an.
»Ich möchte die Herren nicht stören, aber es muss jemand zum Bahnhof, um die neuen Gäste abzuholen. Ich wäre dir dankbar, wenn du fahren könntest, Nicolai. Andreas ist noch nicht aus dem Dorf zurück, und ich bin in der Küche beschäftigt.«
Nicolai schwieg, aber innerlich jubilierte er. Damit war der fällige Beweis geliefert: Andreas Bütow war offiziell außer

Haus, er hatte nicht gelogen. Ingeborg musste Bescheid wissen, vermutlich hatte Andreas sie eingeweiht – anders war es nicht zu erklären, dass sie ihm gerade jetzt das Stichwort für einen glaubwürdigen Abgang verschaffte. Mit gespielter Besorgnis warf er einen Blick auf seine Armbanduhr.

»Du hast Recht, Liebes, es wird Zeit für die Fahrt zum Bahnhof. Wenn Sie keine Fragen mehr haben, würde ich mich gern verabschieden, Herr Gärtner.«

Unglücklicherweise schien die Farce noch nicht ganz geglückt, denn der Nazi reagierte nicht. Ungenutzt verstrichen angstvolle Sekunden, bis er sich geschlagen gab. Dafür kapitulierte er dann scheinbar voll und ganz, jedenfalls äußerlich bot er den Anblick eines geschlagenen Kriegers. Seine Schultern sackten ein Stück nach vorn, er fiel ein Stück in sich zusammen.

»Nun gut, das war es dann meinerseits fürs Erste. Ich werde wiederkommen, wenn Herr Bütow im Haus ist. Sie hören von mir.«

»Darf ich Sie hinunterbegleiten?« Ingeborg machte einen Schritt auf die Tür zu, aber der Polizeibeamte hob abwehrend die Hand.

»Bemühen Sie sich nicht, gnädige Frau, ich kenne den Weg.«

Er ging, aber an der Tür angekommen zögerte er noch einen Augenblick, bevor er dann endlich draußen in dem dunklen Gang verschwand, der zur Treppe führte. Seine Schritte entfernten sich. Sicherheitshalber wartete Nicolai, bis er die Eingangstür in der Halle ins Schloss fallen hörte. Dann konnte er sich nicht länger zurückhalten, er prustete los. Lachend zog er seine Frau an sich.

»Fantastisch, Mädchen, du bist ein Engel. Du bist genau im richtigen Moment gekommen, weißt du das? Kannst du hellsehen?«

»Nicht dass ich wüsste. Andreas war bei mir in der Küche und hat mir erzählt, was los ist, da hielt ich es für besser, einzugreifen. Wo sind die Flugblätter?« Sie ging in die Knie und warf einen Blick unter das Bett. »Im Rucksack, oder?«

Nicolai bückte sich und spähte gleichfalls unter das Bett. »Ich habe keine Ahnung, was da drin ist, aber irgendetwas hat es mit dem Rucksack auf sich. Vermutlich hortet Andreas tatsächlich verbotenes Material. Was machen wir mit dem Knaben? Wenn die Polizei ihn auf dem Kieker hat, könnte es für uns alle unangenehm werden. Vielleicht sollten wir ihn wegschicken. Mag Thomas sich um ihn kümmern, wenn ihm der Junge wirklich so viel bedeutet.«

»Einen Rauswurf, nur wegen der Geschichte heute? Das wäre ziemlich hart, findest du nicht? Andreas hat Hannes aufgespürt, vergiss das nicht.«

Ohne auf eine Antwort zu warten, zerrte Ingeborg den Rucksack unter dem Bett hervor. Sie schüttelte das Stück Stoff.

»Viel ist da nicht drin, er ist ganz leicht. Höchstens ein Packen Papier, ein Buch vielleicht?«

Ungeduldig nestelte sie an der Kordel, aber die war fest verschnürt und ließ sich nicht lösen. Hilfesuchend warf sie ihrem Mann einen Blick zu, bevor sie das Interesse an dem Rucksack verlor und das Ding mit einem Tritt unter das Bett zurückbeförderte.

»Ach, zum Teufel damit. Weißt du was, Nico? Ich werde den Verdacht nicht los, dass Andreas sich mit dem Hufschmied zusammengetan hat. Die beiden gehen gemeinsam nach Dänemark; als ich ihn gestern Nacht erwischt habe, wollte er bestimmt zu so einer Tour aufbrechen. Du musst mit Andreas darüber reden. Mach ihm klar, dass wir keinen Ärger mit der Polizei haben wollen.«

»Wozu die Mühe? Schicken wir ihn einfach nach Hause, das wird ihm eine Lehre sein.«

»Bitte nicht, noch nicht.« Ingeborg schmiegte sich an Nicolai und warf ihm einen bittenden Blick zu. Sie musste tatsächlich einen Narren an dem Jungen gefressen haben, das war

erstaunlich. Anscheinend besaß dieser junge Spund das gewisse Etwas, was Frauen anging. Ingeborg jedenfalls war bereit, für ihren Schützling zu kämpfen, das war ihr anzusehen. Nicolai seufzte, während sie ihn sanft auf die Wange küsste.
»Andreas hat eine Gnadenfrist verdient, Nico. Sprich mit ihm, mach ihm klar, dass er seine politischen Feldzüge anderswo durchziehen muss. Ich denke, das dürfte reichen, oder?«
»Also gut, ich werde ihn mir vorknöpfen. Und jetzt muss ich mich beeilen, wenn ich unsere Gäste noch rechtzeitig vom Bahnhof abholen will.«
»Welche Gäste denn? Heute reist doch niemand an.«
»Ich weiß. Das sollte ein kleiner Scherz meinerseits sein, zur Erinnerung an unsere Komödie von eben.«
Er zog Ingeborg an sich und atmete den warmen Duft auf ihrer Haut ein, den ihr Parfüm verströmte. Wie wunderbar, dass sie sich in der letzten Nacht so zärtlich und nach allen Regeln der Kunst versöhnt hatten. Hannes' Flucht und die Suche nach ihm hatte sie einander wieder näher gebracht, die Geschichte mit der Spielbank schien vorerst kein Thema mehr. Ingeborg lächelte, also küsste er sie, während er sich in Gedanken dazu beglückwünschte, eine so einfallsreiche und intelligente Frau zu haben, die er noch immer liebte, als wären sie einander gerade zum ersten Mal begegnet.

»Der Nächste, bitte!«
Die Sprechstundenhilfe, die im Türrahmen des Wartezimmers stand, warf über den Rand ihrer Brille hinweg einen prüfenden Blick in die Runde. Obwohl Andreas wusste, dass er an der Reihe war, erhob er sich nur zögernd. Er hatte fast eine Stunde darauf gewartet, vorgelassen zu werden, doch als es jetzt endlich so weit war und er ins Allerheiligste vordringen durfte, fühlte er sich plötzlich wie betäubt. Warum saß er überhaupt hier herum? Hatte er nicht genügend an-

dere Sorgen? Wie kam er dazu, den Simulanten zu mimen, nachdem er gestern haarscharf dem Verhör durch die Polizei entgangen war, die seinetwegen einen Beamten aus Niebüll geschickt hatte? Anstatt zu Tom Brode zu gehen und ihn zu warnen oder anstatt wenigstens über sein weiteres Vorgehen nachzudenken, hockte er wie ein hypnotisiertes Karnickel in der Praxis von Doktor Lehmann und erwartete sein weiteres Schicksal in Gestalt eines Arztkittels. Die von ihm als Vorwand erfundene Erkältung mit den Ohrenschmerzen war eine lächerlich geringe Tarnung, denn das bisschen Schnupfen, das er sich wirklich aufgesackt hatte, war risikolos auch ohne ärztlichen Beistand zu überstehen. Nur sehr zögernd folgte er der Sprechstundenhilfe. Sollte er wirklich darauf beharren, zu Dorothee vorgelassen zu werden? Das Fräulein Doktor hatte gerade heute Morgen alle Hände voll zu tun. Die Leute um ihn herum wirkten alle um einiges kränker als er.

»Also? Was ist mit Ihnen, junger Mann?«

Die Sprechstundenhilfe winkte ihn heran, sie schien es eilig zu haben. Langsam setzte er sich wieder in Bewegung, während er insgeheim noch immer darüber nachdachte, was er Dorothee Beck sagen sollte, wenn er ihr gleich gegenüberstand. Je näher der Moment kam, desto mehr sank sein Mut, schließlich waren ihre bisherigen Begegnungen ganz und gar nicht so gelaufen, wie er es sich erträumt hatte. Er war verliebt, und der einzige Grund für seine Anwesenheit in ihrer Sprechstunde war, dass er sich mit ihr verabreden wollte – aber durfte er ihr das auch sagen?

Noch immer unentschlossen folgte er der Brillenschlange in das Sprechzimmer. Sie jedenfalls interessierte sich nicht im Mindesten für sein privates Elend, sondern ordnete ungerührt einen Stapel von Papieren auf dem Schreibtisch von Fräulein Doktor, bevor sie mit der rechten Hand mechanisch ihre Brille ein Stück den Nasenrücken hinaufschob. Hatte ihr

schon mal jemand gesagt, dass dieses Monstrum von Brillengestell nicht zu ihrem winzigen Spitzmausgesicht passte?
»Warten Sie bitte. Das Fräulein Doktor wird gleich bei Ihnen sein.«
Abrupt wandte sie sich ab, schloss mit einem Ruck die Tür und war verschwunden. Die Spitzmaus hatte ihn nicht aufgefordert, Platz zu nehmen, dabei fühlte er sich gerade in diesem Moment ein wenig schwach in den Knien, und das nicht nur, weil er heute kaum etwas gefrühstückt hatte. Vielleicht war er einer Ohnmacht nahe? Kreislaufversagen aus Liebeskummer, kannte die medizinische Fachwelt solche Fälle?
Ratlos sah er sich um, aber leider gab es im Sprechzimmer kaum Sitzgelegenheiten. Der Raum war vermutlich früher zu anderen Zwecken genutzt worden, denn er war vollgestopft mit medizinischen Apparaten. Offenbar nahm Fräulein Doktor es in Kauf, dass ihre Patienten reihenweise in die Knie gingen, während sie auf ihre Hilfe warteten. Während er sich umsah, überfiel ihn wieder die Scheu vor dem Wiedersehen mit Dorothee Beck. Noch konnte er unauffällig verschwinden, noch war sie nicht aufgetaucht. Doch wenn er sich jetzt davonschlich, würde er ihr wahrscheinlich so bald nicht wieder gegenüberstehen. Dass sie sich in nächster Zeit zufällig über den Weg liefen, schien ihm ungewiss. Schließlich musste er das Hotel in Kampen wienern, während sie hier in Westerland praktizierte. Er musste es wohl durchstehen, davonzulaufen war feige und würde ihn nicht weiterbringen.
In diesem Moment klappte die Tür. Schon allein das Geräusch ließ ihn zusammenfahren, und dennoch zwang er sich dazu, sich betont langsam umzudrehen. Wie erwartet sah er sich Dorothee Beck gegenüber, doch sie wirkte nicht gerade begeistert darüber, ihn vor sich zu haben. Kein Lächeln, keine Spur von Freude, nur Verwunderung. Er versuchte die Enttäuschung über ihre Reaktion hinunterzuwürgen, fühlte aber

dennoch, wie seine Nervosität stieg. Das fing ja gut an – und wo war jetzt der Don Juan in ihm, der ihn hierher getrieben hatte?
Dorothee Beck marschierte schweigend zu ihrem Schreibtisch, sie hielt sich kerzengerade wie ein General vor der Schlacht. Schade, dass sie ihm nicht einen Blick dabei gönnte.
»Guten Morgen, Herr Bütow. Was führt Sie zu mir? Wieder mit dem Eselskarren in ein Automobil gerast?«
Jetzt immerhin wirkte sie amüsiert, sie schaute auf und lächelte kurz. Was bedeutete das? Hatte sie ihn etwa auf Anhieb durchschaut und machte sich jetzt über ihn lustig? Vermutlich war das gar nicht besonders schwer, denn er sah im Vergleich zu den bleichen Gespenstern in ihrem Wartezimmer nicht wirklich krank aus. Nicht einmal angeschlagen wirkte er, wenn man von seiner geröteten Nasenspitze absah. Wenn ihn wenigstens noch ein Husten geplagt hätte, mit dem er jetzt hätte auftrumpfen können, aber er hatte keinen. Der letzte Regenschauer, der ihn und Tom Brode neulich Nacht auf dem Weg zur dänischen Grenze erwischt hatte, war schon unangenehm gewesen, hatte ihm aber nichts weiter als eine Rotznase eingebracht.
Während er noch überlegte, was er vielleicht als zusätzliche Rechtfertigung für seinen Besuch anbringen konnte, war Dorothee Beck schon auf dem Weg zum Fenster, das sie öffnete, um frische Luft hereinzulassen. Vielleicht konnte er einen neuen Virus erfinden, ein bisher unentdecktes Syndrom mit einem völlig neuen Beschwerdebild? Vergeblich. Die schöne Dorothee schien sich mit Diagnosen nicht aufhalten zu wollen, sie sichtete schon die Post auf ihrem Schreibtisch und sah auch nicht auf, als sie wieder zu sprechen begann.
»Also, was machen Ihre Fahrkünste, junger Mann? Haben Sie ein bisschen mit dem Esel geübt?«

»Er hat ein bisschen mit mir geübt, würde ich sagen.«

Dorothee drehte sich um und lächelte, der kleine Scherz schien ihr zu gefallen, was ihn wiederum freute – aber das Gefühl hielt nicht lange an. Sie kam näher und schien dabei routinemäßig seine Gesichtsfarbe, seine Körperhaltung und den Ausdruck seiner Augen zu prüfen. Nun stand also doch eine Diagnose an. Aber natürlich war ihm klar, dass sie bei ihm nichts finden würde. Er fieberte nicht, und er hatte keine Schmerzen – wenn man von dem Liebeskummer absah, den sie ihm bereitete.

»Also? Was fehlt Ihnen? Warum sind Sie hier?«

Ihr Interesse verebbte scheinbar, sie wandte sich ab und ging zum Schreibtisch zurück, hinter dem sie sich niederließ. Unglücklich und verloren, wie er war, wusste er nichts Besseres, als seine Hände in die Hosentaschen zu schieben und zu Boden zu sehen.

»Was mir fehlt? Ich kann keine Nacht mehr richtig schlafen, Fräulein Doktor. Akute Herzbeschwerden, Atemnot und Verwirrungszustände. Wenn Sie mit mir ausgehen würden, könnte mich das bestimmt kurieren. Es würde meiner Einsamkeit abhelfen, ganz ohne Krankenschein. Am Mittwochnachmittag, wie wäre das? Da ist die Praxis doch geschlossen, oder?«

Er redete wirres Zeug, er wusste es. Ihr Blick verriet nicht, woran sie dachte, aber er rechnete mit dem Schlimmsten Hielt sie ihn für betrunken oder verrückt? Einen Moment lang geschah gar nichts, dann lächelte sie.

»Stimmt schon, ich habe mittwochs frei, aber …«

»Ich werde auch nicht mit dem Eselskarren kommen, das verspreche ich. Ich leihe mir ein Automobil für Ihren freien Tag, was halten Sie davon?«

»Ein Automobil leihen? Das kostet Sie aber einiges. Geldsorgen scheinen Sie nicht zu haben. Sonst irgendwelche Beschwerden?«

»Mir genügt das, was ich Ihnen schon geschildert habe. Mein Bedarf an Beschwerden ist gedeckt.«
Er schaute sie an und lächelte hilflos. Wahrscheinlich hielt sie ihn für einen Trottel, was sonst? Obwohl er das ahnte, konnte er sich nur schwer auf das Gespräch konzentrieren, die Frau ihm gegenüber war einfach zu schön. Nicht einmal der nüchterne Leinenkittel, den sie trug, konnte ihrem Glanz etwas anhaben. In der Praxis trug sie ihre Haare aufgesteckt, das war immerhin eine Entdeckung, die ihm sonst verborgen geblieben wäre. Wenigstens nahm er von diesem Besuch die Erinnerung an ein neues Bild von ihr mit in seine kleine Kammer unter dem Dach.
Sie beugte sich vor. »Tut Ihnen etwas weh, meine ich? Haben Sie Schmerzen oder Fieber?«
»Ja. Nein – nicht im medizinischen Sinne jedenfalls. Das sagte ich doch schon, oder?«
Er brauchte einen Moment, um zu begreifen, dass sie offenbar nicht die Absicht hatte, auf seine Einladung einzugehen. Enttäuscht darüber, dass sie so unzugänglich wirkte, schüttelte er den Kopf. »Schnupfen habe ich, mehr nicht. Nicht der Rede wert, eigentlich.«
Dorothee Beck lachte. »Das ist doch wenigstens eine gute Nachricht – dass es Ihnen gut geht, meine ich. Wenn ich in mein Wartezimmer schaue, ist das bei den meisten Menschen in Westerland heute scheinbar nicht der Fall.«
Er lächelte flüchtig, auch wenn ihm der Gesundheitszustand anderer Leute im Augenblick völlig gleichgültig war. Dorothee senkte den Blick und begann zu schreiben. Näherte sich ihr Zusammentreffen etwa schon seinem Ende? Machte sie sich etwa Notizen für sein Krankenblatt – der Patient Bütow leidet unter Wahrnehmungsstörungen und ist desorientiert? Er hatte gehofft, dass sie sich näher kommen würden bei diesem Besuch. Ahnte sie wenigstens, was in ihm vorging, oder wollte sie es gar nicht wissen? Anstatt sie danach zu fragen,

beobachtete er schweigend, wie sie schrieb, den Oberkörper vorgebeugt und eine Hand auf die Tischplatte gelegt. Endlich sah sie auf.

»War noch etwas?«

Ihr verständnisloser Blick machte ihm deutlich, dass sie seine Bitte um ein Rendezvous nicht als ernsthaftes Angebot aufgefasst haben konnte. Vermutlich hielt sie ihn für eine Art Pausenclown, den sie für eine Antwort auf seine Frage nach einem privaten Treffen nicht für würdig erachtete. Vielleicht tat sie das nicht einmal zu Unrecht, schließlich hatte ihn sein eigener Auftritt bisher auch nicht überzeugt. Jetzt hatte er die letzte Möglichkeit, das zu ändern. Wenn er insistierte, würde er ihr vielleicht doch noch eine Verabredung abtrotzen. Er beugte sich vor und suchte ihren Blick. Sie hatte aufgehört zu schreiben und sah ihn an.

»Haben Sie sich denn unseren Termin notiert, Fräulein Doktor?«

»Sie wollen wirklich hierher kommen, mit einem gemieteten Automobil?«

»Allerdings. Mittwochnachmittag, 16 Uhr, hier vor der Praxis. Ich werde pünktlich sein.«

Es schien ihm zu riskant, noch länger zu warten, denn eine ablehnende Antwort konnte alle seine Hoffnungen zerstören. Also ging er zur Tür, die sich plötzlich vor ihm öffnete. Die Bebrillte war wieder da, diesmal mit hektischen roten Flecken im Gesicht. Sie musste ein dringendes Anliegen haben, denn sie wirkte ungeheuer nervös.

»Tut mir Leid, wenn ich störe, Fräulein Doktor, aber der Herr Lehrer hat eben angerufen. Seine Frau ist in Ohnmacht gefallen. Sie kommt nicht wieder zu Bewusstsein, er hat alles versucht, sagt er.«

»Ich komme sofort.«

Dorothee Beck stand auf und griff nach ihrer Tasche, die auf einem Tisch an der Wand stand. Hastig streifte sie ihren Kit-

tel ab, während die Sprechstundenhilfe sich aus dem Türrahmen zurückzog. Das schöne Fräulein Doktor stürmte aus dem Raum und an ihm vorbei, ohne ihm auch nur noch einen Blick zu gönnen. Krachend fiel die Tür hinter ihr ins Schloss. Andreas blieb allein zurück, ein wenig verunsichert und enttäuscht. Würde sie denn jetzt mit ihm ausgehen? Er würde am Mittwochnachmittag herkommen und abwarten müssen, was geschah. Vermutlich benahm er sich allzu sehr wie ein verliebter Trottel, aber was blieb ihm sonst übrig? Wenn er nicht wieder herkam, würde er Dorothee nicht so bald wiedersehen. Die Arbeit im Hotel war öde, seine Touren mit Tom Brode über die Grenze machten ihn allein auch nicht glücklich. Es freute ihn, dass er wider Erwarten mit dem Hufschmied Freundschaft geschlossen hatte. Es war angenehm, einen Gesinnungsgenossen gefunden zu haben – aber seine Gedanken waren so oft bei Dorothee, dass er wenigstens versuchen wollte, sie gegen alle Wahrscheinlichkeit zu erobern.
Nachdenklich marschierte er den Flur hinunter und hielt auf den Ausgang der Praxis zu, während er überlegte, was Dorothee Beck von ihm halten mochte. Wie lange würde er sich mit seiner Werbung noch zum Idioten machen können, ohne alle Selbstachtung zu verlieren? Andererseits war eine Schönheit wie sie bestimmt jeden Einsatz wert. Und außerdem – war es nicht im Grunde herrlich aufregend, dieses wunderbare, entsetzliche, unbeschreibliche Durcheinander in seinem Herzen?

Johannes Lehmann hörte den Lärm draußen vor seinem Sprechzimmer. Türen wurden geöffnet und wieder zugeschlagen, Schritte hallten über den Gang. Dennoch kümmerte er sich nicht weiter darum. Wenn sie ihn brauchten, würden sie ihn schon holen. Sein Blick ruhte auf seiner Patientin. Inken Sommer saß auf der anderen Seite seines Schreibtisches und hielt den Kopf gesenkt. Sie kämpfte sichtlich mit den Tränen.

Endlich, nachdem er eine ganze Weile geduldig und schweigend gewartet hatte, sah sie auf.
»Meinen Sie wirklich, dass das nötig ist, Herr Doktor?«
»Ja, das meine ich. Meiner Ansicht nach sollten Sie einen Facharzt konsultieren, und zwar sehr bald.«
Er spürte, dass ihr Blick ihm folgte, als er aufstand und zum Waschbecken ging. Er wusste, sie hatte eine panische Angst vor Krankenhäusern, seitdem sowohl ihr Vater als auch ihr einziger Bruder infolge von mutmaßlich missglückten Operationen gestorben waren. Natürlich konnte er verstehen, dass sie sich fürchtete, doch ihre Furcht war ganz unbegründet. Dennoch lag es scheinbar nicht in seiner Macht, ihr begreiflich zu machen, dass es nur darum ging, die Ursache für ihre Atemnot zu klären. Noch hatte niemand vor, sie zu operieren, aber die anstehenden Untersuchungen mussten in einer modernen Klinik erfolgen, weil es nur dort genügend Fachärzte und die nötigen Instrumente gab. Er hatte mit ungeheuer viel Geduld versucht, Inken Sommer verständlich zu machen, was sie erwartete, aber ihre Reaktion darauf war immer noch Ablehnung.
Mit einem Seufzer drehte er den Wasserhahn am Waschbecken auf und sah zu, wie das kühle Wasser über seine Handflächen lief. Es war ziemlich heiß für die Jahreszeit, viel zu heiß für seinen Geschmack. Seiner Erinnerung nach hatte er auf der Insel seit langem keinen Frühsommer wie diesen erlebt.
»Aber wenn ich nach Husum ins Krankenhaus fahre, muss ich doch nicht unbedingt bleiben, oder? Es ist nicht weit, ich könnte am Abend zurückkommen.«
Er warf einen Blick in den Spiegel über seinem Waschbecken. Inken Sommer trug ein keckes, blaues Nachmittagskleid mit hellen Schößchen, das ihre noch immer zierliche Taille betonte, doch ihr Gesicht war kreideweiß. Ruhelos knetete sie das weiße Spitzentaschentuch zwischen ihren Fingern, das davon schon völlig zerknittert war.

»Ich glaube nicht, dass ein Tag ausreichen würde, um Sie gründlich zu untersuchen, Frau Sommer. Es wird wohl zwei oder drei Tage dauern, bis ein verlässlicher Befund aus dem Labor da ist.«

Johannes griff nach dem Handtuch, das neben dem Handwaschbecken am Haken hing, und begann, sich gründlich die Hände abzutrocknen. Seine Patientin rutschte unruhig auf ihrem Stuhl herum. Wahrscheinlich würde er, wenn er sich gleich umdrehte, entdecken, dass sie schon wieder mit den Tränen kämpfte. Tränen und stumme Vorwürfe, eine Leidensmiene, die einen Stein erweichen konnte, und dazu ihre zitternde Stimme, das waren ihre oft erprobten Waffen. Im Grunde war Inken Sommer eine sanftmütige Frau, aber Tapferkeit gehörte nicht zu ihren Tugenden. Wenn etwas nicht so lief, wie es laufen sollte, begann sie zu weinen und zu klagen, er wusste das, schließlich war sie seit Jahren bei ihm in Behandlung.

Langsam drehte Johannes sich um und schaute sie an – wie erwartet hockte sie wie ein Häuflein Elend auf ihrem Stuhl. Früher war sie eine Schönheit gewesen, eine schlanke Frau mit tiefgrünen Augen und langen Beinen, die immer auf einen Schwarm von Verehrern hatte zurückgreifen können. Eines schönen Tages hatte sie sich für einen Mann aus ärmlichen Verhältnissen entschieden und ihn in aller Stille geheiratet. Paul Sommer war ein Habenichts aus Rantum gewesen, der aus einer Fischerfamilie stammte. Im Ort war bekannt, dass er seine Frau regelmäßig mit anderen Frauen hinterging. In den letzten Jahren hatten Inken Sommer nicht mehr gegen die Treulosigkeit ihres Mannes gekämpft, sondern einfach resigniert. Immer häufiger wirkte sie erschöpft und müde. Es schien, als hätte das Leben, das so verheißungsvoll für sie begonnen hatte, vergessen, seine Versprechen an ihr wahr zu machen.

Jetzt hob sie den Kopf. Auf ihrer Oberlippe glitzerten

Schweißperlen, in ihrem Haar schimmerten die ersten grauen Strähnen. Aus ihren immer noch schönen grünen Augen schaute sie ihn an, als erwarte sie, dass er seine Diagnose noch einmal überdenken und ihr eine andere anbieten würde, wenn sie ihn darum bat – aber er blieb stumm und wartete. Sie musste akzeptieren, was er gesagt hatte, es gab keine andere als diese eine Wahrheit.

»Und was ist, wenn ich nicht nach Husum gehe?«

Ihre Stimme klang matt, als wüsste sie, dass sie ungehorsam war. Er durfte in ihr nicht die Hoffnung wecken, dass ihre immer häufiger auftretenden Asthmaanfälle sich von allein beruhigen würden, denn das war eine Illusion. Wenn sie nicht nach Husum ging, verlor sie kostbare Zeit, und das war gefährlich.

Johannes schüttelte den Kopf. »Sie haben Asthma, Frau Sommer. Ihr Vater litt an einem Lungenemphysem, eine Ihrer Tanten väterlicherseits hatte die Schwindsucht. Probleme mit Atmungsorganen liegen bei Ihnen in der Familie, das wissen Sie. Es bringt nichts, einfach zu warten. Von allein wird sich die Situation nicht bessern. Wir sollten alles tun, um die Ursache für Ihre Beschwerden zu klären. Und genau das kann nur in einem Krankenhaus geschehen.«

Er wandte sich vom Waschbecken ab und kehrte zu seinem Schreibtisch zurück, während Inken Sommer noch einmal ihr Taschentuch zückte und sich damit über die von Tränen feuchten Wangen fuhr. Er konnte ihre Angst nachempfinden, und es tat ihm Leid, dass sie litt, aber er durfte nicht nachgeben. In der Klinik in Husum würde man ihr nicht den Kopf abreißen. Vielleicht tat es ihr sogar ganz gut, für ein paar Tage die Alltagssorgen zu vergessen. Johannes Lehmann griff zu seinem Füllfederhalter und dem Rezeptblock, um eine Einweisung zu schreiben.

»Ich überweise Sie an Professor Claassen, das ist ein ausgezeichneter Facharzt. Bei ihm sind Sie in guten Händen.«

Während er schrieb, hörte er Inken Sommer leise schluchzen, bis es plötzlich still wurde. Überrascht sah er auf. Seine Patientin hatte sich aufgerichtet. Ein Zug von Entschlossenheit lag auf ihrem Gesicht, den er an ihr so nicht kannte. Erstaunt hob er die Augenbrauen und wartete, was kommen würde, wobei ihm schwante, dass der Entschluss, den sie eben gefasst haben musste, ihm sicher missfallen würde. Sie nestelte einen Moment am Kragen ihres Kleides, dann räusperte sie sich.

»Operieren lass ich mich nicht, Herr Doktor. Mein Bruder ist nach seiner Operation nicht wieder aufgewacht, und der war noch keine dreißig Jahre alt.«

Seufzend schüttelte Johannes den Kopf. Er sah keinen Sinn darin, seiner Patientin noch einmal zu erklären, dass eine Operation in ihrem Fall nicht beabsichtigt war. Im Übrigen war sie noch nicht fertig mit ihrer Ansprache, das spürte er. Tatsächlich richtete sie sich in ihrem Stuhl kerzengerade auf und schaute ihm ins Gesicht.

»Ich möchte, dass Fräulein Doktor Beck mich untersucht. Ist sie da?«

»Wie bitte?«

»Fräulein Doktor Beck soll mich untersuchen. Ich möchte ihr Urteil hören, am liebsten jetzt gleich, damit ich nicht noch einmal kommen muss. Ich kann die Kinder nicht so oft allein lassen, deshalb.«

Er legte seinen Stift beiseite und sah Inken Sommer an, doch sein Blick schüchterte sie nicht ein. Sie wartete auf seine Entscheidung, es blieb ihm nichts anderes übrig, er würde Stellung beziehen müssen. In Gedanken suchte er nach einer Möglichkeit, seine Patientin zurechtzuweisen, ohne sie zu verletzen, doch sie wollte ihm keine Zeit für eine Erwiderung lassen, sie sprach schon weiter.

»Ich habe gehört, dass Fräulein Doktor Beck besonders tüchtig ist. Sie kommt aus Berlin, und ich weiß, dass die Charité das beste Krankenhaus in Deutschland ist. Deshalb möchte ich mit ihr sprechen, bevor ich mich festlege.«

Johannes war nahe daran, wütend zu werden. Fräulein Doktor Beck hier und Fräulein Doktor Beck dort – seitdem diese Person in seiner Praxis arbeitete, hörte er nur noch ihren Namen. Wofür hielten die Leute ihn eigentlich? Für einen Medizinmann aus dem Busch, der auf dem Kenntnisstand primitiver Naturvölker an ihnen herumdokterte? Er hatte in Leipzig und Hamburg Medizin studiert, er praktizierte mit der Erfahrung aus zwanzig Berufsjahren. Das fabelhafte Fräulein Doktor besaß noch nicht einmal die Hälfte seiner Berufspraxis – aber allein die Tatsache, dass sie ein paar Jahre in der Gesellschaft irgendwelcher Kapazitäten verbracht hatte, schien sie für Höheres zu qualifizieren. Dabei würde auch sie keine andere Empfehlung aussprechen als er. Die Untersuchungen, die im Fall von Inken Sommer gemacht werden mussten, waren nur in Husum oder Kiel zu haben. Doch was halfen ihm diese Einsichten? Trotzig und mit vorgeschobener Unterlippe hockte die Patientin auf ihrem Stuhl, scheinbar fest entschlossen, mit ihm zu streiten. Mochte sie tun und lassen, was sie wollte – was ihn wirklich störte, war die Tatsache, dass seine Reputation so deutlich im Schwinden begriffen war, seitdem er Dorothee Beck in seine Praxis aufgenommen hatte. Womöglich würden demnächst alle seine Patienten zu ihr pilgern, nur weil sie an der legendären Charité gearbeitet hatte. Selbst von den treuesten seiner Patienten hatten sich schon einige in die Hände von Dorothee Beck begeben.

Wie auch immer, er würde nicht mit Inken Sommer darüber debattieren. Er schaute seine Patientin an und versuchte, seiner Stimme einen ruhigen Klang zu geben, als er zu sprechen begann.

»Wenn Sie einen Termin bei Fräulein Doktor Beck haben möchten, müssen Sie sich an Frau Hälmerich im Vorzimmer wenden. Sie kennen den Weg.«

Schweigend ließ er sich gegen die Rückenlehne seines Stuhles sinken. Achtlos schob er mit einer Hand die Einweisung beiseite, die er geschrieben hatte, und wartete darauf, dass Inken Sommer ging. Es dauerte noch einen Moment, bis sie begriff, dass er nicht die Absicht hatte, das Gespräch mit ihr fortzusetzen. Jetzt, da sie scheinbar verstanden hatte, dass er gekränkt war, wirkte sie verstört. Langsam stand sie auf und ging zur Tür, die sie leise hinter sich zuzog.

Erleichtert darüber, allein zu sein, schloss er für einen Moment die Augen. Die Wut, die er eben noch gespürt hatte, war verpufft. Er fühlte sich müde und war erschöpft. Was war nur los mit ihm? Immer öfter spürte er, dass seine Arbeit ihm keine Freude mehr bereitete. Er schien wie gelähmt durch seine ständige Unentschlossenheit. Manchmal war er nahe daran, alles aufzugeben und die Praxis der jungen Kollegin anzubieten, die im Gegensatz zu ihm alles konnte und alles wusste. Leider war er noch nicht in dem Alter, in dem er sich ruhigen Gewissens ins Privatleben hätte zurückziehen dürfen. Bevor diese Karrierefrau in sein Leben getreten war, hatte er solche Anwandlungen nicht gehabt, doch seitdem er jeden Tag aufs Neue mit den Wundern konfrontiert wurde, die ein Fräulein Beck bewirkte, zweifelte er an sich selbst.

Natürlich ging es nicht nur um den Fall Inken Sommer. Johannes wusste, dass die Patientin seinen Befund nicht akzeptierte, weil ihre Angst vor allem Unbekannten sie daran hinderte. Hätte Dorothee Beck ihr diese Einweisung in eine Klinik vorgeschlagen, wäre sie womöglich zu ihm gekommen, damit er ihr etwas anderes empfahl. Was ihm wirklich zu schaffen machte, war die Tatsache, dass alle Welt Dorothee Beck für die bessere Ärztin hielt. Sie war so sehr zur Konkurrentin im eigenen Haus geworden, dass Johannes Mühe hatte, sie noch länger um sich zu dulden. Er kämpfte um seinen guten Ruf als Mediziner, weil eine junge Frau diesen Ruf in Frage

stellte – jeden Tag aufs Neue und mit jedem Patienten, den sie ihm abspenstig machte.
Johannes seufzte leise. Er war wirklich hundemüde. Sein Kopf sackte ein Stück nach unten, er musste sich aufstützen, um Halt zu finden. Das Schlimmste an seiner Misere war, dass er nicht die leiseste Idee hatte, wie er mit ihr fertig werden sollte, bevor sie ihm endgültig über den Kopf wuchs und er einen absolut unverzeihlichen Kunstfehler machte. Lag es wirklich nur an Dorothee Beck, dass alles so gekommen war?

Kapitel 8

Nicolai hockte auf dem Rand des Doppelbettes im Meinert'schen Schlafzimmer und starrte auf den Fußboden. In Gedanken wünschte er sich weit fort, mindestens ins Hotel zurück, aber am liebsten in eine noch weiter entfernte Ecke der Welt. Es musste doch einen Ort geben, wo er sich nicht so fehl am Platz fühlte wie hier im Schlafzimmer seiner Schwiegereltern. Stumm wie ein Fisch saß er da, die Hände im Schoß gefaltet, und betrachtete immer wieder das Muster des Bettvorlegers – grüne Rauten auf blauem Grund. Er schwieg, denn er wusste nicht, worüber er mit Luise sprechen sollte, oder besser: worüber er noch versuchen sollte, mit ihr zu sprechen. Seine Schwiegermutter hockte in ihrem Sessel und rührte sich nicht, ihre einsilbigen Antworten auf jede an sie gerichtete Frage brachten das Gespräch immer wieder schnell zum Erliegen. Auch die Tatsache, dass Ingeborg sich im selben Raum aufhielt, änderte nicht viel an der Lage. Wie immer in solchen Situationen verstand gerade sie es auch heute meisterhaft, Geschäftigkeit vorzutäuschen und damit die Stille zu überspielen, die auf ihnen lastete. Unermüdlich lief sie zwischen dem geöffneten Kleiderschrank und dem Bett hin und her – dabei war der Koffer, den sie ihrer Mutter für die Reise aufs Festland gepackt hatte, schon längst fertig. Bestimmt zum hundertsten Mal holte sie Kleidungsstücke, die sie alle schon in der Hand gehabt hatte, heraus und packte sie wieder ein, es war ein endloses Hin und Her. Leicht entnervt wandte Nicolai den Blick vom offenen Schrank ab und sah stattdessen einer Stubenfliege zu, die erfolglos an der geschlossenen Fensterscheibe Fluchtversuche unternahm.

»Dein Morgenrock ist ziemlich schäbig, Mutter. Vielleicht sollten wir dir in Westerland noch einen neuen besorgen, bevor du losfährst – was meinst du?«

Ingeborg hielt ein geblümtes Stück Stoff hoch, das fadenscheinig wirkte, aber Luise Meinert hob nicht einmal den Kopf. Ihr schien es komplett egal zu sein, was sie ins Krankenhaus mitnahm und was nicht. Fertig angezogen für die Reise, saß sie in dem Ohrensessel neben dem Fenster und machte den Eindruck, als warte sie auf die eigene Exekution. Nicolai konnte verstehen, dass sie sich vor der anstehenden Operation fürchtete, aber war das ein Grund, um nicht mehr mit der eigenen Familie zu sprechen?

Resigniert betrachtete er seine Fingernägel. Warum hatte er Luise bloß seine Begleitung aufs Festland angeboten? Nun gut, er hatte nicht ahnen können, auf was er sich damit einließ. Seiner Schwiegermutter zuliebe hatte er dieses Angebot gemacht, denn auf Thiess war zur Zeit kein Verlass. Der Mann war schon seit Tagen so durcheinander, dass es Nicolai nicht ratsam erschienen war, ihn allein mit Luise nach Kiel zu schicken. Jetzt allerdings fragte er sich, ob es so nicht besser gewesen wäre, denn die Verfassung seiner Schwiegermutter würde die Reise wahrscheinlich zur Tortur werden lassen.

Ohne eine Antwort auf ihre Frage erhalten zu haben, legte Ingeborg den schäbigen Morgenrock ihrer Mutter zusammen und warf Nicolai kopfschüttelnd einen Blick zu, mit dem sie wohl zu verstehen geben wollte, dass ihre Geduld sich dem Ende näherte. Das konnte er nachvollziehen, schließlich mühten sie sich alle schon den ganzen Tag über vergeblich, Luise aufzumuntern. Sogar Fräulein Doktor Beck war heute Morgen noch einmal hier gewesen, um sich von ihr zu verabschieden. Ingeborg hatte ihrer Mutter versprochen, sie zu besuchen, und er opferte immerhin einen ganzen Tag, um sie zu begleiten.

Jetzt klappte Ingeborg den Koffer zu und ging damit zur Tür. Dort angekommen, drehte sie sich noch einmal um.

»Ich bringe das Gepäck runter, ja? In zwei Minuten bin ich zurück.«

Sie hatte mehr mit ihm als mit ihrer Mutter gesprochen, deshalb war er auch derjenige, der eine kurze Erwiderung murmelte, bevor er aufstand und zu Luise hinüberging. Er legte seine Hand auf ihren mageren Unterarm und zog das kleine Päckchen aus der Tasche seines Jacketts, das ihm die Jungen für ihre Großmutter mitgegeben hatten. Es war ein Abschiedsgeschenk, sie hatten lange und mit viel Eifer daran gearbeitet. Luise würde doch bestimmt merken, wie viel Zuneigung in dieser kindlichen Bastelei zum Ausdruck kam. Hannes und Stefan hatten sich nicht dabei helfen lassen wollen – sowohl die Idee als auch die Ausführung kam von ihnen allein. Behutsam legte Nicolai das längliche, in Seidenpapier gewickelte Päckchen in Luises Schoß.

»Das ist von den Jungen, sie schicken es mit lieben Grüßen. Du sollst es auf das Festland mitnehmen, haben sie gesagt.«

Endlich hob sie den Kopf. Ein flüchtiger Blick aus ihren dunkel umschatteten Augen streifte ihn, als sie nach dem Päckchen griff.

»Ach, wirklich? Von den Jungen?«

»Richtig. Willst du es nicht aufmachen und nachsehen, was es ist?«

»Doch, natürlich. Wie lieb von den beiden, mir etwas zu schenken.«

Ein kurzes Lächeln glitt über ihre müden Züge, während sie mit zitternden Fingern versuchte, das Seidenpapier abzustreifen, von dem das Päckchen umhüllt war. Es dauerte, er war nahe daran, einzugreifen, aber gerade in diesem Moment zerrte Luise einen Bilderrahmen mit einer Fotografie darin ans Tageslicht. Das Bild zeigte Luise mit ihren Enkeln im Sonntagsstaat auf der Hotelterrasse, alle lächelnd und offensichtlich vergnügt. Hannes hatte den Rahmen für das Foto aus Sperrholz ausgesägt und mit Muscheln beklebt, Stefan hatte noch ein dazu passendes Bild gemalt, auf dem das Hotel

aus der Vogelperspektive zu sehen war, mitsamt den Fahnenmasten und den Nebengebäuden.
Luise seufzte leise, sie war sichtlich gerührt. Vorsichtig strich sie über den Rahmen des kleinen Kunstwerks.
»Mein Gott, wie hübsch das ist. Sag den Jungen, ich habe mich sehr gefreut. Ich werde beides auf den Nachttisch in der Klinik stellen und an die Kinder denken, wenn ich es ansehe.«
»Ja, das richte ich ihnen aus.«
»Die Jungen sind eine Pracht, nicht wahr? Ich bin so froh, dass es sie gibt.«
»Das bin ich auch.« Nicolai lächelte bei dem Gedanken an seine Söhne, und Luise erwiderte sein Lächeln. Endlich zeigte sie eine menschliche Regung, bevor sie das Foto mit zitternden Händen in das zerknitterte Seidenpapier einschlug, das in ihrem Schoß liegen geblieben war.
»Weißt du, ich finde es nicht richtig, wenn die Ehepaare heutzutage so schnell auseinander laufen, nur weil es vorübergehend Schwierigkeiten in der Ehe gibt. Für euch war es doch auch richtig, dass ihr zusammengeblieben seid. Es war sehr anständig von dir, Ingeborg damals nach der Sache mit dem Doktor zu verzeihen, Nico. Aber sie hat dir ja auch mehr als einmal beigestanden, nicht wahr? Ehepaare müssen zusammenhalten, dafür ist die Ehe da.«
Nicolai hockte neben ihr am Boden, seine Hand lag auf der Sessellehne. Er fragte sich, wovon seine Schwiegermutter sprach. Er wusste es zu schätzen, dass sie doch noch versuchte, eine Unterhaltung in Gang zu bringen, hatte aber leider keine Ahnung, worüber sie redete. Die Sache mit dem Doktor? Es fiel ihm schwer, sich auf den Gegenstand des Gesprächs zu konzentrieren, denn seine Füße schmerzten angesichts der unnatürlichen Haltung, in der er neben Luises Sessel kniete. Langsam richtete er sich auf, den Blick noch immer auf seine Schwiegermutter gerichtet, die neben

ihm die Zeichnung betrachtete, die Stefan für sie gemacht hatte.
»Von welcher Sache mit dem Doktor sprichst du, Mutter?«
»Ach, du weißt doch, diese dumme Geschichte damals, gleich nach dem Krieg. Das Rote Kreuz hatte dich als vermisst gemeldet, erinnerst du dich nicht? Alle anderen Männer waren längst wieder zu Hause, nur von dir fehlte noch immer jede Spur. Ingeborg hielt dich für tot, mir ging es nicht anders. Deshalb passierte doch diese dumme Affäre mit Johannes Lehmann. Als du wieder hier aufgetaucht bist, war es natürlich sofort aus und vorbei. Wenn du mich fragst, war es allein Lehmanns Schuld, dass es so weit gekommen ist. Er hätte die Finger von Ingeborg lassen müssen. Schließlich war sie eine verheiratete Frau.«
Völlig verblüfft sah Nicolai zu, wie Luise den Sessel verließ und zu der Reisetasche ging, die geöffnet auf dem Bett stand. Sie schien harmlos mit ihm plaudern zu wollen, jedenfalls klang ihre Stimme beinahe heiter, obwohl das, was sie ihm da erzählte, ihn zutiefst schockierte. Es war, als sei sie plötzlich aus einer Art Trance erwacht, er dagegen stand wie vom Donner gerührt mitten im Raum. Etwas in ihm weigerte sich, die Geschichte zu begreifen, die sie ihm erzählte – doch irgendwann schützte ihn diese Blockade nicht mehr, denn Luise sprach weiter. Anscheinend war sie fest entschlossen, sich zu erinnern – vielleicht deshalb, weil es sie von der ungewissen Gegenwart ablenkte.
»Ich glaube, dass Ingeborg bei Doktor Lehmann nur Trost gesucht hat. Sie wusste damals nicht, was sie tat. Im Übrigen war es ja auch seine Idee, er hat ihr nachgestellt – schon damals, als ihr noch nicht verheiratet gewesen seid.« Luise beugte sich über ihre Reisetasche und legte die Fotografie in dem Holzrahmen obenauf. »Wo soll ich das Bild verstauen, was meinst du? Ich möchte nicht, dass es auf der Reise zerdrückt wird.«

Scheinbar ohne zu wissen, was sie angerichtet hatte, hob sie den Kopf und sah ihn an, aber er fühlte sich nicht im Stande, ihr zu antworten. Seine Knie drohten nachzugeben, er spürte, wie der kalte Schweiß ihm auf die Stirn trat. Was sie da gerade ausplauderte, war ihm vollkommen neu. Seine Frau hatte mit Johannes Lehmann eine Affäre gehabt, und Luise schien im Gegensatz zu ihm darüber bestens im Bilde sein. Die Erkenntnis, jahrelang hintergangen worden zu sein, erdrückte ihn beinahe. Ein bohrender Schmerz regte sich in ihm, er musste unwillkürlich die Lippen aufeinander pressen, als könne er damit die Wut zurückhalten, die sich in ihm ausbreitete. Zornig und hilflos stand er am Fenster und spürte, dass er am ganzen Leib zitterte.
Luise war stehen geblieben und starrte ihn mit großen Augen an – sie schien jetzt erst zu begreifen, was in ihm vorging. Leicht schwankend kam sie auf ihn zu und streckte dabei die Hände nach ihm aus. Nicolai entzog sich ihr, bevor sie ihn erreichen konnte, indem er einen Schritt zurückwich.
Luise lächelte vage. »Oh, es tut mir Leid, mein Junge – ich hätte nicht davon anfangen sollen, oder? Entschuldige, ich dachte, du wüsstest Bescheid. Es ist so lange her, Nico. Damals gleich nach Kriegsende haben wir alle geglaubt, du seiest nicht mehr am Leben. Bitte vergiss, was ich gesagt habe. Es war nicht richtig, mit dir jetzt darüber zu sprechen.«
»Du hast es aber getan. Und ich Trottel hatte keinen blanken Schimmer. Ich höre das alles zum ersten Mal – und ich muss sagen, es wirft mich fast um, jetzt davon zu hören.«
Er senkte den Kopf, selbst erstaunt darüber, dass er überhaupt noch die Kraft hatte, so ruhig und vernünftig mit Luise zu sprechen.
»Ingeborg hat also mit einem anderen Mann geschlafen und mit mir niemals darüber gesprochen, richtig?«
»Das darfst du ihr nicht übel nehmen. Ich kann deine Gefühle verstehen, mein Junge, aber –«

Luise verstummte, denn draußen auf der Treppe waren jetzt Stimmen zu hören.
»Lass uns ein anderes Mal darüber sprechen, ja?«
Luise warf ihm einen flehenden Blick zu, bevor sie zurückging an ihr Bett und den Verschluss ihrer Reisetasche zuschnappen ließ. Sie beschäftigte sich mit ihrem Gepäck, während er, noch immer halb betäubt von dem Zorn, der in ihm wütete, beobachtete, wie sich die Schlafzimmertür öffnete und seine Frau den Raum betrat. Ingeborg hatte ihren Stiefvater im Schlepptau, der wie immer in letzter Zeit nervtötend übereifrig wirkte, erkennbar darum bemüht, gute Laune zu verbreiten. Schweigend ließ Nicolai das Geplapper der beiden über sich ergehen, während sie Luise und das restliche Gepäck aus dem Schlafzimmer und auf den Gang hinausbeförderten. Auf der Türschwelle drehte sich Ingeborg noch einmal zu ihm um und sah ihn an, aber ihr schien nichts an ihm aufzufallen.
»Wir müssen los, Nico. Kommst du?«
Sie verließ den niedrigen Raum mit den Dachschrägen, ohne dass er auf ihre Frage geantwortet hätte. Stumm stand er neben dem Fenster, sein Blick wanderte ziellos über die vertrauten Einrichtungsstücke – das Bett, den alten viertürigen Kleiderschrank, die gerafften Vorhänge –, er sah das alles, ohne es wirklich wahrzunehmen. Vielleicht stand er unter Schock, denn das ganze Zimmer schien ihm plötzlich seltsam unwirklich. Reagierte er übertrieben? Vielleicht wäre es einfacher, Ingeborg kurzerhand alles zu verzeihen und weiterzumachen wie bisher. Schließlich hatte er nach Kriegsende auch ein paar Dinge getan, über die er mit ihr niemals gesprochen hatte. Nicht einmal die Geschichte des toten Mannes unten am Roten Kliff hatte er ihr vollständig erzählt, und die Sache mit Amelie in Hamburg schon gar nicht. Doch wenn zwei das Gleiche taten, war es noch lange nicht dasselbe, so auch in ihrem Fall. Er hatte Amelie damals in dem festen Glauben geliebt, ungebunden zu sein. Während seiner Zeit in Hamburg

war er sich keiner Schuld bewusst gewesen, Ingeborg dagegen hatte sich einen anderen genommen, obwohl sie wusste, dass sie verheiratet war.
Warum hatte Luise nur ihren Mund nicht halten können?
Nicolai sah zu Boden. Er musste für einen Moment die Augen schließen, denn alles um ihn herum schien sich zu drehen. Wer wusste wohl noch von dem Ehebruch seiner Frau mit dem feinen Herrn Doktor? Es hatte ihn so viel Mühe gekostet, sich von einem Habenichts zu einem der großen Hoteliers auf der Insel hochzuarbeiten. Und nun schien ihm alles, was er sich im Lauf eines Lebens geschaffen hatte, mit einem Mal bedeutungslos. Nur ein paar Sätze seiner Schwiegermutter hatten ausgereicht, um seine Welt in Unordnung zu bringen.
Unten in der Diele schlugen die Türen, sie riefen nach ihm. Mechanisch setzte er sich in Bewegung, ohne zu wissen, wohin er eigentlich wollte. Luises Operation und die Reise aufs Festland interessierten ihn nicht mehr. Allzu gern hätte er jetzt seine Ruhe gehabt, um nachzudenken, aber er musste hinunter und so tun, als sei nichts geschehen.
Sollte er einfach dort weitermachen, wo sein Leben so schlagartig aus der Bahn geraten war?

Andreas Bütow stand auf der Leiter an der Hauswand des Hotels und wienerte energisch mit einem Stück Zeitungspapier die Fensterscheiben im Erdgeschoss. Er hatte seiner Chefin fest versprochen, alle Fenster zu putzen, bevor er seinen freien Nachmittag antrat und nach Westerland hinübergondelte. Inzwischen war es beinahe drei Uhr nachmittags, und er musste sich noch waschen und umziehen, bevor er sich in der Praxis von Doktor Lehmann sehen lassen konnte. Heute würde er Dorothee treffen, seit Tagen schon fieberte er diesem Rendezvous entgegen. Hoffentlich hatte sie die Verabredung mit ihm nicht vergessen. Je länger er darüber nach-

dachte, desto nervöser wurde er, und je nervöser er wurde, desto schlechter ging ihm die Arbeit von der Hand.
Er wollte gerade ein weiteres Mal die Leiter hinunterklettern, um sich einen neuen Bogen Zeitungspapier zu besorgen, als hinter ihm plötzlich jemand seinen Namen rief. Erstaunt drehte er sich um und entdeckte am Fußende der Leiter diese Kleine aus Bremen, die mit ihren Eltern im Hotel wohnte. Sie trug ein ziemlich kurzes Strandkleidchen, der Rocksaum reichte kaum über ihre spitzen Knie. Den schillernd roten Lippenstift, den sie benutzt hatte, sah er heute ebenfalls zum ersten Mal an ihr, und wenn er sich nicht täuschte, hatte sie auch Rouge aufgelegt. Mit großen Kuhaugen schaute sie zu ihm hinauf und lächelte dabei selig. Obwohl er es eilig hatte, schien es Andreas klüger, sich um sie zu kümmern. Hastig kletterte er die Leiter hinunter und setzte den Eimer mit dem Schmutzwasser auf dem Boden ab. Als er sich wieder aufrichtete, hielt sie ihm plötzlich einen Strauß aus Strandnelken und Dünenrosen unter die Nase, den sie hinter ihrem Rücken hervorgezaubert hatte. Während er die Blumen betrachtete, strahlte sie ihn an, die Sommersprossen in ihrem Gesicht schienen vor Freude zu tanzen. Erst als ihre Blicke sich trafen, verblasste ihr Lächeln. Sie schien die Verwunderung zu spüren, die er empfand, denn plötzlich wurde sie verlegen. Mit einer hilflos wirkenden Bewegung strich sie sich eine Strähne ihrer strohblonden Haare hinter das Ohr.
»Bitte schön, Andreas, der ist für Sie. Sie haben heute doch Geburtstag, nicht wahr? Herzlichen Glückwunsch und alles Gute.«
Was, er hatte Geburtstag? Was sollte das denn? Andreas runzelte die Stirn und nahm das Bündel Grünzeug in Empfang, das sie ihm noch immer präsentierte. Natürlich war es rührend, dass die Kleine seinetwegen in der Hitze durch die Dünen gestapft war, um so etwas Ähnliches wie einen Blumenstrauß zusammenzubekommen. Das Dumme war nur,

dass er an Geschenken von ihr nicht interessiert war. Es ließ ihn kalt, wenn dieses blutjunge Ding versuchte, ihm zu imponieren – doch wie sollte er ihr das klar machen? In der Hoffnung, dass sein Gesicht gleichgültig genug wirkte, schaute er sie an.

»Sie irren sich, Fräulein Dräger, ich habe nicht Geburtstag. Sie sind ganze drei Monate zu früh dran.«

»Tatsächlich?«

Ihr ohnehin schon leicht gerötetes Gesicht glühte jetzt in schillerndem Rot. Ohne Zweifel war sie enttäuscht über seine Reaktion. Anscheinend wusste sie nun nicht, ob sie ihm die Blumen lassen oder wieder wegnehmen sollte, jedenfalls wirkte sie von einer Minute auf die andere ziemlich aus dem Konzept gebracht. So wie sie dastand, bedauerte er sie beinahe, aber er kämpfte den Impuls nieder, ihr helfen zu wollen, denn das hätte missverstanden werden können. Er beschloss, freundlich, aber kühl zu bleiben, nur für den Fall, dass sie sich Hoffnung auf eine Zuneigung machte, die er nicht empfand. Ohne hinzusehen, legte er den Strauß auf den Boden und bückte sich nach dem Zeitungspapier, das mit einem Stein beschwert neben der Leiter lag.

»Das – das ist mir aber sehr unangenehm, Andreas. Ich darf doch Andreas zu Ihnen sagen?«

Sie lächelte angestrengt und warf ihm dabei einen bittenden Blick zu, so dass er es nicht fertig brachte, ihr eine Abfuhr zu erteilen. Im Haus nannten ihn ohnehin alle beim Vornamen, mehr stand einem Hotelburschen nicht zu, also nickte er zögernd.

»Die Köchin hat einen Geburtstagskuchen für jemanden gebacken, der Andreas heißt – ich habe zufällig mit angehört, wie sie in der Küche darüber sprach, und da dachte ich, Sie wären gemeint.«

»Die Köchin hat einen Sohn, der meinen Vornamen trägt.«

Andreas presste das Zeitungspapier in seinen Händen in die

Form eines kleinen, handlichen Balls. Ihm schien das als Antwort zu genügen, zumal das Mädchen ihn nicht mehr ansah. Sie starrte hinunter auf ihre Füße, die in offenen Riemchensandalen steckten. Für ihn schien die Geschichte damit erledigt, doch gerade als er sich wieder an seine Arbeit machen wollte, hob sie den Kopf.

»Und jetzt?«

»Nichts. Das Ganze war ein Irrtum, nett gemeint, aber da ich nun mal nicht Geburtstag habe, hat sich die Sache damit erledigt.«

Mit großen Sätzen kletterte er die Stufen der Leiter hinauf und betrachtete, oben angekommen, die Fenster in der Fassade. Er fand, dass sie ganz passabel aussahen – vielleicht konnte er es dabei belassen und hineingehen, um sich umzuziehen?

»Und wie wäre es, wenn wir beide Ihren Geburtstag schon jetzt ein bisschen feiern?«

Himmel, wie hartnäckig die Kleine war, geradezu lästig. Schweigend sah er hinunter zu Veronika Dräger, die offenbar nicht die Absicht hatte, endlich an den Strand zurückzukehren. Dabei leuchtete die Sonne über den weißen Dünen, ein seichter Wind strich landeinwärts. Unten am Wasser musste es jetzt herrlich sein, warum also stand sie noch immer hier herum? Wie sollte er diese Klette loswerden? Sie lächelte schüchtern, wobei sie sich mit der Zungenspitze kurz über die viel zu roten Lippen fuhr.

»Ich würde Sie gern zu einem Eis ins Café Gärtner einladen. Wenn Sie heute keine Zeit haben, wie wäre es dann mit Sonntagnachmittag? Da haben Sie doch frei, nicht wahr?«

Er runzelte die Stirn. Der Backfisch am anderen Ende der Leiter schlug ihm ein Treffen vor, das war mutig. Offenbar besaß sie mehr Schneid, als er ihr zugetraut hatte. Wie prekär, dass das Fräulein Tochter des Herrn Oberlehrers ausgerechnet für einen Sozialdemokraten schwärmte, obwohl der Herr Papa

doch ein so überzeugter und linientreuer Goebbels-Verehrer war, dass einem schlecht werden konnte.
Bei der Vorstellung, mit dieser frühreifen Kleinen im Café zu sitzen, unterdrückte Andreas ein Lächeln. Viel älter als vierzehn konnte sie nicht sein, ihr Körper wirkte noch mager und kindlich. Die knochigen Schultern, die spitzen Knie und der flache Brustkorb, das alles passte nicht zu einer heranwachsenden Frau. Wenn sie nach der Mutter geriet, würde sie vielleicht irgendwann einmal eine hübsche Person abgeben, und unter anderen Umständen wäre er vielleicht sogar mit ihr Eis essen gegangen, aber er hatte Wichtigeres zu tun. Langsam schüttelte er den Kopf.
»Danke für die Einladung, Fräulein Dräger, aber das geht nicht. Mein Chef sieht es nicht gern, wenn ich mit weiblichen Hotelgästen ausgehe. Da bekomme ich Scherereien – Sie verstehen das, nicht wahr?«
Ihre Mundwinkel zuckten ein wenig, mit ihrem Verständnis konnte es nicht weit her sein. Anscheinend hatte sie sich wirklich Hoffnungen auf ein Rendezvous mit ihm gemacht, umso besser, wenn er ihren Träumen gleich einen Dämpfer verpasste. Weinte sie jetzt? Nein, nichts geschah. Es vergingen ein paar Sekunden, dann nickte sie. Die kleine Blondine wirkte traurig, aber äußerlich bewahrte sie jedenfalls Haltung, immerhin. So wie es aussah, nahm sie die Abfuhr nicht persönlich, sondern schob die Schuld dafür auf Nicolai Boysen, den allmächtigen Chef. Im nächsten Augenblick hatte sie sich schon so weit gefangen, dass sie mit einem koketten Augenaufschlag zu ihm aufsehen konnte, sie lächelte sogar ein wenig dabei. Hart im Nehmen war sie ja, die Kleine, das musste man ihr lassen.
»Da kann man nichts machen. Vielleicht überlegen Sie es sich ja noch. Ich würde Ihrem Chef auch nichts verraten.« Sie blinzelte ihm zu. »Sie wollen Rechtsanwalt werden, nicht wahr? Herr Boysen hat es mir erzählt.«

»Das stimmt.«
Andreas schaute auf seine Armbanduhr und entschied, dass es Zeit war für eine Dusche, gleichgültig, welchen Eindruck die Fenster im Erdgeschoss machten. Kurz entschlossen kletterte er von der Leiter herunter und begann aufzuräumen, doch bei jeder seiner Bewegungen spürte er die Blicke auf sich, mit denen Veronika Dräger ihn verfolgte.
»Sind Sie überhaupt in der Partei, Andreas? Mein Vater sagt, demnächst werden nur noch Mitglieder der NSDAP bei den Gerichten zugelassen.«
»So, sagt er das?«
Ohne sich umzusehen, kippte er schwungvoll das Schmutzwasser ins Gebüsch an der Hauswand. Er würde das Mädchen jetzt einfach stehen lassen, denn an einer Diskussion über seine Zukunft war er nicht interessiert.
Er wollte gerade zu einer möglichst harmlosen und abschließenden Erwiderung ansetzen, als er plötzlich die Gestalt bemerkte, die durch die Dünen auf das Hotel zuwanderte. Der Anblick von Spaziergängern auf der Heide war ihm vertraut, doch irgendetwas an dem großen, aufrechten Mann mit dem auffälligen Schlapphut auf dem Kopf kam ihm eigenartig vor. Der Mensch sah nicht wie ein Hotelgast aus, dafür war er zu schäbig gekleidet, und dennoch war er Andreas seltsam vertraut. Tatsächlich hob der Fremde eine Hand und winkte; er bewegte sich auf das Hotel zu, und er wollte anscheinend zu ihm. Instinktiv ahnte Andreas etwas von der Gefahr, in die der Besucher ihn brachte. Hastig wischte er sich die feuchten Hände an den Hosenbeinen ab und ging dem Mann entgegen, um außer Hörweite von Veronika Dräger mit ihm reden zu können. Der Besucher stand jetzt an der Hoteleinfahrt und sah ihn an, die Augen mit einer Hand gegen die Sonne abgeschirmt. Andreas erkannte ihn in dem Moment, in dem er sich auf den Weg zu ihm machte: Es war Knut Westermann, von Beruf Druckereigehilfe und Schlachtross der Partei. Tom

Brode hatte sie beide auf einer Dänemarktour miteinander bekannt gemacht, daher wusste Andreas, dass Westermann in einem dänischen Dörfchen gleich hinter der Grenze lebte. Dort druckte er in schallgedämpften Kellern Flugblätter für die Genossen in Deutschland und bekam dafür selten mehr als einen feuchten Händedruck. Tom Brode nahm Westermanns Dienste regelmäßig in Anspruch – nur, was wollte der Mann hier? Warum nahm er das Risiko auf sich und kam tagsüber her? Wusste er nicht, in welche Gefahr er sich brachte? Warum hatte dieser Schafskopf seinen Besuch nicht wenigstens vorher angekündigt? Andreas fühlte sich ziemlich unwohl bei dem Gedanken, welche Schwierigkeiten für ihn aus diesem Treffen entstehen konnten.
Westermann reichte ihm die Hand und streifte dann seinen Rucksack von den Schultern, bevor er ihn neben sich im Sand absetzte. »Ich grüße dich, mein Freund. Schön, dass ich dich endlich gefunden habe.«
»Was machst du hier?« Seine Stimme war nur ein Raunen, denn Andreas spürte die neugierigen Blicke der Lehrerstochter aus Bremen auf sich ruhen. Das Mädchen lungerte nur wenige Meter entfernt herum und versuchte offensichtlich, das Gespräch zu belauschen, das sie führten. Andreas beugte sich vor, um noch etwas leiser sprechen zu können.
»Wer hat dir gesagt, dass du mich hier findest?«
Westermann zuckte gleichgültig die Achseln. Die kühle Art der Begrüßung schien ihn nicht zu stören, lässig schob er mit einer Hand seinen löchrigen Strohhut in den Nacken.
»Tom Brode hat mich sitzen lassen. Zum ersten Mal, seit wir uns kennen, hat er eine Verabredung nicht eingehalten. Ich habe versucht, ihn zu erreichen, aber seine Frau hat mich zu dir geschickt. Angeblich haben sie Tom einkassiert.«
» Sie haben – was?«
Andreas spürte, wie sein Herz vor Schreck einen großen Sprung tat. Wenn sie den Hufschmied verhaftet hatten, dann

war die Polizei womöglich auch ihm schon auf den Fersen. So häufig, wie er in letzter Zeit mit Tom zusammengesteckt hatte, mussten sie ihm ja auf die Schliche kommen. Tom war sein Freund geworden. Kaum ein Ausflug über die dänische Grenze, den sie nicht miteinander unternommen hatten, kaum ein Tag, an dem sie sich nicht getroffen und miteinander geredet hätten. Andreas schluckte, er musste die Panik überwinden und wieder einen klaren Gedanken fassen. Seine Stimme zitterte, als er zu sprechen begann.
»Die Polizei hat den Hufschmied abgeholt, da bist du sicher, ja?«
»Das hat mir jedenfalls seine Frau gesagt. Vielleicht wollte sie mich aber auch bloß wieder loswerden, ich weiß es nicht. Auf jeden Fall werde ich mein Material jetzt bei dir lassen, ich muss heute noch zurück. Bin mit dem Groschenpass unterwegs, verstehste?«
Der Groschenpass, ja, natürlich. Sein Inhaber durfte ohne formelles Visum zwischen Deutschland und Dänemark reisen, nur war die Gültigkeit des Papiers auf kurze Zeit beschränkt. Weil der Lappen an der Grenze für ein paar Pfennig zu haben war, wurde er auch der Groschenpass genannt.
Andreas sah zu, wie Westermann in die Knie ging und seine Feldflasche aus dem Rucksack holte, um zu trinken. Es war höchste Zeit, den Mann verschwinden zu lassen, er wirkte einfach nicht wie ein Urlauber. Schon allein seine geflickte Hose und der lädierte Strohhut ließen ihn verdächtig erscheinen. Mit einem Kopfnicken deutete Andreas auf den Pferdestall, der hinter ihnen auf einer kleinen Anhöhe lag.
»Komm hier weg. Jeden Augenblick kann mein Chef auftauchen. Im Stall sind wir ungestört. Falls die Polizei uns beobachtet –«
Westermann nickte bloß, offenbar brauchte er keine weiteren Erklärungen. Umständlich schulterte er seinen Rucksack, bevor er Andreas die Einfahrt zum Hotel hinauf folgte, wobei er

den Blick auf das Haus gerichtet hielt, an dessen imposanter Freitreppe noch immer Veronika Dräger stand und neugierig guckte. Andreas marschierte an ihr vorbei und hoffte, dass sie ihrem Vater nicht gleich brühwarm erzählen würde, was sie heute Nachmittag gesehen hatte.
Oben im Pferdestall war es kühl. Die Tiere waren alle unterwegs, der abgestandene Geruch nach Pferdemist hing in dem Halbdunkel, das nur von einem kleinen Fenster im hinteren Teil des Gebäudes spärlich erhellt wurde. Sicherheitshalber schaute Andreas sich noch einmal um, dann winkte er Westermann herein, aber der stand in der offenen Stalltür und reagierte nicht. Noch immer staunend bewunderte er das Panorama, das sich ihm von seinem Platz aus bot. Unter ihnen lag tiefblau und glatt das weite Meer. Möwen glitten schwerelos im Sinkflug über das Wasser und die grün bewachsenen Kronen der Dünen, die sacht in der leichten Brise schaukelten. Ein Stillleben aus Wasser, Wind und Sand, nur hatten sie keine Zeit, um sich in den Anblick zu vertiefen. Kurzerhand packte Andreas seinen Besucher beim Ärmel und zog ihn mit sich in das Halbdunkel des Pferdestalls.
»Komm rein, Knut. Was meinst du, was passiert, wenn mein Chef uns zusammen sieht?«
»Himmel, du bist aber schwer nervös.«
Westermann warf ihm einen missbilligenden Blick zu, doch Andreas ertrug den Tadel schweigend. Wozu sollte er seinem Besucher erst umständlich erklären, dass er bei seinem Chef einen schweren Stand hatte? Knut Westermann bückte sich und knotete die Kordel seines Rucksacks auf.
»Es sind nur 800 Exemplare, mehr konnte ich nicht tragen. Wenn ihr Nachschub braucht, lasst es mich wissen, in Ordnung?«
Andreas nahm den Stapel Flugblätter entgegen, den Westermann ihm reichte. Die Ergüsse, die der Genosse aus tschechi-

schen Zeitschriften abschrieb, interessierten ihn im Moment nicht. Ihn beschäftigte nur die Frage, wie er seinen unerwünschten Besucher schnell wieder loswerden konnte. Während er mit den unseligen Flugblättern im Arm neben einer der Kisten mit Pferdefutter stand, hörte er von draußen Stimmen. Veronika Dräger lachte und ein Pferd wieherte. Es mussten Hotelgäste sein, die von einem Ausritt zurückkehrten – die kamen gerade richtig, um ihn in Schwierigkeiten zu bringen. Hastig gab er Westermann ein Handzeichen, aber der war schwer von Begriff und starrte ihn nur mit großen Augen an. Andreas gab ihm einen Schubs und zeigte auf die Leiter, die am Hängeboden stand. Als Westermann noch immer nicht parierte, nahm er dessen Rucksack vom Boden auf und schob ihn mitsamt seinem Besitzer auf die Leiter zu.

»Siehst du die Klappe dort oben, die mit dem Holzgriff? Dahinter liegt eine Kammer, und da versteckst du dich. Du bleibst da drinnen, bis ich dich raushole – verstanden?«

Westermann antwortete nicht, er schien zu zögern. Andreas nahm ihn beim Handgelenk und zog ihn mit. Er hielt die Leiter, während Westermann endlich zu klettern begann – ungeduldig sah Andreas zu, wie er vorsichtig die Sprossen hinaufstieg, um danach unendlich mühsam seinen langen Körper in den winzigen Raum hinter der Klappe zu schieben. Für einen Mann seiner Körpergröße war die Abseite unter dem Dach mit Sicherheit alles andere als bequem, aber es half nichts, sie hatten keine andere Wahl. Andreas reichte Westermann den Packen mit den Flugblättern und kletterte die Leiter wieder hinunter. Die Klappe der Kammer schloss sich gerade in dem Augenblick, als er Schritte auf dem Sandweg vor dem Stall hörte. Er fuhr herum und sah sich im nächsten Moment Veronika Dräger gegenüber, gefolgt von zwei Hotelgästen, die er nur vom Sehen kannte. Das kleine Biest scherzte lebhaft und scheinbar ganz locker mit den beiden Herren in Reitkleidung, die Andreas die Zügel ihrer Pferde in die Hand drückten und

sich im Stall ihrer Stiefel entledigten. Im Grunde war er froh, sich um die Pferde kümmern zu können, denn das enthob ihn der Pflicht, sich mit den fremden Leuten unterhalten zu müssen. Behutsam nahm er den verschwitzten Tieren die Sättel ab und rieb sie trocken, während er aus den Augenwinkeln die kleine Dräger beobachtete, der offenbar jeder Vorwand recht war, um sich in seiner Nähe aufzuhalten. Nachdem die beiden Reiter abgezogen waren, blieb sie einfach im Stall, als stünde es ihr zu, hier zu sein. Liebevoll tätschelte sie die Pferde, die darauf warteten, getränkt zu werden. Andreas überlegte, ob er Veronika hinauswerfen sollte, aber er fürchtete sich vor den Komplikationen, die ein Streit auslösen würde, und ging schweigend daran, Wasser zu holen. Ohne ihr einen Blick zu gönnen, schleppte er immer neue Eimer mit Wasser vom Brunnen in den Stall. Andreas wusste, dass er in Schwierigkeiten steckte, doch er dachte vergeblich darüber nach, wie er wieder herauskommen sollte. Gedankenverloren griff er nach dem Futtersack für die Pferde, als er von draußen noch einmal Schritte hörte. Auf der Schwelle zum Stall stand Frau Dräger, scheinbar auf der Suche nach ihrer Tochter steckte sie den Kopf in das offene Scheunentor.
»Veronika? Bist du hier?«
Die Lehrersgattin sah ihn fragend an, befand ihn aber keiner Begrüßung für würdig. Als sie ihre Tochter entdeckte, die neben einem der Gäule stand und sich eilig mit dem Handrücken den Lippenstift vom Mund wischte, marschierte sie zu ihr und griff nach ihrer Hand.
»Wo steckst du denn, mein Kind? Dein Vater wartet auf uns. Er möchte im Dorf Kaffee trinken.«
Veronika Dräger nickte und lächelte gehorsam, aber im Hinausgehen warf sie das Tor des Stalls so heftig hinter sich ins Schloss, dass das Gebäude in seinen Grundfesten zitterte.
Erleichtert ließ Andreas den Futtersack in seiner Hand sinken, sein Blick glitt hinauf zu der Klappe, hinter der Knut

Westermann in der Mittagshitze schmorte. Mir dem Kerl hatte er sich etwas Schönes eingebrockt, der musste jetzt schleunigst verschwinden. Mit einem Seufzer kletterte Andreas die Sprossen der Leiter hinauf. Wenn er sich jetzt nicht sputete, würde er zu seiner Verabredung mit Dorothee Beck zu spät kommen. Er hoffte nur, dass sein freier Nachmittag nicht genauso katastrophal weiterging, wie er begonnen hatte.

Was für ein Staub und was für eine Hitze.

Wer hatte nur die dumme Idee gehabt, die Leute ausgerechnet mitten in der größten Mittagsglut zusammenzuholen, um gemeinsam ein Loch in der Erde anzustarren? Verstohlen tastete Ingeborg nach einem Taschentuch und betupfte sich damit die verschwitzte Stirn. Vorn am Rednerpult hielt Bankier Rosenkranz seine vorbereitete Ansprache, wobei er sowohl sein Redemanuskript als auch seinen Bowler festhalten musste, den ein Windstoß ihm jeden Moment vom Kopf zu reißen drohte. Während der feierlichen Grundsteinlegung für Kampens zukünftige Spielbank meinte es die Sonne zweifellos zu gut mit den geladenen Gästen, die ersten von ihnen suchten schon wieder das Weite. Ingeborg wäre ihnen gern gefolgt, doch weil Nicolai zu den Gründungsmitgliedern des Kasinos gehörte, fühlte sie sich verpflichtet zu bleiben, bis das Theater hier draußen in den Dünen ein Ende fand. Der Schweiß lief ihr in Strömen den Rücken hinunter, Staub klebte auf ihrer Haut. Immer wieder tanzten diese lästigen, kleinen Gewitterfliegen vor ihrer Nase herum, die sich kaum vertreiben ließen. Es war unerträglich schwül, und zu allem Überfluss hämmerte hinter ihrer Stirn ein leichter Schmerz. Wenn sie noch lange hier draußen im grellen Licht stand, würde daraus eine Migräne werden, und dann war dieser Tag für sie verloren. Es war genug, sie wollte weg von hier.

Ingeborgs Blick wanderte über die Köpfe der Menge, sie suchte nach Nicolai, der während der bisherigen Zeremonie kaum eine Minute an ihrer Seite verbracht hatte. Jetzt stand er mit dem amtierenden Landrat in einiger Entfernung vom Rednerpult, man plauderte und lachte. Seitdem Nicolai aus Kiel zurück war, benahm er sich merkwürdig. Was mochte auf der Fahrt zum Krankenhaus vorgefallen sein?
Ingeborg hob eine Hand und winkte ihm, sie war sicher, dass er es gesehen hatte, aber er wandte sich demonstrativ ab. Scheinbar gebannt lauschte er den Worten des Herrn Landrats. Verstört ließ Ingeborg die Hand sinken. Nicolai drehte ihr den Rücken zu, er wollte sie nicht sehen. Was war nur los mit ihm? Auf so hartnäckige Weise war er noch niemals unhöflich zu ihr gewesen, sie musste ihn gekränkt haben – aber womit? Gut, dann eben nicht. Sie jedenfalls hatte genug von diesem Spektakel, für sie gab es keinen Grund, noch länger hier herumzustehen. Verärgert über das Verhalten ihres Ehemannes, bahnte sie sich einen Weg durch die Menge. Mühsam schob sie sich vorwärts, immer neue Entschuldigungen murmelnd drängelte sie sich durch die Reihen der Umstehenden, bis sie den Steg aus Holzbohlen erreichte, der von der Baugrube zur Grundstückseinfahrt führte. An der Auffahrt warteten die Limousinen, mit denen die geladenen Gäste hierher gebracht worden waren. Ohne die noblen Karossen eines Blickes zu würdigen, ging sie an den Wagen vorbei und hoffte, dass Nicolai ihr Verschwinden bemerken und sich wenigstens darüber wundern würde. Mochte er ruhig überall herumlaufen und sie suchen, sie brauchte jetzt ein Glas Wasser und mindestens zwei Schmerztabletten.
Plötzlich hörte sie hinter sich das Geräusch eines Motors, der angelassen wurde. In der Hoffnung, Nicolai sei ihr doch mit dem Automobil gefolgt, drehte sie sich um, aber es war nicht Nicolai, der auf sie zukam. In seinem Sportcoupé saß in einem hellen Zweireiher Karl Roloff, trotz der Hitze hatte er die

braune Lederkappe auf dem Kopf, die er immer trug, wenn er offen fuhr. Sein Wagen stoppte neben ihr, bevor er gleich darauf die Beifahrertür aufstieß.
»Steigen Sie doch ein, schöne Frau! Es ist viel zu heiß, um zu Fuß zu gehen. Sie ruinieren sich bloß Ihre wunderschönen Schuhe.«
Grinsend deutete er auf den freien Platz im Wagen neben ihm. Gut, es war heiß, und sie würde eine Weile laufen müssen, aber sollte sie sich stattdessen auf ihrem Weg ausgerechnet Roloffs überhebliches Gerede anhören? Widerwillig entschloss Ingeborg sich zu einem Lächeln, denn seit dem Rauswurf seines ältesten Sohnes aus dem Hotel behandelte Ingeborg den Nazi mit mehr Vorsicht als jemals zuvor.
»Hallo, Herr Roloff. Sie sind also auch gekommen, um sich dieses fabelhafte Loch in der Erde anzusehen?«
»Sieht ganz so aus, nicht wahr? Aber ich muss nicht in der Hitze zu Fuß nach Hause laufen. Kommen Sie, steigen Sie ein.« Roloff zeigte eine Reihe ebenmäßiger, blendend weißer Zähne. »Ich beiße nicht, meine Schöne. Sie brauchen mindestens eine halbe Stunde für den Rückweg. Mit meinem Automobil sind Sie in zehn Minuten da.«
Einladend klopfte er mit einer Hand auf den Beifahrersitz. Ingeborg zögerte noch immer, obwohl ihr klar war, dass sie seine Annäherungsversuche nicht zu fürchten brauchte. Roloff wusste, wann er aufzuhören hatte, er war ein Angeber, mehr nicht. Im Grunde war es ungefährlich, mit ihm zu fahren. Langsam ließ sie sich auf das warme Polster neben ihm gleiten. Sie hatte kaum die Tür geschlossen, da gab er auch schon Gas. Sein Wagen glitt über den Bohlenweg, vorbei an meterhohen, weißen Sandbergen. Sandglöckchen blühten in sanftem Lila am Wegrand, der warme Wind zauste die Köpfe der Buschrosen, und irgendwo über dem Watt riefen die Austernfischer. Niemand sprach, bis Roloff sie plötzlich intensiv von der Seite musterte.

»Und Sie wollen schon nach Hause, schöne Frau? Der werte Gatte ist wohl noch bei der Grundsteinlegung?«
»Ja, so ist es.«
In der Hoffnung, Roloff möge seine Versuche, sich mit ihr zu unterhalten, aufgeben, richtete Ingeborg den Blick auf den Weg. Aber Roloff verstummte nur kurz, gleich nachdem er seinen Wagen aus den Dünen auf die Fahrbahn gelenkt hatte, beugte er sich ein Stück zu ihr hinüber.
»Ärger zu Hause, meine Liebe? Sie sind nicht einverstanden mit der Spielbankgeschichte, die der werte Gatte in Gang gesetzt hat, habe ich Recht? Geht Ihnen gegen den Strich, die Sache, oder?«
»Wie kommen Sie denn darauf?«
»Sie hätten sehen sollen, mit welchem Gesichtsausdruck Sie bei der Grundsteinlegung dabeigestanden haben. Zuerst dachte ich, es wäre nur die langweilige Ansprache des Vorsitzenden unseres Fremdenverkehrsvereins, die Ihnen die Petersilie verhagelt hätte. Hinnerksen ist ja kein begnadeter Redner. Aber es geht doch wohl eher um etwas anderes, schätze ich. Hat Ihr Mann mit Ihnen über das Angebot gesprochen, das ich ihm gemacht habe?«
Daher also wehte der Wind. Nico hatte ihr tatsächlich erzählt, dass Karl Roloff gegen Gustav Hinnerksen intrigierte. Sie hatten lange gemeinsam überlegt, ob Nico sich zu einer Kandidatur für den Vorsitz im Fremdenverkehrsverein entschließen sollte, waren aber noch zu keinem Ergebnis gekommen. Ingeborg lächelte vorsichtig.
»Was das angeht, bin ich im Bilde, ja. Das Problem ist nur, dass mein Mann so viel um die Ohren hat. Ich weiß nicht, ob es gut ist, wenn er sich noch mehr Verpflichtungen auflädt.«
»Ob es gut ist? Es ist notwendig, meine Beste. Wir stehen am Anfang großer Entwicklungen, es bewegt sich etwas. Die führenden Köpfe Deutschlands werden in Zukunft aus den Rei-

hen der Nationalsozialisten kommen. Da sollten Sie nicht abseits stehen.«
»Aha. Und Gustav Hinnerksen gehört nicht zu diesen führenden Köpfen? Womit hat der Mann sich Ihre Abneigung verdient? Drei Jahre hat er die Geschicke des Vereins geführt. Niemand hat sich über seine Arbeit beschwert, soweit ich weiß.«
»Es hat sich niemand darüber beschwert, weil unser Fremdenverkehrsverein bisher nichts weiter als eine Versammlung verschlafener Gestalten war. Das wird sich ändern, Gnädigste, dafür werde ich sorgen. Richten Sie Ihrem Mann aus, dass er sich allmählich entscheiden muss. Ich kann nicht ewig warten, es gibt noch andere fähige Leute im Ort.«
Sie schwieg, aber natürlich hatte sie begriffen. Die Drohung in Roloffs Worten war unüberhörbar. Wenn Nico jetzt nicht mit den Braunen paktierte, würde er in Zukunft nicht mehr gefragt werden, so einfach war das. Glücklicherweise kroch der Wagen schon die Anhöhe vor dem Hotel hinauf, das enthob sie einer Antwort. Die weiße Fassade des Hauses unter dem Reetdach schimmerte im Sonnenlicht, umgeben von den blühenden Rabatten neben der Einfahrt. Warum gab sich Nicolai nicht mit dem zufrieden, was sie bisher gemeinsam erreicht hatten? Warum beteiligte er sich an einem so zweifelhaften Vorhaben wie diesem Kasino? Kampen würde niemals ein Ort für die Schönen und die Reichen werden, die zogen es vor, in der sündhaft teuren Schweiz oder an der mondänen Riviera ihren Urlaub zu verbringen.
Roloffs Wagen bremste und kam zum Stehen. Sie wollte nach dem Türöffner greifen, aber Roloff legte plötzlich seine Hand auf die ihre und schaute sie aus seinen nachtblauen Augen an, als hätte er vor, ihr den Hof zu machen. Verwirrt starrte sie zurück, sie wagte nicht, sich ihm einfach zu entziehen.
»Nun, wie sieht es aus, schöne Frau? Noch habe ich keine Antwort auf meine letzte Frage. Gefällt Ihnen die Vorstel-

lung, dass ihr Ehemann es im Dorf zu etwas bringen könnte, denn nicht? Vorsitzender des Fremdenverkehrsvereins, das klingt doch gut. Ist bestimmt werbewirksam für Ihr Hotel, meinen Sie nicht?«

»Mein Mann hat es schon zu etwas gebracht, Herr Roloff. Uns gehört ›Kliffende‹. Das ist eine ganze Menge, finde ich.«

»Sicher, aber es ist nicht genug. Nicht für Ihren Mann. Er ist ehrgeizig, niemand weiß das besser als Sie.«

Endlich zog Roloff sich von ihr zurück. Über seine Stirn zog sich eine steile Falte bis zur Nasenwurzel hinauf und verlieh seinem Gesicht eine Härte und Unnachgiebigkeit, die ihn älter wirken ließen. Wenn Ingeborg ihn jetzt anschaute, konnte sie sich gut vorstellen, wie er seine Leute in der Partei erbarmungslos herumkommandierte.

»Sie sollten selbst mit Nicolai über diese Sache sprechen, Herr Roloff. Wie man an der Spielbank sieht, trifft mein Mann seine Entscheidungen allein.«

»Seien Sie nicht so bescheiden, Gnädigste – aber gut, wenn Sie wünschen, belassen wir es fürs Erste dabei. Richten Sie Ihrem Mann bitte aus, dass ich seine Entscheidung innerhalb der nächsten drei Tage erwarte, ja?«

Roloff stieg aus und umrundete seinen Wagen, mit einer kleinen, albernen Verbeugung öffnete er ihr die Beifahrertür. Als er ihr die Hand reichte, um ihr beim Aussteigen zu helfen, bemerkte sie, dass sein Blick auf den Pferdestall gerichtet war, dessen Tor sich öffnete. Gleich darauf trat Andreas Bütow ins Freie, gefolgt von einer Gestalt mit einem Rucksack auf dem Rücken. Die beiden sprachen noch ein paar Worte, bevor der Fremde in den Dünen verschwand. Andreas zog sich in den Pferdestall zurück und schloss das Tor. Karl Roloff warf Ingeborg einen fragenden Blick zu.

»Wer war das denn?«

»Ich weiß nicht, vielleicht ein Hausierer. Vielen Dank, dass Sie mich nach Hause gebracht haben.«

In der Hoffnung, Roloff endlich loszuwerden, streckte Ingeborg die Hand aus, aber er stand stramm und salutierte mit dem deutschen Gruß.
»Heil Hitler, Frau Boysen.«
»Heil Hitler.«
Sie flüsterte ihre Antwort beinahe, aber Roloff schien damit zufrieden zu sein. Mit einem Satz schwang er sich in sein Automobil. Bevor er den Wagen startete, sah er noch einmal auf.
»Ich werde mich mal nach dem jungen Mann erkundigen, den Sie als Aushilfe eingestellt haben. Andreas Bütow ist sein Name, richtig? Ist ein Busenfreund von Tom Brode, habe ich gehört. Benimmt sich merkwürdig, der Junge, finde ich. Ich werde sehen, ob etwas gegen ihn vorliegt. Grüßen Sie die Familie, Frau Boysen. Bis demnächst.«
Roloff tippte mit einem Finger an den Rand seiner Kappe, bevor er endlich sein nobles Automobil rückwärts aus der Einfahrt rollen ließ. Warum hatte sie sich von dem Nazi einwickeln lassen, warum war sie nur mit ihm gefahren? Der Mensch mischte sich in alles ein, bevorzugt in Angelegenheiten, die ihn nichts angingen. Sie würde Andreas warnen müssen. Warum nur hatte Nico sie ausgerechnet heute allein gelassen? Warum war sie nur nicht zu Fuß nach Hause gegangen?

»Ist er tot?«
Das kleine Mädchen beugte sich über den leblosen Körper des Vogels, der mit geschlossenen Augen im Sand lag. Ihr weiter Rock bauschte sich über Ringelblumen und Lobelien, in deren Mitte sie sich niedergelassen hatte. Johannes Lehmann ging neben seiner Tochter in die Hocke, obwohl das für seine Diagnose nicht nötig war. Der Kiebitz war tot, ohne Frage. Er musste sich bei dem Aufprall auf die Fensterscheibe ihres Wohnzimmers das Genick gebrochen haben.
Behutsam legte er einen Arm um die schmalen Schultern sei-

ner Tochter, aber sie rückte ein Stück von ihm ab. Er seufzte leise. »Ja, der Vogel ist tot, Ulrike. Wahrscheinlich hat er die Fensterscheibe nicht bemerkt und ist dagegengeflogen.«
»Das ist schon der zweite, dem das passiert ist.«
Ulrike stand auf und warf ihm einen vorwurfsvollen Blick zu, als sei er Schuld an der kleinen Katastrophe, die sich in ihrem Gartenbeet abgespielt hatte. Schweigend musterte er das Gesicht seiner Tochter, die ihn ihrerseits mit zusammengekniffenen Augen ansah. Gerade in diesem Moment erhob sich ein leichter Wind und strich sachte durch die rotblonden Locken des Mädchens. Sie war gerade erst elf Jahre alt geworden, aber schon jetzt ihrer Mutter ungeheuer ähnlich, nur mit dem Unterschied, dass Lilly in diesem Alter ein Stück kleiner gewesen war als Ulrike, die zu den Größten in ihrer Klasse gehörte.
Langsam richtete er sich auf. »Das war der zweite? Wie meinst du das?«
Johannes ließ seine Tochter nicht aus den Augen, während er auf ihre Antwort wartete, denn er ahnte schon, was kommen würde. Sie war wütend, und zwar auf ihn, obwohl ihn an dem Unfall nun wirklich keine Schuld traf.
»Ja, das war der zweite Vogel, der gegen unsere blöde Wohnzimmerfensterscheibe fliegt und stirbt. Vor zwei Wochen war es eine Seeschwalbe. Die war auch gleich tot.«
»Das ist schlimm, aber solche Unfälle passieren nun mal. Es ist nicht zu ändern, Herzchen, auch von mir nicht.«
Er wollte weitersprechen, aber das Mädchen schüttelte empört den Kopf, sie wirkte ziemlich aufgebracht.
»Das sagst du immer. Du bist doch Arzt, oder? Aber immer, wenn etwas schief geht, sagst du, es sei ein Unfall oder ein Unglück gewesen. Sagst du deinen Patienten auch solche Sachen?«
»Was soll denn das heißen?«
Inzwischen hatte er Mühe, ruhig zu bleiben, denn natürlich entging ihm nicht, dass das Gespräch eine unheilvolle Wen-

dung nahm. Mühsam zwang er sich, darauf zu warten, was als Nächstes kommen würde, obwohl er sich schon jetzt zu Unrecht angeschuldigt fühlte. Äußerlich gelassen schob Johannes beide Hände in die Taschen seiner ausgebeulten Hose, die er auf Lillys Wunsch nur noch in seiner Freizeit trug.
»Hast du Frau Meinert auch gesagt, dass du ihr nicht helfen kannst? Dass es schlimm ist, aber dass solche Dinge wie mit ihrer Krankheit nun einmal passieren? Fräulein Doktor Beck ist besser als du, weißt du das? Sie hat Stefans Oma gleich nach Kiel zur Operation geschickt. Was für ein Arzt bist du eigentlich, Papa?«
Ulrikes Wangen hatten sich gerötet, sie schien am ganzen Leib zu zittern. Was war nur mit ihr los? Er war müde und abgespannt, er brauchte Ruhe. Gerade auf dieses Wochenende mit der Familie hatte er sich besonders gefreut, und nun das.
Johannes seufzte. »Woher hast du die Geschichte mit Frau Meinert? Von Stefan?«
Sie senkte den Kopf und schwieg. Hilflos stand er neben ihr und musste sich einem Verhör unterziehen, das seine Tochter mit ihm führte. Ulrike war mit Ingeborgs jüngerem Sohn eng befreundet, das wusste er. Manchmal schien es ihm, als würde die Liebesgeschichte, die ihm und Ingeborg verwehrt gewesen war, sich nun zwischen ihren Kindern abspielen. Aber vielleicht war das auch eine Wunschvorstellung, denn noch waren die beiden natürlich zu jung, um ihre Gefühle ernst nehmen zu können.
Ulrike schluckte heftig. »Ja, Stefan hat es mir erzählt, aber es geht nicht nur darum. Die Leute in der Stadt reden schlecht über dich, Papa. Sie sagen, Fräulein Doktor Beck ist eine bessere Ärztin als du.«
Tränen schimmerten in ihren Augen, ihre Erbitterung und ihr Ärger schienen plötzlich in Traurigkeit und Verzweiflung umgeschlagen zu sein. Vielleicht war sie auch enttäuscht, weil er sich nicht heftiger gegen ihre Anschuldigun-

gen wehrte. Dabei war es nicht leicht, sich zu wehren, schließlich quälten ihn auch Zweifel. Er war sich nicht sicher, ob er wirklich die gleichen Fähigkeiten besaß wie eine Dorothee Beck, die unbestreitbar hoch in der Gunst ihrer Patienten stand. Ratlos schaute er hinunter auf die Spitzen seiner abgetragenen Sommerschuhe und überlegte, wie er seiner Tochter helfen konnte. War es richtig, ihr zu sagen, dass der Fall Luise Meinert noch längst nicht ausgestanden war? Stefans Großmutter musste die Operation erst noch überstehen, und das war in ihrer derzeitigen Verfassung schwierig genug. Selbst wenn die Ärzte in Kiel ihr helfen konnten, war die Krankheit damit nicht besiegt – das war die Wahrheit, aber mit dieser Wahrheit würde er den Respekt seiner Tochter nicht zurückgewinnen. Johannes machte einen Schritt auf Ulrike zu, aber sie wich zurück und hob abwehrend die Hände. »Gib mir bitte eine Antwort, ja?«

»Ich will versuchen, es dir zu erklären, aber dafür brauche ich ein bisschen Zeit. Schau mal, ich tue in meinem Beruf mein Bestes. Jeder Arzt kann sich irren, ich irre mich auch von Zeit zu Zeit, genau wie jeder andere. Fräulein Doktor Beck kommt aus einem der besten Krankenhäuser Deutschlands, dafür habe ich in anderen Bereichen mehr Erfahrung als sie. Ich versuche, mit ihr zusammenarbeiten, damit wir uns ergänzen und wir beide voneinander lernen. Wenn sie uns am Ende des Sommers verlässt –«

»Darauf wartest du nur, nicht wahr?«

»Worauf?«

»Dass sie weggeht, damit du dich nicht mehr mit ihr vergleichen musst.«

»Hör mal, das stimmt nicht –«

Er brach den Satz ab, denn er wusste, dass seine Verteidigung bisher sogar in seinen Ohren wenig überzeugend geklungen hatte. Gerade wollte er neu ansetzen, aber er kam nicht mehr dazu, weil Ulrike den Kopf schüttelte.

»Weißt du, was ich glaube, Papa? Ich glaube, dass du dir einfach nicht mehr genug Mühe gibst mit deinen Patienten. Du wartest einfach, bis der Sommer vorbei ist, und dann machst du weiter wie zuvor. Du bist bequem geworden, das ist es.« Abrupt drehte Ulrike sich um, ihr Rock wirbelte um ihre Knie, dann stürmte sie auf das Haus zu, dessen von einem bunten Sonnenschirm bewachte Terrasse im Mittagsschlaf zu liegen schien. Er hätte sie zurückrufen können, vielleicht wäre es sogar besser gewesen, das zu tun – aber er stand da, die Hände noch immer tief in den Hosentaschen vergraben, und überlegte, ob seine Tochter vielleicht Recht hatte mit dem, was sie über ihn sagte.

Kapitel 9

»Warten Sie, ich hol ihn zurück!«
Mit einem Satz war Andreas auf den Beinen. Der Wind hatte Dorothees Seidenschal gepackt und trug ihn auf das offene Meer zu. Er lief, so schnell er konnte, aber das Tuch war leicht, es gewann schnell an Höhe und segelte immer weiter dem Wasser entgegen. Verflucht, er musste ihr den Schal zurückbringen, schon allein, um seinen blamablen Auftritt vor ein paar Tagen in der Praxis wieder wettzumachen. Mit großen Sätzen stürmte Andreas auf das Meer zu, während ihm der Sand in die Schuhe schwappte. Er reckte sich, aber wenn nicht in diesem Augenblick der Wind für einen kurzen Augenblick nachgelassen hätte, wäre ihm seine Beute dennoch entwischt. So konnte er nach einem Zipfel des Seidenschals greifen und ihn festhalten, um sich gleich darauf mit einem triumphierenden Lächeln zu Dorothee Beck umzudrehen.
»Hier ist er! Ich habe ihn!«
Sie war aufgestanden und kam zu ihm, ihre weißen Sommerschuhe in der Hand. Ihr Anblick nahm ihm beinahe den Atem, so bezaubernd sah sie aus in diesem figurbetonten Kleid aus türkisfarbener Seide, das kastanienbraune Haar von Kämmen aus Schildpatt gehalten. Sie hatte einen dezenten Lippenstift aufgelegt, der verheißungsvoll schimmerte, die Sonne hatte einen sanft rötlichen Hauch auf ihre Wangen gezaubert. Sie war einfach überwältigend schön, und sie besaß Stil. In diesem Moment wirkte sie so unerreichbar auf ihn, dass es ihn fast schmerzte, sich mit ihr zu vergleichen. Insgeheim fragte er sich, was sie in ihm sah. Kam er für sie in Frage? Und wenn dem so war, was stellte sie sich vor? Ein sommerliches Techtelmechtel? Eine kleine Romanze ohne Verpflichtung?
Obwohl sie sich an diesem wunderbaren Nachmittag hier

draußen am Meer zweifellos näher gekommen waren, hatten sie bisher nicht ernsthaft über Gefühle gesprochen. Vermied sie es wohl absichtlich, mit ihm darüber zu reden?
Lächelnd nahm sie ihm den Schal aus den Händen, den er ihr reichte. Einen Moment lang standen sie sich schweigend gegenüber, hinter sich die rauschende See, auf deren Wellen die Gischt tanzte. Behutsam ließ sie das Tuch aus Seide durch ihre Finger gleiten. Er hätte versinken mögen in der Farbe ihrer Augen, sie jedoch schien seine Verliebtheit gar nicht wahrzunehmen. Sie war nur an dem Schal interessiert, den sie sich um die Schultern legte.
»Danke. Schön, dass Sie ihn gerettet haben. Es ist ein wertvolles Stück, ein Souvenir aus Paris.«
»Sie waren in Paris?«
Neid und Eifersucht begannen bei dem bloßen Gedanken daran an ihm zu nagen, dass Dorothee allein in Paris gewesen war. Sicher, es war albern, auf eine Vergangenheit neidisch zu sein, in der es ihn nicht gegeben hatte. Er wusste, dass er ihr so etwas nicht bieten konnte. Seine Mittel würden noch nicht einmal für einen einzigen Tag in einem Hotel in Oberbayern reichen, geschweige denn für einen Urlaub im Ausland. Wenn er sich Dorothee in Paris vorstellte, sah er sie in den Armen eines anderen – zu Füßen des Eiffelturms, im Louvre, auf den Champs-Élysées. Die Vorstellung weckte Bitterkeit in ihm, armer Schlucker, der er war.
Dorothee lachte ihn an, nicht ahnend, was gerade in seinem Kopf vorging.
»Nein, ich war nicht in Paris. Ich habe den Schal als Geburtstagsgeschenk bekommen. Was fangen wir jetzt mit dem Rest des Tages an? Haben Sie eine Idee?«
Sie blinzelte in die tief stehende Sonne und schirmte dabei mit der flachen Hand ihre Augen gegen das Licht ab.
»Ich weiß nicht recht.«
Mit der Spitze seines Schuhs bohrte er ein kleines Loch in den

fest getretenen Sand. Natürlich würde er Dorothee noch irgendetwas Besonderes bieten müssen. Ein Nachmittag in den Dünen, das konnte noch nicht alles gewesen sein. Es war angenehm gewesen, mit ihr zu plaudern, aber sicher war es nichts Außergewöhnliches. Immerhin hatte er sich nicht eine Minute in ihrer Gesellschaft gelangweilt, von ihm aus hätten sie noch Stunden am Meer sitzen und auf die Wellen schauen können. Sie machte allerdings den Eindruck, als würde sie lieber gehen. Die Sonne sank, und es wurde kühler, sie begann vielleicht zu frieren. Trotzdem war er nicht bereit, sie ziehen zu lassen. Wenn er mehr über ihr Privatleben erfahren wollte, musste er sie jetzt danach fragen. Er versuchte, seiner Stimme einen neckenden Unterton zu geben, als er zu sprechen begann.

»Hat einen edlen Geschmack, Ihr Verehrer aus Paris.«

Mit einem kurzen Kopfnicken deutete er auf den Schal. Unsinnigerweise beruhigte es ihn, dass sie lächelte. Es schien zu beweisen, dass sie die Sache nicht allzu wichtig nahm, vielleicht wusste sie nicht einmal mehr, von wem das Tuch war?

»Darüber müssen Sie sich keine Gedanken machen, vorbei ist vorbei. Falls es das ist, worauf Sie hinauswollen: Ich bin ungebunden und stehe niemandem im Wort. Mein altes Leben habe ich vollkommen hinter mir gelassen, um mir ein neues aufzubauen.«

»In England?«

»In England, ganz genau.«

»Könnten Sie das nicht auch hier, auf der Insel?«

Selbst erschrocken über den Vorschlag, den er ihr gemacht hatte, schaute er sie an. Er wollte ihre Reaktion so genau wie möglich prüfen, denn ihm schien es, als hätte er sich zu weit vorgewagt. Bestimmt würde sie die Idee als albern abtun, bei näherer Überlegung kam sie ihm selbst unmöglich vor. Zum Glück schien sie die Frage nicht komisch zu finden, denn sie sah ihn mit unbewegtem Gesicht an.

»Ich glaube nicht, dass ich auf der Insel bleiben kann. Ich arbeite gerne in Westerland, aber Doktor Lehmann und ich – er gibt sich bestimmt Mühe, aber ich glaube, er mag mich nicht besonders. Vermutlich hält er mich für zu ehrgeizig. Er lässt mich nur in seiner Praxis arbeiten, um einem gemeinsamen Freund einen Gefallen zu tun.«
»Das mag sein, aber Sie sind nicht auf Doktor Lehmann angewiesen, oder? So klein ist die Insel nun auch wieder nicht, für eine gute Ärztin wie Sie wäre hier bestimmt noch Platz.«
Kopfschüttelnd senkte sie den Blick und wandte dann das Gesicht dem Meer zu. Sicher hielt sie ihn für naiv, und sie hatte Recht, er hatte tatsächlich keine Ahnung. Ihre Sorgen waren ihm fremd, und sie schien sie nicht mit ihm teilen zu wollen. Das Gesicht zur Brandung gewandt, sprach sie weiter, als unterhielte sie sich mit den Wellen und nicht mit ihm.
»Lassen Sie uns das Thema wechseln. Ich möchte Sie nicht mit meinen beruflichen Schwierigkeiten langweilen. Sagen Sie mir lieber, was wir mit dem Rest des Abends anfangen werden.«
»Vielleicht könnten wir bei diesem prachtvollen Wetter noch eine Weile am Strand bleiben und den Blick aufs Meer genießen, wie finden Sie das?«
»Haben wir das nicht schon den ganzen Nachmittag getan? Also gut, lassen Sie uns ein Stück in den Dünen spazieren gehen, und danach essen wir in einem vornehmen Hotel zu Abend. Schade, dass wir nicht nach ›Kliffende‹ gehen können. Ich war noch niemals dort. Dabei sollen sich im Hotel wichtige Leute die Klinke in die Hand geben, erzählt man sich.«
»Das ist übertrieben. Es ist ein hübsches Hotel, mit ganz normalen Gästen, mehr nicht.«
Sie zweifelte an seinen Worten, er sah es ihr an. Trotzdem würde er ganz sicher nicht mit Dorothee dort auftauchen, er war froh, wenn er einmal nicht im Hotel sein musste. Immer

wieder gab es wegen Kleinigkeiten Krach – zuletzt hatte er sich wegen der Szene mit Knut Westermann vor seiner Chefin rechtfertigen müssen, weil ihre Begegnung ausgerechnet von dem Obernazi Roloff beobachtet worden war. Nein, ins »Kliffende« wollte er heute Abend bestimmt nicht, aber wie sollte er ihr das erklären?
Ihm fiel auf, dass Dorothees Miene sich verdüstert hatte, anscheinend hatte sie doch auf ein Abendessen im Hotel mit ihm gehofft. Behutsam nahm er ihren Arm.
»Es würde Ihnen nicht gefallen, das Hotel hat überhaupt kein Restaurant. Nur die Gäste mit Vollpension essen dort, und die möchten unter sich bleiben. Meine Chefin würde es natürlich auch nicht gerne sehen, wenn ich dort aufkreuzen und mich bedienen lassen würde. Es geht nicht, tut mir Leid. Ich bin im ›Kliffende‹ bloß der Laufbursche, mehr nicht.«
»Ach ja? Schade, aber Sie haben sicherlich Recht, es wäre unpassend. Außerdem wäre es für Sie auch langweilig. Sie sind ja sowieso jeden Tag im Hotel.«
Endlich lächelte sie wieder, und zwar auf eine Art und Weise, die ihm Herzklopfen verursachte. Ein herrlich mulmiges Gefühl durchflutete ihn. War er schon jemals so verliebt gewesen? Er genoss jede Sekunde mit dieser Frau, er schien den Boden unter seinen Füßen nicht mehr zu spüren, wenn sie an seiner Seite war.
Sie strich sich das Haar aus dem Gesicht und wandte sich der entgegengesetzten Himmelsrichtung zu. »Lassen Sie uns am Strand bis nach Wenningstedt gehen, ich kenne dort ein Fischrestaurant. Es gehört einer Kapitänswitwe, niemand kocht Fisch so gut wie sie. Außerdem hat man von ihrer Terrasse einen herrlichen Blick auf das Meer. Einverstanden?«
Dorothee strahlte, und diesmal war klar, dass sie keinen Widerspruch dulden würde. Im Grunde war es ihm egal, wo sie zu Abend aßen, Hauptsache, sie taten es gemeinsam. Das Problem war, dass er keine Ahnung hatte, was ein Abend-

essen mit ihr kosten würde. Konnte er bei der Kapitänswitwe anschreiben lassen? Es war nicht einfach, ein unbedeutender Referendar mit schlechten Zukunftsaussichten zu sein, wenn man in eine Frau verliebt war, die von ihren Verehrern erwartete, dass sie sie mit ein bisschen Luxus umgaben. Für den Bruchteil einer Sekunde beschlichen ihn Zweifel an seiner Wahl, denn Dorothee war schließlich eine Schönheit, und Schönheiten waren verwöhnt. Diese Frau hatte in Berlin gelebt und dort eine Wohnung gehabt, sie war gereist und hatte Geschenke aus Paris bekommen. Sie hatte ihm von einem Urlaub in Österreich erzählt, von Ausflügen an die Ostsee und in den Schwarzwald. In ein paar Wochen, wenn sie ihr Visum für die Ausreise nach Großbritannien bekommen hatte, würde sie weggehen und ihn mit seinem Liebeskummer zurücklassen. Wozu sollte eine kleine Affäre mit ihr wohl gut sein?

»Was ist, mögen Sie keinen Fisch?«

Dorothee musterte ihn kritisch von der Seite, wahrscheinlich verstand sie sein langes Schweigen als Ablehnung. Er zwang sich dazu, sie anzulächeln, schließlich wollte er ihr den Abend nicht verderben.

»Doch, ich mag Fisch. Es ist nur so, dass ich mir mit meinem Lohn vom Hotel keine großen Sprünge leisten kann. Vielleicht sollten Sie sich nach einem betuchten älteren Herrn umsehen, der Sie zum Abendessen ausführt. Doktor Nebendahl aus Keitum ist noch frei, habe ich gehört. Er ist Tierarzt.«

»Oh ja, ich habe ihn zufällig kennen gelernt. Meiner Erinnerung nach ist er einen Meter sechzig groß und bringt circa achtzig Kilo auf die Waage. Er hat zwar kaum noch Haare, geht aber nächstes Jahr in Pension und hat dann bestimmt Zeit für eine junge Frau. Wie wäre es übrigens, wenn wir uns duzen würden?«

Sie waren ein paar Schritte miteinander durch den heißen Sand gewandert, jetzt blieb sie stehen. Verdutzt, wie er war,

fiel es ihm schwer, sofort zu antworten. Natürlich wollte er sie duzen – nur dass sie diesen Vorschlag machte, überraschte ihn. War sie womöglich genauso gern mit ihm zusammen wie er mit ihr? Störte es sie nicht, dass er kein Geld hatte?
Hoffnung keimte in ihm auf, ein vages Glücksgefühl durchflutete ihn wie eine Woge, die das Meer auf den Sand warf. Der Wind spielte mit Dorothees langem Haar, ihre grünen Augen funkelten im späten Licht der untergehenden Sonne. Auf ihn wirkte sie absolut unwiderstehlich – umso mehr spürte er für einen Augenblick noch einmal das Bedauern darüber, dass sie so fest dazu entschlossen war, Deutschland zu verlassen. Sie schaute fragend, also nickte er. »Wenn es nicht unter deiner Würde ist, den Laufburschen des berühmten Hotels ›Kliff-ende‹ zu duzen, dann gerne. Ich heiße Andreas.«
Plötzlich mutig geworden, griff er nach ihren Händen und hielt sie fest. Erleichtert stellte er fest, dass sie sich ihm nicht entzog. Ihr freundlicher Blick ermutigte ihn, sie näherte sich ihm sogar noch ein Stück, als würde sie ihm die Gelegenheit geben wollen, sie zu küssen.
»Ich heiße Dorothee. Und du solltest aufhören, den Laufburschen rauszukehren. Du willst Rechtsanwalt werden, und ich bin sicher, dass du es schaffen wirst. In ein paar Jahren gehört dir eine große Kanzlei in Norddeutschland –«
»Während du in England sitzt und als erste weibliche Leibärztin eines englischen Königs Triumphe feierst.«
»Blödsinn. Ich werde in der Forschung arbeiten. In einem hässlichen Labor mit vergitterten Fenstern werde ich weiße Mäuse züchten. Damit hat der König von England nicht das Geringste zu schaffen, glaube mir.«
Andreas konnte nicht anders, er musste lachen. »Das klingt nicht gerade verlockend. Wenn es so öde in England ist, warum bleibst du dann nicht hier? Ich würde niemals auf die Idee kommen, dich in einen Raum mit vergitterten Fenstern an weißen Mäusen herumdoktern zu lassen.«

»Das mag sein, aber ich muss von meiner Arbeit leben. Ärztinnen sind in Deutschland nicht mehr gefragt. Es ist schwierig, das alles zu erklären, denn es geht um Politik. Was soll's, dich muss es nicht kümmern, du bist schließlich ein Mann.«

»Stimmt, ich bin ein Mann, aber kein Idiot. Für so gute Ärztinnen, wie du eine bist, wird sich auch in Deutschland etwas finden lassen. Die Nazis werden dieses Land nicht ewig terrorisieren.«

»Lass uns nicht jetzt darüber sprechen, Andreas, ich bitte dich. Gib mir einen Kuss. Das gehört sich so, wenn man beschlossen hat, sich zu duzen.«

Lächelnd beugte er sich vor, magisch angezogen von dem Duft ihres Parfüms nahm er sie in die Arme und küsste sie. Sanft erwiderte sie die Umarmung und den Kuss. Ohne Frage, er war glücklich, glücklicher denn je. Nur ganz leise warnte ihn eine innere Stimme davor, sich schon in Sicherheit zu wiegen oder sich Hoffnungen zu machen. Nicht auszuschließen, dass das Ganze für sie doch nur ein Spiel war. Immerhin – jetzt, in diesem einzigartigen Moment, ließ sie sich von ihm küssen. Silbermöwen kreisten über ihnen, der Wind umschmeichelte sie, während am Horizont langsam die Sonne im Meer versank.

»Wenn Sie wüssten, wie sehr ich mich vor Sehnsucht nach Ihnen verzehre ...«

Wie hübsch, wenn auch vielleicht ein bisschen übertrieben. Von ihrem verstorbenen, unbekannten und nur vage in ihrer Vorstellungswelt existierenden Vater hätte Ingeborg solche Liebesbekundungen nicht erwartet – und doch, es hatte sie gegeben, damals, kurz vor der Hochzeit ihrer Eltern. Der an sich doch bestimmt recht nüchterne Herr Rechtsanwalt musste sehr verliebt gewesen sein in das Mädchen, das seine Verlobte gewesen war. Hatten sie denn gar keine Schwierig-

keiten miteinander gehabt? Nicht, wenn man den Beteuerungen und Liebesschwüren glaubte, die sie vor ihrer Vermählung ausgetauscht hatten. »Im Traum berühre ich Ihre Lippen, Ihre Wangen, Ihr seidig schimmerndes Haar …«
Hatte ihr Nicolai früher auch solche Dinge geschrieben? Sie erinnerte sich nicht daran, was aber nicht bedeutete, dass es nicht doch geschehen war. Lächelnd kniete sie zwischen den alten Liebesbriefen ihrer Eltern auf dem Fußboden des Büros. Es war Zeit für die Vorbereitung des Abendessens, in der Küche hätte sie jetzt sein sollen, um die Menüfolge mit der Köchin zu besprechen – stattdessen hockte sie hier auf dem Teppich, eine Tasse mit kalt gewordenem Tee neben sich, und las die Zeilen, die ihr Vater vor fast vierzig Jahren geschrieben hatte. In seinen Briefen sprühte dieser Unbekannte vor Witz, er schrieb amüsant und lebendig, aber das war noch nicht alles. Ganz nebenbei hatte Ingeborg etwas herausgefunden, das sie bisher nicht einmal geahnt hatte: Ihr leiblicher Vater war Jude gewesen. Im ersten Moment hatte die Entdeckung sie verwirrt, weil sein Glaube scheinbar keine große Rolle spielte in den Briefen, die er seiner Zukünftigen geschrieben hatte. Wenn überhaupt, so erwähnte er seine Religion nur beiläufig. Sie schien für die Zukunft des jungen Paares so belanglos wie das Wetter zu sein – eine Nebensache. Heute würde er sicher nicht mehr so darüber denken können, ganz im Gegenteil.
Seufzend faltete Ingeborg den Brief in ihren Händen zusammen und schob ihn zurück in seinen vergilbten Umschlag. Wenn sie mit jemandem darüber sprechen könnte, dann wäre es ihr leichter gefallen, die Veränderung, die ihre Entdeckung bewirkt hatte, zu begreifen. Aber sie wusste, dass sie ihre Abstammung geheim halten musste, wenn sie nicht in Schwierigkeiten kommen wollte. Diese Briefe warfen ein ganz neues Licht auf ihre Identität, dabei sah sie nicht aus wie eine Jüdin und fühlte sich auch nicht jüdisch – oder etwa doch? Wie

fühlte und dachte man denn als Jüdin? Sie wusste wenig über die Lebensweise und den Glauben dieser Menschen, wozu auch? Sie war christlich getauft wie fast alle anderen Leute in ihrer näheren Umgebung auch. Jetzt gehörte sie plötzlich nicht mehr zu ihnen. Wenn es nach der Ideologie der Nazis ging, war sie Nichtarierin und damit eine Außenseiterin. Wie würde sie in Zukunft damit fertig werden, dass ihre Familie eine andere Geschichte besaß, als sie gedacht hatte?

Plötzlich klopfte es an der Tür, und Johannes stand auf der Schwelle. Hastig raffte sie die Briefe ihrer Eltern zusammen, denn die waren nur für ihre Augen bestimmt.

»Hallo, Ingeborg – hier bist du also. Ich habe dich schon überall gesucht. Störe ich?«

Ohne ihre Antwort abzuwarten, ging er neben ihr in die Hocke und betrachtete das Durcheinander auf dem Teppich, während sie ein Kuvert nach dem anderen einsammelte und in das Zigarrenkistchen legte. Sie spürte die neugierigen Blicke, mit denen Johannes jede ihrer Bewegungen verfolgte, aber sie blieb stumm. Diesen Schatz konnte sie mit niemandem teilen, auch mit ihm nicht. Er schien sich mit ihrem Schweigen nicht zufrieden geben zu wollen und sah sie an.

»Was liest du denn da?«

»Liebesbriefe. Die meiner verstorbenen Eltern.«

Sie angelte sich die zerknitterte Schleife, die auf dem Teppich lag, und schlang sie um das Päckchen Papier. Dann klappte sie die Zigarrenkiste zu, doch Johannes konnte den Blick nicht davon lösen. Worauf wartete er noch? Hatte er wirklich gedacht, sie würde ihm freiwillig etwas über den Inhalt der Briefe mitteilen? Kam nicht in Frage, der Inhalt war zu heikel, aber nicht einmal das konnte sie ihm sagen. Johannes seufzte kaum hörbar. »Meine Mutter ist auch ziemlich früh gestorben. Ich war damals noch ein kleiner Junge, erst vier Jahre alt. Alles, was ich von ihr habe, ist ihr Ehering. Ich kann mich kaum an sie erinnern.«

»Ach, ja? Das war bestimmt schlimm für dich.«
Sie sah ihn mitleidig an, denn sie verstand seinen Kummer gut. Einen Moment lang war Ingeborg versucht, Johannes zu trösten, indem sie ihm ihrerseits etwas über ihre Eltern erzählte, aber sie kämpfte diesen Impuls nieder. Johannes war verständnisvoll und intelligent, sie hatte ihm schon oft ihr Herz ausgeschüttet und es nicht bereut. In ihm hätte sie einen guten Zuhörer gehabt, aber sie konnte sich dennoch nicht überwinden, ihn einzuweihen. Trotz allem, was sie miteinander verband, war er ein Fremder, jemand, der nicht zur Familie gehörte. Konnte sie sicher sein, dass er sein Wissen über ihre jüdische Abstammung nicht eines Tages doch gegen sie verwendete?
Johannes stand auf. »Du bist so still heute. Machst du dir Gedanken um Luise?«
»Ja, natürlich. Es ist eine schwierige Zeit für sie, oder?«
»Doch, sie hat es schwer im Moment.« Er ging zum Fenster hinüber und blieb dort stehen, bevor er sich ihr wieder zuwandte. Noch immer bevorzugte er Jacketts mit großen Taschen, in denen er alles Mögliche mit sich herumschleppte, angefangen von seinem Stethoskop bis zu einer Packung Streichhölzer – und das, obwohl er Nichtraucher war. Johannes hielt es für wichtig, stets das Nötigste bei sich zu haben, darin hatte er sich nicht verändert. Er hatte sich überhaupt kaum verändert seit dem Tag, an dem sie einander begegnet waren. Sie hatte noch immer das Gefühl, jede seiner Stimmungen an dem Ausdruck seines Gesichts ablesen zu können – und so kam es ihr jetzt vor, als sei er von ihnen beiden derjenige, der etwas auf dem Herzen hatte, denn er wirkte betrübter als sie. Umständlich stand sie auf und strich ihren Rock über den Knien glatt. »Ist etwas passiert? Mit Luise, meine ich?«
»Nein, es ist alles in Ordnung. Ich habe heute Morgen mit der Klinik telefoniert. Die ersten Untersuchungsergebnisse sind

da, und sie sind nicht schlecht. Die Kollegen sind entschlossen, zu operieren.«
»Aber – das ist doch eine gute Nachricht, oder?«
Johannes nickte, aber dann senkte er den Blick. Erst jetzt fiel ihr auf, wie blass er war.
»Es ist eine gute Nachricht, ja. Allerdings beweist sie auch, dass ich mich geirrt habe. Ich habe die Operation abgelehnt, weil ich davon überzeugt war, dass das Herz deiner Mutter sie nicht mitmachen würde. Die Professoren in Kiel sind anderer Meinung. Ebenso anderer Meinung war übrigens von Anfang an meine großartige Kollegin, das von uns allen sehr verehrte Fräulein Doktor Beck.«
Daher also wehte der Wind, er fühlte sich in seiner Eitelkeit gekränkt. Johannes war neidisch auf den Erfolg, den seine junge Kollegin einheimsen konnte. Es ging ihm gar nicht um Luise und ihren Zustand, sondern um sein Ansehen als Arzt.
Ingeborg wartete noch einen Augenblick, aber Johannes schwieg. Einerseits konnte sie seine Gefühle durchaus verstehen, andererseits hatte er sich geirrt, da gab es nichts zu beschönigen. Immerhin gehörte eine gewisse Größe dazu, hierher zu kommen und diesen Irrtum zuzugeben. Er hätte auch einfach darüber hinweggehen oder nach einer Entschuldigung für seine Fehleinschätzung suchen können, aber das hatte er anscheinend nicht vor.
Ingeborg ging zu ihm und legte für einen kurzen Moment ihre Hand auf die seine. Aus tieftraurigen Augen warf er ihr einen langen Blick zu, den sie mit einem vorsichtigen Lächeln beantwortete.
»Jeder kann sich irren, Johannes. Wichtig ist doch nur, dass die Ärzte in Kiel für Luise etwas tun können. Es besteht Hoffnung, das ist alles, was zählt. Meine Mutter war so niedergeschlagen, als wir sie zum Bahnhof brachten. Ich hoffe, der Entschluss deiner Kollegen in der Klinik muntert sie auf. Alles andere ist jetzt unwichtig, finde ich.«

»Für dich vielleicht, aber nicht für mich. Ich fühle mich wie ein Versager, Ingeborg – und das nicht zum ersten Mal, seit Dorothee Beck in meine Praxis eingetreten ist. Du weißt, was die Leute reden, nicht wahr?«

Sie seufzte leise, dann ging sie zum Schreibtisch und legte ihre Zigarrenkiste dort ab. Was sollte sie auf seine Frage antworten? Natürlich hatte sie gehört, was die Leute über die Praxis Lehmann in jüngster Zeit redeten. Allgemein wurde Dorothee Beck großes medizinisches Talent bescheinigt, und das nicht erst, seit sie sich so vehement für Luise eingesetzt hatte. Seitdem die junge Ärztin in Westerland praktizierte, hatte sie sich einen guten Ruf erarbeitet, während es mit dem Ansehen von Johannes bergab gegangen war. Er war nicht mehr »der junge Herr Doktor«, den man zu Beginn seiner Tätigkeit auf der Insel mit Vorschusslorbeeren überschüttet hatte. Sein Stern sank, und sogar Ingeborg fand, dass seine Behandlungsmethoden und die Einrichtung seiner Praxis nicht auf dem neuesten Stand waren. Sie würde lügen, wenn sie behaupten wollte, dass aus ihrer Sicht für ihn alles in Ordnung war.

Langsam drehte sie sich um und sah Johannes an. Dunkle Schatten lagen unter seinen Augen, sein Anzug wirkte zwei Nummern zu groß für ihn, er hatte abgenommen. Was tat eigentlich seine Frau gegen seinen Kummer? Oder sprach er mit ihr gar nicht über seine Ängste?

Sie versuchte zu lächeln.

»Lass die Leute reden, hörst du? Das Getratsche ist nicht wichtig, getratscht wird immer. Irgendwann macht auch deine neue Kollegin ihren ersten Fehler, und dann dreht sich der Wind. Vielleicht bist du dann derjenige, der ihr aus der Patsche hilft, wer weiß? Du hast eine Menge Erfahrung als Arzt, das ist auch ein Vorzug, der sich eines Tages auszahlen wird.«

»Nicht im Augenblick, wie es scheint.«

»Ich glaube, du machst dir zu viele Gedanken, Johannes. Dein Arrangement mit Fräulein Doktor Beck gilt doch nur für einen Sommer, oder? Du wirst sehen, das Gerede vergeht so schnell, wie Schnee im Frühling taut. Bald spricht niemand mehr davon, wie angeblich unfehlbar deine neue Kollegin war.«

Sie wartete einen Augenblick, aber Johannes schwieg. Hatte sie ihm nun geholfen mit dem, was sie ihm gesagt hatte, oder nicht? Was sollte sie mit ihm anfangen, wenn er nicht redete? Vielleicht würde er auftauen, wenn sie ihn zu einer Kleinigkeit einlud. Kaffee und Kuchen hatten schon so manche Zunge gelöst.

»Was ist, magst du vielleicht einen Kaffee mit mir trinken? Ich habe gerade heute morgen Erdbeerkuchen gebacken. Das Mädchen kann uns welchen bringen, wenn du einen Augenblick Zeit hast.«

Schon bevor er sich ihr zuwandte, wusste sie, dass er von ihrer Reaktion auf seine Beichte enttäuscht war. Es stand ihm ins Gesicht geschrieben, dass er noch immer genauso unglücklich über seine berufliche Situation war wie zu Beginn ihres Gesprächs. Trotzdem lächelte er tapfer, während er zur Tür zurückging.

»Danke, aber ich kann nicht bleiben. Auf mich wartet ein Hausbesuch. Ich wollte nur kurz reinschauen und dir erzählen, was ich aus Kiel gehört habe. Fährst du irgendwann rüber, um Luise zu besuchen?«

»Ja, wenn alles klappt, nehme ich Montag früh den Zug aufs Festland.«

»Ist das der Grund, warum dein Mann heute so schlechter Laune ist? Ich habe ihn unten in der Halle getroffen, er hat mich kaum gegrüßt.«

Erschrocken hob sie den Kopf – Nicolai hatte nicht gegrüßt? Das sah ihm gar nicht ähnlich. Ingeborg fühlte, wie sie errötete, denn sie fand sein Benehmen ziemlich peinlich. Sein Verhalten in letzter Zeit war rätselhaft – erst dieser Vorfall an der Baugrube, seine Kälte und Einsilbigkeit ihr gegenüber und

jetzt das – was sollte sie dazu sagen? In ihrer Ehe stimmte etwas nicht, aber sie hatte keine Ahnung, woran es lag. Als sie wieder aufsah, bemühte sie sich um ein Lächeln. »Weißt du, Nicolai ist manchmal komisch in letzter Zeit. Ich weiß nicht, warum, er spricht nicht darüber.«
»Hattet ihr Streit?«
»Nein. Aber seit Luise fort ist, benimmt er sich merkwürdig. Er will nicht mit mir darüber reden, ich bin genauso ratlos wie du.«
»Seit Luise fort ist, sagst du?«
Johannes sah sie nachdenklich an.
»Ja. An dem Tag, als wir sie zur Bahn brachten, fing es an. Schon auf dem Weg nach Westerland war er schweigsam, und mittlerweile bekomme ich kaum noch ein Wort aus ihm heraus. Er ignoriert mich. Er tut so, als wäre ich Luft.«
»Seltsam. Ob Luise ihm vielleicht zum Abschied etwas gesagt haben könnte, was sein Verhalten erklärt?«
Es wurde still im Raum. Ihre Blicke trafen sich, sie wussten beide genau, woran sie jetzt dachten. Es fiel Ingeborg schwer, über die von Johannes angedeutete Möglichkeit nachzudenken, aber es war nicht auszuschließen, dass Nicolai tatsächlich von der Affäre erfahren hatte, die sie vor vielen Jahren mit Johannes gehabt hatte. Eigentlich gab es für Luise keinen vernünftigen Grund, mit ihrem Schwiegersohn über diese alte Geschichte zu reden. Aber wenn ihre eine Bemerkung darüber herausgerutscht war, hatte sie vielleicht alles verraten.
Ingeborg versuchte, die Gedanken zu ordnen, die auf sie einstürzten, aber sie hörte nur das Blut in ihren Ohren rauschen. Der kleine Raum begann sich um sie zu drehen, je länger sie über das nachdachte, was passiert sein konnte. Noch gab es für ihre Annahme keine Beweise, aber es passte alles zusammen. Wenn Nico von ihrer Beziehung erfahren hatte, musste ihn das schwer getroffen haben – auch nach den vielen Jah-

ren, die inzwischen vergangen waren. Bis zum heutigen Tag hatte sie es vermieden, noch einmal mit Johannes über ihre Affäre zu sprechen. Es war ihnen beiden gelungen, eine Freundschaft aufzubauen – und jetzt holte ihre Vergangenheit sie wieder ein. Johannes zuckte mit den Schultern. »Also gut, und was machen wir jetzt?«

»Wenn ich das wüsste.«

Unwillkürlich ballte sie die Hände zu Fäusten, während sie Johannes ansah, der äußerlich gelassen wirkte – kein Wunder, seine Ehe stand ja auch nicht auf dem Spiel, noch nicht.

»Ich verstehe nicht, warum Luise das getan haben soll. Sie konnte sich doch ausmalen, was passieren würde, wenn Nicolai von dieser Geschichte erfährt. Es bestand überhaupt kein Grund, ihm ausgerechnet jetzt von der Sache mit uns beiden zu erzählen. Es spielt doch keine Rolle mehr, was nach dem Krieg geschah, oder?«

»Wenn sie es bewusst getan hat, dann vielleicht, um ihr Gewissen zu erleichtern. Vielleicht hat sie aber auch bloß eine Andeutung gemacht und konnte dann nichts mehr zurücknehmen.«

»Offen gestanden ist mir das egal, Johannes. Meine Mutter weiß, was sie redet, sie ist nicht senil.«

Johannes zuckte mit den Schultern. »Natürlich nicht. Aber es gibt Menschen, die unter einer großen seelischen Belastung nicht mehr in der Lage sind, vernünftig zu denken. Du hast selbst gesagt, deine Mutter war ein Häuflein Elend, als ihr sie zum Bahnhof gebracht habt.«

»Das schon, aber das ist noch lange kein Grund, meine Ehe zu ruinieren. Wenn ich Nicolai ein Geständnis machen will, dann kann ich das allein. Es ist meine Privatangelegenheit, die Luise da breitgetreten hat. Es ist mein Leben, das sie kaputt macht.«

Johannes war neben ihr, sie spürte seine körperliche Gegenwart. Der Duft von Rasierwasser und Seife mischte sich kaum merklich mit dem Geruch nach Jod, der ihm scheinbar immer anhaftete, egal, wo er gerade war. Vorsichtig legte er einen Arm um sie, bevor er ihr im nächsten Augenblick eines von seinen großen Taschentüchern in die Hand drückte, doch es war schon zu spät. Eine Träne tropfte hinunter auf die neue Seidenbluse und hinterließ auf dem himmelblauen Stoff eine dunkle Spur. Behutsam tupfte er den Fleck mit dem Finger trocken, bevor er sie anschaute.

»Noch ist deine Ehe nicht kaputt, Ingeborg. Sprich mit deinem Mann und finde heraus, was er wirklich weiß. Vielleicht wird er im ersten Moment toben, aber letztendlich wird er dir verzeihen. Ihr beide habt dieses wunderschöne Hotel und die Jungen, euch verbindet so vieles. Zwanzig Jahre Ehe wirft man nicht einfach fort wegen einer Affäre im Zeichen des Krieges.«

Ingeborg nickte, aber sie fühlte sich nicht getröstet. In ihr wütete noch immer die tiefe Erbitterung über Luises Indiskretion. Falls sie tatsächlich geplaudert hatte, würden Erklärungen über den Krieg und seine Folgen Nicolai kaum beruhigen. Sie kannte ihn, sie wusste, wie impulsiv er war. Es war so überflüssig, was geschehen war, sie konnte nicht einsehen, warum es überhaupt hatte passieren müssen.

Johannes nahm sie in die Arme und drückte sie an sich. Es tat gut, seine Wärme zu spüren und zu wissen, dass jemand da war, mit dem sie offen sprechen konnte. Sanft legte er eine Hand unter ihr Kinn und zwang sie, ihm in die Augen zu schauen.

»Erinnere Nicolai daran, was du für ihn getan hast, als er nach Hause kam. Er war krank und unglücklich. Du hast ihn gepflegt und mit ihm ein neues Leben aufgebaut. Und du hast auch zu ihm gehalten, als sie ihm diesen tragischen Unfall am Roten Kliff anhängen wollten. Du hast in den letzten fünfzehn Jahren doch mehr als einmal bewiesen, dass du ihn liebst, oder? Ihr beide habt eine gute Ehe geführt, du hast ihm

zwei Söhne geschenkt – das ist es, was zählt. Mach deinem Mann klar, was du für ihn getan hast, hörst du?«
»Vielleicht solltest du mit ihm reden. Es klingt alles so überzeugend, wenn du es sagst.«
Johannes lachte. »Ich fürchte, das kann ich dir nicht abnehmen. Und nun hör auf zu weinen, Mädchen. Was ist denn damals schon passiert? Eine einzige Nacht in meinen Armen, mehr war nicht. Und die hat es auch nur gegeben, weil du geglaubt hast, dein Mann sei tot. Sonst hättest du vielleicht gar nicht mir geschlafen, oder?«
Sie zuckte mit den Achseln und brachte dann mit etwas Anstrengung ein schwaches Lächeln zu Stande, obwohl sie seine Ansicht über die Vorfälle der Vergangenheit nicht teilte. Vielleicht war Johannes damit geholfen, wenn ihre Liebe sich in seiner Erinnerung auf eine einzige Nacht beschränkte, aber in ihren Augen war ihre Affäre mehr als die Folge eines Irrtums gewesen. Für sie bestand ihre kurze Beziehung aus mehr als bloß einem Seitensprung. Sie hatte echte Gefühle in ihr Verhältnis investiert, ihr war es ernst gewesen mit ihrer Liebe zu Johannes. Doch Johannes hatte Recht, in der momentanen Situation war es besser, die Sache herunterzuspielen, also nickte sie. »Ich werde mit Nicolai sprechen. Wahrscheinlich ist es das Beste, wenn ich versuche, ihm zu erklären, wie das alles damals passiert ist.«
»Tu das. Und wenn es Schwierigkeiten gibt, kannst du immer zu mir kommen, das weißt du, ja? Jetzt muss ich leider weiter, ich bin schon spät dran. Grüß Luise von mir, wenn du sie im Krankenhaus besuchst. Ich drücke ihr wirklich ganz fest beide Daumen.«
Ingeborg wollte noch etwas erwidern, aber Johannes hatte sich schon vor ihr gelöst, im nächsten Augenblick war er an der Tür. Dort angekommen, drehte er sich noch einmal um und lächelte ihr zu, bevor er den Raum verließ. Sie blieb allein mit ihren Sorgen über eine Ehe, die fünfzehn Jahre lang

so wunderbar harmonisch gewesen war und jetzt am Abgrund schwebte. Fünfzehn Jahre, und nun überfiel ihre Mutter eine grausame Krankheit und zerstörte das Leben, das sie sich mit Nicolai und den Jungen aufgebaut hatte. Das Elend, das jetzt über sie hereinbrach, erschien ihr unglaublich sinnlos – als ob die Sorgen, die sie sich über den Gesundheitszustand ihrer Mutter machte, nicht schon ausreichten, um sie zu verunsichern. Warum kam so plötzlich alles ins Rutschen, was ihr jahrelang so fest und unerschütterlich erschienen war?

Kapitel 10

Einen Stapel Bücher in der Hand, stand Andreas in der Waschküche und schaute zu, wie Magda Brode auf dem Fußboden vor der geöffneten Luke kniete. Ein Buch nach dem anderen schob sie in das prasselnde Feuer, das in dem gusseisernen Kessel tobte. Die Kellerwände wurden vom flackernden Widerschein der Flammen beleuchtet, die gespenstische Schatten warfen. Es sah aus, als tanzten bizarre Gestalten an den Wänden zu einer unhörbaren Melodie. Eine beinahe unerträgliche Hitze füllte den niedrigen Raum. Es war stickig und feucht, aber die Frau des Hufschmieds schien das alles nicht zu stören – jedenfalls ließ sie sich nichts anmerken, sie arbeitete unermüdlich weiter. Obwohl der Schweiß in winzig kleinen Tröpfchen von ihrer Stirn perlte, griffen ihre Hände immer wieder nach dem Berg aus Büchern neben dem Kessel, die sie beide im ganzen Haus zusammengetragen hatten. Schriften von Ebert und Bebel waren darunter, Bücher von Trotzki und Rosa Luxemburg, sogar ein von Bert Brecht handsigniertes Buch hatte Andreas im Nachttisch des Hufschmieds gefunden. Es tat ihm in der Seele weh, solche Kostbarkeiten zu zerstören, aber was das anging, ließ Magda Brode nicht mit sich reden. Sie wollte die Bücher los sein, restlos alles, was ihren Mann in Gefahr brachte, musste verschwinden. Seit die Polizei den Schmied geholt hatte, fürchtete seine Frau sich vor einer Hausdurchsuchung – und weil das so war, hatte sie Andreas heute Nacht aus dem Bett geholt. Sie hatte so lange Steinchen gegen sein Fenster im Hotel geworfen, bis er aufgewacht und mitgekommen war, um ihr zu helfen. Noch immer fand er es verwunderlich, dass sie sich ausgerechnet an ihn gewandt hatte, aber zu wem hätte sie sonst gehen sollen? Seit Toms Verhaftung hatten sich fast alle ihrer Freunde und Nachbarn von ihr abgewandt.

»Los, die nächsten!«
Magda drehte sich zu ihm um, ihr ebenmäßiges Gesicht war von der Hitze gerötet. Ein paar feuchte Strähnen ihres blonden Haares kringelten sich auf der Stirn und störten sie anscheinend, denn sie strich sie immer wieder beiseite. Unter dem schlichten, kurzen Kittel, den sie sich übergeworfen hatte, zeichnete sich ihre Figur ab. Während Andreas ihr die Bücher reichte, beobachtete er sie aus den Augenwinkeln. Sie besaß die Maße einer Greta Garbo und dazu das unschuldige Gesicht einer Lilian Harvey. Unter anderen Umständen hätte er es vielleicht genossen, in der Dunkelheit mit ihr allein zu sein, aber ihre gemeinsame Aufgabe war zu gefährlich, um sich darüber Gedanken zu machen.
Er ging, um den nächsten Packen zu holen. Diesmal war das Buch von Bert Brecht dabei – die Dreigroschenoper. Alles in ihm sträubte sich dagegen, dieses seltene Stück ins Feuer zu werfen, also behielt er es in der Hand, bis ein forschender Blick aus Magdas dunklen Augen ihn streifte.
»Und, was ist damit?«
Mit einem kurzen Kopfnicken deutete sie auf den Brecht, aber er schüttelte den Kopf – den wollte er nicht hergeben. Schützend legte er eine Hand über den Buchdeckel.
»Das möchte ich aufheben. Die Dreigroschenoper, handsigniert. Ich halte es in Ehren, versprochen. Wenn Tom wieder draußen ist, bekommt er es zurück.«
Instinktiv wich er zurück, als Magda sich aufrichtete. Im ersten Moment befürchtete er, sie würde ihm das Buch wegnehmen, aber sie holte nur ein Päckchen mit Zigaretten aus der Tasche ihres Kittels. Erstaunt sah er zu, wie sie ein Streichholz entzündete und genussvoll ein paar Züge inhalierte. Die Zigarettenglut schimmerte im Halbdunkel, der weiße Rauch ringelte sich als dünne Girlande zur Decke hinauf. Es faszinierte ihn, sie rauchen zu sehen, er hatte nicht gewusst, dass sie das tat – es gab ihr etwas Verruchtes, obwohl die Hand, mit der sie

die Zigarette hielt, im Moment leicht zitterte. Vermutlich war sie erschöpft, die letzten Tage mussten sehr hart für sie gewesen sein. Sie schien bemerkt zu haben, dass er sie beobachtete, und hielt ihm das Päckchen hin.

»Auch eine?«

»Danke nein, ich rauche nicht.«

»Das ist brav. Guter Junge.«

Sie ließ ein gurrendes Lachen hören, bevor sie die Zigaretten wieder in der Kitteltasche verwinden ließ. Er spürte, wie er errötete, und war in diesem Augenblick dankbar für das spärliche Licht im Waschkeller. Ein braver Junge war das Letzte, was er in ihren Augen sein wollte. Sie musterte noch einmal kurz das Buch in seinen Händen und nickte dann. »Also gut, nimm es mit. Du kannst es behalten, wenn du willst. Als Dank für deine Hilfe heute Nacht.«

»Ich will es nicht geschenkt haben, Magda. Ich hebe es auf, bis Tom wiederkommt. Er wird sich freuen, wenn es noch da ist.«

»*Falls* Tom zurückkommt, heißt das.«

Magda Brode drückte mit dem Absatz ihrer Sandalette die Zigarette auf dem Steinfußboden aus, bevor sie sich umdrehte und wieder zum Kessel ging. Langsam bückte sie sich und starrte in die Flammen, die hinter der Feuerluke tobten. Sie zumindest schien davon überzeugt zu sein, dass ihr Mann verloren war, doch darüber sprechen wollte sie anscheinend nicht. Schweigend hockte sie am Kessel, während die Flammen ein zuckendes Licht auf ihr Gesicht warfen. Andreas kniete neben ihr nieder. Ihr Schweigen wirkte auf ihn wie eine Kränkung. Sie gab ihm damit das Gefühl, ihm genauso wenig zu vertrauen wie allen anderen im Dorf. Was auch immer sie auf dem Herzen haben mochte, ihm konnte sie es sagen, er würde mit niemandem darüber reden, war ihr das nicht klar? Es würde ihr bestimmt helfen, über ihre Ängste zu sprechen. Andreas beugte sich zu ihr vor und legte behutsam

eine Hand auf ihre Schulter. Trotz der Hitze zitterte sie am ganzen Körper.
»Was heißt das – falls Tom wiederkommt? Wo ist er überhaupt? Was haben die Nazis mit ihm gemacht, Magda?«
Einen Moment blieb es still im Raum, dann wandte sie sich ihm zu. Als sie ihn ansah, stellte er fest, dass sie lächelte, aber dann bemerkte er auch die Tränen, die ihr dabei über beide Wangen liefen.
»Was nützt es dir, zu wissen, wo er ist? Wir können ihm nicht helfen.«
»Wer sagt das? Es gibt immer einen Weg, um zu helfen, man muss es nur wollen. Tom und ich sind Genossen. Für mich ist er ein Freund, einer der wenigen, die ich auf der Insel habe. Also wenn es etwas gibt, was ich für ihn tun kann, dann tue ich es.«
»Es gibt nichts, was du tun kannst, Andreas. Schon mal was von einem Ort namens Kuhlen gehört? Die Nazis nennen es Internierungslager, aber tatsächlich ist es der erste Vorhof der Hölle. Wer da einsitzt, erlebt den nächsten Winter nicht.«
Mit einem Handgriff holte sie ein Taschentuch aus ihrem Kittel und wischte sich damit über die Wangen, während er neben ihr saß und das Gefühl nicht loswurde, sich blamiert zu haben. Sie hatte Recht, er konnte tatsächlich nichts für Tom tun. Warum hatte er nur danach gefragt? Ganz einfach, weil er naiv war. Er hatte sich nicht vorstellen können, dass es so schlimm um Tom Brode stand. Er hatte ihn in Husum oder Flensburg vermutet, er hatte gedacht, der Schmied würde irgendwo in Untersuchungshaft sitzen. Auch das war keine angenehme Vorstellung, aber ein Internierungslager war schlimmer. Er hatte schon viele Gerüchte darüber gehört, der Aufenthalt dort kam angeblich einem Todesurteil gleich.
»Und du? Was ist mit dir?« Magda schaute ihn an, als schulde er ihr einen Rechenschaftsbericht, aber ihm war unklar, wel-

che Art von Auskunft sie erwartete, also zuckte er nur mit den Schultern. »Was soll mit mir sein?«

Sie lachte leise, während sie ihr Taschentuch in den Kittel zurückschob. Warum in Gottes Namen kam er sich in der Gegenwart von attraktiven Frauen nur so unbeholfen vor? Weil er nicht antwortete, stand sie auf und ging zu der Kellerwand, an der die letzten Stapel mit Büchern lagerten.

»Willst du nicht allmählich untertauchen?«

Sie lehnte sich gegen die kalte, weiß getünchte Wand. Beide Arme vor dem Oberkörper verschränkt, schaute sie ihn mit einem seltsam undurchdringlichen Blick an. »Ich an deiner Stelle würde die Insel schnellstens verlassen. Die Polizei weiß, was Tom in Dänemark getrieben hat, sonst hätten sie ihn nicht geholt. Die wissen, dass er sich drüben Flugblätter besorgt hat, und sie wissen bestimmt auch, dass du ihn begleitet hast. Tom muss unter Beobachtung gestanden haben, sonst hätten sie nicht genau an dem Abend zugefasst, als er von seiner letzten Tour zurückkam. Du kannst froh sein, dass du ihn in der Nacht hast hängen lassen, sonst hätten sie dich gleich mit verhaftet. Also, ich an deiner Stelle würde verschwinden.«

»Hör mal, ich habe Tom an dem Abend nicht absichtlich versetzt. Es gab Ärger im Hotel. Meine Chefin hat mich erwischt, als ich in der Küche Proviant besorgen wollte.«

»Spielt keine Rolle mehr, Herzchen. Es hätte Tom ja nicht geholfen, wenn sie dich auch geschnappt hätten.«

Magda griff nach dem nächsten Stapel Bücher, während er neben dem Kessel stand und jede ihrer Bewegungen mit Blicken verfolgte. Im ersten Moment war ihre Vermutung ihm absurd erschienen, aber je länger er darüber nachdachte, desto mehr schien sie ihm im Bereich des Möglichen zu liegen. Vielleicht waren sie tatsächlich auch hinter ihm her. Schließlich hatten sie ihm schon diesen Kerl vom Grenzkommissariat auf den Hals gehetzt, und in den Augen der Nazis

war er ohnehin kein unbeschriebenes Blatt: Da war die Schlägerei mit der SA in Flensburg gewesen, dann seine Grenzübertritte nach Dänemark und der Besuch, den Knut Westermann ihm im Hotel abgestattet hatte. Wenn die Polizei ihn überwachte, stand es nicht gut für ihn.
Verwirrt von den Konsequenzen seiner Überlegungen, ließ er den Kopf sinken. Bisher hatte er es vermieden, allzu intensiv über die Folgen seiner Arbeit für die Partei nachzudenken, aber Magdas Bemerkungen machten es ihm unmöglich, sich weiter blind und taub zu stellen. Während er darüber nachdachte, wie es weitergehen sollte, klopfte es plötzlich draußen an der Kellertür. Das Geräusch ließ ihn zusammenzucken. Im ersten Moment hoffte er, sich vielleicht getäuscht zu haben, aber Magda hatte auch etwas gehört, sie drehte sich zu ihm um. Wer außer der Polizei würde mitten in der Nacht hier auftauchen? Sie mussten ihnen vom Hotel aus gefolgt sein, und jetzt kamen sie, um ihn zu holen. Was sollte er tun? Andreas fühlte, wie seine Handflächen feucht wurden. Sein Herz hämmerte hart im Brustkasten, während er versuchte, einen klaren Gedanken zu fassen. Eigentlich kein Wunder, dass es passierte, nur erstaunlich, dass sie sich so lange Zeit gelassen hatten. Ob sie ihn auch ins Lager schaffen würden?
Es klopfte wieder. Sollte er versuchen, zu fliehen? Seine Hände verkrampften sich ineinander, er fühlte sich wie erstarrt. Magda wandte sich ab, sie machte sich auf den Weg zur Tür. Er wollte sie aufhalten, aber sie war schon an ihm vorbei und marschierte den Gang hinunter. Gleich darauf wurde knarrend der Riegel beiseite geschoben, sie öffnete die Kellertür. Warum gab sie ihn ohne jede Gegenwehr dem Zugriff der Nazis preis? Er saß in der Falle, hier unten gab es kein brauchbares Versteck. Doch die Polizei würde ihn sowieso im ganzen Haus suchen, die würden das Unterste zuoberst kehren, wenn sie ihn nicht sofort schnappten. Vermutlich hatten sie das Gebäude längst umstellt.

Von draußen hörte er eine fremde männliche Stimme, während er sich wünschte, sich in Luft auflösen zu können. Jemand redete an der Tür auf Magda ein, aber er verstand nicht, was gesprochen wurde. Die Tür scharrte über die Boden, jetzt würden sie also kommen. Sinnloserweise dachte er darüber nach, wie er sich in den Verhören der Polizei verteidigen würde – als wenn die Nazis sich für seine Argumente interessierten. Er presste seinen Körper an die Wand hinter ihm und wartete. Eine gespenstische Stille trat jetzt ein – die Nacht schien den Atem anzuhalten, nur sein Herz pochte unnatürlich laut. Plötzlich hörte er Magda lachen. Sie lachte? Die Frau amüsierte sich mit einem Nazi? Er wusste kaum noch, wohin mit seiner Angst, und sie scherzte dort draußen mit der Polizei? Er war nahe daran, seinen Platz zu verlassen und nachzusehen, was an der Kellertür passierte, aber in diesem Moment wurde die Tür auch schon zugeschoben und verriegelt. Magda kam zurück, sie war allein. Lächelnd sah sie ihn an. »Keine Gefahr, es war bloß mein Nachbar. Er hatte das Licht im Keller gesehen und wollte fragen, ob alles in Ordnung ist.«
Er schloss für einen Moment die Augen, Erleichterung überflutete ihn wie eine kalte Welle.
»Hast wohl Blut und Wasser geschwitzt, was? Tut mir Leid, aber es ging nicht anders. Ich musste den Mann erst abfertigen. Ich wollte nicht, dass er dich hier sieht.«
Langsam schob sie die Hände in die Taschen ihres Kittels. »Und nun mach, dass du verschwindest, Andreas. Pack deine Koffer und verlass die Insel, am besten noch heute Nacht. Geh weg, solange es noch möglich ist.«
Ohne ihn noch einmal anzusehen, wandte sie sich ab und stieß mit dem Fuß die Tür des Kessels zu. Schweigend betrachtete er das Buch, das er die ganze Zeit nicht aus den Händen gelegt hatte. Brecht war rechtzeitig fortgegangen, den hatten sie nicht erwischt. Vermutlich hatte Magda Recht, er musste

auch weg. Wenn sie Tom für das, was er angestellt hatte, ins Arbeitslager steckten, würden es ihm nicht besser ergehen. Aber wo sollte er sich verstecken? Eine Rückkehr nach Flensburg kam nicht in Frage, damit brachte er nur seine Mutter in Gefahr.

Vielleicht würde Dorothee ihn mit nach England nehmen, wenn er sie darum bat? Warum eigentlich nicht? Sie konnten es doch gemeinsam im Ausland versuchen, immerhin würden sie sich dann nicht trennen müssen. Zu zweit lebte es sich in der Fremde bestimmt angenehmer, und billiger war es auch. Er würde ihr nicht auf der Tasche liegen, er würde sich eine Arbeit suchen – und eines schönen Tages, wenn die Nazis abgewirtschaftet hatten, konnten sie nach Hause kommen. Je länger er darüber nachdachte, desto besser gefiel ihm seine Idee, die seiner Liebe eine Zukunft und ihm Hoffnung gab. Wenn Dorothee seine Gefühle erwiderte, würde sie einwilligen, sie würde sogar froh sein über seinen Entschluss. Schon morgen würde er zu ihr in die Praxis gehen und sie fragen, ob er sie nach Großbritannien begleiten durfte. Endlich eine Perspektive, endlich eine Entscheidung.

Als Magda Brode sich wieder zu ihm umdrehte, fand Andreas die Kraft, sie anzulächeln. Seine Situation schien ihm nicht mehr aussichtslos, ganz im Gegenteil. Das Gespräch mit ihr hatte ihm zu einer Erkenntnis verholfen, und dafür war er ihr dankbar. Langsam schob er sich das Buch, das sie ihm überlassen hatte, unter den Arm und wandte sich ab. Für einen kurzen Augenblick bereute er, diese faszinierende Frau nicht früher getroffen zu haben.

»Nicolai, wo bist du?«

Ingeborgs Stimme ertönte draußen vor dem Büro, unter irgendeinem Vorwand suchte sie nach ihm. Erschrocken ließ Nicolai seine Zeitung unter dem Tisch verschwinden. Eigentlich wollte er weiterlesen, die Titelseite brachte schlechte

Neuigkeiten in Sachen Spielbank. So wie es in der Tagespresse stand, musste man befürchten, dass etwas dran war an den Gerüchten um das Bankhaus Rosenkranz – und ausgerechnet in dem Augenblick, in dem er der Angelegenheit auf den Grund hatte gehen wollen, störte ihn Ingeborg. In letzter Zeit suchte sie oft seine Nähe, während er Schwierigkeiten hatte, ihre Gegenwart zu ertragen, seitdem er über sie und Johannes Lehmann Bescheid wusste. Ihm schien es, als käme sie neuerdings wegen jeder Kleinigkeit zu ihm, bestimmt ging es auch heute nur um Kleinkram: um ein aufmüpfiges Zimmermädchen oder die eingebildeten Leiden der Köchin. Er kannte das alles zur Genüge und war der festen Überzeugung, dass Ingeborg damit eigentlich allein fertig werden musste.
»Nicolai? Kann ich dich kurz sprechen?«
Ingeborg schaute zur Tür herein, während er sich nicht rührte. Obwohl er sie schon beim Frühstück gesehen hatte, fiel ihm erst jetzt auf, dass sie ein neues Kleid trug: figurbetont und kurz, etwas Sommerliches in hellen Farben. Mit ihren Haaren hatte sie auch etwas angestellt, sie fielen ihr jetzt in großen Wellen bis auf die Schultern. Nett sah sie aus, ganz Hotelchefin, nur spürte er entgegen sonstiger Gewohnheit nicht die Neigung, ihr deswegen ein Kompliment zu machen. Ihre Affäre mit dem Doktor hatte seine Gefühle für sie ins Schwanken gebracht. Die Beharrlichkeit, mit der er sie viele Jahre geliebt hatte, schien ihm auf einmal unpassend und naiv. Er sah sie mit anderen Augen, jetzt da er wusste, dass sie ihn betrogen hatte. Seit Luises Indiskretion war er von seiner Frau enttäuscht, ohne dass er mit ihr darüber reden mochte, was in ihm vorging. Obwohl er wusste, dass er damit das Problem nicht löste, war er schweigsam geworden. Auch jetzt schaute er sie nur an und wartete darauf, dass sie zu sprechen begann. Sie spürte die Kluft anscheinend zwischen ihnen, jedenfalls wirkte sie verunsichert. Langsam kam sie näher.

»Störe ich?«
Er breitete die Arme aus, was alles Mögliche bedeuten konnte, doch sie sprach weiter, als hätte sie seine Geste nicht bemerkt.
»Ich wollte dir nur sagen, dass morgen früh ein Parteifunktionär aus Berlin anreist. Angeblich ist er ein Freund von Goebbels. Ich wollte dich bitten, ihn vom Bahnhof in Westerland abzuholen, damit er sich nicht der lästigen Prozedur des Umsteigens in die Inselbahn unterziehen muss. Falls deine Zeit es nicht erlaubt, schicke ich Andreas.«
War da ein spöttischer Unterton in ihrer Stimme? Machte sie sich lustig über ihn, oder täuschte er sich? Ihre Schwierigkeiten miteinander wirkten sich immer häufiger auch auf ihre Unterhaltungen aus, die oberflächlicher und nichtssagender wurden, je länger die Krise schwelte. Im Grunde hätte er längst mit Ingeborg reden müssen, aber noch fehlte ihm die Kraft dazu. Auch jetzt dachte er angestrengt über eine Antwort nach, die nichtssagend, aber diplomatisch genug war, um Ingeborg vorläufig zufrieden zu stellen. Doch im Grunde war das nicht nötig, denn sie sprach schon weiter. Ingeborg schnurrte ihren Text herunter, ohne ihn dabei anzusehen. Wahrscheinlich war sie verärgert, sie begriff nicht, was vorging. Natürlich spürte sie, dass er sie schlecht behandelte, ohne jedoch eine Vorstellung davon zu haben, worauf diese Kälte in ihrer Ehe zurückzuführen war. Manchmal wehrte sie sich mit kleinen Sticheleien – ihn berührte das wenig, weil er mit wichtigeren Überlegungen befasst war. Er hätte gern gewusst, warum es damals zu der Affäre gekommen war und ob Johannes Lehmann ihr heute noch etwas bedeutete.
Ingeborg war zum Fenster hinübergegangen. Dort stand sie, beide Hände auf das Fensterbrett gestützt, und schaute hinaus auf die mit Sonnenlicht übergossenen Dünen.
»Du fährst also zum Bahnhof, abgemacht?« Sie drehte sich um. »Ich möchte übrigens zukünftig das Abendessen gern

eine halbe Stunde später servieren lassen. Bei dem schönen Wetter, das wir im Moment haben –«
»Ein Jahrhundertsommer.«
Sie verstummte und schaute ihn an, als habe er soeben etwas ganz Außerordentliches gesagt. Ihr Blick wirkte verstört, er hatte sie anscheinend aus dem Konzept gebracht, dabei hatte er nur etwas Nettes sagen wollen, ausnahmsweise einmal.
»Ja, scheint so – jedenfalls kommen die Gäste bei dem Wetter erst spät vom Strand zurück. Ich wollte das Abendessen auf sieben Uhr verlegen, einverstanden?«
»Warum nicht, probieren wir es aus – wenn es den Leuten nicht gefällt, können wir es ja wieder ändern. War sonst noch etwas?«
Ein kaum verhohlener Rauswurf, aber Ingeborg reagierte gar nicht darauf. Scheinbar tief in Gedanken versunken, beugte er sich über seinen Kalender und notierte sich den Termin für morgen. Absichtlich ließ er sich damit Zeit, denn solange er beschäftigt war, musste er nicht mit ihr reden. Doch es half nichts, als er den Kopf hob, war sie immer noch da. Wollte sie vielleicht den längst überfälligen Ehekrach vom Zaun brechen? Nein, wohl nicht. Sie wirkte traurig, aber nicht wütend, sie machte eher einen ratlosen als erzürnten Eindruck. Langsam verschränkte sie die Arme vor dem Oberkörper.
»Ich möchte für ein paar Tage nach Kiel ins Krankenhaus fahren, um meine Mutter zu besuchen. Sie wird in zwei Tagen operiert, da würde ich Thiess gern zur Seite stehen. Es ist dir doch recht, wenn ich aufs Festland fahre?«
Der Tonfall ihrer Stimme hatte gewechselt, sie wirkte jetzt beinahe unterwürfig. Ihre ängstliche Scheu rührte ihn. Er war versucht, aufzustehen und zu ihr zu gehen, aber er blieb, wo er war. Natürlich konnte er nachvollziehen, dass sie sich Sorgen um ihre Mutter machte, obwohl es ihm nicht recht war, dass sie gerade jetzt verreisen wollte, wo sich in Sachen Rosenkranz etwas anbahnte. Vielleicht würde er selbst wegfahren

müssen – wer kümmerte sich dann um die Jungen, wenn sie nicht hier war? Die Hauptsaison stand vor der Tür, das Hotel war ausgebucht. Er beugte sich ein Stück über den Tisch und sah seiner Frau in die Augen.
»Könntest du das nicht verschieben? Ich weiß nicht, ob wir im Hotel ohne dich auskommen.«
»Warum nicht? Es ist doch nur für ein paar Tage. Ich rufe täglich bei euch an. Falls etwas passieren sollte, wäre ich schnell wieder hier.«
Er nickte, aber er war nicht überzeugt. Sollte er ihr von der Spielbank erzählen? Damit riskierte er Ärger, schließlich war sie schon immer gegen seine Beteiligung am Konsortium gewesen. Wenn sie mitbekam, wie tief das Vorhaben in Schwierigkeiten steckte, würde sie Theater machen, er kannte sie doch. Hilflos sah er sich um, aber ihm fiel nichts ein, womit er sie zum Bleiben hätte überreden können. Er lächelte vage.
»Und wer soll für Hannes und Stefan sorgen, wenn du nicht da bist?«
Seine Stimme klang belegt, aber Ingeborg schien es nicht zu bemerken. Ihr Blick war wieder auf die Dünenlandschaft vor dem Fenster gerichtet. Es schien im Moment für sie nichts Wichtigeres als das Wetter draußen zu geben: den Bilderbuchsommer, der wie ein Gemälde aus den Prospekten wirkte, die die Kurverwaltung neuerdings druckte.
Ingeborg drehte sich langsam zu ihm um. »Du bist doch im Haus, oder? Und die Köchin ist auch da. Wenn ich Andreas bitte, kümmert er sich bestimmt auch ab und zu um die Kinder. Außerdem fangen die Ferien an, da sind die Jungen sowieso den ganzen Tag am Strand.«
»Kann sein, aber –«
»Weißt du, es ist wichtig für Luise, dass sie jemand besucht. Doktor Lehmann meint auch, es wäre gut, wenn sie von der Familie Unterstützung bekäme. Sie wird schneller wieder auf den Beinen sein, wenn wir ihr helfen.«

»Doktor Lehmann? Na, wenn der das sagt, dann stimmt es natürlich, dann solltest du fahren. Schon aus alter Verbundenheit bist du ihm doch treu ergeben, habe ich Recht?«
Das hatte gesessen – und ihm hatte es gut getan, auch wenn die Bemerkung vielleicht nicht besonders feinfühlig gewesen war. Zufrieden verschränkte er die Arme vor dem Oberkörper und wartete ab, was als Nächstes passieren würde. Ingeborg errötete, sie schien nicht ganz zu begreifen, warum er verärgert reagierte. Vielleicht wollte sie es nicht verstehen, dabei ging ihm der Herr Doktor zunehmend auf die Nerven. Er konnte an den Mann nicht mehr denken, ohne wütend zu werden. Natürlich hätte er nachlegen können, Stoff genug besaß er seit Luises Eröffnung, aber irgendetwas hielt ihn davon ab. Stattdessen lehnte er sich in seinem Stuhl zurück und wartete, aber Ingeborg verließ einfach das Arbeitszimmer und ließ ihn mit seinen verwirrten Gefühlen zurück. Wieder hatte er eine Möglichkeit vertan, um sich mit ihr auszusprechen. Aber wie sollte er auch, ohne einen fürchterlichen Streit zu riskieren, den er jetzt eigentlich nicht brauchen konnte? Seine Ehe steckte in der Krise, und nun kam noch der Ärger um die Spielbank dazu.
Mit einem Ruck zog er die Zeitung aus ihrer Ablage unter dem Tisch hervor und studierte noch einmal die Schlagzeilen auf der Titelseite. In dem Artikel wurde behauptet, der Bankier Rosenkranz sei verschwunden, angeblich habe er sich in die Schweiz abgesetzt. Wenn das stimmte, was sollte dann aus dem Kasino werden? Würde der Rest des Konsortiums die Spielbank auch ohne Rosenkranz finanzieren können? Fände sich ein Nachfolger, der über genügend Geld und über ausreichend Erfahrung verfügte, um den Bankier zu ersetzen? Vielleicht war das Ganze auch bloß eine frei erfundene Geschichte, die die Zeitung ihren Lesern aus reiner Sensationslust auftischte. Doch warum sollte irgendein Schmierfink so etwas erfinden? Nicolai ließ seine Zeitung sinken und runzelte

dabei besorgt die Stirn. Gab es in diesem Moment überhaupt noch ein Spielbank-Konsortium, dessen Mitglied er war?

Heute Morgen war hier mal wieder der Teufel los – was tat eigentlich dieser Doktor Lehmann, dessen Name draußen unübersehbar ganz oben auf dem Schild der Praxis stand? Nichts tat der oder doch so gut wie nichts, denn fast alle Patienten, die hereinkamen, verlangten danach, zu Fräulein Doktor Beck vorgelassen zu werden. Verärgert über den Trubel um ihn herum, rückte Andreas ein kleines Stück in der Warteschlange vor, die sich vor dem Empfang der Praxis gebildet hatte. Er war ziemlich müde von der vergangenen Nacht, aber trotzdem war er entschlossen, heute mit Dorothee zu sprechen. Dass es nicht einfach werden würde, zu ihr zu kommen, war ihm klar. Er hatte keinen Termin, und die Brillenschlange, die das Vorzimmer versorgte, würde für ihn keine Ausnahme machen – die mochte ihn einfach nicht. Als er endlich an der Reihe war, gönnte sie ihm nicht einmal ein Begrüßungslächeln.

»Ach, der Herr Bütow, sieh da. Womit kann ich Ihnen helfen?

»Dürfte ich einen kurzen Augenblick mit Fräulein Doktor Beck sprechen?«

Er wusste schon, was sie sagen würde, bevor sie ihm antwortete – schließlich musste er ihr nur in die Augen sehen, um zu erkennen, was sie dachte. Ihr war er nur lästig, seine Anwesenheit störte den Ablauf in der Praxis. Hinter den dicken Gläsern ihrer Brille musterte sie ihn, ihr missfiel es sichtlich, dass er in der erklärten Absicht hier erschien, die kostbare Zeit des allseits verehrten Fräulein Doktor aus privaten Gründen zu stehlen. Dabei hatte er nicht vor, eine lebensrettende Notoperation im letzten Moment zu unterbrechen – er brauchte bloß ein paar Minuten für ein kurzes Gespräch unter vier Augen. Für ihn war das mindestens ebenso wichtig wie

der dreiundzwanzigste Fall von Bluthochdruck, den Dorothee heute Morgen zu behandeln haben würde. Entschlossen, nicht nachzugeben, fixierte er die Brillenschlange, insgeheim mindestens ebenso kampfbereit wie sie.
»Ich muss mit ihr sprechen, es ist wichtig. Melden Sie mich bitte an.«
Die Sprechstundenhilfe lachte. »Schauen Sie sich mal um, junger Mann. Meinen Sie, Sie sind hier der Einzige, der mit Fräulein Doktor Beck sprechen will? Mindestens zehn Leute warten darauf, vorgelassen zu werden. Und alle sind vor Ihnen gekommen.«
»Das sehe ich, aber ich muss jetzt mit ihr sprechen, auf der Stelle. Es dauert auch nicht lange.«
Sie lachte schon wieder, aber diesmal troff die Stimme dieses alten Suppenhuhns vor Spott. Was war komisch an dem, was er sagte? Wusste diese alte Schachtel überhaupt, wie es sich anfühlte, verliebt zu sein? Während er noch darüber nachdachte, was er ihr als Nächstes an den Kopf werfen konnte, kam sie hinter ihrem Empfangstresen hervor. Sie umrundete ihn und schüttelte dabei ihre dauergewellten Haare.
»Schluss mit den Späßchen, junger Mann. Sie setzen sich entweder ins Wartezimmer und bleiben dort, bis ich Sie rufe. Oder aber Sie gehen nach Hause und kommen wieder, wenn es hier nicht mehr so voll ist. Bei mir hat niemand Anspruch auf eine Vorzugsbehandlung, Sie auch nicht. Warten oder gehen Sie, ganz wie Sie möchten.«
Ihm lag eine heftige Antwort auf der Zunge, denn er kochte innerlich vor Wut. Aber obwohl ihm mindestens ein Dutzend Flüche auf der Zunge lagen, sprach er sie nicht aus. Schließlich wusste er, dass Widerstand aller Wahrscheinlichkeit nach zwecklos war. Jede freche Antwort würde die Frau noch mehr gegen ihn aufbringen und dafür sorgen, dass er noch länger warten musste. Vielleicht wurde Dorothee dort drinnen im

Moment wirklich dringend gebraucht, auch wenn er selbst glaubte, seine Frage sei im Moment die wichtigste auf der Welt. Ratlos stand er am Empfang und überlegte, als die Tür zum Sprechzimmer sich plötzlich öffnete. Durch den Türspalt konnte er sehen, wie Dorothee einem kleinen Jungen mit einem aufmunternden Lächeln die Hand reichte und ihn dann zu der Doppeltür begleitete. Als sie den Kopf hob, begegnete ihr Blick dem seinen. Sie schien überrascht, aber Wiedersehensfreude zeichnete sich auf ihrem Gesicht nicht ab. Dennoch gab sie ihm im nächsten Moment von der Türschwelle aus einen Wink. Sofort schob er sich an der verdutzten Sprechstundenhilfe vorbei und schlüpfte ins Behandlungszimmer. Er hatte die Tür noch nicht richtig hinter sich geschlossen, als Dorothee sich ihm schon zuwandte. Sie war verärgert. Die Geste, mit der sie das Stethoskop abnahm, das über ihrem Kittel hing, verriet ihren Ärger genauso wie die kleine Falte, die sich zwischen ihren Augenbrauen gebildet hatte. Selbst der Ton ihrer Stimme verriet Ungeduld und mühsam gebremsten Zorn.

»Was tust du hier, Andreas? Wir waren nicht verabredet, oder?«

»Nein, waren wir nicht.«

Sie hatte hinter ihrem Schreibtisch Platz genommen und begonnen, sich Notizen zu machen. Nahe daran, kommentarlos den Rückzug anzutreten, sah er ihr einen Moment schweigend zu. Dieser Empfang animierte ihn nicht dazu, das Thema anzuschneiden, dessentwegen er gekommen war. Warum war sie so ungeheuer verärgert über seinen unangekündigten Blitzbesuch? Es kränkte ihn, dass sie sich derart von ihm gestört fühlte, schließlich kam er nicht jeden Tag hierher und unterbrach sie bei ihren zugegebenermaßen wichtigen Tätigkeiten. Er suchte nach den passenden Worten, um ihre Aufmerksamkeit zu wecken, aber sie schrieb weiter, vermutlich hörte sie sowieso nicht zu. Nach einer Weile sah sie end-

lich von ihren Papieren auf, sein Schweigen war ihr wohl doch aufgefallen.
»Ist etwas passiert?« Skeptisch runzelte sie die Stirn.
»Ich bin heute Nacht zu einem Entschluss gekommen.«
Er verstummte und wunderte sich im Stillen über sich selbst. Hatte er sich seine Rede auf dem Weg hierher nicht schon längst bis in alle Einzelheiten zurechtgelegt? Unterwegs war es ihm vernünftig erschienen, jetzt klang es nur pathetisch.
»Und um welchen Entschluss handelt es sich, wenn ich fragen darf? Sei mir nicht böse, aber heute ist viel los, ich bin ziemlich in Eile. Eigentlich würde ich unser Gespräch lieber auf ein anderes Mal verschieben, wenn es etwas ruhiger ist.«
Während sie die Ellenbogen auf die Tischplatte stützte, schaute sie ihn prüfend an, aber er wollte sich nicht vertrösten lassen. Die Idee von der gemeinsamen Auswanderung schien ihm enorm wichtig, ihre Antwort war entscheidend für seine Zukunft. Er hatte die kurze Mittagspause im Hotel genutzt, um nach Westerland zu kommen, er hatte die ganze Strecke mit dem Fahrrad zurückgelegt – und jetzt hatte sie keine Zeit für ihn, das durfte nicht sein. Seit ihrem gemeinsamen Nachmittag am Strand war er sich seiner Gefühle für sie sicher. Er wollte Klarheit und nahm deshalb allen ihm verbliebenen Mut zusammen.
»Ja, es ist etwas passiert, und darüber würde ich gerne mit dir sprechen.«
»Sag schon, was passiert ist, ich habe nicht viel Zeit. Das Wartezimmer ist –«
»Randvoll, das hatten wir schon. Außerdem hat jeder zu warten, bis er an der Reihe ist, auch das habe ich schon von dem Drachen im Vorzimmer zu hören bekommen.«
»Dann weißt du ja, woran du bist.«
Sie lachte nervös, stand auf und kam hinter dem Schreibtisch hervor. »Es ist wirklich viel zu tun. Doktor Lehmann ist zu einer Entbindung gerufen worden und hat mich hier allein ge-

lassen. Ständig klingelt es an der Tür, oder es läutet das Telefon, ich komme kaum hinterher. Also, was ist los?«
Jetzt lächelte sie wenigstens, wenn auch nur für einen Moment, während er abwartete, ob sie näher kommen und ihn berühren würde. Gleich darauf war der sanfte Zug aus ihrem Gesicht schon wieder verschwunden. Sie blieb neben dem Schreibtisch stehen und wartete – es half nichts, er musste heraus mit der Sprache. Andreas räusperte sich, fest dazu entschlossen, die Dinge jetzt beim Namen zu nennen, mochten die Umstände auch ungünstig sein.
»Ich liebe dich, Dorothee, das weißt du, nicht wahr? Wenn du nach Großbritannien gehst, möchte ich dich begleiten. Ich will dich nicht verlieren. Nimm mich bitte mit, wenn du das Land verlässt.«
»Was sagst du da?«
»Ich möchte, dass wir zusammen nach England gehen. Ich möchte, dass wir zusammenbleiben.«
»Du schneist hier herein in dieses Chaos, um mir das zu sagen? Irgendwie ist das rührend, aber –«
Endlich kam sie zu ihm. Er spürte ihre Gegenwart und atmete den Duft ein, den sie verströmte, während sie sich zu ihm vorbeugte und ihm über die Wange strich. Um diese Berührung genießen zu können, schloss er die Augen, aber gleich darauf begann draußen wieder das Telefon zu läuten. Schritte hallten über den Gang, eine Tür schlug zu. Dorothee drehte sich um und trat einen Schritt zurück.
»Jetzt ist wirklich nicht der richtige Zeitpunkt, um darüber zu reden, verstehst du? Wir müssen uns in Ruhe unterhalten. Das Ganze ist nicht so einfach, wie du es dir vielleicht vorstellst.«
»Was meinst du damit?«
»Aber das liegt doch auf der Hand. Du bist noch nicht fertig mit deiner Ausbildung. Ein Jurastudium ohne einen regulären Abschluss wird in Großbritannien nicht anerkannt. Das eng-

lische Rechtssystem unterscheidet sich außerdem grundlegend von unserem, das weißt du doch, oder?«

»Das ist unwichtig, Dorothee, damit komme ich schon zurecht. Ich habe letzte Nacht Magda Brode beim Aufräumen in ihrem Haus geholfen –«

»Wer ist Magda Brode?«

Anstatt zu antworten, schob er mit einem leisen Seufzer seine Hände in die Hosentaschen. Dorothee ausgerechnet jetzt die traurige Lebensgeschichte des Hufschmieds zu erzählen, lag nicht in seiner Absicht, das kostete nur Zeit. Er wollte nur ihr Einverständnis zu seinem Entschluss, alles andere war unwichtig. Während er nach den passenden Erklärungen für seine Gefühle suchte, schüttelte sie den Kopf, sichtlich verwundert über den Unsinn, den er erzählte.

»Und wovon willst du drüben leben, Andreas? Hast du mir nicht gerade neulich erst erzählt, dass du im Herbst dein Staatsexamen machen willst?«

Ja doch, das hatte er ihr erzählt. Andreas ließ den Kopf sinken, denn er spürte, dass das Gespräch nicht besonders gut für ihn lief. Vermutlich hätte er es anders anpacken müssen, denn natürlich hatte sie Recht mit dem, was sie ihm vorhielt. Sicher würde es in England beruflich schwieriger werden, aber das zählte nicht. Er brauchte ihr Einverständnis für die gemeinsame Auswanderung, ihm war es wichtig, dass auch sie mit ihm zusammenbleiben wollte. Kopfgesteuert, wie sie war, dachte Dorothee erst mal an die praktischen Folgen ihrer gemeinsamen Flucht. Für ihn ging es nur um Gefühle, und für sie ging es nur um die Vernunft. Als er aufsah, war ihr Blick auf ihn gerichtet, aber ihr Gesicht war unbewegt. Sie hatte sich hinter ihrem altmodischen, übergroßen Schreibtisch verbarrikadiert, die Arme vor dem Oberkörper verschränkt. Langsam zuckte er mit den Achseln.

»Ich weiß, dass es in Großbritannien für mich beruflich nicht einfach wird, aber das macht mir nichts. Ich bin es gewohnt, hart zu arbeiten. Ich werde auch an einer englischen Universität Erfolg haben. Früher oder später werde ich die Zulassung zum Anwalt bekommen.«

»Und bis dahin? Es ist verständlich, dass du über die Zukunft nachdenkst, aber ich kann dich nicht einfach wie ein Stück Gepäck unter den Arm nehmen, wenn ich das Land verlasse. Du brauchst ein Visum. Leute ohne abgeschlossene Berufsausbildung haben keine großen Aussichten darauf, von den englischen Behörden ein Visum zu bekommen. Die Engländer sind Emigranten gegenüber nicht gerade aufgeschlossen. Man kann es ihnen nicht verübeln, es kommen einfach zu viele Flüchtlinge. Sprichst du überhaupt Englisch?«

»Es geht. Ich werde daran arbeiten.«

Dorothee lachte. »Andreas, ich habe dich wirklich gern, aber denk doch bitte einmal nach. Du musst einen erlernten Beruf und ein paar Ersparnisse haben, wenn du im Ausland überleben willst. Du brauchst Beziehungen, und du solltest die Sprache deines Gastlandes beherrschen. Tut mir Leid, aber ich plane keinen Ausflug ins Grüne. Ich muss unter schwierigen Umständen ein neues Leben beginnen, verstehst du? Es wird schon hart genug für mich allein, glaube mir.«

»Ich verstehe. Du kannst niemanden wie mich gebrauchen, der von dir abhängig ist. Ich wäre bloß ein Klotz an deinem Bein, das ist es, was du mir sagen willst.«

Im ersten Moment schien es, als wolle sie etwas erwidern, doch dann blieb es still. Ihr Schweigen bedeutete ein Ausmaß an Zustimmung, mit dem er nicht gerechnet hatte. Wie betäubt saß er da und starrte sie an, bis es ihm schien, als würde er jeden Moment an ihrem Schweigen ersticken können. Sie sollte nicht bemerken, wie unglücklich er war, also lächelte er tapfer gegen das wachsende Unbehagen an, das ihn quälte. Alles, was er aus ihrer Antwort hatte heraushören können, war, dass sie ihn nicht dabeihaben wollte, wenn sie demnächst fortging. Anstatt sich über seinen Vorschlag zu freuen, brachte sie nur Einwände vor. Warum hatte er sie nur gefragt? Der Nachmittag am Strand war Schuld daran, dass er den Mut gefasst und hierher gekommen war. Nach den wenigen wundervollen Stunden zu zweit hatte er geglaubt, es sei auch von ihrer Seite Liebe im Spiel. Als er noch einmal ihren Blick suchte, hatte sie schon wieder zu schreiben begonnen.

»Ich finde es schön, dass du dir Gedanken über uns machst, aber ich finde, du solltest zuerst dein Studium abschließen. Wir bleiben in Verbindung, das verspreche ich dir. Ich schreibe dir, wenn ich drüben bin. Du kannst mich besuchen, und wenn wir beide dann der Meinung sind, dass wir zusammenleben wollen –«

»Du hast Recht, ich sollte erst mein Staatsexamen hinter mich bringen. Vergiss den Rest. Das Ganze war nur so eine Idee.«

Abrupt wandte er sich ab. Er war tief gekränkt, ihre Zurückweisung traf ihn härter, als es ihm lieb war. Wozu noch lange hier herumstehen und Süßholz raspeln? Er ging, mit großen Schritten hielt er auf die Tür zu. Insgeheim hoffte er, dass sie ihn zurückrufen würde, aber das tat sie nicht. Das Telefon auf ihrem Schreibtisch hatte zu läuten begonnen. Als er nach der Türklinke griff, nahm sie den Hörer ab. Dieser Anruf war wahrscheinlich eine willkommene Ablenkung für sie und bewies, was er bereits geahnt hatte: Alles, was ihre Arbeit betraf, war ihr mindestens ein Dutzend Mal wichtiger als seine albernen Liebesschwüre.

Schweigend verließ er das Sprechzimmer, nur um draußen vor der Tür schon wieder mit der bebrillten Sprechstundenhilfe zusammenzustoßen, die ihm dort aufgelauert zu haben schien. Hinter ihren großen Gläsern warf sie ihm einen langen und zweifellos missbilligenden Blick zu.

»Da sind Sie also wieder, wie schön. Ist Fräulein Doktor jetzt frei?«

Das klang vorwurfsvoll, aber er beschloss, ihre alberne Atta-

cke zu ignorieren, zumal es ihre letzte sein würde, wenn es nach ihm ging. Er wusste, dass er die Zeit ihrer Chefin in ihren Augen entschieden zu lange in Anspruch genommen hatte, also nickte er und brachte es dabei sogar fertig, zu lächeln.
»Ja, sie ist frei, jedenfalls was mich anbelangt.«
Die Brillenschlange stutzte angesichts seiner Antwort, aber er verspürte nicht die geringste Lust, noch irgendetwas hinzuzusetzen. Gerade als er sich an ihr vorbeischieben wollte, entdeckte er den Herrn in ihrer Gesellschaft, der ihm auffiel, weil er nicht wie ein Patient aussah. Der Mann war ein Besucher von Format, wie es schien, seiner Kleidung und seinem Auftreten nach zu urteilen besaß er Geld. Er trug einen maßgeschneiderten Anzug mit einer noblen Weste dazu, den farblich genau passenden Hut hielt er in der Hand. Seine Lederschuhe waren anscheinend neu, und wenn er selbst auch nicht mehr der Jüngste war, hatte er doch Stil.
»Wenn ich Sie dann hier entlang bitten darf, Herr Professor?«
Der Vorzimmerdrachen stieß die Tür zu Dorothees Sprechzimmer auf. Andreas folgte ihr, er konnte nicht anders. Seine Neugierde ließ es nicht zu, dass er sich einfach abwandte, er musste wissen, was dieser Herr Professor von Dorothee wollte. Von seinem Platz auf dem Gang beobachtete er, wie der Unbekannte auf sie zuging. Er breitete die Arme aus, zog sie an sich und küsste sie auf beiden Wangen. Dann fiel die Tür zu.
Ein echter Professor gab sich also die Ehre und besuchte Fräulein Doktor, das war interessant. Was mochte der feine Pinkel hier wollen? War er etwa eigens für diesen Besuch vom Festland angereist? Andreas lauschte noch einen Moment, ihm war, als hörte er aus Dorothees Zimmer Gelächter. Zwischen den beiden ging es offenbar hoch her, da hatten sich mindestens zwei gute Freunde wiedergefunden. Einen Augenblick stand er noch in der Nähe der Tür herum, dann pirschte er sich widerwillig noch einmal an die Sprechstundenhilfe he-

ran, die eben in Richtung Wartezimmer an ihm vorbeirauschen wollte.
»Entschuldigung, sagen Sie, wer war der Herr? Ich glaube, ich kenne ihn, aber ich habe seinen Namen vergessen.«
Er versuchte, noch einmal Charme zu versprühen und zu lächeln, aber dem Zerberus imponierte das nicht, sie schüttelte bloß den Kopf.
»Den Herrn kennen Sie mit Sicherheit nicht, der kommt aus Berlin. Professor Steinhäuser arbeitet an der Charité, er war der Doktorvater von Fräulein Doktor Beck.«
Die Brillenschlange entschwand, während Andreas noch einen Moment wie erstarrt an seinem Platz stand, bevor er sich auf den Weg zum Ausgang machte. Er kam also aus Berlin, der Herr im Maßanzug. Offenbar hatte er einen langen Weg zurückgelegt, um seinen Augapfel Dorothee Beck wiederzusehen. Für Andreas war dieser Morgen damit endgültig erledigt. Der Herr Professor wurde begeistert empfangen, und er war abgeblitzt. Er schluckte, doch dann siegte der Trotz in ihm. Mit aller Macht kämpfte er die Enttäuschung nieder, die er empfand. Mochte Dorothee doch gehen, wohin sie wollte und mit wem sie wollte. Auch wenn es ihm schwer fiel, er würde sie ziehen lassen. Immerhin war sie nicht die einzige Frau, die er sich an seiner Seite vorstellen konnte – und Großbritannien war bestimmt nicht das einzige Land, in dem man ein neues Leben beginnen konnte.

Kapitel 11

Der Hauptbahnhof hatte sich kaum verändert. Schon als Nicolai den ersten Fuß auf den Bahnsteig setzte, fühlte er sich gefangen genommen von der Atmosphäre, die der Ort auch in seiner Erinnerung besaß. Er erkannte die hohe Halle mit den stählernen Bögen wieder, die Freitreppen, auf denen die Menschen sich drängten, eingehüllt in den Lärm und Dampf der Lokomotiven. Zeitungsjungen schrieen das Neueste von den Titelseiten in die Welt hinaus, jede Menge Kofferträger boten ihre Dienste an. Der Geruch nach verbrannter Kohle und warmem Metall lag in der Luft, gemischt mit den Abgasen der Automobile, die auf dem Vorplatz warteten – das war der Duft des Fernwehs, so kannte er sein Hamburg. Doch, der Hauptbahnhof war ihm vertraut, auch wenn es früher hier noch nicht von braunen Uniformen gewimmelt hatte.

Nicolai griff nach seiner Reisetasche, die neben ihm auf dem Boden stand, und machte sich auf den Weg zum Jungfernstieg, wo sich der Firmensitz des Bankhauses Rosenkranz befand. Alle norddeutschen Zeitungen brachten heute die Geschichte, wonach der Inhaber des über zweihundert Jahre alten Familienunternehmens sich angeblich nach der Entdeckung krimineller Börsengeschäfte in die Schweiz abgesetzt haben sollte. Nicolai hielt das alles für Unsinn, frei erfundene Ereignisse, die das Bankhaus nur in Misskredit bringen sollten. Er kannte Julius Rosenkranz und wusste, dass es sich um einen seriösen Mann handelte. Der Mann war Bankier aus Leidenschaft, er war einer, der sein Geschäft von der Pike auf gelernt hatte. Warum sollte eine Persönlichkeit wie er sich an verbotenen Geldschiebereien beteiligen und ins Ausland flüchten? Rosenkranz hatte es nicht nötig, gierig zu sein, er hatte sein Schäfchen längst im Trockenen. Er war kein Krimineller, es sei denn, Nicolai hatte sich gewaltig in ihm getäuscht. Das, was die Zeitungen als den »Betrugsfall Rosenkranz« verkauften, konnte nur eine Intrige seiner Feinde sein. Draußen auf dem Vorplatz traf ihn das Sonnenlicht mit ganzer Wucht. Der Großstadthimmel war wolkenlos und so weit, dass man in seinem Anblick ertrinken konnte. Zielstrebig ging Nicolai durch die Gassen in Richtung Alster, die wie flüssiges Silber glitzerte, ein Anblick, der ihn faszinierte, denn er kannte die Stadt nur in Schnee und Nebel gehüllt. Damals, in seinem Hungerwinter gleich nach dem Krieg, war der Fluss vereist gewesen, der Himmel darüber alle Tage grau und wolkenverhangen. Heute dagegen fand sich keine Spur von Kälte. Dampfer zogen auf dem Wasser ihre Bahnen, Möwen hingen kreischend im wolkenlosen Blau. Unten in dem Pavillon am Ufer hatte er einmal mit Amelie an einem Sonntagnachmittag Kaffee getrunken, obwohl sie sich das eigentlich nicht hatten leisten können. Stundenlang hatten sie händchenhaltend beieinander gesessen und an dem Malzkaffee genippt, den ein schnöseliger Kellner ihnen serviert hatte. Die zauberhaften Stunden, die sie damals miteinander verbacht hatten, waren inzwischen bei ihm ebenso in Vergessenheit geraten wie Amelie, die Frau, die er damals aufrichtig geliebt hatte. Jahrelang hatte er nicht mehr an sie gedacht – oder nicht an sie denken dürfen, um nicht zu gefährden, was er sich nach seiner Rückkehr aus dem Krieg mit Ingeborg geschaffen hatte. Hier in Amelies Heimatstadt allerdings gewann die Erinnerung an diese Zeit neuen Glanz. Warum hatte er nicht versucht herauszufinden, was aus Amelie Fuchs geworden war, dieser blonden Schönen, die ihn nach seiner Rückkehr von der Front bei sich zu Hause aufgenommen hatte, ohne Fragen zu stellen?

Er promenierte den Jungfernstieg hinauf, als hätte er alle Zeit der Welt, dabei brachte es ihn nicht weiter, wenn er in Erinnerungen versank. Seine Tage mit Amelie waren vorüber, und nichts von dem, was sie miteinander verbunden hatte, exis-

tierte noch. Er war einzig und allein hier, um die Sache Rosenkranz aufzuklären, deshalb zwang er sich, den Blick auf die Häuserfronten zu richten. Die Reisetasche unter dem Arm suchte er nach Hausnummern und Firmenschildern, bis er schließlich fand, wonach er Ausschau hielt. Das Bankhaus Rosenkranz war ein vierstöckiges Gebäude mit einer prächtigen Jugendstilfassade, dessen hohe Fenster auf das Ufer der Alster ausgerichtet waren. Die Messingtafel mit dem Firmennamen prangte neben dem Eingang, aber die Türen zu den Geschäftsräumen waren durch schmiedeeiserne Gitter blockiert. Das Gebäude wirkte verlassen, normale Bankgeschäfte schien es hier nicht zu geben. Sollte das etwa alles sein, was er zu sehen bekam? Nicolai wollte gerade an einem der Türgriffe rütteln, als sein Blick auf die Stufen fiel, die zum Haupteingang hinaufführten. Irgendein Schmierfink hatte mit roter Farbe das Wort »Judensau« auf die Steinplatten geschrieben – in einem hässlichen und knalligen Rot sprang dem Betrachter das Wort geradezu in die Augen. Nicolai betrachtete die Aufschrift schweigend und bekam dabei zum ersten Mal eine Vorahnung von dem, was sich hier abgespielt haben konnte. Natürlich war es ihm nicht neu, dass Julius Rosenkranz aus einer jüdischen Kaufmannsfamilie stammte, das verriet ja schon sein Name. Bisher hatte er sich über die Abstammung des Bankiers keine Gedanken gemacht, wahrscheinlich, weil es ihn nicht gestört hatte, dass der Mann jüdischen Glaubens war. Immerhin hatte er auch gewusst, dass die Nazis das anders sahen. War dem ehemals von allen so geschätzten Bankier vielleicht der Glaube seiner Vorfahren zum Verhängnis geworden? Er zumindest konnte sich nicht vorstellen, dass die Nazis es gewagt hatten, sich mit einem derart mächtigen und einflussreichen Mann anzulegen. Und wenn doch?
Ratlos sah Nicolai zu den Fenstern der höher gelegenen Stockwerke hinauf. Was sollte er tun? Hatte es Sinn, noch länger hier herumzustehen? Außer ihm schien sich niemand

für das Gebäude zu interessieren. In dem Moment, als er sich abwenden wollte, entdeckte er im Parterre einen Seiteneingang, der unverschlossen zu sein schien. Die unscheinbare Tür war nur angelehnt, als er ihr einen Stoß versetzte, öffnete sie sich. Ohne lange zu überlegen, kletterte er die Stufen zum Souterrain hinunter und betrat den dunklen Gang, der dahinter lag. Die absolute Stille, die ihn umgab, besaß etwas Unheimliches. War er tatsächlich allein hier? Es schien so, denn um ihn herum war es ruhig. Schmucklose Wände, ein kalter Steinfußboden und eine eiserne Treppe, die in die oberen Stockwerke des Gebäudes hinaufführte – er musste das Gebäude durch den Personaleingang betreten haben. Vielleicht war es ein Fehler, weiterzugehen, aber seine Neugierde war stärker als jeder andere Impuls, deshalb beschloss er, das Haus auf eigene Faust zu erkunden. Vielleicht waren dort oben noch ein paar Angestellte mit der Abwicklung der Firma beschäftigt. Irgendwo musste es Leute geben, die ihm wenigstens einige der Fragen beantworten konnten, die ihn beschäftigten.

Langsam tastete er sich die schmalen Stufen der Treppe hinauf, wobei jeder seiner Schritte gespenstisch im Treppenhaus widerhallte. Im ersten Stockwerk bot sich ihm das gleiche Bild von Leere wie im Erdgeschoss: keine Menschenseele, nichts als Gänge und verschlossene Türen. War es zu gefährlich, weiterzugehen? Während er sich auf dem Treppenabsatz umdrehte, um sich noch einmal umzusehen, öffnete sich knarrend eine der Türen auf dem Gang. Eine junge Frau in einem leichten Sommerkleid erschien auf dem Flur, eine hölzerne Lade mit Büroutensilien unter dem Arm und einen von diesen kecken, kleinen Hüten auf dem Kopf, wie sie in diesem Sommer Mode waren. Sie sah ihn nicht, sondern hantierte mit einem Schlüssel, mit dem sie die Bürotür verschloss. Als sie sich umdrehte, trafen sich ihre Blicke. Das Erstaunen, das in ihrem jungen Gesicht lag, machte ihm klar, dass das, was er

hier tat, im schlimmsten Fall als Hausfriedensbruch gesehen werden konnte. Jetzt wegzulaufen, schien ihm allerdings auch nicht viel sinnvoller, lieber würde er der Fremden erklären, weshalb er gekommen war. Die junge Dame musterte ihn schweigend und mit einem kühlen Blick, der voller Ablehnung zu sein schien. Vielleicht hielt sie ihn für einen Vertreter? Viele von diesen hartnäckigen Klinkenputzern schreckten auch vor einer Firmenleiche im Konkurs nicht zurück.
Endlich löste sie sich aus ihrer Erstarrung und trat auf ihn zu.
»Was machen Sie denn hier? Wie kommen Sie überhaupt hier herein? Die Bank ist heute geschlossen, wissen Sie das nicht?«
Ihre Stimme bekam einen schrillen Klang in der Leere, die sie umgab. Die aufgeregte Art dieser junge Person schien Nicolai auf Anhieb nicht sonderlich sympathisch, aber wenn er etwas über den Zustand der Bank erfahren wollte, musste er wohl oder übel mit ihr reden. Ihm fiel nichts Besseres ein, als die eher frostige Atmosphäre mit einem kleinen Lächeln aufzulockern, aber die Frau vor ihm reagierte gar nicht darauf. Ihr Gesicht blieb ernst und verschlossen.
»Sie müssen von hier verschwinden, hören Sie? Die Bank ist für Kunden geschlossen.«
»Das mag sein, aber ich bin nicht irgendein Kunde. Ich suche Herrn Rosenkranz. Können Sie mir sagen, wo ich ihn finde?«
»Herrn Rosenkranz? Lieber Himmel, lesen Sie denn keine Zeitungen?« Die junge Frau starrte ihn so fassungslos an, als habe er den Verstand verloren. Schweigend und ohne eine Spur von Bedauern schüttelte sie den Kopf und wandte sich ab. Wenn sie nur gewollt hätte, hätte sie ihm bestimmt noch etwas Bedeutsames mitteilen können, das spürte er, deshalb blieb er stehen und wartete, bis sie die Lade in ihrer Hand umgedreht und sich unter den Arm geschoben hatte. Jetzt sah sie ihn wieder an, noch immer mit einer Mischung aus Unbehagen und Ungeduld.

»Hören Sie, Herr Rosenkranz befindet sich im Ausland, mehr kann ich Ihnen nicht sagen. Es ist besser, wenn Sie jetzt gehen. Unbefugten ist das Betreten des Hauses verboten. Die Firma ist beschlagnahmt, hier finden keine Bankgeschäfte mehr statt.«

»Und wieso nicht?«

Nicolai wartete auf eine Antwort, aber die Blondine schaute ihn nur resigniert an. Er hatte sich eindeutig eine bessere Auskunft erhofft, aber leider schien sie dazu nicht bereit zu sein. Sie setzte sich in Bewegung. Ohne lange nachzudenken, folgte er ihr, so dass sie nebeneinander zur Treppe liefen.

»Stimmt es, dass Herr Rosenkranz in der Schweiz ist? Ich bin ziemlich weit gereist, um mit ihm zu sprechen. Eine Unterredung mit ihm ist sehr wichtig für mich, bitte glauben Sie mir.«

»Tut mir Leid, aber ich darf Ihnen keine Auskunft geben. In Kürze wird ein Verwalter für die Firma bestellt. Setzen Sie sich mit dem in Verbindung.«

Sie stieg die Treppe hinunter und war im nächsten Augenblick auch schon verschwunden. Nicolai nahm mehrere Stufen auf einmal, um sie nicht ganz aus den Augen zu verlieren. Die kleine Person wusste etwas, er hätte ihr gerne noch einige Fragen gestellt, aber sie blieb nicht stehen. Er beugte sich so weit über das Geländer, bis er einen Blick auf ihr Kleid werfen konnte, das wie ein bunter Punkt über den grauen Steinfußboden im Erdgeschoss schwebte.

»Können Sie mir die private Adresse von Herrn Rosenkranz geben? Es ist wirklich wichtig.«

Zu seiner Überraschung hob sie den Kopf und sah mit großen Augen verständnislos zu ihm auf.

»Die private Adresse von Herrn Rosenkranz wollen Sie? Er hat keine mehr. Sehen Sie zu, dass Sie fortkommen. Hier ist nichts mehr zu holen. Gehen Sie, bevor die Polizei Sie erwischt.«

Die Polizei? Ihre Worte hallten durch das leere Treppenhaus,

während sie sich endgültig abwandte. Ihre Absätze klapperten über die Stufen, die ins Freie führten, ihr Kleid flatterte aus seinem Sichtfeld. Nicolai wartete, bis er die Tür im Parterre krachend ins Schloss fallen hörte – dann wurde es endgültig still in dem riesigen Gebäude. Jetzt, da er endgültig allein war, empfand er die Stille noch bedrückender als zuvor. Was hatte die junge Frau gesagt – Rosenkranz hatte keine private Adresse mehr? Wer kam schon ohne festen Wohnsitz aus, noch dazu als Geschäftsmann? Wollte sie damit andeuten, dass Rosenkranz das Land verlassen hatte, so wie es in den Zeitungen stand – oder hieß das etwa, dass der Mann nicht mehr lebte? Die Vorstellung von einem gewaltsamen Tod des Bankiers überfiel Nicolai so plötzlich, dass sein Herz vor Aufregung laut zu klopfen begann. Er versuchte, den Gedanken nicht weiterzuspinnen und sich keine Einzelheiten dazu auszumalen, aber vergeblich, die Vorstellung ließ ihn nicht mehr los.
Hatten die Nazis Rosenkranz umgebracht? Das war doch unmöglich, oder? Hinter vorgehaltener Hand hörte man so einiges über Judenverfolgungen, aber bisher hatte er sich damit nicht beschäftigt – wozu auch? Wenn man von Julius Rosenkranz absah, kannte er keine Juden. Auf der Insel lebten kaum jüdische Familien, zumindest er kannte keine. Gerüchte dieser Art gab es über die Nazis allerdings immer wieder, sogar ihm waren sie zu Ohren gekommen. Er hatte sich bisher kaum darum gekümmert, jetzt schien es ihm, als sei das ein Fehler gewesen. Hätte er beizeiten auf das gehört, was geredet wurde, so hätte er sich die Reise hierher vielleicht sparen können. Wenn es stimmte, was über die Nazis und ihren Judenhass geflüstert wurde, dann hatten sie Rosenkranz vielleicht wirklich aus dem Weg geschafft, nur weil er zu mächtig und obendrein jüdischer Abstammung gewesen war.
Er schloss für einen Moment die Augen, bis ein Geräusch ihn zusammenfahren ließ. Nicolai erschrak so sehr, dass er um ein

Haar seine Reisetasche hätte fallen lassen. Unten vor dem Portal fuhr ein Automobil mit quietschenden Reifen vor, Autotüren wurden zugeschlagen, Stimmen drangen von der Straße herein. Schritte waren zu hören, jemand betrat das Gebäude, wobei dieser Jemand sich nicht die geringste Mühe gab, leise zu sein. Kamen sie jetzt, um sich über die restlichen Hinterlassenschaften des Bankiers herzumachen? Immerhin, die Blondine hatte ihn gewarnt, sie hatte ihm dringend geraten, sofort zu gehen. Warum hatte er nicht auf sie gehört? Wer auch immer dort unten rumorte, früher oder später würde er heraufkommen und ihn finden. Falls er es mit der politischen Polizei zu tun bekam, konnte es ungemütlich für ihn werden, denn die war nicht zimperlich. Er musste hier weg – aber wohin?

Wieder waren Stimmen zu hören, wieder näherten sich Schritte. Nicolai drehte sich um. Die Treppe vor ihm war blockiert, denn dort unten lauerte die Polizei. Wo war das Haupttreppenhaus? Er hatte keine Ahnung, wo er sich befand, und wusste nicht, wohin er sich wenden sollte. Selbst wenn er zum Haupteingang finden würde, war der wahrscheinlich verriegelt – die schmiedeeisernen Gitter vor dem Portal fielen ihm ein. In seiner aufkeimenden Panik drehte Nicolai sich auf dem Absatz um und lief auf die nächstbeste Tür zu, die sich zu seiner Überraschung öffnen ließ. Mit einem Satz war er in dem angrenzenden Büro, aber war er hier in Sicherheit? Atemlos lehnte er sich gegen die Tür und lauschte. Kam da wer? Er nahm nichts weiter wahr als das nervöse Klopfen seines Herzens. Wie sollte er hier wieder herauskommen? Vermutlich wimmelte es schon im ganzen Haus von Polizei. Er konnte nur hoffen, dass sie schnell wieder verschwanden – aber warum sollten sie das tun? Was die Nazis anpackten, machten sie gründlich, dafür waren sie bekannt.

Während er in dem verlassenen Büro stand, ein Ohr an die Tür gepresst, trat ihm der Schweiß auf die Stirn. Was war mit dem Fenster? Auf Zehenspitzen schlich er zur anderen Seite des Raumes und tastete sich an der Fensterfront entlang. Der obere Teil der Scheibe bestand aus undurchsichtigem Milchglas, deshalb konnte er nur durch einen schmalen Spalt unter dem Fensterkreuz einen Blick auf die Straße werfen. Er sah eine schwarze Limousine mit verhängten Scheiben vor dem Haus stehen, die typische Karosse der Zivilfahnder. Wie bescheiden sie doch waren und wie diskret sie vorgingen. Jeder, der diesen Wagen sah, würde sofort wissen, dass die Nazis der Bank einen Besuch abstatteten. Er musste ihnen ein Schnippchen schlagen, sie durften ihn nicht kriegen. Wie kam er hier heraus?

Nicolai schaute sich um, aber die Bestandsaufnahme war kurz, der Raum war beinahe leer. Ein wuchtiger Schreibtisch stand in der Mitte des Zimmers, ein alter Aktenschrank war mit einer Rollladentür verschlossen. Das Inventar half ihm nicht weiter, ebenso wenig wie das Fenster, das auf die Straße hinausging, denn immerhin befand er sich im ersten Stock. Er saß fest, er hockte in der Falle. Noch einmal spähte er ins Freie, aber die schwarze Limousine stand noch immer da, wo sie bei ihrer Ankunft geparkt worden war. Als er sich abwenden wollte, entdeckte er neben dem Wagen die junge Frau im Sommerkleid, mit der er sich im Treppenhaus unterhalten hatte. Überrascht sah er noch einmal hin und fand bestätigt, was er schon wusste: Die Blondine mit dem kecken Hut war zurückgekommen. Sie stand dort unten neben dem Wagen mit den verhängten Fensterscheiben. War es reine Neugier oder hatte sie seinetwegen dort unten Posten bezogen?

Er hätte sie gern danach gefragt oder ihr wenigstens ein Zeichen gegeben – und tatsächlich, das Wunder geschah, genau in diesem Augenblick hob sie den Kopf. Rasch hob er eine Hand, und auch sie hatte ihn gesehen, denn sie nickte ihm zu. Jetzt betrat ein Mann den Bürgersteig. Er war nicht in Uniform, sondern trug einen dieser langweiligen Anzüge in Einheitsgrau, wie sie von denen in der politischen Abteilung bevorzugt wurden – ein Nazi, ganz bestimmt. Ohne zu zögern sprach er die Blondine an und nahm ihren Arm. Obwohl sie versuchte, sich aus seinem Griff zu befreien, führte er sie die Straße hinunter. Die beiden waren schon fast aus Nicolais Blickfeld verschwunden, als die junge Frau noch einmal aufsah. Bildete er es sich ein oder deutete sie mit einer leichten Kopfbewegung nach rechts? Es war nur eine schwache Geste gewesen, eine zufällige Bewegung, wie es schien, und doch war Nicolai davon überzeugt, dass sie ihm gegolten hatte. Vorsichtig schlich er zu der Tür, die ins Nebenzimmer führte, und drückte die Klinke. Sie gab nach – der Raum war unverschlossen, aber was sollte er hier tun?

Auch dieses Büro war leer geräumt, auch hier gab es außer einem alten Schrank und einem Schreibtisch nur noch ein Fenster, weiter nichts. Der Blick ging jedoch auf den Hof, nicht auf die Straße hinaus, vielleicht konnte ihm das weiterhelfen? Falls die Nazis das Gebäude nicht umstellt hatten, konnte er zumindest versuchen, in den Hof hinunterzukommen – vorausgesetzt, er traute sich, aus dieser Höhe zu springen.

Wieder hörte er Geräusche von draußen, doch diesmal schienen sie ihm näher zu sein als zuvor. Stimmen wurden laut, zwei Männer unterhielten sich auf dem Gang vor dem Büro. Wenn er Pech hatte, öffneten sie im nächsten Moment die Tür und fanden ihn. Es war höchste Zeit, er musste verschwinden. Mit einem Satz war er beim Fenster und öffnete es, aber der Blick in die Tiefe erschreckte ihn. Der Hinterhof war nichts weiter als ein hässliches Viereck, umgeben von einer hohen Backsteinmauer. Wie weit war es von hier oben bis zum Erdboden? Fünf oder sechs Meter vielleicht? Konnte er so tief springen, ohne Verletzungen zu riskieren? Langsam beugte er sich vor. Ihm wurde beinahe schwindelig bei dem bloßen Anblick des Kopfsteinpflasters in der Tiefe. Die

steinernen Buckel machten einen gefährlich unebenen Eindruck, trotzdem ließ er zur Probe schon einmal die Reisetasche zu Boden fallen. Polternd schlug sie auf.
Zögernd kletterte er auf das Fensterbrett und blieb dort hocken. Irgendwo zwischen Himmel und Erde kauerte er regungslos auf dem mit Vogelkot bekleckerten Sims, eine Hand am Fensterkreuz. Der kleine Spatz fiel ihm ein, den er vor kurzem vor der Remise des Hotels gefunden hatte: das arme Geschöpf war aus dem Nest gefallen. Vogel Federlos – genauso fühlte er sich jetzt. Wenn er hinuntersah, schien ihm sein eigener Entschluss idiotisch – es war viel zu tief, um zu springen. Den Hals würde er sich auf diesem unebenen Pflaster brechen! Der kalte Schweiß stand ihm auf der Stirn, er zitterte am ganzen Leib und wusste doch, er hatte keine andere Wahl. Je länger er auf der Fensterbrüstung saß und hinunterguckte, desto weiter schien der buckelige Erdboden sich zu entfernen. War es nicht besser, sich der politischen Polizei zu stellen, als freiwillig in den Tod zu springen? Er hatte nichts verbrochen, bei Licht betrachtet, gab es keinen Grund, ihn einzusperren. Nur weil er wissen wollte, was aus seinem Geld geworden war, konnten die Nazis ihn nicht ins Gefängnis stecken. Vielleicht würden sie ihn laufen lassen, wenn sie seine Geschichte angehört und überprüft hatten?
Es fehlte nicht viel, und er wäre ins Zimmer zurückgeklettert, als er die Blondine entdeckte. Wo kam die denn her? Sie stand unten im Hof an der rußgeschwärzten Mauer und sah zu ihm hinauf. Sie schien nicht überrascht, ihn in der Fensteröffnung sitzen zu sehen, sondern gab ihm ein Handzeichen. Ihm war schwindelig, er musste sich zwingen, ihrem Blick zu folgen, doch dann entdeckte er die Feuerleiter, die an dem Fenster vorbei in die Tiefe führte. Obwohl die Treppe höchstens einen halben Meter von ihm entfernt an der Hauswand befestigt war, hatte er sie nicht gesehen. Seine Freude über die Entdeckung hielt nicht lange vor, denn die Sprossen waren

nichts als Streben, mit einer Schicht schmutzig braunen Rost überzogen und mit Taubenkot beschmiert. Sie zu benutzen, kam einer Rutschpartie gleicht.
Nicolai zögerte noch immer, als sich hinter ihm plötzlich knarrend eine Tür öffnete. Es war so weit, er musste etwas tun. Behutsam setzte er den ersten Fuß auf einen der schmalen Sprossen und hangelte sich zu der Feuerleiter hinüber. Zitternd tastete er sich an der Wand entlang, er durfte nicht nach unten sehen, denn dann wurde ihm schwindelig. Aus dem Zimmer kamen aufgeregte Stimmen, die Männer mussten das offene Fenster entdeckt haben. Ihm zitterten die Knie, doch er hatte die Leiter erreicht. Mit schweißnassen Händen klammerte er sich an das dünne Metallgestänge, während die Nazis die Hälse aus dem Fenster steckten, ihn aber nicht mehr erreichten, denn er war schon auf dem Weg abwärts. Befehle wurden gebellt, bevor die Köpfe seiner Verfolger aus der Fensteröffnung verschwanden. Bestimmt würden sie versuchen, ihm dem Weg abzuschneiden. Hastig kletterte er weiter, er versuchte, sich auf jede noch so kleine Bewegung seiner Beine zu konzentrieren, bis endlich die letzte Sprosse in Sichtweite kam. Er sprang und setzte hart auf dem Pflaster auf. Sein rechter Fuß knickte ein, ein stechender Schmerz durchzuckte seinen Knöchel.
Mühsam richtete Nicolai sich auf und fühlte im selben Augenblick, dass eine fremde Hand nach der seinen griff. Es war die Blondine, die ihn mit Macht in die Höhe zog. Er humpelte neben ihr her, keuchend erreichten sie den Hintereingang eines Nachbargebäudes, dessen Tür sie ihm schon aufhielt. Ein dunkler Gang verschluckte sie beide, krachend fiel die schwere Tür hinter ihnen ins Schloss. Er wollte etwas sagen, aber seine Retterin drängte ihn an die nächste Wand und legte ihm den Zeigefinger auf den Mund. Von draußen waren Befehle zu hören, die Nazis durchsuchten den Hof. Schweigend und mit schmerzverzerrtem Gesicht ging er ne-

ben seiner Begleiterin in die Hocke. Wenn die Verfolger sie fanden, war alles verloren, denn mit seinem verletzten Fuß würde er nicht mehr weit kommen. Er rieb den schmerzenden Knöchel und horchte, alle seine Sinne nur darauf ausgerichtet, mitzubekommen, was im Hof geschah. Das Mädchen neben ihm schien keine Angst zu haben. Regungslos lehnte sie an der Wand, seine Reisetasche zwischen den Beinen. Als sein Blick zufällig auf seine Hose fiel, entdeckte er auf dem Knie ein Loch – bestimmt sah er inzwischen wie ein flüchtiger Schwerverbrecher aus. Warum riskierte diese Fremde nur so viel für ihn? Er hätte sie gern nach ihren Gründen für dieses Bravourstück gefragt, aber als er sie ansah, legte sie ihm sofort wieder den Finger auf den Mund. Er gehorchte und verhielt sich ruhig, bis die Geräusche draußen endlich verebbten.
Sie zogen sich zurück.
Die junge Frau lächelte, während sie mit einer Hand ein Taschentuch aus der Tasche ihres Kleides holte und es an ihn weiterreichte. »Das war knapp, nicht wahr?«
»Das kann man wohl sagen. Warum haben Sie das für mich getan? Die Nazis hätten Ihnen den Hals umgedreht, wenn Sie erwischt worden wären.«
»Ich hätte mich nicht erwischen lassen. Wenn ich den Mördern meines Onkels eins auswischen kann, dann tue ich das, darauf können Sie wetten.«
Nicolai schluckte, seine Kehle war staubtrocken. Was sagte sie da? Den Mördern ihres Onkels hatte sie eins ausgewischt? Also stimmte es doch: Rosenkranz war tot. Und sie war seine Nichte – was für ein Glück, sie getroffen zu haben. Nicolai reichte ihr das Taschentuch zurück, das sie ihm geliehen hatte. »Den Mördern Ihres Onkels, sagten Sie? Die Nazis haben Julius Rosenkranz also tatsächlich getötet?«
»Indirekt schon. Sie wollten ihm die Leitung der Bank entziehen und ihm den Prozess machen, wegen angeblicher illegaler Börsengeschäfte, die aber er niemals unternommen hätte. Als

Onkel Julius keinen Ausweg sah, hat er Schlaftabletten genommen. Ich habe bis dahin als seine Sekretärin gearbeitet. Sie kannten ihn?«
»Ja, wir waren Geschäftspartner bei einem Bauvorhaben auf Sylt. Ihr Onkel wollte in Kampen eine Spielbank bauen, der Grundstein war schon gelegt. Aber das ist jetzt wohl nicht mehr wichtig, schätze ich.«
Sie nickte langsam. »Nein, das Bankhaus Rosenkranz existiert nicht mehr.«
Einen Moment lang blieb es still, dann nahm Nicolai seine Reisetasche, die die Blondine ihm reichte.
»Das alles tut mir sehr Leid. Ich danke Ihnen, dass Sie mir geholfen haben.«
Sie antwortete nicht, also drückte er ihr flüchtig die Hand.
»Sie sind eine mutige junge Frau.«
Schweigend richtete sie sich auf, aber sie wich seinem Blick aus.
»Alles halb so wild. Für mich war es nicht so riskant, wie Sie vielleicht denken. Ich kenne mich hier aus, ich habe in diesem Hof als kleines Mädchen oft gespielt.«
»Mag sein, aber es war dennoch großartig. Schließlich kennen Sie mich gar nicht. Sie hätten genauso gut weggehen und mich meinem Schicksal überlassen können. Niemand hätte Ihnen daraus einen Vorwurf gemacht.«
»Ich selbst hätte mir Vorwürfe gemacht, wenn ich nicht zurückgekommen wäre. Ich sah die Limousine der Polizei die Straße heraufkommen und wusste, Sie sind noch da drinnen.«
Mit einer Kopfbewegung deutete sie in Richtung des Gebäudes, aus dem er gerade entwischt war.
»Jede andere hätte weggeschaut.«
»Seien Sie beim nächsten Mal einfach vorsichtiger, hören Sie? Leben Sie wohl und passen Sie gut auf sich auf.«
Sie drehte sich um, stieß die Tür zum Hof auf und verschwand. Regungslos stand er in dem dunklen Gang, in dem

sie ihn zurückgelassen hatte, und lauschte, wie ihre Schritte leiser wurden und verklangen. Offenbar wurde sie nicht aufgehalten, niemand schien ihr aufgelauert zu haben. Dieses junge Ding hatte ihr Leben für ihn eingesetzt. Die Nichte des großen Bankiers Rosenkranz hatte ihn vor dem Zugriff der Nazis gerettet, eine Jüdin half einem Arier aus der Patsche – war das nicht absurd? Er war ihr verpflichtet, aber er hatte keine Chance, diese Schuld zu tilgen. Wie sollte er auch? Sie würden sich niemals wiedersehen.
Für einen kurzen Moment schloss Nicolai die Augen. Er war erschöpft, ihm wurde erst jetzt bewusst, wie gefährlich die letzten Stunden seines Lebens gewesen waren. Zum zweiten Mal in seinem Leben verdankte er einer jungen Frau in dieser Stadt eine Rettung aus großer Gefahr. Er würde nicht vergessen, was sie für ihn getan hatte.

Ingeborg stand auf der Freitreppe vor dem Portal, den Blick auf den schmalen Sandweg gerichtet, der zwischen den Dünen zum Ortskern führte. Über der leichten Anhöhe, zwischen den blühenden Dünenrosen flirrte die Luft in der Hitze. Das Bild verschwamm für einen Moment, als hätte jemand ein Tuch über die Landschaft geworfen. Schützend legte Ingeborg eine Hand über die Augen – die Dünen waren menschenleer, weiß schimmerte der Sand im gleißenden Sonnenlicht, verwischte Konturen, gesprenkelt von Grün. Noch einmal kniff sie die Augen zusammen, wobei ihre Hand mechanisch nach dem Autoschlüssel tastete, den sie vorhin in die Tasche ihres Kleides geschoben hatte. Es ging auf vierzehn Uhr, der Zug, mit dem der Goebbels-Freund auf die Insel kam, würde in zehn Minuten in den Bahnhof von Westerland einfahren. Nicolai hatte versprochen, den Mann abzuholen, aber er würde es nicht tun, denn er war nicht hier. Ohne ein Wort war er verschwunden, er war fort und hatte nicht einmal eine Nachricht hinterlassen. Sie wusste nicht, wann er wiederkam,

sie wusste nicht einmal, wann genau er das Hotel verlassen hatte. Nicolai hatte sich häufig seltsam benommen in letzter Zeit, und nun war er scheinbar endgültig fort. Sie hatte festgestellt, dass seine Reisetasche nicht mehr im Schrank lag, auch das Rasierzeug und ein paar Oberhemden fehlten. Irgendwann im Lauf dieses Vormittags musste er sich klammheimlich aus dem Staub gemacht und sie mit den beiden Jungen und dem Hotel allein gelassen haben. Hier stand sie jetzt, verwirrt von den unterschiedlichen Gedanken und Gefühlen, die sie bestürmten. Wahllos suchte sie nach Erklärungen und machte sich dann daran, zu sortieren, was davon vernünftig oder unsinnig erschien. Jetzt war sie also allein mit dem Hotel und den Schulden, vor denen Nicolai davongelaufen war. Am wahrscheinlichsten schien es ihr, dass er sich seinen Gläubigern entziehen wollte, aber sie war so durcheinander und ratlos, dass sie auch einen anderen Grund akzeptiert hätte. Eine Geliebte, von der sie nichts ahnte? Noch ein Vorhaben von der gleichen Machart wie die unselige Spielbank? Sie wusste es nicht und hatte niemanden, mit dem sie darüber sprechen konnte. Im Augenblick wusste sie nur, dass der Hotelbetrieb weitergehen musste, und das so lange und so reibungslos wie möglich.
Sie warf einen letzten Blick auf ihre Armbanduhr, dann machte sie sich auf den Weg zur Remise, wo das Automobil wartete. Falls Nicolai den Wagen mitgenommen hatte, war sie allerdings aufgeschmissen, denn ohne einen fahrbaren Untersatz kam sie hier draußen nicht weit. Sie ging ein paar Schritte und fühlte sich wie betäubt, die Hitze nahm ihr beinahe den Atem. Schon allein der Gedanke daran, eine verlassene Ehefrau zu sein, jagte ihr einen Schauer über den Rücken. Hatte Nicolai sie mit seinem Verschwinden vielleicht bestrafen wollen? Wenn er von ihrem Ehebruch mit Johannes erfahren hatte, traute sie ihm zu, diese Konsequenz daraus zu ziehen. Dass er den Wunsch hatte, ihr einen Denkzettel zu

verpassen, mochte verständlich sein, aber begriff er nicht, was er den beiden Jungen damit antat?
Ingeborg spürte, wie die Tränen in ihr aufstiegen, aber sie zwang sich, nicht stehen zu bleiben. Niemand sollte sie hier draußen weinen sehen, das gab nur Gerede. Ungeduldig kramte sie in den Taschen ihres Sommerkleides nach einem Taschentuch, als sie hinter sich das Knirschen von Reifen im Kies der Einfahrt hörte. Als sie sich umdrehte, fiel ihr Blick auf Andreas, der gerade sein Fahrrad an der Mauer neben dem Treppenaufgang abstellte. Die Hände tief in den Taschen seiner Hosen vergraben, kam er näher, ein finsterer Zug um den Mund verdüsterte sein Gesicht. Was war los mit ihm? Heute Morgen war er noch bester Laune gewesen, jetzt wirkte er wütend. Anstatt wie üblich freundlich zu grüßen, nickte er ihr bloß zu.
»Hallo – ich komme zu spät aus der Mittagspause zurück, es tut mir Leid. Haben Sie einen Moment für mich Zeit, Frau Boysen? Es ist wichtig, ich muss dringend mit Ihnen reden.«
Mit einer abrupten Bewegung fegte er eine Strähne aus seiner verschwitzten Stirn, bevor er die Arme vor dem Oberkörper verschränkte.
»Was gibt es denn? Ist etwas passiert?«
»Ich kündige, Frau Boysen. Ich muss die Insel verlassen. Ich weiß, es ist mitten in der Saison, und ich hätte bis zum Herbst bleiben sollen, aber es geht nicht. Bitte machen Sie mir die Papiere fertig und zahlen Sie mir den restlichen Lohn aus. Ich habe es eilig, ich muss weg.«
Andreas verstummte, sein Blick irrte ziellos über den Vorplatz des Hotels, bis er ihn auf die Remise richtete. Erstaunt wartete Ingeborg auf weitere Erklärungen, aber er schwieg. Hatte der Junge sich etwa wieder mit der SA angelegt? Glücklich wirkte er nicht, also was hatte er ausgefressen? Sie machte einen kleinen Schritt auf ihn zu, was zur Folge hatte, dass er sofort zurückwich. Himmel, was war los, hatte sie Pech an den Hän-

den? Sie seufzte. »Aber was soll denn das, Andreas? Es ist Mitte Juni, die Ferienzeit fängt gerade an. Im Hotel brauche ich jede Hand, da kannst du mich nicht im Stich lassen.«
»Es geht nicht anders, leider. Ich muss die Insel verlassen, und das so bald wie möglich.«
»Aber warum denn? Du wirst doch einen Grund dafür haben. Hast du wieder Ärger mit der Polizei?« Getrieben von dem Wunsch, ihn zum Reden zu bringen, berührte Ingeborg flüchtig seinen Unterarm, aber er entzog sich ihr, indem er sich ein Stück zur Seite drehte.
»Was ist, was hast du angestellt? Sei nicht so starrköpfig. Vielleicht kann ich helfen. Hast du Schulden gemacht? Gibt es Ärger mit Roloff? Mit dem Mann kann ich reden, deshalb brauchst du nicht wegzulaufen.«
»Bitte, Frau Boysen, geben Sie es auf. Ich kann nicht darüber sprechen, es ist zu kompliziert. Lassen Sie mich einfach meiner Wege gehen. Es ist besser, glauben Sie mir.«
Jetzt schaute er sie endlich an, aber der Blick, der sie aus seinen kühlen, blauen Augen traf, nahm ihr alle Hoffnung, ihn doch noch umstimmen zu können. Er wirkte ausgesprochen unglücklich, beinahe verzweifelt. Bis eine Frohnatur wie er in eine solche trübe Stimmung kam, musste einiges passieren. Natürlich wusste sie, dass sie ihn nicht gegen seinen Willen im Hotel halten konnte, also nickte sie schließlich ergeben.
»Also gut, wie du meinst. Wenn du mir nicht sagen willst, was los ist, kann ich es nicht ändern. Ich muss jetzt in die Stadt, um einen Feriengast vom Bahnhof abzuholen, aber das dauert nicht lange. In zwei Stunden warte ich mit deinen Papieren und dem restlichen Lohn im Büro auf dich, einverstanden?«
»In Ordnung. Danke.«
Ohne ein weiteres Wort drehte er sich auf dem Absatz um und ging zum Hotel. Sie war nahe daran, ihn zurückzurufen, aber sie ließ es sein, denn sie ahnte, dass es sie nicht weiterbringen würde. Er würde ihr nicht mehr verraten, als er bereits gesagt

hatte. Andreas konnte eisern sein, wenn er wollte. Er musste tief in irgendeinem Schlamassel stecken, wenn er sein Heil nur noch in der Flucht sah – und das, nachdem er sich im Hotel gerade eingelebt hatte. Was ging hier nur vor, zum Teufel? Erst verschwand Nicolai spurlos, und jetzt ging auch Andreas – und für beides hatte sie keine vernünftige Erklärung. Ein Mann nach dem anderen ließ sie im Stich – auch wenn sie nicht gleichbedeutend wichtig für ihr Leben waren, fragte sie sich, was das zu bedeuten haben mochte. Sie machte ein paar Schritte und blieb dann wieder stehen, um sich die Tränen aus den Augenwinkeln zu wischen. Offenbar gab es im Moment niemanden, der ihr eine Antwort auf ihre Fragen geben konnte.

Kapitel 12

Was für ein fürchterliches Zeug.

Er hockte auf der Kante seines Bettes und starrte auf das Etikett der Flasche in seiner Hand. Es war ein entsetzlicher Fusel, den er sich in Brodersens Dorfladen gekauft hatte – angeblich ein italienischer Rotwein, aber nach dem Geschmack zu urteilen bloß irgendein mit Zucker gestrecktes, billiges Zeug. Schon heute Morgen hatte ihm von dem einen Gläschen gestern Abend der Schädel gebrummt, und trotzdem trank er jetzt wieder davon. In dem Zustand, in dem er sich befand, konnte er nur noch mit Hilfe von Alkohol einschlafen.

Andreas setzte noch einmal die Flasche an und nahm einen kleinen Schluck. Weich und pelzig rann die Flüssigkeit seine Kehle hinunter. Sein Blick fiel auf den gepackten Rucksack, der am Fußende des Bettes stand. Eigentlich hätte er schon längst über alle Berge sein sollen, aber sein Abschied verzögerte sich. Es fiel ihm schwerer als erwartet, seine charmante Chefin im Stich zu lassen, zumal mit der Frau in letzter Zeit etwas nicht stimmte. Sie war ungeheuer konfus, und so hatte sie auch prompt vergessen, Geld von der Bank zu holen, um ihm den noch ausstehenden Lohn zu zahlen. Weil sie sich ihm gegenüber immer anständig verhalten hatte, war er höflich geblieben und hatte sich widerstrebend bereit erklärt, bis zum nächsten Morgen auf sein Geld zu warten. Er konnte nur hoffen, dass die Entscheidung, das Hotel später als geplant zu verlassen, sich nicht als Fehler erwies. Allmählich hatte er das Gefühl, dass die Zeit drängte, zumal ihm Magda Brode zu allem Überfluss noch einen Brief hatte zukommen lassen. Bei seiner Rückkehr aus Dorothees Praxis hatte er den Umschlag auf seiner Türschwelle gefunden, worüber er erstaunt gewesen war, denn er hatte nicht damit gerechnet, noch einmal von der Frau des Hufschmieds zu hören. In ihrem Brief hatte sie ihn gedrängt,

die Insel zu verlassen. Es wunderte ihn, dass sie sich so um ihn sorgte, aber er hätte ihre Ratschläge nicht gebraucht, er war auch so entschlossen, Sylt den Rücken zu kehren.
Andreas stellte die Flasche beiseite. Er war leicht benommen und ein wenig schläfrig, genau der richtige Zustand, um sich hinzulegen. Wenn er Glück hatte, würde er ein paar Stunden schlafen, schließlich musste er ausgeruht sein für den Weg, der vor ihm lag. Bisher wusste er noch nicht genau, wie er allein und ohne fremde Hilfe über die dänische Grenze kommen sollte – aber seine Sachen waren jedenfalls gepackt, er würde gehen. In Gedanken war er schon unterwegs in Richtung Norden.
Gerade als er die Decke auf seinem Bett zurückschlagen wollte, klopfte es. Verwundert sah er zur Tür hinüber. Wer konnte das so spät noch sein? Er wollte nachsehen, als die Tür sich schon öffnete. Auf der Schwelle stand Veronika Dräger, ausgerechnet. Offenbar hatte seine lästige Verehrerin den Mut gefunden, sich hier heraufzuschleichen, um ihn einer neuen Attacke ihrer Liebesoffensive auszusetzen. Während sie lächelnd den Raum betrat, überlegte er fieberhaft, wie er das Mädchen wieder loswerden konnte. Auf neue sinnlose Verhandlungen über eine Einladung ins Eiscafé hatte er jetzt bestimmt keine Lust. Leicht schwankend stand er auf, verärgert darüber, dass er ein bisschen zu viel getrunken hatte. Er verbeugte sich betont langsam. Sie durfte ruhig das Gefühl haben, dass er sich über sie lustig machte.
»Welch Glanz in meiner Hütte. Nun, Fräulein Dräger? Was kann ich für Sie tun?«
»Guten Abend, Andreas.«
Verschwörerisch blinzelte sie ihm zu. Diese kleine Hexe zog wirklich alle Register. Die Kleine war auf dem Kriegspfad, ohne Frage. Sie musste verschwinden, doch bevor er bei ihr war, hatte sie schon die Tür hinter sich geschlossen.
»Was gibt es denn?«

Er runzelte entnervt die Stirn, aber diese kleine Klette schien seine Verärgerung nicht bemerken zu wollen. Lächelnd kam sie näher – diesmal hatte sich nicht nur die Lippen glutrot bemalt, sondern auch einen Hauch von Rouge über ihre mittlerweile sonnengebräunte Haut gelegt. Ihre Kriegsbemalung ließ sie tatsächlich älter erscheinen, aber das machte sie für ihn nicht reizvoller. Kleine Mädchen waren eben nicht sein Fall, vielleicht würde es helfen, wenn er ihr in diesem Punkt endlich reinen Wein einschenkte? Viel zu verlieren hatte er schließlich nicht mehr. Während er noch überlegte, wie er Lehrers Töchterlein möglichst schnell wieder loswerden konnte, kam sie zu ihm und baute sich vor ihm auf. Noch immer strahlte sie wie ein Honigkuchenpferd – und damit nicht genug: Bei jedem ihrer Schritte wiegte sie sich in den Hüften, ganz wie eine Große. Wahrscheinlich hatte sie das vor dem Spiegel geübt, denn jede ihrer Bewegungen saß perfekt.
»Störe ich?« Sie warf ihm einen schmachtenden Blick zu.
»Ja, allerdings. Es ist spät, ich habe Feierabend und bin müde. Wenn Sie noch einen Wunsch haben, wenden Sie sich bitte an die Rezeption.«
Sie lachte. So schnell und so billig ließ die Kleine sich nicht abfertigen. Unaufgefordert ließ sie sich auf seinem Bett nieder, während er gleichzeitig ein Stück zurückwich, damit sie den Fusel nicht roch, den er getrunken hatte. Dieses dumme kleine Luder war im Stande und nutzte es aus, dass er leicht benebelt war. Tatsächlich beugte sich das Mädchen gleich darauf zu ihm hinüber und sah ihm in die Augen – ohne Frage, auch das hatte sie geübt. Vielleicht war sie auf dem besten Weg, eine Herausforderung für die Männerwelt zu werden, aber ihn ließ ihr Gehabe kalt, und dem Vergleich mit Dorothee konnte sie sowieso nicht standhalten. Er verschränkte die Arme vor dem Oberkörper und wartete schweigend, was sie sich als Nächstes einfallen lassen würde. Einen Moment lang guckte sie ihn nur mit großen Augen an, sie schien nicht

weiterzuwissen – gut so. Wäre ihm das Ganze nicht so unerhört lästig gewesen, hätte er darüber lachen können: Ein desinteressierter, angetrunkener junger Mann und seine willige, aber leider minderjährige Verehrerin, was sollte daraus schon werden? Insgeheim fragte er sich, ob sie es wagen würde, zum Frontalangriff überzugehen, aber das tat sie nicht, jedenfalls vorerst nicht. Sie hatte seinen gepackten Rucksack auf dem Stuhl neben dem Fenster entdeckt und stand jetzt auf, um das alte Ding einer genauen Musterung zu unterziehen.
»Was ist das denn, Andreas? Ihre Sachen sind gepackt. Wollen Sie weg?«
Ungeheuer scharfsichtig, die Kleine kam gleich auf den springenden Punkt. Wozu sollte er lügen? Andreas nickte müde, den Blick auf seine Schuhspitzen gerichtet.
»Ja, ich habe morgen einen freien Tag und will mich ein bisschen auf der Insel umsehen. Und was führt Sie nun zu mir, Fräulein Dräger?«
»Einen Ausflug wollen Sie machen? Aber das ist ja wunderbar!«
Sie strahlte und klimperte wieder mit den Wimpern. Als er nicht antwortete, widmete sie sich ihrem ziemlich kurzen, blütenweißen Faltenrock, den sie liebevoll glättete. Es passte zu ihr, dass sie außer der Schminke auch das Parfüm ihrer Mutter benutzt und dabei des Guten zu viel getan hatte. Sie duftete geradezu betäubend, als sie sich zu ihm hinüberbeugte. Für einen Augenblick musste er die Luft anhalten, um nicht an dem schweren Duft zu ersticken, der sie umgab.
»Meine Eltern fahren morgen nach Amrum, da kann ich Sie auf Ihrem Ausflug begleiten. Vielleicht bekommen wir den Landauer, wenn ich Frau Boysen darum bitte? Wir könnten eine hübsche Spazierfahrt über die Insel machen, inklusive Picknick in den Dünen. Das ist mit Sicherheit viel angenehmer, als zu Fuß durch den heißen Sand zu stapfen. Wie wäre es, haben Sie Lust?«

Andreas schüttelte den Kopf. Nein, er würde keinen Ausflug mit dieser aufdringlichen Person machen. Selbst wenn er dafür die Zeit gehabt hätte, wäre es ihm im Traum nicht eingefallen, so etwas Hirnrissiges zu tun. Natürlich konnte er ihr das nicht mit diesen Worten sagen, wenn er nicht einen hysterischen Anfall ihrerseits riskieren wollte. Erstaunlich, dass sie so mutig war und ihn ein zweites Mal um ein Rendezvous bat, obwohl er ihr doch erst vor kurzem einen Korb verpasst hatte. Ermattet von der fruchtlosen Debatte mit Veronika Dräger, ließ er sich auf sein Bett sinken.

»Bedaure, aber das geht nicht. Ich bin für morgen schon verabredet.«

»Ach, ja? Mit wem denn? Vielleicht können Sie diese Verabredung verschieben? Ich würde mir das an Ihrer Stelle noch mal überlegen. Meine Ferien sind bald vorbei, Ende der Woche reisen wir ab.«

Wider Willen musste er lächeln. Jetzt versuchte sie sogar, ihn zu erpressen – ängstlich war sie jedenfalls nicht, das musste man ihr lassen. Unaufgefordert ließ sie sich neben ihm auf das Bett gleiten und schlug die Beine übereinander, aber er wandte den Blick sofort ab. Merkte diese dumme Pute nicht, dass sie ihm auf die Nerven fiel? Irgendwann musste doch selbst eine Person mit einer so eingeschränkten Wahrnehmung wie der ihren begreifen, dass er nicht interessiert war. Sie saß neben ihm und räkelte sich, anscheinend noch immer in der vergeblichen Hoffnung, verführerisch zu wirken. Fest entschlossen, dieser absurden Komödie endlich ein Ende zu bereiten, stand er auf. Bis vor ein paar Minuten hatte er noch einen bisschen Mitleid für sie empfunden, schließlich war es traurig, unglücklich verliebt zu sein – aber mittlerweile hatte er genug. Er verspürte nur noch den Wunsch, sie hinauszuwerfen.

»Hören Sie, Fräulein Dräger, private Treffen mit den weiblichen Gästen des Hotels sind mir verboten, das habe ich Ihnen schon erklärt. Abgesehen davon, dass ich mindestens zehn Jahre älter bin als Sie –«

»Das stört mich nicht, Andreas. Ich finde, Sie passen im Alter sehr gut zu mir.«

Auch sie war aufgestanden und lächelte, darin war sie offenbar ganz groß. In ihrem Blick lag etwas Flehendes, was ihn in Verlegenheit brachte. Merkten die Eltern dieses Mädchens eigentlich nicht, was mit ihr los war? Die Kleine war so hartnäckig auf der Suche nach Wärme und Geborgenheit, dass es ihn beinahe rührte, aber er fühlte sich eindeutig nicht zuständig für die Erfüllung ihrer Wünsche. Insgeheim verfluchte er sich und sein elendes Taktgefühl. Er wollte ihr nicht unnötig wehtun, aber alles, was er bisher gesagt hatte, reichte offensichtlich nicht aus, um sie zur Vernunft zu bringen. Womöglich redete sie sich ein, er hätte tatsächlich nur Bedenken wegen des Altersunterschiedes, dabei hätte er sie auch nicht reizvoller gefunden, wenn sie um Jahre älter gewesen wäre. Er mochte sie nicht. Veronika Dräger war ganz und gar nicht die Sorte Frau, die er sich wünschte.

Während er noch überlegte, kam das Mädchen näher und schlang die Arme um seinen Hals. Sie sah ihm in die Augen, während ihre Händen seinen Nacken hinaufwanderten. Ihre Liebkosungen waren ihm alles andere als angenehm. Der betäubende Duft nach Maiglöckchen umnebelte ihn, er spürte die Wärme ihres Körpers, der sich an ihn drängte. Als er sich aus ihrem Klammergriff befreien wollte, begann sie zu sprechen.

»Ich mag Männer, die älter sind als ich, weißt du? Mit den Jungen in meinem Alter kann ich nichts anfangen, die sind mir alle zu kindisch.«

Im nächsten Moment löste sie die Hand, die eben noch in seinem Nacken gelegen hatte, und strich ihm damit über die Wange. Die Kleine errötete nicht einmal, während sie das tat, sie wirkte vollkommen gelassen.

»Und was deine Chefin und unseren Ausflug angeht – wir können auf den Landauer auch verzichten, wenn du willst. Es muss ja niemand wissen, wie nahe wir uns stehen. Ich jedenfalls werde es nicht verraten.«
Er holte Luft und schob ihre Hand beiseite, bevor er sich gleich darauf mit einem Ruck aus ihrer Umarmung befreite.
»Es gibt auch nichts, was Sie verraten könnten, Fräulein Dräger. Ich bin an einer Beziehung zu Ihnen nicht interessiert, verstanden? Das ist mein letztes Wort. Und jetzt gehen Sie bitte.«
Sie stand vor ihm und starrte ihn mit offenem Mund an, sie schien tatsächlich fassungslos angesichts dieser eindeutigen Absage. Da sie noch immer keine Anstalten machte, freiwillig zu gehen, marschierte er zur Zimmertür und hielt sie ihr auf. Mit einem leichten Kopfnicken deutete er auf den Gang hinaus, er lächelte sogar, obwohl er wusste, dass Boshaftigkeit völlig fehl am Platz war. Ihm ging es nur darum, sie endlich loszuwerden, es lag ihm nichts daran, sie unnötig zu kränken.
Für ein paar Sekunden herrschte Stille im Raum, dann warf Veronika Dräger ihm einen kalten Blick zu, bevor sie zur Tür kam.
»Sie machen einen Fehler. Ich beobachte Sie schon seit einer ganzen Weile, Andreas. Ich weiß, dass Sie einiges auf dem Kerbholz haben.«
Er war nahe daran, ihr darauf zu antworten, aber dann zog er es vor, zu schweigen. Wozu mit einem Grünschnabel wie ihr diskutieren? Ihm genügte es, wenn sie ihn endlich in Ruhe ließ. Sie machte auch tatsächlich noch einen Schritt auf die Tür zu, blieb dann aber wieder stehen. Sie schien zu überlegen, womit sie ihm noch eins auswischen konnte, jedenfalls funkelten ihre Augen böse. Die letzte Abfuhr musste sie empfindlicher getroffen haben als alles, was er ihr zuvor gesagt hatte.
»Sie hätten sich besser überlegen sollen, mit wem Sie sich an-

legen, Andreas Bütow. Mein Vater ist ein bedeutender Mann in der Partei – und Sie sind nichts weiter als ein mieser kleiner Feigling, der mit den Proleten von den Sozialdemokraten gemeinsame Sache macht.«
Erstaunt öffnete er den Mund – er hatte nicht damit gerechnet, dass sie über seine Partei Bescheid wusste. Noch bevor er etwas erwidern konnte, lachte sie.
»Sie dachten, es ist ein Geheimnis, dass Sie Genosse sind, was? Absolut nicht, ich weiß, was ich weiß. Schließlich war ich dabei, als dieser seltsame Trottel hier aufgetaucht ist, der Ihnen in der Remise die Flugblätter gegeben hat.«
»Sie haben mir nachspioniert?«
»Und wenn schon. Was ist dabei, Sie Vaterlandsverräter?«
Ein kaum verhohlener Triumph spiegelte sich in ihrem Gesicht. Es schien ihr ein besonderes Vergnügen zu bereiten, ihn in Angst zu versetzen, aber er fasste sich schnell. Es spielte keine Rolle mehr, was sie über ihn wusste, er hatte sowieso beschlossen, zu gehen. Schade nur, dass sie nicht ahnte, wie wenig sie noch gegen ihn ausrichten konnte. Andreas hielt den Türgriff umklammert und wartete schweigend. Er hatte nicht vor, ernsthaft mit ihr zu streiten. Sie lachte wieder, aber diesmal klang ihr Gelächter gezwungen.
»Wie dumm von Ihnen, in einer solchen Situation den Moralapostel spielen zu wollen. Von wegen, ich sei zu jung und Sie dürften sich nicht mit Gästen einlassen, das ist Quatsch. Sie werden schon sehen, was Sie von Ihrem dämlichen Getue haben.«
Mit hocherhobenem Kopf marschierte sie an ihm vorbei und auf den Gang hinaus. Er hörte, wie ihre Schritte auf der Treppe verhallten, und schloss schnell die Tür, als hätte er Angst, dass sie es sich anders überlegen und noch einmal zurückkommen werde. Wenn sie jetzt sofort die Polizei holte, war er geliefert, aber wenn sie zuerst zu ihrem Herrn Papa lief und ihn dort anschwärzte, hatte er noch eine Chance. Un-

glaublich, wie viel Hinterhältigkeit in diesem Mädel steckte. Dieses dumme Gör war tatsächlich in der Lage, ihn aus Rache bei den Nazis zu denunzieren – und das nur einer eingebildeten Verliebtheit wegen, zu der er sie niemals ermutigt hatte. Er ging zum Bett zurück und ließ sich erschöpft auf die Matratze sinken. Der kleine Rausch, den er sich mit diesem fürchterlichen Gesöff aus Brodersens Laden so mühsam angetrunken hatte, war verflogen. Sein Kopf war völlig klar, seine Gedanken drehten sich nur noch um seine bevorstehende Flucht. Er starrte zur Zimmerdecke hinauf und versuchte, Ordnung in seine Überlegungen zu bringen. Wenn er bis vor kurzem noch gezweifelt hatte, ob er tatsächlich das Land verlassen sollte, so war diese Frage jetzt geklärt. Mit den Drohungen der kleinen Dräger im Rücken hatte er keine andere Wahl mehr, als fortzugehen. Ob er eines Tages wiederkommen würde, dann, wenn dieses Land von den Nazis befreit war? Aber wer sollte dieses Land von den Nazis befreien, wenn immer mehr ihrer Gegner das Land verließen oder eingesperrt wurden?

Seufzend rollte er sich zur Seite und schloss die Augen. Es gab zu viele Dinge, über die er jetzt besser nicht nachdachte. Von nun an war er ganz auf sich gestellt. Alles, was er tun wollte, musste er ohne fremde Hilfe tun. Es gab niemanden, dem er sich anvertrauen konnte, niemanden, der sein Schicksal teilen und der ihm zur Seite stehen würde. Er war allein und würde es vorerst auch bleiben. Noch niemals in seinem Leben hatte er sich so einsam gefühlt.

Nicolai stand auf dem Bürgersteig und schaute sich um, als sähe er diese Häuserfront am Wasser zum ersten Mal in seinem Leben. Seltsamerweise fühlte er sich etwas verloren hier am Hafen, obwohl ihm die Gegend aus seiner Erinnerung vertraut war. In dieser Straße hatte er damals mit Amelie gelebt, in jenem eisigen Winter gleich nach dem Krieg hatten sie gemeinsam in der Mietskaserne auf der anderen Straßenseite gehaust. Er erinnerte sich gut an die Kälte und den Hunger, gegen die sie auf verlorenem Posten gekämpft hatten, trotz allem immer voller Hoffnung auf die Zukunft. Hamsterfahrten ins Alte Land und kleine Betrügereien auf dem Schwarzmarkt hatten sie über Wasser gehalten. Ob Amelie hier geblieben war, in dem alten Haus mit Blick auf die Kaianlagen? Sicherlich nicht, warum sollte sie auch, die Mansardenwohnung unter dem Dach war damals schon zu klein gewesen. Und kalt, verdammt kalt hatte er die Zimmerchen dort oben in Erinnerung. Er wusste noch gut, wie er eimerweise Kohlen aus dem muffigen Keller hinauf in die Küche geschleppt hatte, um den Ofen zu befeuern. Ob Amelie sich gelegentlich auch an damals erinnerte, zum Beispiel an ihn? Er hätte sie gern gefragt, aber er konnte ihren Namen auf dem Türschild des Hauses Nummer 21 nicht finden. Scheinbar wohnte dort niemand mehr mit Namen Amelie Fuchs. Im Grunde war das kein Wunder, vermutlich hatte sie längst geheiratet und war in eine angenehmere Wohngegend der Stadt gezogen. Insgeheim wünschte er ihr, dass genau dies passiert war, denn Amelie hatte immer so verbissen um ein besseres Leben gekämpft. Verdient hätte sie es jedenfalls, denn fleißig war sie gewesen, die kleine Schneidermeisterin mit dem wundervollen Lächeln, das Eisberge zum Schmelzen brachte. Natürlich hätte es ihn auch entlastet, wenn er die Stadt in der Gewissheit verlassen konnte, dass es Amelie gut ging. Im Nachhinein bedauerte er die Umstände, unter denen er sie damals ohne eine Erklärung verlassen hatte, doch jetzt ließ sich daran nichts mehr ändern.

Vermutlich war es das Gescheiteste, nicht länger sinnlos vor fremder Leute Türen herumzulungern, sondern sich auf den Weg nach Hause zu machen. Aber dazu konnte er sich noch nicht entschließen, denn vor seiner Rückkehr und der Aussprache mit Ingeborg graute ihm. Temperamentvoll wie sie war, würde sie schäumen vor Wut, weil er einfach weggefahren und sie im Stich gelassen hatte. Wenn er ihr dann auch noch sagte, dass sein in die Spielbank investiertes Geld verloren war, würde das seine Lage nicht verbessern. Das Zerbrechen des Konsortiums bestätigte Ingeborgs böse Ahnungen, die Geschichte würde ihr bestimmt Stoff für eine grandiose Rede liefern. Alles, was er zu seiner Entschuldigung vorzubringen hatte, war, dass er Julius Rosenkranz noch immer für einen seriösen und erfolgreichen Geschäftsmann hielt. Vielleicht sollte er ihr auch sagen, dass er weggefahren war, weil er Zeit gebraucht hatte, um über ihren Ehebruch mit dem Herrn Doktor hinwegzukommen. Es war bitter für ihn gewesen, davon zu erfahren, aber ob sie seinen Schmerz nachvollziehen konnte, war eine andere Frage. Wahrscheinlich würde es Tränen geben, wenn er sie mit ihrer Untreue konfrontierte, eventuell auch Anklagen, wenn er ihr klarmachte, dass er enttäuscht von ihr war: Die Liebelei mit Johannes Lehmann war die eine Sache, doch dass sie ihm niemals davon erzählt hatte, fand er mindestens genauso traurig. Wie er sich auch drehte und wendete, seine Rückkehr würde kein Zuckerschlecken werden. Dabei hasste Nicolai Ehestreitigkeiten. Sie führten zu nichts und taten den Beteiligten weh, und doch, diesmal schien ein Ehedrama unausweichlich.

Grübelnd stand Nicolai auf dem Bürgersteig, bis sein Blick noch einmal hinaufwanderte zu den Fenstern, hinter denen früher Amelies Wohnung gelegen hatte. Es half nichts, dorthin konnte er nicht zurück, es wäre ein unerträglicher Rückschritt in einem Leben gewesen, das bisher immer nur bergauf geführt hatte. Das Hotel konnte er nicht aufgeben und seine Söhne schon gar nicht, von den beiden Jungen wurde er geliebt und gebraucht. Was auch immer ihm Amelie vielleicht bei einem Wiedersehen zu sagen gehabt hätte, es änderte nichts daran, dass er sich damals gegen sie entschieden hatte. Die Sache war passé, und zwar endgültig.

Er wandte sich ab und wollte in seine Pension am Rothenbaum zurück, als ihn plötzlich jemand am Ärmel seines Jacketts zog. Neben ihm stand ein blasses Kerlchen, das auf dem Kopf eine bunte Ballonmütze trug. Sein schmales Gesicht wirkte unter dem Mützenschirm so klein, als hätte es sich einen Kaffeewärmer über die Ohren gezogen.
»Tach, der Herr. Kann ich helfen? Suchen Se wen?«
Der Junge mit der übergroßen Mütze vergrub beide Hände tief in den Taschen seiner kurzen, ausgebeulten Hose. In der Hoffnung, sich ein paar Groschen für eine Gefälligkeit verdienen zu können, lächelte er – und er lag sogar richtig, denn Nicolai war tatsächlich bereit, für eine Auskunft zu bezahlen. Er beugte sich ein Stück zu dem Jungen hinunter und deutete dabei auf das Gebäude, das ihnen gegenüber im Sonnenlicht lag.
»In diesem Haus hat früher eine Frau namens Amelie Fuchs gewohnt. Kennst du sie?«
»Klar doch kenne ich die. Die heißt jetzt Könnecke, drei Jungs hat sie. Die Könneckes wohnen links oben, im zweiten Stock.«
Der Finger des Jungen wanderte hinauf zu einem Balkon, auf dem in langer Reihe Wäsche im Wind flatterte. Hinter leicht vergilbten Gardinen stand ein einsamer Blumentopf mit einer Geranie, die aus dieser Distanz reichlich kümmerlich wirkte.
»Hat diese Frau Könnecke vielleicht auch eine Tochter?«
»Hat se, aber die wohnt nicht mehr zu Hause, die ist schon ausgezogen. Hat nach Barmbek geheiratet letztes Jahr. Ihre Jungens wohnen noch bei ihr, aber das sind alle drei Stinkstiefel. Die fackeln nicht lange, die hauen zu, ehrlich. Sind Se verwandt mit denen?«
Ein sorgenvoller Blick aus großen Kinderaugen traf Nicolai, aber er schüttelte zur Beruhigung des Jungen den Kopf. Langsam zog er seine Brieftasche aus der Jackentasche. Nicolai konnte die Besorgnis des Kleinen gut nachvollziehen. In ei-

nem Viertel wie diesem herrschten raue Sitten, da konnte man nicht vorsichtig genug sein. Lächelnd reichte er dem Jungen eine Münze.

»Nein, ich bin nicht verwandt mit Könneckes, keine Sorge. Ist Frau Könnecke von Beruf Damenschneiderin?«

»Ja, ist sie. Soll ich zu ihr rauf und sagen, dass Se da sind und mit ihr reden wollen?«

»Nein, vielen Dank. Das ist alles, was ich wissen wollte.«

Mit einem kleinen Bückling nahm der Junge sein Geld in Empfang und tippte sich an den Schirm seiner Mütze, bevor er abzog. Sichtlich zufrieden mit dem Gegenwert für seine Bemühungen, schlenderte er pfeifend quer über die Straße und auf die Kaimauer zu, die gegenüber am Flussufer lag.

Nicolai stand noch einen Moment auf dem Bürgersteig. Er wusste, dass er nicht den Mut haben würde, sich Amelie nach all den Jahren zu präsentieren, also machte er auf dem Absatz kehrt. Gerade als er sich in Bewegung setzen wollte, wurde plötzlich die Haustür gegenüber aufgerissen. Eine Frau mit einem Bastkorb unter dem Arm trat heraus, ein dunkler Strohhut überschattete ihr Gesicht. Sie zog das rechte Bein ein wenig nach, als sie die Stufen zur Straße hinabstieg. Erschrocken beobachtete er, was geschah, denn zweifellos war es Amelie, die nur ein paar Meter von ihm entfernt das Haus verließ. Womöglich wäre er sich dessen nach all den Jahren nicht so sicher gewesen, aber an die kleine Behinderung erinnerte er sich gut, diesen Gehfehler hatte sie natürlich immer noch. Spätestens jetzt hätte er allen Grund gehabt zu verschwinden, doch er starrte wie gebannt auf die Frau auf der anderen Straßenseite. Sollte der geblümte Kittel ihr Körpergewicht kaschieren? Vielleicht, aber die Farbe kleidete sie nicht, der verwaschene Stoff wirkte trist und ließ sie älter aussehen. Im Grunde besaß sie nur noch wenig Ähnlichkeit mit dem jungen Mädchen, das er in jenem Nachkriegswinter geliebt hatte. Trotzdem war er nahe daran, zu ihr zu gehen und sie aus

Freude über das Wiedersehen zu umarmen. Wie gern würde er noch einmal den Klang ihrer Stimme hören, der ihm früher viel bedeutet hatte – und mindestens ebenso gern würde er die Überraschung auf ihrem Gesicht sehen, wenn sie ihn erkannte. Aber was, wenn sie sich überhaupt nicht freute? Er war seinerzeit ziemlich unrühmlich aus ihrem Leben verschwunden, sie würde ihm deswegen vielleicht Vorwürfe machen, und das nicht mal zu Unrecht. Zögernd wartete er, während er insgeheim hoffte, dass das Schicksal an seiner Stelle entscheiden würde.

Tatsächlich war Amelie schon fast an ihm vorüber, als sie vor einem der Nachbarhäuser stehen blieb. Ausgerechnet die Treppe in den »Fuchsbau«, eine der finstersten Höhlen für die ganz hartgesottenen unter den Trinkern, stieg Amelie hinunter. Er sah zu, wie sie im Souterrain verschwand. Während er noch überlegte, ob es nicht besser war, endgültig fortzugehen, tauchte sie mit einem Betrunkenen im Schlepptau auch schon wieder auf. Schlingernden Schiffen gleich schwankten die beiden die Kellertreppe zur Straße hinauf, Amelie musste den Mann stützen, damit er nicht umkippte. Der Kerl lallte Unverständliches und gestikulierte dabei in der fahrigen Art derjenigen, die im Alkoholrausch nicht mehr Herr ihrer Sinne waren. Amelie bewahrte eine Engelsgeduld, sie bugsierte den Mann behutsam über den Bürgersteig und die Treppe zu ihrem Mietshaus hinauf. Schweigend sah Nicolai zu, wie das Paar im Haus verschwand. Krachend fiel die Tür hinter ihnen ins Schloss.

Amelie hatte ihn nicht eines Blickes gewürdigt, aber vielleicht war es besser so. Dass er Zeuge dieser kurzen Szene geworden war, berührt ihn tief. Ihm war bewusst, dass er eben etwas gesehen hatte, was nicht für seine Augen bestimmt gewesen war. Immerhin wusste er jetzt, welches Leben Amelie als Frau Könnecke wohl führte. Verheiratet mit einem, der sein Geld in Kneipen vertrank, und gesegnet mit drei Jungen,

die selbst in einem Viertel wie diesem keinen guten Ruf besaßen, das war ihr Alltag. So wie es aussah, arbeitete sie vermutlich noch immer als Flickschneiderin, viel weiter konnte sie es nicht gebracht haben, sonst wäre sie nicht hier geblieben. Dabei hatte Amelie sich immer einen eigenen Modesalon gewünscht, ein Lädchen in der Innenstadt, das war ihr Traum gewesen. War er Schuld daran, dass sie es nicht bis dahin geschafft hatte? Oder fehlte es ihr am nötigen Ehrgeiz, um der Armut zu entkommen? Auf diese Frage würde er allein keine Antwort mehr finden, und fragen konnte er sie nicht.
Nicolai wandte sich ab. Jetzt fiel es ihm nicht mehr schwer, das Viertel am Hafen zu verlassen. Er ging ohne Bedauern. Das Kapitel Amelie war beendet, das spürte er. Von heute an würde er ohne jede Spur von Sehnsucht an das Leben denken können, das er hier zurückgelassen hatte.

»Thiess? Thiess, sag doch was – hörst du mich?«
Keine Antwort, nichts außer einem leisen Rauschen. Ausgerechnet in diesem Moment brach die Leitung zusammen, oder hatte Thiess aus Enttäuschung einfach aufgelegt? Ingeborg starrte noch einen Moment auf den Hörer in ihrer Hand, bevor sie ihn langsam auf die Gabel zurückgleiten ließ. Jetzt also war es so weit, Luise war operiert worden, und sie konnte nicht in der Klinik sein, um den beiden beizustehen. Natürlich wäre sie gefahren, wenn sie die Möglichkeit gehabt hätte – aber sie saß hier im Hotel fest, weil Nicolai nicht da war, um sie zu vertreten. Allein lassen konnte sie das Haus nicht, jedenfalls nicht mitten in der Saison. Zum ersten Mal seit langem waren sie wieder ausgebucht. Das Hotel lief gut in diesem Sommer, und doch wäre sie jetzt gern in Kiel gewesen. Sie sehnte sich danach, ihre Mutter wiederzusehen. Gleichgültig, was Luise über ihre Affäre mit Johannes ausgeplaudert haben mochte, Luise war ihre Mutter. Und Luise lag auf dem Festland mit einem lebensgefährlichen Leiden im Krankenhaus.

Beunruhigt strich Ingeborg über das Gehäuse des Telefons, auf dem eine dünne Staubschicht lag. Sie würde den Zimmermädchen ins Gewissen reden müssen, damit sie gründlicher putzten. Aber das ließ sich regeln, im Gegensatz zu der Geschichte in Kiel, für die ihr keine Lösung einfiel. Thiess hatte am Telefon einen nervösen und irgendwie verstörten Eindruck gemacht. Ob die Ärzte irgendetwas angedeutet hatten? Ob es Komplikationen gab, die er ihr verschwieg?
Mit einem Seufzer ließ sie sich gegen den Empfangstresen sinken, auf dem das Telefon stand. Kaum dass sie versuchte, einen klaren Gedanken zu fassen, begann der verdammte Apparat hinter ihr schon wieder zu läuten. Das konnte doch wohl nicht noch einmal Thiess sein, der es sich anders überlegt hatte und jetzt ausführlich mit ihr über die Operation sprechen wollte? Egal, sie brauchte einen Moment Zeit, um über alles nachzudenken, also ließ sie das Telefon einfach klingeln und rührte sich nicht. Wie hundemüde und unglaublich erschöpft sie sich fühlte. Seitdem Nicolai fort war, kam sie kaum dazu, sich auszuruhen. Die Arbeit im Hotel war allein kaum zu schaffen, obwohl sie nahezu rund um die Uhr auf den Beinen war. Das Haus kam ihr trotz all der Feriengäste irgendwie leer vor – ohne Nicolai war »Kliffende« nicht mehr als eine sommerliche Kulisse, kein Gedanke an eine Heimat. Obwohl sie sich alle Mühe gab, nicht darüber nachzudenken, verließ sie niemals das Bewusstsein, dass ihr eigener Ehemann sie im Stich gelassen hatte. Es würde nicht mehr lange dauern, bis die Leute es merkten und hinter ihrem Rücken zu tuscheln begannen. Lange würde sie das alles nicht aushalten, und dann? Wie sollte sie den Betrieb weiterführen, was sollte aus ihr werden, wenn Nicolai nicht zurückkehrte und sie – vielleicht – von ihm geschieden wurde?
Allein bei der Vorstellung krampfte sich ihr schon der Magen zusammen. Behutsam legte sie eine Hand auf den Leib. Schon seit Tagen plagten sie Magenschmerzen, so ging es

nicht weiter. Sie musste mit jemandem sprechen, sie musste sich irgendwem anvertrauen. Allein würde sie auf Dauer dem Druck nicht standhalten. Johannes fiel ihr natürlich wieder als Erstes ein, auf den konnte sie sich wenigstens verlassen. Er wusste sowieso schon, was los war – aber was würde er ihr raten? Abwarten, würde er sagen, nur keine überstürzten Entscheidungen, vielleicht kommt alles wieder von allein in Ordnung. Aus seiner Sicht war diese Zurückhaltung verständlich, denn wenn die Geschichte mit ihnen beiden jetzt ans Tageslicht kam, war er mittendrin in der kleinen, schmutzigen Sensation, die der Tratsch auf der Insel daraus machen würde. Was würde seine Lilly wohl dazu sagen? Der Herr Doktor als Scheidungsgrund für das Ehepaar Boysen, das war pikant, das klang schon fast nach dem Skandal der Saison. Nein, Johannes war im Moment nicht der richtige Ratgeber, er würde sie nur beschwichtigen und hinhalten wollen. Dann schon eher der Schwiegermutter das Herz ausschütten, schließlich war Hanna Eckermann eine praktisch veranlagte Frau. Hanna würde ihr keine Moralpredigten halten, sondern helfen, wenn sie gebraucht wurde. Doch, Hanna war die Lösung, sie musste kommen, und zwar gleich.
Kurz entschlossen wollte Ingeborg eben nach ihrem privaten Notizbuch greifen und die Nummer der Villa Eckermann in Flensburg heraussuchen, als ihr Blick auf den Briefumschlag fiel, den Andreas ihr zum Abschied in die Hand gedrückt hatte. Das Kuvert lag noch immer auf dem Empfangstresen, genau dort, wo sie es gestern hingelegt hatte. Dabei hatte sie den Brief schnellstmöglichst an Dorothee Beck weitergeben sollen, das jedenfalls hatte sie Andreas versprochen. Sie nahm den Umschlag in die Hand und betrachtete ihn mit einem prüfenden Blick. »Für Dorothee« stand in schön geschwungenen Buchstaben auf der Vorderseite – kein Absender, nichts weiter. Sie hätte gern gewusst, was Andreas dort mitzuteilen hatte, aber der Brief besaß unübersehbar einen

privaten Inhalt, also stand es ihr nicht zu, ihn zu lesen. Natürlich war sie ein bisschen überrascht gewesen, als sie ihn bekommen hatte, denn damit war offensichtlich, dass Andreas Bütow wirklich eine Schwäche für Fräulein Doktor Beck hegte. Andererseits, was spielte das jetzt, wo er die Insel mit unbekanntem Ziel verlassen hatte, noch für eine Rolle? Überhaupt, was interessierten sie die Herzensangelegenheiten anderer Leute, wo sie genügend eigene Sorgen hatte, über die sie sich den Kopf zerbrechen konnte? In letzter Zeit hatte sie wirklich nichts als Kummer gehabt.
Müde schloss Ingeborg für einen Moment die Augen, bevor sie ihr Gesicht in beiden Händen verbarg, weil sie Tränen in sich aufsteigen fühlte. Bloß nicht weinen, nicht schon wieder weinen. Sie hatte genug Tränen vergossen, jeden Abend weinte sie sich in den Schlaf, weil sie nicht wusste, wie es weitergehen sollte – mit ihr, mit dem Hotel und mit ihrer Ehe. Im Augenblick fühlte sie sich ungeheuer einsam, zurückgelassen von allen, die sie liebte oder einmal geliebt hatte. Es schien, als wäre sie die Einzige, die unfreiwillig an einem Ort bleiben musste, dessen heile Fassade nur noch nach außen intakt war. Warum geriet ihr Leben so in Unordnung, warum konnte nicht alles bleiben, wie es einmal gewesen war: ruhig, beschaulich und geordnet?
Plötzlich wurde es still. Das Telefon hatte aufgehört zu läuten, ohne dass sie abgenommen hatte. Wer auch immer versucht hatte, sie zu erreichen, er hatte es aufgegeben. Sie wusste, dass sie ihre Probleme nicht löste, indem sie den Kopf in den Sand steckte – aber sosehr sie sich auch anstrengte, sah sie keine Lösung, die ihr half zu retten, was noch zu retten war.

Kapitel 13

»Prächtige Architektur, oder? Was gefällt Ihnen denn am besten, schöne Frau?«
Ingeborg drehte sich um. Es war Karl Roloff, der hinter ihr stand und ihr neugierig über die Schulter schaute. Leider hatte sie ihn nicht kommen hören, sonst hätte sie sich aus dem Staub gemacht, denn sie war nicht erfreut, ihn zu sehen. Obwohl sie es seiner Fürsprache verdankte, dass sie in diesem Jahr dem Festausschuss im Strandburgenwettbewerb der Kurverwaltung angehörte, wünschte sie Roloff insgeheim zum Teufel. Betont langsam faltete sie den Fragebogen, auf dem sie ihre Bewertungen für die einzelnen Strandburgen festhielt, zu einem kleinen Quadrat zusammen und war nahe daran, das Stück Papier dem Wind zu überlassen, der in Böen über den Strand ging. Unwichtig, das Ganze, die reine Zeitverschwendung. Wen kümmerte es schon, wer den meisten Sand mit den meisten Muscheln verziert hatte? Roloff stand neben ihr und grinste über beide Ohren, während er auf die Strandburg neben ihm deutete.
»Sie wollen Ihren Favoriten nicht verraten, stimmt's? Soll ich raten?«
Er krauste die Stirn und schien angestrengt nachzudenken. Zum Henker mit ihm und seinen albernen Spielchen. Was wollte er schon wieder von ihr? Ging es noch immer um den Vorsitz im Fremdenverkehrsverein, oder hatte sein Spatzenhirn schon wieder etwas Neues ausgebrütet? Ingeborg griff nach ihrem Hut. Der Wind frischte von See kommend auf, graue Wolkenberge türmten sich am Horizont über den unruhigen Wellen. Es würde ein Gewitter geben.
»Die dicke Seejungfrau mit dem Mopsgesicht, ist das etwas für Sie? Die, die untenherum aussieht wie eine Heringsgräte? Ist doch originell, oder?« Roloff lachte.

»Ich habe mich noch nicht entschieden, Herr Roloff.« Ingeborg lächelte höflich, obwohl es sie einige Mühe kostete, auf die dümmlichen Scherze des Nazis einzugehen.
»Ist auch schwer, sich zu entscheiden, würde ich sagen. Die Ergebnisse sind grandios. Unsere Feriengäste haben sich mächtig ins Zeug gelegt. Und einige der Bauwerke haben wirklich Stil, nicht wahr?« Roloff grinste, wenigstens er hatte anscheinend seinen Spaß an der Sache. Ihr dagegen ging der Wettbewerb auf die Nerven, noch dazu bei dieser Hitze. Selbst in der Nähe des Wassers war es unerträglich schwül, die drückende Wärme lastet schwer auf der Insel. Trotzdem, es ging weiter. Das Festkomitee unter der Leitung seines Vorsitzenden hatte bereits die nächste Strandburg erreicht. Ingeborg wollte ihnen folgen, aber Roloff verhinderte das, indem er ihre Hand nahm.
»Ich wette, Sie mögen die da.«
Er zeigte auf eine der Burgen rechts von ihnen, verziert mit Dutzenden von Krebsen und Fischen aus Muscheln, Steinchen und Seetang. Aus der Entfernung sah das Ganze aus wie die überfüllte Auslage eines Fischgeschäfts, die von Getier nur so wimmelte. Auch dieser Anblick war nicht nach ihrem Geschmack. Was bezweckte Roloff nur mit seinem Gehabe? Scheinbar wollte er unbedingt ein Gespräch mit ihr in Gang bringen, also fügte Ingeborg sich in ihr Schicksal und nickte.
»Wirklich sehr nett, wenn auch nicht ganz mein Fall.«
Um der Unterhaltung ein Ende zu machen, wandte sie sich Gustav Hinnerksen zu, der ein paar Schritte von ihnen entfernt umständlich mit seinen Papieren hantierte. Auch in diesem Jahr gab er den Vorsitzenden des Festausschusses und nahm sich wichtig dabei. Nachdenklich runzelte er die Stirn und betrachtete über den Rand seiner Brille hinweg das Kunstwerk aus Sand, vor dem er gerade Aufstellung genommen hatte.
»Wir kommen jetzt zu der Nummer 12, der Strandburg der Familie Wagner aus Koblenz.«

Seine Stimme wurde vom Donner übertönt, der in der Ferne grollte. Der Wind frischte weiter auf, das Meer wurde unruhig, auf seinen Wogen kräuselte sich weiß die Gischt. Jetzt kam Unruhe unter den Zuschauern des Wettbewerbs auf, die Ersten von ihnen packten ihre Sachen und verließen den Strand. Sorgenvoll sah Ingeborg zum Himmel, an dem sich dunkle Wolken türmten. Hoffentlich kamen die ehrenwerten Langweiler des Komitees bald zu einem Urteil, denn über ihnen braute sich ein Unwetter zusammen. Hinnerksen schien von den herannahenden Gewalten allerdings unbeeindruckt – mit Kennermiene prüfte er das Kunstwerk vor ihm und machte sich auf seinem Blatt dazu Notizen. Auch die Erbauer der Strandburg, die vierköpfige Familie aus Koblenz, zeigte keine Neigung, den Ort des Geschehens schon zu verlassen. Aufgereiht wie die Orgelpfeifen standen sie neben den Mitgliedern der Jury, der Stolz auf ihr Bauwerk war ihnen anzusehen. Hinnerksen stellte ihnen noch ein paar überflüssige Fragen, die das Familienoberhaupt mit viel Liebe zum Detail beantwortete.

Der Vorsitzende schrieb und schrieb – offenbar war er voller Begeisterung bei der Sache. Wenigstens einer der Juroren, der sich dem Ganzen verpflichtet fühlte. Ingeborg dagegen wünschte nichts sehnlicher, als endlich nach Hause gehen zu dürfen. Roloffs Einladung hatte sowieso nicht ihr, sondern Nicolai gegolten, aber weil der nicht greifbar war, hatte sie sich verpflichtet gefühlt, herzukommen. Sie bereute es zutiefst, das getan zu haben. Die ganze Geschichte interessierte sie nicht, sie hatte wirklich andere Sorgen. Zu allem Überfluss war Roloff schon wieder bei ihr und bewunderte lautstark ein Führerporträt, das auf einer leicht erhöhten Empore der Sandburg vor ihnen angebracht war.

»Das ist ja fabelhaft, nicht wahr? Eines der besten Bilder des Führers, die ich je gesehen habe. Imposant, oder?«

Widerstrebend folgte sie seinem Blick zu den aus Steinchen

geformten Symbolen der NSDAP. Wenn sie den Mut dazu besessen hätte, wäre jetzt die beste Gelegenheit gewesen, ihn darauf aufmerksam zu machen, dass sie das alles kalt ließ. Der Ruhm seiner glorreichen Partei war ihrer Ansicht nach genauso vergänglich wie der der Sandburg vor ihnen. Ein Windstoß fegte über das Meer, gleich darauf fielen die ersten schweren Regentropfen. Die Menschen verließen im Laufschritt den Strand.

»Die Sitzung des Preiskomitees ist unterbrochen und wird in zehn Minuten im Kurhaus fortgesetzt. Ich bitte um vollständiges Erscheinen!« Gustav Hinnerksen wedelte mit den Armen, bevor er sich abwandte und zu der hölzernen Treppe eilte, die in die Dünen führte. Im nächsten Moment zerriss ein greller Blitz den düsteren Himmel. Überall um sie herum flüchteten die Feriengäste, alles rannte landeinwärts.

»Nun, meine Gnädigste? Darf ich Sie mitnehmen ins Kurhaus, oder sind Sie mit dem Wagen hier?«

Wieder war es Roloff, der an ihrer Seite blieb. Höflich bot er ihr den Arm. Wenn sie nicht patschnass werden wollte, blieb ihr nichts anderes übrig, als in seinem Wagen mitzufahren, denn sie hatte nicht einmal einen Schirm dabei. Schweigend hastete sie mit ihm die Holztreppe hinauf und entdeckte oben angekommen zu ihrer Überraschung Dorothee Beck. Ungerührt vom Regen stand das Fräulein Doktor gemeinsam mit einem Unbekannten an der Abbruchkante des Kliffs und beobachtete die tosenden Elemente. Der gut gekleidete Mann in ihrer Begleitung hielt den Regenschirm und plauderte auf sie ein. Mit wem unterhielt sie sich so angeregt, dass nicht einmal das aufziehende Unwetter sie abschreckte? Ingeborg kannte Dorothees Begleiter nicht, am wahrscheinlichsten war, dass es sich um einen Feriengast handelte. Beim Anblick der beiden Gestalten fiel ihr der Brief wieder ein, den Andreas ihr zum Abschied gegeben hatte. Noch immer lag der Umschlag ungeöffnet im Hotel.

Jetzt ergab sich eine Gelegenheit, Dorothee Beck davon zu erzählen, bevor sie es wieder vergaß. Froh darüber, Roloff sich selbst überlassen zu können, machte sie sich von ihm los.
»Entschuldigen Sie mich bitte einen Moment, ja? Ich möchte kurz jemanden begrüßen. Wenn Sie nicht warten wollen, gehen Sie ruhig weiter. Ich komme allein zurecht.«
Ohne seine Antwort abzuwarten, wandte sie sich um. Sie war froh, Karl Roloff los zu sein, denn in seiner Gegenwart musste sie jedes ihrer Worte auf die Goldwaage legen. Je näher sie dem Paar unter dem Regenschirm kam, desto mehr zweifelte sie jedoch an ihrem Entschluss. Sollte sie die beiden wirklich stören? Noch konnte sie umdrehen, noch hatte das Fräulein Doktor sie nicht bemerkt. Bis vor kurzem war sie davon überzeugt gewesen, dass Andreas das Herz der jungen Ärztin erobert hatte – warum sollte er ihr auch sonst einen Abschiedsbrief schreiben? Jetzt war sie sich auf einmal nicht mehr sicher, denn die Art, wie Dorothee Beck mit dem Fremden an ihrer Seite plauderte, irritierte sie. Der Mann in seinem maßgeschneiderten Anzug aus hellem Leinen berührte seine Begleiterin nicht, und dennoch machte die Szene den Eindruck, als tauschten die beiden sich intensiv über Angelegenheiten aus, die niemanden sonst auch nur das Geringste angingen. Ingeborg war nahe daran, sich wieder abzuwenden und zu Roloff zurückzukehren, als Dorothee Beck sie entdeckte. Sie hob eine Hand und winkte, es wäre unhöflich gewesen, jetzt noch zu verschwinden. Durch den heulenden Sturm kämpfte Dorothee sich gemeinsam mit dem Fremden an ihrer Seite zu Ingeborg vor und reichte ihr die Hand.
»Frau Boysen, wie schön, Sie zu treffen – darf ich vorstellen? Das ist Professor Steinhäuser aus Berlin, mein Mentor, Doktorvater und ehemaliger Förderer an der Charité. Viktor hat keine Kosten und Mühen gescheut, um mich in meiner Sommerfrische zu besuchen.«
»Die Kosten und Mühen sind nicht der Rede wert. Ich habe

mir erlaubt, meinen Urlaub dieses Jahr an der See zu verbringen. Zufällig fiel dabei meine Wahl auf die schöne Insel Sylt.«
Lächelnd verneigte sich der Professor, bevor er Ingeborg die Hand drückte. Offenbar ein Charmeur, der Mann – in jedem Fall wirkte er kein bisschen weltfremd wie einer dieser Gelehrten, die jeden Tag in einer staubtrockenen Umgebung nur mit ihrer Arbeit verbrachten. Der Professor besaß Ausstrahlung und einen treuherzigen Blick aus bernsteinfarbenen Augen, in dem man ertrinken konnte, wenn man sich nicht rechtzeitig davon losriss. Seine Aufmerksamkeit war ganz auf Dorothee Beck gerichtet – kein Zweifel, der Professor mochte das Fräulein Doktor. Behutsam legte er einen Arm um ihre Schulter. »Ich bin jedenfalls froh, dass ich die Reise gemacht habe. Die Insel hat einiges zu bieten – nicht nur an Naturschönheiten, wie jeder sehen kann.«
Dem war wohl nichts hinzuzufügen, das Kompliment war eindeutig. Dorothee Beck ließ ihr perlendes Lachen hören. Dem Tonfall ihrer Stimme nach zu urteilen, freute sie sich über die Aufmerksamkeiten ihres Begleiters. Wieder zuckte ein Blitz über den Himmel, die Tropfen fielen jetzt dicht an dicht. Der Professor rückte mit seinem Schirm näher an Ingeborg heran und riskierte dabei, selbst nass zu werden. Der Mann wusste sich zu benehmen, ohne Frage.
Dorothee Beck schaute sie an. »Und wie geht es Ihrer Frau Mutter, Frau Boysen? Gibt es Neuigkeiten aus Kiel?«
»Danke, sie macht Fortschritte. Nach allem, was ich inzwischen gehört habe, hat sie die Operation gut überstanden. Die Ärzte sind optimistisch, dass es aufwärts geht. Mein Stiefvater lobt das Personal der Klinik in höchsten Tönen. Wir sind Ihnen alle sehr dankbar, dass Sie sich für meine Mutter eingesetzt haben.«
»Das habe ich gerne getan, wirklich. Ich freue mich, wenn alles nach Plan verläuft.«
Dorothee Beck nahm Ingeborgs Hand und drückte sie sanft –

eine Geste, die Ingeborg gefiel. So viel Anteilnahme zeigte sie nicht oft, oder musste man Dorothee Beck einfach nur besser kennen lernen, um ihren Charakter richtig beurteilen zu können? Plötzlich rief jemand ihren Namen – Ingeborg drehte sich um. Roloff war noch immer da, tapfer stand er im Regen und gab ihr von seinem Platz aus Handzeichen. Ihn noch länger warten zu lassen, wagte sie nicht. Hastig wandte sie sich noch einmal Dorothee Beck zu.

»Fräulein Doktor Beck, ich habe noch einen Brief für Sie im Büro. Wenn Sie möchten, bringe ich Ihnen den Umschlag vorbei. Ich fahre morgen sowieso in die Stadt, um Besorgungen zu machen. Soll ich den Brief in der Praxis abgeben?«

»Sie haben einen Brief für mich? Von wem denn?«

Mit großen Augen sah Dorothee Beck sie an, sie wirkte überrascht. Vielleicht wusste sie noch gar nicht, dass Andreas Hals über Kopf abgereist war. Vermutlich war dies auch nicht der richtige Zeitpunkt, um sie mit dieser Neuigkeit zu konfrontieren, aber was sollte Ingeborg auf die an sie gerichtete Frage sonst antworten? Sie zögerte, denn der weitere Verlauf des Gesprächs drohte peinlich werden. Durfte sie in Anwesenheit des Professors Andreas erwähnen? Ohne zu wissen, wie die junge Frau zu ihm stand, konnte sie sich in dieser Situation kaum richtig entscheiden. Nicht auszuschließen, dass das Ganze nur eine einseitige Schwärmerei von Andreas gewesen war. Vielleicht hatten die beiden aber auch eine Affäre gehabt, und der Professor sollte davon nichts wissen? Wahrscheinlich war es keine gute Idee gewesen, die Sache mit dem Brief in Anwesenheit eines Dritten überhaupt anzusprechen. Ingeborg stand im Regen und hoffte auf eine Eingebung, als wieder Roloffs Stimme über den Strand hallte.

»Frau Boysen? Sind Sie so weit?«

Er sah aus wie eine nasse Katze, denn Roloff hatte keinen Schirm dabei. Der Nazi würde sich einen Schnupfen holen und ihr die Schuld daran geben, das galt es zu vermeiden. Zum

Zeichen dafür, dass sie ihn verstanden hatte, nickte Ingeborg, bevor sie sich noch einmal zu Dorothee Beck umdrehte.
»Am besten bringe ich Ihnen morgen den Brief, ich weiß auch nicht, was drinsteht. Sie können ihn dann in Ruhe lesen. Entschuldigen Sie mich jetzt bitte, ich werde erwartet. Auf Wiedersehen, Fräulein Doktor. Es hat mich sehr gefreut, Sie kennen zu lernen, Herr Professor. Bis demnächst einmal.«
Ingeborg lief zu Roloff zurück, der sofort ihren Arm nahm und mit ihr durch den strömenden Regen zum Auto hastete. Ein wenig irritiert betrachtete sie seine Hand, die wie selbstverständlich auf ihrem Arm lag, während sie nebeneinander durch den nassen Sand stapften. Drohten hier neue Komplikationen, rechnete sich der Nazi etwa Chancen bei ihr aus? Nein, das konnte nicht sein, sie waren beide verheiratet. An einem außerehelichen Techtelmechtel war sie nicht interessiert, das würde er zu spüren bekommen, wenn er es auch nur versuchte. Die einzige Affäre in ihrem Leben hatte ihr kein Glück gebracht, die Ereignisse einer Winternacht verfolgten sie noch heute. Roloff konnte das natürlich nicht ahnen, aber er musste merken, dass sie sich ihm gegenüber bestenfalls gleichgültig verhielt.
Endlich hatten sie den Roloff'schen Sportwagen erreicht, schweigend öffnete er ihr die Beifahrertür. Erleichtert darüber, dem Regen entkommen zu sein, schlüpfte sie in das Innere des Automobils.
»Na, dann wollen wir mal. Hinnerksen ist bestimmt schon ungeduldig. Auf zur Preisverleihung, was?«
Roloff warf den Motor des Wagens an, während Ingeborg still neben ihm saß und in den Regen hinausstarrte, der die Gipfel der Dünen dunkel färbte. Der Strandburgenwettbewerb kümmerte sie nicht, es war ihr egal, wer den Sieg errang. Sie war müde, nass und erschöpft. Von ihr aus hätte er längst zu Ende sein können, dieser unselige Sommernachmittag im Sturm und Regen.

Dieses Dorf war das langweiligste Nest, das man sich denken konnte. Vermutlich konnte man hier vor Langeweile bei lebendigem Leib verschimmeln, ohne dass es jemandem auch nur auffiel.

Andreas saß an seinem Tisch in dem Gasthaus, den Blick auf die gruselig bunte Wachstuchtischdecke vor ihm gerichtet. Die Kneipe trug den stolzen Namen »Königshafen«, doch der Name versprach mehr, als das Lokal hielt. Wie üblich in solchen Kaschemmen roch es nach abgestandenem Bier und kalter Asche, die Luft war stickig. Das alte Mobiliar und die fadenscheinigen Gardinen an den Fenstern machten die Gaststube auch nicht gemütlicher. Draußen lagen menschenleer die Dünen im Sonnenlicht, aber hier war es schummerig und kühl.

Er griff nach seinem zur Hälfte geleerten Glas mit inzwischen lauwarmem Bier. Dass er in dieser Umgebung finden würde, was er suchte, schien ihm mittlerweile selbst zweifelhaft. Er war der einzige Gast, aber das würde sich so bald wohl auch nicht ändern. Wer kam schon freiwillig tagsüber hierher, um sich zu betrinken? Diese Kneipe war alles andere als einladend. Der Holzfußboden war mit einer Schicht aus klebrigem Dreck überzogen, in den Regalen hinter der Theke lag zentimeterdick der Staub. Er hatte gehofft, Einheimische zu treffen, aber hierher verirrte sich um diese Zeit offenbar niemand. Der mürrische Wirt mit der mondförmigen Glatze spülte an der Theke mit gelangweilter Miene Gläser. Er schien ganz in seine Arbeit vertieft und sah nicht einmal auf, während er an dem unappetitlichen Zigarrenstumpen in seinem Mundwinkel kaute.

Mit einem tiefen Seufzer stützte Andreas den Kopf in die Hände. Die Mühe, hierher zu kommen, hätte er sich sparen können. List war ein elendes Kaff. Es bestand aus zwei miserablen Gasthöfen, einer Hand voll armseliger Katen und dem Hafen – wobei die Bezeichnung »Hafen« nach dem, was er bisher gesehen hatte, eindeutig zu hoch gegriffen war. Nur ein paar armselige Hütten standen im Halbkreis um das Hafenbecken, in dem trübe eine dunkle Brühe aus Meerwasser schwappte. Die wenigen Kutter, die an der Kaimauer vor sich hin dümpelten, waren allesamt ältere Boote mit verrotteten Aufbauten. Ob diese Kähne noch seetüchtig waren, bezweifelte er, aber trotzdem hatte er die Hoffnung, dass man es mit einem der Boote bis nach Dänemark schaffen konnte, noch nicht gänzlich aufgegeben. Schließlich war es nicht weit bis zur Nachbarinsel. Auf der Landkarte schienen die dänischen Hoheitsgewässer nur einen Katzensprung entfernt, deshalb hatte er sich vorgestellt, von List auf dem Seeweg über die Grenze kommen zu können. Sein schöner Plan war jedoch ins Wanken geraten, denn seitdem er List gesehen hatte, machte er sich keine Illusionen mehr. Vermutlich würde er hier keinen Kapitän auftreiben, der bereit war, ihn auf See mitzunehmen. Gab es hier überhaupt noch richtige Seeleute? Es ging auf die Mittagszeit zu, und er hatte noch mit keiner Menschenseele gesprochen. Wahrscheinlich kamen die Fischer erst abends hierher, wenn sie nicht überhaupt etwas Besseres zu tun hatten. Ob es ergiebiger sein würde, wenn er sich direkt im Hafen umsah? Er begann in seinen Hosentaschen nach Kleingeld zu kramen und drehte sich nach dem Wirt um. Einen letzten Versuch wollte er noch unternehmen, um mit diesem Miesepeter hinter der Theke ein Gespräch anzufangen. Danach würde er zahlen und gehen.

»Herr Wirt?«

Andreas wartete, bis der Mann mit der Zigarre es für nötig befand, in seine Richtung zu schauen.

»Gibt es hier im Ort jemanden, der seetüchtige Boote an Feriengäste vermietet?«

Erstaunt legte der Dicke die Stirn vollständig in Falten. Ganz langsam ließ er das Geschirrtuch in seiner Hand sinken, während er Andreas musterte. Allein schon die Frage schien ein tiefes Misstrauen in ihm zu wecken.

»Wozu brauchen Sie ein Boot, wenn ich fragen darf?«
»Ich möchte aufs Meer raus, zum Fischen. Ich bin Angler. Gibt es in List jemanden, der Gäste an Bord nimmt?«
Nachdenklich kratzte der Wirt sich das unrasierte Kinn.
»Nicht dass ich wüsste, das lohnt sich bei uns nicht. Hier kommen bloß ab und zu Tagesausflügler her. Die trinken Kaffee, gucken in die Dünen und sind wieder weg. Wir haben kaum Leute in Logis, schon gar keine Angler. Das ist nicht, tut mir Leid.«
Offenbar war das schon alles, was der Wirt zu dem Thema zu sagen hatte, denn er wandte sich wieder seiner Arbeit zu. Flaschen klapperten, der Holzfußboden knarrte, als er eine Kiste hinter dem Tresen hervorzog. Als er sich wieder aufrichtete, schien ihm doch noch etwas eingefallen zu sein, denn er sah Andreas an, während er einen seiner heruntergerutschten Hosenträger die Schulter hochschob.
»Detlef Nissen ist der Einzige, der fährt noch raus, fängt Seezungen und Schollen. Den können Sie mal fragen, vielleicht nimmt der Sie mit.«
Andreas stand auf. »Wie weit hinaus fährt er denn?«
»Keine Ahnung, weit genug für 'ne Landratte, schätze ich. Sprechen Sie am besten selbst mit ihm. Sein Haus ist das letzte am Hafenbecken, ein weißes mit einem runden Giebel über der Tür und 'ner Fahnenstange davor. Immer rechts halten von hier aus, dann ist es nicht zu verfehlen.«
»Danke.«
Andreas ging zum Tresen, um zu bezahlen, während sich plötzlich die Tür zur Gaststube öffnete. Ein Junge mit einer Leinentasche über der Schulter kam hereinspaziert. Er zog eine Zeitung heraus und warf sie wortlos auf die Theke. Der Wirt schlurfte davon, wahrscheinlich, um sein Portemonnaie zu holen. Während Andreas seine Münzen auf die Theke legte, musterte der Junge ihn mit einem Blick, der unverhohlene Neugier erkennen ließ. Vermutlich hatten sie es in die-

sem Kaff nicht oft mit Fremden zu tun, eine Tatsache, die ihm nicht gerade entgegenkam. Wenn hier in diesem Nest einmal ein unbekanntes Gesicht auftauchte, wurde es gnadenlos begafft. Es war fraglich, ob er unter diesen Umständen mit Detlef Nissen ins Geschäft kommen würde. Es genügte ja nicht, den Schiffer dazu zu überreden, ihn mitzunehmen – der Mann sollte ihn auch an einer fremden Küste absetzen. Dafür musste er die deutschen Hoheitsgewässer verlassen und Dänemark anlaufen. Ein bisschen Mut gehörte schon dazu, so etwas zu tun, denn immerhin bestand die Gefahr, dass sie unterwegs vom Zoll angehalten wurden. Einigermaßen frustriert über die Schwierigkeiten, die sich vor ihm auftaten, warf Andreas seinen Rucksack über den Rücken.
Gerade wollte er sich abwenden und gehen, als sein Blick auf die Titelseite der Zeitung fiel. Mehr aus Gewohnheit denn aus Interesse begann er, die Überschriften zu überfliegen. Deutsche Zeitungen hatten seit der Machtergreifung kaum noch etwas zu berichten, was wissenswert war. Heute allerdings schien das ausnahmsweise anders zu sein, denn er entdeckte auf der ersten Seite der Zeitung eine Notiz über einen Vorfall im Flensburger Stadtrat. Prompt blieb sein Blick daran hängen. Er war schon länger ohne Nachrichten aus der Heimatstadt. Hatte es im Rathaus wieder eine Schlägerei mit den Nazis gegeben? Offiziell war die sozialdemokratische Fraktion nach den letzten Reichstagswahlen aufgelöst worden, ein Häuflein Aufrechter erschien trotzdem weiter zu jeder Sitzung des Stadtrates. Natürlich interessierte es ihn, wie es bei den Genossen aussah, also schlug er die Zeitung auf. Den bösen Blick des Zeitungsjungen, der ihm lieber ein Exemplar verkauft hätte, ignorierte er. Er wollte nur die Titelseite lesen, alles andere kümmerte ihn nicht. Hastig überflog er die Zeilen, bis sein Auge zufällig an einer Spalte mit der Überschrift »Inselnachrichten« hängen blieb.
Andreas musste zweimal hinsehen, bevor er glaubte, was er

las. Sein Name stand in der Zeitung, und das auch noch auf der ersten Seite. Warum hatte dieses Käseblatt etwas über ihn veröffentlicht? Hastig las er die kurze Notiz: »Gesucht wird der Student Andreas Bütow, 26 Jahre alt, zuletzt gemeldete Anschrift Flensburg, Norderstraße 12. Der Gesuchte wird dringend verdächtigt, illegale Schriften politischen Inhalts verbreitet zu haben und an der Vorbereitung des Hochverrats durch eine verbotene Organisation beteiligt gewesen zu sein. Andreas Bütow hielt sich zuletzt in Kampen/Sylt auf. Er ist zur steckbrieflichen Fahndung durch die geheime Staatspolizei Flensburg ausgeschrieben. Der Gesuchte ist circa 1,80 Meter groß, hat kurze blonde Haare und blaue Augen. Er spricht Hochdeutsch. Hinweise für seine Ergreifung nimmt jede Polizeidienststelle auf der Insel entgegen.«

Mit zitternden Händen ließ Andreas die Zeitung sinken. Der Junge neben ihm glotzte ihn noch immer mit großen Augen an – ob er den Steckbrief schon gelesen und ihn erkannt hatte? Unsinn, der Knabe war aus dem Dorf, der hatte ihn noch niemals zuvor gesehen.

Der Schock war heftig. Mit einer Hand fuhr Andreas sich über die Stirn, in seinem Kopf herrschte ein fürchterliches Durcheinander. Er kämpfte gegen die in ihm aufsteigende Panik ebenso wie gegen die Verwirrung, in die der Artikel ihn gestürzt hatte. Sie schrieben ihn also zur Fahndung aus, für so gefährlich hielten ihn die Nazis? Das war einerseits ehrenhaft, anderseits lächerlich, er war schließlich kein Schwerverbrecher. Egal, er musste weg von hier. Seine Personenbeschreibung war vage, sie passte mindestens auf ein Drittel aller männlichen Inselbewohner und auf ebenso viele Feriengäste – aber das tröstete ihn nur für einen kurzen Augenblick. Es gab auf Sylt inzwischen einige Leute, die ihn kannten und ihn verraten konnten. Da war zum einen Familie Boysen, aber seine nette Chefin vom »Kliffende« würde ihn doch niemals

ans Messer liefern, oder? Was hatte sie denn davon? Schon eher die kleine Dräger, falls sie nicht ohnehin diejenige war, die ihn an die Nazis verpetzt hatte. Vermutlich war sie schuld an diesem Schlamassel. Wie auch immer, er musste auf das Festland. Dort konnte er untertauchen.
Mit einem Handgriff faltete er die Zeitung zusammen und warf sie auf den Tresen zurück. Ohne sich noch einmal umzusehen, schulterte er seinen Rucksack und ging. Krachend fiel die Tür der Gaststube hinter ihm ins Schloss. Detlef Nissen würde ohne ihn in See stechen. Der Seeweg war ihm abgeschnitten, von nun an war es zu gefährlich, sich einem Fischer anzuvertrauen, von dem er nicht wusste, ob er die Zeitung von heute gelesen hatte. Die bequemste Art, das Land zu verlassen, schied aus. Es war zu riskant geworden, allein mit einem Fremden an Bord eines Schiffes zu gehen.
Wehmütig warf er einen letzten Blick zurück zum Hafen, dann wandte er sich ab. Die Freiheit, die das Meer versprach, war schon so nah gewesen. Jetzt würde er sich auf Umwegen nach Norden durchschlagen müssen.
Er marschierte los. Nach ein paar Metern verließ er die Hauptstraße, die nach Westerland führte. Er wagte nicht mehr, am helllichten Tag eine Straße zu benutzen, es war gefährlich, den Anhalter zu spielen. Alles schien ihm mit einem Mal zu gefährlich zu sein, jede noch so kleine Bewegung konnte ihn verraten. Himmel, was sollte er tun – sich in Luft auflösen? Als er für einen Augenblick stehen blieb, um sich den Schweiß von der Stirn zu wischen, spürte er, dass seine Hände zitterten. Die Nazis waren ihm auf den Fersen, sie hatten ihn für vogelfrei erklärt. Was würde seine Mutter tun, wenn sie davon erfuhr? Schon allein die Vorstellung versetzte ihn in Unruhe. Die dänische Grenze schien plötzlich unerreichbar fern. Er blieb stehen und schloss die Augen. Nein, so ging es nicht, er musste sich Mut machen. Er würde sein Ziel erreichen, wenn auch auf Umwegen, schaffen würde er es auf

jeden Fall. Ohne länger nachzudenken, wandte er sich einem kleinen Sandweg zu, der von der Straße wegführte. Er tauchte ein in das gleißende Licht und die Hitze, die über den weißen Hügel flirrte. Gleich darauf war seine Gestalt hinter den meterhohen Bergen aus Sand verschwunden, die das Dorf umgaben.

Kapitel 14

»Der Nächste, bitte!«
Johannes stand auf der Türschwelle seines Sprechzimmers und steckte den Kopf zur Tür hinaus. Nach einem Moment vergeblichen Wartens trat er auf den Gang, aber auch dort war alles still. Hatte seine Sprechstundenhilfe nicht eben gesagt, es warte noch ein Patient? Einen Herrn in mittleren Jahren hatte sie ihm angekündigt – war der ungeduldig geworden und einfach weggegangen? Pech für ihn, denn jetzt wäre er an der Reihe gewesen. Zugegeben, es hatte gedauert, aber das war nicht zu ändern. Den ganzen Tag über waren die Patienten in Scharen gekommen, es war ungewöhnlich voll gewesen für einen Freitagnachmittag.

Johannes schaute noch einmal hinüber zum Empfangstresen – und tatsächlich, dort stand doch noch jemand. Ein Mann mit schütterem Haar in einem Ulstermantel wartete neben der Eingangstür. Seinen Hut hielt er in der Hand, während er die alten Fotos an der Wand betrachtete. Auf den Bildern waren die damaligen Hausbewohner im Sonntagsstaat zu sehen. Damals trug das weiße Haus mit der breiten Holzveranda noch den Namen »Villa Stranddistel« und war regelmäßig während der Saison an Feriengäste vermietet worden.

Damit war es längst vorbei, jetzt lebte und arbeitete er hier, und er tat es gern, auch wenn er seine Patienten anscheinend zweimal bitten musste, näher zu treten, so wie jetzt den Herrn in Grau am Eingang. Der Unbekannte machte noch immer keine Anstalten, sich von der Betrachtung des Bildes an der Wand loszureißen – entweder er fürchtete sich vor seinem Arztbesuch, oder er war schwerhörig. Johannes machte sich auf den Weg zu ihm, doch der Mann im Ulster zeigte keine Reaktion. Erst als Johannes neben ihm stand, drehte er sich um. Johannes traute im ersten Moment seinen Augen nicht, doch als sein Besucher zu lächeln begann, schwanden seine Zweifel. Er kannte dieses Gesicht, auch wenn er es viele Jahre lang nicht gesehen hatte. Sofort griff er nach der Hand seines vermeintlichen Patienten und schüttelte sie.

»Viktor, du? Ich fasse es nicht. Professor Steinhäuser aus Berlin gibt sich die Ehre, wer hätte das gedacht? Willkommen in Westerland, alter Freund.«

Viktor nickte, scheinbar war er mindestens ebenso erfreut wie Johannes. Ganz langsam schob er seine Brille auf dem Nasenrücken ein Stück weiter nach oben, während er sich mit der freien Hand eine Strähne aus der Stirn strich – das war eine vertraute Geste. Überhaupt schien Viktor sich kaum verändert zu haben. Im Grunde war er ganz der Alte, rank und schlank wie eh und je, gut gekleidet im maßgeschneiderten Anzug aus englischer Fabrikation. Doch trotz seines Lächelns wirkte der Herr Professor ein wenig befangen. Nervös nestelte er an seiner Krawatte. »Schön, dich wiederzusehen, Johannes. Ich hatte nicht erwartet, dass du mich gleich erkennst. Es ist eine Ewigkeit her, seit wir einander gesehen haben.«

»Das stimmt. Machst du Ferien auf der Insel? Oder willst du dich persönlich davon überzeugen, dass ich deine Schutzbefohlene gut behandle?«

»Ich habe keinen Zweifel daran, dass du dich Dorothee gegenüber vorbildlich beträgst, alter Junge. Hätte ich sie sonst zu dir geschickt?« Viktor Steinhäuser reckte sich und warf an Johannes vorbei einen Blick in sein Sprechzimmer.

»Ist sie noch hier? Oder hast du sie schon nach Hause geschickt?«

»Fräulein Doktor Beck macht gerade einen Hausbesuch im Nachbardorf, aber sie müsste bald zurück sein.«

»Hoffentlich.«

Johannes hatte sich abwenden wollen, aber jetzt blieb er wieder stehen. Steinhäusers letzte Äußerung kam so spontan, dass er sich darüber wundern musste. Der Herr Professor schien sehnsüchtig auf die Rückkehr der Ärztin zu warten und wirkte tatsächlich ein bisschen betrübt darüber, sie nicht angetroffen zu haben. Johannes lag eine spöttische Bemerkung auf den Lippen, aber er kam nicht dazu, etwas zu sagen, denn Viktor legte ihm freundschaftlich eine Hand auf den Unterarm.

»Zeig mir zuerst einmal dein Reich, alter Junge. Es interessiert mich wirklich, wo du arbeitest. Während meines Studiums hatte ich mir zeitweise in den Kopf gesetzt, auch Landarzt zu werden, wusstest du das?«

»Nein, das wusste ich nicht. Offen gesagt, passt es auch nicht zu dir, finde ich. Meiner Meinung nach bist du zum Wissenschaftler geboren – oder hat sich an deinen medizinischen Vorlieben etwas geändert?« Johannes deutete auf die offene Tür seines Sprechzimmers.

»Nein, ich glaube nicht. Ich bin noch immer ein Langweiler, der sich am liebsten hinter Büchern vergräbt.«

»Ich fand dich nie langweilig. Und nun komm herein, drinnen können wir uns unterhalten. Ich mache uns einen Tee, wenn du magst.«

»Nett von dir, aber ich verzichte. Wie ihr Norddeutschen dieses Gebräu zu jeder Tages- und Nachtzeit trinken könnt, ist mir ein Rätsel. Das Zeug stört doch die Nachtruhe. Aber vielleicht hat der Führer Recht, und die nordische Rasse ist aus einem härteren Holz geschnitzt als ein so labiles Männchen wie ich.«

Lachend bugsierte Johannes seinen Kollegen ins Sprechzimmer und schloss hinter ihm die Tür, um gleich darauf auf den freien Stuhl vor seinem Schreibtisch zu deuten. Während er selbst Platz nahm, musterte er seinen Gast noch einmal eingehend. Sie hatten einander lange nicht gesehen, und doch fiel ihm auf, wie bedrückt Viktor wirkte. Seine Heiterkeit wirkte aufgesetzt, bestimmt hatte er Kummer. Nun, er konnte war-

ten. Wenn sein Besucher Sorgen hatte, würde er vermutlich früher oder später von allein darauf zu sprechen kommen.
Johannes lächelte. »Erzähl mir etwas von dir. Wie lange bist du schon auf der Insel? Und wie gefällt es dir bei uns?«
»Ich bin schon vor einigen Tagen angekommen, aber um ehrlich zu sein, bin ich nicht der landschaftlichen Schönheit wegen hier.«
»Sondern?«
Viktor Steinhäuser seufzte leise, während er mit einer Hand langsam seinen Mantel aufknöpfte. Er zögerte auffallend lange mit seiner Antwort. Vielleicht war die Angelegenheit, um die es ging, in irgendeiner Weise heikel?
Endlich sah Viktor auf. »Wozu drum herum reden? Also, ich bin gekommen, um mit Fräulein Doktor Beck zu sprechen.«
»Aha. Und weiß sie, dass du da bist?«
»Doch, wir haben uns schon gesehen. Wir waren gestern Nachmittag zusammen in Kampen am Strand. Leider zog gerade dieses furchtbare Gewitter auf, so dass ich nicht dazu kam, mich länger mit ihr zu unterhalten.«
»Ich erinnere mich, es hat ziemlich geschüttet.«
»Ja, das hat es. Es hätte für uns zwei eigentlich ganz nett werden können unter meinem Regenschirm, aber auf Dauer war es einfach nur feucht und stürmisch. Außerdem trafen wir dann auch noch jemanden, den Dorothee kannte, und so kam es sowieso nicht mehr zu einem vernünftigen Gespräch unter vier Augen.« Viktor lachte, aber sein Lachen klang traurig. »Du fragst dich vermutlich, was los ist mit mir, nicht wahr?«
Er verstummte und beugte sich vor, während er behutsam mit spitzen Fingern ein paar Fussel vom Oberstoff seines Mantels pflückte. Scheinbar fiel es ihm aus irgendeinem Grund schwer, offen über das zu reden, was ihn hierher geführt hatte. Endlich legte er beide Hände ineinander und warf seinem Freund einen wehmütigen Blick zu.
»Also gut, Johannes – ich bin schließlich gekommen, um

mein Herz auszuschütten, auch wenn es mich jetzt Überwindung kostet. Also, ich habe die weite Reise von Berlin nur aus einem Grund gemacht: Ich möchte dir deine neue Kollegin wieder wegnehmen. Wenn es nach mir geht, wirst du mit deinen Patienten bald wieder allein fertig werden müssen.«
»Du möchtest, dass Fräulein Beck wieder an der Charité arbeitet, verstehe ich das richtig?«
»Auch das, ja. Ich bin gekommen, um sie nach Berlin zurückzuholen.«
»Aha. Und woher diese plötzliche Wendung?«
Stille trat ein, während Johannes sich gegen die Rückenlehne seines Stuhls sinken ließ. Nachdem Viktor sein Vorhaben nicht näher erläuterte, war es wohl an ihm, weiter zu fragen – aber wo sollte er anfangen? Ihm schien die Sache ein bisschen merkwürdig, schließlich hatte Dorothee Beck ihm bei ihrer Ankunft erzählt, dass sie nach Großbritannien auswandern wollte. Soweit er wusste, hatten sich ihre Absichten diesbezüglich nicht geändert, und nun sollte sie auf einmal wieder zurück nach Berlin? Er hatte von Anfang an gewusst, dass das junge Fräulein Doktor nur vorübergehend an seiner Seite arbeitete, und es hatte Momente gegeben, in denen er dafür dankbar gewesen war. Jetzt allerdings, wo sich ihre gemeinsame Zeit schneller dem Ende zuneigte als erwartet, sah er diese Entwicklung mit gemischten Gefühlen. Für seine Praxis waren die Fachkenntnisse einer Dorothee Beck eine Bereicherung gewesen, obwohl er persönlich von ihrer Tätigkeit nicht immer profitiert hatte. In ihrer Nähe waren ihm häufig Zweifel an seinen Fähigkeiten als Arzt gekommen, das hatte seinem Selbstwertgefühl nicht gut getan. Sollte er dann nicht einfach froh sein, die großartige Dorothee Beck wieder loszuwerden?
Viktor räusperte sich. »Ich kann verstehen, dass dir das alles merkwürdig vorkommt. Erst schicke ich Dorothee zu dir, damit sie in Ruhe ihre Auswanderung nach England vorberei-

ten kann, weil es hier in Deutschland kein Weiterkommen für sie gibt. Nur ein paar Wochen später erscheine ich in deiner Praxis und will sie wieder in Berlin haben – das klingt selbst in meinen Ohren unsinnig, ich gebe es zu.«

»Sicher wirst du mir gleich verraten, was es damit auf sich hat.«

»Kannst du es dir nicht denken?«

Johannes zuckte mit den Schultern. Er hatte so eine Ahnung, wusste aber nicht, ob sie zutraf. Es half nichts, er würde Vermutungen anstellen müssen. Warum rückte Viktor nicht einfach mit der Sprache heraus? Man musste ihm ja wirklich jedes Wort aus der Nase ziehen.

Johannes verschränkte die Arme vor dem Oberkörper. »Lass mich raten – du liebst Dorothee Beck und willst sie heiraten. Ist es etwas in dieser Richtung, oder liege ich völlig falsch?«

»Treffer und versenkt, mein Lieber. Aber wahrscheinlich war es gar nicht so schwer zu erraten. Ich benehme mich genauso wie jeder andere verliebte Volltrottel auf dieser Welt, nicht wahr? Vermutlich sieht man mir an der Nasenspitze an, wie es um mich steht. Meinst du, eine junge Schönheit wie Dorothee kann sich für einen alten Knacker wie mich erwärmen?«

»Keine Ahnung. Entschuldige, aber ich weiß wenig über das Seelenleben deiner Angebeteten. Wir haben während der ganzen Zeit kaum über Privates gesprochen. Immerhin weiß ich, dass sie Achtung vor dir hat, Viktor.«

Viktor Steinhäuser nickte, aber er wirkte nicht sonderlich überzeugt. »Achtung, nun ja, das klingt nicht gerade romantisch. Ich jedenfalls vermisse ihre Gegenwart, Johannes. Seitdem sie fort ist, erscheint mir mein Leben sinnlos. Meine Arbeit interessiert mich nicht mehr, wenn ich mich nicht mit ihr darüber austauschen kann. Meine Musik, mein Freundeskreis, das Theater und meine Bücher – das alles heitert mich nicht auf. Ich habe nicht gewusst, was sie mir bedeutet, bis sie fortgegangen ist. Bisher war ich immer davon überzeugt, ein Einzelgänger zu sein. Inzwischen weiß ich es besser und kann nur hoffen, dass es ist noch nicht zu spät ist, um mit Dorothee glücklich zu werden.«

»Warum sollte es zu spät dafür sein?«

»Vielleicht kommt eine Rückkehr nach Berlin für sie nicht mehr in Frage. Vielleicht ist ihr ihre Karriere wichtiger als meine Gefühle für sie, das wäre doch möglich, oder? Ich hoffe, dass sie unter meinem Schutz und als meine Ehefrau wieder an der Charité anfangen kann, aber die besseren Aussichten hat sie in England. Dorothee ist eine sehr begabte Ärztin, Johannes.«

»Ich habe es bemerkt.«

Viktor lächelte. »Natürlich hast du das bemerkt, und deshalb kannst du meine Unsicherheit bestimmt verstehen. Sie wird beruflich nicht immer nur in meinem Windschatten segeln wollen. Dorothee hat das Zeug zu einer bedeutenden Wissenschaftlerin, doch unter dieser Regierung werde immer ich derjenige sein, den sie ihr vorziehen. Keine Frauen in den Krankenhäusern und an den Universitäten, das wollen die Nazis nicht. In der Klinik bekommen wir täglich zu spüren, wer jetzt das Sagen hat. Ich interessiere mich eigentlich nicht für Politik, aber die Dinge in der Hauptstadt haben sich zu ihrem Nachteil verändert, glaube mir.«

»Dazu kann ich wenig sagen, Viktor. Deine Dorothee ist in der Tat eine gute Ärztin, aber ob sie dir oder ihrem Beruf den Vorzug geben wird, wirst du selbst in Erfahrung bringen müssen. In meinen Augen bist du jedenfalls ein feiner Kerl. Du verfügst über Charakter, du bist nicht hässlich und außerdem Professor, noch dazu ein ausgewiesener Experte auf deinem Gebiet. Ich denke, die Frau deines Herzens erwartet an deiner Seite ein Leben ohne Sorgen, das ist doch schon etwas, oder? Sprich mit deiner Herzdame, und lege die Karten auf den Tisch. Sag ihr, was du mir gesagt hast, vielleicht mit etwas mehr Gefühl. Ich bin sicher, sie wird deinen Antrag ernsthaft in Erwägung ziehen.«

»Meinst du?« Viktor runzelte die Stirn, er schien noch etwas erwidern zu wollen, aber in diesem Moment klappte draußen auf dem Gang eine Tür. Schritte waren zu hören, Schlüssel klirrten.

»Hallo? Ist noch jemand hier?«

Es war Dorothees Stimme, sie war von ihrem Hausbesuch zurück. Johannes stand auf und bemerkte im selben Moment, dass Viktor bleich geworden war. Die Hände, mit denen er seinen Hut umklammerte, zitterten ein wenig, sein Blick irrte ziellos durch den Raum. Von einem Moment auf den anderen wirkte er ausgesprochen nervös. Johannes konnte nachvollziehen, wie ihm zumute war, aber er konnte ihm nicht abnehmen, was ihm bevorstand. Mit zwei Schritten war er bei der Tür seines Sprechzimmers und stieß sie auf.

»Fräulein Doktor Beck? Wir sind hier drinnen.«

»Aha – Sie haben noch einen Patienten?«

Dorothee kam langsam näher, mit einer Hand strich sie sich eine Strähne aus der Stirn. Sie sah müde aus, aber sie lächelte, während sie einen flüchtigen Blick in das Innere des Sprechzimmers warf.

»Sie haben Besuch, da will ich nicht stören.«

»Sie stören nicht, ganz im Gegenteil. Sie werden erwartet.«

Johannes machte Platz, während Viktor aufstand und sich zu ihr umdrehte. Mit hängenden Schultern stand er neben seinem Stuhl, seine Arme baumelten neben seinem hageren Körper. In dieser Haltung wirkte Viktor rührend hilflos, was Dorothee Beck aber nicht aufzufallen schien. Ungerührt nickte sie ihm zur Begrüßung zu und wirkte dabei weder begeistert noch irritiert durch seine Anwesenheit.

»Guten Abend, Viktor. Haben Sie etwa auf mich gewartet? Waren wir miteinander verabredet?«

Viktor Steinhäuser schüttelte nur den Kopf, bevor er wieder

hinuntersah auf den Hut in seinen Händen. Johannes konnte sich des Eindrucks nicht erwehren, dass der Mann sich wirklich vor dem zu fürchten schien, was ihm bevorstand. Er beschloss aber dennoch, sich nicht einzumischen, sondern die beiden sich selbst zu überlassen. Leise verließ er den Raum und schloss die Tür hinter sich. Er konnte dem Herrn Professor nur noch die Daumen drücken, denn mit der Entscheidung, die da drinnen fallen würde, hatte er bei aller Freundschaft nichts zu tun.

Endlich sitzen zu dürfen, was für eine Erholung das war. Wenn nur seine verdammten Füße nicht gewesen wären, dann hätte er jetzt wirklich ausspannen können, doch seine Fußsohlen brannten wie Feuer. An den Hacken hatte er sich bestimmt ein Dutzend Blasen gelaufen, und dabei besaß er kein zweites Paar Schuhe, das er morgen würde tragen können, wenn er seinen Marsch fortsetzen musste. Als Andreas einen Blick unter den Tisch warf, stellte er fest, dass seine Strümpfe ebenso verdreckt waren wie seine Straßenschuhe, auch sie mussten dringend gewechselt werden. Inzwischen bereute er es, so wenig auf seine Reise mitgenommen zu haben. Leichtes Gepäck war sicherlich wichtig auf einem langen Weg, aber er hatte nicht daran gedacht, wie viel Kummer ihm seine Füße machen würden. Immerhin hatte er Sylt inzwischen hinter sich gelassen. Probleme hatte es nicht gegeben, das war ein Grund, zufrieden zu sein. Was auch immer morgen auf ihn zukommen mochte, jetzt freute er sich erst einmal auf ein gutes Abendessen.
Die Bäuerin schnitt gerade am Küchentisch einen großen Laib Brot an, dessen Duft sich mit dem würzigen Geruch hausgemachter Leberwurst mischte. Er hatte einen fürchterlichen Hunger, schließlich hatte er heute Morgen zuletzt etwas zwischen die Zähne bekommen. Im Grunde hatte er es nur seinem Glück zu verdanken, dass er an diesem Tisch hatte

Platz nehmen dürfen. Die junge Bäuerin war allein auf dem Hof, sie hatte Mitleid mit ihm gehabt. Wer weiß, wie die Sache in Anwesenheit des Bauern ausgegangen wäre, doch der war noch auf dem Feld. Gut so, da musste er keine neugierigen Fragen beantworten. An einer netten Unterhaltung lag Andreas im Augenblick nicht viel. Müde, wie er war, wollte er nur noch ausschlafen, bevor es morgen weiterging.

»Tee oder Milch?«

Andreas erschrak, als die Bäuerin eine bauchige Kanne mit Streublümchenmuster vor ihm abstellte. Keine Tagträume – er musste aufpassen, schließlich waren die Nazis hinter ihm her. Lächelnd bat er um Tee und sah zu, wie die junge Frau mit ruhiger Hand einschenkte. Eine Strähne ihrer hellen Haare hatte sich aus dem Zopf am Hinterkopf gelöst und ringelte sich sanft in ihrem Nacken, dessen Konturen sich vom Licht der einfallenden Abendsonne abhoben. Sie schien ihm der Inbegriff einer Schönen vom Lande, mit den rosigen Wangen und den Sommersprossen, die sich gleichmäßig auf der Nase und der Stirn verteilten. Jung war sie, höchstens in den Zwanzigern, allerdings nicht sonderlich gesprächig. Welchen Reiz mochte es für ein junges Ding wie sie haben, hier draußen nahe der dänischen Grenze Gänse und Kühe zu hüten?

Ihre Antwort darauf hätte ihn schon interessiert, aber sie hatte seinen aufmerksamen Blick gespürt und wandte sich prompt wieder der Spüle zu. Schweigend kehrte sie zu dem Stapel aus schmutzigem Geschirr zurück, der sie dort erwartete. Er begann zu essen, während sie im Hintergrund mit dem Geschirr hantierte. Draußen vor dem Fenster fiel die Dämmerung über das Land, die ruhige Idylle verschwand in der Dunkelheit.

Es dauerte nicht lange, bis seine Mahlzeit beendet war. Andreas wollte gerade aufstehen, als von draußen Motorgeräusche zu hören waren. Ein Hund begann zu bellen, und dann, als diese Geräusche erstarben, drangen Stimmen zu ihnen in die Küche. Bestimmt war es der Bauer, der vom Feld zurückkam, wer sonst sollte um diese Zeit noch hier auftauchen? Die Bäuerin hatte die Küche schon verlassen und ihn allein gelassen. Er ging zum Fenster und schob die geraffte Scheibengardine beiseite, um einen Blick ins Freie zu werfen. Es war schon dunkel, auf dem Hof waren nur Schemen zu erkennen. Irgendwas tat sich dort draußen, und er wusste nicht, was es war. Dieses Leben in Lauerstellung gefiel ihm nicht, es kostete ihn mehr Kraft, als er besaß. Wie weit mochte die dänische Grenze noch von diesem Gehöft entfernt sein? Wenn er eine Landkarte dabeigehabt hätte, wäre es leicht gewesen, das festzustellen, aber so wusste er nicht, ob diese Gegend schon von den deutschen Grenzern kontrolliert wurde. Als sich die Tür hinter ihm leise knarrend öffnete, fuhr er herum, aber es war nur eine rot getigerte Katze, die ihn von der Schwelle aus misstrauisch musterte. Sollte er lieber gehen und auf eine ruhige Nacht in dem gemütlichen Pferdestall verzichten?

Vorsichtig schob er die Gardine am Fenster noch ein Stück höher, als im nächsten Moment die Küchentür krachend aufflog. Ein Fremder kam herein und baute seine massige Gestalt neben der Spüle auf, während Andreas unwillkürlich einen Schritt zurückwich. Der Mann war in Uniform und Uniformen jagten Andreas inzwischen einen Heidenschrecken ein. Nervös musterte er sein Gegenüber und dachte dabei angestrengt darüber nach, wie er hier möglichst schnell herauskam. Wo war sein verflixter Rucksack? Ohne den konnte er nicht fort, da war alles drin, was er noch besaß. Das alte Ding lag unter dem Stuhl am Küchentisch, er selbst hatte ihn vor dem Abendessen dort hingelegt. Mit zwei Sätzen konnte er den Rucksack an sich reißen und türmen, aber was, wenn der Uniformierte ihn verfolgte? Wenn der Polizist einen Wagen besaß, war er geliefert – wartete draußen vielleicht sogar Verstärkung?

»Guten Abend, junger Mann.«

Der Polizist musterte ihn und lächelte dabei auf diese gönnerhafte Art, die man Dorfgendarmen allgemein nachsagte. Immerhin hatte er auf den Hitlergruß verzichtet, er grinste einfach nur. Schauspielerte der Dicke, oder war seine offen zur Schau gestellte Einfalt ein gutes Zeichen? Andreas nickte zaghaft und machte sich insgeheim damit Mut, dass der große Mann mit der Stirnglatze nur in schlichtes Dunkelblau gekleidet war. Solange er kein Grau trug, kam er nicht von einer der Einheiten des Grenzkommissariats, das war beruhigend. Ob die Bäuerin den Burschen hatte holen lassen, oder war es reiner Zufall, dass er ausgerechnet jetzt hier aufkreuzte? Der Polizist deutete auf den Küchentisch, auf dem noch die Reste des Abendessens herumstanden.
»Ich störe wohl beim Abendbrot, was? Hat's denn geschmeckt?«
»Ja, es war sehr gut. Besonders das Brot war hervorragend.«
»Selbst gebacken, das schmeckt man eben.«
Mit einem zufriedenen Grinsen schob der Polizist die Daumen unter den Gürtel seiner Uniform und musterte die Einrichtung, als habe er vor, sie zu kaufen. Worauf wartete er denn? Andreas nahm an, dass sie den harmlosen Teil des Gesprächs hinter sich hatten, aber was jetzt kommen mochte, konnte er nicht einschätzen. Der Dicke ließ sich Zeit, also schlenderte Andreas zum Tisch zurück. Darauf bedacht, möglichst lässig zu wirken, bückte er sich nach dem Rucksack. Er musste ihn haben, wenn er verschwinden wollte, denn auf sein letztes Gepäck konnte er schlecht auch noch verzichten. Wenn er sich den Rucksack blitzschnell über den Rücken warf und dann zur Hintertür hinausstürmte, hatte er noch eine Chance, vorausgesetzt, der Dicke stellte sich ihm nicht in den Weg.
»Darf ich Ihre Papiere mal sehen, junger Mann? Ausweis oder Reisepass, haben Sie die dabei?«
Verflucht. Andreas versuchte zu lächeln, aber ihm war bei-

nahe übel vor Aufregung. »Sicher habe ich einen Ausweis. Einen Moment, bitte.«
Während er begann, an seinem Rucksack herumzunesteln, fühlte er die Blicke des Polizisten auf sich gerichtet. Der Mann beobachtet jede seiner Bewegungen, doch anstatt sich zu beeilen, knotete Andreas betont umständlich an der Kordel herum. Hatte der Dicke schon die Gelegenheit gehabt, die Steckbriefe für die Region zu studieren, oder wusste er nicht, wenn er vor sich hatte? Vielleicht wollte er wirklich nur den Personalausweis überprüfen und Andreas dann seiner Wege ziehen lassen. Vielleicht konnte er es riskieren und seine Chancen zur Flucht einfach ungenutzt verstreichen lassen, indem er abwartete, was kam.
Andreas trödelte weiter mit dem Rucksack herum – würde es ihm helfen, wenn er sich so dämlich wie möglich anstellte? Nein, das verzögerte nur die Prozedur, mit der seine Personalien festgestellt werden sollten, mehr nicht. Ob der Mann in Uniform mit seinem Namen etwas anfangen konnte, würde er erst erfahren, wenn der Polizist seinen Ausweis in seine Wurstfinger bekam, mit denen er jetzt noch ungeduldig die Schnalle seines Gürtels bearbeitete. In diesem Moment kehrte die Bäuerin zurück. Schweigend betrat sie die Küche, sie hielt sich im Windschatten des Polizisten. Ihre Miene war ausdruckslos. Kam es ihm nur so vor, oder mied sie seinen Blick? Der Gendarm jedenfalls ließ ihn nicht aus den Augen.
»Sie sind nicht von hier, oder?«
Der Polizist hatte noch immer beide Hände hinter das Koppel seiner Uniform geklemmt und wartete darauf, dass er endlich seine Papiere herausrückte. Andreas wollte aber Zeit schinden, obwohl er nicht sicher war, ob seine Verzögerungstaktik ihm nützen würde. Wartete er auf ein Wunder, oder war er einfach nur feige? Langsam schüttelte er den Kopf. »Ich komme nicht aus der Gegend. Ich bin Student und arbeite als

Erntehelfer auf dem Land. Ich verdiene mir etwas für mein Studium dazu.«

Andreas wartete auf eine Reaktion des Mannes in Uniform, denn er hatte vor, die Geschichte von dem wandernden Tagelöhner jedem aufzutischen, der ihn unterwegs fragte. Den Gendarm schien das nicht zu interessieren, er verzog keine Miene.

»Soso. Und, wo ist er nun, der Ausweis? Wird's bald, junger Mann? Wenn Sie Scherereien machen, muss ich Sie aufs Revier mitnehmen, das ist Ihnen klar, oder?«

Eine dunkle Ader auf der Stirn des Dicken schwoll an, während sich sein Gesicht mit einem rötlichen Schimmer überzog. Ganz unübersehbar verlor der Dorfgendarm die Ruhe, denn er begann in den Kniekehlen zu wippen, während seine buschigen Augenbrauen langsam in Richtung des Haaransatzes wanderten. In diesem Augenblick schlug draußen der Hofhund an, er schien jemanden zu begrüßen, dazu wieherte ein Pferd. Sowohl die Bäuerin als auch der Gendarm drehten sich gleichzeitig zum Fenster um, das war seine Chance. Andreas warf sich den Rucksack über die Schulter, während er auf die Hintertür zustürmte. Als er sie aufriss, sah er sich plötzlich einem Mann in einer grünen Joppe gegenüber, der ihn verdutzt anstarrte. Die Schiebermütze weit in den Nacken geschoben stand er da – wahrscheinlich war es der Bauer, der sich bei dem Anblick der Versammlung in seiner Küche fragte, was hier los war. Andreas drückte sich hastig an ihm vorbei, während der Dorfpolizist hinter ihm zu schreien begann.

»Verdammt, haltet ihn auf! Bleib gefälligst stehen, du Dummkopf!«

Andreas rannte los. Mit großen Sätzen hastete er quer über den ungepflasterten Hof an einer Gruppe von Frauen vorbei, die einen Pferdewagen mit Strohballen entluden. Sie mussten mit dem Bauern auf dem Feld gewesen sein, denn sie wirkten müde, ihre Kleidung war von der Arbeit verstaubt. Andreas

fühlte ihre neugierigen Blicke auf sich gerichtet, aber keine stellte sich ihm in den Weg. Im Haus wurden Türen zugeworfen, das Gebrüll des Polizisten hallte durch die abendliche Stille, während er lief, ohne sich umzusehen. Auf jede Minute kam es an – seine Füße brannten fürchterlich, sein Atem ging stoßweise, aber er blieb nicht stehen, sondern stolperte keuchend den nächstbesten Feldweg hinunter, der von dem Gehöft weg und auf ein Wäldchen zuführte. Im Schutz der Bäume würde er sich ausruhen können, vielleicht konnte er sich dort verstecken. Selbst wenn die Polizei mit einem ganzen Trupp von Leuten anrückte, würden sie ihn im Wald nicht so schnell finden, dafür würden sie Hunde brauchen, die seine Fährte aufnahmen. Die Hoffnung, dem Dicken in Uniform ein Schnippchen geschlagen zu haben und ihm entkommen zu sein, beflügelte ihn, obwohl sein Herz vor Anstrengung in der Brust hämmerte. Er hetzte über den staubigen Feldweg, bis er den Waldrand erreichte. Die Bäume boten Deckung, so dass er sich traute, an einer Eiche einen Moment stehen zu bleiben, um Luft zu holen.
Mit dem Handrücken wischte Andreas sich den Schweiß von der Stirn, bevor er sich umdrehte und zum Haus zurückschaute. Von seinem Platz zwischen den dicht belaubten Bäumen sah er nur noch die Umrisse des reetgedeckten Gehöfts, das er eben verlassen hatte. Er hätte gern gewusst, ob der Dorfgendarm seine Verfolgung aufgenommen hatte, aber er konnte nicht hier am Waldrand stehen bleiben und beobachten, was sich auf dem Hof abspielte, das war zu gefährlich. Vielleicht war der Schupo doch klüger, als er dachte, vielleicht schickte er wirklich einen Suchtrupp los. Er musste weiter, tiefer in den schützenden Wald hinein. Erst wenn das Grün ihn verschluckte, war er in Sicherheit. Er ging weiter, den Blick auf die Gipfel der Bäume gerichtet.
In der Abenddämmerung wirkte der Wald unheimlich, unter dem Blätterdach der hohen Laubbäume war es kühl und

feucht. Im Unterholz knackte und raschelte es, irgendwo rief ein Vogel. Befestigte Wege schien es hier nicht mehr zu geben, vor ihm lag nur noch ein schmaler Trampelpfad. Eingerahmt von Gräsern und Büschen führte er immer tiefer in die Finsternis. Was blieb ihm anderes übrig, als diesem Weg zu folgen? Er kannte sich nicht aus, aber im Moment war es ihm auch egal, wo er ankam – Hauptsache, sie erwischten ihn nicht. Mannshohe Farne warfen ihm ihre langen, grünen Finger ins Gesicht, während er sich durch das Unterholz kämpfte, das in der Dämmerung zu seinen Füßen kaum noch zu erkennen war. Der Ruf einer Eule erschreckte ihn, er blieb kurz stehen. Himmel, was für ein Feigling er doch war, sich schon vor einem halb blinden Raubvogel zu fürchten. Wie wollte er die Nacht im Wald überstehen, wenn er sich schon jetzt vor Angst fast ins Hemd machte? Dies würde sicher nicht die einzige Nacht mutterseelenallein im Freien bleiben. Wieder schrie ein Vogel laut und durchdringend, sein Ruf schien als Echo tausendfach zurückzukommen. Nein, er bildete es sich nicht ein, es war schauerlich hier draußen. Für einen kurzen Moment senkte er den Kopf und schloss die Augen. Obwohl er völlig erschöpft war von dem stundenlangen Fußmarsch, der hinter ihm lag, würde er heute Nacht bestimmt kein Auge zutun. Er wusste, dass er nicht schlafen würde, bevor er es überhaupt versucht hatte.

Kapitel 15

Die Sonne brannte noch immer von einem wolkenlosen Sommerhimmel, obwohl es bereits später Nachmittag war. Von der See her hatte sich ein leichter Wind erhoben, aber der war so heiß, als käme er direkt aus einer afrikanischen Wüste. Erschöpft ließ Nicolai seine Reisetasche für einen Moment zu Boden sinken. Er schaute sich um, obwohl er wusste, dass alles, was er sah, eigentlich keine längere Betrachtung verdiente. Niebüll war ein trostloses Nest – in seinen Augen fehlte der Stadt einfach jede Art von Charme. Unglücklicherweise hatte er hier mehr als eine Stunde Aufenthalt, bevor der nächste Zug ihn über den Hindenburgdamm nach Hause brachte. Ausgerechnet heute gab es keine durchgehende Verbindung von Hamburg nach Westerland, und so stand er auf dem Bahnhofsvorplatz und schmorte unter den Strahlen einer gnadenlosen Sonne. Ungeduldig hielt er Ausschau nach einem halbwegs einladenden Lokal, aber diese steinerne Einöde wurde von einer trostlosen Leere beherrscht. Die Bahnhofsgaststätte wirkte auf ihn wie eine von diesen verräucherten Höhlen mit vergilbten Gardinen und schäbigem Mobiliar, dort würde er nicht hineingehen.

Mit der Reisetasche unter dem Arm marschierte er schließlich los, der tief stehenden Sonne entgegen. Sein Gepäck war schwer, und er war durstig. Als er stehen blieb, um wenigstens sein Jackett abzulegen, bemerkte er den Jungen, der aus einer der angrenzenden Gassen gelaufen kam. Wenn der Bengel seinen Kurs nicht änderte, würden sie aufeinander prallen. Nicolai trat einen Schritt beiseite, um den Rotschopf vorbeizulassen, aber plötzlich verlangsamte das Kind sein Tempo und blieb stehen. Sein schmächtiger Oberkörper bebte, als der Junge beide Hände auf die Oberschenkel stützte und nach Luft japste.

»Entschuldigen Sie – Sie müssen mir unbedingt helfen.«
Irritiert musterte Nicolai den Knirps. Er beugte sich ein Stück vor, um den Kleinen besser zu verstehen, der von seinem Lauf noch völlig außer Atem schien. »Helfen? Wobei soll ich dir helfen, mein Junge?«
Rote Flecken hatten sich auf seinen Wangen gebildet.
»Sie müssen mitkommen, bitte. Ich brauche dringend einen Erwachsenen dabei.«
»Wobei?«
Wieder wedelte das Kind mit den Armen, es musste wirklich etwas Ungewöhnliches vorgefallen sein, so aufgeregt, wie der Bengel war. Nicolai fühlte sich an seinen Jüngsten erinnert, denn Stefan hatte es auch immer eilig, nichts ging ihm schnell genug. Für einen Moment fühlte er die Sehnsucht nach seinen Kindern. Was mochten die beiden jetzt wohl gerade anstellen? Vermutlich waren sie am Strand, wie so oft im Sommer, wenn sie in Horden mit den anderen Jungen aus dem Dorf durch die Dünen zogen.
»Sie müssen mir helfen, bitte kommen Sie. Es ist wichtig, bitte!«
Der Junge zupfte an seinem Jackett und zog an seinem Ärmel. Eine Kämpfernatur, aber er hatte noch nicht erklärt, worum es ging. Gar nicht schüchtern griff er jetzt nach Nicolais Hand und versuchte, ihn mit sich zu ziehen. Widerstrebend machte Nicolai ein paar Schritte, bevor er kopfschüttelnd stehen blieb und seine Reisetasche absetzte.
»Hör mal, bevor du mir nicht sagst, was los ist, komme ich nicht mit. Sei vernünftig und erzähl mir, weshalb du so aufgeregt bist. Wie heißt du überhaupt?«
»Jörn.«
»Also, Jörn, was willst du von mir? Brennt es irgendwo, hat dir einer das Portemonnaie geklaut, oder was?«
Jörn schüttelte heftig den Kopf, wobei sein ganzer, schmaler Körper zu vibrieren schien. Seine Verzweiflung wirkte schon

beinahe komisch, zumal er sie nicht in Worten ausdrücken konnte.
»Ich kann jetzt nicht so lange reden, es ist eilig. Es geht um meinen Vater. Sie müssen mir helfen, bitte!«
Nicolai seufzte, denn eigentlich hatte er keine Lust, sich in fremder Leute Angelegenheiten einzumischen. Wahrscheinlich lag der Vater des Jungen irgendwo sturzbetrunken in einer Kneipe, und sein Sohn konnte ihn allein nicht nach Hause zu bugsieren. Ein flehentlicher Blick traf Nicolai, während dieser noch überlegte, aber im Grunde hatte er schon resigniert. Er brachte es doch nicht übers Herz, ein Kind im Stich zu lassen. Sicherheitshalber warf er noch einen Blick auf seine Armbanduhr, aber es war Zeit genug bis zur Abfahrt seines Zuges.
Ohne weitere Fragen zu stellen, machte er sich gemeinsam mit dem Jungen auf den Weg durch die schmalen Straßen des Bahnhofsviertels. Der Rotschopf nahm seine Hand und führte ihn, ohne ihn dabei aus den Augen zu lassen. Seite an Seite durchquerten sie mehrere Gassen, bis der Junge an einer Häuserecke stehen blieb und auf einen dunklen Wagen zeigte, der gegenüber vor einem kleinen Laden parkte. Das Automobil war ein fabrikneuer Horch, eine dunkle, schwere Limousine mit verhängten Fenstern, exakt die gleiche Art von Wagen, wie er ihn vor kurzem vor dem Bankhaus Rosenkranz am Jungfernstieg gesehen hatte. Das noble Gefährt besaß die Ausstrahlung eines Leichenwagens, so düster und bedrohlich wirkte es. Jeder wusste, dass die politische Polizei solche Automobile benutzte. Nach einer Erneuerung der Bekanntschaft mit der Polizei der Nazis stand Nicolai nicht der Sinn. In diesem Fall würde er nicht helfen können, höchstens irgendein ranghohes Tier der Partei konnte es wagen, sich in die Angelegenheiten der Zivilfahnder einzumischen. Schwer vorstellbar, was die Nazis hier wollten, noch dazu an einem Sonntag.
Das Geschäft, vor dem der Wagen wartete, lag im Erdgeschoss

eines dreistöckigen Backsteinbaus. Das Haus wirkte schlicht, ein langweiliger Kasten, wie sie bei den Architekten der Moderne beliebt waren, die alles Schmucklose besonders deutsch fanden. Soweit schien alles normal. Wenn irgendetwas in dieser Szenerie die Anwesenheit der schwarzen Limousine rechtfertigte, dann war es die eingeschlagene Schaufensterscheibe des Ladens. Das Fensterglas war in tausend Teile zersplittert. Kleinere Glasscherben hingen noch im Fensterrahmen, während die Auslagen des Geschäfts bis auf ein einziges Samttuch am Boden der Vitrine leer geräumt waren. Noch konnte Nicolai sich nicht zusammenreimen, was passiert war, doch sein Instinkt riet ihm, sich zurückzuhalten. Dank seiner Erlebnisse im Bankhaus Rosenkranz wusste er, wozu die Nazis fähig waren.
Er wollte sich gerade dem Jungen zuwenden, als er das Schild entdeckte, das am Fensterkreuz hing: »Das hat die SA getan« stand in dick unterstrichenen schwarzen Lettern auf einem Stück Pappe, das im leeren Schaufenster baumelte. Wie konnte man so leichtsinnig sein? Anscheinend hatte die SA dem Ladeninhaber das Geschäft zertrümmert, und der, von allen guten Geistern verlassen, hatte aus Rache dieses Schild in sein Schaufenster gehängt. Menschlich verständlich, aber lebensgefährlich und deshalb dumm. Natürlich hatte der nächstbeste Denunziant die Gelegenheit genutzt, um die Polizei zu verständigen. Nun waren sie da und wandten vermutlich ihre ganz besonderen Verhörmethoden bei dem Unglücklichen an, dessen Elend mit einer zerschlagenen Schaufensterscheibe begonnen hatte. Gegen die geballte Staatsmacht war nichts auszurichten. Das Beste würde es sein, den Jungen nach Hause zu schicken, wo er sicherer war als hier am Straßenrand. Nicolai ging neben dem rothaarigen Jungen in die Hocke, der ihn aus ängstlich geweiteten Augen ansah.
»Der Laden gehört deinem Vater?«
Ein energisches Kopfnicken war die Antwort. Wie sollte er das Kind davon überzeugen, dass es besser war zu verschwin-

den, als hier am Straßenrand Zeuge einer brutalen Szene zu werden, die vielleicht noch bevorstand, wenn die Nazis seinen Vater abführten?

»Mein Vater ist Goldschmied. Es ist sein Geschäft.«

Jörn wies auf die Stelle über der Tür, die das Firmenschild einmal eingenommen hatte. Irgendein übereifriger Nazi hatte es anscheinend schon entfernt, denn der Platz war leer.

»Erst hat die SA meinem Vater den ganzen Laden kaputt geschlagen, und jetzt holen sie ihn ab, weil er in der Stadt erzählt hat, was passiert ist. Sie müssen etwas dagegen tun, mein Herr, Sie müssen ihm helfen, bitte!«

Der Junge kämpfte gegen die Tränen. Instinktiv ahnte er wohl, dass seinem Vater nicht zu helfen war – jedenfalls nicht von einem fremden Menschen, den er zufällig an einem Sonntagnachmittag auf dem Bahnhofsvorplatz aufgegabelt hatte. Vorsichtig strich Nicolai dem Jungen durch das strubbelige Haar, das widerspenstig genug war, um in alle Himmelsrichtungen abzustehen. Dann richtete er sich langsam auf. »Gegen die Polizei kann ich leider nichts tun, Jörn. Die würden uns beide sofort aus dem Laden jagen, wenn wir jetzt hineingingen. Aber vielleicht verhören sie deinen Vater nur und gehen dann wieder – das ist doch möglich, oder?«

Insgeheim hoffte Nicolai inständig, dass der Junge sich mit dieser barmherzigen Lüge abspeisen ließ, aber der schüttelte stumm den Kopf. Offenbar besaß er schon eigene Erfahrungen und wusste es besser.

»Nein, so sind die Nazis nicht. Meinen Onkel haben sie auch abgeholt. Wenn die kommen, nehmen sie dich auch mit, das weiß ich.«

Seine Stimme klang gedämpft, jetzt weinte er wirklich. Obwohl er den Kopf gesenkt hielt, sah Nicolai die Tränen, die auf dem Hemd des Jungen kleine, asymmetrische Flecken hinterließen. Trauer und Resignation mischten sich in Nicolai mit der Wut darüber, dass er hilflos danebenstehen und ein

Kind weinen sehen musste. In was für einem Land lebten sie eigentlich, in dem die Polizei am helllichten Tag Menschen bedrohen und misshandeln durfte?
Noch einmal strich Nicolai dem Kind über das Haar, doch diesmal entzog Jörn sich ihm, indem er sich wegdrehte.
»Ich kann deinen Kummer verstehen, aber ich glaube, du kannst im Moment nichts tun, mein Junge. Wir beide können deinem Vater jetzt nicht helfen, wir würden uns damit nur in Gefahr bringen. Geh nach Hause zu deiner Mutter, hörst du? Sie wird sich bestimmt schon Sorgen machen.«
Nicolai hörte den Klang seiner eigenen Stimme und erkannte sie selbst kaum wieder, denn aus seinem Tonfall klang schlicht und einfach die pure Resignation. Wie sollte er auch einem Kind erklären, dass selbst gestandene Erwachsene in einem Staat wie diesem rechtlos waren? Die Bürger dieser ehemals so hoffnungsvollen Republik waren von einer Partei entmündigt worden, es gab kein Zurück. Er seufzte leise. »Geh nach Hause zu deiner Mutter, Jörn. Sie wartet bestimmt auf dich.«
»Ich kann das nicht. Was soll ich ihr denn sagen?« Der Junge schluchzte auf, sein schmaler Körper bebte, während er nach dem Taschentuch griff, das Nicolai ihm hinhielt. Langsam wischte er sich einmal quer über das ganze Gesicht. Während Nicolai noch überlegte, wie er den Jungen nach Hause bringen konnte, kamen sie auch schon. Die Ladentür wurde aufgestoßen, und zwei Männer in unauffälligen, sandfarbenen Mänteln, die schon fast den Charakter von Uniformen besaßen, tauchten im Eingang auf. Einen dritten Mann hatten die Polizisten in ihre Mitte genommen, sie schoben ihn vor sich her, den rechten Arm hatten sie ihm auf den Rücken gedreht.
Nicolai zog den schmächtigen Körper des Jungen zu sich heran und drückte ihn an sich, denn Jörn sollte nicht sehen, was man seinem Vater antat. Der Junge schlug um sich, aber Nicolai ließ ihn nicht los. Das Gesicht des Kindes gegen seine Beine gedrückt, hielt er ihn fest, während sein Vater zu dem

Wagen am Straßenrand gestoßen wurde. Die Brille auf der Nase hing schief, ein Rinnsal aus getrocknetem, verschmiertem Blut klebte in seinem Mundwinkel. Nur für den Bruchteil eines Augenblicks sah Jörns Vater zu der anderen Straßenseite hinüber, dann wandte er sich ab. Im nächsten Moment wurde er gewaltsam in das Innere der Limousine gedrängt, Türen fielen zu. Gleich darauf wurde der Wagen angelassen. Mit hoher Geschwindigkeit preschte die Limousine um die nächste Straßenecke und war gleich darauf verschwunden. Die gespenstische Szene war so plötzlich zu Ende, wie sie begonnen hatte. Alles wirkte genauso friedlich wie zuvor – ein ganz normaler, verschlafener Sonntagnachmittag in einer ganzen normalen, verschlafenen Kleinstadt.
Nicolai ließ den immer noch zappelnden Jungen los, der sofort herumfuhr und zu dem Haus hinübersah, aus dem sie seinen Vater geholt hatten.
»Sind sie weg?«
»Sie sind weg. Sie haben ihn mitgenommen.«
Einen Moment lang war es still, sogar der warme Wind aus Süden schien eingeschlafen zu sein. Nicolai spürte, wie er den Atem anhielt, während er in die Hocke ging und den zitternden, leise vor sich hin weinenden Jungen wieder an sich zog, um ihn wenigstens etwas zu trösten. Während er das Kind in den Armen hielt, wurde ihm noch einmal bewusst, wie sehr er seine Familie vermisste. Der Wunsch, seine Söhne wiederzusehen, war inzwischen übermächtig. Er wollte sein altes Leben wieder aufnehmen, alles sollte sein, wie es immer gewesen war. Keine Spur von Groll fand sich mehr gegen Ingeborg, deren Affäre ihm mittlerweile nicht mehr wichtig erschien im Angesicht dessen, was er hier erleben musste. Schon wieder begegnete er der vernichtenden Gewalt des Staates, der seine eigenen Leute schon bei kleinsten Fällen von Ungehorsam wie den letzten Dreck behandelte. Blieb einem da nicht nur der Rückzug ins Private?

Nicolai hockte auf dem Gehsteig und wartete. Er wusste nicht, wie lange er neben dem Jungen ausgeharrt und geschwiegen hatten, bevor er seine Hand nahm und sich umdrehte. Er ging und zog das Kind mit sich fort – gleichgültig wohin, nur fort von hier.

Andreas stand in der Mittagssonne auf einer Lichtung und schaute sich um. Er fühlte sich wie zerschlagen, es schien keine Faser an seinem Körper zu geben, die ihn nicht schmerzte. In seinem Magen rumorte es, er hatte Hunger und starken Durst. Kalt war es heute Nacht gewesen – so sehr, dass er lange nicht hatte einschlafen können. Mit klappernden Zähnen hatte er unter dem Blätterdach einer mächtigen Eiche gelegen und gelauscht. Seltsame und unheimliche Geräusche, die aus allen Richtungen zu kommen schienen, hatten ihn bis zum Morgengrauen wach gehalten. Dann war er für kurze Zeit in einen unruhigen und von wüsten Träumen durchsetzten Halbschlaf gefallen, der ihm keine Erholung gebracht hatte. Irgendwann war er fröstelnd aufgestanden, und seitdem streifte er auf der Suche nach einem Frühstück durch den Wald. In den Abenteuerromanen, die er als Kind gelesen hatte, fanden die Helden früher oder später immer einen Bach mit frischem Wasser und einen Strauch mit essbaren Beeren, aber er hatte bisher überhaupt nichts in der Art entdeckt. Stundenlang war er herumgeirrt, ohne einer Menschenseele zu begegnen. Er hatte versucht, sich am Stand der Sonne zu orientieren, aber auch darin war er nicht geübt, und so schien es ihm, als laufe er im Kreis. Wahrscheinlich war er auf dieser kleinen, von mageren Tannen umstandenen Lichtung vor Stunden schon einmal gewesen. Er sah wieder zur Sonne hinauf, aber auch diesmal half ihm das nicht bei der Orientierung. Er war eben ein Stadtkind und deshalb ein schlechter Pfadfinder – ein miserabler Hungerkünstler war er außerdem.

Mit einem leisen Seufzer schaute er auf seine nackten Füße. Blöderweise hatte er heute Morgen bei seinem Aufbruch die Schuhe ausgezogen. Er hatte geglaubt, es würde seinen mit Blasen übersäten Füßen gut tun, wenn er eine Weile barfuß lief, aber das war ein Irrtum gewesen. Schon nach ein paar Schritten auf dem unebenen Waldboden hatte sich die dicke Blase unter dem großen Zeh geöffnet. Sand war in die Wunde gedrungen, die jetzt wie Feuer brannte. Er hätte die Schuhe gerne wieder angezogen, aber inzwischen waren seine Füße so angeschwollen, dass die Schuhe gar nicht mehr passten.

Und noch immer kein Wasser in Sicht, keine menschliche Behausung, nichts. Erschöpft ließ er sich auf den nächstbesten Baumstumpf sinken und blieb dort sitzen, den Rucksack und die schmutzigen Schuhe neben sich im Gras. Mit hängenden Schultern starrte er in das grüne Dickicht und fragte sich wieder einmal, wie weit es noch bis zur dänischen Grenze sein mochte. Warum war er nicht gescheit genug gewesen und hatte wenigstens eine Landkarte mitgenommen?

Für einen Augenblick schloss er erschöpft die Augen. Er war nahe daran einzunicken, als ihn auf einmal ein ungewöhnliches Geräusch zusammenzucken ließ. Mit einem Schlag war er hellwach. Er lauschte, und tatsächlich, da war es wieder, er hatte sich nicht geirrt. Irgendwo kläffte ein Köter, und wenn er sich nicht täuschte, war es nicht nur *ein* Hund, der da in der Ferne bellte. Eine Meute von Hunden tobte an einem Sonntag durch dieses verlassene Stück Wald – was hatte das zu bedeuten? Andreas richtete sich auf und griff nach den Schuhen. Wo Hunde waren, waren auch Menschen. Unwahrscheinlich, dass es ein Förster war, der ausgerechnet um diese Zeit sein Revier besichtigte. Für eine Jagdgesellschaft war es noch zu früh im Jahr, die Saison hatte noch nicht begonnen. Es konnte nur die Polizei sein, die ihn verfolgte. Jetzt waren sie also mit Hunden hinter ihm her, er hatte befürch-

tet, dass es so kommen würde. Vielleicht hatten sie eine Hundestaffel aus Niebüll angefordert – anscheinend war seine Flucht den Nazis wichtig genug, um sich diese Mühe zu machen. Wenn erst eine dieser Bestien seine Fährte aufgenommen hatte, würde sie ihn auch aufspüren. Die Nase eines Hundes war unbestechlich.
Andreas sprang auf, aber er war unentschlossen, wohin er laufen sollte. Aus welcher Richtung näherten sich seine Verfolger? Das Gekläff jedenfalls schien von überall zu kommen, es brach sich an den Stämmen der Bäume und zerstörte die Ruhe, die eben noch über der Lichtung gelegen hatte. Das lärmende Inferno mischte sich mit seinem Herzschlag, er war nahe daran, in Panik auszubrechen. Er musste weg, jede Minute war kostbar. Hastig warf er sich den Rucksack über die Schulter und lief los. Ohne auf seine schmerzenden Füße zu achten, stolperte er quer durch das Unterholz, das knackend unter ihm zerbrach. Jeder seiner Schritte schien eine ganze Lawine von neuen Geräuschen auszulösen, ihm kam es so vor, als würde er einen ungeheueren Radau machen, obwohl er mutterseelenallein war und sich bemühte, nicht zu hart aufzutreten. Auf einem laubbedeckten Hang rutschte er beinahe aus und hielt nur mühsam das Gleichgewicht, während er keuchend weiterlief. Sein Atem ging stoßweise, sein Herz hämmerte bei jedem Schritt. Als er auf einen Trampelpfad stieß, der seinen Weg kreuzte, blieb er kurz stehen, um Luft zu holen. Er schloss die Augen und hörte für den Bruchteil eines Augenblicks nichts außer dem Rauschen der Blätter über ihm – aber dann kehrte es zurück, das aggressive Gekläff der Köter. Gerade als er sich entschloss, einem schmalen Pfad zu folgen, der sich unter ihm im Gebüsch abzeichnete, erschreckte ihn ein Eichelhäher, der schreiend aufflog. Er folgte dem Vogel mit Blicken und übersah dabei die Stolperfalle zu seinen Füßen – eine kleine Vertiefung, in der sein rechter Fuß stecken blieb. Andreas rutschte aus und fiel der Länge nach

hin, ohne sofort zu begreifen, was mit ihm geschah. Hatten seine Verfolger ihn eingeholt?
Als er sich aufsetzte und sich umsah, war er noch immer allein. Mühsam kam er zurück auf die Beine – sein rechter Knöchel schmerzte höllisch, er musste sich bei seinem Sturz verletzt haben. Weil er nicht stehen bleiben durfte, schleppte er sich mit zusammengebissenen Zähnen weiter. Endlich lichtete sich der Wald, vor ihm tauchte eine Fläche auf, die im gleißenden Sonnenschein lag. Schützend legte Andreas eine Hand über die Augen und erkannte ein Stoppelfeld, das sich bis zum Horizont erstreckte. Am Feldrand lag, eingerahmt von einer Hecke, ein Hochsitz, der selbst aus dieser Entfernung alles andere als einen soliden Eindruck machte – aber das war ihm egal, dort wollte er hin. Das klapperige Ding würde ihm zumindest etwas Deckung bieten. Schnell laufen konnte er nicht mehr, also humpelte er mit letzter Kraft drauflos, querfeldein und auf den Hochsitz zu. Die spitzen Stoppeln des abgeernteten Getreides bohrten sich bei jedem Schritt in das wunde Fleisch seiner Füße, er musste sich zwingen, weiterzugehen. Der Weg, den er gewählt hatte, war der kürzeste, aber dafür war jeder Schritt eine Qual.
Es schien eine Ewigkeit zu dauern, bis er den Hochsitz erreichte, und dann führte bloß eine morsche Leiter aus dünnen Sprossen aufwärts. Es half nichts, Andreas hangelte sich nach oben, obwohl die Sprossen unter seinem Gewicht verdächtig knackten. Mit einem letzten Satz warf er sich der Länge nach auf den flachen Bretterboden aus verwittertem Holz. Sein Herz hämmerte in seiner Brust, er bekam kaum noch Luft. Einen Moment lag er still und lauschte, aber er hörte nichts außer dem Rauschen in seinen Ohren. Merkwürdigerweise war er nicht erleichtert und hatte auch keine Angst. Mochten sie kommen und ihn holen, ihm war es inzwischen vollkommen egal, denn er konnte einfach nicht mehr. Nicht einen Schritt würde er noch freiwillig tun. Wer

ihn von hier fortbringen wollte, würde ihn tragen müssen. Er hatte getan, was er tun konnte, um seine Verfolger abzuschütteln, jetzt war er am Ende. Andreas schloss die Augen. Entkräftet, wie er war, war er in diesem unglücklichen Moment bereit, sich seinem Schicksal zu ergeben, wie immer es auch aussehen mochte.

Da war sie also wieder, seine Insel.
Sommerlich grün lag das Land unter dem endlos weiten Himmel aus lichtem Blau. Schafe und ein paar windschiefe Kiefern standen auf der vom letzten Sonnenlicht beschienenen Ebene, die sich bis zum Horizont erstreckte. Von hier aus konnte man das Meer nicht sehen, aber man ahnte es, denn wenn der Wind von der See her kam, dann brachte er den herben Geruch nach Salz und Algen mit. Vom Fenster des Zuges aus betrachtet wirkte die Insel wie eine Puppenstube, klein und zierlich, idyllisch und beinahe menschenleer.
Hier hatte sich nichts verändert, zum Glück.
Nicolai griff nach seiner Reisetasche und ging ein paar Schritte weiter in Richtung der Tür seines Abteils. Er wollte nach Hause, endlich nach Hause. Auf dem Damm hatte er als Vorgeschmack auf seine Heimkehr den vertrauten Sonnenuntergang beobachten können, der das Watt in ein intensives Rotlicht tauchte. Jetzt legte sich die Dämmerung über das Land, die Stadt kam in Sichtweite, und prompt verlangsamte der Zug seine Fahrt. Der Wagen unter ihm vibrierte, der Bahnhof tauchte auf. Selten war er so glücklich gewesen, wieder hier zu sein. Allen Diskussionen mit Ingeborg zum Trotz, die ihm noch bevorstehen würden, freute er sich darauf, seine Familie wiederzusehen. Nicolai hatte den Türgriff schon in der Hand, bevor der Wagen richtig zum Stehen kam, und war deshalb auch der Erste, der den Bahnsteig betrat, als der Zug stand. Er schaute sich um, obwohl er wusste, dass niemand gekommen war, um ihn abzuholen, schließlich hatte er absichtlich nicht

mit dem Hotel telefoniert. Den Moment der Ankunft wollte er noch für sich haben, bevor er entscheiden musste, was er Ingeborg über seine Erlebnisse in der Großstadt erzählte.
Nicolai hob seine Tasche auf und setzte sich in Bewegung, aber er kam nicht weit, denn plötzlich stand er Johannes Lehmann gegenüber. Der Herr Doktor bemerkte ihn sofort und blieb unglücklicherweise auch noch stehen, um ihn zu begrüßen. Erschocken wich Nicolai zurück, während ihre Blicke sich kreuzten. Lehmann nickte ihm zu, also erwiderte Nicolai den Gruß und wandte sich dann ab. Er hoffte, es dabei bewenden lassen zu können, denn Lehmann war in Begleitung. Anscheinend brachte er jemanden zum Zug, einen dunkelhaarigen Mann mit Brille, dem Lehmann jetzt beim Einsteigen half.
Ohne die beiden Männer weiter zu beachten, ging Nicolai weiter. Er hatte es eilig, für ein Gespräch mit seinem ehemaligen Rivalen war er jetzt bestimmt nicht in der richtigen Stimmung. So schnell wie möglich marschierte er zum Ausgang, aber er war noch immer nicht schnell genug. Lehmann holte ihn ein, er schien es aus irgendeinem Grund regelrecht darauf angelegt zu haben, Nicolai anzusprechen – was war los? War etwa Luise etwas zugestoßen? Ingeborg hatte sie nach der Operation in der Klinik besuchen wollen, doch mehr wusste Nicolai über den Zustand seiner Schwiegermutter nicht. Warum war er bloß so dumm gewesen und hatte seine Frau nicht ein einziges Mal vom Hamburg aus angerufen? Nicolai blieb stehen und starrte den Doktor mit dem unguten Gefühl an, dass dieser eine Katastrophe zu verkünden habe, aber nein, Johannes Lehmann lächelte. Erstaunlicherweise wirkte er sogar gut gelaunt.
»Guten Abend, Herr Boysen. Ich sehe, Sie kommen gerade vom Festland – hatten Sie eine angenehme Reise?«
»Danke, ja.«
Nicolai nickte, aber ihm fiel nichts weiter ein, was er Inge-

borgs ehemaligem Geliebten zu sagen gehabt hätte. Belangloses Geplauder konnte Lehmann sich schenken, merkte er denn nicht, dass Nicolai es vermied, ihm auch nur in die Augen zu sehen? Besondere Höflichkeit schien ihm im diesem Fall überflüssig – wenn der Doktor nichts von Wichtigkeit zu sagen hatte, konnte er gerne wieder gehen. Genau das schien er aber nicht vorzuhaben, denn er stand wie festgewachsen auf dem Bahnsteig und lächelte. Hatte er vielleicht etwas auf dem Herzen?

»Ich weiß, der Zeitpunkt ist unglücklich, aber vielleicht können Sie trotzdem ein paar Minuten für mich erübrigen, Herr Boysen? Ich würde mich gerne kurz mit Ihnen unterhalten. Gehen wir ein Stück miteinander?«

Nicolai zögerte, aber er begriff, dass es keinen Sinn haben würde, Lehmann abzuweisen, der Mann war hartnäckig. Was auch immer er zu sagen haben mochte, ihm schien es jedenfalls wichtig zu sein. Langsam folgte er ihm auf den Bahnhofsvorplatz, nur um dort wieder stehen zu bleiben. Lehmann schien sich nach einem geeigneten Ort für ein Gespräch umzusehen, aber die kahle Sandwüste vor dem Bahnhofsgebäude wirkte wenig einladend. Es herrschte reger Verkehr am Bahnhof, eine Inselbahn fuhr ein, Menschen mit Koffern strömten an ihnen vorbei.

»Sie waren geschäftlich unterwegs?«

Lehmanns Frage kam plötzlich, eben noch schien er damit beschäftigt gewesen zu sein, sich umzuschauen. Nicolai fragte sich, worauf sein Gegenüber mit diesem scheinbar sinnlosen Geplänkel wohl hinauswollte. Es war doch völlig unerheblich, wo er gewesen war – außerdem hatte er auch keine Lust, viel von sich zu erzählen, schon gar nicht dem Doktor. Seine Sympathien für Johannes Lehmann waren in dem Moment gestorben, als er von der Affäre mit Ingeborg erfahren hatte. Antworten allerdings musste er ihm jetzt, das war ein Gebot der Höflichkeit, also nickte er langsam.

»Ja, ich war geschäftlich in Hamburg.«
»Ich habe Professor Steinhäuser zur Bahn gebracht, einen alten Kriegskameraden. Wir haben uns nach fast zwanzig Jahren zum ersten Mal wiedergesehen. Eine lange Zeit, nicht wahr?«
Nicolai schwieg, ihm war es herzlich egal, wen Lehmann zur Bahn brachte. Gelangweilt beobachtete er den Straßenverkehr auf der Kreuzung. Mochte der andere ruhig merken, dass ihr Gespräch ihn nicht interessierte.
»Ja, so ist das – es gibt schöne Erinnerungen und weniger schöne. Aber auch mit den weniger schönen sollten wir unseren Frieden machen, finden Sie nicht? Manches in unserer Vergangenheit lohnt nicht, aus der Versenkung geholt zu werden. Eine alte Liebe unter dem Vorzeichen des Krieges zum Beispiel gehört dazu. Es gibt Geschichten, die sich ohne den Krieg nie ereignet hätten. Sie wissen, was ich meine, oder?«
Nicolai war so verblüfft über die Wendung, die ihr Gespräch nahm, dass ihm auf Anhieb keine Antwort einfiel. Eigenartig, dass der Doktor auf dieses Thema zu sprechen kam. War das wirklich ein Zufall, oder warum versuchte er ausgerechnet jetzt mit ihm über diese alte Geschichte zu reden? Merkwürdig genug, dass er die Sache freiwillig zur Sprache brachte, aber im Grunde konnte man dies ja nicht als eine vernünftige Unterhaltung bezeichnen – Lehmann hatte vor, ihm eine Predigt zu halten. Erwartete er etwa, dass Nicolai so tun würde, als berühre ihn das Ganze nicht mehr? Wollte er hier zwischen Tür und Angel eine Absolution? Da konnte er lange warten. Nicolai hatte nicht vor, den Arzt mal eben an einem warmen Sommerabend auf dem Bahnhofsvorplatz aus seiner Verantwortung zu entlassen.
Johannes Lehmann räusperte sich.
»Es fällt mir nicht leicht, die richtigen Worte zu finden, aber ich möchte mich bei Ihnen entschuldigen, Herr Boysen. Mir tut Leid, was damals passiert ist. Ich möchte, dass Sie wissen,

dass ich ein gutes Maß an Schuld an dem trage, was geschah. Hätte es den Krieg nicht gegeben, so wäre das alles nie passiert. Ich hoffe, ich habe mich einigermaßen verständlich ausgedrückt.«

Johannes Lehmann schaute ihn fragend an, er wirkte jetzt nervös. Vermutlich überlegte er, ob er schon genug gesagt hatte und die Angelegenheit mit diesen Andeutungen auf sich beruhen lassen konnte. Nicolai hätte ihn gern einfach stehen gelassen, aber das wäre schlechter Stil gewesen.

»Ich glaube, ich verstehe, was Sie sagen wollen. Sie waren der Ehebrecher, Sie haben meine Frau verführt. Wenn ich seinerzeit nicht im Feld gewesen wäre, dann wäre Ingeborg nicht auf Ihr Angebot eingegangen. Ein bedauerlicher Ausrutscher, das Ganze, und bestimmt kein Grund, sich deswegen heute noch einen Kopf zu machen – das wollen Sie mir sagen, oder? Habe ich das richtig wiedergegeben?«

»In etwa, ja. Ich möchte, dass Sie wissen, dass Ihre Frau es war, die mir den Korb gegeben hat. Als sie erfuhr, dass Sie den Krieg überlebt haben, war unsere Beziehung beendet. Hätte Ingeborg früher erfahren, dass Sie am Leben sind, wäre gar nichts passiert. Ich finde wirklich, dass es sich nicht lohnt, aus dieser Geschichte ein Drama zu machen. Es war eine Episode, die der Krieg geschrieben hat. Es ist vorbei, verstehen Sie?«

»Ja, ich habe Ihre Version der Geschichte begriffen, Herr Doktor. Vielen Dank für die Eheberatung. Nur, was die Moral von der Sache angeht, befinden Sie sich im Irrtum. Sie machen es sich wunderbar einfach und nehmen die Schuld auf sich, damit ist für Sie alles erledigt. Sie vergessen dabei, dass auch ich Gefühle habe. Ein Betrug bleibt ein Betrug, das ist im Krieg nicht anders als im Frieden. Denken Sie mal drüber nach, wenn Sie den Mut dazu haben.«

Nicolai sah, dass Johannes Lehmann noch etwas entgegnen wollte, aber er hob eine Hand und brachte ihn zum Schweigen. Demonstrativ warf er einen Blick auf seine Uhr und runzelte die Stirn dabei. »Tut mir Leid, aber ich muss weiter. Haben Sie Dank für die Einmischung in meine Angelegenheiten. Schönen Gruß an die Frau Gemahlin.«

Ohne Lehmanns Antwort abzuwarten, nahm er seine Tasche und ging hinüber zu dem Stand, an dem die Taxen warteten. Kurz entschlossen stieg er in den ersten Wagen in der Reihe und ließ sich auf den Rücksitz fallen. Das Gespräch hatte ihn nicht weitergebracht, auch wenn er begriffen hatte, dass Johannes Lehmann immerhin versucht hatte, im Nachhinein den Ehrenmann zu spielen. Dennoch war ihm der Herr Doktor dadurch nicht sympathischer geworden. Was er zu der Affäre zu sagen gehabt hatte, hatte viel zu selbstgefällig geklungen.

Der Wagen fuhr an. Schemenhaft sah Nicolai noch einmal die Gestalt des Arztes, der genau dort stehen geblieben war, wo er ihn verlassen hatte. Nicolai schloss für einen Moment die Augen. Er war schon nahe daran gewesen, die Vergangenheit zu verdrängen. Jetzt erstanden die alten Bilder, die ihm Ingeborg in den Armen des Doktors zeigten, wieder vor seinem inneren Auge. Sie waren genauso quälend wie zuvor. Gerade weil er sicher war, dass er Ingeborg noch immer liebte, fiel es ihm nach diesem Gespräch schwer, zu vergessen. Was würde er wohl empfinden, wenn er ihr gleich gegenüberstand?

Ingeborg saß über der Buchführung des Vormonats und rechnete pausenlos, ohne zu begreifen, was die vielen Ziffern ihr sagen wollten. Die endlosen Zahlenkolonnen begannen vor ihren Augen zu tanzen, und dabei hatte sie noch immer nicht verstanden, warum das Firmenkonto so tief im Minus war. In den letzten beiden Monaten war das Hotel komplett ausgebucht gewesen, da musste Geld in die Kasse geflossen sein, oder etwa nicht? Ihr Bankkonto erinnerte sie an einen Abgrund, an ein Loch ohne Boden – was man dort hineinwarf, verschwand auf Nimmerwiedersehen. Anscheinend kam sie nicht mehr hin mit dem, was sie verdiente. Waren es die Zinsen für die laufende Hypothek, die alle Gewinne aus dem Hotelbetrieb auffraßen? Auf Ersparnisse konnte sie jedenfalls nicht zurückgreifen, denn die waren schließlich weg, genau wie ihr Ehemann. Alles, was er zurückgelassen hatte, waren Erinnerungen und ein Berg von Schulden.

Ingeborg stützte die Ellenbogen auf und ließ den Kopf auf die Handflächen sinken. Diesmal machte sie nicht den Versuch, die Tränen zurückzuhalten, schließlich nahm sie sich in letzter Zeit pausenlos zusammen. Ob vor ihren Söhnen, vor den Hotelgästen oder vor dem Personal, überall versuchte sie, Haltung zu bewahren. Tagsüber spielte sie die stets gelassene Hotelchefin, bis sie dann tief in der Nacht ins Bett fiel und nicht einschlafen konnte. Wie lange würde sie das noch durchhalten? Wie viel Zeit würden die Gläubiger ihr geben, bevor sie die Geduld verloren und ihr den Gerichtsvollzieher ins Haus schickten?

Jetzt rollten die Tränen einer Flutwelle gleich über ihr Gesicht. Eine nach der anderen fiel auf die Schreibtischunterlage, während sie mit einer Hand nach dem Taschentuch in ihrer Jacke fingerte.

Geräusche kamen aus der Halle – das Portal wurde geöffnet und schlug wieder zu, Schritte hallten über den Fußboden. Wer kam denn jetzt noch von draußen herein? Es ging auf zehn Uhr abends, die meisten Gäste waren längst im Haus. Die Schritte näherten sich ihrem Büro, hastig versuchte sie, ihre Tränen zu trocknen. Wie dreist, ihr so spät noch einen Besuch abzustatten, aber manche Hotelgäste kannten da kein Pardon. Wenn sie ein Anliegen hatten, wollten sie es auch sofort loswerden. Ingeborg putzte sich noch einmal die Nase und fuhr sich mit dem Handrücken über das Gesicht, als die Tür auch schon geöffnet wurde. Sie stutzte und traute ihren Augen kaum. Auf der Türschwelle stand Nicolai und lächelte sie an. Verstört, wie sie war, wusste sie im ersten Moment nicht, was sie sagen sollte. Nach allem, was er sich in den letzten Tagen geleistet hatte, wäre es vielleicht die richtige Reaktion gewesen, ihn zu beschimpfen, aber sie tat es nicht. Er kam zum Schreibtisch und beugte sich zu ihr hinunter, den Blick auf die Zahlenkolonnen gerichtet, die sie vor sich hatte.

»So spät noch an der Arbeit, Kleines? Du solltest Schluss machen für heute, finde ich. Komm und lass dich von deinem Ehemann umarmen.«

Er breitete die Arme aus, und sie stand auf und wandte sich ihm zu, noch immer verwirrt über das, was sich hier abspielte. Sie leistete nicht den geringsten Widerstand, als er sie liebevoll an sich zog. Seiner Meinung nach musste wohl alles in Ordnung sein, denn er küsste sie zärtlich. Ingeborg spürte seine Wärme und nahm den vertrauten Geruch nach Seife und Rasierwasser wahr, der von ihm ausging. Sie wartete einfach, bis er ihr eine Hand unter das Kinn legte und sie zwang, zu ihm aufzusehen. Sie kämpfte darum, endlich einen klaren Gedanken zu fassen, schließlich konnte sie ihn nicht völlig ungeschoren davonkommen lassen. Er hatte sie in Angst und Schrecken versetzt, Grund genug, ihm zu sagen, wie sie sich in den letzten Tagen gefühlt hatte. Sachte befreite sie sich aus seiner Umarmung und trat einen Schritt zurück.

»Wo bist du gewesen, Nico?«

»Ich war in Hamburg. Ich wollte nachsehen, was aus unserem Geld geworden ist. Ich hätte mich bei dir melden sollen, ich weiß. Das war ein Fehler, es tut mir Leid. Aber ich brauchte auch Zeit, um über uns beide nachzudenken. Geht es euch gut, dir und den Jungen?«

Sie nickte nur, denn noch fühlte sie sich nicht in der Lage, vernünftig mit ihm zu reden. Er war also zurückgekommen. Nicolai hatte sie nicht im Stich gelassen – angeblich hatte er Zeit gebraucht, um über sie beide nachzudenken. Was hatte dieser Satz zu bedeuten? Sie sah ihn an. »Und? Was ist bei dem Nachdenken über uns beide herausgekommen?«

»Gleich. Zunächst einmal bin ich in Hamburg gewesen, um rauszufinden, was aus unserem Geld geworden ist. Ich habe mich um die Spielbankgeschichte gekümmert, leider gibt es da aber nichts Gutes zu berichten. Die Nazis haben das Vermögen des Bankiers Rosenkranz beschlagnahmt. Und das Schlimmste daran: Rosenkranz ist tot.«

»Er ist tot?«

»Selbstmord. Weil die Nazis ihn ruiniert haben.«

»Lieber Himmel – dann ist unser Geld also endgültig futsch?«

»Es scheint so. Wir werden den Riemen enger schnallen müssen, um unsere neuen Schulden abzuzahlen. Das alles ist meine Schuld, ich weiß. Ich hätte mich an dem Kasino nicht beteiligen sollen. Aber wenn die Nazis nicht auf Rosenkranz losgegangen wären, nur weil er Jude war – also gut, wie auch immer, ich habe einen Fehler gemacht … Ich hoffe, du kannst mir das verzeihen. So wie ich bereit bin, dir bestimmte Dinge zu verzeihen.«

»Bestimmte … Dinge? Wovon sprichst du?«

Er schaute sie an und schwieg. Offenbar hoffte er, dass sie aussprechen würde, woran er dachte. Vermutlich spielte er auf die Affäre mit Johannes an. Er schien Bescheid zu wissen, was sonst hätte er ihr vorzuwerfen? Es hatte Zeiten gegeben, in denen sie gehofft hatte, dass dieser Moment ihr erspart bleiben würde. Jetzt allerdings würde sie ihren Fehltritt bekennen müssen. Aber was genau sollte sie dazu sagen? Wie viel wusste er schon, und was wollte er noch von ihr hören? Dass sie bitter bereute und nie wieder einen Schritt vom Pfad der Tugend abweichen würde? Ein solcher Moralapostel war Nicolai eigentlich nicht. Ingeborg senkte den Blick. Sie war erschöpft nach allem, was in den letzten Tagen passiert war.

»Du weißt längst Bescheid, Nico. Luise hat dir erzählt, was zwischen mir und Johannes Lehmann passiert ist, nicht wahr? Gut, es war falsch von mir, ich habe dich betrogen, allerdings in dem Glauben, du seiest nicht mehr am Leben. Wenn ich damals gewusst hätte –«

Sie brach den Satz ab und hoffte, er würde ihr den Rest des Bekenntnisses erlassen, das ohnehin nur noch aus faden Entschuldigungen bestehen konnte. Behutsam legte er ihr die Hände auf die Schultern, doch sie sah nicht auf, denn jetzt empfand sie tatsächlich Reue und war schon wieder den Tränen nahe.

»Du hättest es mir damals sagen sollen, Ingeborg. Als ich jetzt davon erfuhr, bin ich aus allen Wolken gefallen. Es war schwer für mich, dir zu verzeihen. Du hast mich jahrelang belogen. Es wäre mir leichter gefallen, diese Sache zu verarbeiten, wenn ich sie gleich nach meiner Rückkehr aus dem Krieg erfahren hätte. Jetzt fühlte ich mich nicht nur durch den Betrug getäuscht, sondern auch durch dein jahrelanges Schweigen hintergangen. Ich habe alles in Frage gestellt, was uns verbindet. Das ging so weit, dass ich darüber nachgedacht habe, ob unser ältester Sohn tatsächlich mein Kind ist. Ich habe an allem gezweifelt, was jahrelang gut und richtig gewesen ist.«

Ingeborg spürte, wie sie errötete. Im ersten Moment war sie vollkommen verblüfft, denn sie war niemals auf die Idee gekommen, dass Nicolai die Vaterschaft an seinem Sohn anzweifeln könnte. Es dauerte eine Weile, bis sie eine Antwort beisammen hatte. Selbst in ihren Ohren klang ihre Stimme fremd, als sie wieder zu sprechen begann.

»Hannes ist dein Sohn, Nico. Er wurde gezeugt in jener Nacht, in der wir nach deiner Rückkehr zum ersten Mal zusammen waren. Er ist dir doch wie aus dem Gesicht geschnitten, siehst du das nicht? Johannes hat nur eine einzige Nacht an meiner Seite verbracht. Das Rote Kreuz hatte dich als vermisst gemeldet, ich dachte, du wärst gefallen. Als du zurückkamst, habe ich mich sofort von Johannes getrennt.«

»Das weiß ich. Dein Herr Doktor hat dasselbe gesagt.«

»Hast du denn mit ihm über die Geschichte gesprochen?«
Wieder spürte sie, wie ihr vor Verlegenheit das Blut ins Gesicht schoss. Der Gedanke daran, dass die beiden Männer sich hinter ihrem Rücken über sie ausgetauscht hatten, beschämte sie, dabei konnten die beiden einander nichts gesagt haben, was sie nicht schon längst wusste.
Endlich lächelte Nicolai. »Es war eher umgekehrt, würde ich sagen. Lehmann hat mit mir gesprochen. Er hat wohl jetzt, wo Luise geplaudert hat, Angst vor einem Skandal. Ich kann allerdings nicht behaupten, dass mir das Gespräch viel weitergeholfen hätte. Er hat den Oberlehrer gespielt – er wollte mich wohl wissen lassen, wie ich den Ehebruch meiner Frau zu sehen hätte.«
»Ich glaube nicht, dass er dich kränken wollte. Er hat viel zu verlieren, das macht ihn nervös.«
»Es sei ihm gegönnt. Warum sollen wir zwei die Folgen der ganzen Geschichte allein tragen? Dazu gehören bekanntlich immer drei.«
Ingeborg zögerte noch einen Moment, bis sie es wagte, den Kopf vorsichtig an Nicolais Schulter zu legen. »Schon gut. Vergiss Johannes. Du gehst doch nicht wieder fort, nicht wahr?«
Einen Augenblick lang blieb es still, dann endlich schüttelte Nicolai den Kopf. Erst jetzt fiel ihr auf, dass er ziemlich blass war und müde wirkte, doch immerhin lächelte er. »Nein, ich gehe nicht mehr fort. Meine Heimat ist hier, bei dir und den Jungen.«
Sie war so ungeheuer erleichtert, dass sie ihn fest an sich zog. Diesmal gab sie sich keine Mühe mehr, ihre Freudentränen zurückzuhalten.

Kapitel 16

Niemand kam.
Hatten sie die Suche aufgeben, weil sie ihn nicht gefunden hatten? Oder lauerten sie ihm noch irgendwo dort draußen auf? Waren sie vielleicht ganz in der Nähe und warteten ab, bis er sein Versteck verließ? Oder hatte er das alles sowieso nur geträumt?
Andreas Bütow lag auf dem Rücken und starrte hinauf zu der löcherigen Balkendecke des Hochsitzes, in dem er die Nacht verbracht hatte. Zwischen den Latten über ihm schimmerte das Blau eines wolkenlosen Sommerhimmels – er konnte froh sein, dass es nicht geregnet hatte, denn dann wäre er ziemlich nass geworden. Aber auch ohne eine unfreiwillige Dusche von oben hatte er auf den harten Planken des Hochsitzes nur wenig geschlafen. Irgendwann nach Sonnenaufgang hatte ihn das wütende Knurren seines Magens geweckt. Der Hunger war inzwischen so stark, dass seine Eingeweide schmerzten – außerdem plagte ihn ein fürchterlicher Durst. Schwer und pelzig lag ihm die Zunge im Mund, sie fühlte sich an, als sei sie geschwollen. Es half nichts, er musste aufstehen, um an Nahrung zu kommen. Wenigstens etwas frisches Wasser würde doch hoffentlich aufzutreiben sein, bevor seine Kräfte ihn endgültig verließen und er vor Erschöpfung einschlief, ohne wieder aufzuwachen.
Mühsam hob er den Kopf. Er fühlte sich wie zerschlagen. Sein rechter Fuß drohte zu einem wirklichen Problem zu werden. Das Gelenk war faustdick geschwollen und fühlte sich heiß an. Im Vergleich zur anderen Seite wirkte es geradezu monströs. Er brauchte eine Bandage, um den Fuß zu stützen. Himmel, er brauchte alles Mögliche und hatte kaum noch Bargeld. Er kannte niemanden in der Gegend, der ihm aus reiner Menschenfreundlichkeit weiterhelfen würde. Trotz allem, er

musste etwas unternehmen – also kroch er auf allen vieren zum Fenster, das nicht mehr war als ein Loch in der Bretterwand.

Draußen dehnten sich Felder bis zum Waldrand, rechts davon lagen ein paar Häuser – bis dorthin musste er es schaffen. Er raffte seine wenigen Habseligkeiten zusammen, griff sich den Rucksack, die Schuhe und seine Jacke, die er über Nacht als Kopfkissen benutzt hatte. Als Andreas hineinschlüpfte, stellte er fest, dass er sich am rechten Ärmel den Saum aufgerissen hatte. Wahrscheinlich war er auf seiner Flucht durch den Wald irgendwo hängen geblieben. Inzwischen sah er aus wie ein Galeerensträfling, vermutlich würden sie im nächsten Dorf mit Fingern auf ihn zeigen. Er fürchtete sich davor, in seinem Zustand einem anständigen Menschen unter die Augen zu treten, und fuhr sich deshalb mit einer Hand durch sein zerzaustes Haar, um wenigstens für etwas Ordnung zu sorgen. Was würde Dorothee sagen, wenn sie ihn so sehen könnte? Egal, denn sie sah ihn nicht. Sie würde ihn nie wieder sehen.

Umständlich zog er den linken Schuh an, in den rechten kam er nicht hinein. Mit einem Seufzer warf er sich den Rucksack über den Rücken, um sich dann auf den Weg abwärts zu machen. Ganz langsam kraxelte er die Stiege hinunter, denn den verletzten Fuß konnte er kaum gebrauchen. Wenn er eine Sprosse verfehlte, was ziemlich häufig passierte, denn die Sprossen waren rutschig, dann glitt er in die Tiefe und musste allein mit der Kraft seiner Arme verhindern, dass er abstürzte. Mit einem tiefen Seufzer der Erleichterung erreichte er den Erdboden. Für einen Moment blieb er stehen und sah sich um. Seine Flucht von gestern schien ihm jetzt, im klaren Licht der Morgensonne, beinahe unwirklich. Kaum vorstellbar, dass in dieser Gegend eine Hundestaffel der Polizei auftauchte, alles wirkte vollkommen ruhig. Das nächste Dorf schien nichts weiter als ein verschlafenes Nest am Rand der Welt zu sein. Das Sonnenlicht ließ die Stoppelfelder in satten Gelbtönen strahlen, der Wind rauschte in den Kronen der Bäume, in der Ferne schimpfte eine Elster. Mit ein bisschen Glück würde der Rest seiner Reise unter einem günstigeren Stern stehen als der Beginn. Langsam hinkte er los, dem Dorf entgegen, das am Ende des Weges auf ihn wartete.

Erst als sie ihrem Mann am nächsten Morgen beim Frühstück gegenübersaß, begann Ingeborg allmählich daran zu glauben, dass das Glück zu ihr zurückgekehrt war. Immer wieder musterte sie Nicolai verstohlen aus den Augenwinkeln und lachte, wenn er ihre forschenden Blicke bemerkte. Er durfte ruhig wissen, wie glücklich sie über seine Rückkehr war. Treue war eine der Eigenschaften, die sie an ihm besonders schätzte – vielleicht war es einer der wichtigsten Gründe, warum sie ihn geheiratet hatte. Auch Nicolai schien erleichtert, auch er war gut gelaunt. Einträchtig saßen sie am gedeckten Frühstückstisch und lachten über jeden Scherz, der ihnen einfiel. Es ging schon auf die Mittagszeit zu, als das Mädchen ins Zimmer kam und eine Visitenkarte auf den Tisch legte. Ingeborg nahm sie an sich und betrachtete das Kärtchen mit zusammengekniffenen Augen. Auf Besuch hätte sie jetzt gern verzichtet. Eben hatte sie den längst überfälligen Entschluss gefasst, Nico endlich in das Geheimnis der Briefe einzuweihen, die Luise ihr gegeben hatte. Noch wusste er nichts über ihre jüdische Herkunft, und sie fragte sich, wie er die Neuigkeit aufnehmen würde. Jetzt würde sie ihr Vorhaben verschieben müssen, denn das neue Hausmädchen stand neben ihnen und wartete auf eine Antwort. Schweigend reichte Ingeborg die Visitenkarte an Nico weiter, der sie kurz überflog. Ingeborg drehte sich um. »Gut, Agnes, führ unseren Gast ins Kaminzimmer und serviere dort Tee. Ich komme gleich.«
Die Blondine knickste und ging. Nicolai runzelte die Stirn

und sah sie an. »Fräulein Doktor Beck ist hier? Seid ihr verabredet?«
»Nein. Ich habe keine Ahnung, was sie will. Hoffentlich bringt sie keine schlechten Nachrichten aus Kiel.«
Ingeborg setzte ihre Tasse ab, machte aber keine Anstalten, aufzustehen. Nicolai legte seine Hand auf die ihre.
»Ich hoffe, mit deiner Mutter ist alles in Ordnung?«
»Das hoffe ich auch. Gestern zumindest ging es ihr gut. Thiess wollte Mitte der Woche mit ihr auf die Insel zurückkommen, so war es geplant. Das ist alles, was ich weiß.«
»Dann geh rüber und finde heraus, was das Fräulein Doktor von dir will, vorher haben wir doch keine Ruhe. Ich bin im Büro, falls du mich brauchst.«
»Warte bitte, ich muss dir noch etwas sagen, Nico. Es geht um die Briefe, die Luise mir vor ihrer Operation gegeben hat, die Liebesbriefe meiner Eltern – du erinnerst dich, nicht wahr?«
»Ja, sicher. Was ist damit?«
Ingeborg konnte Nicolais forschendem Blick nicht standhalten und senkte den Kopf. Sie fühlte sich ausgesprochen unwohl angesichts der Eröffnung, die sie zu machen hatte – aber es musste heraus, und zwar am besten jetzt gleich. Was konnte sie dafür, dass ihr Vater in einem neuerdings verfemten Glauben groß geworden war, den ihm seine Ahnen überliefert hatten? Sie schluckte. »Aus den Briefen meiner Eltern geht hervor, dass mein leiblicher Vater jüdischer Abstammung war.«
»Wie bitte?«
»Ja. Er hat eine Christin geheiratet, aber er ist nicht konvertiert. Alle meine Vorfahren väterlicherseits sind jüdischer Abstammung. Ich bin es deshalb auch, zur Hälfte jedenfalls.«
»Bist du dir sicher? Dass dein Vater nicht konvertiert ist, meine ich? Viele Juden haben das getan, insbesondere, wenn sie Christen geheiratet haben.«
Nico ging neben ihrem Stuhl in die Hocke und sah sie auffor-

dernd an. Es war eindeutig, welche Antwort er erwartete, aber gerade diese Antwort konnte sie ihm nicht geben. Bedauernd schüttelte Ingeborg den Kopf. »Darin steht jedenfalls nichts in den Briefen. Und selbst wenn es so wäre, würde es mir nichts nützen. Du weißt, warum ich darüber so in Sorge bin, oder?«

»Natürlich. Unsere Regierung ist der Meinung, Juden taugen nichts.«

»Ja, leider. Deshalb würde es mir auch nicht weiterhelfen, wenn mein Vater konvertiert wäre. Für die Nationalsozialisten sind Juden der Rasse nach nicht einwandfrei. Jude wird man kraft Blutsverwandtschaft, nicht wegen einer religiösen Überzeugung. Ich bin Halbjüdin in deren Vorstellung, und unsere Söhne sind auch Mischlinge. Was sollen wir jetzt tun?«

Langsam richtete Nicolai sich auf. Er war blass geworden. »Ich weiß es nicht. Vielleicht hat das alles gar keine Folgen für uns.«

»Wie meinst du das?«

»Noch ahnt doch niemand, dass du ein Adoptivkind bist. Hier auf der Insel halten dich alle für die leibliche Tochter deiner Mutter. Luise ist Frau Meinert, eine verwitwete Frau von Lassen. Die von Lassens sind alter Landadel aus dem Holsteinischen, da vermutet kein Mensch etwas Nichtarisches.«

»Und wenn jemand auf die Idee kommt, in meiner Geburtsurkunde nachzusehen? Da steht schwarz auf weiß, wessen Tochter ich am Tag meiner Geburt war.«

»Darin liegt eine Gefahr, das stimmt. Also gut, lass mir etwas Zeit, ich muss über die Sache nachdenken. Es gibt sicher einen Weg, um das Problem zu beseitigen. Es wäre gut gewesen, wenn du früher mit mir darüber gesprochen hättest, mein Herz.«

Nicolai schaute sie an, aber er schien zumindest nicht böse mit ihr zu sein, denn er streichelte sanft ihre Hand. Schon

diese kleine Berührung beruhigte sie, und so brachte sie es fertig, zu lächeln, obwohl sie sich insgeheim Sorgen machte.
»Ich wollte mit dir sprechen, aber vor deiner Reise nach Hamburg warst du so kühl und abweisend. Ich dachte, es würde dich noch mehr gegen mich aufbringen, wenn du erfährst, dass mein Vater Jude war.«
»Schon gut. Wir hatten es beide nicht leicht miteinander in der letzten Zeit. Und nun kümmere du dich um Fräulein Doktor Beck, es wäre unhöflich, sie noch länger warten zu lassen.«
Sie erhob sich, konnte sich aber nicht entschließen, den Raum zu verlassen. »Sprich mit niemandem über mein Geheimnis, hörst du?«
Nicolai legte ihr einen Finger auf die Lippen. »Natürlich nicht. Du kannst mir vertrauen.«
Bevor sie darauf etwas erwidern konnte, klopfte es an der Tür, die sich im nächsten Moment öffnete. Auf der Türschwelle stand Dorothee Beck. Sie hielt ihr Handtäschchen dicht an den Körper gepresst und lächelte, aber sie machte einen verstörten Eindruck. Obwohl Dorothee Beck ein Sommerkleid in leuchtenden Farben gewählt hatte, sah sie blass und müde aus. Einen Moment stand sie noch schweigend im Türrahmen, dann kam sie zögernd näher. Warum hatte diese dumme Gans von einem Dienstmädchen das Fräulein Doktor nicht mit einer Tasse Tee ins Kaminzimmer gesetzt, wie es ihr aufgetragen worden war?
»Guten Morgen.« Die Ärztin reichte erst Nicolai, dann Ingeborg die Hand zur Begrüßung. »Entschuldigen Sie, ich störe Sie beim Frühstück. Wenn ich das gewusst hätte, wäre ich später gekommen.«
»Das ist in Ordnung, wir sind fertig. Kommen Sie und nehmen Sie Platz. Ich verabschiede mich, ich habe im Büro zu tun.« Nicolai verneigte sich in Dorothees Richtung, dann drehte er sich um und ging. Ingeborg deutete auf den freien

Platz am Tisch. »Bitte, setzen Sie sich doch, Fräulein Doktor. Ich werde ein neues Gedeck für Sie auflegen und Tee bringen lassen.«

»Nein, vielen Dank, machen Sie sich bitte keine Umstände. Ich habe schon gefrühstückt, ich bin nicht hungrig.«

»Auch keinen Tee? Er würde Ihnen bestimmt gut tun.«

Dorothee errötete, aber sie schüttelte den Kopf, während sie sich auf dem Stuhl niederließ, auf dem bis eben Nicolai gesessen hatte. Sie fingerte ein Päckchen mit Zigaretten aus ihrer Handtasche, schob die Packung dann aber ungeöffnet wieder in die Tasche zurück.

»Entschuldigen Sie, ich bin ziemlich durcheinander heute Morgen. Ich habe schlecht geschlafen. Es war in letzter Zeit in der Praxis so viel zu tun – ich habe übrigens noch einmal mit der Klinik in Kiel telefoniert. Ihre Frau Mutter wird in den nächsten Tagen entlassen, die Ärzte sind zufrieden mit ihr. Doktor Lehmann wird nach ihrer Rückkehr die Nachsorge übernehmen.«

»Das sind gute Nachrichten. Wir verdanken Ihnen so viel in dieser Angelegenheit, Fräulein Doktor.«

»Das habe ich gern getan. Vielleicht kann ich Sie im Gegenzug um einen Gefallen bitten, Frau Boysen?«

»Sicher, warum nicht? Wenn es etwas gibt, was ich für Sie tun kann, dann nur heraus damit.«

Es wurde still im Raum. Dorothee Beck hockte auf ihrem Platz und rührte sich nicht. Den Blick auf ihre Hände gerichtet, schien sie auf etwas zu warten, doch Ingeborg wusste nicht, was es sein konnte. Was war nur los mit der jungen Frau? So einsilbig kannte Ingeborg sie nicht.

Endlich beugte die Ärztin sich ein Stück über den Tisch. »Es ist mir ein wenig unangenehm, davon anzufangen – aber ich bin wegen Herrn Bütow gekommen. Ich weiß, dass er nicht mehr bei Ihnen arbeitet. Das stand in dem Brief, den Sie mir freundlicherweise in die Praxis gebracht haben. Dennoch würde ich gern mit ihm sprechen, es ist wichtig. Ich weiß, Dänemark ist groß –«

»Dänemark? Woher wissen Sie, dass Andreas in Dänemark ist? Stand das in dem Brief, den er Ihnen geschrieben hat?«

Dorothee Beck senkte den Blick, als fühle sie sich ertappt. Vielleicht hatte sie Angst, Andreas in Gefahr zu bringen, und diese Furcht war nicht einmal unberechtigt.

Ingeborg wartete, aber Dorothee Beck schwieg. Ein Gespräch, in dem sie die wichtigen Tatsachen voreinander verheimlichten, brachte sie beide allerdings nicht weiter. Wie sollte sie helfen, wenn sie nicht wusste, um was es ging? Wenn sie in dieser Geschichte etwas unternahm, dann nur, wenn Dorothee Beck aufrichtig war. Ingeborg lächelte. »Gut, nehmen wir der Einfachheit halber an, Andreas ist in Dänemark. Ich bin in diesem Punkt auf Vermutungen angewiesen, denn bei mir hat er keine Adresse hinterlassen. Ist es das, was Sie von mir wissen wollten?«

»Ja, ich dachte, er hätte Ihnen vielleicht eine neue Anschrift gegeben.«

»Nein, hat er nicht. Alles, was ich habe, ist die Adresse seiner Mutter in Flensburg.«

»Die wird mir nichts nützen, fürchte ich, dabei muss ich ihn unbedingt finden. Er wird doch in Dänemark Verbindung zu seiner Partei aufnehmen. Vielleicht könnte man über diese Leute etwas über ihn in Erfahrung bringen.«

Ingeborg seufzte leise, denn davon war sie nicht überzeugt. Die Exil-Organisation einer verbotenen Partei im Ausland würde wohl kaum mit Auskünften über eines ihrer Mitglieder um sich werfen, noch dazu, wenn eine Anfrage aus Deutschland kam. Doch wie sollte sie Dorothee Beck das sagen, ohne sie noch unglücklicher zu machen, als sie anscheinend schon war? Das Fräulein Doktor schien jedoch auch ohne Erklärungen auszukommen. Offenbar hatte sie Ingeborgs Zögern richtig gedeutet, jedenfalls senkte sie den Kopf.

»Sie halten nichts von meiner Idee. Sie finden es aussichtslos, nicht wahr? Andreas ist weg, und ich muss mich damit abfinden. Ist es das, was Sie denken?«
Ingeborg runzelte die Stirn, denn der vorwurfsvolle Ton in der Stimme ihres Gastes gefiel ihr nicht. »Tut mir Leid, aber ich bin nicht Schuld daran, dass Andreas die Insel verlassen hat. Ich habe ihn nicht rausgeworfen. Im Übrigen stelle ich es mir tatsächlich nicht so einfach vor, in Dänemark Ermittlungen über einen deutschen Flüchtling anzustellen. Die Ausländer leben sicherlich unter einem Decknamen dort, jedenfalls habe ich das gehört. Außerdem wissen wir nicht, ob Andreas wirklich in Dänemark geblieben ist. Vielleicht ist er weitergereist nach Schweden oder Norwegen. Soweit ich weiß, wird Dänemark von vielen nur als Transitland genutzt.«
Einen Moment lang war es still, bis Dorothee Beck nach ihrer Handtasche griff und ein Taschentuch herauszog. Die erste Träne rollte über ihre Wange, während sie sich energisch die Nase putzte. »Entschuldigen Sie, dass ich weine. Ich fürchte, ich bin heute Morgen eine Zumutung. Meine Nerven liegen blank, ich weiß nicht mehr weiter. Andreas ist verschwunden, und ich weiß nicht, ob ich ihn jemals wiedersehe. Ich muss mir über meine Gefühle für ihn klar werden, aber ich bin völlig durcheinander. Mein Professor hat mir einen Heiratsantrag gemacht, und anstatt mich zumindest geschmeichelt zu fühlen, sitze ich hier und heule. Wenn ich Andreas niemals getroffen hätte, würde ich den Antrag einfach annehmen, und alles wäre in Ordnung.«
»Lieber Himmel. Das ist eine schwierige Situation.«
»Ja.« Dorothee Beck schluchzte leise. Sichtlich verärgert darüber, dass sie sich nicht besser im Griff hatte, putzte sie sich erneut die Nase. »Sie müssen entschuldigen, aber ich weiß einfach nicht weiter. Wenn ich nur noch einmal mit Andreas reden könnte …«
»Er bedeutet Ihnen viel, nicht wahr?«

»Ja, aber das ist mir erst bewusst geworden, nachdem er fortgegangen war. Ich vermisse ihn.«
Dorothee Beck hielt den Kopf gesenkt, während Ingeborg sich zu ihr über den Tisch beugte und flüchtig ihre Hand berührte. Es war nicht zu übersehen, dass die junge Frau verzweifelt war. Sie würde ihr helfen müssen, das war sie ihr schuldig, nachdem sie Luise das Leben gerettet hatte.
»Also gut, dann überlegen wir mal zusammen, wie es weitergeht. Wenn Sie nach Dänemark reisen wollen, um sich nach Andreas zu erkundigen, dann können Sie das mit Hilfe eines dieser Papiere, die an der Grenze ausgestellt werden. Hinzukommen ist also kein Problem.«
»Sie meinen den Groschenpass. Den kann ich mir besorgen, aber wo soll ich nach Andreas suchen, wenn ich drüben bin? Dänemark ist groß – außerdem, was ist, wenn man mich beobachtet? Andreas ist zur Fahndung ausgeschrieben, die Gestapo sucht ihn.«
»Er ist zur Fahndung ausgeschrieben? Warum das denn?«
»Fragen Sie mich nicht. Ich weiß bloß, dass die Nazis hinter ihm her sind. Ein Beamter von der Polizeistation in Westerland war wegen eines Dienstunfalls bei mir und hat sich verplappert. Die Polizei sucht Andreas. Es wird etwas mit seiner Parteizugehörigkeit zu tun haben, schätze ich.«
»Aber wenn er auf den Fahndungslisten der Polizei steht, hat das doch nichts mit Ihnen zu tun. Sie haben nichts verbrochen. Sie können nach Dänemark reisen, so oft Sie wollen. Niemand kann Sie daran hindern.«
»Ich weiß nicht recht. Ich kenne Andreas schließlich, wir waren befreundet.«
»Das mag sein, aber das ist doch kein Grund für die Polizei, Sie zu beobachten – oder waren die Nazis schon bei Ihnen? Hat man Sie verhört?«
»Nein. Gestern Abend stand allerdings eine Weile ein fremder Mann vor unserer Praxis und beobachtete den Eingang. Er

kam nicht herein, aber er ging auch nicht weg. Doktor Lehmann ist der Kerl auch aufgefallen. Vielleicht bin ich mit den Nerven schon so am Ende, dass ich Gespenster sehe, aber ich habe Angst. Ich möchte zu Andreas, aber ich habe keine Ahnung, wo ich ihn finden kann. Es ist zum Verzweifeln.«

»Passen Sie auf, ich mache Ihnen einen Vorschlag: Wenn Sie wollen, kann ich mit Magda Brode sprechen. Sie ist mit dem Hufschmied verheiratet, vielleicht haben Sie von ihr gehört. Magda kennt sich aus, ihr Mann war öfter drüben in Dänemark. Wenn jemand etwas über die Organisation der Genossen im Exil weiß, dann sie. Sobald Magda uns einen Namen oder eine Adresse gegeben hat, sehen wir weiter. Was halten Sie davon?«

Dorothee Beck richtete sich auf. Zum ersten Mal seit ihrer Ankunft wirkte sie etwas entspannter. Ganz langsam glitt ein unsicheres Lächeln über ihr Gesicht.

»Das würden Sie für mich tun, Frau Boysen?«

»Natürlich, warum nicht? Gleich morgen kümmere ich mich darum. Wenn ich etwas erfahre, komme ich noch am Nachmittag zu Ihnen in die Praxis, einverstanden?«

Dorothee Beck strahlte. »Ich danke Ihnen, Sie sind ein Schatz.«

»Schon gut. Warten Sie, bis ich etwas erreicht habe.«

»Sie werden etwas erreichen. Sie kennen die Menschen hier und wissen, wen Sie ansprechen müssen.«

Dorothee Beck nahm ihre Handtasche und stand auf. Ihr Kummer schien wie weggewischt. »Ich hätte gleich zu Ihnen kommen sollen. Ich bin froh, dass sich etwas tut. Diese sinnlose Warterei kostet so viel Kraft. Ich konnte mich überhaupt nicht mehr auf meine Arbeit konzentrieren. Sie werden nicht vergessen, was Sie mir versprochen haben?«

»Aber nein, wie sollte ich.«

Ingeborg lächelte, auch sie stand auf, aber Dorothee Beck war schon auf dem Weg zur Tür. Plötzlich drehte sie sich noch einmal um und kam zurück. Stürmisch fiel sie Ingeborg um den Hals und drückte sie an sich, bevor sie wieder zur Tür lief. Überrascht über diesen Gefühlsausbruch, sah Ingeborg ihr hinterher. Hatte sie Dorothee Beck nicht anfangs für besonders unnahbar gehalten? Offenbar hatte sie sich geirrt. Das Fräulein Doktor zeigte durchaus Gefühle, wenn es darauf ankam. Sie war anscheinend tatsächlich bereit, für ein Wiedersehen mit ihrem Andreas Gefahren auf sich zu nehmen. Vielleicht würde sie den Jungen sogar finden – jedenfalls jetzt, in diesem Augenblick, wünschte Ingeborg es ihr von ganzem Herzen.

Ein Tierarzt, immerhin.
Andreas spürte, wie die Anspannung, unter der er stand, langsam von ihm wich. Es schien so, als hätte er endlich jemanden gefunden, der sich um seinen Fuß kümmern würde. Ein Allgemeinmediziner wäre ihm natürlich lieber gewesen, aber ein Tierarzt war immer noch besser als gar kein Doktor. Eigentlich hätte er nicht einmal einen Veterinär in einem Kaff wie diesem vermutet. Das Dorf, in das er sich mühsam und unter Aufbietung seiner letzten Kräfte geschleppt hatte, bestand nur aus zehn Häusern. Alle waren sie fein säuberlich nebeneinander an der Straße aufgereiht, als hätte ein besonders penibler Baumeister ihre Anordnung allesamt mit dem Lineal festgelegt. Der besagte Tierarzt residierte in einem hübschen, weiß getünchten Haus mit Strohdach. Das Schild in dem silbernen Rahmen neben der Eingangstür seines Hauses wies auf seine Sprechzeiten hin, doch die waren Andreas im Moment herzlich egal. Ihn kümmerte es nicht, ob er rechtzeitig zur Sprechstunde kam, darum gönnte er dem Schild an der Hauswand keinen Blick, während er sich die paar Stufen zum Eingang hinaufquälte. Wenn der Arzt zu Hause war, würde er sich seinen Fuß ansehen müssen, das stand fest. An der Tür angekommen, drückte er sofort auf den Klingelknopf, aber obwohl

er es im Inneren des Hauses läuten hören konnte, geschah eine Weile gar nichts. Ungeduldig klingelte er ein zweites und ein drittes Mal. Er wollte sich gerade enttäuscht abwenden, als er endlich Schritte hörte. Eine junge Frau im weißen Kittel stand vor ihm und musterte ihn, als habe sie es mit einem besonders exotischen Vertreter seiner Gattung zu tun. Bis zu einem gewissen Grad verstand er die Abneigung, die in ihrem Blick lag, denn er sah mit Sicherheit aus wie eine Vogelscheuche. Nicht nur, dass seinem rechten Fuß der Schuh fehlte – er lief auch schon seit einigen Tagen ungewaschen und unrasiert herum. Er brauchte einen Moment, um seinen Mut zu sammeln, dann setzte er ein höfliches Lächeln auf.

»Entschuldigen Sie die Störung, aber könnte ich mit dem Herrn Doktor sprechen?«

»Worum geht es denn?«

Die junge Frau in dem makellos weißen Kittel öffnete die Haustür keinen Millimeter weiter als nötig. Wäre er gut gekleidet und wohlgenährt gewesen wie sie, hätte er über jemanden mit seinem Aussehen wahrscheinlich auch die Nase gerümpft. Dennoch, sie würde ihn noch eine Weile ertragen müssen. Er war entschlossen, nicht wegzugehen, bevor ihm jemand den Knöchel bandagiert hatte, also deutete er mit einer Hand auf seinen Fuß.

»Ich bin gestürzt und kann seitdem nicht mehr auftreten. Der Knöchel ist ziemlich geschwollen, er sieht aus wie ein Kürbis. Wären Sie so nett und würden dem Herrn Doktor Bescheid sagen, damit er sich die Sache ansieht?«

Anstatt zu antworten, ging die junge Frau schweigend in die Hocke und betrachtete seinen Knöchel eingehend, bevor sie mit sorgenvollem Gesicht wieder aufstand.

»Das sieht nicht gut aus, das muss ich abtasten. Kommen Sie herein. Zum Sprechzimmer geht es geradeaus den Flur hinunter.«

Sie verschwand in einem mit Steinfliesen belegten Gang,

an dessen anderem Ende eine Tür offen stand. Er hinkte los, seinen Rucksack schleifte er hinter sich her. Unendlich erschöpft, wie er war, nahm er nicht viel von seiner Umgebung wahr, jedenfalls nicht bis zu dem Moment, in dem er das Sprechzimmer betrat. Der längliche Raum an sich war weiß und schmucklos, aber ein großes Fenster am gegenüberliegenden Ende gab den Blick in einen blühenden Garten frei. Die Sonne stand hoch über dem Meer aus Blüten, blühende Stauden säumten einen kleinen See, auf dem Seerosen schwammen. Um die Idylle perfekt zu machen, standen Bienenkörbe vor einem grünen Holzzaun, denen eine mächtige alte Linde Schatten spendete.

»Setzen Sie sich.«

Die junge Frau deutete auf einen Stuhl am Fenster. »Und dann legen Sie den Fuß auf den Hocker, damit ich ihn mir bei Licht ansehen kann.«

Die Blondine griff nach einem Paar weißer Handschuhe, die sie sich mit einer geübten Bewegung überstreifte. Andreas beobachtete sie, und ihn irritierte, was er sah. Sie schien sich hier bestens auszukennen, denn sie bewegte sich zielsicher zwischen den Schränken, dabei war er sicher, am Eingang der Praxis einen männlichen Vornamen gelesen zu haben. Zögernd ließ er sich auf dem kleinen Stuhl nieder. War der Doktor der Tiermedizin etwa eine Frau? Noch dazu eine so junge Person? Er wagte nicht, sie danach zu fragen, denn sie schien sehr beschäftigt. Sie wusch sich die Hände, trocknete sie ab und krempelte die Ärmel ihres Kittels hoch. Dann endlich kam sie zu ihm.

»Na, was ist? Den Fuß bitte auf den Hocker legen.«

»Ja, aber sagen Sie – Sie machen das allein? Wo ist denn der Herr Doktor?«

»Der Herr Doktor holt im Nachbardorf ein Kälbchen auf die Welt. Sie müssen entweder mit meiner Wenigkeit vorlieb nehmen oder heute Nachmittag wiederkommen.«

Mit einem Lächeln, das er ein bisschen überheblich fand, zog sie sich einen Hocker heran und nahm Platz.
»Bis so ein Kalb in Steißlage sich entschließt, das Licht der Welt zu erblicken, kann es nämlich eine Weile dauern.«
Er nickte bloß, denn er wusste, dass er keine andere Wahl hatte – er musste sich ihr anvertrauen. Es war ihm unangenehm, ihr seinen schmutzigen, verquollenen Fuß zu zeigen, aber sie schien sich daran nicht zu stören. Ihre kühlen Hände glitten routiniert über seinen schmerzenden Knöchel, behutsam umfasste sie den Fuß, drehte ihn und tastete ihn ab, bevor sie ihm in die Augen sah. Ihm war bewusst, dass sie vorsichtig war, und trotzdem konnte er den Schmerz kaum ertragen, der ihn bei der Berührung ihrer Hände durchzuckte. Mit aufeinander gepressten Lippen wartete er darauf, dass die Tortur beendet sein würde, aber die Sache zog sich hin. Warum holte sie nicht einfach eine Bandage und wickelte ihm den Knöchel ein? Alles andere würde von selbst in Ordnung kommen, da war er sicher.
Endlich ließ sie von ihm ab. Ihre großen, tiefblauen Augen auf ihn gerichtet, saß sie ein paar Sekunden still, bis sie leise seufzte. »Das sieht böse aus. Ich vermute eine Fraktur des Malleolus, Irrtum beinahe ausgeschlossen. Was ist Ihnen passiert? Sie müssen schwer gestürzt sein.«
»Ich bin schwer gestürzt – aber könnten Sie Ihre Diagnose vielleicht für einen normalen Menschen übersetzen? Ich weiß, dass es eines meiner Körperteile ist, von dem Sie gerade sprechen, aber das ist auch schon alles, was ich begreife.«
Sie lächelte flüchtig. »Einfacher ausgedrückt: Sie haben sich den Knöchel gebrochen.«
Behutsam ließ sie seinen Fuß zurück auf den kleinen, weißen Hocker sinken. Dann ging sie zum Waschbecken, denn ihre Hände zeigten schon von der kurzen Untersuchung seines Knöchels deutliche Schmutzstreifen. Das Wasser begann im Hintergrund in das Porzellanbecken zu laufen.

»Der Fuß muss geröntgt und eingegipst werden. Ich werde in Niebüll anrufen, damit sie uns einen Krankenwagen schicken.«

»Einen Krankenwagen? Nein, das nicht.«

Andreas schüttelte den Kopf. Er spürte den fragenden Blick, den sie ihm über die Schulter hinweg zuwarf, also versuchte er zu lächeln, um ihr Erstaunen über seine Reaktion etwas abzumildern. Sie sollte ihm helfen und sich nicht vor ihm fürchten.

»Ich möchte nicht nach Niebüll ins Krankenhaus. Können Sie den Fuß nicht eingipsen?«

»Nein, das darf ich nicht, tut mir Leid. Ich bin keine Ärztin, sondern nur Praktikantin. Medizinstudium, drittes Semester. Sie sind der erste Beinbruch meines Lebens, sozusagen.« Sie lächelte, während sie sich die Hände abtrocknete. »Ein Facharzt muss sich den Bruch ansehen. Falls es sich um eine Fibulafraktur handelt, ist eine Operation nötig. Ohne schmerzstillende Medikamente kommen Sie mit dem Fuß nicht mehr weit. Drüben steht ein Telefon, ich rufe gleich im Krankenhaus an, einverstanden?«

Sie wandte sich ab und ging ins Nebenzimmer. Er konnte hören, wie sie den Hörer von der Gabel nahm und wählte. Hastig hob er seinen Fuß von dem Hocker, auf dem er bis eben gelegen hatte, und zog sich leise stöhnend an dem Schreibtisch hoch, der neben ihm stand. Sicherheitshalber blieb er erst einen Moment stehen, wobei er versuchte, den klopfenden Schmerz in seinem Bein zu ignorieren. Seitdem er wusste, dass der Knöchel gebrochen war, schien er doppelt schmerzempfindlich, aber wahrscheinlich bildete er sich das nur ein. Die Kleine nebenan hatte natürlich Recht, mit diesem Fuß würde er nicht mehr weit kommen, aber ins Krankenhaus wollte er auf keinen Fall. Er würde nicht freiwillig in ein Krankenhaus gehen, dort verlangten sie von jedem neuen Patienten die Personalien. Er musste weg von hier, bevor sich jemand nach

seinem Namen, seiner Krankenversicherung und der Adresse erkundigte.
Andreas angelte sich den Rucksack unter dem Stuhl hervor. Jede Bewegung verlangte eine ungeheure Anstrengung, aber er würde nicht aufgeben. Bis zur Grenze konnte es nicht mehr weit sein, es durfte nicht mehr weit sein bis dorthin. Mühsam hinkte er zum offenen Fenster hinüber und hielt sich, dort angekommen, einen Moment am Fensterbrett fest. Das Fräulein nebenan telefonierte noch, während er vorsichtig ins Freie kletterte. Behutsam ließ er seinen Körper auf der anderen Seite des Fensters hinuntergleiten. Er gab sich viel Mühe, den linken Fuß zuerst aufzusetzen, und stand im nächsten Moment schwankend im Garten. Kein Mensch war weit und breit zu sehen, das war gut so. Am anderen Ende des Grundstücks stand eine hohe Buchenhecke, dahinter lag ein Stoppelfeld. Er holte noch einmal Luft, um sich zu wappnen für das, was jetzt kam. Seine endlose Flucht ging in die nächste Etappe, ihm war keine Pause vergönnt. Vielleicht war es ein Fehler, davonzulaufen, aber er hatte keine andere Wahl.
So schnell es ging, hinkte er der Freiheit entgegen.

Kapitel 17

Alles um ihn herum geriet ins Rutschen, die Welt wirbelte an ihm vorbei. Andreas musste sich an dem Geländer neben ihm festhalten, ihm war schwindelig. Behutsam fuhr er sich mit der flachen Hand über die Stirn und war sich nicht sicher, ob sie sich heiß anfühlte. Warum fühlte er sich bloß so hundeelend? Begann man etwa zu fiebern, wenn man sich den Fußknöchel gebrochen hatte? Das konnte nicht sein, davon hatte er noch nie gehört – blieb die Frage, was mit ihm los war. Er war entsetzlich müde und durstig, außerdem fühlte er sich irgendwie benebelt. Vielleicht war er auch ganz einfach mit seiner Kraft am Ende, schließlich war er seit Tagen unterwegs, ohne sich zwischendurch irgendwo richtig ausgeruht zu haben. An dieses harte Leben unter freiem Himmel war er nicht gewöhnt, es überforderte ihn, immer und überall auf der Hut zu sein. Dabei hatte er nach seiner Flucht aus der Tierarztpraxis heute Morgen Glück gehabt: Der Fahrer eines Lastwagens hatte ihn aufgegabelt und mitgenommen. In diesem Dorf hatte er sich absetzen lassen, denn es lag direkt an der deutsch-dänischen Grenze. Jetzt war es wirklich nur noch ein Katzensprung, der ihn von der Freiheit trennte. Der Rest musste irgendwie zu schaffen sein, denn er kannte sich aus – in diesem Kaff hatte eine Kusine seiner Mutter gelebt, bei der waren sie früher öfter zu Besuch gewesen. Seiner Erinnerung nach wartete dort hinten am Ende der Ortschaft der lang ersehnte Schlagbaum, der seine Rettung sein sollte.

Andreas hätte aufstehen und losmarschieren sollen, aber das tat er nicht. Er blieb, wo er war, und starrte den gelben Sand zu seinen Füßen an. Ihm war noch immer übel, aber wenigstens hatten die Gebäude um ihn herum aufgehört, sich zu drehen. Hungrig durfte er jetzt nicht mehr sein, schließlich hatte er sich im Dorfladen Kekse und Schokolade gekauft und bei-

des sofort aufgegessen. Er hatte gehofft, dass er sich mit vollem Magen kräftiger fühlen würde, aber davon merkte er bis jetzt wenig. Müde und schläfrig hockte er auf der obersten Stufe der Treppe, die zu der Veranda des Dorfladens hinter ihm hinaufführte, seinen Rucksack neben sich. Sollte er jetzt versuchen, über die Grenze zu kommen? Oder war es günstiger, erst bei Dunkelheit aufzubrechen? Bei Nacht drehten regelmäßig Grenzpatrouillen ihre Runden. Aber wenn er tagsüber den offiziellen Grenzübergang nutzte, brachte er sich damit auch in Gefahr. Niemand mit seinem Aussehen konnte den Grenzposten freundlich grinsend einfach den Reisepass präsentieren, ohne angehalten zu werden. Er wirkte schäbig, wie ein Landstreicher – das war ihm klar, schließlich hatte er sich erst heute Morgen zum ersten Mal nach langer Zeit im Rückspiegel des Lastkraftwagens betrachtet. Aber nicht nur sein Äußeres machte ihm Kummer. Vermutlich hatten sie an der Grenze längst seinen Namen auf den Fahndungslisten. Sein Reisepass war damit nahezu wertlos. Entweder er ging heimlich irgendwo über die grüne Grenze, oder er verschaffte sich eine neue Identität. Doch wie sollte er an neue Papiere kommen, hier in diesem öden Nest?
Unschlüssig, wie er weitermachen sollte, stützte Andreas den Kopf in die Hand. In seinem Schädel hämmerte ein dumpfer Schmerz, über die Qualen, die sein gebrochener Fuß ihm bereitete, mochte er gar nicht nachdenken. Anstelle von Keksen hätte er sich besser Aspirin besorgen sollen. Vielleicht war auch die Hitze schuld, dass es ihm so schlecht ging?
Andreas holte das letzte Stückchen Schokolade aus seiner Hosentasche, schob es sich in den Mund und ließ sich gegen den Pfosten des Treppengeländers sinken. In dem Augenblick, als ihm die Augen zuzufallen drohten, hielt auf der anderen Straßenseite mit viel Getöse ein Autobus. Zwei Frauengestalten stiegen aus und blieben im Straßenstaub stehen. Suchend sahen sie sich um. Die Jüngere der beiden war eine

echte Schönheit, eine Rothaarige mit wundervollen Beinen. Ihre kupferfarbenen Locken, die sie mit einem Band lose aus dem Gesicht gebunden hatte, glänzten in der Mittagssonne. Sie gönnte ihm einen kurzen Blick, wandte sich aber sofort wieder ab, als die ältere Frau an ihrer Seite etwas sagte. Die beiden gingen ein paar Schritte, blieben aber gleich darauf wieder stehen. Das Paket, das sie dabei hatten, musste schwer sein, denn die Rothaarige strich sich mit dem Handrücken den Schweiß von der Stirn. Was transportierten die beiden denn? Steine etwa? In dem Tempo würden sie jedenfalls nicht weit kommen. Die Frauen steckten schon wieder die Köpfe zusammen, bevor im nächsten Augenblick die Rothaarige die Straße überquerte. Andreas sah sie auf sich zukommen und fuhr sich überrascht mit einer Hand durch das Haar. Die Unbekannte lächelte, wobei er sich fragte, warum sie sich mit einem Landstreicher wie ihm diese Mühe machte.
»Guten Tag.«
Sie nickte ihm zu. »Entschuldigen Sie, wenn ich Sie einfach anspreche. Darf ich Sie um einen Gefallen bitten? Seien Sie doch so nett und fassen Sie bei unserem Gepäck mit an. Das Paket ist schwer, wir können es nicht allein tragen. Es ist nur ein kurzes Stück, nur die Straße hinunter, geht das?«
Sie deutete auf den mit mehreren Schnüren verzurrten Karton, der neben der älteren Frau auf der anderen Seite der Straße in der Sonne stand.
»Es sind nur ein paar Meter bis zur Grenze. Wenn Sie vielleicht bis dort mitkommen könnten?«
Grenze? Hatte sie Grenze gesagt? Wollten die beiden etwa nach Dänemark? Andreas rappelte sich auf, er musste sich an dem hölzernen Geländer festhalten, um auf die Beine zu kommen. Da bot sich ihm eine Möglichkeit, er musste nur noch zugreifen. Die schöne Rothaarige schaute ihn fragend an, vermutlich war sie durch seine unbeholfenen Bewegungen verunsichert. Im schlimmsten Fall würde sie ihn für einen Be-

trunkenen halten, das war nicht in seinem Sinne. Er setzte ein freundliches Gesicht auf. »Sie wollen über die Grenze?«
»Ja. Eine Freundin von mir heiratet morgen in Hoyer. Wir haben ihr Hochzeitsgeschenk dabei, bloß ist es zu schwer für uns beide.«
»Ich verstehe. Natürlich helfe ich Ihnen. Ich habe mir den Knöchel verstaucht, aber bis zur Grenze werde ich es schon schaffen.«
»Meinen Sie?«
Ihr Gesicht verriet Besorgnis, vielleicht hätte er das mit seinem Knöchel lieber nicht erwähnen sollen. Wie erwartet, warf sie prompt einen misstrauischen Blick auf seinen rechten Fuß. Er wartete nicht auf ihren Kommentar, sondern humpelte los, wobei er sich Mühe gab, ein Bein so unauffällig wie möglich vor das andere zu setzen. Mit Sicherheit gab er ein komisches Bild ab, denn er hinkte nicht nur, er schaukelte beinahe. Langsam und konzentriert überquerte er die staubige Straße, wobei er jeden noch so kleinen und schwankenden Schritt, den er unter Schmerzen tat, als einen Sieg feierte. Endlich hatte er die ältere Frau, die neben dem Paket gewartet hatte, erreicht. Er war in Schweiß gebadet vor Anstrengung und bückte sich trotzdem sofort, um den Karton in die Höhe zu wuchten. Ungeheuer schwer lag das Monstrum in seinen Armen – viel zu schwer für einen, der mit einem gebrochenen Knöchel unterwegs war. Doch er brauchte den mit Paketband verschnürten Karton, er würde ihm als Tarnung dienen. Er hoffte, dass die Grenzposten beim Anblick dieser Last und der beiden Frauen in seiner Begleitung vielleicht vergessen würden, ihn nach seinem Pass zu fragen. Während er sich leise stöhnend bemühte, das Paket in den Griff zu kriegen, wandte sich die Schöne an ihn.
»Das ist zu schwer für Sie allein, nicht wahr?«
»Ich schaffe das schon. Es geht mich zwar nichts an, aber was ist denn da drin?«

»Ein Fleischwolf, den wünscht sich die Braut zur Hochzeit. Mir wäre Bettwäsche auch lieber gewesen.« Die Ältere, die bisher geschwiegen hatte, musterte ihn kritisch, während sie an den Knöpfen ihrer Strickjacke zupfte. Er stand also mit einem Fleischwolf im gleißenden Sonnenlicht, der Schweiß floss ihm in Strömen den Rücken hinunter. In seinem Zustand wagte er keine Prognose, wie lange er dieses zentnerschwere Paket würde halten können, dennoch nickte er tapfer.

»Also gut – gehen wir?«

»Wir hätten das Ding mit der Post schicken sollen, aber jetzt ist es zu spät.« Die Ältere rückte ihr Kopftuch gerade. »Bis zur Grenze ist es nicht weit, junger Mann. Auf der anderen Seite werden wir abgeholt.«

Es klang aufmunternd, was sie sagte, aber er spürte ihren zweifelnden Blick. Dann setzten sich die Frauen in Bewegung, und er hinkte ihnen hinterher, vorsichtig tastend setzte er einen Fuß vor den anderen. Immer wieder drehte die Rothaarige sich zu ihm um und warf ihm mitfühlende Blicke zu, aber er sagte nichts, und so blieb sie auch stumm. Mit zusammengepressten Lippen kämpfte er mit dem in neuer Heftigkeit erwachten Schmerz in seinem Fuß. Die Sonne brannte erbarmungslos von einem klaren Himmel, aber wenigstens kamen sie voran, bis er plötzlich stolperte. Er verlor den Halt so abrupt, dass er fast der Länge nach hingefallen wäre, nur mit Mühe fing er sich im letzten Moment. Um das Gleichgewicht wiederzufinden, belastete er unwillkürlich den rechten Fuß, denn so, wie er schwankte, hätte er sonst die Last fallen lassen müssen. Das Gefühl, das diese Bewegung in ihm verursachte, war unbeschreiblich. Mit aller Kraft den Karton umklammernd, unterdrückte er den Schrei. Seine Arme waren taub, er konnte kaum noch auftreten – aber er musste weiter, noch hatte er es nicht geschafft. Verbissen humpelte er hinter den Frauen her, die seinen Ausrutscher gar nicht

bemerkt zu haben schienen, sie schwatzten fröhlich miteinander. Irgendwann musste die Grenze auftauchen, so weit konnte der Schlagbaum nicht mehr entfernt sein. Endlich, in dem Moment, als er schon aufgeben wollte, entdeckte er den deutschen Grenzposten. Die Reichsfahne baumelte schlaff an einem Mast neben dem Holzhäuschen, vor dem ein Uniformierter mit geschultertem Gewehr Wache schob. Als der Mann in Feldgrau die kleine Gruppe bemerkte, die auf ihn zuhielt, wandte er sich ihnen sofort zu, während sein Kollege in der Eingangstür der Baracke stand und weiter gelangweilt seine Fingernägel betrachtete. Sie hatten sich dem Grenzposten schon bis auf ein paar Meter genähert, als die ältere der beiden Frauen plötzlich stehen blieb und sich zu ihm umdrehte.
»So, junger Mann, das war's. Schönen Dank, den Rest schaffen wir allein. Drüben werden wir abgeholt, es ist nicht mehr weit.«
Sie machte Anstalten, ihn von seiner Last zu befreien, aber er hielt sich an seinem Karton fest, als hinge sein Leben davon ab. Er hatte nicht damit gerechnet, so kurz vor dem Ziel zurückgelassen zu werden, an diese Möglichkeit hatte er nicht gedacht. Wie sollte er seinen Begleiterinnen klarmachen, dass er nach Dänemark mitkommen wollte? Vermutlich hätte er ihnen das vorher erklären sollen, jetzt war es zu spät. Die Grenzbeamten konnten jedes Wort hören, das gesprochen wurde. Nicht aufgeben, riet ihm eine innere Stimme, nur jetzt nicht aufgeben. Andreas klammerte sich noch fester an das Paket in seinen Armen.
»Aber nein, lasst nur. Der Karton ist zu schwer für euch. Ich trag ihn noch ein Stückchen weiter, in Ordnung? Es macht mir nichts aus, wirklich.«
Er versuchte, seiner Stimme einen sicheren Klang zu geben, doch in seinen Ohren klang sie wie ein seltsames, heiseres Krächzen. Kein Wunder, seine Kehle fühlte sich an wie aus-

gedörrt, er war nervlich am Ende. Die Frau in der Strickjacke warf ihm einen forschenden Blick zu, während die Jüngere nur mit den Schultern zuckte. Für einen Moment schien die Zeit still zu stehen, während er mit klopfendem Herzen wartete. Endlich steckten seine Begleiterinnen die Köpfe zusammen und berieten sich, wobei es den Anschein machte, als wollte die Ältere ihn zurücklassen, während die Jüngere sich für ihn einsetzte. Nach kurzem Zögern winkte die Jüngere ihm schließlich zu, und ohne ein weiteres Wort setzen sie sich alle wieder in Bewegung. Andreas taumelte, er torkelte und schlingerte bei jedem Schritt. Wie lange würde er den Schmerz in seinem rechten Fuß noch ertragen, ohne ohnmächtig zu werden?

»Guten Tag, die Damen.«

Der erste Grenzposten war erreicht, der Mann in Uniform tippte sich mit dem Zeigefinger an die Mütze.

»Wo soll es hingehen?«

»Nach Hoyer zu einer Familienfeier.«

Die Ältere kramte in ihrer Handtasche. Sie zog zwei Pässe heraus, die sie dem Mann in Grau reichte. Andreas zitterten die Arme, seine Finger waren starr und verkrampft, aber er wagte trotzdem nicht, das schwere Paket in seinen Armen auch nur für einen Augenblick abzusetzen. Wie lange würde er noch hier stehen können, ohne dass ihm schwarz vor Augen wurde?

»Gehört der junge Mann zu Ihnen?«

Jetzt nahm der Beamte ihn ins Visier, es war so weit. Die Rothaarige drehte sich zu ihm um. Er versuchte, eine stumme Botschaft für sie zu formulieren – nimm mich mit, rette mich in Gottes Namen. Verstand sie, worum er sie bat? Eine kleine Lüge aus ihrem schönen Mund, und er war in Sicherheit. Sie schien zu zögern, bevor sie sich wieder dem Uniformierten zuwandte.

»Ja, er gehört zu uns. Er ist mein Cousin.«

Um ein Haar hätte Andreas vor Erleichterung über diese barmherzige Lüge laut gestöhnt, aber er verhinderte es, indem er sich auf die Unterlippe biss. Jetzt nur nicht auffallen, um Himmels willen, nicht auffallen. Er war also ihr Cousin, wie originell. In diesem Moment hätte er sich auch als Adolf Hitler persönlich ausgegeben, wenn es ihm nur geholfen hätte, das Land zu verlassen.

»Und was ist mit ihm? Er sieht komisch aus. Ist er irgendwie krank?«

Der Grenzposten kam näher und unterzog Andreas einer kritischen Untersuchung. Er umrundete ihn, während er die Pässe der beiden Frauen in Händen hielt. Andreas versuchte, still zu stehen und sich nicht zu rühren. Er keuchte wie ein altes Brauereipferd, aber ließ den Karton in seinen Armen nicht los. Der Grenzer sah ihm ins Gesicht und starrte ihm in die Augen, als könne er dort lesen, was mit ihm nicht in Ordnung war. Und ob Andreas krank war, er war sterbenskrank – aber das konnte er nicht sagen, er konnte überhaupt nichts erklären, er wollte nur fort von hier. Die Rothaarige hatte sich ihm wieder zugewandt und schaute ihn an, ihr Blick glitt schweigend über ihn hinweg. Warum sagte sie denn nichts? Konnte sie die flehentliche Bitte nicht lesen, die in seinem Blick lag? Er bettelte um eine weitere Lüge von ihr, hatte sie das begriffen? Der Moment schien sich zur Ewigkeit zu dehnen, ihm war beinahe übel vor Anstrengung, aber er blieb stehen – das war alles, was im Moment zählte.

Nach langem Schweigen schüttelte die Rothaarige endlich den Kopf. »Achten Sie nicht auf ihn, Herr Wachtmeister. Mein Cousin hatte als kleiner Junge einen schweren Unfall und ist seitdem ein bisschen seltsam im Oberstübchen. Er ist gutmütig, der tut keinem was.«

»So?«

Der Beamte blieb noch einen Augenblick neben Andreas stehen, so nahe, dass dieser den warmen Atem des Mannes in seinem Gesicht spüren konnte. Der Uniformierte schien mit der Auskunft der schönen Rothaarigen nicht ganz zufrieden zu sein, oder aber er wartete auf irgendetwas. Hoffte er, dass Andreas hier an seinem Schlagbaum zu Boden gehen würde? Endlich trat er zu den beiden Frauen und reichte ihnen ihre Papiere.

»Also gut, dann mal los. Viel Spaß bei der Familienfeier.«

Andreas traute seinen Ohren nicht. Halb benommen sah er zu, wie seine Begleiterinnen am Schlagbaum vorbeimarschierten, als sei es die einfachste Sache der Welt, Deutschland zu verlassen. Er war gerettet, er hatte es geschafft – dank der Geistesgegenwart des Engels vor ihm hatte er es geschafft. Niemand wollte seinen Pass sehen, denn er war bloß ein gutmütiger Depp auf Wanderschaft. Andreas schwankte los, die Hitze nahm ihm fast den Atem, aber er hielt mit aller Macht auf den Schlagbaum zu. Keuchend lahmte er durch den Staub der Straße, die Bilder verschwammen vor seinen Augen, aber er kümmerte sich nicht darum. Noch einen Schritt mit zusammengebissenen Zähnen und noch einen. Die dänische Grenze kam in Sichtweite, zwei neue Uniformierte tauchten auf und sprachen seine beiden Begleiterinnen an. Gehorsam blieben die Frauen stehen, aber Andreas war das egal. Er humpelte weiter, er torkelte hinein in ein neues Leben. Er war gerettet, er war doch in Sicherheit, oder? Er war in Dänemark – war das hier Dänemark?

Er glaubte seine letzte Frage laut gestellt zu haben, aber es kam keine Antwort, also drehte er sich um und sah, dass die erstaunten Blicke der beiden dänischen Grenzer auf ihn gerichtet waren. Seine Beine gaben nach, sie versagten ihm einfach den Dienst, und so kippte er um. Er sah den Erdboden langsam auf sich zukommen und konnte nichts dagegen tun. Er wollte sprechen, während der Karton neben ihm zu Boden ging, aber eine merkwürdige Stille umfing ihn, bevor gleich darauf die Welt um ihn herum in Dunkelheit versank.

Er musste sie abfangen. Er musste unbedingt der Erste sein, der mit Luise sprach, bevor die Familie sie umlagerte und ein ruhiges Gespräch unmöglich wurde. Den Blick auf den Sandweg gerichtet, der zur Dorfstraße führte, wartete Nicolai an der Gartenpforte des Meinert'schen Hauses. Der Wagen mit Luise und Thiess würde aus Richtung Westerland kommen, allmählich mussten sie eigentlich hier sein. Hoffentlich waren sie beide guter Stimmung – aber schließlich hatte Luise vorerst alles überstanden. Er wusste, dass es dennoch nicht einfach werden würde. Seine Bitte würde sie verletzen, aber das hielt ihn nicht davon ab, mit ihr zu reden. Nicolai hatte vor, seine Schwiegermutter gleich hier im Garten anzusprechen, bevor Ingeborg mit den Kindern dazukam. Letztlich ging es doch bloß um ein Stück Papier, um nichts weiter als um eine schriftliche Lüge. Kaum einer außer ihnen beiden würde davon erfahren, nicht einmal Thiess musste davon wissen.

Nervös schaute Nicolai ein weiteres Mal auf seine Armbanduhr, und in dem Moment hörte er den Wagen. Ein schwarzer Mercedes älteren Baujahrs glitt auf das Haus zu, langsam rollte er den abschüssigen Sandweg hinunter. Nicolai rückte seine Krawatte gerade und fragte sich, warum um Himmels willen er derart unruhig war. Er hatte schließlich nicht vor, eine Bank auszurauben, und trotzdem war es ihm seit dem Tag seiner Hochzeit nicht schlimmer gegangen. Dabei gab es keinen Grund, sich so scheußlich zu fühlen. Luise war Ingeborg noch etwas schuldig. Er würde die Schuld jetzt einfordern, und das nicht nur seinetwegen.

Das Taxi hielt an, der Chauffeur stieg aus und umrundete sein Automobil, während sich die Türen hinten öffneten. Nicolai warf noch einen prüfenden Blick zum Haus hinüber, aber dort regte sich noch nichts. Sicher waren sie drinnen noch mit Kaffeekochen und Tischdecken beschäftigt. Nicolai half dem Taxifahrer mit dem Gepäck und stellte es auf dem Kiesweg ab,

der zum Haus führte. Thiess strahlte, er jedenfalls war in Feierlaune, man sah es ihm an. Luise wirkte blass, bestimmt hatte die Reise sie ermüdet. Das helle Kostüm, das sie trug, schien ihr mindestens eine Nummer zu groß. Die Strapazen der vergangenen Wochen hatten sie schmaler gemacht, sie schien nur noch Haut und Knochen zu sein. Trotzdem lächelte sie tapfer, als er ihr die Hand reichte, die er vermutlich etwas zu fest drückte, denn sie zog sie rasch zurück. Sehnsucht lag in ihrem Blick, als sie sich umsah, bestimmt wollte sie nichts lieber als zu den Kindern, aber das konnte er noch nicht zulassen. Er nahm ihren Arm, während Thiess sich allein mit dem Gepäck abplagte. Nicolai ließ ihn unhöflicherweise und entgegen sonstiger Gewohnheit allein rackern, während er Luise mit ein paar Schritten in den Garten hineinführte. Ein erstaunter Blick aus ihren großen, dunkel umschatteten Augen traf ihn. Er musste allen Mut zusammennehmen, um bei seinem Entschluss zu bleiben und sie nicht ins Haus gehen zu lassen. Er gab ihren Arm frei, stellte sich ihr aber gleichzeitig in den Weg und lächelte, als sie ihn fragend ansah.
»Entschuldige, dass ich dich aufhalte, aber ich muss kurz mit dir sprechen, Luise. Ich weiß, du möchtest zu deiner Tochter und den Kindern, aber das, was ich zu sagen habe, ist sehr wichtig.«
Luise blieb stumm, sie wirkte nervös, während sie mit den granat- und aquarmarinbesetzten Ringen an ihren Fingern spielte. Ihre Hand zitterte. Vielleicht ahnte sie, dass er ihr etwas Unangenehmes zu sagen hatte. Nicht auszuschließen, dass sie sich an das unselige Gespräch erinnerte, das sie am Tag ihrer Abreise miteinander geführt hatten. Tatsächlich errötete sie, bevor sie den Blick senkte. »Wenn es um diese alte Geschichte geht, über die wir neulich sprachen –«
Sie verstummte, sie musste ein wirklich schlechtes Gewissen haben, und das war ungewöhnlich für Luise. Nicolai hatte das Gefühl, dass der tiefe Respekt, den er früher einmal für

seine adelige und stets untadelige Schwiegermutter empfunden hatte, inzwischen auf ein normales Maß geschrumpft war. Früher hatte er sie ehrfurchtgebietend gefunden, sie war immer Herrin der Lage und niemals um Worte verlegen gewesen. Jetzt schien sie ihm verletzlich und müde, angeschlagen von der gerade erst überstandenen Operation.

Langsam schob er die Hände in die Taschen seines Jacketts. »Keine Sorge, es geht nicht um die Geschichte mit dem Doktor aus Westerland. Ich weiß, du bist müde von der Reise und möchtest dich ausruhen, aber ich habe eine Bitte an dich. Es ist wichtig, deshalb komme ich jetzt gleich damit zu dir. Es geht um Ingeborg und die beiden Jungen.«

Luises Augen wurden noch etwas größer. »Ist etwas mit ihnen? Sind sie etwa krank?«

Er schüttelte den Kopf. Sogar Luises Stimme wirkte dünner als früher, alles an ihr schien spröde und verletzlich. Sie erinnerte ihn an einen kranken Vogel ohne Federn, ein schutzloses Geschöpf, das Ruhe brauchte. Sobald die Sache hier draußen erledigt war, würde er sie schonen. Nicolai zog das Stück Papier aus der Tasche seines Anzugs, das er vorbereitet hatte. »Gesundheitlich ist mit uns alles in Ordnung. Nein, es geht um etwas anderes. Du weißt, dass Ingeborgs leiblicher Vater Jude war, oder?«

»Wie? Doch, sicher weiß ich das. Er war Richards bester Freund, ein charmanter Mann. Wie kommst gerade jetzt darauf?«

»Wir haben die Briefe gelesen, die du Ingeborg zum Abschied übergeben hast.«

»Ach so, ich verstehe. Aber das hat doch Zeit, oder? Wenn ihr dazu Fragen habt –«

»Ingeborg ist Halbjüdin, Luise. Du hast das die ganze Zeit über gewusst, nicht wahr?«

»Schon, aber was für eine Rolle spielt das? Wer fragt denn schon danach, welchen Glauben Ingeborgs leiblicher Vater hatte? Richard und ich haben sie adoptiert. Hier auf der Insel kennt kein Mensch ihre leiblichen Eltern.«

Luise drehte sich zu Thiess um, der sich der Koffer entledigt hatte und den Gartenweg hinunterkam. Sie wollte ihm anscheinend etwas sagen, aber Nicolai gab ihm einen Wink und bedeutete ihm weiterzugehen.

»Wir kommen gleich ins Haus, Thiess. Ich möchte einen Augenblick allein mit Luise sprechen, ja?«

Thiess schaute verwundert, aber er sagte nichts, während Nicolai Luise wieder beim Arm nahm und sie noch ein paar Schritte vom Haus wegführte. Er senkte die Stimme, als er sich zu ihr vorbeugte. »Hier auf der Insel kennt niemand Ingeborgs leibliche Eltern. Aber in ihrer Geburtsurkunde steht, wer ihr leiblicher Vater ist, und da liegt das Problem. Jeder, der Ingeborgs Papiere einsieht, weiß Bescheid.«

»Ich verstehe das alles nicht, Nico. Warum sollte denn irgendwer in Ingeborgs Papieren nachsehen wollen, wer ihr Vater war?«

»Dafür gibt es immer wieder einen Anlass. Ich habe vor kurzem versucht, Hannes in einem Internat auf dem Festland unterzubringen. Die Schule will ihn nehmen, allerdings nur, wenn wir den Nachweis führen, dass der Junge arischer Abstammung ist. Wir sollen seine Geburtsurkunde vorlegen – und unsere gleich mit dazu. Begreifst du jetzt, worum es geht?«

Luise hatte den Kopf gesenkt, ihre Finger spielten wieder mit den Ringen ihrer rechten Hand. »Und wenn schon, dann schickt ihr Hannes eben auf eine andere Schule. Es gibt doch nicht nur ein Internat auf der Welt. Entschuldige, ich finde es gut, dass du dich so sehr um deinen Sohn kümmerst, aber was habe ich damit zu tun? Ich bin wirklich müde, mein Junge. Können wir nicht ein anderes Mal über die Sache reden?«

»Nein, bedaure, die Geschichte eilt. Natürlich gibt es auch noch andere Schulen. Es geht mir nicht um gerade dieses Internat, es geht mir um die Zukunft unserer Söhne. Wir müssen den Eintrag in Ingeborgs Geburtsurkunde ändern, sonst wird den Jungen der Großvater früher oder später zum Verhängnis. Diese Regierung hasst die Juden, Luise. Du brauchst dir nur eine Rede von Joseph Goebbels anzuhören, um zu wissen, was in diesem Land los ist. Wir können uns nicht blind und taub stellen und die Jungen ihrem Schicksal überlassen. Ich brauche deine Hilfe. Ich möchte, dass du deine Unterschrift unter ein Blatt Papier setzt, das ich vorbereitet habe.«

»So? Und was ist das?«

Luise nahm ihm das Stück Papier aus den Händen, das er ihr hinhielt. Während sie es überflog, wurde ihr eben noch blasses Gesicht von einer tiefen Röte überflutet. Sie schluckte, dann schnappte sie nach Luft und sah dabei wirklich aus wie der berühmte Fisch auf dem Trockenen. Sie war unübersehbar empört.

»Nein, mein Junge, das ist nicht dein Ernst. Das soll ich unterschreiben? Niemals. Unter so eine Lüge setze ich meinen Namen nicht. Darauf kannst du lange warten.«

»Ich verlange viel von dir, das weiß ich, aber es geht um deine Enkel. Den Jungen ist die Zukunft verbaut, wenn sie mit dem Makel eines jüdischen Großvaters leben müssen. Du bist die Einzige, die ihnen helfen kann.«

»Indem ich behaupte, mein Mann hätte zu Lebzeiten eine Beziehung mit der Frau seines besten Freundes gehabt und Ingeborg sei die Frucht dieser Beziehung? Nein, mein Junge, das ist absurd, es geht zu weit. Niemand würde solchen Unfug glauben. Richard hatte viele Fehler, aber so etwas hätte er mir nicht angetan. Diese Lüge ist demütigend, da mache ich nicht mit.«

Er sah die Tränen in ihren Augen glitzern und wusste, dass seine Bitte ihr zu Herzen ging, aber er brauchte ihre Unterschrift um jeden Preis. Vorsichtig reichte er ihr ein Taschentuch, das sie schließlich widerstrebend annahm. Nicolai legte einen Arm um die Schultern seiner Schwiegermutter.

»Richard ist seit vielen Jahren tot, Luise.«
»Aber ich lebe noch. Ich habe eine Menge ertragen in meiner ersten Ehe, aber das geht zu weit. Es stimmt einfach nicht, was da steht. Es ist eine Lüge.«
»Es ist die einzige Lüge, die uns retten kann. Wenn du bestätigst, dass Ingeborg Richards leibliche Tochter war, dann kann ich den Eintrag in ihrer Geburtsurkunde ändern lassen. Sie und ihre Söhne wären mit einem Federstrich Arier. Hannes und Stefan dürften auf jede Schule gehen und studieren, sie können Ärzte, Lehrer oder Richter werden. Niemand wird sie aufgrund ihrer Abstammung daran hindern können. Es hängt von dir ab, was aus den Jungen wird.«
»Du übertreibst, Nicolai. Du tust gerade so, als hätten es die Nazis auf euch abgesehen. Diese Leute sind ungehobelt, aber sie haben auch noch etwas anderes zu tun, als nur deine Familie zu terrorisieren. In Wirklichkeit empfindest du Ingeborgs Abstammung als Makel, davon willst du dich reinwaschen. Ihr leiblicher Vater war ein feiner Mensch, ein Mann mit Charakter. Es spielt ja wohl keine Rolle, an welchen Gott er geglaubt hat, oder?«
Ihre Stimme vibrierte noch, während sie sich erneut mit dem Taschentuch über die Augen strich. Es tat ihm weh, Luise leiden zu sehen, aber er war entschlossen, nicht nachzugeben.
»In den Augen der Nazis spielt das sogar eine große Rolle. Wie gesagt, sie hassen die Juden. Noch bin ich da, um meine Familie zu schützen, aber ich muss an die Zeit denken, die danach kommt. Ich bin Arier, aber Ingeborg ist Halbjüdin. Falls die politische Situation sich verschärft, könnte es schwierig werden. Ingeborg ist deine Adoptivtochter, meine Söhne sind deine Enkel. Also denk noch einmal in Ruhe über das nach, was ich dir gesagt habe. Deine Unterschrift würde uns weiterhelfen.«
Vorsichtig legte Nicolai eine Hand auf die seiner Schwiegermutter, aber sie entzog ihm ihren Arm, ohne ihn anzusehen.

»Ich denke, ich habe noch etwas bei dir gut, nicht wahr?«
Sie riss die Augen auf und starrte ihn an. »Wie meinst du das?«
»Es hat meiner Ehe nicht unbedingt gut getan, auf diese Weise von der Sache mit Ingeborg und Johannes Lehmann zu erfahren. Ich weiß, du hast die Geschichte nicht ausgeplaudert, um mir wehzutun, aber ich habe dieses Papier auch nicht geschrieben, um dich zu kränken. Tu mir den Gefallen und bring mein Familienleben wieder ins Lot, so wie du es vorher durcheinander gebracht hast. Betrachte es als kleinen Ausgleich für die Schwierigkeiten, die wir in letzter Zeit hatten. Muss ich noch mehr sagen?«
Nicolai faltete das von ihm vorbereitete Stück Papier in seinen Händen und schob es in die Jackentasche seiner Schwiegermutter, die sich nicht dagegen wehrte. Sie stand nur da und schaute ihn an.
»Also – lass mich wissen, wie du dich entschieden hast.«
Er wartete noch einen Moment, aber Luise blieb stumm. Er hätte einiges darum gegeben, in diesem Moment ihre Gedanken lesen zu können. Sie drehte sich um und ging. Natürlich wusste er, dass er sich moralisch nicht einwandfrei verhalten hatte. Die eigene Schwiegermutter zu erpressen, war ganz gewiss keine Heldentat – aber was sonst konnte er tun, um Ingeborg zu helfen? Er brauchte diese Unterschrift, es gab keinen anderen Weg. Für einen Moment schloss Nicolai die Augen und wünschte sich insgeheim ganz weit fort von hier.

Kapitel 18

»Es ist wirklich wunderschön.«
Nachdem sie den Raum einmal durchmessen hatte, machte Dorothee Beck auf dem Absatz kehrt und kam zurück an das Wohnzimmerfenster, von dem aus der Blick hinaus in den Garten ging. Ein Meer aus blühenden roten und gelben Rosen umgab die Terrasse der Gründerzeitvilla, deren rückwärtige Front nach Westen ausgerichtet war. Jetzt, am späten Vormittag, lag der Garten erst teilweise im Sonnenschein, doch in ein paar Stunden würde der alte Bestand an Sträuchern und Stauden erfüllt sein vom Sonnenlicht. Ein Meer aus Farben, getaucht in den Glanz eines prachtvollen Sommers.
Lächelnd drehte Ingeborg sich zu Dorothee Beck um. »Ja, es ist ein wunderbares Haus mit einem herrlichen alten Garten. Es gibt nicht viele Häuser in der Stadt mit so einer Atmosphäre.«
»Stimmt. Was soll es denn kosten, alles in allem, wissen Sie das?«
Behutsam legte Dorothee Beck ihre Sommerjacke aus hellem Leinen über den Arm. Sie sah aus wie eine Ausflüglerin, ganz wie eine junge, unternehmungslustige Frau wirken musste an ihrem freien Tag – dabei würden sie heute bestimmt keinen Ausflug machen, wohin auch immer.
»Kennen Sie den Kaufpreis der Villa?« Dorothee Beck drehte sich einmal um sich selbst und deutete dabei in den leeren Raum. Mit einer Handbewegung umfasste sie die Stuckdecken und das Parkett, den Kamin und die großen, dreiteiligen Fenster, die den Blick auf den Garten freigaben.
»Hunderttausend Reichsmark soll das Haus kosten, hat mir der Makler gesagt. Die erste Hälfte sofort, der Rest nach der Umschreibung des Grundbuchs.«
»Hunderttausend? Donnerwetter. Das ist ein stolzer Preis.«

Dorothee Beck hob anerkennend die Augenbrauen.
»Sicher, aber es ist nicht zu viel, denke ich. Haus und Grundstück sind es wert. Wenn ich das Geld hätte, würde ich kaufen. Es ist eine solide Investition – und Elli Löwenstein hat das Geld nötig, gerade jetzt.«
Ingeborg wandte sich wieder dem Fenster zu und hoffte, das Thema damit erledigt zu haben. Sie verspürte keine große Neigung, heute über Geldangelegenheiten zu sprechen, deshalb war sie nicht hier, aber Dorothee Beck schien so gefangen von der Ausstrahlung dieses Hauses, dass sie noch immer auf Erklärungen zu warten schien.
»Der Ehemann der jetzigen Eigentümerin ist gestorben, nicht wahr?« Dorothee stützte beide Hände auf die Fensterbank und verharrte in dieser Haltung, während sie ein Rotkehlchen beobachtete, das sich draußen in den Zweigen eines Apfelbaums niedergelassen hatte. Sein Lied war selbst durch die geschlossenen Fenster zu hören. Der Vogel jubilierte, bis er plötzlich aufgeschreckt seinen Platz im Baum verließ und davonflog.
»Ja, der bisherige Eigentümer ist vor kurzem gestorben. Seine Witwe will Deutschland verlassen. Man kann es ihr nicht verdenken, oder?«
»Nein. Als allein stehende Witwe eines jüdischen Fabrikanten, der sich zum Zionismus bekannte, würde ich auch nicht in Deutschland bleiben.«
»Elli Löwenstein war Tänzerin, wussten Sie das? Während ihrer großen Zeit hatte sie Engagements überall in Europa. Ich glaube, sie will in die Schweiz übersiedeln und zukünftig bei ihrem Sohn leben, der Makler erzählte so etwas. Womit wir beim Grund unserer Anwesenheit wären, nämlich bei denjenigen, die dieses wunderbare Land verlassen wollen. Wo bleibt Magda?«
Ingeborg ging zur Tür des Südzimmers und spähte in den Hausflur, aber der war leer. Keine Spur von Magda Brode.

Hatte sie die Verabredung vergessen? Eigentlich konnte Ingeborg sich das kaum vorstellen. Sie hatte das Treffen in der Villa unter dem Vorwand arrangiert, sich für das Haus zu interessieren. Auch der ausgekochteste Nazi hätte nicht vermutet, dass unter diesem Dach die ausreisewillige Liebste eines flüchtigen Sozialdemokraten und die Frau eines in einem Arbeitslager einsitzenden Häftlings einander begegnen sollten, um über eine Fluchthilfe zu diskutieren.

Ingeborg seufzte. »Magda verspätet sich, das ist sonst gar nicht ihre Art.«

Dorothee warf einen kurzen Blick auf ihre Armbanduhr und zuckte dann mit den Schultern. »Vielleicht hat sie es sich anders überlegt.«

»Das glaube ich nicht. Ich kenne Magda seit langem, sie ist zuverlässig. Vielleicht ist sie aufgehalten worden.«

In diesem Moment öffnete sich mit einem leisen Knarren die Haustür. Schritte hallten über die Fliesen im Flur, gleich darauf tauchte Magda Brode im Türrahmen auf. Sie wirkte ausgesprochen blass und nervös. In einem dunklen Kostüm mit weißer Bluse wartete sie auf der Türschwelle darauf, hereingebeten zu werden. Ingeborg ging ihr mit ausgestreckten Händen entgegen, um ihr die Scheu vor dieser Begegnung zu nehmen, aber ihrem Gesichtsausdruck nach zu urteilen, war sie dennoch skeptisch.

»Magda! Da bist du ja endlich – ich dachte schon, dir wäre etwas dazwischengekommen.«

Ingeborg drückte der Frau des Hufschmieds die Hand, aber Magda beachtete sie gar nicht, ihr forschender Blick war auf Dorothee Beck gerichtet. Die Ärztin stellte sich der Musterung, ohne mit der Wimper zu zucken, kein Wunder, sie musste den Vergleich mit Magda nicht scheuen. Im Gegensatz zu der übermüdet und erschöpft aussehenden Ehefrau des Hufschmieds wirkte sie ausgeruht und selbstsicher. Obwohl zunächst keine der beiden Frauen ein Wort sagte, hatte Inge-

borg sofort den Eindruck, als bestünde zwischen den beiden eine Rivalität, wie sie nur zwischen Frauen existierte, die einander zutiefst feindlich gesinnt waren. Für den Bruchteil einer Sekunde dachte sie daran, ihr Vorhaben aufzugeben und das Experiment als gescheitert anzusehen. Wie sollten die beiden schließlich die gefährliche Reise nach Dänemark antreten, wenn sie sich schon bei ihrer ersten Begegnung nicht mochten? Ingeborg wartete noch einen Augenblick, aber nichts geschah – das eisige Schweigen füllte den Raum, während die Kontrahentinnen sich mit Blicken maßen. Ingeborg runzelte die Stirn, denn das Ganze gefiel ihr nicht, aber vielleicht würden die beiden mit ein wenig Unterstützung doch einen Weg zueinander finden? Sie hatte nichts weiter versprochen, als Dorothee und Magda miteinander bekannt zu machen, im Übrigen war sie nicht für den Erfolg dieses Treffens verantwortlich. Magda hatte sich bereit erklärt, Dorothee Beck kennen zu lernen – dazu bekam sie jetzt die Gelegenheit, gleichgültig, ob ihr das Ergebnis gefiel oder nicht.
Ingeborg winkte Dorothee Beck näher zu sich heran. »Also, darf ich vorstellen? Magda, das ist Fräulein Doktor Beck. Fräulein Doktor Beck, dies ist Magda Brode.«
Die Ärztin kam tatsächlich ein Stück näher und blieb vor Magda stehen, die allerdings keine Anstalten machte, ihr die Hand zu reichen.
»Und was hast du deiner neuen Freundin über mich erzählt, wenn ich fragen darf?«
Der Unterton in Magdas Stimme klang hart, beinahe schneidend – eine unausgesprochene Warnung lag darin, obwohl Ingeborg nicht begriff, wovor sie sich in Acht nehmen sollte. Alles, was sie Dorothee Beck erzählt hatte, war im Dorf bekannt: Dass die Nazis Tom Brode wegen seiner politischen Einstellung verhaftet und in ein Arbeitslager gesteckt hatten, war in Kampen kein Geheimnis mehr. Und jeder, der es

wusste, konnte sich auch denken, dass seine Frau in Schwierigkeiten war.
Ingeborg suchte Magdas Blick. »Ich habe Fräulein Doktor Beck erzählt, was ohnehin schon alle wissen: dass du ohne deinen Ehemann zurechtkommen musst und deshalb Geld brauchst. Ich habe ihr auch gesagt, dass du eventuell bereit sein könntest, sie gegen Bezahlung nach Dänemark zu begleiten. So war es doch abgesprochen, oder nicht?«
»Gut, verplempern wir unsere Zeit nicht mit dummem Geschwätz, kommen wir zur Sache. Wie viel zahlen Sie, wenn ich Sie über die Grenze und zu den entscheidenden Leuten bringe?« Magda griff in ihre Handtasche und holte ein Päckchen Zigaretten heraus, von denen sie sich eine anzündete. Irritiert folgte Ingeborg jeder ihrer Bewegungen – sie hatte die Frau noch niemals rauchen sehen, aber das war es nicht, was sie störte. Warum war sie so unhöflich und so schroff? Woran störte sie sich? An der Situation als solcher vermutlich, an der Tatsache, dass sie darauf angewiesen war, mit nicht ganz lauteren Mitteln Geld zu verdienen. Und wessen Schuld war es, dass es sich so verhielt?
»Wie viel verlangen Sie denn?« Dorothee Beck verschränkte die Arme vor dem Oberkörper, auch ihr Gesicht wirkte jetzt abweisend.
»Tausend. Fünfhundert sofort und den Rest, wenn wir drüben sind.« Magda blies den blauweißen Rauch ihrer Zigarette in die Luft und schnippte dann mit dem Finger die Asche auf den Parkettfußboden. Kleine Rauchschwaden kräuselten sich zur Zimmerdecke hinauf. Ein paar Minuten vergingen, doch Ingeborg schwieg. Sie suchte in Dorothee Becks Gesicht nach einer Reaktion, aber die verzog keine Miene. Tausend Reichsmark, das war sehr viel Geld.
»Und wohin bringen Sie mich für diese stattliche Summe, wenn ich fragen darf?« Dorothee Beck kniff die Augen zusammen und wartete. Ihrem Gesichtsausdruck nach zu urteilen,

schien ihr nicht ganz wohl bei diesem Gespräch, zumindest konnte sie kaum Vertrauen zu der Frau fassen, die Ingeborg ausgesucht hatte.
»Das kann ich Ihnen noch nicht verraten. Aber Sie dürfen sicher sein, dass ich die Verbindung zu Mittelsmännern einer sozialdemokratischen Exil-Organisation herstellen werde, das ist mein Part. Also, was ist? Sind Sie interessiert, oder verschwende ich bloß meine Zeit mit Ihnen?«
Magda Brode stieß mit der Fingerspitze gegen ihre Zigarette, worauf ein neuer Regen aus glühender Asche auf das Parkett niederging.
»Magda, bitte, lass das sein. Das Haus gehört uns nicht, wir sind hier nur zu Gast.«
Ingeborg bückte sich und ließ den Finger über den Fußboden gleiten, aber das Parkett schien intakt, noch zeigte es keine Spuren der lieblosen Behandlung.
Magda lachte. »Ich dachte, du willst das Haus deinem Hotelimperium einverleiben, Herzchen? Schlag zu, so viele Schnäppchen aus jüdischem Besitz gibt es nicht oft. Wenn die Nazis erst einmal alle Juden von der Insel gejagt haben, musst du wieder reguläre Grundstückspreise zahlen. Eine Villa Boysen kann dich dann leicht das Doppelte kosten, zumal in so einer Lage.«
Himmel, was war nur los mit dieser Frau? Ingeborg schüttelte den Kopf, sie hatte genug von dieser Vorstellung. Warum reagierte Magda derart aggressiv?
»Was redest du denn da? Glaubst du, ich will mich an dem Unglück der Juden bereichern? Du hast keine Ahnung, meine Liebe. Wenn ich genug Geld hätte, um dieses Haus zu kaufen, würde ich es tun, aber nicht, um eine Jüdin übers Ohr zu hauen, sondern um ihr zu helfen. Leider bin ich von einem Hotelimperium so weit entfernt wie ein Elefant im Zoo vom afrikanischen Dschungel. Ich habe dieses Haus gewählt, weil es mir als Treffpunkt geeignet schien.«

Ingeborg ging zur Tür. »Aber wenn du nicht willst, dass wir miteinander reden, können wir die Sache auch beenden. Ich weiß nicht, was mit dir los ist, aber ich bin nicht gekommen, um mich angiften zu lassen. Was ist, wollen wir gehen?«
Sie stieß die Tür auf, aber keine der beiden anderen Frauen machte Anstalten, ihr zu folgen. Magda Brode hatte den Kopf gesenkt und sah zu Boden. Einen Moment lang war es vollkommen still, dann begann sie leise zu schluchzen. Ihr schmaler Körper zuckte, ohne Zweifel, sie weinte. »Tom wird der Prozess gemacht. In zwei Wochen geht es los. Vorbereitung von Hochverrat – mein Tom und Hochverrat, das ist doch Blödsinn.«
Magdas Hände zitterten, ihr ganzer Körper bebte, und dann schlug sie die Hände vor das Gesicht. Ingeborg sah, wie ihre Tränen zu Boden fielen, wo sie als glänzende Tropfen auf dem hellen Holz liegen blieben.
»Ich brauche einen Anwalt für Tom. Tausend Reichsmark werden wahrscheinlich noch nicht einmal ausreichen, um ihn zu bezahlen.«
Magdas Stimme bebte, dann verstummte sie plötzlich. Ingeborg ging zu ihr und legte ihr einen Arm um die Schulter. Behutsam drückte sie die weinende Frau an sich.
»Weißt du schon jemanden? Einen Anwalt, meine ich?«
»Nein. Ich werde nach Hamburg oder Flensburg fahren müssen, um einen zu finden. Hier auf dem Land macht das keiner.«
Einen Augenblick passierte nichts, dann kam Dorothee Beck näher. Magda rührte sich nicht, sie starrte weiter schweigend auf den Parkettfußboden zu ihren Füßen. Dorothee nahm ihre Hand.
»Also gut, ich akzeptiere den Preis. Tausend Reichsmark, abgemacht. Ich habe etwas gespart, ich bekomme das Geld zusammen – aber ich möchte, dass wir so bald wie möglich aufbrechen.«

Wieder blieb es eine Weile still im Raum, so still, dass sie von draußen den Gesang der Vögel hören konnten. Magda bewegte sich nicht, sie zeigte keine Reaktion. Die Geschichte mit dem Prozess musste ihr schwer zu schaffen machen, das war verständlich – aber wie sollte es weitergehen? Hatte sie zugehört? War sie einverstanden mit Dorothees Vorschlag?
Ingeborg beugte sich zu ihr hinunter. »Alles in Ordnung, Magda?«
»Sicher.«
Mühsam richtete sie den Oberkörper auf, mit einer Hand strich sie sich über das von Tränen verschmierte Gesicht und warf dann Dorothee Beck einen Blick zu. »Bringen Sie mir die erste Hälfte des Geldes heute nach Einbruch der Dunkelheit in der Schmiede vorbei. Dann erfahren Sie alles Übrige.«
»Einverstanden, ich werde dort sein.«
Ohne ein weiteres Wort drehte Magda Brode sich um und ging zur Tür. Schweigend schaute Ingeborg ihr hinterher. Sie war ein bisschen verstört über den Verlauf des Gesprächs, aber sie konnte nachempfinden, wie Magda sich fühlte. Auch wenn Nico nicht unter den Nazis hatte einsitzen müssen, wusste sie doch, was für ein Gefühl es war, einen Ehemann zu haben, der im Gefängnis auf ein Urteil wartete. Würde Magda unter dieser Belastung einen klaren Kopf behalten, wenn es darum ging, die dänische Grenze zu passieren? Konnte sie Dorothee Beck sicher an ihren Bestimmungsort bringen?
Ingeborg drehte sich zu Dorothee um und sah ihr ins Gesicht. Sie immerhin schien kein bisschen ängstlich zu sein, im Gegenteil, sie lächelte. Vermutlich dachte sie an das Wiedersehen mit ihrem Andreas, wann und wo auch immer es stattfinden mochte – wenn es denn stattfinden würde. War es richtig, was sie hier taten?

Dieses Gefühl, auf glühenden Kohlen zu sitzen, war ihm vertraut, aber daran gewöhnt hatte er sich dennoch nicht. Auf dem Weg hierher war er noch die Ruhe selbst gewesen, aber jetzt forderte die Situation ihren Tribut. Seine Hände waren feucht, sein Herz klopfte viel zu heftig in seiner Brust. Nicolai schloss für einen Moment die Augen. Er war ausgesprochen nervös, es fiel ihm schwer, noch länger zu warten. Als er die Augen wieder aufschlug, fiel sein erster Blick ausgerechnet auf das Porträt des Führers an der Wand. Das Foto über dem Schreibtisch starrte ihn schon die ganze Zeit über an, als könne der stechende Blick des Reichskanzlers den Betrug verhindern, den Nicolai so sorgfältig geplant hatte. Die gerahmte Schwarzweißfotografie in der Amtsstube, in der er jetzt schon seit einer halben Stunde wartete, schien ihn nicht einen Moment aus den Augen zu lassen. Ansonsten hatte offenbar niemand in dieser Behörde Interesse an ihm. Der für ihn zuständige Amtswalter ließ ihn warten, ohne dass er einschätzen konnte, ob das Absicht oder Zufall war. Noch einmal tastete Nicolai nach dem Stück Papier in der Tasche seines Jacketts. Das Schriftstück war da, sein Knistern verriet, dass er es nicht verloren hatte.

Von draußen kamen jetzt Stimmen, eine Tür wurde zugeworfen, aber nachdem er sich schon erwartungsvoll in seinem Stuhl aufgerichtet hatte, trat wieder Stille ein. Seine Ungeduld wuchs von Augenblick zu Augenblick. Schließlich hatte er einen halben Tag gebraucht, um hierher zu kommen. Nicolai hatte sich vorgenommen, den Nachmittagszug zu erreichen, um am Abend zu Hause zu sein. Auf dem Landratsamt wussten sie, dass er eine längere Anreise hinter sich hatte, er hatte sich eigens angemeldet und im Gespräch seinen Heimatort erwähnt. Warum kam dennoch niemand, um mit ihm zu reden?

Nicolai wollte aufstehen und sich im Nebenzimmer erkundigen, was los war, als plötzlich die Tür aufflog. Ein untersetzter Herr erschien auf der Türschwelle und musterte ihn über den Rand seiner Nickelbrille hinweg. Einen Stoß Akten unter dem Arm, kam er zum Schreibtisch und richtete sich umständlich ein, während Nicolai noch immer darauf wartete, von dem Mann begrüßt zu werden. Sein Parteiabzeichen glänzte am Revers, immerhin wusste Nicolai damit, woran er war.

»Sie sind Herr Boysen?«

Die Frage kam unvermittelt, aber Nicolai neigte sofort lächelnd den Kopf. Jede Form von Höflichkeit schien ihm absolut notwendig in diesem Fall, jedenfalls so lange, bis er wusste, wie seine Chancen bei seinem Gegenüber standen.

»Ich bin Nicolai Boysen, das ist richtig.«

Der Mensch mit der Nickelbrille betrachtete das giftgrüne Deckblatt seiner Akte, als sähe er es zum ersten Mal. Behutsam schlug er den Aktendeckel auf und studierte die erste Seite dahinter mit einer Mischung aus Ehrfurcht und Erstaunen. Anscheinend hatte er es nicht nötig, sich vorzustellen, sein Name stand ja an der Tür, und außerdem besaß der Mann Hausrecht im verstaubten, muffeligen Plöner Landratsamt. Merkwürdig, hier zu sein, in derselben Behörde, der Ingeborgs Adoptivvater vor vielen Jahren vorgestanden hatte.

»Sie kommen in einer standesamtlichen Angelegenheit Ihrer Ehefrau, nicht wahr? So haben Sie es mir am Telefon gesagt. Ihre Frau ist nicht gekommen?«

»Leider nein, sie ist krank und lässt sich entschuldigen. Sie hat mir eine Vollmacht ausgestellt –« Nicolai griff in die Tasche seines Jacketts, doch der Beamte winkte ab, er schien auf Formalien verzichten zu wollen.

»Schon gut, lassen Sie nur. Ich habe mir den Vorgang natürlich vorab angesehen, Herr Boysen. Ihre Ehefrau ist die Adoptivtochter der Familie von Lassen und mit Ihnen in erster Ehe seit 1914 verheiratet. Aus der Ehe stammen zwei Kinder, Hannes und Stefan.«

»Richtig. Mein verstorbener Schwiegervater stand dem Landkreis Plön vor dem Krieg als Landrat vor. Vielleicht erinnern

Sie sich an ihn?« Nicolai beugte sich vor, um dem Beamten ins Gesicht sehen zu können, schließlich interessierte ihn die Reaktion des Mannes. Er selbst hatte Richard von Lassen kaum gekannt, aber er wusste von Ingeborg, dass er ein Vorgesetzter mit eisernen Prinzipien gewesen war. Falls gerade dieser Standesbeamte und jetzige Parteigenosse schlechte Erfahrungen mit Richard von Lassen gemacht hatte, würde das die Aufgabe erschweren, die vor ihm lag. Der Mann mit der Nickelbrille schwieg beharrlich, er schien vollkommen in das Studium der Akte vertieft, die er vor sich hatte. So würde er nicht weiterkommen, das war Nicolai bewusst. Mit einer Hand zog er ein versilbertes Etui aus der Innentasche seines Jacketts und klappte es auf. Sachte schob er es über den Schreibtisch. Er hatte sich eigens bei der Vorzimmerdame des Herrn Standesbeamten erkundigt und erfahren, dass der Nazi ihm gegenüber, der mit Nachnamen Böhme hieß, Zigarillos bevorzugte. Nicolai hatte sich die Mühe gemacht, die Dinger nur für diesen Anlass zu beschaffen.
»Bitte, bedienen Sie sich.«
Nicolai lächelte, während Böhmes irritierter Blick ihn streifte. Was ging vor in dem Beamtenhirn, warum sagte der Mann nichts? Böhmes Gesichtsausdruck nach zu urteilen, sah er soeben die ersten Zigarillos seines Lebens, dabei hatte die Sekretärin Nicolai versichert, er sei ein starker Raucher. Nicolai konnte sich nicht vorstellen, dass die Frau am Telefon gelogen hatte, denn der Geruch, der aus den Vorhängen kroch, war eindeutig. Es roch auch nach Staub und Bohnerwachs, aber der Tabakdunst überdeckte alle anderen Gerüche.
Böhme faltete die Hände und legte sie auf den Tisch, ohne sich bei den Zigarillos bedient zu haben. »Sie sagten mir in unserem Telefonat, dass Sie bei uns die Geburtsurkunde Ihrer Frau berichtigen lassen möchten, nicht wahr?«
Der Beamte ließ sich gegen die Rückenlehne seines Stuhls sinken, weiterhin ohne die Zigarillos eines Blickes zu würdi-

gen. Machte er auf unbestechlichen Vollstrecker des Reiches? Spielte er Hitlers besten Gesetzeshüter in der Provinz, oder gab er den Koloss von Plön?

Nicolai war verunsichert, seinem Gefühl nach liefen die Dinge nicht, wie sie sollten – aber er wollte sich nicht unterkriegen lassen, also lächelte er unverdrossen.

»Ich möchte die Geburtsurkunde meiner Frau berichtigen lassen, das stimmt. Sie enthält einen Fehler – oder sagen wir besser: eine Unrichtigkeit.«

»Und was für ein Fehler soll das sein?«

Mit undurchdringlicher Miene faltete Böhme erneut die Hände, diesmal vor dem kleinen, kugeligen Bauchansatz unter seiner Weste. Seine Augen funkelten wachsam hinter den runden Brillengläsern, der skeptisch verkniffene Zug um den fleischigen Mund ließ ihn penibel wirken. Wo war der schwache Punkt dieses Langweilers? In der Atmosphäre kühler Sachlichkeit, die ihn umgab, machte er einen selbstbewussten und unangreifbaren Eindruck. Es musste doch etwas geben, womit man ihn aus der Reserve locken konnte? Nicolai zögerte mit der ausstehenden Antwort, einen Moment lang schien ihm seine eigene Mission völlig aussichtslos. Hatte er sich den Falschen für sein Anliegen ausgesucht? Sollte er verlangen, dass man ihn zum amtierenden Landrat brachte? Das würde Böhme allerdings sicher verärgern, also blieb er sitzen und lächelte gegen das zunehmende Unbehagen an, das er empfand.

»Es hat sich ein Fehler in die Urkunde eingeschlichen – nicht von Seiten der Behörde, damit wir uns nicht missverstehen.«

»Sondern? Um wessen Fehler geht es dann?«

Zum ersten Mal schien sich die Miene des Beamten zu entspannen.

»In der Geburtsurkunde wird meine Frau als Adoptivtochter des Ehepaares von Lassen geführt. Es gab auch tatsächlich seinerzeit eine Adoption durch die Familie von Lassen, aber schon davor bestand zwischen meiner Frau und dem verstorbenen Herrn Landrat eine verwandtschaftliche Bindung.«

»So?«

»Ja. Meine Frau ist die uneheliche Tochter von Richard von Lassen.«

»Was Sie nicht sagen. Das ist mir aber neu.«

In Böhmes Gesicht zuckte es. Entweder er war ernsthaft überrascht, oder aber er glaubte kein Wort. Wie auch immer, jetzt gab es kein Zurück mehr, jetzt konnte Nicolai es nur noch drauf ankommen lassen. Langsam zog er das Blatt Papier aus seiner Tasche, an dessen Inhalt er so lange gefeilt hatte. Vor der Unterschrift, die in Sütterlin auf dem unteren Rand des Blattes tanzte, hatte es Tränen gegeben, viele Tränen. Trotzdem hatte er Luise die Unterschrift abgebettelt, und nun lag das Blatt Papier hier auf dem Tisch, den forschenden Blicken des Standesbeamten ausgeliefert, der es betrachtete wie ein exotisches Mitbringsel aus einem fernen Land.

»Doch, so ist es. Mein Schwiegervater war Vater einer unehelichen Tochter. Die Familie wusste davon, aber man hat geschwiegen, weil es seinem Ruf als Landrat geschadet hätte, wenn die Sache bekannt geworden wäre. Mittlerweile ist mein Schwiegervater verstorben, und ich möchte die Dinge richtig stellen. Ich habe Ihnen eine eidesstattliche Versicherung meiner Schwiegermutter mitgebracht, in der sie bestätigt, dass meine Frau aus einer außerehelichen Beziehung meines verstorbenen Schwiegervaters zu einer anderen Frau stammt. In den Unterlagen werden die Eheleute Sörensen als die leiblichen Eltern meiner Frau bezeichnet, tatsächlich ist aber meine Frau die uneheliche Tochter von Frau Sörensen und Richard von Lassen. Eine Affäre, Sie verstehen? Man wollte einen Skandal vermeiden, deshalb hat meine Schwiegermutter sich mit der Annahme an Kindes Statt einverstanden erklärt, zumal sie selbst keine Kinder hatte. Außerdem ist die leibliche Mutter kurz nach der Geburt verstorben. Es passte also alles zusammen.«

»Finden Sie? Ich finde, es klingt kompliziert.«

»Ist es nicht, Herr Böhme. Meine Frau ist die Frucht eines Seitensprungs, das ist alles. Richard von Lassen hat seine Frau mit der Frau seines besten Freundes betrogen. Es wurde vertuscht, und jetzt möchte ich, dass es richtig gestellt wird.«

»Wozu denn? Macht Ihre Frau Erbansprüche geltend?«

»Nein. Mein Schwiegervater hat nichts hinterlassen. Das Gut der Familie wurde zwangsversteigert, sonst gab es im Nachlass meines Schwiegervaters nichts von Wert.«

»Nun, dann verstehe ich nicht, worum es geht. Wenn Ihre Frau nicht erben will, wozu dann der Aufstand? Ihre Frau trägt den Namen ihres Erzeugers doch, wenn auch nur durch eine Adoption. Ihre Angetraute ist auf dem Papier eine von Lassen – also, was will sie mehr?«

»Es ist eine Frage der Ehre, Herr Böhme.«

»Aha.«

Langsam, beinahe liebevoll tätschelte Böhme sein glatt rasiertes Kinn, doch sein Gesichtsausdruck ließ erkennen, dass er noch immer ahnungslos war. Mit Sicherheit hatte er nicht begriffen, worum es ging. Mit gekrauster Stirn beugte er sich noch einmal über die aufgeschlagene Akte, als könne er durch das erneute Studium der alten, verblichenen Papiere Antworten auf seine Fragen bekommen.

»Ich habe mir den Vorgang im Vorwege natürlich angesehen. Laut Standesamtregister ist der leibliche Vater Ihrer Ehefrau ein gewisser Jakob Sörensen. Jakob – das war sein Vorname, nicht wahr?«

»Richtig.«

»War dieser Mann jüdischer Abstammung?«

»Ja.«

»Nun, dann – ich verstehe.«

Endlich verstand Böhme scheinbar wirklich, denn er nickte.

Dann kniff er für einen Moment die Augen zusammen, als müsse er eingehend über das Problem nachdenken, das sich vor ihm auftat. Offensichtlich hatte er den wunden Punkt in Ingeborgs Stammbaum erfasst. Als Parteimitglied konnte er jetzt entweder den Empörten mimen und Nicolais Ansinnen zurückweisen, oder verständnisvoll tun und auf den angebotenen Handel eingehen. Nicolai schob noch einmal das Etui mit den Zigarillos über die Tischplatte, aber sein Gegenüber achtete nicht darauf. Es half alles nichts, er würde zu anderen Mitteln greifen müssen.

Langsam zog Nicolai das Parteibuch heraus, das am Abend zuvor durch einen glücklichen Zufall in seine Hände gelangt war. Er hatte nämlich Besuch von Karl Roloff gehabt, der mal wieder begeistert dem Birnenschnaps zugesprochen und darum nicht gemerkt hatte, wie ihm das Buch aus der Tasche seines Jacketts gerutscht war. Nicolai hatte das Heft mit dem unscheinbaren Einband erst gefunden, nachdem sein Gast sich endlich verabschiedet hatte, und er beschloss, es sich für einen Tag auszuleihen, bevor er es Roloff zurückgab. Er hatte die vage Idee, dass ihm das Dokument bei seiner Reise nach Plön vielleicht von Nutzen sein könnte.

Einen Moment hielt er das Parteibuch jetzt unschlüssig in den Händen, dann legte er es auf den Tisch und platzierte es so, dass Böhme die Eintrittsnummer darauf sehen musste. Es war die Nummer 42 im Gau Nordmark, die die erste Seite schmückte, eine der heiß begehrten niedrigen Eintrittsnummern. Die magische Ziffer gehörte zwar Roloff, aber das konnte Böhme nicht wissen. Der Inhaber dieser Mitgliedsnummer war eindeutig ein Kampfgefährte der ersten Stunde. Musste das nicht Eindruck schinden, gerade bei einem strammen Nazi, wie Böhme es war?

Ungeduldig wartete Nicolai auf eine Reaktion, bemüht darum, seine Nervosität nicht zu zeigen. Der Standesbeamte rührte sich nicht. Er konnte mit dem Heftchen tun, was immer er wollte, nur aufschlagen durfte er es nicht, denn dann flog der Schwindel auf – auf der ersten Seite stand Roloffs Name, aber Böhme schien das Heft nicht anfassen zu wollen. Er saß ganz still und schien nachzudenken, nichts geschah. Er wirkte geistesabwesend – interessierte er sich gar nicht für die von Nicolai so sorgsam zusammengetragenen Lügen auf seinem Schreibtisch? Was brauchte es noch, um dem Herrn Standesbeamten eine Reaktion abzunötigen?

Nicolai räusperte sich. »Sie können sich vorstellen, wie sehr diese Geschichte unsere Familie belastet, Herr Böhme. Ich habe einen jüdischen Großvater in meiner Ahnenreihe, obwohl er dort nicht hingehört. Für eine deutsche Familie ist das nicht ehrenhaft.«

Nicolai runzelte gespielt sorgenvoll die Stirn. »Ich habe mich in dieser prekären Angelegenheit auch schon vertraulich an den Parteigenossen Lohse gewandt. Er hat mir geraten, mich an Sie zu wenden.«

»Sie haben mit dem Herrn Oberpräsidenten in Schleswig deswegen verhandelt?«

»Ja, aber natürlich ohne eine Entscheidung in der Angelegenheit vorwegnehmen zu wollen. Zu entscheiden haben allein Sie. In Schleswig sagte man mir, Sie seien ein erfahrener Beamter, auf dessen Urteil ich vertrauen kann.«

»So, aha. Natürlich begreife ich Ihre Lage – und die Ihrer Frau.« Plötzlich kam Bewegung in Böhme, die Erwähnung des Oberpräsidenten, den Nicolai noch niemals zuvor gesehen hatte, schien endlich Eindruck zu schinden. Böhmes Gesicht rötete sich, während er aufgeregt auf seinem Stuhl herumrutschte. Offenbar glaubte er die Geschichte, die er von Nicolai gehört hatte. Aber was würde passieren, wenn er nachfasste und sich in Schleswig erkundigte? Nicolai konnte nur hoffen, mit der vorläufig letzten seiner Lügen nicht schon einen Schritt zu weit gegangen zu sein. Ein Anruf im Präsidium genügte, um den Schwindel auffliegen zu

lassen. Obwohl er das genau wusste, neigte er lächelnd den Kopf.
»Die Sache ist heikel, ich weiß. Die Familie von Lassen entstammt altem holsteinischen Adel. Der verstorbene Großvater meiner Frau war ein Vertrauter des Fürsten von Bismarck.«
»Das weiß ich. Ihr verstorbener Herr Schwiegervater wurde nicht müde, uns von der großen Zeit seines Vaters in Berlin zu erzählen.«
»Sie kannten Richard von Lassen?«
Mit einem selbstgefälligen Lächeln lehnte Böhme sich in seinem Stuhl zurück. Nicolai befühlte unterdessen den Geldschein in seiner Jackentasche. Sollte er den auf den Tisch legen, um eine Entscheidung herbeizuführen? Nein, besser nicht. Böhme sah nicht aus wie einer, der auf einen plumpen Bestechungsversuch dieser Art begeistert reagierte. Es stand zu viel auf dem Spiel, mit einer falschen Bemerkung konnte er alles zerstören. Viel mehr konnte er nicht tun, er konnte nur hoffen, dass der Standesbeamte sich nicht allzu kritisch mit seinem Ansinnen auseinander setzte. Schließlich tischte er ihm nichts als Lügen auf. Wäre Ingeborg tatsächlich die leibliche Tochter des ehemaligen Landrats von Lassen gewesen, so wäre sie auch seine Kusine ersten Grades und hätte ihn niemals heiraten dürfen.
Endlich beugte Böhme sich vor und suchte seinen Blick. »Ich kannte Richard von Lassen – und nicht nur ihn. Ich kannte auch seine Frau. Aber das ist lange her.«
»Meine Schwiegermutter lebt bei uns in Kampen, meine Frau und ich führen dort ein Hotel. Kennen Sie Sylt?«
Böhme schob seine Brille den Nasenrücken hinauf.
»Nein, leider nicht.«
»Es ist sehr schön dort. Selbst unser verehrter Ministerpräsident Hermann Göring weiß unsere Insel zu schätzen. Er erweist unserem Hotel übrigens demnächst für einen kurzen Erholungsaufenthalt die Ehre.«

»Tatsächlich?« In Böhmes Augen lag jetzt unübersehbar ein Funkeln. Der Mann war offenbar ein waschechter Nazi, einer von denen, die mit Inbrunst an die nationalsozialistische Sache glaubten. Wahrscheinlich glühte er vor Verehrung für Göring, Goebbels, Hitler und Konsorten – der Mann war zu packen, und Nicolai wusste spontan auch, wie er ihn packen konnte. Er würde alles auf eine Karte setzen, mochte der Himmel ihm beistehen.
»Meine Frau und ich würden uns freuen, wenn Sie unserem Haus gelegentlich einen Besuch abstatten würden, Herr Böhme. In zwei Wochen haben wir Herrn Göring zu Gast. Vielleicht ergibt sich die Gelegenheit, Sie dem Herrn Ministerpräsidenten vorzustellen. Herr Göring macht gern die Bekanntschaft verdienter Parteigenossen. Ich will nicht zu viel versprechen, aber wenn Sie es einrichten können, lässt sich vielleicht eine Begegnung arrangieren.«
»Meinen Sie? Der Herr Ministerpräsident würde mich empfangen?«
»Warum denn nicht?«
Böhme strahlte, ein Kranz aus Lachfältchen umgab seine schmalen Augen hinter den runden Brillengläsern. Endlich griff er nach einem Zigarillo in dem Etui und zündete es an. Kleine blaue Rauchwolken stiegen auf.
»Ich bin mir sicher, dass Sie ihn kennen lernen werden, Herr Böhme. Kommen Sie nach Kampen und betrachten Sie sich als Gast des Hauses. Wir würden uns freuen.«
Einen Augenblick blieb es still. Böhmes Blick wanderte zum Fenster hinüber. Nicolais Unruhe stieg. Was denn, nahm der Trottel die Einladung nun an oder nicht? Waren sie handelseinig? Würde er Ingeborgs Geburtsurkunde ändern und sie damit zu der Tochter des Mannes machen, in dessen Haus sie zwar aufgewachsen, von dem sie aber nicht gezeugt worden war?
Böhme schaute noch immer aus dem Fenster. Vermutlich ge-

noss er ganz einfach die Aussicht auf die Begegnung mit Hermann Göring, Hitlers Duzfreund und Vertrauten. Wahrscheinlich malte er sich diesen großen Moment schon in allen Einzelheiten vor dem inneren Auge aus, während er hier saß und gedankenverloren sein Zigarillo paffte. Nicolai musste sich zwingen, weiter in Ruhe abzuwarten, was als Nächstes geschehen würde. Er hatte seine Karten ausgespielt, jetzt lag alles bei Böhme. Warum kam nichts mehr von diesem Spatzenhirn auf der anderen Seite des Schreibtisches?

Böhme schnaufte leise, dann wandte er sich Nicolai zu.

»Unsere Vorfahren besaßen mehr Schneid, als wir uns heute vorstellen können, nicht wahr? Da taucht nach all den Jahren eine uneheliche Tochter unseres Landrats auf, sieh an. Nun gut, spielen wir nicht die Moralapostel. Jeder Mensch sündigt. Tun wir, was nötig ist, um die Dinge zu bereinigen. Ich denke, Ihnen kann geholfen werden, Herr Boysen. Wir können doch eine deutsche Frau nicht mit dem Makel einer jüdischen Herkunft belasten. Das geht in Ordnung, ich kümmere mich um die Sache.«

Böhme klappte die Akte zu und zog sie an sich. Nicolai musste sich zwingen, nicht laut aufzuschreien vor Freude, ihm wurde beinahe schwindelig vor Erleichterung. Er hatte es also geschafft – Ingeborg verlor in diesem Moment zwar ihre leiblichen Eltern, aber sie bekam ein Leben in Sicherheit dafür. Er schwankte ein wenig, als er aufstand und dem Standesbeamten die Hand drückte. Auch Böhme strahlte, er schien zufrieden mit der Entwicklung des Gesprächs. Wie schön für sie beide, dass sie diesen Betrug genießen konnten. Die Welt wollte doch betrogen sein, dies war der Beweis. Was zählte da schon eine kleine Lüge? Oder funktionierte das Ganze deshalb so gut, weil die Welt der Nazis sowieso nur aus Lügen bestand?

Ingeborg stand neben dem Automobil und sah Dorothee Beck hinterher, die mit ihrem Koffer langsam die einsame

Landstraße hinunterging. Sie hielt sich sehr aufrecht, und falls sie Angst hatte, zeigte sie es nicht. Die Dämmerung tauchte das flache Land beidseitig der Straße in dunkle Schatten. Mit nichts weiter als einem Koffer brach Dorothee in die Fremde auf. Sie würde nicht zurückkehren. Falls sie ihren Andreas wider Erwarten in Dänemark nicht finden würde, wollte sie nach England weiterreisen, so war es abgesprochen. Magda hatte vorgeschlagen, dass die Frauen sich erst kurz vor der dänischen Grenze an einem Ort treffen sollten, den nur sie beide kannten – sie hielt es für sicherer, den Weg dorthin getrennt zurückzulegen. Um Dorothee Beck, die sich in der Gegend nicht auskannte, nicht ganz sich selbst zu überlassen, hatte Ingeborg ihr angeboten, sie auf das Festland zu begleiten. Und nun stand sie hier, mutterseelenallein in der einbrechenden Dunkelheit und machte sich Gedanken um die Zukunft einer Frau, für die sie anfangs kaum Sympathie empfunden hatte. Ihr schien das Ganze ungeheuer riskant. Was, wenn Dorothee ihren Andreas in der Fremde nicht wiederfand? Sie hatte einen großen Teil ihrer Ersparnisse geopfert, um in Dänemark nach ihrem Geliebten zu suchen. Würde er ihr Opfer zu schätzen wissen?

Ingeborg wartete noch einen Moment, aber Dorothee ging unbeirrt und ohne sich umzusehen in Richtung Norden.

Es wurde kühl. Ingeborg fröstelte in ihrem dünnen Sommerkleid, also würde sie nach Niebüll zurückfahren und dort übernachten. Heute Abend fuhr kein Zug mehr über den Damm.

Gerade in diesem Augenblick blieb Dorothee Beck doch noch einmal stehen. Sie war nur noch ein Punkt am Horizont, aber Ingeborg erkannte, dass sie eine Hand hob und winkte, bevor sie sich erneut abwandte und weiterging. Sie konnte es sich nicht erklären, aber irgendwie fühlte sie sich durch dieses kurze Zeichen beruhigt. Endlich konnte sie in den Wagen steigen und den Motor anlassen. Doch, es war in

Ordnung, was hier geschah. Es würde ein gutes Ende nehmen. Ohne zu wissen, warum es so war, glaubte sie an das glückliche Ende dieser Verwicklungen. Schließlich blieb in allen Geschichten, in denen sie ein Rolle spielte, die Liebe immer Siegerin. Zu jeder Zeit und überall und deshalb auch hier, an einem kühlen, dämmerigen Abend nahe der Grenze im Niemandsland.

Kapitel 19

Himmel, was für eine Sprache das war. Die Buchstaben passten einfach nicht zusammen, sie standen ihm quer im Mund, selbst wenn er ganz langsam versuchte, sie in die richtige Reihenfolge zu bringen. Es schien, als hätten die fremden Laute Widerhaken, die sich in seine Zunge bohrten, sobald er sie nur in den Mund nahm. Aussichtslos, das Ganze, und Freude machte es ihm auch nicht. Obwohl er inzwischen schon reichlich unglücklich war über seine nutzlosen Versuche, Dänisch zu lernen, beugte Andreas sich noch ein Stück tiefer über die Zeitung. Er verstand kaum etwas von dem, was dort stand, und quälte sich trotzdem weiter durch die Hieroglyphen, die heute den Leitartikel der hiesigen Zeitung bildeten. Schließlich musste er die Sprache lernen, wenn er bleiben wollte, gleichgültig, wie schwer es ihm fiel. Im Grunde war die Gelegenheit günstig, denn mit seinem eingegipsten Fuß konnte er kaum etwas unternehmen, deshalb bot es sich an, sich mit der Sprache der Einheimischen zu beschäftigen. Manchmal hörte die gutmütige Köchin des Lehrerehepaares, das ihn aufgenommen hatte, ihm zu, wenn er vorlas. Liebevoll und geduldig half Greta ihm über die Klippen der Aussprache hinweg, aber trotzdem hatte er nicht das Gefühl, Fortschritte zu machen. Wenn er lange genug an einem Satz herumgestottert hatte, siegte oft die Spottlust in Greta, dann machte sie kleine Witze auf seine Kosten, die er natürlich auch nicht ganz begriff. Hinterher war er für eine Weile entmutigt. Er musste einfach jemanden finden, der Deutsch und Dänisch mit ihm sprach, aber in diesem Kaff kannte er kaum eine Menschenseele. Das freundliche Ehepaar, bei dem er wohnte, sprach der Einfachheit halber Englisch mit ihm.
Seine Gastgeber waren reizend, hilfsbereit und intelligent, und obendrein waren sie seit Jahrzehnten Mitglieder der däni-

schen sozialdemokratischen Partei. Das Flüchtlingskomitee hatte sie ihm vermittelt – schade nur, dass diese Leute kilometerweit von einer größeren Stadt entfernt lebten. Auf Dauer war es verdammt einsam hier. Das Dorf, in dem er wohnte, lag in einer landschaftlich schönen Ecke, aber eben doch ziemlich abgelegen. Es existierte weder ein Laden noch eine Post oder gar eine Bücherei, in der er sich mit Lektüre hätte versorgen können. Die einzigen Menschen, die er regelmäßig zu Gesicht bekam, waren außer seinen Gastgebern nur die Köchin und Linda, deren halbwüchsige Tochter. Wenigstens besaß die Einsamkeit den Vorteil, dass die Gefahr seiner Entdeckung gering war – aber wer sollte ihn auch entdecken? Suchte überhaupt noch jemand nach ihm? Wahrscheinlich hatten sie ihn in Deutschland längst vergessen, und das war auch gut so – oder nicht?
Mit einem Seufzer ließ Andreas sich gegen die Rückenlehne des Schaukelstuhls sinken. Die Holzdielen unter ihm knarrten leise, während sein gelangweilter Blick zu seinem Fuß wanderte, der in einem unförmigen Gips auf einem kleinen Hocker vor ihm lag. Tag für Tag saß er hier herum und wartete, während seine Stimmung sich zunehmend verdüsterte. Vielleicht war es Heimweh, was ihn quälte, aber wonach sollte er Heimweh haben? Nach der deutschen Polizei etwa, in deren Schubladen sein Steckbrief vermoderte? Im Hotel verschwendeten sie bestimmt auch keinen Gedanken mehr an ihn, da hatten sie bestimmt längst einen neuen Laufburschen eingestellt. Und Dorothee? Er hatte ihr einen Abschiedsbrief hinterlassen, und wenn sie den bekommen hatte, so wusste sie immerhin, dass er sich nach Dänemark abgesetzt hatte. Aber was half ihr das, Dänemark war groß, und außerdem hatte sie ihm ja zu verstehen gegeben, dass sie auf Dauer nichts von ihm wissen wollte. Vielleicht war sie schon in England und hatte dort einen anderen kennen gelernt?
Andreas kniff die Augen zusammen und schaute zu den Fel-

dern hinüber, die sich unter einem blauen Sommerhimmel scheinbar endlos dehnten. Die Welt um ihn herum war voller Licht, und überall sangen Vögel. Feldlerchen und Amseln brachten ihm ein Ständchen, die Grillen zirpten in der Mittagshitze. Alles wirkte friedlich, aber auch zutiefst eintönig. Was sollte er bloß anfangen hier draußen – sterben vor Langeweile? Die ersten Tage in dem Übergangslager nördlich von Hoyer, in dem man ihn verarztet hatte, waren noch spannend gewesen. Er hatte sich mit anderen Flüchtlingen austauschen können – aber dann, kaum dass er sich von den Strapazen seines Grenzübertritts erholt hatte, war er hergebracht worden, und nun saß er hier fest. Immer öfter quälte ihn die Frage, wie es mit ihm weitergehen sollte. Wovon sollte ein halb fertiger Jurist ohne Sprachkenntnisse in Zukunft leben? Sobald sein Knöchel verheilt war und er wieder laufen konnte, würde er sich etwas überlegen müssen. Er konnte nicht auf Dauer nutzlos herumsitzen und auf Kosten fremder Leute den Tag vertrödeln. Das war nicht gut, nicht für ihn und nicht für sie.

»Andreas?«

Er erschrak und fuhr herum. Hinter ihm stand Linda, er hatte sie gar nicht kommen hören. Mit einem Tablett in der Hand lächelte sie ihn an. Brachte sie ihm etwa schon wieder etwas zu essen oder zu trinken? Mutter und Tochter gaben sich Mühe, ihn mit immer neuen dänischen Leckereien bei Laune zu halten. Leider taten sie dabei zu viel des Guten, sie mästeten ihn wie eine Weihnachtsgans. Lächelnd stellte Linda eine Tasse mit dampfendem Tee auf dem Hocker ab, auf den er sein Gipsbein gelegt hatte, und schaute ihn dann aus großen Augen an. Offenbar wollte sie ihm etwas sagen, aber ihre Deutschkenntnisse waren spärlich, so dass ihnen beiden oftmals nichts anderes mehr übrig blieb, als auf die Zeichensprache zurückzugreifen. Andreas beugte sich vor und griff nach seiner Tasse. »Was gibt es denn? Ist der Doktor da?«

Sie schüttelte den Kopf so heftig, dass ihre dicken blonden Zöpfe ihr um das pausbäckige Gesicht flogen. »Nee.«
»Nicht, aha. Was ist es dann? Soll ich zu deiner Mutter kommen? In die Küche?«
Er deutete mit einer leichten Bewegung auf die Tür. In der Küche rumorte die Köchin. Wieder schüttelte Linda den Kopf. Zögernd hob sie die Hand und deutete mit ausgestrecktem Zeigefinger auf ihn.
»Bezuch.«
»Besuch, meinst du? Für mich? Es ist jemand gekommen, um mich zu besuchen?«
Sie nickte, während er einigermaßen verwundert über diese Auskunft seine Teetasse abstellte. Wer konnte ihn schon besuchen wollen hier draußen, wenn nicht der freundliche, grauhaarige Doktor, der sich in unregelmäßigen Abständen bei ihm sehen ließ? Der kam aber für gewöhnlich erst gegen Abend, wenn er seine dringenderen Fälle versorgt hatte, und wenn es nicht der Arzt war, der draußen stand, wer dann?
Andreas griff nach dem Handstock, den der Hausherr ihm beschafft hatte, und erhob sich mit dessen Hilfe mühsam aus dem Schaukelstuhl. Vielleicht wollte die Fremdenpolizei etwas von ihm. Immer mehr Ausländer kamen illegal oder mit dem Groschenpass ins Land. Er hatte im Übergangslager davon gehört und wusste, dass die dänische Regierung alles andere als erfreut über den Lauf der Dinge war. Allerdings wusste er bisher nicht, wie die Behörden auf seine Anwesenheit reagieren würden. Hatten sie vor, ihn rauszuwerfen, wenn sich herausstellte, dass er weder Geld noch eine Arbeitsstelle oder einen festen Wohnsitz besaß? Oder würden seine Gastgeber sich schützend vor ihn stellen? Würde die hiesige Partei vielleicht für ihn eintreten? Gab es ein Verfahren vor einem Gericht, in dem er um seine offizielle Anerkennung als Flüchtling kämpfen musste? Er spürte, wie er angesichts der Aussichten auf ein Gespräch mit der Polizei unruhig wurde. Je länger

er darüber nachdachte, desto sicherer schien es ihm, dass der von Linda ankündigte Besuch nichts Gutes bedeuten konnte. Stimmen kamen aus dem Hausflur. Langsam drehte er sich zur offenen Verandatür um. Auf den Stock gestützt, humpelte er ein paar Schritte, blieb jedoch gleich darauf wieder stehen. Eine Frau durchquerte die Diele und kam auf ihn zu. Während er sich noch darüber wunderte, dass sein Besucher eine Besucherin war, bemerkte er im gleichen Moment den schäbigen Lederkoffer, den sie unter dem Arm trug. Im nächsten Moment zog sie sich das Tuch vom Kopf, das ihre Haare bedeckt hatte. Eine kastanienbraune Flut ergoss sich über ihre Schultern, tiefgrüne Augen funkelten ihn an. Er wollte etwas sagen, blieb aber stumm, denn er war fassungslos. Im ersten Augenblick schien es ihm, als würde sein Herz zerspringen. Es war einfach unglaublich, aber Dorothee stand vor ihm. Lächelnd breitete sie die Arme aus und sah ihn an – er träumte das alles bestimmt nur, oder? Andreas humpelte auf sie zu und landete gleich darauf in ihren ausgebreiteten Armen. Ihre Lippen fanden sich. Sie flüsterte seinen Namen, und er hielt sie fest, während er nicht daran zu denken wagte, was sie seinetwegen alles durchgemacht haben mochte. Es war sentimental, aber ihm kamen die Tränen. Schnell versteckte er sein Gesicht in ihren Haaren und sagte ihr, dass er sie liebte – für immer, jetzt und bis in alle Ewigkeit.

Ingeborg hatte einen Bürgermeisterkringel gebacken, Blätterteig mit Marzipan. Noch war er warm, der Raum war erfüllt von seinem herrlichen Duft. Dennoch hatte Roloff keinen Blick für den schön gedeckten Kaffeetisch übrig. Zu viel der Ehre vermutlich für ein zweifelhaftes Subjekt wie ihn. Leider war es trotzdem nötig, den Nazi weiter zu hofieren, denn der Mann gewann im Ort zunehmend an Einfluss. Gerade hatte die Zeitung eine Neuigkeit verkündet, die gerüchteweise schon lange umging: Die Gründung einer Kampener Sektion der NSDAP

stand bevor, das Dorf bekam seinen eigenen Ortsverein. Nicolai hatte keinen Zweifel daran, dass Roloff den Posten des Ortsgruppenführers ergattern würde. Von jetzt an galt es, sich noch mehr vor dem Weiberhelden und Großmaul Karl Roloff in Acht zu nehmen. Vermutlich hatte er ihnen trotz allem noch nicht verziehen, dass Nicolai seinen ältesten Sohn auf die Straße gesetzt hatte. Gert Roloff war noch immer ohne Lehrstelle, wobei Nicolai allerdings daran zweifelte, dass der Junge überhaupt Arbeit suchte, faul, wie der war.
Roloff sah auf. Mit wichtiger Miene hatte er das Parteibuch studiert und klappte es jetzt zu, bevor er Nicolai angrinste.
»Meinen Glückwunsch, alter Junge. Du hast die richtige Entscheidung getroffen. Willkommen in der Partei.«
Über den Tisch hinweg reichte Roloff ihm die Hand. Nicolai musste danach greifen, gleichgültig, wie ihm dabei zumute war. Schweigend nahm er das braune Heft entgegen, das er dank Roloffs Unterstützung so schnell bekommen hatte. Der Nazi hatte seinen Eintritt in die Partei gefördert, nur deshalb hatten sie in Westerland nicht gezögert, ihn aufzunehmen. Allgemein erzählte man sich, dass die Nazis wählerischer geworden seien. Angeblich dachte man sogar an einen Aufnahmestopp für die Partei, es kamen einfach zu viele Eintrittswillige, die bei der Sache nur ihren persönlichen Vorteil im Auge hatten. Ihn immerhin hatten sie gewollt, und nun war er einer der Ihren. Nicolai fand schon allein die Vorstellung quälend, aber er brauchte diesen hässlichen braunen Lappen, Ingeborg und der Kinder wegen.
Wortlos legte Nicolai das Heft auf die Tischplatte, gleich neben seinen unbenutzten Teller. Roloff grinste noch immer unermüdlich, er tat ganz so, als sei für ihn soeben ein lang gehegter Wunsch in Erfüllung gegangen. Nun war also das »Kliffende«, eines der besten Hotels im Ort, in den Händen der Nazis. Dieser Gedanke musste Roloff gefallen. Nicolai behagte der Gang der Dinge weniger, aber er hatte der Entschei-

dung schließlich nicht mehr ausweichen können. Roloff bespitzelte ihn schon seit geraumer Zeit. Er wusste, dass Nicolai nach dem Konkurs des Spielbank-Konsortiums Geldsorgen plagten, und so hatte er seine Chance genutzt und Nicolai ein Darlehen angeboten. Ganz nebenbei hatte er zu erkennen gegeben, dass er über Andreas Bütows Flucht informiert war, der Sache aber unter gewissen Umständen nicht weiter nachgehen würde, und so hatte Nicolai schließlich kapituliert und den Antrag auf die Parteimitgliedschaft gestellt.
»Ende gut, alles gut. Damit wäre das erledigt, nicht wahr?«
Roloff ließ sich gegen die Rückenlehne des Sessels sinken, bevor er nach dem Glas mit Cognac griff, das Nicolai ihm eingeschenkt hatte. Kaffee und Kuchen interessierten ihn scheinbar wirklich nicht, er war nur an den härteren Sachen interessiert. Hatte eben einen schlechten Geschmack, der Mann.
Jetzt prostete er Nicolai über den Tisch hinweg zu. »Auf Adolf Hitler, unseren Führer und Reichskanzler. Möge ihm ein langes Leben beschieden sein.«
»Zum Wohl.«
Ohne Roloff anzusehen, nippte Nicolai an der Flüssigkeit in seinem Glas. Er trank kaum etwas und hätte es vorgezogen, wenn sein Gast endlich gegangen wäre, aber der machte keine Anstalten, zu verschwinden.
»Da ist noch etwas, worüber wir sprechen müssen, Nicolai.«
Die Wangen des zukünftigen Ortsgruppenführers hatten sich unter dem Einfluss des Cognacs gerötet. Kein Wunder, es war schon das dritte Glas, das er innerhalb kürzester Zeit hinunterkippte.
»Das Geld, du weißt schon, meine Finanzspritze für dein Hotel. Ich hatte dir zehntausend zugesagt, aber mehr als sieben kann ich im Moment nicht auftreiben. Meine Bank stellt sich quer, aber ich bekomme die Summe. In spätestens vier Wochen ist sie auf deinem Konto. Darauf hast du mein Wort.«

»In Ordnung, Karl. So lange kann ich warten, das ist kein Problem.«
»Nicht, dass du denkst, dass ich dir das Geld nicht geben will. Ein vorübergehender finanzieller Engpass, mehr nicht.«
Roloffs Blick wurde allmählich glasig, er wirkte plötzlich erschöpft und blieb dennoch sitzen, anstatt sich zu verabschieden und irgendwo seinen Rausch auszuschlafen. Nicolai ging diese ständige Sauferei gegen den Strich, aber er konnte nichts dagegen tun, also nickte er bloß zum Zeichen, dass er verstanden hatte.
»Wie gesagt, das ist in Ordnung, Karl. Vier Wochen sind kein Problem.«
Um die Debatte zu beenden, lächelte Nicolai, dabei wäre es ihm durchaus wichtig gewesen, über das versprochene Geld so bald wie möglich zu verfügen. Von seiner Bank bekam er keinen Kredit mehr, und obendrein saßen ihm viele Lieferanten mit ihren Rechnungen im Nacken. Wenn er nicht bald einen Teil seiner Schulden bezahlte, würde der Gerichtsvollzieher früher oder später an ihre Tür klopfen.
Zeit verstrich, und nichts geschah. Roloff hockte auf seinem Platz und betrachtete das leere Glas in seinen Händen. Erwartete er etwa, dass ihm noch einmal nachgeschenkt würde? Kam nicht in Frage, der Mann hatte genug. Noch ein weiteres Glas, und er war endgültig blau. Plötzlich lächelte Roloff versonnen.
»Weißt du, noch mal wegen dem Geld, Nico. Nicht, dass du meinst, ich wäre pleite. Ich habe Außenstände bei einem Freund. Der hält sich zur Zeit in Süddeutschland auf, aber sobald er wieder hier ist, kläre ich die Sache, dann bekommst du den Rest. Darauf hast du mein Wort, ehrlich.«
Roloff spähte zu der Flasche hinüber, aber Nicolai hatte nicht vor, sie noch einmal anzurühren. Schließlich war das ein edler französischer Cognac, viel zu schade, um ihn durch Roloffs Kehle rinnen zu lassen. Im nächsten Moment klopfte es, und

Ingeborg betrat den Raum. Bei Roloffs Anblick stutzte sie – ein schönes Bild, wie sie von der Türschwelle aus Karl Roloff musterte, der sich mühsam aus seinem Sessel hochrappelte und den Arm hochriss.

»Heil Hitler, Frau Boysen!«

Seine Gestalt schwankte, während er den Arm zum deutschen Gruß reckte. Nicolai musste sich das Lachen mit Mühe verkneifen, der zukünftige Ortsgruppenführer sah aus wie eine Schießbudenfigur auf dem Jahrmarkt. Nicolai hatte ihn für trinkfester gehalten.

»Heil Hitler, Herr Roloff. Ich hoffe, ich störe nicht?«

Der Nazi schüttelte den Kopf. »Aber nein, Sie stören gar nicht, gnädige Frau. Ich denke, wir haben vorerst alles besprochen, Nicolai, nicht wahr?«

»Ich glaube auch.«

Roloff schien noch auf etwas zu warten, doch da von Nicolai keine Aufforderung zu bleiben kam, blieb ihm nichts anderes mehr übrig, als vorsichtig auf die Tür zuzuwanken.

»Gut, das war es für heute. Bis demnächst. Ich empfehle mich.«

Ingeborg drückte sich an den Türrahmen und blieb dort stehen, bis Roloff an ihr vorübergetaumelt war. Erst als sie die große Eingangstür in der Halle zuschlagen hörte, seufzte sie erleichtert.

»Himmel, was für eine Säufernatur. Öffne bitte das Fenster, Nico, hier stinkt es wie in einer Kaschemme. Was wollte Roloff denn jetzt schon wieder hier?

»Er hat mir mein Parteibuch gebracht und hielt das für eine gute Idee zum Feiern. Dein Mann ist jetzt Nazi, mein Herz. Ich finde es zwar beschämend, aber ich hatte keine andere Wahl.«

»Wenn du es sagst, ist es wohl so. Wir werden es überleben, oder?«

»Das hoffe ich. Eine Tortur, die das ganze Reich überstehen

muss, werden wir ja wohl auch hinter uns bringen, ohne zu verzweifeln.«

»Mach dir nicht so viele Gedanken, Nico. Was ändert sich denn schon durch dieses Stück Pappe? Eine Menge Leute sind in der NSDAP, und dran gestorben ist bisher noch keiner, soweit ich weiß. Sieh mal, was ich heute mit der Post bekommen habe.«

Ingeborg hielt eine Postkarte in die Höhe, die Nicolai ihr aus der Hand nahm und betrachtete. Die Karte kam aus Dänemark, mit einem Poststempel aus Aarhus – auf der Rückseite grüßten Doktor Dorothee Beck und Andreas Bütow als Verlobte. Nicolai lächelte. »Dann hat sie es also geschafft und ihren Andreas tatsächlich wiedergefunden.«

»Ja. Magda meinte von Anfang an, dass Andreas irgendwo in einem Auffanglager sein würde. Jetzt hat er offenbar eine Wohnung in Aussicht, das jedenfalls schreibt Dorothee. Sie scheinen sehr glücklich miteinander zu sein.«

»Kein Wunder, nach allem, was sie durchgestanden haben. Ich verstehe das sehr gut.« Lächelnd reichte Nicolai seiner Frau die Postkarte zurück. »Schick den beiden einen Glückwunsch von uns, ja?«

»Das werde ich tun. Und weißt du, was ich noch mit der Post bekommen habe?«

»Keine Ahnung. Vielleicht ein paar liebe Grüße von Hermann Göring aus der Staatskanzlei, der anfragt, ob wir ihm unsere beste Suite für drei Wochen reservieren?«

»Besser, viel besser.«

Nicolais Blick fiel auf ein Dokument mit Stempel und Unterschrift in den Händen seiner Frau. Er wusste natürlich auf Anhieb, was es war, da brauchte er eigentlich gar nicht genauer hinzusehen. Um ihr eine Freude zu machen, beugte er sich dann aber doch interessiert über das Dokument, das Ingeborg ihm unter die Nase hielt. Sie lachte. »Das ist meine neue Geburtsurkunde. Amtlicherseits bin ich die unehelich geborene

Tochter des ehemaligen Landrats Richard von Lassen aus Plön. Erstaunt dich das?«

»Nein, kein bisschen. Allerdings bist du jetzt auch nicht mehr meine Frau.«

»Was? Wieso? Was soll das? Machst du Witze?«

»Als meine Kusine ersten Grades durftest du mich gar nicht heiraten, nicht ohne ausdrückliche gerichtliche Erlaubnis jedenfalls.«

»Unsinn. Du weißt doch genau, dass ich nicht deine Kusine bin. Aber sieht sie nicht fabelhaft aus, meine neue Urkunde? Es ist alles dran, Stempel und Unterschrift, mit dem Wappen des Landkreises Plön. Wie hast du das geschafft, Nicolai?«

Sie schlang die Arme um seinen Hals. Ihre Blicke trafen sich.

»Tja, du bist jetzt das, was die Nazis eine waschechte Arierin nennen.«

»Wenn die wüssten. Die Welt will belogen sein, nicht wahr?«

Ingeborg war sichtlich erleichtert. Ein Federstrich auf einem amtlichen Dokument, und alles war in Ordnung. So glücklich, wie sie wirkte, würde er ihr vorerst besser nicht erzählen, was er mit Karl Roloff soeben besprochen hatte: dass er aufgrund ihrer finanziellen Nöte ein Darlehen bei dem Mann hatte aufnehmen müssen und ihm im Gegenzug dafür eine Teilhaberschaft am Hotel versprochen hatte. Für Hiobsbotschaften dieser Art war immer noch Zeit genug. Wichtig war nur, dass die Familie zusammenhielt, in guten und in schlechten Tagen. Diese Insel und dieses Hotel waren ein herrlicher Platz, und sie waren ihre Heimat. Mit ein bisschen Glück würde das so bleiben, nicht nur heute, sondern auch in Zukunft und für alle Zeit.

Epilog

»Da hinten, ist es das nicht?«
Andreas Bütow trat auf die Bremse des Leihwagens, den sie in Westerland übernommen hatten, und lenkte das noble Gefährt an den Straßenrand. Seine Hände ruhten auf dem Steuerrad, während sein Blick noch einmal über das Armaturenbrett glitt. Ein fabrikneuer Opel Admiral in Weiß, eine richtige Luxuskarosse. Dorothee hatte ihn einen Angeber geschimpft, als er ausdrücklich diesen Wagen verlangt hatte – und er hatte sich nicht einmal gewehrt, denn er wollte tatsächlich Eindruck schinden, wenn er jetzt nach all den Jahren zum »Kliffende« zurückkehrte. Liebend gern malte er sich die anerkennenden Blicke seines ehemaligen Chefs aus. Er sonnte sich schon jetzt in der Bewunderung, die Nicolai Boysen ihm hoffentlich entgegenbringen würde. Bütow und Partner waren eine renommierte Kanzlei, die allein sieben Namen auf dem Briefkopf führte. Es war die größte Sozietät in Aarhus und Umland. Sie waren vor allem auf Grundstücksgeschäfte spezialisiert, die Deutsche privat und geschäftlich in Skandinavien abzuwickeln wünschten. Aber seine Leute waren auch kompetent im Handelsrecht, zwei Kollegen kümmerten sich allein um die Fälle aus dem Im- und Exportbereich. Doch, er hatte es zu etwas gebracht nach dem Krieg, und er war stolz darauf. Heute mutete es ihn nur noch komisch an, wenn er daran dachte, dass er seinerzeit in der glühenden Mittagshitze mit einem Eselskarren über diese Insel kutschiert war, um Urlaubsgäste von der Inselbahn abzuholen.
»Da unten müsste es sein.«
Dorothee hatte die Beifahrertür aufgestoßen und war ausgestiegen. Sie stand neben dem Auto, die Augen mit der flachen Hand gegen die Sonne abgeschirmt, und sah hinunter in Richtung Meer.

»Das große weiße Haus mit der Rotunde, das ist es doch, oder?«
Er konnte nicht gleich antworten, denn auf dem Rücksitz begannen die Kinder wieder zu streiten. Björn hatte Annika ein Spielzeug weggenommen und zog jetzt Grimassen, um seine Schwester zu drangsalieren. Die beiden waren auf der ganzen Reise schon schwierig gewesen, doch allmählich ging seine Geduld mit ihnen dem Ende entgegen. Andreas ertappte sich bei dem unausgesprochenen Wunsch, sie zu Hause in der Obhut des Kindermädchens gelassen zu haben.
»Ich glaube, du hast Recht, das ist es. Steig ein, wir fahren hin.«
Der Wagen surrte die geschwungene Straße hinunter, die inzwischen asphaltiert war und sich wie ein dunkles Band durch die Dünenlandschaft schlängelte. Hier hatte sich wenig verändert. Vielleicht standen ein paar Häuser mehr auf der Heide und zwischen den weißen Dünen, aber sonst ... Wie immer ließen die Möwen sich vom Wind seewärts treiben, wie immer wippten die Köpfe des Strandhafers zu einer Melodie, die nur sie zu hören schienen. Der Weg hinunter in Richtung Meer wurde schmaler und endete dann plötzlich auf einem Parkplatz. Die Sandfläche wurde von Dünenrosen und Wermut begrenzt, hier war offenbar die Endstation. »Parken nur für Gäste der Strandhaube« stand auf dem Schild neben der Einfahrt – na schön, dann würden sie eben Gäste dieses Lokals werden. Nachher konnten sie dort ihren Kaffee nehmen, falls die Kinder friedlicher waren, nachdem sie sich am Strand ausgetobt hatten.
Andreas stieß seine Tür auf und holte die Gören einen nach dem anderen vom Rücksitz, während Dorothee sich ein Tuch um das Haar schlang. Er nahm Björn bei den Schultern und gab ihn erst wieder frei, nachdem er seinen Sohn ermahnt hatte, die kleine Schwester gefälligst anständig zu behandeln. »Es gibt sonst kein Eis, hörst du?«

Der Junge sah ihn nicht an, nickte aber und rannte los. Einträchtig stürmten die beiden quer über den Parkplatz auf die Abbruchkante des Kliffs zu, unter der das Wasser wartete – friedlich war es heute, nur eine sanfte Dünung, die nicht einmal ahnen ließ, welche Gewalt an schlechten Tagen vom Meer ausging.

»Vorsicht, geht nicht zu dicht an den Rand, ja?«

Dorothee war nahe daran, den Kindern hinterherzulaufen, aber Andreas nahm sie bei der Hand und zog sie in die entgegengesetzte Richtung. »Lass die beiden, sie sind alt genug, um einen Moment allein zu bleiben. Wir müssen hier entlang.«

Sie ging nur widerstrebend mit und drehte sich immer wieder um. Als sie schon wieder stehen blieb und den Kindern winkte, ließ Andreas Dorothee zurück und ging allein weiter. Nach wenigen Metern beschlich ihn ein ungutes Gefühl. Alles sah aus wie früher und war ihm noch vertraut, aber es schien trotzdem anders zu sein. Er empfand keine Wiedersehensfreude, so fremd waren ihm das Hotel und seine Umgebung. Dabei hatte er hier gelebt und gelitten, geliebt und gehofft. Das Haus barg doch auch ein Stück seiner privaten Geschichte, aber er fühlte sich fremd. Instinktiv verlangsamte er die Schritte auf seinem Weg den kleinen Abhang hinunter, der nach »Kliffende« führte. Das Gebäude wirkte verlassen. Es sah überhaupt nicht aus wie ein Hotel, eher wie ein Privathaus, dessen Besitzer seit längerem nicht daheim gewesen waren.

Ein Gefühl der Enttäuschung überfiel ihn, als er feststellte, dass er in der näheren Umgebung keine Hinweise auf ein Hotel fand. Das Grundstück wurde von einer Hecke umgeben, die Einfahrt war mit einer Kette versperrt. Die Fenster wirkten öde und dunkel, »Kliffende« strahlte diese Sorte von Kälte aus, die aus der Einsamkeit resultierte. Wo waren seine Bewohner geblieben? Hatten die Boysens aufgeben müssen? Jetzt bereute er, dass er den Kontakt zu ihnen nicht gehalten

hatte – dabei hatten sie ihnen damals zur Verlobung und zur Hochzeit gratuliert. Eine Weile waren noch Briefe hin- und hergegangen, immer verbunden mit der Versicherung, dass man sich demnächst besuchen würde. Dann waren die Kinder auf die Welt gekommen, der Hausbau, Dorothees Wiederbeginn im Beruf. Die Zeit war ihnen zwischen den Fingern zerronnen, und so hatte er den Anschluss verpasst an das, was hier geschehen war.
»Was ist?«
Dorothee stand plötzlich neben ihm und legte ihm die Hand auf die Schulter. Sicherlich sah sie seiner Miene an, dass etwas nicht stimmte. Ihr Blick folgte dem seinen und wandte sich dem Haus zu, das von Dünen umgeben vor ihnen in der Senke lag.
»Ich weiß nicht. Es scheint leer zu stehen.«
»Wirklich? Das wäre aber jammerschade.«
»Ich gehe hinunter und sehe nach, was auf dem Türschild steht.«
Er machte sich auf den Weg zu dem befestigten Pfad, der, gesäumt von Strandhafer und Krähenbeeren, zum »Kliffende« führte. Schon allein die Tatsache, dass es hier keine vernünftige Straße gab, beantwortete seine Frage. Welches Hotel wollte im Zeitalter der Benzinkutsche freiwillig eine so schwer zu erreichende Auffahrt haben?
Langsam steuerte er auf das Haus zu. Er hatte die Hecke, die das Grundstück umgab, gerade erreicht, als sich plötzlich die Tür im Erdgeschoss auftat. Ein Mann mit Strohhut und grüner Schürze vor dem Bauch trat heraus. Eine große Heckenschere in der Hand, kam er die Freitreppe herunter. Als er Andreas neben der Einfahrt stehen sah, hielt er auf ihn zu, nicht ohne ihn zuvor gründlich gemustert zu haben.
»Sie wünschen? Suchen Sie wen? Kann ich helfen?«
Andreas unterdrückte das Lächeln, das ihm auf den Lippen lag, denn die Wünsche, die er hatte, würde der Mann in der

Dienstkleidung eines Gärtners ihm nicht erfüllen können. Er wünschte sich, die Zeit zurückdrehen zu können, er wollte noch einmal ein Stück seiner eigenen Geschichte erleben. Warum war er nicht wenigstens früher gekommen, zu einer Zeit, da der Ort sein Gesicht noch nicht völlig verändert hatte?

»Ich suche die Familie Boysen. Lebt sie nicht mehr hier?«

Der Mann in der grünen Schürze schüttelte den Kopf und hob zur Unterstützung seiner Aussage bedauernd die Schultern. »Nein, tut mir Leid. Das Haus ist seit ein paar Jahren im Besitz einer großen Frankfurter Bank.«

»Dann ist es kein Hotel mehr?«

»Nein, schon lange nicht mehr. Die Voreigentümer haben aus Altersgründen verkauft.«

»Und die Söhne? Da gab es doch zwei Söhne, oder?«

»Stimmt. Der eine ist Kapitän zur See und ständig unterwegs. Und der andere ist im Hotelfach. Der leitet als geschäftsführender Direktor einen großen Kasten in Berlin, fünf Sterne mit allem Komfort, soweit ich gehört habe.«

»Und das Ehepaar Boysen, wo kann ich die finden?«

»Auf der anderen Seite des Dorfes, zum Watt hin, im ehemaligen ›Friesencafé‹, kennen Sie das? Ist das Elternhaus von Nicolai Boysen, dahin haben sie sich zurückgezogen, nachdem sie ›Kliffende‹ verkauft haben. Fiel ihnen schwer, aufzugeben, aber so ist der Lauf der Welt, nicht wahr?«

»Sicher. Ich denke, ich werde bei ihnen vorbeischauen, falls sie zu Hause sind.«

»Da werden sie sich freuen.«

»Ich hoffe es.«

Bedauernd warf Andreas noch einen Blick hinüber zu dem weißen Haus unter dem Strohdach, dorthin, wo er einst die Fenster gewienert hatte und dabei von einem Backfisch angehimmelt worden war. Sein Gegenüber nickte. »Die Bank hat ein Gästehaus draus gemacht. Wird für Mitarbeiterschulun-

gen und so genutzt. Möchten Sie hereinkommen und es sich ansehen?«
»Wenn das möglich ist? Ich habe früher als Angestellter in dem Hotel gearbeitet, wissen Sie? Damals, vor dem Krieg, war es das erste Haus am Ort.«
»Das erinnere ich, ist ja noch nicht so lange her. Hark Hansen übrigens mein Name. Uns gehört der Strandkorbverleih am Roten Kliff, und nebenher sehe ich hier nach dem Rechten.« Der Mann reichte ihm über die Hecke hinweg die Hand. »Dann kommen Sie man reinspaziert. Alle Räume kann ich Ihnen nicht zeigen, aber wenn Sie sich mit dem Entrée und dem Kaminzimmer zufrieden geben wollen – bitte sehr.«
Die tiefblauen Augen unter dem Strohhut blitzten, einladend wies er auf die halb geöffnete Haustür hinter sich. Andreas musste nicht lange überlegen. Er wollte diese Einladung annehmen – selbst auf die Gefahr hin, ein weiteres Mal enttäuscht zu werden.
Die Hände tief in den Taschen seiner Windjacke vergraben, ging er seiner Vergangenheit entgegen. Noch einmal tat sich die weite Hotelhalle vor ihm auf. Ihr Halbdunkel verschluckte ihn und ließ ihn eintauchen in eine andere Welt, die ihn sofort gefangen nahm. Und jetzt schien es ihm, als wäre es erst gestern gewesen, dass er diesem Haus den Rücken gekehrt hatte in dem festen Glauben, niemals zurückzukehren.